Mathématiques d'excellence

Cours pour lycéens très motivés

Niveau 2^{de}

Mathématiques d'excellence

Cours pour lycéens très motivés

Niveau 2^{de}

Éric Dubon

Francisco del Rey

ellipses

Des mêmes auteurs, chez le même éditeur

Mathématiques d'excellence – Cours pour lycéens très motivés – Niveau Première, 624 pages.

Mathématiques d'excellence – Cours pour lycéens très motivés – Niveau Terminale, 498 pages.

ISBN 9782340-048010

8/10 rue la Quintinie 75015 Paris

www.editions-ellipses.fr

Avant-propos

Sans technique un don n'est rien
qu'une sale manie.
Georges Brassens.

Le présent ouvrage s'adresse en particulier aux élèves de Seconde afin qu'ils puissent acquérir les bases nécessaires pour le cycle Terminal.

Nous partons du constat qu'au cours de ces 30 dernières années les différentes réformes éducatives ont fait que le programme de mathématiques promulgué aux élèves a beaucoup souffert tant dans son contenu que dans la façon de l'enseigner.

Le changement de paradigme a fait qu'une grande partie des étudiants entrant, à l'heure actuelle, dans le Supérieur manquent sérieusement de connaissances et d'outils afin de réussir leur insertion dans le Post-Bac.

Viennent alors soit de nombreux abandons soit une désaffection importante et dangereuse à long terme pour les études scientifiques en général et pour les mathématiques en particulier.

C'est pour ces raisons que nous avons souhaité écrire ces trois livres, proposer des infrastructures, afin que le lecteur puisse apprendre ou ré-apprendre les mathématiques élémentaires. Nous avons ainsi souhaité proposer un projet alternatif aux programmes de mathématiques des lycées et voilà pourquoi les trois tomes, qu'il faut aborder comme un tout, ne suivent donc pas à la lettre le programme officiel des classes de lycées et encore moins l'esprit.

Même si la plupart des objets mathématiques sont entièrement définis (ou redéfinis), le lecteur est supposé familier avec les notions de base et le vocabulaire de la géométrie de collège et une certaine aisance avec le calcul algébrique.

Les structures (groupes, corps, espaces vectoriels, etc.) n'apparaissent pas dans ces tomes car elles relèvent des mathématiques supérieures. Elles sous-tendent un nombre important de démonstrations que le lecteur au fait de ces notions pourra retrouver entre les lignes.

Bien que ce livre se veuille avant tout destiné aux élèves de Seconde mais aussi à tout curieux désireux d'apprendre de « belles » mathématiques, il servira aussi à ceux qui sont intéressés par l'enseignement. C'est ainsi que ces trois livres peuvent être lus tels qu'ils sont présentés mais ils peuvent aussi être abordés suivant un certain ordre en fonction du but cherché. On peut ainsi regrouper les chapitres par thèmes : algèbre, géométrie, analyse et probabilité que nous résumons dans ce tableau :

	cours de seconde	cours de première	cours de terminale
Algèbre :	3 - 5 - 7	5 - 9 - 13	2
Géométrie :	6 - 11	6 - 7 - 8	1 - 7 - 8
Analyse :	9 - 10	1 - 2 - 3 - 4 - 12	3 - 4 - 5 - 6 - 9
Probabilités :	4 - 8 - 12	10 - 11	

Enfin nous avons pris le parti de ne pas développer l'histoire des mathématiques dans ces livres. Néanmoins, il nous semble plus qu'important de savoir à quelle époque les concepts présentés dans cet ouvrage ont pu voir le jour et quels mathématiciens en sont à l'origine.

Nous pensons que tout étudiant en mathématiques – tant au secondaire que dans le supérieur – doit acquérir un peu de l'histoire de cette science.

Pour cela nous vous proposons une liste non exhaustive de livres :

Hauchecorne Bertrand, Suratteau Daniel, *Des mathématiciens de A à Z* - 3e édition entièrement refondue, Ellipses 2008.

Thirion Maurice, *Les mathématiques et le réel*, Ellipses 1999.

Nous terminons par quelques remarques pratiques.

Ce panneau signale un risque de dérapage fréquemment observé chez les lecteurs un peu rapides.

Le carré blanc à la fin de la dernière ligne d'une démonstration signale la fin de celle-ci, que les auteurs n'iront pas plus loin ! C'est en somme une abréviation pour « la proposition en résulte » ou « ce qu'il fallait démontrer ». Il se présente sous cette forme : $\square$

Enfin, une place a été laissée à la programmation et notre choix a porté sur le langage `python` car c'est celui qui est le plus utilisé dans les lycées et dans le Supérieur.

Nous ne pouvons conclure cet avant-propos sans remercier Jean-Pierre Demailly pour son soutien et son apport. La rédaction de l'intégrale de Kurzweil-Henstock est la sienne. Nous sommes redevables à Emmanuel Vielliard-Baron car le chapitre sur les coniques et une bonne partie de l'arithmétique lui doivent beaucoup ainsi que son site « les mathématiques.net » qui fut une bonne source d'inspiration. Merci à Loïc Terrier pour ses graphiques et ses exercices. Merci aussi à Clémence Labrousse et à Philippe Colliard pour un soutien constant et précieux.

Table des matières

Chapitre 1

De quoi parlons-nous ?

Sommaire

1.1 Le vrai et le faux

En mathématiques, on n'utilise que des phrases qui ne peuvent être que vraies ou fausses, sans ambiguïté. La phrase : « La Loire prend sa source au Mont Gerbier de Jonc » n'est pas une phrase mathématique. Il faudrait délimiter sans ambiguïté ce qu'est le Mont Gerbier de Jonc et définir ce qu'est une source d'un fleuve. De plus cette phrase suppose l'unicité de la source. Rappelons qu'on considère traditionnellement trois sources pour la Loire : l'authentique, la véritable et ... l'unique.

Une phrase mathématique s'appelle une **proposition**.

Ce qui suit peut s'appeler de la logique, ou du français, ou tout simplement du bon sens.

Définition 1 (Théorème).

On appelle **théorème** toute proposition pour laquelle on peut prouver qu'elle prend la valeur « Vrai ». Autrement dit, « théorème » est une **abréviation** pour « proposition qui prend la valeur « Vrai » d'une façon **certaine**.

La notation := sera utilisée par la suite dans les écritures symboliques. Elle signale une abréviation. Autrement dit, := est une abréviation pour « est une abréviation de » ...

1.2 La négation

La **négation** d'une phrase vraie est fausse. La négation d'une phrase fausse est vraie. On considère une proposition qu'on appelle A. Sa négation sera notée : non A. On peut résumer la négation d'une proposition grâce à un tableau :

A	non A
VRAI	FAUX
FAUX	VRAI

Exemple 1
Soit x un nombre relatif. La négation de la proposition : « $x > 0$ » est tout d'abord la proposition : non(« $x > 0$ »).

On peut affirmer dans ce cas précis, que non(« $x > 0$ ») prend la même valeur logique que la proposition « $x \leqslant 0$ » et ce quel que soit le nombre relatif x.

1.3 La conjonction

Définition 2.

À partir de deux propositions A, B, on peut définir une troisième proposition appelée A et B. Elle prend la **valeur logique** VRAI dans le cas où les propositions A, B sont vraies à la fois, et FAUX sinon. On obtient ainsi la **table de vérité** suivante :

A \ B	VRAI	FAUX
VRAI	VRAI	FAUX
FAUX	FAUX	FAUX

Exemple 2
« 6 est divisible par 2 et 6 est divisible par 3 » est une proposition vraie.

Exemple 3
« Un carré est un rectangle et un losange » est une proposition vraie. C'est même la définition d'un carré. Autrement dit, pour une figure $\mathscr{F}$ du plan, « $\mathscr{F}$ est un carré » est une abréviation de « $\mathscr{F}$ est un rectangle » et « $\mathscr{F}$ est un losange ».

1.4 La disjonction

Définition 3.

À partir de deux propositions A, B, on peut définir une troisième proposition appelée A ou B. Elle prend la valeur logique Faux dans le cas où les deux propositions A, B sont fausses à la fois, et vraie sinon. On obtient ainsi la table de vérité suivante :

A \ B	VRAI	FAUX
VRAI	VRAI	VRAI
FAUX	VRAI	FAUX

Exemple 4
Soit x un nombre relatif. Dire que $x \leqslant 0$ c'est dire que $x < 0$ ou $x = 0$.

1.5 Négation de « et » et de « ou »

La négation d'un « et » peut se traduire par un « ou ». Plus précisément :

Théorème 1

- Une négation de « A et B » est « (non A) ou (non B) ».
- Une négation de « A ou B » est « (non A) et (non B) ».

Exemple 5
Je considère la proposition A : « Nicolas me parle en anglais ou en français ». Sa négation, c'est-à-dire non(A) peut s'écrire « Nicolas ne me parle pas en anglais **et** Nicolas ne me parle pas en français ».

Exemple 6
On a vu que « $ABCD$ est un carré » pouvait s'écrire « $ABCD$ est un rectangle et $ABCD$ est un losange ». En prenant la négation, on obtient :
« $ABCD$ n'est pas un carré » peut s'écrire « $ABCD$ n'est pas un rectangle ou $ABCD$ n'est pas un losange ».

Exemple 7
Soit x un nombre relatif, l'encadrement $0 < x \leqslant 1$ est une abréviation de « $0 < x$ et $x \leqslant 1$ ».
On peut donc en écrire la négation suivante :
« $0 \geqslant x$ ou $x > 1$ ».

Démonstration 1
La démonstration du théorème s'effectue grâce à la table de vérité suivante.

A	B	A et B	non(**A** et **B**)	non A	non B	(non **A**) ou (non **B**)
V	V	V	**F**	F	F	**F**
V	F	F	**V**	F	V	**V**
F	V	F	**V**	V	F	**V**
F	F	F	**V**	V	V	**V**

Les colonnes de non(**A** et **B**) et de (non **A**) ou (non **B**) sont identiques, ce qui signifie que les deux propositions prennent bien les mêmes valeurs de vérité. □

On peut démontrer de la même façon la négation de ... *ou* ... Cf. exercice 5 page 13.

1.6 L'implication

L'implication est une opération logique qui se révèle être bien moins naturelle qu'il y paraît. Elle doit être utilisée avec discernement et circonspection.

1.6.1 Table de vérité

Définition 4.

À partir de deux propositions A, B, on peut définir une troisième proposition appelée « A implication B » et notée A $\Longrightarrow$ B, à l'aide de la table de vérité suivante :

A $\Longrightarrow$ B	Vrai	Faux
Vrai	Vrai	Faux
Faux	Vrai	Vrai

Théorème 2
La proposition A $\Longrightarrow$ B prend les mêmes valeurs de vérité que la proposition B ou (non A).

Démonstration 2
La démonstration s'effectue grâce à la table de vérité suivante.

A	B	**A $\Longrightarrow$ B**	non A	**B** ou non **A**
V	V	**V**	F	**V**
V	F	**F**	F	**F**
F	V	**V**	V	**V**
F	F	**V**	V	**V**

Les colonnes de (A $\Longrightarrow$ B) et de (B ou non A) sont identiques, ce qui signifie que les deux propositions prennent bien les mêmes valeurs de vérité. □

Exemple 8
Soit n un entier naturel. On considère les propositions :

- $\mathscr{D}_2(n)$: n est un entier pair.
  Autrement dit, le chiffre des unités dans l'écriture décimale de n est $0, 2, 4, 6$ ou 8.
- $\mathscr{D}_5(n)$: n est un entier divisible par 5.
  Autrement dit, le chiffre des unités dans l'écriture décimale de n est 0 ou 5.

(La divisibilité sera définie grâce à la définition 1 page 24 du cours de terminale.)

Pour quels entiers n a-t-on

$$\mathscr{D}_2(n) \Longrightarrow \mathscr{D}_5(n+1)?$$

Tout d'abord l'implication est VRAIE pour tous les entiers n pour lesquels $\mathscr{D}_2(n)$ est FAUX, c'est-à-dire pour tous les entiers impairs.

Enfin, elle est VRAIE pour tous les entiers n pour lesquels $\mathscr{D}_2(n)$ est VRAI et $\mathscr{D}_5(n+1)$ est VRAI, c'est-à-dire pour tous les entiers pairs qui se terminent par 9 ou 4, autrement dit pour tous les entiers pairs qui se terminent par 4.

Finalement, l'implication est VRAIE pour tous les entiers n qui se terminent par $1, 3, 5, 7, 9$ ou 4.

En particulier lorsque A prend la valeur FAUX, l'implication A $\Longrightarrow$ B prend la valeur VRAI. De ce fait, pour établir la vérité de l'implication A $\Longrightarrow$ B, on peut se restreindre au cas où A est vraie. Deux situations se produisent alors :

- B est vraie et dans ce cas A $\Longrightarrow$ B est vraie.
- B est fausse et dans ce cas A $\Longrightarrow$ B est fausse.

Ainsi, l'implication A $\Longrightarrow$ B peut s'énoncer « Si A est vraie, alors B est vraie », ou même « Si A, alors B ».

Exemple 9
Théorème.
Soit $ABCD$ un quadrilatère du plan. Si $ABCD$ est un losange, alors $ABCD$ est un parallélogramme.

Remarque 1.

La plupart des théorèmes du cours sont écrits sous la forme d'implications. Pour autant, le débutant – c'est vous *a priori* – doit se méfier des phrases qui s'écrivent « Si ..., alors ... ». Il est toujours possible de s'en passer dans la rédaction d'une copie. L'expérience montre que – lorsqu'elles apparaissent dans une solution – ces rédactions « Si ..., alors ... » sont la plupart du temps incorrectes.

1.6.2 Il faut, il suffit...

Quand l'implication A $\Longrightarrow$ B est vraie :

- A est une condition suffisante pour B : Il suffit que A soit vraie pour que B soit vraie.
- B est une condition nécessaire pour A : Il faut que B soit vraie pour que A soit vraie.

- ▶ Il suffit que le quadrilatère $ABCD$ soit un losange pour que $ABCD$ soit un parallélogramme.
- ▶ Il faut que le quadrilatère $ABCD$ soit un parallélogramme pour que $ABCD$ puisse être un losange.
- ▶ Il est nécessaire que le quadrilatère $ABCD$ soit un parallélogramme pour que $ABCD$ puisse être un losange.

1.6.3 Contraposée

Théorème 3
Soit A et B deux propositions. L'implication (non B) $\Longrightarrow$ (non A) a la même table de vérité que l'implication A $\Longrightarrow$ B. Ces deux implications sont dites contraposées l'une de l'autre.

Autrement dit, pour établir une implication, il suffit d'établir sa contraposée.

Exemple 10
Soit $ABCD$ un quadrilatère du plan. Si $ABCD$ est un losange, alors $ABCD$ est un parallélogramme.

Autrement dit, pour démontrer que $ABCD$ est un parallélogramme, il suffit de démontrer que $ABCD$ est un losange.

La contraposée de cette implication s'écrit :

Soit $ABCD$ un quadrilatère du plan. Si $ABCD$ n'est pas un parallélogramme, alors $ABCD$ n'est pas un losange.

Autrement dit, pour démontrer que $ABCD$ n'est pas un losange, il suffit de démontrer que $ABCD$ n'est pas un parallélogramme.

Démonstration 3
La démonstration s'effectue grâce à la table de vérité suivante.

A	B	$\mathbf{A} \Longrightarrow \mathbf{B}$	non A	non B	non $\mathbf{B} \Longrightarrow$ non $\mathbf{A}$
V	V	**V**	F	F	**V**
V	F	**F**	F	V	**F**
F	V	**V**	V	F	**V**
F	F	**V**	V	V	**V**

Les colonnes de $(A \Longrightarrow B)$ et de (non $B \Longrightarrow$ non A) sont identiques, ce qui signifie que les deux propositions prennent bien les mêmes valeurs de vérité. □

1.6.4 Négation

On a déjà vu que l'implication A $\Longrightarrow$ B pouvait s'écrire « B ou (non A) ».

De ce fait, une négation de A $\Longrightarrow$ B peut s'écrire « (non B) et A ».

1.6.5 Réciproque

Définition 5.

Soient A et B deux propositions. Les implications A $\Longrightarrow$ B et B $\Longrightarrow$ A sont dites **implications réciproques** l'une de l'autre.

Une implication peut être vraie et son implication réciproque fausse.

Exemple 11
Soit ABC un triangle.

Si ABC est rectangle en A alors $BC^2 = AB^2 + AC^2$. Cette implication est vraie : C'est le théorème de Pythagore.

La réciproque est : Si $BC^2 = AB^2 + AC^2$ alors ABC est rectangle en A. La réciproque est vraie elle aussi. C'est le théorème réciproque de Pythagore.

Exemple 12
Soit x un nombre réel.

Si $x = 2$ alors $x^2 = 4$. La réciproque A $\Longrightarrow$ B est : « si $x^2 = 4$ alors $x = 2$ ». Cette réciproque est fausse car on peut avoir en même temps (non B) : $x = -2$ et A : $x^2 = 4$.

1.7 Équivalence

Définition 6.

Soit A et B deux propositions. On dit que A et B sont **équivalentes** lorsqu'elles ont la même valeur de vérité. On peut noter alors : A $\Longleftrightarrow$ B.

Théorème 4
Deux propositions A et B sont équivalentes lorsque A $\Longrightarrow$ B et B $\Longrightarrow$ A.

Démonstration 4
Vérification aisée par les tables de vérités. □

En français A $\Longleftrightarrow$ B peut s'écrire :
- Pour que A il faut et il suffit que B.
- On a A si et seulement si B.

1.8 Égalités

1.8.1 Écrire une égalité

Qu'est-ce qu'une égalité ?
Qu'est-ce qu'écrire une égalité ?
Écrire une égalité, c'est écrire la même chose de deux façons différentes.

Exemple 13
La proposition : « $0,5 = \dfrac{1}{2}$ » est un théorème. Autrement dit, $0,5$ et $\dfrac{1}{2}$ sont deux écritures différentes du même nombre.

Définition 7.

Une égalité est une phrase, comportant le verbe égaler, et dont le sujet – le membre de gauche – et le complément d'objet – le membre de droite – sont le même objet mathématique.

Autrement dit, chaque fois que l'on lit un des deux membres dans une proposition, on peut réécrire cette proposition en le remplaçant par l'autre membre sans changer la valeur de vérité de la proposition en question. Ce principe de substitution – fondamental en mathématiques – est à la base de la recette du sanglier à la crème [1]

Dire que deux objets mathématiques sont égaux, c'est dire que tout ce qui arrive à l'un arrive à l'autre.

Remarque 2.

On ne peut pas écrire d'égalité entre deux objets mathématiques de types différents, comme un point qui égale un nombre.

1.9 Quantification

1.9.1 Motivation

La phrase :

$$4(2-3x) = 8-12x,$$

n'est pas correcte telle qu'elle est écrite. En effet on ne sait pas qui est x. La question de la véracité ou de la fausseté de cette phrase ne se pose même pas : elle n'a pas de sens hors contexte. Il faut donc préciser qui est x.
Pour tout nombre x, $4(2-3x) = 8-12x$. Cette phrase est vraie.
En effet, en développant, on obtient, pour tout nombre x,

$$\begin{aligned} 4(2-3x) &= 4\times 2 - 4\times(3x) \\ &= 8-12x \end{aligned}$$

Remarque 3.

Les nombres relatifs du collège s'appellent des nombres **réels** au lycée. Il est possible d'abréger « nombre réel » en « réel ».

On peut désormais écrire : pour tout nombre réel x , $4(2-3x) = 8-12x$.

Remarque 4.

Un **calcul** est une suite d'égalités. Tous les nombres qui apparaissent dans les différents membres d'une égalité sont donc égaux. Il faut prêter une attention particulière à la disposition des calculs et bien aligner les signes « égale » les uns au-dessous des autres.

1. Le lecteur aura saisi la référence à la discussion culinaire entre Olaf Grossebaf et Obélix. Cf. *Astérix et les Normands*, Dargaud, 1966.

Pour tout nombre réel x, $4(2-3x) = 8+7x$.

Cette phrase est fausse. Autrement dit, sa **négation** est vraie.

Une négation de la phrase « Tous les élèves de la classe sont des garçons. » est : « Il y a au moins un élève de la classe qui n'est pas un garçon. » ou bien « Il y a au moins un élève de la classe qui est une fille. »

De même pour établir la fausseté de la phrase « Pour tout nombre réel x , $4(2-3x) = 8+7x$ », il suffit de trouver un nombre réel x pour lequel l'égalité n'a pas lieu. Prenons $x = 2$. Dans ce cas, puisqu'on a une égalité, tout ce qui arrive à x arrive à 2. D'une part

$$\begin{aligned} 4(2-3x) &= 4(2-3\times 2) \\ &= 4(2-6) \qquad \text{tout ce qui arrive à } 3\times 2 \text{ arrive à } 6. \\ &= 4\times(-4) \\ &= -16. \end{aligned}$$

D'autre part,

$$\begin{aligned} 8+7x &= 8+7\times 2 \\ &= 8+14 \\ &= 22. \end{aligned}$$

Donc pour $x = 2$, on n'a pas $4(2-3x) = 8+7x$, car cela voudrait dire que $-16 = 22$.

Donc la phrase « Pour tout nombre réel x, $4(2-3x) = 8+7x$ » est fausse.

On dit que $x = 2$ est un **contrexemple** pour cette phrase.

1.9.2 Les différents types de propositions

Les exercices de type « VRAI-FAUX » consistent à décider si une proposition donnée prend la valeur « VRAI » ou « FAUX ». En règle générale, il est bon de savoir si ce que l'on écrit (ou lit !) est vrai ou faux.

Le but de ce paragraphe est de distinguer trois types de propositions que l'on sera amené à rencontrer. Un retour sur cette question avec les ensembles et les quantificateurs au paragraphe 3.2.1 page 42.

- Les propositions « Pour tout ». Ce type de proposition – appelée proposition universelle – sera signalé par la suite par le symbole $\forall$.

Exemple 14
Tout carré est un quadrilatère a quatre côtés de même longueur.

- Les propositions « Il existe ». Ce type de proposition sera signalé par la suite par le symbole $\exists$.

Exemple 15
Chaque fois que vous ouvrez une carte de France – et que vous êtes en France – **il existe** un point du territoire qui coïncide avec le point de la carte qui le représente.

- Les propositions sans lettre. Ce type de proposition sera signalé par la suite par le symbole Ɔ.

Exemple 16
$6\times 7 = 42$.

On a vu plus haut que la négation d'une proposition universelle $\forall$ peut s'écrire mécaniquement sous la forme d'une proposition $\exists$. Autrement dit pour démontrer qu'une proposition universelle est fausse, il suffit de trouver un contrexemple.

Exemple 17
Toutes les puissances de 2 s'écrivent avec un chiffre de gauche différent de 9.

Pour démontrer que cette proposition est fausse, on démontre que sa négation est vraie. Cette négation peut s'écrire :

Il existe une puissance de 2 qui s'écrit avec un chiffre de gauche égal à 9.

En effet, $2^{53} = 9,007\ldots \times 10^{15}$ fournit un contrexemple.

Exemple 18
Une fonction qui a au moins une valeur strictement négative n'est pas la fonction carré. (Attention, une négation de « toutes les valeurs sont strictement positives » est « au moins une valeur est négative ou nulle »).

Les fonctions seront étudiées au chapitre 10.

1.10 Raisonnement par l'absurde

Il s'agit du raisonnement qui consiste à dire que si A est une proposition telle que non(A) entraîne une contradiction avec les théorèmes déjà connus – c'est-à-dire que non(A) $\Longrightarrow$ B où B est une proposition à la fois vraie et fausse – alors A prend la valeur logique VRAI.

Exercice 1.

Soit a un nombre entier multiple de 7 et b un nombre entier qui n'est pas un multiple de 7. Démontrer que $a + b$ n'est pas un multiple de 7.

Solution 1
Par l'absurde. Supposons l'espace d'un instant que $a+b$ est un multiple de 7, autrement dit qu'il existe un entier k tel que $a+b = 7k$. On sait qu'il existe un entier ℓ tel que $a = 7\ell$. On en déduit que $b = (a+b)-a = 7(k-\ell)$ est un multiple de 7 puisque $k-\ell$ est un entier.

Ceci est entre en contradiction avec le fait qu'au départ on a b un nombre entier qui n'est pas un multiple de 7.

Donc $a + b$ n'est pas un multiple de 7.

Un deuxième exemple :

Théorème 5
Soit a un nombre réel. Si $a^2 = 0$ alors $a = 0$.

Démonstration 5
Par l'absurde. On appelle P la proposition « $a^2 = 0$ », Q la proposition « $a = 0$ » et A la proposition « P $\Longrightarrow$ Q ». Une négation de A s'écrit non Q et P, soit $a \neq 0$ et $a^2 = 0$. Supposons non A. Puisque a est non nul, il existe un nombre réel $b = \frac{1}{a}$ l'inverse de a (voir théorème 9 page 69). On a $ba = 1$. Alors d'une part $ba^2 = (ba)a = a$, et d'autre part $ba^2 = b \times 0 = 0$ donc $a = 0$ contradiction avec $a \neq 0$. À partir de non A, on a abouti à une contradiction. C'est bien dire que A prend la valeur VRAI. □

Remarque 5.

Beaucoup de démonstrations proposées ça et là comme étant « par l'absurde » sont des démonstrations par contraposition présentées comme des démonstrations par l'absurde.

1.11 Exercices

Exercice 2 (Propositions).

Parmi les phrases ci-dessous, quelles sont celles qui sont des propositions mathématiques ?

1. « 42 est le triple de 14 »
2. « Le périmètre du rectangle $ABCD$ »
3. « La moitié de 17 n'est pas égale à 8 »
4. « 7/42 »
5. « Le point P est perpendiculaire à (KL) »
6. « $6 \times 7 = 52$ »
7. « $2\text{ m} \times 9\text{ m} = 18\text{ m}^2$ »
8. « Les diagonales du rectangle ABC ont la même longueur »
9. « 4,16<4,106 »
10. « Un carré est un rectangle particulier »
11. « 1/0 est positif »
12. « Le presbytère n'a rien perdu de son charme ni le jardin de son éclat »
13. « $8x + 5 = 4 - x$ »
14. « Il existe un nombre x tel que $x^2 < 0$ »
15. « Quels que soient les nombres a et b, $(a + b)^2 = a^2 + 2ab + b^2$ »

Exercice 3 (Négation d'une proposition).

1. Écrire une négation pour chacune des propositions suivantes :
   (a) « Toutes les voitures rapides sont rouges. »
   (b) « Tout triangle rectangle possède un angle droit. »
   (c) « Il existe un mouton écossais dont au moins un côté est noir. »
   (d) « Dans toutes les prisons tous les détenus détestent tous les gardiens. »
2. a désigne un nombre réel. Écrire une négation pour chacune des propositions suivantes :
   (a) « $a > 5$ »
   (b) « $a \geqslant -4$ »
   (c) « $a \leqslant -2$ ou $a > 3$ »
   (d) « $a < 5$ et $a \geqslant -1$ »
3. Écrire une négation pour chacune des propositions suivantes :
   (a) « Pour tout nombre x, $x^2 > 0$ »
   (b) « Il existe un nombre x tel que $x^2 < x$ »
   (c) « Pour tous nombres a et b, $(a+b)^2 = a^2 + b^2$ »
   (d) « Il existe a et b tels que $a^2 + b^2 = 13$ »
   (e) « La Terre tourne autour du Soleil »

Exercice 4 (Vrai ou Faux).

Dire si les affirmations suivantes sont vraies ou fausses.

1. Le drapeau de l'Autriche est blanc et rouge.
2. L'eau bout à 100 degrés $\Longrightarrow$ la Terre tourne autour du Soleil

Exercice 5 (Table de vérité).

Démontrer la fin du théorème 1 page 4 et le théorème 4 page 8.

Exercice 6.

Compléter le tableau suivant par vrai ou faux :

	A	B	$A \Rightarrow B$	$B \Rightarrow A$	$A \Leftrightarrow B$
1	Je réside en France	Je réside en Europe			
2	Je ne réside pas en Europe	Je ne réside pas en France			
3	Je suis majeur	J'ai 19 ans			
4	$CDEF$ est un parallélogramme	$CDEF$ est un carré			
5	$x = 3$	$x^2 = 9$			
6	MNP est rectangle en M	$MP^2 + MN^2 = NP^2$			
7	$x \geqslant -2$	$x \geqslant -1$			
8	$x \geqslant -2$	$x > -2$			
9	$a + b = 5$	$a = 2$ et $b = 3$			
10	$4x - (x - 5) = 7$	$x = \frac{2}{3}$			
11	n est premier	n n'est pas un multiple de 3			
12	n est pair	$\frac{1}{n}$ est décimal			
13	$(ax + b)(cx + d) = 0$	$ax + b = 0$ ou $cx + d = 0$			

Exercice 7.

Indiquer – en justifiant la réponse – si chaque proposition est vraie ou fausse.

1. Tous les multiples de 3 sont des multiples de 9.
2. Tous les diviseurs de 12 sont des diviseurs de 36.
3. Le carré de la somme de deux nombres est égal à la somme des carrés des deux nombres.
4. Un carré est un rectangle.
5. Pour tout réel x tel que $x^2 > 4$ alors $x > 2$.
6. Il existe une puissance de 2 qui s'écrit avec un 7 comme chiffre de gauche.
7. Il existe une puissance de 7 qui admet 2017 comme derniers chiffres de droite.
8. Il existe une puissance de 113 qui admet 2017 comme derniers chiffres de droite.
9. $\left(4 + \sqrt{17}\right)^8 = 18957314$.

Exercice 8.

1. Pour chacune des propositions ci-dessous, dire si cette proposition est vraie ou fausse.
2. Énoncer la proposition réciproque et dire si elle est vraie ou fausse.
3. Dire dans quel cas on a une équivalence.

i) Si je suis autrichien, alors je suis européen

ii) Si $x^2 = 4$ alors $x = 2$.

iii) Si $ab = 0$ alors $a = 0$ ou $b = 0$.

iv) Si $ABCD$ est un losange alors $ABCD$ est un parallélogramme.

v) Si deux droites sont perpendiculaires alors elles sont sécantes.

vi) Si ABC est un triangle équilatéral alors ABC est un triangle isocèle.

Exercice 9 (Jeux olympiques).

Lors de la cérémonie d'ouverture des jeux olympiques, les athlètes japonais portent tous une chemise rouge.

1. Un athlète qui porte une chemise blanche entre dans le stade. Est-il un athlète japonais ?
2. À côté de l'athlète précédent, on voit quelqu'un qui porte une chemise rouge. Est-il un athlète japonais ?
3. Le haut-parleur annonce l'arrivée d'un athlète chinois. Porte-t-il une chemise rouge ?
4. Sur la pelouse du stade on voit un athlète japonais qui porte un manteau. Porte-t-il une chemise rouge ?

Exercice 10.

1. Pour chacune des propositions (P_1) ci-dessous, énoncer sa contraposée (P_2).
2. Pour chacune des propositions (P_1) ci-dessous, énoncer sa réciproque (P_3).
3. Pour chacune des propositions (P_1) ci-dessous, énoncer la contraposée de la réciproque (P_4).
4. Parmi les différentes propositions $(P_1), (P_2), (P_3)$ et (P_4), dire lesquelles sont vraies.
   (a) Si un quadrilatère est un rectangle alors ses diagonales sont égales.
   (b) Si un nombre se termine par 5 alors il est divisible par 5.
   (c) Si un triangle est rectangle alors il possède deux angles égaux.
   (d) Si deux droites sont perpendiculaires alors elles sont sécantes.

Exercice 11.

On donne a et b entiers naturels tels que $a > b$.

1. Montrer que si $a^2 - b^2$ est premier alors a et b sont consécutifs.
2. La réciproque est-elle vraie ?

Le lecteur distrait (ou pas) qui aurait oublié (ou pas) la définition d'un nombre premier pourra se rapporter à la définition 6 page 37 du cours de terminale.

Exercice 12.

Quatre fiches sont placées sur une table. Sur chaque fiche sont écrits une lettre (sur une face) et un chiffre (sur l'autre face). On peut lire sur deux de ces fiches les lettres A et B et sur les deux autres les nombres 4 et 5. Combien de fiches faut-il retourner au minimum pour vérifier si l'énoncé suivant est vrai ou faux :
Pour chacune des quatre fiches, s'il y a un nombre pair sur un côté de la fiche, alors il y a une voyelle sur l'autre côté de la fiche.

Exercice 13.

Soit x un nombre réel strictement positif.

1. Démontrer que $\left(x + \dfrac{1}{x}\right)^2 = x^2 + \dfrac{1}{x^2} + 2$.
2. L'implication $\left(x + \dfrac{1}{x} = 1\right) \Longrightarrow \left(x^2 + \dfrac{1}{x^2} = -1\right)$ est-elle vraie ou fausse ?
3. L'implication $\left(x + \dfrac{1}{x} = 1\right) \Longrightarrow \left(x^2 + \dfrac{1}{x^2} = 1\right)$ est-elle vraie ou fausse ?

1.12 Solutions

Solution 2 (Propositions)

1. C'est une proposition Ↄ. D'ailleurs elle est vraie.
2. Il n'y a pas de verbe, ce n'est donc pas une proposition.
3. C'est une proposition Ↄ. D'ailleurs elle est vraie.
4. Il n'y a pas de verbe, ce n'est donc pas une proposition. En revanche, l'écriture $7 \mid 42$ qui se lit « sept divise quarante-deux » comporte le verbe diviser. Cette dernière est une proposition mathématique, d'ailleurs elle est vraie.
5. Cette phrase a un verbe, mais elle n'a pas de sens. Ce n'est pas une proposition.
6. C'est une proposition Ↄ. D'ailleurs elle est fausse.
7. C'est une proposition Ↄ. D'ailleurs elle est vraie.

8. Cette phrase a un verbe, mais elle n'a pas de sens. Un rectangle a quatre sommets. Ce n'est donc pas une proposition.
9. Cette phrase a un verbe, mais elle n'a pas de sens. Un segment n'est pas un nombre. Ce n'est pas une proposition.
10. C'est une proposition Ɔ. D'ailleurs elle est fausse.
11. C'est une proposition qui est mal formulée : elle mériterait d'être quantifiée. Par exemple : « tous les carrés du plan sont des rectangles. »
12. Cette phrase a un verbe, mais elle n'a pas de sens. $\frac{1}{0}$ n'est pas défini. Ce n'est pas une proposition.
13. C'est une phrase qui prend la valeur VRAI si le presbytère n'a rien perdu de son charme et si le jardin n'a rien perdu de son éclat, c'est-à-dire si le presbytère a conservé tout son charme et si le jardin a conservé tout son éclat.

    Pour autant, de quel presbytère s'agit-il ? De quel jardin ? Ont-ils été définis dans le contexte ? Est-ce que la réponse aujourd'hui sera la même dans vingt ans ? On ne peut pas parler de proposition mathématique.
14. C'est une proposition. Elle est vraie ou fausse selon le contexte. À vrai dire, elle n'est pas quantifiée.
15. C'est une proposition ∃. D'ailleurs elle est fausse.

Solution 3 (Négation d'une proposition)

1. (a) « Il existe (au moins) une voiture rapide qui n'est pas rouge. »
   (b) « Il existe (au moins) un triangle rectangle qui ne possède pas d'angle droit. »
   (c) « Tous les moutons écossais ont tous leurs côtés qui ne sont pas noirs. »
   (d) « Il existe (au moins) une prison dans laquelle au moins un détenu ne déteste pas tous les gardiens. »
2. (a) « $a \leqslant 5$ »
   (b) « $a < -4$ »
   (c) « $a > -2$ et $a \leqslant 3$ »
   (d) « $a \geqslant 5$ ou $a < -1$ »
3. (a) « Il existe (au moins) un nombre x, $x^2 \leqslant 0$ »
   (b) « Pour tout nombre x, $x^2 \geqslant x$ »
   (c) « Il existe (au moins) un nombre a et (au moins) un nombre b, $(a+b)^2 \neq a^2 + b^2$ »
   (d) « Pour tous nombres a et b, $a^2 + b^2 \neq 13$ »
   (e) « La Terre ne tourne pas autour du Soleil ».

Solution 4 (Vrai ou Faux)

1. C'est vrai en français.

   En logique un drapeau blanc ne peut pas être en même temps un drapeau rouge. Autrement dit vous ne pouvez pas vous servir d'un drapeau de l'Autriche pour manifester avec le parti communiste **et** pour vous rendre à l'ennemi.
2. Dans la mesure où nous acceptons que ce soit une proposition mathématique, c'est-à-dire que tous les mots soient définis de façon indiscutable, l'implication est vraie. En effet « L'eau bout à 100 degrés » est une proposition vraie, ainsi que « la Terre tourne autour du Soleil ». De ce fait, l'implication est vraie, d'après la définition de l'implication.

   Pour autant, il n'y a pas de relation de cause à effet. Il est à noter que l'implication réciproque

$$\text{La Terre tourne autour du Soleil} \Longrightarrow \text{l'eau bout à 100 degrés}$$

est vraie aussi.

Solution 5

La démonstration des théorèmes s'effectue grâce aux tables de vérité suivantes.

Pour la négation du ou :

A	B	A ou B	non(**A** ou **B**)	non A	non B	non **A** et non **B**
V	V	V	**F**	F	F	**F**
V	F	V	**F**	F	V	**F**
F	V	V	**F**	V	F	**F**
F	F	F	**V**	V	V	**V**

Les colonnes de non(**A** ou **B**) et de non **A** et non **B** sont identiques, ce qui signifie que les deux propositions prennent bien les mêmes valeurs de vérité. Pour le théorème 4 page 8 :

A	B	$A \Longrightarrow B$	$B \Longrightarrow A$	$(B \Longrightarrow A)$ et $(B \Longrightarrow A)$
V	V	V	V	V
V	F	F	V	F
F	V	V	F	F
F	F	V	V	V

La colonne de $(B \Longrightarrow A)$ et $(B \Longrightarrow A)$ contient la valeur « Vrai » lorsque A et B prennent la même valeur. Elle contient la valeur « Faux » lorsque A et B ne prennent pas la même valeur. C'est bien dire que $A \Longleftrightarrow B$ prend les mêmes valeurs que $(B \Longrightarrow A)$ et $(B \Longrightarrow A)$.

Solution 6

1. Cette proposition n'est pas mathématique. Il faut définir ce qu'est la France et ce qu'est l'Europe. Un Guadeloupéen réside en France, mais pas en Europe, même si la Guadeloupe fait partie de l'Union européenne...

2. Même réponse. Maintenant si on a répondu **V F F** à la question précédente, pour être cohérent, par contraposée, on doit répondre **V F F** à celle-ci.

3. Pour nous les auteurs – qui sommes majeurs – la réponse est **F V F**, car nous sommes majeurs et avons plus de 19 ans. A est Vrai et B est Faux donc A $\Longrightarrow$ B est Faux, mais B $\Longrightarrow$ A est Vrai. nous sommes deux contrexemples.

   Pour les lecteurs lycéens – qui ne sont pas majeurs et n'ont pas 19 ans – A est Faux et B est Faux, donc A $\Longleftrightarrow$ B est Vrai.

   On comprend ici l'intérêt de quantifier les propositions. Si maintenant on quantifie, pour tous les citoyens français A $\Longrightarrow$ B est Faux (je suis un contrexemple) et B $\Longrightarrow$ A est Vrai.

4. Encore une proposition qui n'est pas quantifiée ! Imaginons que $CDEF$ soit un carré. Dans ce cas A et B sont vraies et la réponse est **V V V**. Sinon, la réponse est **F V F**.

   Pour éviter cette ambiguïté coupable, on peut quantifier comme suit :
   Pour tous points C, D, E et F du plan, $CDEF$ est un carré $\Longrightarrow$ $CDEF$ est un parallélogramme est une implication vraie.

5. Une fois de plus à quantifier ! Par exemple : Pour tout nombre réel x, $(x = 3) \Longrightarrow (x^2 = 9)$, alors que la réciproque est fausse (Contrexemple : -3).

   À remarquer que : « Pour tout nombre réel positif x, $(x = 3) \Longleftrightarrow (x^2 = 9)$ » est une équivalence vraie. Faut-il rappeler l'importance de la quantification ?

6. En quantifiant : Pour tous points du plan M, N et P, MNP est rectangle en $M \iff MP^2+MN^2 = NP^2$. La réponse est **V V V**.
7. En quantifiant : Pour tout nombre réel x, B $\Longrightarrow$ A, car tout nombre plus grand que -1 est a plus forte raison plus grand que -2. L'implication réciproque est fausse. Prendre $x = -2$ comme contrexemple. La réponse est alors **F V F**.

   Imaginons une autre quantification : Pour tout nombre réel positif, B $\iff$ A, car A et B sont vrais. La réponse est cette fois **V V V**.

   Ou bien : Pour tout nombre réel $x \leqslant -3$, B $\iff$ A, car A et B sont faux. La réponse est alors **V V V**. Dans les deux cas précédents, on a évité les contrexemples.
8. En quantifiant : Pour tout nombre réel x, B $\Longrightarrow$ A, car tout nombre strictement plus grand que -2 est a plus forte raison supérieur ou égal à -2. L'implication réciproque est fausse. Prendre $x = -2$ comme contrexemple. La réponse est alors **F V F**.

   On peut, comme dans l'exemple précédent choisir une autre quantification avec une réponse différente.
9. Une petite quantification pour commencer : Pour tous nombres réels a et b, $a = 2$ et $b = 3 \Longrightarrow a+b = 5$. En revanche $a = 0$ et $b = 0$ fournit un contrexemple à A $\iff$ B. Avec cette quantification, la réponse est **F V F**.
10. Quantification (sinon on ne sait pas qui est x) : Pour tout nombre réel x, $4x-(x-5) = 7 \iff x = \frac{2}{3}$. En effet, pour tout nombre réel x,

dire que	$4x - (x-5)$	$=$	7	
c'est dire que	$4x - x + 5$	$=$	7	
soit	$3x + 5$	$=$	7	
soit	$3x$	$=$	$7-5$	en soustrayant 5 aux deux membres,
soit	$3x$	$=$	2	
soit	x	$=$	$\frac{2}{3}$	en divisant les deux membres par 3.

   La réponse est **V V V**.
11. Quantification : Pour tout nombre entier naturel n, n est premier $\Longrightarrow$ n n'est pas un multiple de 3 est une implication fausse : Prendre $n = 3$ comme contrexemple. La réciproque est fausse elle-aussi : Prendre $n = 4$ comme contrexemple. La réponse est **F F F**.
12. Quantification : Pour tout nombre entier naturel n, n est pair $\Longrightarrow \frac{1}{n}$ est décimal est une implication fausse : Prendre $n = 6$ comme contrexemple. La réciproque est fausse elle-aussi : Prendre $n = 5$ comme contrexemple. La réponse est **F F F**.
13. Quantification : Pour tous nombres réels a, b, c, d, x, $(ax+b)(cx+d) = 0 \iff ax+b = 0$ ou $cx+d = 0$ est une équivalence vraie. Pour qu'un produit de deux facteurs soit nul, il faut et il suffit que l'un ou l'autre des facteurs soit nul. La réponse est **V V V**.

Solution 7

1. Proposition V. On peut l'écrire : Pour tout entier n, A $\Longrightarrow$ B ; avec A : n est un multiple de 3 et B : n est un multiple de 9. Elle est fausse.

   La négation de « Pour tout entier n, A $\Longrightarrow$ B » est : « il existe un entier n tel que A et (non B) ». Contrexemple : $n = 3$ est un multiple de 3 et n'est pas un multiple de 9.
2. Proposition V. Elle est vraie. En effet soit n un diviseur de 12. Il existe un entier k tel que $12 = kn$. En multipliant par 3, on a $36 = (3k)n$. Autrement dit n un est diviseur de 36.
3. Proposition V... à condition de la quantifier comme suit : pour tous nombres réels a et b, Le carré de la somme de ces deux nombres, à savoir $(a+b)^2$ est égal à la somme des carrés des deux nombres, à savoir a^2+b^2. Cette proposition est fausse. Contrexemple $a = 1$ et $b = -1$. On a $(a+b)^2 = 0^2 = 0$ alors que $a^2+b^2 = 2$.

4. Proposition $\forall$... à condition de la quantifier comme suit : « Quels que soient les points C, D, E et F du plan, ($CDEF$ est un carré) $\Longrightarrow$ ($CDEF$ est un rectangle) ».
5. Proposition $\forall$. Cette proposition est fausse. Contrexemple : $x = -3$. On a $x^2 = (-3)^2 = 9 > 4$ et $x < 2$.
6. Proposition $\forall$. Cette proposition est fausse. Contrexemple : $n = 46$. La calculette donne comme valeur approchée $7,0368744 \times 10^{13}$. Le site de Wolfram alpha : `https://www.wolframalpha.com/input/?i=2%5E46` donne 70368744177664.
7. Proposition $\exists$. Cette proposition est fausse. Sa négation est une proposition $\forall$: Pour tout entier n, 7^n ne se termine pas par 2017. On va démontrer une propriété plus forte, c'est-à-dire dont la véracité entraîne celle-ci : Pour tout entier n, 7^n ne se termine pas par 17. En effet, on obtient les deux derniers chiffres d'un nombre N en considérant le reste de la division de N par 100. On regarde les premiers restes : $7^0 = 1$, reste 01 ; $7^1 = 7$, reste 07 ; $7^2 = 49$, reste 49 ; $7^3 = 343$, reste 43. Pour le reste de 7^4, on pose la multiplication de 343 par 7 et on se contente de ne regarder que les deux derniers chiffres. Ce sont les mêmes que ceux de la multiplication de 43 par 7. $43 \times 7 = 301$. On ne garde que les deux derniers chiffres : 01. Les deux derniers chiffres de 7^5 seront ensuite 07, etc. Les deux derniers chiffres des puissances de 7 sont donc 01 ; 07 ; 49 ; 43 ; 01 etc. De ce fait, on ne trouvera jamais 17 dans cette liste périodique.
8. Proposition $\exists$. Comme dans l'exemple précédent, on calcule – dans un tableur – les deux derniers chiffres de 113^n. Pour cela on met 1 dans la case `A1` puis $=$ `MOD(A1 * 7; 10`^{2}`)` dans la case `A2` et on étire vers le bas.

   On se rend compte ainsi que 113^{17} se termine par 17. On ne pourra pas conclure comme dans l'exemple précédent. Pour autant, on ne peut pas conclure dans un sens ou dans un autre. Cependant, comme dans l'exemple précédent, on se rend compte que la succession des restes est cyclique : 01 ; 13 ; 69 ; 97 ; 61 ; 93 ; 09 ; **17** ; 21 ; 73 ; 49 ; 37 ; 81 ; 53 ; 89 ; 57 ; 41 ; 33 ; 29 ; 77 ; 01 ; etc. La longueur du cycle est 20. Donc les puissances de 113 qui peuvent convenir sont 113^7 ; 113^{27} ; 113^{47} etc.

   Pour conclure, on a besoin des quatre derniers chiffres de 113^n c'est-à-dire de son reste dans la division par 10000. Cette fois on met 113 dans la case `C1` puis $=$ `MOD(C1 * 7; 10`^{4}`)` dans la case `C2` et on étire vers le bas. Dans la case `C21` on lit 2801 comme étant les quatre derniers chiffres de 113^{20}. Maintenant on écrit 7 dans la case `D1`, $=$ `D1 + 20` dans la case `D2`, on copie en tirant vers le bas. On écrit 113 dans la case `E1` then $=$ `MOD(E1 * 2801; 10`^{4}`)` dans la case `E2`, et on étire vers le bas. Avec un peu de courage, on lit (dans la case `E23` que 113^{447} se termine par 2017. La proposition est vraie. Il suffit de le voir pour $n = 447$.

Remarque 6.

Les petits gourmands pourront demander tous les chiffres sur le site de Wolfram alpha `https://www.wolframalpha.com/input/?i=113%5E447`

9. Proposition Ɔ. On pose $A = 4 + \sqrt{17}$. On commence par calculer

$$A^2 = \left(4 + \sqrt{17}\right)^2 = 16 + 2 \times 8 \times \sqrt{17} + 17 = 33 + 16\sqrt{17}.$$

   Puis en élevant A^2 au carré, on trouve $A^4 = 2177 + 528\sqrt{17}$. Puis en élevant A^4 au carré, on trouve $A^8 = 9478657 + 2298912\sqrt{17}$. Reste à savoir si ce nombre est un entier ou non. Pour cela on pose $B = 4 - \sqrt{17}$. Des calculs similaires donnent $B^2 = 33 - 16\sqrt{17}$; $B^4 = 2177 - 528\sqrt{17}$ et $B^8 = 9478657 - 2298912\sqrt{17}$.

   Or $A + B = 18957314$. Or $B \neq 0$. En effet $B = 0 \Longrightarrow 4 = \sqrt{17}$ et en élevant au carré, $4 = \sqrt{17} \Longrightarrow 16 = 17$. Donc $B = 0 \Longrightarrow 16 = 17$. Par contraposée, $16 \neq 17 \Longrightarrow B \neq 0$ Comme $16 \neq 17$ est une proposition vraie, cela veut dire que $B \neq 0$ donc que $B^8 \neq 0$, et par suite, $A^8 \neq 18957314$. La proposition initiale est fausse.

Solution 8

1. On commence par rédiger correctement (en quantifiant) chacune des propositions, pour qu'elles deviennent des propositions mathématiques.

   i) Si je suis autrichien, alors je suis européen. On suppose que cette proposition est sans ambiguïté et est une proposition mathématique. VRAI.

   ii) Quel que soit le nombre réel x, $x^2 = 4 \Longrightarrow x = 2$. FAUX. Contrexemple $x = -2$.

   iii) Quels que soient les nombres réels a et b, $ab = 0 \Longrightarrow a = 0$ ou $b = 0$. VRAI.

   iv) Quels que soient les points A, B, C et D du plan, $ABCD$ est un losange $\Longrightarrow$ $ABCD$ est un parallélogramme. VRAI.

   v) Quels que soient les droites D_1 et D_2, D_1 et D_2 sont perpendiculaires $\Longrightarrow$ D_1 et D_2 sont sécantes. VRAI.

   vi) Quels que soient les points A, B et C du plan, ABC est un triangle équilatéral $\Longrightarrow$ ABC est un triangle isocèle. VRAI.

   Ainsi rédigées, toutes ces propositions sont des propositions V.

2. Réciproques. Il peut être bon de les quantifier proprement.

   i) Si je suis européen, alors je suis autrichien. FAUX. Contrexemple : n'importe quel letton (qui ne soit pas aussi autrichien)

   ii) Si $x = 2$ alors $x^2 = 4$. VRAI. En élevant au carré, tout ce qui arrive au membre de droite, arrive au membre de gauche.

   iii) Si $a = 0$ ou $b = 0$ alors $ab = 0$. VRAI.

   iv) Si $ABCD$ est un parallélogramme alors $ABCD$ est un losange. FAUX.

   v) Si deux droites sont sécantes alors elles sont perpendiculaires. FAUX.

   vi) Si ABC est un triangle isocèle alors ABC est un triangle équilatéral. FAUX.

3. La seule équivalence est la proposition : « Quels que soient les nombres réels a et b, $ab = 0 \Longleftrightarrow a = 0$ ou $b = 0$ ».

Solution 9 (Jeux olympiques)

L'énoncé peut se traduire par la proposition : « Pour tout athlète de la cérémonie d'ouverture des jeux olympiques, P_1 : (l'athlète est japonais) $\Longrightarrow$ (l'athlète porte une chemise rouge) ». C'est une proposition V sous la forme d'une implication. D'après l'énoncé, elle est vraie.

1. La contraposée de P_1 est vraie pour tout athlète de la cérémonie d'ouverture des jeux olympiques. Elle s'écrit : P_2 (l'athlète ne porte pas une chemise rouge) $\Longrightarrow$ (l'athlète n'est pas japonais). L'athlète porte une chemise blanche. Donc sa chemise n'est pas rouge. Puisque l'implication P_2 prend la valeur vraie, c'est que l'athlète n'est pas japonais.

2. On ne sait pas si la réciproque de P_1, à savoir P_3 : (l'athlète porte une chemise rouge) $\Longrightarrow$ (l'athlète est japonais) est vraie pour tout athlète de la cérémonie d'ouverture des jeux olympiques ou même seulement pour cet athlète. Faute de plus d'information, on ne peut pas conclure.

3. La contraposée de P_3, à savoir P_4 : (l'athlète n'est pas japonais) $\Longrightarrow$(l'athlète ne porte pas une chemise rouge) a la même valeur de vérité que P_3 pour cet athlète chinois. Comme pour l'athlète précédent, l'énoncé ne permet pas connaître cette valeur de vérité. On ne peut pas conclure.

4. Il porte une chemise rouge, d'après P_1 (appliquée à cet athlète).

Solutions

Solution 10

(a) P_2 : Si un quadrilatère a des diagonales de longueurs différentes alors ce n'est pas un rectangle.
P_3 : Si un quadrilatère a des diagonales de longueurs égales alors c'est un rectangle.
P_4 : Si un quadrilatère n'est pas un rectangle alors il a des diagonales de longueurs différentes.
P_1 donc P_2 sont vraies, P_3 donc P_4 sont fausses.

(b) P_2 : Si un nombre n'est pas divisible par 5 alors il ne se termine pas par 5.
P_3 : Si un nombre est divisible par 5 alors il se termine par 5.
P_4 : Si un nombre ne se termine pas par 5 alors il n'est pas divisible par 5.
P_1 donc P_2 sont vraies, P_3 donc P_4 sont fausses.

(c) P_2 : Si un triangle ne possède pas deux angles égaux alors il n'est pas rectangle.
P_3 : Si un triangle possède deux angles égaux alors il est rectangle.
P_4 : Si un triangle n'est pas rectangle alors il ne possède pas deux angles égaux.
P_1 donc P_2 sont fausses, P_3 donc P_4 sont fausses.

(d) P_2 : Si deux droites ne sont pas sécantes alors elles ne sont pas perpendiculaires.
P_3 : Si deux droites sont sécantes alors elles sont perpendiculaires.
P_4 : Si deux droites ne sont pas perpendiculaires alors elles ne sont pas sécantes.
P_1 donc P_2 sont vraies, P_3 donc P_4 sont fausses.

Solution 11

Quels que soient les entiers naturels a et b tels que $a > b$, on a $a^2 - b^2 = (a-b)(a+b)$. En particulier, $a - b$ et $a + b$ sont des diviseurs de $a^2 - b^2$, avec $0 < a - b < a + b$.

1. On suppose que $a^2 - b^2$ est premier. Nécessairement $a - b = 1$ et $a + b = a^2 - b^2$. En particulier $a - b = 1$ signifie que a et b sont consécutifs.
2. La réciproque est fausse. En effet, $a = 5$ et $b = 4$ sont des entiers consécutifs. Pour autant $a^2 - b^2 = 25 - 16 = 9$ n'est pas premier.

Solution 12

Soit P la proposition « La face qui contient un nombre, contient un nombre pair ».
Soit V la proposition « La face qui contient une lettre, contient une voyelle ».

On appelle chacune des quatre cartes par son côté visible : **A** , **B** , **4** et **5**.
On appelle C la proposition « La carte vérifie ($P \Longrightarrow V$) ».
On sait que ($P \Longrightarrow V$) signifie (non(P) ou V).

⋆ La carte **5** vérifie C. En effet, elle vérifie non(P), donc *a fortiori* (non(P) ou V) donc C.
⋆ La carte **A** vérifie C. En effet, elle vérifie V, donc *a fortiori* (non(P) ou V) donc C.

Restent les deux autres cartes pour lesquelles on ne connaît la valeur de C tant qu'on ne les a pas retournées.

⋆ La carte **4** vérifie P.
Si, en la retournant, on se rend compte qu'elle vérifie V, alors elle vérifie *a fortiori* : (non(P) ou V) donc C.
Si, en la retournant, on se rend compte qu'elle vérifie non(V), alors elle vérifie non(C).

⋆ La carte **B** vérifie non(V).
Si, en la retournant, on se rend compte qu'elle vérifie non(P), alors elle vérifie *a fortiori* : (non(P) ou V) donc C.
Si, en la retournant, on se rend compte qu'elle vérifie V, alors elle vérifie non(C).

Donc il faut retourner au minimum deux cartes (**B** et **4**) pour vérifier si *Pour chacune des quatre fiches, s'il y a un nombre pair sur un côté de la fiche, alors il y a une voyelle sur l'autre côté de la fiche.*

Solution 13

Soit x un nombre réel strictement positif.

1. En développant le carré, on a

$$\begin{aligned}\left(x+\frac{1}{x}\right)^2 &= x^2+2x\frac{1}{x}+\left(\frac{1}{x}\right)^2\\ &= x^2+2+\frac{1}{x^2},\end{aligned}$$

ce qu'il fallait vérifier.

2. L'implication $\left(x+\frac{1}{x}=1\right) \Longrightarrow \left(x^2+\frac{1}{x^2}=-1\right)$ est vraie.

En effet, en supposant $\left(x+\frac{1}{x}=1\right)$, on en déduit que $\left(x+\frac{1}{x}\right)^2=1^2$. On en déduit, d'après la question précédente, que $x^2+2+\frac{1}{x^2}=1$, c'est-à-dire, en soustrayant 2 aux deux membres, $x^2+\frac{1}{x^2}=-1$.

3. L'implication $\left(x+\frac{1}{x}=1\right) \Longrightarrow \left(x^2+\frac{1}{x^2}=1\right)$ est vraie elle aussi. En effet, pour tout nombre réel x strictement positif, la proposition $\left(x+\frac{1}{x}=1\right)$ est fausse. Voici trois démonstrations possibles :

(a) D'après la question 2. l'implication $\left(x+\frac{1}{x}=1\right) \Longrightarrow \left(x^2+\frac{1}{x^2}=-1\right)$ est vraie. Comme la proposition $\left(x^2+\frac{1}{x^2}=-1\right)$ est fausse – la somme de deux nombres positifs comme x^2 et $\frac{1}{x^2}$ ne saurait être négative – c'est que la proposition $\left(x+\frac{1}{x}=1\right)$ est fausse.

(b) Par disjonction de cas.
- Si $x>1$ alors $\left(x+\frac{1}{x}>1\right)$.
- Si $0<x<1$ alors son inverse $\frac{1}{x}$ est plus grand que 1 et *a fortiori* $\left(x+\frac{1}{x}>1\right)$.
- Si $x=1$ alors $\left(x+\frac{1}{x}=2\right)$.

Dans les trois cas, $\left(x+\frac{1}{x}=1\right)$ est faux.

(c) On a

$$\begin{aligned}x+\frac{1}{x}-2 &= \frac{1}{x}\left(x^2+1-2x\right)\\ &= \frac{1}{x}(x-1)^2\\ &\geqslant 0,\end{aligned}$$

puisqu'un carré est toujours positif. On en déduit que $x+\frac{1}{x}\geqslant 2$ et donc $x+\frac{1}{x}=1$ est faux.

Notons $A(x)$ la proposition $\left(x+\frac{1}{x}=1\right)$ et $B(x)$ la proposition $\left(x^2+\frac{1}{x^2}=-1\right)$. Nous savons que non$(A(x))$ est vraie, donc non$(A(x))$ ou $B(x)$ est vraie. C'est bien dire que l'implication $\left(x+\frac{1}{x}=1\right) \Longrightarrow \left(x^2+\frac{1}{x^2}=-1\right)$ est vraie.

Solutions

Chapitre 2

Programmation

Sommaire

Écrire une introduction à la programmation en un court chapitre relève de la gageure. Pour autant il est utile de disposer de cet outil, d'une part comme école de rigueur, d'autre part pour aborder – modestement – l'expérimentation en mathématiques.

2.1 Qu'est-ce qu'un algorithme ?

2.1.1 Définitions

Définition 1.

On appelle **algorithme** une suite **finie** et non ambiguë d'opérations ou d'instructions permettant de résoudre un problème ou d'obtenir un résultat.

En particulier, lorsque les opérations se répètent, il faudra savoir quand s'arrêter.

Une façon de traduire des algorithmes est d'écrire des programmes

- en langage naturel,
- en code informatique (calculette, ordinateur)

Quelques langages informatiques : C ; C++ ; Algobox ; Python ; Scilab ; basic TI ; XCas.

Remarque 1.

Les patrons de tricot sont aussi écrits en langage informatique avec des boucles, des tests et des instructions de base.

Par la suite nous nous intéresserons à `Python` – et plus particulièrement à la distribution `pyzo` disponible à l'adresse `https://pyzo.org/` – et à basic TI.

Il est aussi possible de travailler très confortablement avec l'interpréteur – tout y est installé ! – du site `Trinket` disponible à l'adresse `https://trinket.io/python`.

2.1.2 Édition

Basic TI

- On rentre dans l'environnement programme par [prgm].
- Avec la flèche gauche, rentrer dans NOUVEAU et valider avec [enter].
- Donner un nom au programme. On est en mode [alpha]. Huit caractères maximum.
- On sort du programme avec [2nde] [mode] : quitter Le programme est sauvegardé automatiquement.

Python

- Lancer `pyzo`.
- Dans le menu File, créer un nouveau fichier. <CTRL N> est un raccourci.
- Écrire le texte en faisant attention à l'indentation .
- Sauvegarder le fichier à l'aide d'un clic droit sur l'onglet du fichier. Pour la première sauvegarde, on donne un nom au programme.

L'indentation est le décalage du texte pour mettre en évidence un bloc. L'éditeur indente tout seul lorsque c'est nécessaire. Il ne faut pas aller contre. S'il n'indente pas, c'est qu'il y a un problème. En `Python` c'est la fin de l'indentation qui marque la fin d'un bloc. En Basic TI, c'est la commande `End`.

2.1.3 Un premier programme

On va suivre la question 9 de l'exercice 7 page 14.
On va écrire un programme qui calcule et affiche $\left(4+\sqrt{17}\right)^8 = 18957314$ puis $\left(4+\sqrt{17}\right)^8 - 18957314$.

Basic TI

```
PROGRAM:RACINE
:4+√(17) → A
:A^8 → A
:Disp A
:A-18957314→ A
:Disp A
```

→ s'obtient avec [sto→]. L'instruction `Disp A` permet d'afficher la valeur (le contenu) de `A`. On a accès à cette instruction via le menu [prgm] puis E/S.

Python

```
import math

A=4+math.sqrt(17)
A=A**8
print (A)
A=A-18957314
print (A)
```

L'instruction **`import math`** signifie qu'on accède à la bibliothèque **`math`** qui permet d'utiliser toutes les fonctions mathématiques usuelles comme ici la racine carrée.

2.1.4 Exécution

Exemple 1
En Basic TI
- ▶ Rentrer dans l'environnement programme par [prgm].
- ▶ Choisir le programme avec flèche ou numéro puis valider avec [enter].
- ▶ Appuyer une deuxième fois sur [enter] pour lancer le programme.

Le programme affiche :

```
prgmRACINE
                    18957314
                           0
                        Fait
```

Exemple 2
En `Python`.

- ▶ clic droit sur l'onglet du fichier.
- ▶ choisir l'exécution (Run)

Le programme affiche :

```
18957313.999999963
-3.725290298461914e-08
```

On constate la différence entre les deux résultats. Pour la calculette on a $\left(4+\sqrt{17}\right)^8 = 18957314$. Pour `Python`, $\left(4+\sqrt{17}\right)^8 \neq 18957314$.

2.2 Types

Les langages manipulent des objets de différents types : Nombres, booléens, caractères, listes, etc.

2.2.1 Affectation

Quel que soit le type de variable, il est possible de lui donner une valeur correspondant à son type. Cela revient à stocker cette valeur dans une partie de la mémoire dédiée à cette variable. Cette instruction s'appelle l'affectation. Nous l'avons déjà rencontrée dans nos premiers programmes.

En Basic TI, il y a 26 variables désignées par les 26 lettres de l'alphabet. L'affectation s'écrit → avec [sto→]. Il est aussi possible de remplir ces mémoires à la main, c'est-à-dire sans passer par l'exécution d'un programme.

En `Python`, les variables peuvent s'écrire avec une ou plusieurs lettres. Il faut faire attention aux majuscules et aux minuscules. A et a désignent deux variables distinctes. Nous avons déjà vu que l'affectation s'écrit en `Python` avec un signe =.

2.2.2 Nombres entiers

Ce sont les nombres entiers relatifs mais en nombre fini, car en informatique, tout est fini.

2.2.3 Nombres flottants

Ce sont les représentations des nombres réels, c'est-à-dire des « nombres à virgule ». Là encore, ils sont en nombre fini. De plus il faut avoir conscience que ces nombres ne sont que des valeurs approchées des nombres calculés, et que ces erreurs d'approximation peuvent s'accumuler pour devenir significatives. Cf. exercice 7 question 9 page 14.

Exemple 3
En `Python`. On affiche le nombre $1,2 \times 10^{-3}$.

```
A=1.2e-3
print (A)
```

Le programme affiche :

```
0.0012
```

Attention aux majuscules et aux minuscules !

2.2.4 Booléens

Il existe deux booléens. Nous les connaissons depuis le chapitre précédent : Vrai et Faux. Toutes les opérations que nous avons vues sont disponibles.

Exemple 4
En Python.

```
A=True and not (False or True)
print (A)
```

Le programme affiche :

```
False
```

Attention aux majuscules et aux minuscules !

Exemple 5
Le même programme en Basic TI

```
PROGRAM:TEST
:1 et non(0 ou 1) → A
:Disp A
```

Le programme affiche :

```
                    0
                 Fait
```

On pourra apprécier le mélange entre anglais et français dans Basic TI... En Basic TI, les opérations logiques se trouvent dans le menu [2nde] [math] puis `LOGIQ`.

2.2.5 Listes

Une liste est une énumération d'objets, dont l'ordre est important.

En Basic TI, il existe six listes, L1 à L6. Elles sont utilisées en statistiques par exemple.

Il est aussi possible de remplir ces mémoires à la main.

En Python, une liste est définie entre crochets. La longueur d'une liste est donnée par la commande `len`. L'instruction `L.append` permet de rajouter un élément à la fin de la liste appelée `L`.

Le premier item commence toujours avec l'indice 0. Pour lire la premier item on utilise la valeur 0 l'indice, pour le deuxième on utilise la valeur 1 l'indice, etc.

Exemple 6

```
L=[-1,1,-3]
C=len(L)
print (C,L[0])
L.append(4)
C=len(L)
print (C,L[C-1])
```

2.2.6 Caractères

Les caractères servent à écrire des mots et des textes qui sont des chaînes de caractères.

En Basic TI, les caractères ou chaines de caractères sont délimités par "
(en vert au dessus de [+])

En Python, une chaîne de caractères est aussi une liste de caractères.

2.3 Entrées/Sorties

C'est bien beau de faire tourner un programme, encore faut-il qu'il nous communique le résultat. C'est la sortie. Les périphériques de sortie sont :

- l'écran.
- l'imprimante.
- un fichier.

De la même façon, on peut être amené à fournir des données au programme. C'est l'entrée. Les périphériques d'entrée sont :

- le clavier.
- un fichier.
- un écran tactile.

En Basic TI, les instructions d'entrée/sortie sont disponibles dans le menu E/S de math.

2.4 Tests

Un test est une question à laquelle on ne peut répondre que par VRAI ou par FAUX. Autrement dit, le résultat d'un test est un booléen.

En Basic TI, les tests se trouvent avec 2nde math. Ce sont des tests = égale, ≠ est différent de, etc. Lorsqu'on calcule la racine carrée d'un nombre, il est obligatoire de s'assurer auparavant que ce nombre est positif, n'est-ce pas ?

Exemple 7

```
PROGRAM:TEST
:Input A
:If A≥0
:Then :√(A)→ A
:Disp A
:End
```

Les instructions **If**, **Then** et **End** se trouvent dans le menu prgm. L'instruction ou la suite d'instructions à exécuter dans le cas où le booléen est VRAI se trouve à l'intérieur du bloc délimité par **Then** et **End**.

Exemple 8

```
from math import sqrt

A = int(input())
if A>=0 :
    A = sqrt(A)
    print (A)
```

2.5 Boucles

Un des principaux intérêts des ordinateurs, c'est leur capacité à effectuer des tâches répétées sans se fatiguer. Pour autant, il faut bien définir ce qu'il faut répéter et combien de fois ou jusqu'à quand. Dans les deux exemples qui suivent on s'intéresse aux sommes des racines carrées des premiers entiers :

$$\sqrt{1} + \sqrt{2} + \sqrt{3} + \sqrt{4} + \sqrt{5} + etc.$$

le problème étant de savoir quand on s'arrête.

► On veut s'arrêter lorsqu'il y a 100 termes dans la somme. Le problème est alors de connaître une valeur (approchée) de cette somme. On commence par écrire zéro dans la somme S, puis on accumule les racines carrées dans cette somme.

Exemple 9
En Python

```
from math import sqrt

N=100
s=0
for k in range(N+1):
    s=s+sqrt(k)
print (s)
```

Le programme affiche :
671.4629471031477

Ce qu'il faut répéter se trouve à l'intérieur du bloc indenté.

Exemple 10
Le même programme en Basic TI

```
PROGRAM:BOUCLE1
:100 → N
:0 → S
:For(K,1,N) :S+√(K) → S
:End
:Disp S
```

Le programme affiche :

```
                671.4629471
                       Fait
```

L'instruction `For(` se trouve dans le menu [prgm]. Ce qu'il faut répéter se trouve à l'intérieur du bloc délimité par `For(` et `End`.

► On veut s'arrêter lorsque la somme dépasse 1000. Le problème est alors de connaître une valeur (approchée) de cette somme ainsi que le nombre de termes.

Exemple 11
En Python

```
from math import sqrt

k=0
s=0
while s<=1000:
    k=k+1
    s=s+sqrt(k)
print (k,s)
```

Le programme affiche :
131 1005.0942035344083

Ce qu'il faut répéter se trouve à l'intérieur du bloc indenté.

Exemple 12
Le même programme en Basic TI

```
PROGRAM:BOUCLE2
:0 → N
:0 → S
:While S ≥ 1000 :N+1 → N
:S+√(K) → S
:End
:Disp N
:Disp S
```

Le programme affiche :

```
                        131
                1005.094204
                       Fait
```

L'instruction `While` se trouve dans le menu [prgm]. Ce qu'il faut répéter se trouve à l'intérieur du bloc délimité par le test et `End`.

2.6 Fonctions

Elles seront abordées au début et à la fin du chapitre 10.

2.7 Un exemple

La recette du kaprekar :

Le mathématicien indien Dattatreya Ramachandra Kaprekar a découvert une curiosité. On prend un nombre de quatre chiffres. On écrit ces chiffres dans l'ordre décroissant on obtient un entier de quatre chiffres M. On écrit ces chiffres dans l'ordre croissant on obtient un entier de quatre chiffres m. On calcule M-m et on recommence.

Exemples :

- Pour 2020 on a M = 2200, m = 0022 = 22 et M - m = 2178.
- Pour 4444 on a M = m = 4444 et M - m = 0 = 0000.
- Pour 6174 on a M = 7641, m = 1467 et M - m = 6174.

Comme ce procédé n'a pas de mémoire et qu'on obtient à chaque étape un nombre de quatre chiffres, on est obligé d'avoir à un certain stade un nombre qu'on avait déjà obtenu auparavant. À partir de là on obtient un cycle. Si à une certaine étape on obtient 6174, on va rester indéfiniment sur 6174.

On demande un programme qui – à partir d'un nombre fourni par l'utilisateur – teste si on obtient à un moment donné le nombre 6174.

Exemple 13

```
print('Entrez un nombre a 4 chiffres :')
L=input()
n=0
k=int(L)
while k != 6174:
    L1=sorted(L)
    L2=reversed(L1)
    m=''.join(L1)
    M=''.join(L2)
    k=int(M)-int(m)
    n=n+1
    L=str(k)
    print(k,n)
```

`L` est une chaîne de caractères.
Elle est convertie en un entier `k`.
`!=` signifie « différent de ».
`L1` est la **liste** des caractères de `L` écrite dans l'ordre croissant.
`L2` est la liste des caractères de `L1` écrite dans l'ordre inverse.
`m` et `M` sont les chaînes de caractères obtenues en concaténant les caractères des listes `L1` et `L2`.
`int` convertit les chaînes en entiers sur lesquels on peut effectuer la soustraction.
On remet la chaîne de caractères `L` à jour avant de recommencer la boucle.

Dans cet exemple on jongle entre chaînes de caractère comme '2020', entiers comme 2020 et listes de caractères comme ['2','0','2','0']. Ces objets ont des types différents. On ne peut pas les affecter l'un à l'autre sans conversion préalable.

2.8 Exercices

Exercice 1 (Listes).

Écrire un programme **Python** qui remplit une liste `L` de longueur 10 avec les dix premiers entiers naturels, qui remplit une liste `M` de longueur 10 avec les carrés des dix premiers entiers naturels, puis qui à l'aide de ces deux listes qui remplit une liste de longueur 10 avec les sommes des termes des listes `L` et `M` de même rang.
Que fait l'instruction `S = M + N` ? Est-ce la même instruction que `S = N + M` ?

Exercice 2 (Maximum).

Écrire un programme **Python** qui remplit une liste `L` de longueur 10, le terme de rang k étant égal à $k(10-k)+k^3$, puis qui détermine le plus grand et le plus petit de ces dix nombres.

Exercice 3 (Base2).

Écrire un programme **Python** qui demande un nombre entier à l'utilisateur et qui lui retourne la liste de ses digits en base 2.

Indication 1.

`C.reverse()` transforme la liste `C` en la liste écrite dans l'ordre inverse.

Exercice 4.

Écrire un programme **Python** qui calcule la somme de 100 termes

$$S = \frac{1}{\sqrt{1}} + \frac{1}{\sqrt{2}} + \frac{1}{\sqrt{3}} + \frac{1}{\sqrt{4}} + \ldots + \frac{1}{\sqrt{100}}$$

puis la même somme dans l'ordre inverse :

$$T = \frac{1}{\sqrt{100}} + \frac{1}{\sqrt{99}} + \frac{1}{\sqrt{98}} + \frac{1}{\sqrt{97}} + \ldots + \frac{1}{\sqrt{1}}$$

et qui affiche leur différence $T - S$.

Exercice 5 (Palindromes).

On dit qu'un entier naturel est un **palindrome** s'il est égal à son écriture lue dans un miroir. Les entiers 747 et 2112 sont des palindromes. On prend un nombre entier (dans l'exemple 97). Ce n'est pas un palindrome. On l'écrit dans l'ordre inverse : 79. On effectue la somme des deux : $97 + 79 = 176$. Ce n'est pas un palindrome. On recommence, jusqu'à obtenir un palindrome.

1. Écrire un programme **Python** qui effectue les opérations pour 97, affiche les différents entiers obtenus et donne leur nombre.
2. Adapter le programme précédent pour faire le travail pour tous les entiers de 1 à 195.
3. Que se passe-t-il pour 196 ?

Indication 2.

`D = C[::-1]` construit une liste `D` obtenue en écrivant la liste `C` dans l'ordre inverse.

2.9 Solutions

Solution 1 (Listes)

```
L = [] ; M = [] ; S = []
for k in range(10):
    L.append(k)

for k in range(10):
    M.append(k**2)

for k in range(10):
    S.append(L[k]+M[k])

print(S)
```

Solution 2 (Maximum)

```
L = []
for k in range(10):
    L.append(k*(10 - k) + k**3)

m = L[0]
M = L[0]

for k in range(10):
    if L[k] > M:
        M = L[k]
    if L[k] < m:
```

```
        m = L[k]

print(m,M)
```

Le programme retourne 0 pour le minimum et 738 pour le maximum.

Il est plus rapide d'utiliser les instructions prédéfinies :

m = min(M); M = max(M)

Solution 3 (Base 2)

Le digit de droite est le reste de la division par 2 du nombre (représenté par la variable N). Ce reste est calculé par N%2. Ensuite on divise par deux : le quotient entier de N par 2 est obtenu par N//2. Puis on recommence. Les digits s'accumulent dans une liste, en commençant par la fin. Il reste enfin à retourner cette liste.

```
N = int(input('Donner␣un␣entier␣a␣decomposer␣en␣base␣2:'))
S = []
while N:
    S.append(N%2)
    N = N//2

S.reverse()
print (S)
```

Le programme retourne [1, 1, 0, 0, 0, 1, 0, 1] pour 197 en entrée. Donc $197_{10} = 11000101_2$.

Solution 4

```
from math import sqrt

N=100
s=0
for k in range(N):
    s=s+1/sqrt(k+1)
t=0
for k in range(N):
    t=t+1/sqrt(N-k)
print (t-s)
```

Le programme affiche :
3.552713678800501e-15 Ces deux sommes – mathématiquement égales – ne sont pas calculées de la même façon par le programme, même si la différence est infime.
Comme d'habitude, cette différence s'explique par des erreurs d'arrondis.

Solutions

Solution 5 (Palindromes)

1.
```
L='97'
n=0
M=L[::-1]
while (M != L) and (n<10):
    k=int(L)+int(M)
    n=n+1
    print(k,n)
    L=str(k)
    M=L[::-1]
```

2.
```
for m in range(1,196):
    L=str(m)
    n=0
    M=L[::-1]
    while (M != L) and (n<50):
        k=int(L)+int(M)
        n=n+1
        L=str(k)
        M=L[::-1]
    if n<50:
        print(m,n)
    else:
        print(m,' infini')
```

3. Pour 196, il semblerait que le programme puisse tourner indéfiniment. D'où l'intérêt du test d'arrêt $n == 50$ par exemple. La question de savoir si le programme s'arrête ou non pour 196 est une question qui à ce jour n'a toujours pas été résolue. C'est ce qu'on appelle un **problème ouvert**. Avis aux amateurs.

Chapitre 3

Ensembles

Sommaire

3.1 Le langage des ensembles

3.1.1 Définition

La notion d'ensemble est une notion première, c'est-à-dire qu'on ne peut pas la définir sans utiliser d'autre mots, qu'il faudrait aussi définir, etc. On se contentera pour le moment d'imaginer qu'un ensemble est constitué d'éléments.

Exemple 1

- Les nombres réels forment l'ensemble des nombres réels. Les nombres réels sont de ce fait les éléments de l'ensemble des nombres réels. L'ensemble des nombres réels est noté $\mathbb{R}$ ou **R**.
- Le plan est l'ensemble des points du plan.
- Les faces d'un dé cubique forment un ensemble. Cet ensemble a six éléments.

La notation $a \in E$ est une abréviation de « a est un élément de l'ensemble E ».
La phrase « $a \in E$ » est une proposition.

3.1.2 Parties d'un ensemble

Lorsqu'on sélectionne certains éléments d'un ensemble E, ils forment une **partie** ou **sous-ensemble** de E.

Exemple 2

- Pour l'ensemble des faces d'un dé cubique, on peut considérer la partie constituée des faces portant un numéro pair.
- Pour l'ensemble $\mathbb{R}$ on peut considérer la partie constituée des réels strictement positifs.

La notation $A \subset E$ est une abréviation de « A est une partie de l'ensemble E ».
On dit aussi que A est **inclus** dans E.

Remarque 1.

Un sous-ensemble est lui-même un ensemble. En particulier, on peut s'intéresser aux sous-ensembles d'un sous-ensemble.

Définition 1.

Soit E un ensemble. Il existe une partie de E qui n'a aucun élément. Cette partie est appelée **ensemble vide**. On la note : $\varnothing$.

3.1.3 Écritures d'un ensemble

On peut écrire un ensemble **en extension** en écrivant une liste de tous ses éléments, une fois et une seule dans l'ordre que l'on veut, le tout entre accolades.

Exemple 3
Pour l'ensemble des faces d'un dé cubique : $\{1, 2, 3, 4, 6, 5\}$. D'après la remarque 1, $\{1, 2, 3, 4\}$ en est donc un sous-ensemble mais il est lui-même un ensemble dont $\{1, 2, 3\}$ en est un sous-ensemble.

On peut écrire un sous-ensemble **en compréhension** en caractérisant les éléments par une **propriété**.

Pour cela on écrit une barre verticale entre deux accolades. À gauche de la barre verticale, on écrit de quel ensemble on prend une partie et à droite de la barre verticale la propriété qui caractérise les éléments de la partie considérée.

En fin de compte, une **propriété** est une proposition P qui dépend d'un élément x d'un ensemble E. Les éléments pour lesquels $\mathrm{P}(x)$ prend la valeur VRAI forment une partie de E. On dit alors que P caractérise les éléments de cette partie.

Inversement, soit $A \subset E$. De façon évidente, A est caractérisé par la proposition « appartenir à A ».

Exemple 4
L'ensemble des nombres strictement positifs : $\left\{ \underbrace{x \in \mathbb{R}}_{\text{ensemble dont on prend la partie}} \mid \underbrace{x > 0}_{\text{propriété caractéristique}} \right\}$.

Il n'est pas question d'écrire cet ensemble en extension.

Un ensemble peut aussi s'écrire avec un « ; » au lieu de la barre.

Définition 2.

Soit E un ensemble. On appelle **singleton** toute partie de E qui ne comporte qu'un élément.

Remarque 2.

Soit E un ensemble et a un élément de E. On fera attention à ne pas confondre l'élément a et le singleton $\{a\}$. On peut écrire les propositions :

- $a \in E$.
- $\{a\} \subset E$.
- $a \in \{a\}$.

3.1.4 Complémentaire d'un sous-ensemble

Définition 3.

Soit A une partie d'un ensemble E. On appelle **complémentaire** de A dans E la partie de E constituée des éléments de E qui n'appartiennent **pas** à A

Cet ensemble est noté $\complement_E A$ ou simplement $\overline{A}$ lorsqu'on n'a pas besoin de référence à l'ensemble E ou encore $E \setminus A$ (lire : E privé de A).

3.1.5 Intersection de sous-ensembles

Définition 4.

Soit A et B deux parties d'un ensemble E. On appelle **intersection** de A et B la partie de E constituée des éléments de E qui appartiennent à A **et** à B. L'intersection de A et B est notée : $A \cap B$.

Définition 5.

Soit A et B deux sous-ensembles d'un ensemble E. On dit que A et B sont **disjoints** lorsque $A \cap B = \varnothing$.

Ne pas confondre « disjoints » et « distincts » c'est-à-dire différents.

3.1.6 Réunion de sous-ensembles

Définition 6.

Soit A et B deux parties d'un ensemble E. On appelle **réunion** de A et B la partie de E constituée des éléments de E qui appartiennent à A **ou** à B. La réunion de A et B est notée : $A \cup B$.

Théorème 1
Soit $A \subset E$. On a

- ► $A \cup \complement_E A = E$ et $A \cup \complement_E A = \varnothing$.
- ◄ Soit $B \subset E$. Si $A \cup B = E$ et $A \cap B = \varnothing$, alors $B = \complement_E A$.

3.1.7 Couples

Définition 7.

Soit E et F deux ensembles. L'ensemble des **couples** – c'est-à-dire des listes à deux éléments – $\left(a\ ,\ b\right)$ où $a \in E$ et $b \in F$ forme un ensemble, appelé **produit cartésien** de E par F et noté $E \times F$.
Dans le cas où les ensembles E et F sont égaux, on peut abréger $E \times E$ en E^2.

Remarque 3.

Soit E un ensemble, a et b deux éléments **distincts** de E. On fera attention à ne pas confondre le couple $\left(a\ ,\ b\right)$ et le sous-ensemble $\{a, b\}$. On peut écrire les propositions :

- $\left(a\ ,\ b\right) \in E^2$.
- $\{a,b\} \subset E$.
- $\{a,b\} = \{b,a\}$.

En revanche $\left(a\ ,\ b\right) \neq \left(b\ ,\ a\right)$ car $a \neq b$.

3.1.8 Égalité pour les couples !

Soit E et F deux ensembles.

Se donner un couple $\left(a\ ,\ b\right)$ dans $E \times F$, c'est se donner à la fois un élément a dans E **et** un élément b dans F.

Soit $\left(a\ ,\ b\right) \in E \times F$ et $\left(a'\ ,\ b'\right) \in E \times F$.

Dire que $\left(a\ ,\ b\right) = \left(a'\ ,\ b'\right)$ c'est dire que $a = a'$ et $b = b'$.

3.1.9 Représentation graphique

On représente usuellement les couples d'un produit cartésien sur un systèmes d'axes, le premier horizontal et le second vertical :

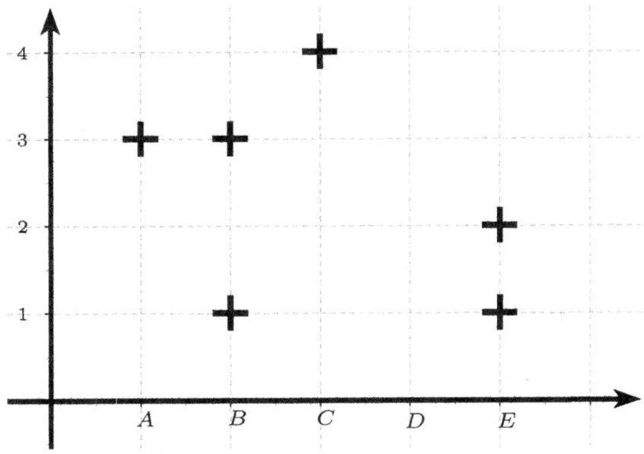

Une représentation graphique de
$\{(A,3),(B,1),(B,3),(C,4),(E,1),(E,2),\}$
$\subset \{A,B,C,D,E\} \times \{1,2,3,4\}$.

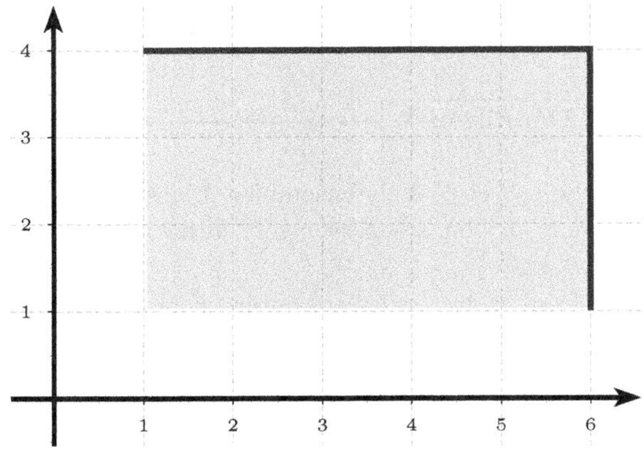

Une représentation graphique de $]\ 1\ ,\ 6\ ] \times]\ 1\ ,\ 4\ ]$.

3.1.10 Triplets, etc.

Les définitions précédentes se généralisent à trois, quatre, n ensembles.

Définition 8.

Si E, F et G sont trois ensembles on appelle $E \times F \times G$ leur produit cartésien. C'est l'ensemble des **triplets** (a,b,c) avec $a \in E$, $b \in F$ et $c \in G$.

Une fois de plus l'ordre des lettres est important.

On peut définir de la même façon des quadruplets, ... n-uplets (ou n-uples).

Bien entendu les représentations graphiques seront d'autant plus délicates.

3.2 Quantification

Cette rubrique est un retour sur 1.9 page 9.

3.2.1 Inclusion et quantificateur

Soit E un ensemble, l'écriture symbolique « $\forall x \in A$ » **peut** abréger « Pour tout élément x appartenant à A ». Rappelons à toutes fins utiles qu'il n'y a aucune honte à écrire des phrases avec des mots en toutes lettres.

Venons-en à une traduction de la définition de l'inclusion :

Théorème 2
Soit A et B deux parties de E. La proposition « $A \subset B$ » est équivalente à « pour tout élément x de E, si $x \in A$, alors $x \in B$ ».

Ce qui peut s'abréger en

$$(A \subset B) \Longleftrightarrow (\forall x \in E,\ (x \in A) \Longrightarrow (x \in B)).$$

Une conséquence très importante :

Théorème 3
Soit A et B deux parties de E. La proposition « $A = B$ » est équivalente à « pour tout élément x de E, $(x \in A) \Longleftrightarrow (x \in B)$ ».

Ce qui peut s'abréger en

$$(A = B) \Longleftrightarrow (\forall x \in E,\ (x \in A) \Longleftrightarrow (x \in B)).$$

Autrement dit, pour démontrer l'égalité entre deux ensembles, on peut démontrer cette double-inclusion. C'est même très souvent la bonne façon de procéder pour obtenir une démonstration propre.

Théorème 4
Soit A et B deux parties de E. La proposition « $A = B$ » est équivalente à « $A \subset B$ et $B \subset A$ ».

L'intérêt de cette formulation est que l'on transpose le problème de l'égalité entre sous-ensembles en un problème de tables de vérités.

Dans ce qui précède, la proposition « $x \in A$ » est une proposition qui dépend de la lettre x. Voyons ce qui se passe dans un cas plus général.

Définition 9.

Soit E un ensemble et $x \in E$. On considère la proposition $P(x)$ (qui dépend donc de x).
On peut définir deux nouvelles propositions :
$P_1 := \forall x \in E,\ P(x)$ qui prend la valeur VRAI si $P(x)$ pour tout élément x de E, et prend la valeur FAUX sinon.
$P_2 := \exists x \in E,\ P(x)$ qui prend la valeur VRAI si $P(x)$ pour au moins un élément x de E, et prend la valeur FAUX sinon.

Rappel : := abrège « abrège », voir page 2.

Exemple 5
Soit x un nombre réel, on considère la proposition $P(x)$: $2x \leqslant 3$.

$P_1 := \forall x \in \mathbb{R},\ P(x)$ prend la valeur FAUX puisque $x = 3$ constitue un contrexemple dans la mesure où $P(3)$ prend la valeur FAUX.

$P_2 := \exists x \in \mathbb{R},\ P(x)$ prend la valeur VRAI puisque $P(0)$ prend la valeur VRAI.
On définit $\mathbb{R}_-$ comme l'ensemble des nombres réels négatifs ou nuls.
$P_3 := \forall x \in \mathbb{R}_-,\ P(x)$ prend la valeur VRAI.

Théorème 5 (Qui peut le plus peut le moins)
Soit $P(x)$ une proposition qui dépend d'une lettre x.

Soit A et B deux parties de E pour lesquelles on a $A \subset B$. On a alors

$$(\forall x \in B,\ P(x)) \Longrightarrow (\forall x \in A,\ P(x)).$$

et

$$(\exists x \in A\ , P(x)) \Longrightarrow (\exists x \in B,\ P(x)).$$

Remarque 4.

Dans le cas d'une implication quantifiée avec $\forall$, il faut faire attention à la portée du quantificateur. Voir pour cela l'exercice 2 p. 47.

3.2.2 Intersection, réunion

Définition 10.

Soit E un ensemble, n un entier naturel, $A_1, A_2, \ldots, A_n$, n parties de E.
On appelle **intersection** de $A_1, A_2, \ldots, A_n$ le sous-ensemble de E constitué des éléments de E qui appartiennent à tous les $(A_k)_{1 \leqslant k \leqslant n}$. On le note

$$\bigcap_{k=1}^{n} A_k.$$

Autrement dit, $\bigcap_{k=1}^{n} A_k = \{x \in E \mid \forall k \in \{1, \ldots, n\},\ x \in A_k\}$.

Définition 11.

Soit E un ensemble, n un entier naturel, $A_1, A_2, \ldots, A_n$, n parties de E.
On appelle **réunion** de $A_1, A_2, \ldots, A_n$ le sous-ensemble de E constitué des éléments de E qui appartiennent à l'un au moins des $(A_k)_{1 \leqslant k \leqslant n}$. On le note

$$\bigcup_{k=1}^{n} A_k.$$

Autrement dit, $\bigcup_{k=1}^{n} A_k = \{x \in E \mid \exists k \in \{1, \ldots, n\},\ x \in A_k\}$.

3.2.3 Partitions

Définition 12.

On dit que des parties d'un ensemble E forment une **partition** de E si
- ► elles sont toutes non vides.
- ► leurs intersections deux à deux sont toutes vides.
- ► leur réunion est l'ensemble E.

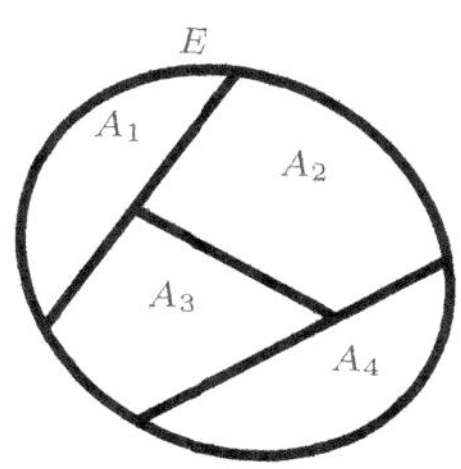

Les parties A_1, A_2, A_3 et A_4 forment une partition de l'ensemble E.

Formellement : Soit E un ensemble, n un entier naturel, $A_1, A_2, \ldots, A_n$, n parties de E.

On dit que $A_1, A_2, \ldots, A_n$ forment une partition de E lorsque

$$\begin{cases} \forall k \in \{1, \ldots, n\},\ A_k \neq \varnothing \\ \forall (k, \ell) \in \{1, \ldots, n\}^2,\ (k \neq \ell) \Longrightarrow (A_k \cap A_\ell = \varnothing) \\ \bigcup_{k=1}^{n} A_k = E \end{cases}$$

3.3 Représentations graphiques

3.3.1 Diagramme de Venn

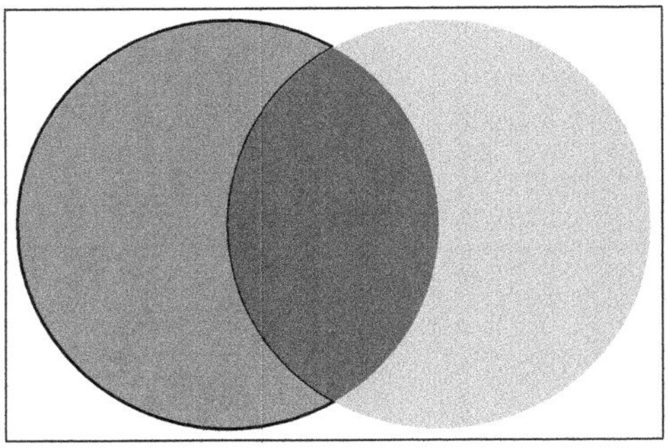

On représente les entiers relatifs par l'intérieur du rectangle.
On représente dans le disque de gauche l'ensemble $2\mathbb{Z}$ des multiples de 2.
On représente dans le disque de droite l'ensemble $3\mathbb{Z}$ des multiples de 3.
Au milieu on a l'intersection $2\mathbb{Z} \cap 3\mathbb{Z}$. Ce sont les multiples de 6.
On note $6\mathbb{Z}$ cet ensemble.
À gauche on a donc $2\mathbb{Z} \setminus 6\mathbb{Z}$. À droite on a donc $3\mathbb{Z} \setminus 6\mathbb{Z}$.

3.3.2 Diagramme de Carroll

On peut représenter A et B deux parties d'un ensemble E à l'aide d'un diagramme dit de Carroll[1]. La dernière ligne et la dernière colonne T peuvent être utilisées pour le total.

	A	$\overline{A}$	T
B	$A \cap B$	$\overline{A} \cap B$	
$\overline{B}$	$A \cap \overline{B}$	$\overline{A} \cap \overline{B}$	
T			

3.4 Exercices

Exercice 1 (Notion première).

1. Chercher dans le dictionnaire en ligne de l'Académie française : (http ://atilf.atilf.fr/academie9.htm) La définition des mots « ensemble » et « collection ».
2. Expliquer pourquoi il est nécessaire d'avoir des notions premières en mathématiques (et ailleurs).

1. Lewis Carroll a développé les diagrammes qui portent son nom dans « La logique sans peine » (1896). Il est surtout connu pour être l'auteur de « *Alice au pays des merveilles* » et de « *La Traversée du miroir* ».

Exercice 2 (La place des quantificateurs).

Soit x un nombre réel. On considère les propositions $A(x)$ et $B(x)$ suivantes :
- ► $A(x) :=$ « $x > 0$ », autrement dit $A(x)$ est une abréviation de « $x > 0$ ».
- ► $B(x) :=$ « $x - 1 > 0$ ».

On considère aussi les propositions A, B et C suivantes :
- ► $A := (\forall x \in \mathbb{R},\ A(x))$.
- ► $B := (\forall x \in \mathbb{R},\ B(x))$.
- ► $C := \forall x \in \mathbb{R},\ (A(x) \Longrightarrow B(x))$.

1. Démontrer $A \Longrightarrow B$.
2. Démontrer non(C).
3. Commentaires.

Exercice 3.

Soit E un ensemble, n un entier naturel, $A_1, A_2, \ldots, A_n$, n parties de E.
Écrire une négation de « $A_1, A_2, \ldots, A_n$ forment une partition de E ».

Solutions

3.5 Solutions

Solution 1 (Notion première)

1. • **ENSEMBLE** n. m. XVIIe siècle. (...) MATH. **Collection** d'éléments ayant en commun certaines propriétés, le critère d'appartenance à la collection étant bien défini. (...)
   • **COLLECTION** n. f. XIV ^{e} siècle, au sens de « amas de pus » ; XVIIe siècle, au sens moderne. Emprunté du latin *collectio*, « action de recueillir, de rassembler », « ce qui est recueilli ». 1. **Ensemble** d'objets de même sorte que l'on réunit volontairement dans un esprit de curiosité, ou pour leur valeur artistique, scientifique ou documentaire. (...)

2. On voit par là, que le mot « Ensemble » est défini à l'aide du mot « Collection » et inversement. Cette situation est générale. Pour tout dictionnaire (quantification !) et pour toute entrée du dictionnaire, lorsqu'on prend tous les mots de sa définition, puis si nécessaire les mots des définition de la définition, etc.

   Le dictionnaire étant fini, on arrive tôt ou tard à une des trois situations :

   (1) un mot d'une définition qui n'est pas défini (hautement improbable) ;

   (2) un mot qui appartient à un cycle de mots qui entrent dans la définition les uns des autres. Dans le cas de « Ensemble / Collection » on est dans ce second cas, le cycle ayant une longueur égale à 2 ;

   (3) un mot qui renvoie à un ou des mots des catégories précédentes.

   On voit par là qu'il est nécessaire d'utiliser des notions premières, c'est-à-dire dans la situation **(1)** si on ne veut pas tomber dans le cercle vicieux **(2)**.

   C'est pour cette raison qu'on ne cherche pas à définir les ensembles et les éléments.

Solution 2 (La place des quantificateurs)

1. On a non A. En effet on a non $A(0)$. Donc 0 est un contrexemple. De ce fait l'implication $A \Longrightarrow B$ est une proposition vraie.
2. Prenons $x = 1$. On a alors $A(x) = A(1)$ qui est vrai puisque $1 = x > 0$. En revanche, $B(x) = B(1)$ est faux puisque $0 = x - 1 \leqslant 0$. Donc pour $x = 1$, on n'a pas $A(x) \Longrightarrow B(x)$ Cf. 1.6.4 p. 7. C'est bien dire qu'on a non$((C)$.
3. (a) On peut remarquer que pour tout réel x, $B(x)$ prend les mêmes valeurs logiques que $A(x-1)$. Autrement dit $B(x) \Longleftrightarrow A(x-1)$.
   (b) De ce fait, on a $B \Longleftrightarrow A$.
   (c) L'implication $A \Longrightarrow B$ peut s'écrire : (pour tout réel x, $A(x)$) $\Longrightarrow$ (pour tout réel x, $B(x)$). Cette écriture est à rapprocher de celle de l'implication (fausse) pour tout réel x, $(A(x) \Longrightarrow B(x))$. On voit le soin qu'il est nécessaire d'apporter à l'écriture des propositions.
   (d) L'implication $A \Longrightarrow B$ est une proposition de type Ɔ. Il en est donc de même de l'implication (pour tout réel x, $A(x)$) $\Longrightarrow$ (pour tout réel x, $B(x)$).
   En revanche, pour tout réel x, $(A(x) \Longrightarrow B(x))$ est une proposition de type $\forall$.

Solution 3

Par exemple :

$\exists k \in \{1, \ldots, n\},\ A_k \neq \varnothing$

ou $\exists x \in E,\ \forall k \in \{1, \ldots, n\},\ x \notin A_k$

ou $\exists (k, \ell) \in \{1, \ldots, n\}^2,\ (k \neq \ell)$ et $A_k \cap A_\ell \neq \varnothing$.

Chapitre 4

Événements

Sommaire

4.1 Les événements, l'univers et le reste

Les probabilités utilisent les objets de la théorie des ensembles (à moins que ce soit l'inverse) avec un vocabulaire différent. De ce fait, pour le fond, ce chapitre ressemble pour beaucoup au précédent.

4.1.1 L'univers

On appelle expérience aléatoire une expérience dont le résultat n'est pas prévisible. Le lancer d'un dé à 6 faces constitue une expérience aléatoire : il existe 6 résultats (issues) possibles, dont aucun n'est prévisible.

Exemple 1

- Jeu de pile ou face.
- Sondage. On ne peut pas prévoir les réponses des personnes sondées.

On sent bien que ces définitions ne sont pas des définitions mathématiques. On va donc **modéliser** les expériences aléatoires par des objets mathématiques : ensembles, sous-ensembles, éléments, etc. auxquels on donnera des noms spécifiques.

Définition 1.

On appelle **univers** d'une expérience aléatoire, noté Ω (« omega »), l'**ensemble** des issues (ou résultats) possibles de l'expérience.

Une issue est donc un élément de l'ensemble (l'univers) Ω.

L'univers de l'expérience aléatoire consistant à lancer un dé à 6 faces est : $\Omega = \{1, 2, 3, 4, 5, 6\}$.

4.1.2 Les événements

Définition 2.

Un événement A est une partie de Ω, c'est-à-dire un sous-ensemble composé de certaines issues.

Autrement dit un événement est un sous-ensemble de l'ensemble (l'univers) Ω.

Définition 3.

Soit Ω l'univers d'une expérience aléatoire. On appelle événement élémentaire tout événement qui ne comporte qu'une seule issue.

Autrement dit un événement élémentaire est un singleton de l'ensemble (l'univers) Ω.

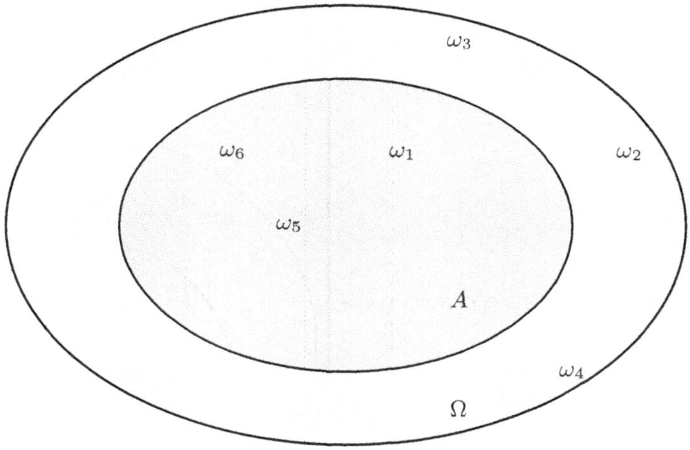

Ici l'événement A est composé de trois issues : $A = \{\omega_1, \omega_5, \omega_6\}$.

L'univers Ω lui-même est un événement, appelé **événement certain**.

Définition 4.

Deux événements sont dits **incompatibles** s'ils n'ont aucune issue en commun.

Exemple 2
Dans un jeu de 32 cartes, les événements « tirer un pique » et « tirer une carte rouge » sont deux événements incompatible.

Définition 5.

On appelle événement contraire de l'événement A, noté $\overline{A}$, l'ensemble des issues de Ω qui ne sont pas dans A.

En particulier l'événement contraire de l'événement certain ne comporte aucune issue. Il est appelé événement impossible et est noté $\varnothing$.

On retrouve la notation utilisée pour l'ensemble vide.

4.2 Représentation des événements

4.2.1 Diagrammes de Venn ou patates

Au jeu de dé, on représente les événements suivants :

- $A =$ « obtenir un chiffre impair »
- $B =$ « obtenir un chiffre inférieur ou égal à 3 » .

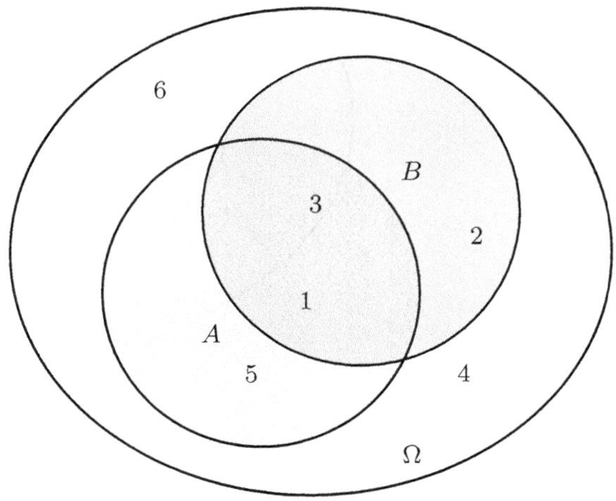

4.2.2 Tableaux

On tire d'un sac des jetons numérotés sur une face de 1 à 3 (l'ensemble des possibilités de cette face est $E = \{1, 2, 3\}$) et sur l'autre a ou b (l'ensemble des possibilités de cette autre face est $F = \{a, b\}$).
Les différentes issues de jetons sont représentées dans le tableau suivant :

	1	2	3
a	$(a,1)$	$(a,2)$	$(a,3)$
b	$(b,1)$	$(b,2)$	$(b,3)$

On aura reconnu une représentation du produit cartésien $E \times F$.

4.2.3 Arbres

Au restaurant scolaire, on compose un menu par le choix d'une entrée e parmi l'ensemble E des 3 entrées, puis d'un plat p parmi l'ensemble P des 2 plats et enfin d'un dessert d parmi l'ensemble D des 3 desserts.
Un menu entrée+plat+dessert est un triplet (e,p,d), élément de l'ensemble des menus possibles. Le nombre de menus possibles est
Card $(E \times P \times D) =$ Card $(E) \times$ Card $(P) \times$ Card $(D) = 2 \times 3 \times 3 = 18$.

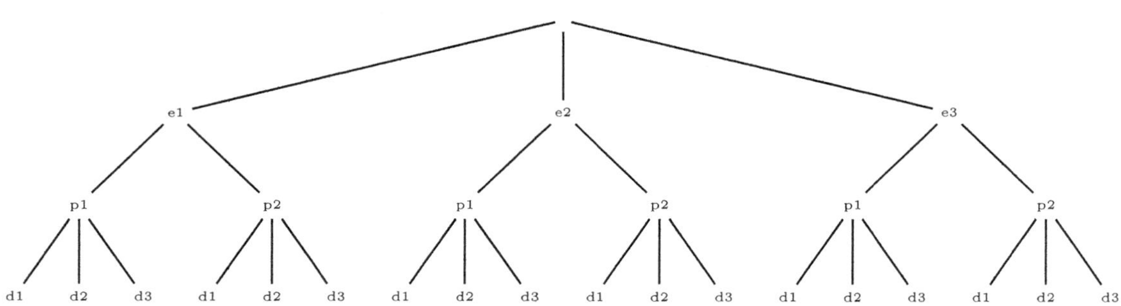

4.2.4 Diagramme de Carroll

Voir 3.3.2 page 46.

Exemple 3
On cherche à savoir combien de nombres entiers compris entre 0 et 20 ne sont ni multiples de 2, ni multiples de 3. On range les nombres dans un diagramme de Carroll : on appelle E l'ensemble des nombres entiers compris entre 0 et 20, on appelle A l'ensemble des multiples de 2 qui sont dans E et B l'ensemble des multiples de 3 qui sont dans E

	A	$\overline{A}$	T
B	$0, 6, 12, 18$	$3, 9, 15$	
$\overline{B}$	$2, 4, 8, 10, 14, 16, 20$	$1, 5, 7, 11, 13, 17, 19$	
T			

Ensuite on dépouille les résultats pour obtenir le nombre des éléments dans chaque case. Le total de chaque ligne ou colonne permet de contrôler les résultats.

	A	$\overline{A}$	T
B	4	3	7
$\overline{B}$	7	**7**	14
T	11	10	21

Il y a donc **7** nombres entiers compris entre 0 et 20 ne sont ni multiples de 2, ni multiples de 3.

4.3 « ET » et « OU »

4.3.1 L'intersection réunion d'événements

Définition 6.

Soit A et B deux événements d'un même univers Ω. On appelle $A \cap B$ (« Ah et Bée ») l'événement de Ω constitué des issues qui sont dans A **et** dans B.

Représentation : Diagramme de Venn.

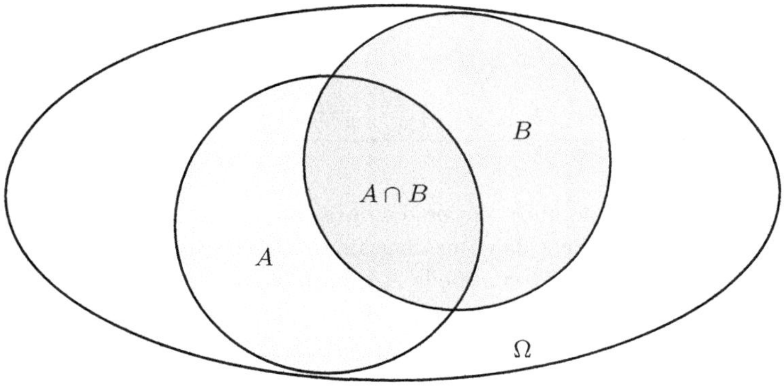

Diagramme de Carroll

	A	$\overline{A}$	
B	$A \cap B$		
$\overline{B}$			

Remarque 1.

Dire que A et B sont deux événements incompatibles, c'est dire que $A \cap B = \varnothing$.
C'est la traduction en langage probabiliste de deux sous-ensembles disjoints.

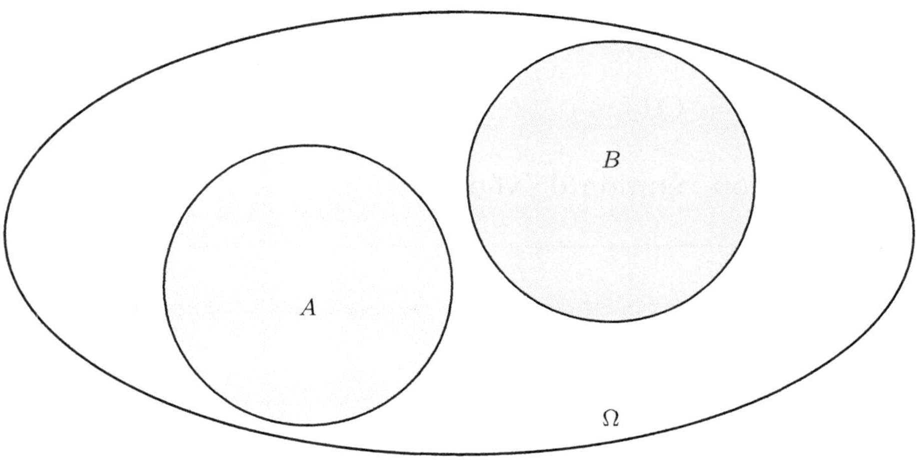

Définition 7.

Soit A et B deux événements d'un même univers Ω. On appelle $A \cup B$ (« Ah ou Bée ») l'événement de Ω constitué des issues qui sont dans A **ou** dans B.

Diagramme de Carroll : $A \cup B$ est représenté en gris.

	A	$\overline{A}$	T
B	$A \cap B$	$\overline{A} \cap B$	
$\overline{B}$	$A \cap \overline{B}$	$\overline{A} \cap \overline{B}$	
T			

Définition 8.

On appelle **système complet d'événements** d'un univers Ω, toute famille $A_1, A_2, \dots A_m$ d'événements deux à deux incompatibles tels que

$$A_1 \cup A_2 \cup \dots \cup A_m = \Omega.$$

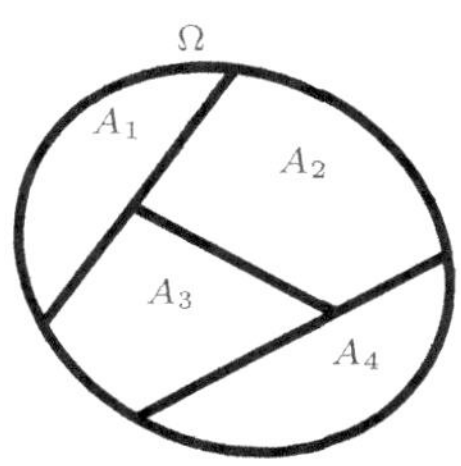

Les parties A_1, A_2, A_3 et A_4 forment un système complet d'événements de l'univers Ω.

À comparer avec les partitions d'un ensemble. (voir définition 12 page 45).

Exemple 4
Les différents événements élémentaires d'un univers forment un système complet d'événements.

4.4 Exercices

Exercice 1.

Soient E l'ensemble des européens, A le sous-ensemble des artistes et B celui des Belges. Xavier est un élément de E, noté x.

1. Écrire en langage courant :

$$x \in A \cup B \ ; \quad x \in \overline{A} \ ; \quad x \in \overline{A} \cap B.$$

2. Écrire en langage formel (comme ci-dessus) :
   - Xavier est artiste mais n'est pas belge ;
   - Xavier n'est ni artiste, ni belge ;
   - Xavier n'est pas belge ou il est artiste.

   Donner la négation des phrases suivantes :
   - Xavier est artiste ou belge ;
   - Xavier est belge mais n'est pas artiste.

Exercice 2.

Dans un atelier de fabrication de pièces mécaniques, on a constaté que parmi les pièces produites, 6% ont le défaut a, 5% ont le défaut b et 92% n'ont aucun défaut.
On choisit une pièce au hasard et on note :
A l'événement « la pièce a le défaut a » ;
B l'événement « la pièce a le défaut b » .

1. Traduire par une phrase chacun des événements $A \cup B$ et $A \cap B$.
2. Que représente l'événement $\bar{A} \cap B$?
3. Comment traduire par une phrase $\overline{A \cup B}$?

Exercice 3.

Une étude réalisée sur l'ensemble des 2700 salariés d'une entreprise a permis d'établir les résultats suivants :

- 216 salariés ont entre 15 et 24 ans, 62 % des salariés ont entre 25 et 49 ans et 810 salariés ont plus de 50 ans.
- 2025 salariés ont un emploi à durée indéterminée (C.D.I.).
- 4 % des salariés ayant un emploi à durée indéterminée ont entre 15 et 24 ans et 64 % des salariés ayant un emploi à durée indéterminée ont entre 25 et 49 ans.

1. Recopier et compléter le tableau suivant donnant la répartition des effectifs selon l'âge et le type de contrat :

	15-24 ans	25-49 ans	$\geqslant$ 50 ans	Total
C.D.I.				2025
Autres catégories				
Total	216		810	2700

2. On choisit la fiche de paye d'un salarié de cette entreprise. On admet que chacune de ces fiches possède la même probabilité d'être choisie.

   On considère les événements suivants :
   - J « La fiche choisie est celle d'un salarié ayant entre 15 et 24 ans » ;
   - M « La fiche choisie est celle d'un salarié ayant entre 25 et 49 ans » ;
   - S « La fiche choisie est celle d'un salarié ayant plus de 50 ans » ;
   - D « La fiche choisie est celle d'un salarié ayant un emploi à durée indéterminée ».

   (a) Définir par une phrase l'événement $S \cap D$. Combien d'issues composent celui-ci ?

   (b) Comment écrire en terme d'événements : « La fiche choisie est celle d'un salarié ayant entre 25 et 49 ans ou ayant un emploi à durée indéterminée » ?

3. On établit la fiche de paye d'un salarié ayant entre 15 et 24 ans.

   Combien d'issues réalisent l'événement : « la fiche est celle d'un salarié n'ayant pas un emploi à durée indéterminée » ?

Exercice 4 (Écriture ensembliste).

Soit Ω un univers et soient A, B, C trois événements de Ω. Traduire en termes ensemblistes (en utilisant uniquement les symboles d'union, d'intersection et de passage au complémentaire, ainsi que A, B et C) les événements suivants :

1. Seul A se réalise ;
2. A et B se réalisent, mais pas C.
3. les trois événements se réalisent ;
4. au moins l'un des trois événements se réalise ;
5. au moins deux des trois événements se réalisent ;
6. aucun ne se réalise ;
7. au plus l'un des trois se réalise ;
8. exactement deux des trois se réalisent ;

Exercice 5.

Sur 26 jetons identiques, on grave une lettre des 26 lettres de l'alphabet romain. Deux jetons distincts présentent des lettres distinctes.
On les met dans une urne et on tire successivement 3 jetons de l'urne, sans remise. On considère les événements
A : « l'une au moins des deux premières lettres est une consonne et la troisième est une voyelle ».
B : « les deuxièmes et troisième lettres sont des voyelles ».
Déterminer les événements $A \cup B$, $A \cap B$, $\overline{A} \cup B$, $A \cup \overline{B}$, $\overline{A} \cap \overline{B}$.

4.5 Solutions

Solution 1

1. Xavier est soit un artiste soit il est belge. Xavier n'est pas artiste. Xavier est belge et n'est pas artiste.
2.
   - $x \in A \cap \overline{B}$
   - $x \in \overline{A} \cap \overline{B}$
   - $x \in A \cup \overline{B}$
   - Xavier n'est ni artiste ni belge
   - Xavier n'est pas belge ou il est artiste.

Nous utilisons les règles suivantes : $\overline{A \cup B} = \overline{A} \cap \overline{B}$ et $\overline{A \cap B} = \overline{A} \cup \overline{B}$.

Solution 2

1. $A \cup B$: « la pièce choisie présente soit le défaut a soit le défaut b » .
   $A \cap B$: « la pièce choisie présente les deux défauts ».
2. $\bar{A} \cap B$: « la pièce ne présente que le défaut b ».

3. $\overline{A \cup B}$: « la pièce ne présente aucun défaut ».

Solution 3

1.

	15-24 ans	25-49 ans	Plus de 50 ans	Total
C.D.I.	81	1296	648	2025
Autres catégories	135	378	162	675
Total	216	1674	810	2700

2. a. $S \cap D$: « La fiche choisie est celle d'un employé de plus de 50 ans et en CDI ». Selon le tableau, 648 issues réalisent cet événement.

   b. $M \cup D$.

3. Selon le tableau il y a 135 issues qui réalisent cet événement.

Solution 4 (Écriture ensembliste)

1. Seul A se réalise : $A \cap \bar{B} \cap \bar{C}$;
2. A et B se réalisent, mais pas C : $(A \cap B) \backslash C = (A \cap B) \cap \bar{C}$;
3. les trois événements se réalisent : $A \cap B \cap C$;
4. au moins l'un des trois événements se réalise : $A \cup B \cup C$;
5. au moins deux des trois événements se réalisent : $(A \cap B) \cup (A \cap C) \cup (B \cap C)$;
6. aucun ne se réalise : $\bar{A} \cap \bar{B} \cap \bar{C}$;
7. au plus l'un des trois se réalise : c'est le contraire de « au moins deux se réalisent », donc $\overline{(A \cap B) \cup (A \cap C) \cup (B \cap C)}$;
8. exactement deux des trois se réalisent : on peut le reformuler en « au moins deux se réalisent, mais pas trois », d'où
$$\big((A \cap B) \cup (A \cap C) \cup (B \cap C)\big) \cap \overline{A \cap B \cap C}.$$

Solution 5

On représente chaque tirage de trois lettres par un triplet dans l'alphabet $\{C, V\}$. Il y a donc huit types de tirages possibles qu'on écrit dans l'ordre alphabétique :

(C,C,C) (C,C,V) (C,V,C) (C,V,V)
(V,C,C) (V,C,V) (V,V,C) (V,V,V)

L'événement A comporte les types $(C, C, V), (V, C, V)$ et (C, V, V).
L'événement B comporte les types (C, V, V) et (V, V, V).
On a donc $\overline{A}$ comporte les types $(C, C, C), (C, V, C), (V, C, C), (V, V, C)$, et (V, C, V).
De même, $\overline{B}$ comporte les types $(C, C, C), (C, C, V), (C, V, C), (V, C, C), (V, V, C)$, et (V, C, V).

- L'événement $A \cup B$ comporte les types $(C, C, V), (V, C, V), (C, V, V)$ et (V, V, V).
  De ce fait $A \cup B$ est l'événement : « la troisième lettre est une voyelle » .
- L'événement $A \cap B$ comporte le type (C, V, V).
  De ce fait $A \cap B$ est l'événement : « la première lettre est une consonne, les deux autres sont des voyelles » .
- L'événement $\overline{A} \cup B$ comporte les types $(C, C, C), (C, V, C)(C, V, V), (V, C, C), (V, V, C)$ et (V, V, V).
  De ce fait $\overline{A} \cap B$ est l'événement : « la troisième lettre est une consonne ou les deux dernières sont des voyelles » .
- L'événement $A \cup \overline{B}$ comporte les types $(C, C, C), (C, C, V), (C, V, C), (C, V, V), (V, C, C), (V, C, V)$ et (V, V, C).
  On obtient tous les types sauf (V, V, V). De ce fait $A \cap \overline{B}$ est l'événement : « au moins une des trois lettres est une consonne ».

Solutions

- L'événement $\overline{A} \cup \overline{B}$ comporte les types $(C, C, C), (C, V, C), (V, C, C)$ et (V, V, C).
  De ce fait $\overline{A} \cap \overline{B}$ est l'événement : « la troisième lettre est une consonne ».
  On aurait pu l'écrire tout de suite en remarquant que l'égalité

$$\overline{A} \cup \overline{B} = \overline{A \cap B}$$

  est générale.

Chapitre 5

Nombres réels

Sommaire

5.1 Au commencement était le nombre

On sait depuis la remarque 3 page 9 que les nombres relatifs du collège s'appellent désormais des nombres **réels**.

Il est hors de question de définir plus précisément ce qu'est un nombre réel. Disons simplement que c'est une notion plus compliquée qu'il n'y paraît.

Une façon intuitive d'envisager les nombres réels c'est de dire que ce sont les abscisses des points d'une droite graduée.

5.1.1 Nombres entiers naturels

Définition 1.

L'ensemble des **entiers naturels** est noté $\mathbb{N}$ (ou $\mathbf{N}$). On a $\mathbb{N} := \{0, 1, 2, 3, \ldots.\}$.

5.1.2 Nombres entiers relatifs

Définition 2.

L'ensemble des **entiers relatifs** est noté $\mathbb{Z}$ (ou $\mathbf{Z}$). On a $\mathbb{Z} := \{\ldots, -2, -1, 0, 1, 2, \ldots.\}$.
Autrement dit, un entiers relatif est un entier naturel ou l'opposé d'un entier naturel.

La notation $\mathbb{Z}$ pour les entiers relatifs vient de l'allemand « Zahl » qui veut dire nombre.
On note aussi $\mathbb{N}^* := \mathbb{N} \setminus \{0\}$ et $\mathbb{R}^* := \mathbb{R} \setminus \{0\}$.

5.2 Ordre

Comparer deux nombres c'est déterminer lequel est le plus grand.
Comparer deux nombres c'est étudier le signe de leur différence.
Pour cela, on définit le symbole $\leqslant$ par une représentation **graphique**.

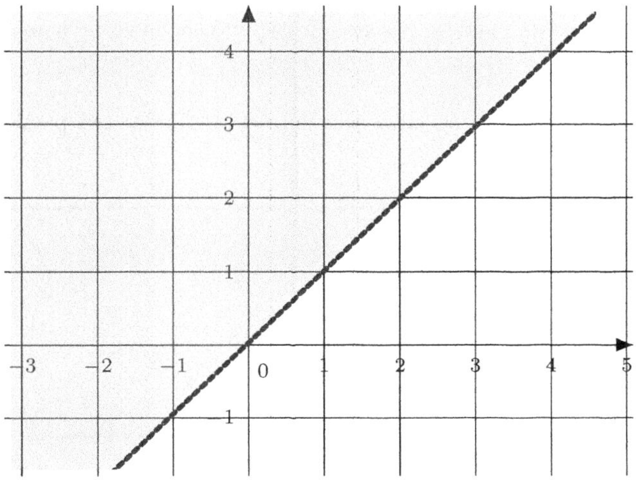

En gris, les couples (x, y) de réels pour lesquels $x \leqslant y$ est une proposition VRAIE.

Remarque 1.

On sent bien que cette « définition » n'est pas satisfaisante. Pour devenir rigoureuse, il faudrait savoir **vraiment** ce qu'est un nombre réel. Ce qui importe c'est que cet ordre réponde bien à l'idée intuitive qu'on en a et admette les propriétés qui suivent :

Théorème 1
Pour tous nombres réels x, y et z,

$$x \leqslant x \tag{5.1}$$

$$x \leqslant y \text{ et } y \leqslant x \Longrightarrow x = y \tag{5.2}$$

$$x \leqslant y \text{ et } y \leqslant z \Longrightarrow x \leqslant z \tag{5.3}$$

$$x \leqslant y \text{ ou } y \leqslant x \tag{5.4}$$

La propriété (5.4) signifie qu'on peut toujours comparer deux réels donnés. En termes savants, on dit qu'on a un **ordre total**.

Un autre théorème que nous admettrons, faute d'une connaissance précise des nombres réels.

Par ailleurs, sa véracité relève aussi du sens commun.

Théorème 2 (propriété d'Archimède)
Soient x et a deux réels strictement positifs, il existe un entier n tel que

$$x < na.$$

Autrement dit n petit pois de masse a pèsent plus qu'une enclume de masse x à condition de ne pas lésiner sur les petits pois.

Enfin axiome qui relève du bon sens, mais qui permet de fonder (en partie) l'ensemble des entiers naturels.

Axiome 1.

Soit A une partie non vide de $\mathbb{N}$.
A possède un plus petit élément n, c'est-à-dire

- $n \in A$.
- n est un minorant de A.

5.2.1 Partie entière

Théorème 3
Soit x un réel positif. Il existe un unique entier relatif n tel que

$$n \leqslant x < n+1.$$

Unicité : Supposons $n \leqslant x < n+1$ et $m \leqslant x < m+1$. On a donc $0 \leqslant x-n < 1$ et $-1 < x-m \leqslant 0$ Par addition, on a $-1 < n-m < 1$ donc $n-m=0$.

Existence : D'après la propriété d'Archimède (théorème 2 page 63), il existe un entier naturel n tel que $x < n \times 1$.

De ce fait l'ensemble $\{n \in \mathbb{N} \mid x < n\}$ est une partie de $\mathbb{N}$ non vide. D'après l'axiome 1, elle admet un plus petit élément n_0. On a alors $n_0 - 1 \leqslant x < n_0$. Cela règle le cas des $x \geqslant 0$.

Si $x < 0$ et $x \in \mathbb{Z}$ alors $n = x$ convient. Sinon on pose $x' = -x$ et $m < x' < m+1$ donc $-m-1 < x < -m$ et à plus forte raison, $-m-1 \leqslant x < -m$. Ainsi $n = -m-1$ convient.

Définition 3 (partie entière).

L'entier n du théorème 3 s'appelle la **partie entière** de x. Elle se note $E(x)$ ou $\lfloor x \rfloor$.

Par exemple $\lfloor -3,1 \rfloor = -4$.

Calculette TI-83. [math] >>> `NBRE 5 : partEnt`.

En `Python` la fonction partie entière se trouve dans la bibliothèque `math` :

```
import math

print(math.floor(-3.1))
```

5.3 Intervalles

Définition 4.

On appelle **intervalle** tout sous-ensemble de nombres réels qui ne comporte pas de trou. Sans trou s'entend dans le sens que chaque fois qu'on choisit deux réels dans cette partie, tous les réels compris entre ces deux nombres appartiennent aussi à cet ensemble.

Il y a huit types d'intervalles. Soient a et b deux nombres réels vérifiant $a \leqslant b$,

- ▶ L'intervalle $[a, b]$ constitué des nombres réels x vérifiant $a \leqslant x \leqslant b$. De ce fait, la phrase « $a \leqslant x \leqslant b$ » peut s'écrire « $x \in [a, b]$ ».
- ▶ L'intervalle $[a, b[$ constitué des nombres réels x vérifiant $a \leqslant x < b$.
- ▶ L'intervalle $]a, b]$ constitué des nombres réels x vérifiant $a < x \leqslant b$.
- ▶ L'intervalle $]a, b[$ constitué des nombres réels x vérifiant $a < x < b$.
- ▶ L'intervalle $[a, +\infty[$ constitué des nombres réels x vérifiant $a \leqslant x$.
- ▶ L'intervalle $]a, +\infty[$ constitué des nombres réels x vérifiant $a < x$.
- ▶ L'intervalle $]-\infty, b]$ constitué des nombres réels x vérifiant $x \leqslant b$.
- ▶ L'intervalle $]-\infty, b[$ constitué des nombres réels x vérifiant $x < b$.
- $+\infty$ se lit : « plus l'infini ».
- $-\infty$ se lit : « moins l'infini ».

Une borne infinie d'intervalle se traduit toujours par un crochet ouvert.

Lorsqu'il y a ambiguïté, on doit remplacer la virgule entre les deux nombres a et b par un point-virgule, par exemple lorsque $a = 0,5$ et $b = 1$, l'intervalle $[a, b[$ s'écrit $[0,5; 1[$ et $a = 0$ et $b = 5,1$, l'intervalle $[a, b[$ s'écrit $[0; 5,1[$.

Le même problème se pose pour les couples de nombres décimaux. Lorsque $a = 2$ et $b = 3,7$, le couple $(a\ ,\ b)$ s'écrit $(2; 3,7)$.

Exemple 1

▶ 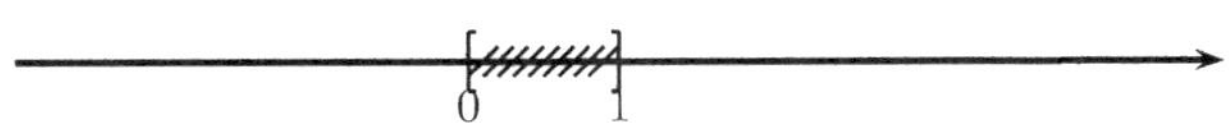

L'intervalle $[\ 0\ ,\ 1\ ]$ est constitué de tous les nombres réels compris (au sens large) entre 0 et 1.

▶ 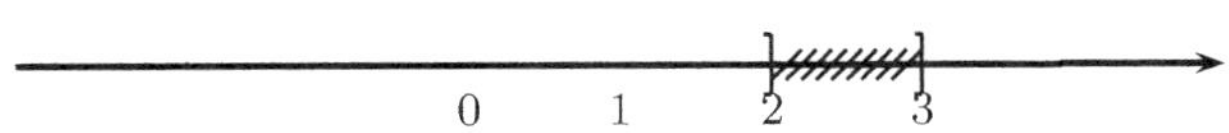

L'intervalle $]\ 2\ ,\ 3\ ]$ est constitué de tous les nombres réels x vérifiant $2 < x \leqslant 3$.

▶ 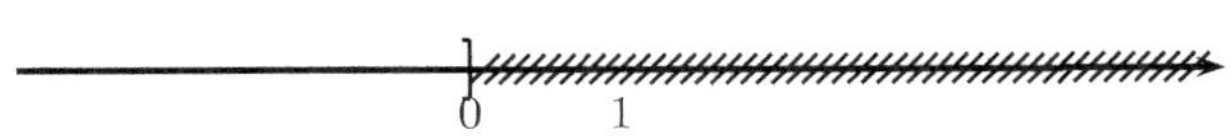

L'intervalle $]\ 0\ ,\ +\infty\ [$ est constitué de tous les nombres réels x strictement plus grands que zéro, c'est aussi l'ensemble de tous les nombres réels strictement positifs.

▶ 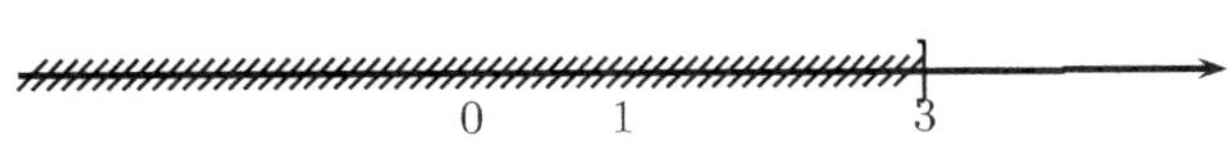

L'intervalle $]-\infty\ ,\ 3\ ]$ est constitué de tous les nombres réels x inférieurs ou égaux à 3.

- L'intervalle $]-\infty\ ,\ +\infty\ [= \mathbb{R}$ est constitué de tous les nombres réels.

- 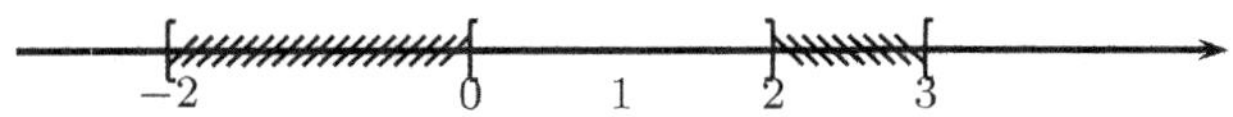

L'ensemble A hachuré (dans un sens ou dans l'autre) est l'ensemble de tous les nombres réels qui appartiennent à l'intervalle $[\ -2\ ,\ 0\ [$ **ou** à l'intervalle $]\ 2\ ,\ 3[$. On le note $A = [\ -2\ ,\ 0\ [\cup]\ 2\ ,\ 3[$ conformément à la définition 6 page 40. Attention, A n'est pas un intervalle. (Il y a un trou).

5.3.1 Intersection

L'intersection de deux intervalles est un cas particulier de l'intersection de deux sous-ensembles 4 page 40. L'intersection de deux intervalles est donc l'ensemble des nombres réels qui appartiennent à l'un **et** à l'autre de ces deux intervalles.

Exemple 2

- $[\ 0\ ,\ 1\ ]\cap]\ 0{,}5\ ;\ 2\ [=]\ 0{,}5\ ;\ 1\ ]$.
- Il n'y a pas de réel dans $[\ 0\ ,\ 1\ ]\cap]\ 1{,}5\ ;\ 2\ [$. De ce fait $[\ 0\ ,\ 1\ ]\cap]\ 1{,}5\ ;\ 2\ [$ est l'**ensemble vide**, soit $\varnothing$.

Théorème 4
L'intersection de deux intervalles est un intervalle. (L'ensemble vide ou un singleton sont des intervalles avec la définition 4).

Démonstration 4
Soient I et J deux intervalles. Soient x et y appartenant à $I \cap J$ vérifiant $x \leqslant y$ et soit $z \in [x\ ,\ y]$.

- On a $x \in I$ et $y \in I$. Comme I est un intervalle, on a $z \in I$.
- On a $x \in J$ et $y \in J$. Comme J est un intervalle, on a $z \in J$.

Donc $z \in I \cap J$ et ce $\forall z \in [x\ ,\ y]$. C'est bien dire que $I \cap J$ est un intervalle. □

5.3.2 Réunion

La réunion de deux intervalles est un cas particulier de la réunion de deux sous-ensembles 6 page 40. La réunion de deux intervalles est donc l'ensemble des nombres réels qui appartiennent à l'un **ou** à l'autre de ces deux intervalles.

La réunion de deux intervalles n'est pas un intervalle en général. Soit $I = [0\ ,\ 1]$ et $J = [3\ ,\ 4]$.

Une négation de

$$\forall x \in I \cup J,\ \forall y \in I \cup J,\ (x \leqslant y) \Longrightarrow (\forall z \in [x\ ,\ y],\ z \in I \cup J),$$

s'écrit

$$\exists x \in I \cup J,\ \exists y \in I \cup J,\ (x \leqslant y) \text{ et } (\exists z \in [x\ ,\ y],\ z \notin I \cup J).$$

Or on a $0 \in I$ donc $0 \in I \cup J$. De même $3 \in J$ donc $3 \in I \cup J$. Or $2 \notin I$ puisque $2 > 1$ et $2 \notin J$ puisque $2 < 3$. Donc $z := 3$ convient.

5.3.3 Inclusion

L'inclusion de deux sous-ensembles a déjà été vue page 38.

Exemple 3
Soient $I =]-3, -2] \cup [1, 2]$ et $J = [-4, -1] \cup [1, 3[$. On a $I \subset J$.

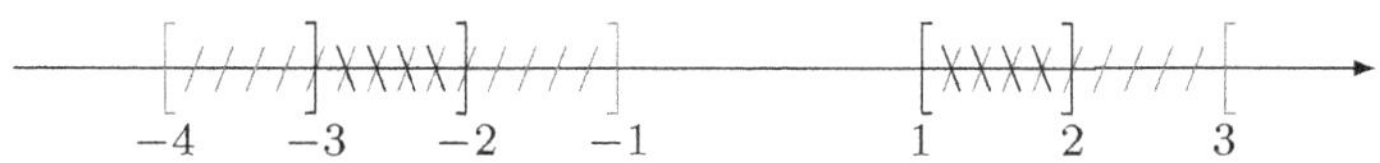

Remarque 2.

Il est possible de caractériser les intervalles I par la propriété : Pour tous nombres a et b de I vérifiant $a < b$, on a $[a, b] \subset I$.

5.4 Propriétés des nombres réels

Ce paragraphe est destiné à recenser les différentes propriétés des nombres réels, celles que nous utilisons déjà depuis longtemps...

Faute d'une connaissance précise de ce que sont les nombres réels, sans parler de leur addition et leur multiplication, il n'est pas raisonnable de prétendre démontrer les propriétés suivantes :

Théorème 5
Pour tous nombres réels x, y et z,

$$x + y = y + x \tag{5.5}$$
$$x \cdot y = y \cdot x \tag{5.6}$$
$$x + (y + z) = (x + y) + z \tag{5.7}$$
$$x \cdot (y \cdot z) = (x \cdot y) \cdot z \tag{5.8}$$
$$x + 0 = x \tag{5.9}$$
$$1 \times x = x \tag{5.10}$$
$$x(y + z) = xy + xz \tag{5.11}$$

Les égalités (5.5) et (5.6) traduisent les commutativités respectives de l'addition et de la multiplication des réels.

Les égalités (5.7) et (5.8) traduisent les associativités respectives de l'addition et de la multiplication des réels.

Théorème 6
Pour tout nombre réel x, il existe un unique réel y vérifiant $x+y=0$. Ce nombre y est appelé **opposé** de x. Il est noté $-x$.

Théorème 7
Pour tous nombres réels x, y et z,

$$(x=y) \Longrightarrow (x+z=y+z).$$

Démonstration 7
Si $x=y$ alors tout ce qui arrive à x arrive à y, donc $x+z=y+z$.

Inversement si $x+z=y+z$ alors $(x+z)+(-z)=(y+z)+(-z)$ pour la raison précédente. On en déduit $x+(z+(-z))=y+(z+(-z))$ d'après (5.7), soit $x+0=y+0$ d'après le théorème 6. Donc $x=y$ d'après (5.9). □

Théorème 8
Pour tout nombre réel x,

$$x \cdot 0 = 0 \tag{5.12}$$
$$-x = (-1) \cdot x \tag{5.13}$$

Démonstration 8
Soit x un nombre réel. On a

$$\begin{aligned} x \cdot 0 &= x \cdot (0+0) && \text{d'après (5.9)} \\ &= x \cdot 0 + x \cdot 0 && \text{d'après (5.11)} \end{aligned}$$

On en déduit $x \cdot 0 = 0$ d'après le théorème 7.

On pose $y=(-1) \cdot x$. On a

$$\begin{aligned} x+y &= 1 \cdot x + (-1) \cdot x && \text{d'après (5.10)} \\ &= (1+(-1)) \cdot x && \text{d'après (5.11)} \\ &= 0 \cdot x \\ &= 0 && \text{d'après (5.12)} \end{aligned}$$

Donc $y=-x$. □

Après ces propriétés qui peuvent sembler évidentes – et qui ne le sont pas – un théorème difficile et important :

Théorème 9
Pour tout nombre réel x différent de zéro, il existe un unique réel y vérifiant $xy = 1$. Ce nombre y est appelé **inverse** de x. Il est noté x^{-1} ou $\frac{1}{x}$.

Démonstration 9
La démonstration d'existence viendra dans le cours de première, à l'exemple 10 page 64. Démontrons l'**unicité**. Supposons que l'on ait deux inverses y et y' qui vérifient par conséquent $xy = 1$ et $xy' = 1$. Maintenant calculons le produit yxy'. D'une part $yxy' = (yx)y' = (xy)y' = 1 \cdot y' = y'$, et d'autre part $yxy' = y(xy') = y \cdot 1 = y$. On a utilisé les propriétés (5.6), (5.8) et (5.10). On a écrit le même nombre – à savoir yxy' – de deux façons différentes, c'est une égalité : $y = y'$.

Chaque fois qu'on a deux inverses pour x, ces deux inverses sont égaux. Il y a de ce fait, **unicité** de l'inverse de x et ce pour tout nombre réel non nul. □

Remarque 3.

- D'après (4.12) zéro n'a pas d'inverse.
- Pour tous nombres réels x et y, l'égalité $xy = 1$ caractérise le fait que x et y sont inverses l'un de l'autre.
- En particulier un inverse n'est jamais nul.

Une conséquence, non moins importante :

Théorème 10
Pour tous nombres réels x et y,

$$(xy = 0) \iff (x = 0 \quad \text{ou} \quad y = 0)$$

Autrement dit : « Pour qu'un produit de deux facteurs soit nul, il faut et il suffit que l'un ou l'autre des facteurs soit nul. »

Démonstration 10
Si $x = 0$ alors $xy = 0$ d'après (5.8). Idem si $y = 0$.

Dans l'autre sens, on raisonne par l'absurde. Une négation de $(xy = 0) \Longrightarrow (x = 0 \quad \text{ou} \quad y = 0)$ s'écrit $xy = 0$ et non $(x = 0 \quad \text{ou} \quad y = 0)$, c'est-à-dire $xy = 0$ et $(x \neq 0 \quad \text{et} \quad y \neq 0)$.

Puisque $x \neq 0$, d'après le théorème 9, x admet un inverse u. On a d'une part

- $uxy = (ux)y = 1 \cdot y = y$ d'après (5.10).
- $uxy = u(xy) = u \cdot 0 = 0$ d'après le sens direct.

Donc $y = 0$, ce qui contredit $y \neq 0$. □

Théorème 11
Pour tous nombres réels a, b et c,

$$(a \leqslant b) \Longrightarrow (a + c \leqslant b + c) \tag{5.14}$$
$$(a < b) \Longrightarrow (a + c < b + c) \tag{5.15}$$

Une conséquence du théorème précédent :

Théorème 12
Pour tous nombres réels a, b, c et d,

$$\left\{ \begin{array}{ccc} a & \leqslant & b \\ c & \leqslant & d \end{array} \right. \Longrightarrow (a + c \leqslant b + d) \tag{5.16}$$

Théorème 13
Pour tous nombres réels x et y, pour tout nombre réel strictement **positif** z,

$$(x \leqslant y) \Longrightarrow (x \cdot z \leqslant y \cdot z) \tag{5.17}$$
$$(x < y) \Longrightarrow (x \cdot z < y \cdot z) \tag{5.18}$$

Pour tous nombres réels x et y, pour tout nombre réel strictement **négatif** z,

$$(x \leqslant y) \Longrightarrow (x \cdot z \geqslant y \cdot z) \tag{5.19}$$
$$(x < y) \Longrightarrow (x \cdot z > y \cdot z) \tag{5.20}$$

En particulier on a la **règle des signes** :

Théorème 14
- Le produit et le quotient de nombres de même signe est un réel positif.
- Le produit et le quotient de nombres de signes différents est un réel négatif.

Théorème 15
Soient x et y deux réels strictement positifs.
Si $x < y$ alors $\dfrac{1}{y} < \dfrac{1}{x}$.

Démonstration 15
On regarde le signe de la différence : $\frac{1}{x} - \frac{1}{y} = \frac{y-x}{yx}$. Puisque x, y et $y-x$ sont strictement positifs, il en est de même pour $\frac{y-x}{yx}$. Le résultat en découle. □

Définition 5.

Soient m et M deux nombres réels vérifiant $m \leqslant M$. Le nombre M est un **majorant** de m alors que m est un **minorant** de M.
Soit I une partie de $\mathbb{R}$. On appelle majorant de I tout nombre qui soit un majorant de chacun des éléments de I. On appelle minorant de I tout nombre qui soit un minorant de chacun des éléments de I.
Majorer c'est trouver un majorant, **minorer** c'est trouver un minorant.

Bien entendu, on a les définitions suivantes :

Définition 6.

Pour tous nombres réels x et y, on définit la **différence**

$$x - y = x + (-y).$$

Pour tout nombre réel x, pour tout nombre réel non nul y, on définit le **quotient**

$$\frac{x}{y} = xy^{-1}.$$

Autrement dit, on retrouve bien les vieilles rengaines. « Soustraire un nombre, c'est ajouter son opposé ». « Diviser par un nombre (non nul), c'est multiplier par son inverse ».

5.5 Valeur absolue

Définition 7.

Soit x un nombre réel. On appelle **valeur absolue** de x le plus grand des deux nombres x et $-x$. La valeur absolue de x est notée $|x|$.

Théorème 16
Soient x et y deux nombres réels.

a) Si $x \geqslant 0$ alors $|x| = x$.

b) Si $x \leqslant 0$ alors $|x| = -x$.

c) $|xy| = |x||y|$.

d) $|x+y| \leqslant |x| + |y|$. (inégalité triangulaire).

Démonstration 16
Pour a), b) et c), on distingue tous les cas possibles. Pour le d) on considère deux réels x et y.

En partant de la définition de $|x| = \max\{x, -x\}$ donc On a $x \leqslant |x|$ et $-x \leqslant |x|$. De même $y \leqslant |y|$ et $-y \leqslant |y|$.

En prenant dans le théorème 12 $a = x, b = |x|, c = y, d = |y|$, on obtient $x + y \leqslant |x| + |y|$.

En prenant dans le théorème 12 $a = -x, b = |x|, c = -y, d = |y|$, on obtient $-(x+y) \leqslant |x| + |y|$.

On en déduit que $|x| + |y|$ est plus grand que les deux nombres $x + y$ et $-(x+y)$, donc il est plus grand que le plus grand des deux, à savoir $|x+y|$. □ □

Le théorème suivant est parfaitement évident. Pour autant il est très utile et très utilisé.

Théorème 17
Pour qu'un nombre réel soit nul, il suffit que sa valeur absolue soit négative ou nulle, c'est-à-dire majorée par zéro.

Démonstration 17
Soient x un nombre réel vérifiant $|x| \leqslant 0$. On a donc à la fois $x \leqslant 0$ et $-x \leqslant 0$. Donc on a $0 \leqslant x \leqslant 0$ et par suite $x = 0$ d'après (4.2) page 63. □

Le théorème suivant – tout aussi évident – est à la base de l'analyse mathématique. Il permet en particulier de démontrer – sous certaine condition bien sûr – qu'un réel **positif** est nul.

Théorème 18
Soient x un nombre réel. Si pour tout nombre strictement positif ε on a $x < \varepsilon$, alors $x \leqslant 0$.

Démonstration 18
Écrivons la contraposée : Si $x > 0$ alors il existe un réel strictement positif ε tel que $x \geqslant \varepsilon$.

Or il suffit de prendre $\varepsilon = \frac{x}{2}$. Donc la contraposée est vraie, donc le théorème est vrai. □

Maintenant il est naturel de poser la question : À quoi bon tant d'efforts pour démontrer qu'un nombre est égal à zéro ?

C'est un problème fondamental, celui d'établir des égalités, de démontrer que deux nombres sont égaux.

Théorème 19
Soient x et y deux nombres réels. Pour que $x = y$, il suffit que, pour tout nombre strictement positif ε on a $|y - x| < \varepsilon$.

Démonstration 19
En effet, d'après le théorème 18, on a $|y - x| \leqslant 0$. Ensuite d'après le théorème 17, on a $y - x = 0$. Le théorème en résulte. □

Remarque 4.

Soient x et y deux nombres réels. Le nombre positif $|y - x|$ peut être vu comme la **distance** de y à x ou – si l'on préfère – la distance entre les points de la droite réelle, d'abscisses respectives y et x. On constate, et c'est rassurant, que la distance de y à x égale la distance de x à y.

5.6 Valeurs approchées

Une valeur approchée en soi n'a pas de sens en mathématiques. Ce qui a un sens c'est une valeur approchée à tant près. Cette notion de valeur approchée est très importante en analyse mathématique. Elles joueront un rôle cruciale dans les chapitres 2 et 3 du cours de première.

Définition 8.

Soient a un nombre réel et α un réel strictement positif. On dit qu'un nombre réel x est une **valeur approchée** de a à α près si et seulement si $a \in [x - \alpha, x + \alpha]$, ou, si l'on préfère, $|x - a| \leqslant \alpha$.

Exemple 4
$0,14$ est une valeur approchée de $\frac{1}{7}$ à $0,01$ près. En effet, on a $0,13 \leqslant \frac{1}{7} \leqslant 0,15$.

Définition 9.

Soient a un nombre réel et α un réel strictement positif. On dit qu'un nombre réel x est une **valeur approchée par défaut** de a à α près si et seulement si $a \in [x - \alpha, x]$.

Soient a un nombre réel et α un réel strictement positif. On dit qu'un nombre réel x est une **valeur approchée par excès** de a à α près si et seulement si $a \in [x, x + \alpha]$.

Théorème 20
Soient a et b deux nombres réels et α un réel strictement positif.

Si x et y sont des valeurs approchées à α près de a et b respectivement, alors $x + y$ et $x - y$ sont des valeurs approchées à 2α près de $a + b$ et $a - b$ respectivement.

Démonstration 20
En effet on a

$$\begin{aligned}|(x+y)-(a+b)| &= |(x-a)+(y-b)| \\ &\leqslant |(x-a)|+|(y-b)| \\ &\leqslant \alpha+\alpha \\ &= 2\alpha.\end{aligned}$$

De même,

$$\begin{aligned}|(x-y)-(a-b)| &= |(x-a)-(y-b)| \\ &\leqslant |(x-a)|+|-(y-b)| \\ &\leqslant |(x-a)|+|(y-b)| \\ &\leqslant \alpha+\alpha \\ &= 2\alpha.\end{aligned}$$

Un exemple typique de majoration. □

5.7 Calcul littéral

5.7.1 Factorisation, développement

Théorème 21
Pour tous nombres réels a, b et k,

$$k(a+b) = ka+kb \text{ et } k(a-b) = ka-kb.$$

Il s'agit de la propriété (5.11) du théorème 5 page 67. Une démonstration, dans le cas où a, b et k sont positifs.

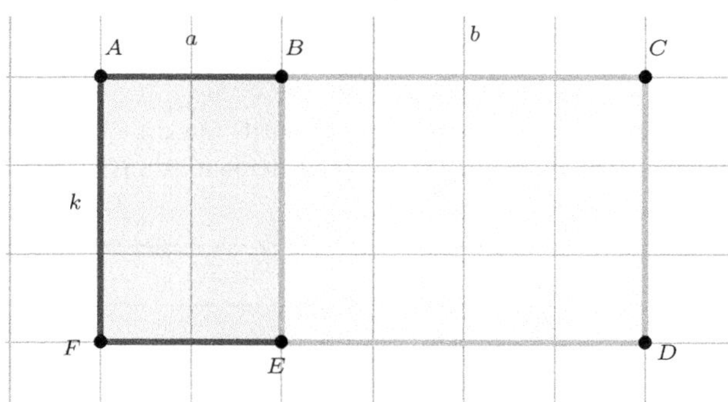

Écrire une égalité, c'est écrire la même chose – ici l'aire du rectangle $ACDF$ – de deux façons différentes.

D'une part c'est $k(a+b)$ et d'autre part c'est l'aire du rectangle $ABEF$ plus l'aire du rectangle $CDFE$, soit $ka+kb$. Finalement $k(a+b) = ka+kb$.

Remarque 5.

L'écriture $k(a+b)$ s'appelle une forme factorisée alors que l'écriture $ka+kb$ s'appelle une forme développée.
Le passage d'une forme factorisée à une forme développée s'appelle un développement. Développer se fait de façon mécanique sans se fatiguer. C'est un peu comme descendre un escalier.
Le passage d'une forme développée à une forme factorisée s'appelle une factorisation. Factoriser demande du travail, de l'attention – il faut repérer le facteur commun k – c'est fatigant, un peu comme monter un escalier. Mais arrivé en haut, on a souvent un meilleur point de vue.
Moralité : il est souvent plus productif de factoriser et contre productif de développer. Bien entendu il existe de nombreuses exceptions, mais quand on manque d'idées, il vaut mieux commencer par factoriser.

Théorème 22
Pour tous nombres réels a, b, c et d,

$$(a+b)(c+d) = ac + ad + bc + bd.$$

Démonstration 22
On applique le théorème précédent en remplaçant k par $c+d$, puis sanglier à la crème. □

5.7.2 Fractions

Dans ce paragraphe, on appelle fraction le quotient d'un nombre réel (le numérateur) par un nombre réel non nul (le dénominateur). Bien entendu les « règles » de calculs sont les mêmes que pour les quotients d'entiers.

Théorème 23
Soit $x = \dfrac{a}{b}$ une fraction avec $a, b \in \mathbb{R}$ et $b \neq 0$.
Pour que $x = 0$, il faut et il suffit que $a = 0$.

Démonstration 23
En effet $x = a \times b^{-1}$. D'après le théorème 10, pour que ce produit soit nul, il faut et il suffit que $a = 0$ ou $b^{-1} = 0$. Comme $b^{-1} \neq 0$ d'après la remarque 3 page 69, le résultat en découle. □

Théorème 24
Soient x et y deux réels non nuls. On a

(i) $x \cdot y$ admet un inverse $(x \cdot y)^{-1}$.

(ii) $(x \cdot y)^{-1} = x^{-1} \cdot y^{-1}$.

Démonstration 24
On a $x \cdot y \neq 0$ d'après le théorème 10. Donc d'après le théorème 9, $x \cdot y$ admet un inverse. C'est le (i).
De plus

$$\begin{aligned}
\left(x^{-1} \cdot y^{-1}\right) \cdot (xy) &= \left(x^{-1} \cdot y^{-1}\right) \cdot (yx) && \text{d'après (4.6),}\\
&= x^{-1} \cdot \left(y^{-1} \cdot y\right) x && \text{d'après (4.8),}\\
&= x^{-1} \cdot 1 \cdot x && \text{puisque } y^{-1} \text{ et } y \text{ sont inverses,}\\
&= x^{-1} \cdot x && \text{d'après (4.10),}\\
&= 1 && \text{puisque } x^{-1} \text{ et } x \text{ sont inverses.}
\end{aligned}$$

ce qu'il suffisait d'établir pour obtenir (ii). □

Autrement dit on a le chiasme bien connu : « l'inverse du produit égal le produit des inverses ».

Théorème 25 (Simplification)
Soit $x = \frac{a}{b}$ une fraction avec $a, b \in \mathbb{R}$ et $b \neq 0$. Soit k un nombre réel non nul.
On a $x = \frac{a}{b} = \frac{ka}{kb}$.

Démonstration 25
En effet, on a

$$\begin{aligned}
\frac{ka}{kb} &= (ka) \cdot (kb)^{-1} && \text{par définition du quotient,}\\
&= (ka) \cdot k^{-1} b^{-1} && \text{d'après le théorème 24,}\\
&= kk^{-1} \cdot (ab^{-1}) && \text{d'après (4.6) et (4.8),}\\
&= ab^{-1} && \text{d'après (4.10),}\\
&= \frac{a}{b} && \text{par définition du quotient.}
\end{aligned}$$

Addition

Théorème 26
Soient $a, b, c \in \mathbb{R}$ avec $b \neq 0$.
On a

$$\frac{a}{b} + \frac{c}{b} = \frac{a+c}{b}.$$

Démonstration 26
En effet, on a

$$\begin{aligned}
\frac{a}{b} + \frac{c}{b} &= ab^{-1} + cb^{-1} && \text{par définition du quotient,}\\
&= (a+c)\, b^{-1} && \text{d'après le théorème 21,}\\
&= \frac{a+c}{b} && \text{par définition du quotient.}
\end{aligned}$$

Théorème 27
Soient $a, b, c, d \in \mathbb{R}$ avec b et d différents de zéro.

On a
$$\frac{a}{b} + \frac{c}{d} = \frac{ad+bc}{bd}.$$

Démonstration 27
En effet, on a $bd \neq 0$ d'après le théorème 24. De plus,

$$\begin{aligned} \frac{a}{b} + \frac{c}{d} &= \frac{ad}{bd} + \frac{bc}{bd} && \text{d'après le théorème 25 deux fois,} \\ &= \frac{ad+bc}{bd} && \text{d'après le théorème 26.} \end{aligned}$$

Théorème 28
Soient $a, b \in \mathbb{R}$ avec $b \neq 0$. On a
$$-\frac{a}{b} = \frac{-a}{b} = \frac{a}{-b}.$$

Démonstration 28
D'après le théorème 26, on a $\frac{a}{b} + \frac{-a}{b} = \frac{a-a}{b} = 0$.

Donc $\frac{-a}{b}$ est l'opposé de la fraction $\frac{a}{b}$, ce qu'il fallait démontrer. La deuxième égalité est obtenue grâce au théorème 25 en multipliant numérateur et dénominateur par -1. □

Soustraction

On démontre sans peine le théorème suivant :

Théorème 29
Soient $a, b, c, d \in \mathbb{R}$ avec b et d différents de zéro.

On a
$$\frac{a}{b} - \frac{c}{b} = \frac{a-c}{b} \text{ et } \frac{a}{b} - \frac{c}{d} = \frac{ad-bc}{bd}.$$

Égalité

Théorème 30
Soient $a, b, c, d \in \mathbb{R}$ avec b et d différents de zéro. Pour que les deux fractions $\frac{a}{b}$ et $\frac{c}{d}$ soient égales, il faut et il suffit que les **produits en croix** ad et bc soient égaux.

Produit

Théorème 31
Soient $a, b, c, d \in \mathbb{R}$ avec b et d différents de zéro.
On a
$$\frac{a}{b} \times \frac{c}{b} = \frac{a \cdot c}{b \cdot d}.$$

Quotient

Théorème 32
Soient $a, b \in \mathbb{R}$ avec a et b différents de zéro. Soit $x = \frac{a}{b}$.
On a
$$x^{-1} = \frac{1}{x} = \frac{1}{\frac{a}{b}} = \frac{b}{a}.$$

Autrement dit, pour inverser une fraction, il suffit d'inverser (d'échanger) le numérateur et le dénominateur.

Démonstration 32
Pour démontrer que deux nombres sont inverses l'un de l'autre, il suffit d'en effectuer le produit jusqu'à trouver 1.

$$\begin{aligned} \frac{a}{b} \times \frac{b}{a} &= \frac{a \cdot b}{b \cdot a} && \text{d'après le théorème 31,} \\ &= \frac{1}{1} && \text{d'après le théorème 25,} \\ &= 1. \end{aligned}$$

On en déduit simplement le théorème suivant :

Théorème 33
Soient $a, b, c, d \in \mathbb{R}$ tous différents de zéro. Soient $x = \frac{a}{b}$ et $y = \frac{c}{d}$.

On a

$$\frac{x}{y} = \frac{\frac{a}{b}}{\frac{c}{d}} = \frac{ad}{bc}.$$

Nombres rationnels

Définition 10.

On appelle **nombre rationnel** tout nombre réel qui est le quotient $\frac{a}{b}$ d'un entier relatif a par entier naturel non nul b. On note $\mathbb{Q}$ l'ensemble des nombres rationnels.

$$\mathbb{Q} := \left\{ x \in \mathbb{R} \mid \exists (a, b) \in \mathbb{Z} \times \mathbb{N}^*, x = \frac{a}{b} \right\}.$$

La phrase « q est un nombre rationnel » peut être abrégée en « $q \in \mathbb{Q}$ ».

Les règles opératoires sur les fractions permettent d'énoncer le théorème suivant :

Théorème 34
La somme, la différence, le produit de deux nombres rationnels est un rationnel.

Le quotient d'un rationnel par un rationnel non nul est un rationnel.

Nombres irrationnels

Définition 11.

On appelle **nombre irrationnel** tout nombre réel qui n'est pas rationnel.

Théorème 35
La somme d'un rationnel par un irrationnel est un irrationnel.
Le produit d'un rationnel non nul par un irrationnel est un irrationnel.

Démonstration 35
Par l'absurde : Soient $a \in \mathbb{Q}$ et $b \notin \mathbb{Q}$. Si $c := a + b \in \mathbb{Q}$ alors $c - a = b \notin \mathbb{Q}$ contredit le théorème 34. Même chose pour le produit. □

Remarque 6.

La présentation qui précède pourrait laisser penser que la notion de nombre réel est une notion première. Il n'en est rien. À partir de l'ensemble $\mathbb{N}$, on construit $\mathbb{Z}$, puis $\mathbb{Q}$ avec leurs relations d'ordre et leurs opérations, et seulement à ce moment-là on est prêt à affronter la construction de $\mathbb{R}$ laquelle est difficile et peu éclairante...
À la fin de ce long processus on n'en sait pas plus sur les nombres réels que les différentes propriétés qui vont être énumérées dans ce chapitre. Pour celles et ceux qui sont intéressés par ce chemin long et douloureux, qu'ils sachent pour le moment que ce chemin existe bel et bien, et que la patience est une vertu.

5.7.3 Tableaux de proportionnalité

Définition 12.

On appelle **tableau de proportionnalité** tout tableau de nombres réels qui comporte deux lignes et tel que la deuxième ligne est obtenue en multipliant la première ligne par un même nombre réel.

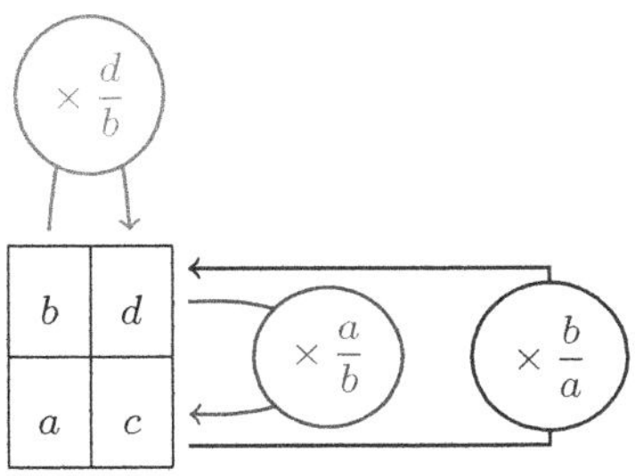

Soient $a, b, c, d \in \mathbb{R}$ tous différents de zéro.
Le tableau ci-contre est un tableau de proportionnalité si et seulement si les produits en croix ad et bc sont égaux. Cela revient à dire que les coefficients multiplicateurs $\frac{a}{b} = \frac{c}{d}$ ou que $\frac{c}{a} = \frac{d}{b}$.

Théorème 36
Soient $a, b, c, d \in \mathbb{R}$ tous différents de zéro. Soit

b	d
a	c

un tableau de proportionnalité. Soit k un nombre réel non nul.

Le tableau

b	d	kb
a	c	ka

est un tableau de proportionnalité.

Autrement dit on conserve un tableau de proportionnalité en multipliant une des colonnes par un nombre non nul.

Démonstration 36
C'est une reformulation du théorème 25 page 76 puisque $\frac{ka}{kb} = \frac{a}{b}$. □

Théorème 37
Soient $a, b, c, d \in \mathbb{R}$ tous différents de zéro. Soit

b	d
a	c

un tableau de proportionnalité.

Si $a + c \neq 0$, alors $b + d \neq 0$ et le tableau

b	d	$b+d$
a	c	$a+c$

est un tableau de proportionnalité.

Autrement dit on conserve un tableau de proportionnalité en additionnant entre elles deux colonnes.

Démonstration 37
Il suffit de démontrer que les produits en croix sont égaux.

Or $a(b + d) = ab + ad$. Comme le tableau

b	d
a	c

est de proportionnalité, on a l'égalité des produits en croix : $ad = bc$. De ce fait $a(b + d) = ab + bc = b(a + c)$, ce qu'il suffisait d'établir. □

On déduit des deux théorèmes précédents la propriété suivante :

Théorème 38
Soient $a, b, c, d, k, \ell \in \mathbb{R}$ tous différents de zéro. On suppose que $kb + \ell d \neq 0$. Si $\frac{a}{b} = \frac{c}{d}$, alors $\frac{a}{b} = \frac{ka + \ell c}{kb + \ell d} = \frac{c}{d}$.

5.7.4 Puissances

Définition 13.

Soient a un nombre réel et k un entier relatif. On définit a^k comme étant
- ▶ 1 lorsque $k = 0$.
- ▶ $\underbrace{a \times a \times \ldots \times a}_{k \text{ fois}}$ lorsque k est strictement positif.
- ▶ Si a est non nul et k est strictement négatif, alors $a^k := \frac{1}{a^m}$ où $m = -k$ désigne l'opposé de k.

En comptant à chaque fois le nombre de facteurs égaux à a ou à b dans chacun des membres et en s'autorisant un nombre négatif de facteurs, on obtient le théorème suivant :

Théorème 39
Quels que soient les réels non nuls a et b quels que soient les entiers relatifs n et m,

$$a^n b^n = (ab)^n; \qquad a^n a^m = a^{n+m}; \qquad (a^n)^m = a^{nm}; \qquad \frac{1}{a^n} = a^{-n}.$$

5.7.5 Organisation des calculs

Priorité à la multiplication

On effectue dans l'ordre :
- Les calculs entre parenthèses (éventuellement sous-entendues)
- les puissances et racines carrées
- les multiplications et divisions
- les additions et soustractions

À l'intérieur des fractions, il y a des parenthèses sous-entendues puisque $\dfrac{a+c}{b+d} = (a+c)\times(b+d)^{-1}$.

Dire qu'une opération a priorité, c'est dire qu'elle se jette la première sur la nourriture. Dans $1,2\times 10^3$ la puissance 3 a priorité. Elle se jette donc sur 10 et 10 seulement. Si on effectue 12^3, on voit bien qu'on a d'abord effectué le produit $1,2\times 10$ avant de l'élever à la puissance 3. C'est un flagrant délit de refus de priorité.

Ne pas confondre $-3^2 = -9$ car le carré se jette sur 3 et pas sur $-3 = -1\times 3$ et $(-3)^2 = 9$ priorité aux parenthèses.

Exemple 5

$$\begin{aligned} A &= 4-\sqrt{9+16}+3\times(7-5)^2-\tfrac{6}{1+3} && \\ &= 4-\sqrt{25}+3\times(2)^2-\tfrac{6}{4} && \text{(parenthèses implicites } \sqrt{9+16}=\sqrt{25}) \\ &= 4-5+3\times 4-\tfrac{6}{4} && \text{(le carré se jette sur 2} \\ &= 4-5+12-1,5 && \\ &= 9,5. && \end{aligned}$$

5.7.6 Égalités remarquables

Elles sont au nombre de trois en ce qui nous concerne.

Théorème 40
Quels que soient les réels a et b,

$$a^2-b^2=(a-b)(a+b) \tag{5.21}$$

$$a^2+2ab+b^2=(a+b)^2 \tag{5.22}$$

$$a^2-2ab+b^2=(a-b)^2 \tag{5.23}$$

Les écritures factorisées sont à droite. Les égalités sont obtenues en développant les écritures factorisées, sachant que $(a+b)^2=(a+b)(a+b)$.

5.8 Équations

Définition d'une équation

Définition 14.

Une **équation** est un problème mathématique défini par
- Une partie E de $\mathbb{R}$.
- Une lettre appelée inconnue.
- Une égalité qui s'écrit avec l'inconnue.

Les éléments de E sont appelés valeurs **admissibles** de l'inconnue.

Exemple 6
On a :

$$[4(2-3x) = 12 - 8x;\ \text{inconnue } x \in \mathbb{R}.]$$

Exemple 7
Bien prendre en compte l'ensemble des valeurs de x :

$$[4(2-3x) = 12 - 8x;\ \text{inconnue } x \in]\,0\ ,\ +\infty\,[.]$$

Solution d'une équation

Définition 15.

On appelle **solution** d'une équation toute valeur **admissible** de l'inconnue pour laquelle la valeur logique de l'égalité est VRAI.

Exemple 8
$x = -1$ est une solution de cette équation. En effet, lorsqu'on remplace x par -1, le membre de gauche égale

$$\begin{aligned} 4(2-3x) &= 4 \times (2 - 3 \times (-1)) \\ &= 4 \times 5 \\ &= 20, \end{aligned}$$

alors que le membre de droite égale

$$\begin{aligned} 12 - 8x &= 12 - 8 \times (-1) \\ &= 12 + 8 \\ &= 20. \end{aligned}$$

L'égalité de l'exemple 6 est donc vraie pour $x = -1$. Autrement dit, $x = -1$ est une solution de cette équation.

Exemple 9
$x = -1$ n'est pas une solution de cette équation. En effet, -1 n'est pas une valeur **admissible** de l'inconnue x, puisque l'inconnue, dans l'exemple 7 ne désigne que des réels strictement positifs.

Résoudre une équation

Définition 16.

Résoudre une équation, c'est trouver **toutes** les solutions de cette équation.

Remarque 7.

Certaines équations n'admettent aucune solution. Penser à l'équation

$$x^2 = -1; \quad \text{inconnue } x \in \mathbb{R}]$$

. Résoudre une telle équation, c'est démontrer qu'elle n'admet aucune solution.

Équations équivalentes

Définition 17.

On dit que deux équations sont équivalentes si elles ont exactement les mêmes solutions.

Présentation de la résolution d'une équation

Pour résoudre une équation, on se ramène à la résolution d'équations équivalentes. Deux équations équivalentes sont séparées par « soit » .

Exemple 10

$$\begin{array}{lrcll}
\text{On a à résoudre} & 4(2-3x) & = & 12-8x & \\
\text{soit} & 8-12x & = & 12-8x & \text{en développant le membre de gauche,} \\
\text{soit} & 8-12x+8x & = & 12-8x+8x & \text{en ajoutant } 8x \text{ aux deux membres,} \\
\text{soit} & 8-4x & = & 12 & \text{en effectuant les calculs,} \\
\text{soit} & 8-4x-8 & = & 12-8 & \text{en soustrayant 8 aux deux membres,} \\
\text{soit} & -4x & = & 4 & \text{en effectuant les calculs,} \\
\text{soit} & \dfrac{-4x}{-4}x & = & \dfrac{4}{-4} & \text{en divisant les deux membres par } -4. \\
\text{soit} & x & = & -1 & \text{en effectuant les calculs.}
\end{array}$$

L'équation 6 est donc équivalente à l'équation

$$[x = -1;\ \text{inconnue } x \in \mathbb{R}.]$$

Cette dernière n'admet qu'une solution, à savoir -1.

De ce fait, l'équation de départ n'admet qu'une solution : -1, ce qui peut s'écrire symboliquement :

$$\mathscr{S} = \{-1\}$$

Il est bien entendu possible de sauter des étapes dans la résolution.

Les équations du premier degré

On résout une équation du premier degré en isolant progressivement l'inconnue dans un membre. La solution apparaît alors dans l'autre membre. On résout l'équation

$$3x + 4 - x + 10 = 5(x-2)$$

d'inconnue $x \in \mathbb{R}$:

$$\begin{aligned}
3x + 4 - x + 10 &= 5x - 10 \\
\text{soit } 4 + 10 + 10 &= 5x - 3x + x \\
\text{soit } 24 &= 3x \\
\text{soit } x &= \frac{24}{3} = 8
\end{aligned}$$

L'équation admet une unique solution. $\mathscr{S} = \{8\}$.

Les équations produit

On résout une équation du second degré en passant tous les termes dans un membre, puis en factorisant de manière à obtenir un produit de facteurs du premier degré égal à zéro. Un produit de facteurs est nul lorsque l'un **ou** l'autre de ses facteurs est nul. On résout l'équation $x^2 - 2x = x$ d'inconnue $x \in \mathbb{R}$:

$$\begin{aligned} x^2 - 2x - x &= 0 \\ \text{soit } x^2 - 3x &= 0 \\ \text{soit } x(x-3) &= 0 \end{aligned}$$

On en déduit que $x = 0$ ou $x - 3 = 0$ c'est-à-dire $x = 3$.

Cette équation admet donc deux solutions : 0 et 3.

Quotient nul

On résout une équation présentant des quotients en passant tous les termes dans un membre, puis en réduisant tous les quotients au même dénominateur de manière à obtenir un unique quotient égal à zéro.

Un quotient est nul si et seulement si son numérateur est nul. On résout l'équation $\frac{2x-1}{x} = \frac{x+1}{2x}$ d'inconnue $x \in \mathbb{R}^*$:

$$\begin{aligned} & & \frac{2x-1}{x} - \frac{x+1}{2x} &= 0 \\ &\text{soit} & \frac{2(2x-1)}{2x} - \frac{x+1}{2x} &= 0 \\ &\text{soit} & \frac{2(2x-1) - (x+1)}{2x} &= 0 \\ &\text{soit} & \frac{4x-2-x-1}{2x} &= 0 \\ &\text{soit} & \frac{3x-3}{2x} &= 0 \\ &\text{Cette équation équivaut à :} & & \\ & & 3x - 3 &= 0 \\ &\text{soit} & 3x &= 3 \\ &\text{soit} & x &= \tfrac{3}{3} = 1 \end{aligned}$$

L'équation admet une unique solution. $\mathscr{S} = \{1\}$.

5.9 Racine carrée

5.9.1 Définition

Théorème 41
Soit a un nombre réel **positif ou nul**. Il existe un unique nombre réel b **positif ou nul** vérifiant

$$b^2 = a.$$

Ce nombre b est appelé **racine carrée** de a. On note $b = \sqrt{a}$.

Remarque 8.

Autrement dit l'équation

$$\left[x^2 = a;\ \text{inconnue } x \in [\ 0\ ,\ +\infty\ [\right]$$

admet une solution et une seule.

Remarque 9.

D'après la règle des signes, si a est un nombre réel strictement négatif, alors il n'existe pas de nombre réel b tel que $b^2 = a$.

Démonstration 41

Il n'est pas possible de démontrer l'existence pour le moment. Voir pour cela l'exemple 11 page 65 du cours de première.

Pour l'unicité : Soit b une solution positive ou nulle de $x^2 = a$. On a donc $b^2 = a$. De ce fait $x^2 - a = x^2 - b^2 = (x - b)(x + b)$. De ce fait l'équation

$$[x^2 = a;\ \text{inconnue } x \text{ réel positif ou nul}]$$

est équivalente à l'équation produit

$$[(x - b)(x + b) = 0;\ \text{inconnue } x \in [\ 0\ ,\ +\infty\ [\,]$$

soit

$$x = b \qquad \text{ou} \qquad x = -b.$$

On a $-b \leqslant 0$, donc b est l'unique solution positive de l'équation. □

La démonstration précédente a établi le théorème suivant :

Théorème 42

Soit a est un nombre réel strictement positif. L'équation

$$[x^2 = a;\ \text{inconnue } x \in \mathbb{R}],$$

admet exactement deux solutions : $\sqrt{a}$ et $-\sqrt{a}$.

5.9.2 Propriétés

Théorème 43

Pour tout nombre réel positif ou nul a et tout nombre réel strictement positif b,

- $\left(\sqrt{a}\right)^2 = a$;
- $\sqrt{ab} = \sqrt{a} \times \sqrt{b}$;
- $\sqrt{a^2} = a$;
- $\sqrt{\dfrac{a}{b}} = \dfrac{\sqrt{a}}{\sqrt{b}}$.

Démonstration 43

- ► Le nombre positif $b = \sqrt{a}$ est solution de $x^2 = a$. On a donc $b^2 = \left(\sqrt{a}\right)^2 = a$ □
- ► • Le nombre réel ab est positif, donc le nombre $\sqrt{ab}$ existe.
  - Le nombre réel $\sqrt{a} \times \sqrt{b}$ est positif ou nul comme produit de deux racines carrées.
  - Le nombre réel $b = \sqrt{a} \times \sqrt{b}$ vérifie

$$b^2 = \left(\sqrt{a} \times \sqrt{b}\right)^2 = \left(\sqrt{a}\right)^2 \times \left(\sqrt{b}\right)^2 = ab.$$

  De ce fait, $b = \sqrt{ab}$.
- ► On applique le résultat précédent en remplaçant b par a (sanglier à la crème) si $a \neq 0$. Si $a = 0$ le résultat est clair.
- ► On applique le deuxième résultat en remplaçant b par son inverse. □

Remarque 10.

Lorsqu'on calcule $\sqrt{(-3)^2}$ on ne trouve **pas** -3 puisqu'une racine carrée est un nombre positif. En revanche on trouve

$$\begin{aligned}\sqrt{(-3)^2} &= \sqrt{9}\\ &= 3.\end{aligned}$$

En toute généralité,

Théorème 44
Pour tout nombre réel x,

$$\sqrt{x^2} = |x|.$$

Démonstration 44
En effet,

- Le carré de $|x|$ est $|x|^2 = x^2$. (considérer les deux cas $x \geqslant 0$ et $x \leqslant 0$)
- $|x|$ est un nombre positif.

Donc $|x|$ est bien la racine carrée de x^2. □

Théorème 45
Soient x et y deux réels **positifs** on a

$$(x < y) \Longrightarrow (x^2 < y^2) \text{ et } (x \leqslant y) \Longrightarrow (x^2 \leqslant y^2).$$

Démonstration 45
On peut utiliser deux fois le théorème 1 page 63. Sinon, on regarde le signe de la différence :

$$y^2 - x^2 = (y - x)(y + x)$$

est le produit de deux nombres (strictement) positifs sous l'hypothèse $x \leqslant y$ (resp $x < y$). □

La réciproque est fausse. Prendre $x := -1$ et $y := -2$.

5.9.3 Expression conjuguée

Nous allons voir une astuce qui permet de se sortir de situations délicates. C'est surtout une occasion de voir travailler les différents théorèmes du cours.

Définition 18.

Soit a et b deux nombres positifs, $\sqrt{a}-\sqrt{b}$ est appelé **expression conjuguée** de $\sqrt{a}+\sqrt{b}$ et inversement.

Exemple 11
Soit x un réel positif. On a

$$\frac{1}{\sqrt{x+1}+\sqrt{x}}=\sqrt{x+1}-\sqrt{x}.$$

Il suffit d'effectuer le produit des deux nombres $\sqrt{x+1}+\sqrt{x}$ et $\sqrt{x+1}-\sqrt{x}$ pour établir qu'ils sont inverses l'un de l'autre. Or

$$\begin{aligned}(\sqrt{x+1}+\sqrt{x})(\sqrt{x+1}-\sqrt{x}) &= \left(\sqrt{x+1}\right)^2-\left(\sqrt{x}\right)^2 && \text{d'après (4.21)}\\ &= x+1-x && \text{d'après le théorème 43.}\\ &= 1.\end{aligned}$$

ce qu'il suffisait de démontrer.

Théorème 46
Soient x et y deux réels **positifs** on a

$$(x \leqslant y) \Longrightarrow (\sqrt{x} \leqslant \sqrt{y}) \text{ et } (x < y) \Longrightarrow (\sqrt{x} < \sqrt{y}).$$

Démonstration 46
Ces théorèmes sont les contraposées des théorèmes 45 (dans le même ordre).

Sinon, on regarde le signe de la différence : Si $x=y=0$ les deux implications sont clairement vraies. Sinon $\sqrt{y}+\sqrt{x}>0$ et

$$\sqrt{y}-\sqrt{x}=\frac{y-x}{\sqrt{y}+\sqrt{x}}$$

est le quotient de deux nombres positifs sous l'hypothèse $x<y$ (resp $x \leqslant y$). □

5.9.4 Quelques irrationnels

On a défini les nombres irrationnels au paragraphe 5.7.2. Pour autant, rien ne prouve que ces nombres existent !

Nous verrons dans le cours de première que $\cos(1°)$ est irrationnel (exercice 20 page 245 et dans le cours de terminale que le nombre π est aussi irrationnel (problème 2 page 152).

Théorème 47
$\sqrt{2} \notin \mathbb{Q}$.

On en déduit – via le théorème 35 – que $\forall a \in \mathbb{Z}$, $\forall b \in \mathbb{Z}^*$, $a + b\sqrt{2} \notin \mathbb{Q}$.

Il existe de nombreuses démonstrations de ce théorème. En voici une.

Démonstration 47

Par l'absurde. On suppose qu'il existe deux entiers non nuls p et q tels que $\sqrt{2} = \dfrac{p}{q}$.

Dans ces conditions,
$p \in A := \left\{ n \in \mathbb{N}^* \mid \exists m \in \mathbb{N}^*, \ \sqrt{2} = \dfrac{n}{m} \right\}$. l'ensemble A est non vide. D'après l'axiome 1, il admet un plus petit élément $a \in \mathbb{N}^*$.

Soit alors $b \in \mathbb{N}^*$, tel que $\sqrt{2} = \dfrac{a}{b}$. On a donc $2b^2 = a^2$.

On construit alors les carrés comme sur la figure ci-contre :

Sur la diagonale, l'aire du carré central – de côté $2b-a$ est la somme des aires des deux autres carrés de côté $b-a$.

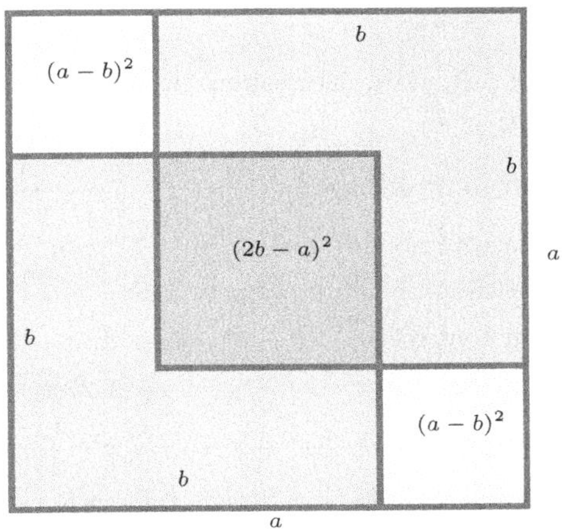

Deux vérifications possibles :

1. Avec les égalités remarquables du théorème 40 :

$$\begin{aligned}(2b-a)^2 - 2(a-b)^2 &= (2b)^2 - 2 \times 2ab + b^2 - 2(a^2 - 2ab + b^2) \\ &= 4b^2 - 4ab + b^2 - 2a^2 + 4ab - 2b^2 \\ &= 2b^2 - a^2 = 0.\end{aligned}$$

2. On a $\sqrt{2} = \dfrac{a}{b}$ donc $\dfrac{b}{a} = \dfrac{1}{\sqrt{2}} = \dfrac{\sqrt{2}}{2}$, soit $\sqrt{2} = \dfrac{2b}{a}$.

   Donc $\sqrt{2} = \dfrac{2b}{a} = \dfrac{a}{b} = \dfrac{2b-a}{a-b}$ d'après le théorème 38.

   En élevant au carré : $2 = \dfrac{(2b-a)^2}{(a-b)^2}$.

Maintenant on a $2b - a > 0$ puisque $a < 2b$ sinon on aurait $a^2 \geqslant 4b^2$ ce qui est impossible. Donc $2b - a \in A$.

Par ailleurs, on a $2b - a < a$ puisque $b < a$.

L'entier $2b - a$ est donc un élément de A strictement plus petit que le plus petit élément. Contradiction.

Donc $\sqrt{2} \notin \mathbb{Q}$. □

5.10 Quiz

5.10.1 Énoncé

Pour chaque proposition, indiquer si elle est vraie ou fausse et justifier la réponse :

1. $4 + \frac{4}{3} = 5 - \frac{1}{3}$
2. $17^2 - 15^2 = 2^2$
3. $\sqrt{9 + 4\sqrt{6}} = 3 + 2\sqrt{6}$
4. $\frac{2 + \sqrt{5}}{3 + \sqrt{5}} = \frac{2}{3}$
5. Si $x \in \mathbb{R}$, alors, nécessairement, $x \in \mathbb{Z}$.
6. $4 \in]4, 5]$.
7. Pour tout réel $x \neq \frac{1}{2}$, $\frac{4x - 5}{2x - 1} = 2 - \frac{3}{2x - 1}$
8. Pour tout nombre réel a, $(a + 3)^2 = a^2 + 9$
9. Il existe un nombre réel a tel que : $(a + 3)^2 = a^2 + 9$
10. Pour tout réel x, $9 - x^2 = (x + 3)(x - 3)$
11. Pour tout réel x, $x^3 - 4x = x(x + 2)(x - 2)$
12. Pour tout réel x, $x^2 + x - 4 = \left(x + \frac{1}{2}\right)^2 - \frac{9}{4}$
13. Pour tout réel x, $x^2 + (x - 4)^2 = 2(x - 2)^2 + 8$
14. Pour tout réel n, $(n - 1)^2 = n^2 - 1$
15. Pour tout réel x non nul, $\left(x + \frac{1}{x}\right)^2 = x^2 + \frac{1}{x^2}$
16. 1 est solution de l'équation $[\, 2x - 1 = 0\,;\ \text{inconnue } x \in \mathbb{R}\,]$.
17. 2 est solution de l'équation $[\, x^2 - 3x + 2 = 0\,;\ \text{inconnue } x \in \mathbb{R}\,]$.
18. $x(x + 1) = 0$ signifie que $x = 0$.
19. $\frac{x}{1 + x} = 0$ signifie que $x = 0$.
20. L'ensemble des solutions de l'équation $[\, x^2 = 9\,;\ \text{inconnue } x \in \mathbb{R}\,]$ est $\mathscr{S} = \{3\}$
21. L'ensemble des solutions de l'équation $[\, x^2 + 4 = 0\,;\ \text{inconnue } x \in \mathbb{R}\,]$ est $\mathscr{S} = \{-2; 2\}$
22. Pour tout nombre réel x, $(2x)^2 = 2x^2$
23. Pour tout nombre réel x, $(-3x)^2 = -9x^2$
24. Pour tous nombres réels a et b, $a^2 + b^2$ est un nombre strictement positif.
25. L'opposé d'une somme est la somme des opposés.
26. L'opposé d'un produit est le produit des opposés.
27. L'inverse de la somme de deux nombres est égal à la somme des inverses de ces nombres.
28. Le carré du double d'un nombre est égal au double du carré de ce nombre.
29. Le double du produit de deux nombres est le produit du double de ces nombres..
30. Pour tous nombres réels a et b, $\sqrt{a^2 + b^2} = a + b$
31. Pour tous nombres réels a et b, $\sqrt{a^2 \times b^2} = a + b$

32. Pour tout nombre réel x, $\dfrac{2x+1}{4} = \dfrac{x+1}{2}$
33. Pour tout réel $x \neq -\dfrac{3}{2}$, $\dfrac{4x+6}{6x+9} = \dfrac{2}{3}$
34. Pour tous nombres réels a et b non nuls, $\dfrac{1}{a} + \dfrac{1}{b} = \dfrac{2}{a+b}$
35. Soit a, b et c trois nombres strictement positifs.
    On pose $x = \dfrac{2a}{b+c}$; $y = \dfrac{2b}{c+a}$; $z = \dfrac{2c}{a+b}$.

    On a $xy + yz + zx + xyz = 4$.
36. Le nombre $\dfrac{2019201920192019201920192019}{201920192019}$ est un entier.
37. Le nombre 1 est le seul nombre égal à son inverse.
38. Le produit de deux nombres est toujours inférieur à la moyenne de leurs carrés.
39. Le carré de la moitié de 2^{10} vaut 2^{19}.
40. Le nombre $\sqrt{\dfrac{7+4\sqrt{3}}{7-4\sqrt{3}}} + \sqrt{\dfrac{7-4\sqrt{3}}{7+4\sqrt{3}}}$ est un entier naturel.
41. On a l'égalité $2^5 9^2 = 2592$.
42. Soit q et r deux nombres rationnels distincts. Si $\sqrt{p} - \sqrt{q} \in \mathbb{Q}$ alors $\sqrt{p} \in \mathbb{Q}$ et $\sqrt{q} \in \mathbb{Q}$.

5.10.2 Corrigé

1. ○ FAUX On a $4 + \dfrac{4}{3} = 4 + 1 + \dfrac{1}{3} = 5 + \dfrac{1}{3}$.
2. ○ FAUX On a $17^2 - 15^2 = (17-15)(17+15) = 2 \times 32 = 64$ alors que $2^2 = 4$.
3. ○ FAUX On a $\left(3 + 2\sqrt{6}\right)^2 = 9 + 12\sqrt{6} + 24 = 33 + 12\sqrt{6}$. De ce fait $3 + 2\sqrt{6} = \sqrt{33 + 12\sqrt{6}}$.
4. ○ FAUX On a

$$\begin{aligned}\frac{2+\sqrt{5}}{3+\sqrt{5}} &= \frac{(2+\sqrt{5})(3-\sqrt{5})}{(3+\sqrt{5})(3-\sqrt{5})}\\ &= \frac{6-2\sqrt{5}+3\sqrt{5}-5}{9-5}\\ &= \frac{1+\sqrt{5}}{4}.\end{aligned}$$

   Donc

$$\frac{2+\sqrt{5}}{3+\sqrt{5}} > \frac{1+\sqrt{4}}{4} > \frac{3}{4} > \frac{2}{3}.$$

   Une autre façon de voir est le théorème suivant :

> **Théorème 48**
> Soit a, b, c et d quatre nombres réels strictement positifs, tels que $\dfrac{a}{b} < \dfrac{c}{d}$. On a alors
>
> $$\frac{a}{b} < \frac{a+c}{b+d} < \frac{c}{d}.$$

En prenant $a = 2, b = 3, c = d = \sqrt{5}$, on a $\dfrac{2}{3} < 1$ donc

$$\frac{2}{3} < \frac{2+\sqrt{5}}{3+\sqrt{5}} < 1.$$

Démonstration 48

Comparer deux nombres c'est étudier le signe de leur différence.

$$\begin{aligned}\frac{a+c}{b+d} - \frac{a}{b} &= \frac{(a+c)b}{(b+d)b} - \frac{a(b+d)}{b(b+d)}\\ &= \frac{(a+c)b - a(b+d)}{(b+d)b}\\ &= \frac{ab+cb-ab-ad)}{(b+d)b}\\ &= \frac{cb-ad)}{(b+d)b}.\end{aligned}$$

Or $\dfrac{a}{b} < \dfrac{c}{d}$ donc $\dfrac{a}{b} - \dfrac{c}{d} < 0$ soit $\dfrac{ad-bc}{bd} < 0$ soit $ad - bc < 0$ puisque b et d sont positifs.
Ainsi $cb - ad > 0$ et $\dfrac{a+c}{b+d} - \dfrac{a}{b} > 0$, ce qu'il fallait vérifier.
Même travail pour comparer $\dfrac{a+c}{b+d}$ et $\dfrac{c}{d}$. □

5. ∀ FAUX On prend $x = \frac{1}{2}$. On a $x \in \mathbb{R}$, sans avoir $x \in \mathbb{Z}$.
6. FAUX 4 est une borne ouverte de l'intervalle $]4;5]$ donc $4 \notin]4;5]$.
7. ∀ VRAI Pour $x \neq \frac{1}{2}$,
$$2 - \frac{3}{2x-1} = \frac{4x-2}{2x-1} - \frac{3}{2x-1} = \frac{4x-5}{2x-1}.$$
8. ∀ FAUX Contrexemple, pour $a = -1$,
on a $(a+3)^2 = (-1+3)^2 = 2^2 = 4$
alors que $a^2 + 9 = (-1)^2 + 9 = 1 + 9 = 10$.
9. ∃ VRAI Il suffit de prendre $a = 0$.
10. ∀ FAUX Contrexemple, pour $x = 0$,
on a $9 - x^2 = 9 - 0^2 = 9$
alors que $(x+3)(x-3) = (0+3) \times (0-3) = 3 \times (-3) = -9$.
11. ∀ VRAI Soit x un nombre réel, on a $x^2 - 4 = x^2 - 2^2 = (x+2)(x-2)$ d'après 40 page 83. En multipliant les deux membres par x, on obtient bien $x^3 - 4x = x(x+2)(x-2)$, et ce pour tout réel x.
12. ∀ FAUX Contrexemple, pour $x = 0$, on a $x^2 + x - 4 = -4$ alors que $\left(x + \dfrac{1}{2}\right)^2 - \dfrac{9}{4} = \dfrac{1}{4} - \dfrac{9}{4} = -2$.
13. ∀ VRAI Pour tout réel x,
$$\begin{aligned}x^2 + (x-4)^2 - 2(x-2)^2 - 8 &= x^2 - (x-2)^2 + (x-4)^2 - (x-2)^2 - 8\\ &= 2(2x-2) + (-2)(2x-6) - 8\\ &= 2(2x - 2 - 2x + 6) - 8\\ &= 2 \times 4 - 8\\ &= 0\end{aligned}$$

Donc $x^2 + (x-4)^2 = 2(x-2)^2 + 8$.

14. ~~V~~ FAUX $n = 1$ est clairement un contrexemple.
15. ~~V~~ FAUX $x = 1$ est clairement un contrexemple.
16. FAUX On a $2 \times 1 - 1 = 2 - 1 = 1 \neq 0$. Donc 1 n'est pas solution de l'équation $2x - 1 = 0$.
17. VRAI On a $2^2 - 3 \times 2 + 2 = 4 - 6 + 2 = 6 - 6 = 0$. Donc 2 est bien solution de l'équation $x^2 - 3x + 2 = 0$.
18. FAUX $x(x+1) = 0$ revient à dire que $x = 0$ ou que $x + 1 = 0$ soit $x = 0$ ou $x = -1$.
19. VRAI pour $x \neq 1$, $\dfrac{x}{1+x} = 0$ revient à dire que $x = 0$.
20. ~~V~~ FAUX Contrexemple avec $x = -3$.
21. ~~V~~ FAUX Contrexemple avec $x = 2$.
22. ~~V~~ FAUX Contrexemple avec $x = 1$.
23. ~~V~~ FAUX Contrexemple avec $x = 1$.
24. ~~V~~ FAUX Contrexemple avec $a = b = 0$.
25. ~~V~~ VRAI L'énoncé se traduit :
    Pour tous réels x et y, $-(x+y) = -x + (-y)$.
26. ~~V~~ FAUX L'énoncé se traduit :
    Pour tous réels x et y, $-(xy) = (-x)(-y)$. Contrexemple avec $x = y = 1$.
27. ~~V~~ FAUX Comme contrexemple, on prend comme nombres 1 et -1. La somme de leurs inverses est nulle alors que l'inverse de la somme n'existe pas.
28. ~~V~~ FAUX c'est une traduction du 21
29. ~~V~~ FAUX On a clairement $29 \Longrightarrow 28$. Par contraposée, 29 prend la valeur FAUX.
30. ~~V~~ FAUX Contrexemple avec $a = b = 1$.
31. ~~V~~ FAUX Contrexemple avec $a = b = 1$.
32. ~~V~~ FAUX Contrexemple avec $x = 0$.
33. ~~V~~ VRAI On peut simplifier la fraction ou appliquer le théorème 38 page 82 puisque $\dfrac{4}{6} = \dfrac{6}{9} = \dfrac{2}{3}$.
34. ~~V~~ FAUX Contrexemple avec $a = 1$ et $b = -1$.
35. ~~V~~ VRAI. En réduisant au même dénominateur, on a

$$\begin{aligned} xy + yz + zx + xyz &= \frac{4ab(a+b) + 4bc(b+c) + 4ca(c+a)}{(a+b)(b+c)(c+a)} \\ &= 4\,\frac{a^2b + ab^2 + b^2c + bc^2 + c^2a + ac^2}{(a+b)(b+c)(c+a)} \end{aligned}$$

et

$$xyz = \frac{8abc}{(a+b)(b+c)(c+a)}.$$

Donc

$$xy + yz + zx + xyz = 4\,\frac{a^2b + ab^2 + b^2c + bc^2 + c^2a + ac^2 + 2abc}{(a+b)(b+c)(c+a)}.$$

Or en développant on trouve $(a+b)(b+c) = ab + ac + b^2 + bc$ et $(a+b)(b+c)(c+a) = abc + ac^2 + b^2c + bc^2 + a^2b + a^2c + ab^2 + abc$. On retrouve bien tous les termes du numérateur de $xy + yz + zx + xyz$. Donc en simplifiant, on a bien $xy + yz + zx + xyz = 4$.

36. ↄ VRAI. En effet le numérateur peut s'écrire
2019201920190000000000000 + 201920192019 = 201920192019(1000000000000 + 1).
Donc $\dfrac{2019201920192019201920192019}{201920192019} = 1000000000001$ est bien un entier.
37. ∀ FAUX. En effet l'énoncé peut s'écrire : pour tout nombre x différent de 1, $x \neq \frac{1}{x}$.

Contrexemple : -1 est son propre inverse.

38. ∀ VRAI. En effet l'énoncé peut s'écrire : pour tous nombres réels x et y, $xy \leqslant \dfrac{x^2+y^2}{2}$ soit $0 \leqslant \dfrac{x^2-2xy+y^2}{2}$.

Un carré étant toujours positif, on a, pour tous nombres réels x et y, $\dfrac{(x-y)^2}{2} \geqslant 0$ soit $\dfrac{x^2-2xy+y^2}{2} \geqslant 0$ soit encore $\dfrac{x^2+y^2}{2} \geqslant xy$, ce qu'il fallait démontrer.
39. ↄ FAUX. La moitié de 2^{10} c'est 2^9. Donc le carré de la moitié de 2^{10} vaut $2^9 \times 2^9 = 2^{18}$.

En revanche, 2^{19} est la moitié du carré de 2^{10}. Nuance !
40. ↄ VRAI. La calculette donne 14 comme résultat. Est-ce une preuve pour autant ? Non, la différence entre ce nombre et 14 peut très bien être indécelable pour la calculette. Voir pour cela le paragraphe 2.1.3.
On peut remarquer que $7+4\sqrt{3} = 4+3+2\times 2\times\sqrt{3} = (2+\sqrt{3})^2$ et que de même $7-4\sqrt{3} = (2-\sqrt{3})^2$, ce qui donne

$$\begin{aligned}
\sqrt{\frac{7+4\sqrt{3}}{7-4\sqrt{3}}} + \sqrt{\frac{7-4\sqrt{3}}{7+4\sqrt{3}}} &= \sqrt{\frac{(2+\sqrt{3})^2}{(2-\sqrt{3})^2}} + \sqrt{\frac{(2-\sqrt{3})^2}{(2+\sqrt{3})^2}} \\
&= \frac{2+\sqrt{3}}{2-\sqrt{3}} + \frac{2-\sqrt{3}}{2+\sqrt{3}}. \text{ Puis en réduisant au même dénominateur,} \\
&= \frac{(2+\sqrt{3})^2 + (2-\sqrt{3})^2}{(2-\sqrt{3})(2+\sqrt{3})} \\
&= \frac{7+4\sqrt{3}+7-4\sqrt{3}}{4-3} = 14.
\end{aligned}$$

41. ↄ VRAI ! Vérifiez !
42. ∀ VRAI. En effet on a $\sqrt{p}+\sqrt{q} = \dfrac{p-q}{\sqrt{p}-\sqrt{q}} \in \mathbb{Q}$ comme quotient de deux rationnels. Par demi-somme et demi-différence on en déduit que $\sqrt{p} \in \mathbb{Q}$ et $\sqrt{q} \in \mathbb{Q}$.

5.11 Méthodes pour factoriser

Méthode 1 (Un facteur commun est apparent).

On utilise les deux formules suivantes :

$\mathbf{a} \times b + \mathbf{a} \times c = \mathbf{a} \times (b+c)$ et $\mathbf{a} \times b - \mathbf{a} \times c = \mathbf{a} \times (b-c)$

Exemple 12

1. $2xy + 3xz = x(2y + 3z)$.
2. $x^2 - 3x = x \times x - 3x = x(x - 3)$
3. **Factoriser** $(2x+3)(5x+7) + (2x+3)(-2x+9)$.
   On essaye de voir comment est constituée l'expression pour voir quelle règle l'on va utiliser.

$$\underbrace{(2x+3)}_{a}\underbrace{(5x+7)}_{b} + \underbrace{(2x+3)}_{a}\underbrace{(-2x+9)}_{c} = ab + ac \text{ en posant : } \begin{cases} a & := & 2x+3 \\ b & := & 5x+7 \\ c & := & -2x+9 \end{cases}$$

$$\begin{aligned} &= a(b+c) \\ &= (2x+3)\left[(5x+7) + (-2x+9)\right] \\ &= (2x+3)(5x+7-2x+9) \\ &= (2x+3)(3x+16) \end{aligned}$$

$$\text{donc : } \boxed{(2x+3)(5x+7) + (2x+3)(-2x+9) = (2x+3)(3x+16)}$$

4. **Factoriser** $(3x+5)(7x-4) - (5x-3)(3x+5)$.

$$\underbrace{(3x+5)}_{a}\underbrace{(7x-4)}_{b} - \underbrace{(5x-3)}_{c}\underbrace{(3x+5)}_{a} = ab - ca \text{ en posant : } \begin{cases} a & := & 3x+5 \\ b & := & 7x-4 \\ c & := & 5x-3 \end{cases}$$

   En remplaçant a, b et c par leurs expressions, on trouve :

$$\begin{aligned} (3x+5)\left[(7x-4) - (5x-3)\right] &= (3x+5)(7x-4-5x+3) \text{ (attention au signe - devant la parenthèse)} \\ &= (3x+5)(2x-1) \end{aligned}$$

$$\text{donc : } \boxed{(3x+5)(7x-4) - (5x-3)(3x+5) = (3x+5)(2x-1)}$$

5.

$$\begin{aligned} (2x+1)(x+5) - (2x+1)(-3x+40) &= (2x+1)((x+5) - (-3x+40)) \\ &= (2x+1)(x+5+3x-40) \end{aligned}$$

$$\text{D'où : } \boxed{(2x+1)(x+5) - (2x+1)(-3x+40) = (2x+1)(4x-35)}$$

Méthode 2 (Le coup du 1).

Il s'agit principalement d'expressions de la forme :

$$\boxed{ab + a = a(b + \mathbf{1})} \quad \text{et} \quad \boxed{ab - a = a(b - \mathbf{1})}$$

En fait il suffit d'écrire : $\boxed{ab + a = ab + a \times \mathbf{1}}$

Exemple 13
On a :

$$\begin{aligned}(100x - 50)(x + 1) - (100x - 50) &= (100x - 50)(x + 1) - (100x - 50)\times 1\\ &= (100x - 50)((x + 1) - 1)\\ &= (100x - 50) \times x\\ &= x(100x - 50)\end{aligned}$$

Méthode 3 (Avec des puissances).

Il s'agit principalement d'expressions de la forme :

$$\boxed{\mathbf{ab + a^2 = a(b + a)}}$$

En fait il suffit d'écrire : $\boxed{\mathbf{ab + a^2 = ab + a \times a}}$

Exemple 14

1. **Factoriser** $(7x + 1)^2 - (7x + 1)(3 - 2x)$.
   On remarque que :

$$\begin{aligned}(7x + 1)^2 - (7x + 1)(3 - 2x) &= \underbrace{(7x + 1)}_{a}\underbrace{(7x + 1)}_{a} - \underbrace{(7x + 1)}_{a}\underbrace{(3 - 2x)}_{b}\\ &= aa - ab \text{ avec } \left\{\begin{array}{lcl} a & := & 7x + 1\\ b & := & 3 - 2x\end{array}\right.\\ &= a(a - b)\\ &= (7x + 1)\left[(7x + 1) - (3 - 2x)\right]\\ &= (7x + 1)(7x + 1 - 3 + 2x)\\ &= (7x + 1)(9x - 2)\end{aligned}$$

Par conséquent : $\boxed{(7x+1)^2 - (7x+1)(3-2x) = (7x+1)(9x-2)}$

2. **Factoriser** $(x+3)^2 - (x+3)$.
   On remarque que $(x+3)$ est un facteur commun.

$$\begin{aligned}(x+3)^2 - (x+3) &= \underbrace{(x+3)}_{a} \times \underbrace{(x+3)}_{a} - \underbrace{(x+3)}_{a} \times 1 \\ &= a \times a - a \times 1 \text{ avec } a := (x+3) \\ &= a(a-1) \\ &= (x+3)[(x+3)-1] \\ &= (x+3)(x+2).\end{aligned}$$

D'où : $\boxed{(x+3)^2 - (x+3) = (x+3)(x+2)}$

3.

$$\begin{aligned}(2x-500)(x+1) + (2x-500)^2 &= (2x-500)(x+1) + (2x-500)\times(2x-500) \\ &= (2x-500)((x+1)+(2x-500)) = (2x-500)(x+1+2x-500) \\ &= (2x-500)(3x-499)\end{aligned}$$

Méthode 4 (Pas de facteur commun apparent).

Lorsqu'il n'y a pas de facteur commun apparent, il faut tenter des factorisations intermédiaires. On factorise localement avant de factoriser globalement.

Exemple 15

1. **Factoriser** : $(3x+5)(2x+7) - (6x+10)(x+13)$.
   Il n'y pas de facteur commun apparent, mais il est clair que $6x+10 = 2(3x+5)$ (factorisation locale). Par conséquent :

$$\begin{aligned}(3x+5)(2x+7) - (6x+10)(x+13) &= \underbrace{(3x+5)}_{a}\underbrace{(2x+7)}_{b} - 2\underbrace{(3x+5)}_{a}\underbrace{(x+13)}_{c} \\ &= ab - 2ac \text{ avec } \left\{\begin{array}{lcl} a & := & 3x+5 \\ b & := & 2x+7 \\ c & := & x+13 \end{array}\right.\end{aligned}$$

Donc

$$\begin{aligned}(3x+5)(2x+7)-(6x+10)(x+13) &= a(b-2c)\\ &= (3x+5)\left[(2x+7)-2(x+13)\right]\\ &= (3x+5)(2x+7-2x-26)\\ &= (3x+5)(-19)\\ &= -19(3x+5).\end{aligned}$$

Par conséquent : $\boxed{(3x+5)(2x+7)-(6x+10)(x+13)=-19(3x+5)}$

2. **Factoriser** $(15x-3)(2x+7)-10x+2$.
   On remarque que : $15x-3=5(3x-1)$ et $-10x+2=-(10x-2)=-2(5x-1)$. Par conséquent :

$$\begin{aligned}(15x-3)(2x+7)-10x+2 &= 3\underbrace{(5x-1)}_{a}\underbrace{(2x+7)}_{b}-2\underbrace{(5x-1)}_{a}\\ &= 3ab-2a \text{ avec } \left\{\begin{array}{lll} a & := & 5x-1\\ b & := & 2x+7\end{array}\right.\\ &= a(3b-2)\\ &= (5x-1)(3(2x+7)-2)\\ &= (5x-1)(6x+21-2)\\ &= (5x-1)(6x+19).\end{aligned}$$

D'où : $\boxed{(15x-3)(2x+7)-10x+2=(5x-1)(6x+19)}$

3. **Factoriser** : $(2x+16)(3x-5)+(x+8)(-x+20)$.

$$\begin{aligned}(2x+16)(3x-5)+(x+8)(-x+20) &= 2(x+8)(3x-5)+(x+8)(-x+20)\\ &= (x+8)(2(3x-5)+(-x+20))\\ &= (x+8)(6x-10-x+20)\\ &= (x+8)(5x+10)\end{aligned}$$

Méthode 5 (Avec des identités remarquables).

On utilise les deux égalités remarquables suivantes :

$\boxed{(\mathbf{a}+\mathbf{b})^2=\mathbf{a}^2+2\mathbf{a}\times\mathbf{b}+\mathbf{b}^2}$ et $\boxed{(\mathbf{a}-\mathbf{b})^2=\mathbf{a}^2-2\mathbf{a}\times\mathbf{b}+\mathbf{b}^2}$

Reste à identifier **a** et **b** . . .

Exemple 16
Factoriser : $9x^2 + 42x + 49$.
Il n'y aucun facteur commun donc on recherche si on peut faire apparaître une identité remarquable.

$$\begin{aligned} 9x^2 + 42x + 49 = (3x)^2 + 2 \times (3x) \times 7 + 7^2 &= a^2 + 2ab + b^2 \text{ avec } \left\{ \begin{array}{lcl} a & = & 3x \\ b & = & 7 \end{array} \right. \\ &= (a+b)^2 \\ &= (3a+7)^2. \end{aligned}$$

Par conséquent : $\boxed{9x^2 + 42x + 49 = (3x+7)^2}$

Méthode 6 (Différence de deux carrés).

Il s'agit ici d'exploiter l'identité remarquable : $\boxed{\mathbf{a^2 - b^2 = (a-b)(a+b)}}$

Exemple 17

1. **Factoriser** : $(x-1)^2 - 16$.

$$\begin{aligned} (x-1)^2 - 16 &= (x-1)^2 - 4^2 \\ &= ((x-1)-4)((x-1)+4) \\ &= (x-5)(x+3). \end{aligned}$$

2. **Factoriser** : $(x-1)^2 - 11$.

$$\begin{aligned} (x-1)^2 - 11 &= (x-1)^2 - (\sqrt{11})^2 \\ &= ((x-1) - \sqrt{11})((x-1) + \sqrt{11}) \\ &= (x - 1 - \sqrt{11})(x - 1 + \sqrt{11}). \end{aligned}$$

3. **Factoriser** : $(2x-1)^2 - (x+3)^2$.

$$\begin{aligned} (2x-1)^2 - (x+3)^2 &= ((2x-1) - (x+3))((2x-1) + (x+3)) \\ &= (2x - 1 - x - 3)(2x - 1 + x + 3) \\ &= (x-4)(3x+2). \end{aligned}$$

4. **Factoriser** : $5x^2 - 16$.

$$\begin{aligned} 5x^2 - 16 &= (\sqrt{5}x)^2 - 4^2 \\ &= \left(x\sqrt{5} - 4\right)\left(x\sqrt{5} + 4\right). \end{aligned}$$

5. **Factoriser** : $100x^2 - 121$.

$$\begin{aligned} 100x^2 - 121 = (10x)^2 - 11^2 &= a^2 - b^2 \text{ avec } a = 10x \text{ et } b = 11 \\ &= (a+b)(a-b) \\ &= (10x+11)(10x-11). \end{aligned}$$

D'où : $\boxed{100x^2 - 121 = (10x+11)(10x-11)}$

6. **Factoriser** $(2x+9)^2 - (3x-13)^2$.
On voit que l'expression est la différence de deux carrés, ce qui fait penser à une identité remarquable. Pour tout réel x,

$$\begin{aligned} (2x+9)^2 - (3x-13)^2 &= a^2 - b^2 \text{ avec } a = (2x+9) \text{ et } b = (3x-13) \\ &= (a+b)(a-b) \\ &= [(2x+9)+(3x-13)]\,[(2x+9)-(3x-13)] \\ &= (2x+9+3x-13)(2x+9-3x+13) \\ &= (5x-4)(-x+22). \end{aligned}$$

Par conséquent : $\boxed{(2x+9)^2 - (3x-13)^2 = (5x-4)(-x+22)}$

Avec facteur commun et identités remarquables

Exemple 18

1. **Factoriser** $A(x) = (4x-4) - (5x-13)(x-1) + x^2 - 1$
On remarque que : $4x - 4 = 4(x-1)$ et $x^2 - 1 = x^2 - x^2 = (x+1)(x-1)$ (identité remarquable).
Par conséquent, pour tout réel x,

$$\begin{aligned} A(x) &= 4\underbrace{(x-1)}_{a} - \underbrace{(5x-13)}_{b}\underbrace{(x-1)}_{a} + \underbrace{(x+1)}_{c}\underbrace{(x-1)}_{a} \\ &= 4a - ba + ca \text{ avec } a := (x-1)\ ;\ b := (5x-13) \text{ et } c := (x+1) \\ &= a(4 - b + c). \end{aligned}$$

Donc

$$\begin{aligned} A(x) &= (x-1)[4 - (5x-13) + (x+1)] \\ &= (x-1)(4 - 5x + 13 + x + 1) \\ &= (x-1)(-4x+18) \\ &= (x-1) \times 2(-x+9) \\ &= 2(x-1)(-x+9). \end{aligned}$$

D'où : $\boxed{A = (4x-4) - (5x-13)(x-1) + x^2 - 1 = 2(x-1)(-x+9)}$.

2. **Factoriser** $B(x) = x^2 - 4x + 4 + (1-5x)(2-x) + (x-2)$
   On remarque que : $x^2 - 4x + 4 = x^2 - 2 \times x \times 2 + 2^2 = (x-2)^2$ (identité remarquable) et que $(2-x) = (-1) \times (x-2) = -(x-2)$.
   Par conséquent, pour tout réel x,

$$\begin{aligned} B(x) &= x^2 - 4x + 4 + (1-5x)(2-x) + (x-2) \\ &= (x-2)^2 + (1-5x) \times (-1) \times (2-x) + (x-2) \\ &= \underbrace{(x-2)}_{a}\underbrace{(x-2)}_{a} - \underbrace{(1-5x)}_{b}\underbrace{(x-2)}_{a} + \underbrace{(x-2)}_{a} \text{ avec } a = (x-2) \text{ et } b = (1-5x) \\ &= aa - ba + a \\ &= a(a-b+1) \\ &= (x-2)[(x-2) - (1-5x) + 1] \\ &= (x-2)(x-2-1+5x+1) \\ &= (x-2)(6x-2) \\ &= (x-2) \times 2(3x-1) \\ &= 2(x-2)(3x-1). \end{aligned}$$

   Par conséquent : $\boxed{B = x^2 - 4x + 4 + (1-5x)(2-x) + (x-2) = 2(x-2)(3x-1)}$

Quand on ne voit ni facteur commun, ni identité remarquable

Perdu pour perdu, on oublie la remarque 5 page 75, on développe, on simplifie, puis on regarde le résultat.

Exemple 19
Factoriser $C(x) = 3x^2 - 5x + 18 + (3x+2)(5x-9)$.
On ne voit ni facteur commun, ni identité remarquable.
En développant, on trouve, pour tout réel x,

$$\begin{aligned} C(x) &= 3x^2 - 5x + 18 + (3x+2)(5x-9) \\ &= 3x^2 - 5x + 18 + (15x^2 - 27x + 10x - 18) \\ &= 3x^2 - 5x + 18 + 15x^2 - 27x + 10x - 18 \\ &= 18x^2 - 22x \\ &= 9 \times 2x \times x - 11 \times 2x \\ &= 2x(9x-11). \end{aligned}$$

D'où : $\boxed{3x^2 - 5x + 18 + (3x+2)(5x-9) = 2x(9x-11)}$

Remarque 11.

Nous verrons dans le chapitre 5 une technique pour factoriser, lorsque cela est possible, les expressions du type $ax^2 + bx + c$, a, b et c réels, $a \neq 0$.

5.12 Exercices

Exercice 1 (Reconnaître des intervalles).

Dans chacun des cas suivants, écrire à l'aide d'intervalles les ensembles considérés.

1. Ensemble E_1 :

2. $-3 \leqslant x < 4$
3. $-2 > x$ et $-7 \leqslant x \leqslant 0$
4. Ensemble E_4 :

Exercice 2 (Résolution d'équations du premier degré).

Résoudre les équations suivantes d'inconnue $x \in \mathbb{R}$.

1. $-\dfrac{1}{2}x + 3 = 0$
2. $2x + 5 = -3x + 1$
3. $\dfrac{2}{3}x - 1 = 4$

Exercice 3 (Résolution d'équations produits).

Résoudre les équations suivantes d'inconnue $x \in \mathbb{R}$:

1. $(2x-3)(x+5) = 0$
2. $\left(\frac{1}{2}x - 1\right)(2 - x) = 0$
3. $(x-4)(x-1) = 2x(x-4)$

Exercice 4 (Équations et quotients nuls).

Résoudre les équations suivantes sur l'ensemble donné :

1. $\dfrac{2x+5}{x-1} = 0$ inconnue $x \in \mathbb{R}\setminus\{1\}$.
2. $\dfrac{x(x+3)}{2x+1} = 0$ inconnue $x \in \mathbb{R}\setminus\left\{-\frac{1}{2}\right\}$.

Exercice 5 (Équations faciles à résoudre).

1. Rappeler pourquoi le carré d'un nombre réel est toujours un nombre positif.
2. Résoudre l'équation $x^2 + 1 = 0$ d'inconnue $x \in \mathbb{R}$.
3. Vérifier que pour tout réel x, $(2x+1)^2 = 4x^2 + 4x + 1$.
   Résoudre l'équation $4x^2 + 4x + 3 = 0$ d'inconnue $x \in \mathbb{R}$.
4. Résoudre l'équation $x^6 + 2x^2 + 7 = 0$ d'inconnue $x \in \mathbb{R}$.

Exercice 6 (Équation se ramenant à l'égalité de deux carrés).

Résoudre les équations suivantes d'inconnue $x \in \mathbb{R}$:

1. (E) : $(x-3)^2 = (2x+5)^2$
2. (F) : $4(x+1)^2 = 9x^2$
3. (G) : $(3x-1)^2 = x^2 + x + \frac{1}{4}$

Exercice 7.

Relire le théorème 19 page 72 et décider si la proposition suivante est vraie ou fausse :
Soit x et y deux nombres réels. Pour que $x = y$, il faut que, pour tout nombre strictement positif ε on a $|y - x| < \varepsilon$.

Exercice 8 (Identités remarquables).

Calculer $A = \left((\sqrt{2}+1)^{2017} + (\sqrt{2}-1)^{2017}\right)^2 - \left((\sqrt{2}+1)^{2017} - (\sqrt{2}-1)^{2017}\right)^2$.

Les exercices suivants ont été empruntés au site http ://pharedesmaths.free.fr

Exercice 9.

Sachant que a, b et c sont trois nombres vérifiant $a \times b = 0$, $a + b = 4$ et $b \times c = 12$, que vaut c ?

Exercice 10.

a, b, c et d sont quatre nombres vérifiant $a \times b = 8$, $b \times c = 0$ et $a + b + c + d = 15$.
Que vaut $[(a+d)^3 - b^2] \times c$?

Exercice 11.

Est-il possible de trouver quatre nombres a, b, c et d tels que $abcd = 0$ et $\dfrac{ad}{bc} = 2$?

Exercice 12.

a, b, c et d sont quatre nombres tels que $(a-b)(b-c)(c-d)(d-a) = 2 \times (a-c)$.
Sachant que deux - et seulement deux - de ces quatre nombres sont égaux, retrouver de quels nombres il s'agit puis justifier que $a > c$.

Exercice 13.

Déterminer a, b, c et d sachant que $(a^2+c^2)(b^2-d^2) = 36$, $(d^2-a^2)(c+b) = 18$ et $\dfrac{c^2+d^2}{a^2-b^2} = 0$.

Exercice 14.

Déterminer tous les couples $(x\ ,\ y)$ de nombres vérifiant $y = x^2 + x - 4$ et $(y+4)(y-x) = 0$.

Exercice 15.

Déterminer tous les couples $(x\ ,\ y)$ de nombres vérifiant $\dfrac{x^2-y^2}{x+y} = 0$ et $(y-4)(x-3) = 12$.

Exercice 16.

Déterminer tous les couples $(x\ ,\ y)$ de nombres vérifiant $(y+3)(y-1) = 0$ et $(y^2-y)(4-x) = 12$.

Exercice 17.

a, b, c et d sont quatre nombres vérifiant $(d+2)(a-6) = 12$, $(a+d)(b-c) = 0$, $(a^2+1)(d-2) = 0$ et $bc = a$.
Que vaut la somme $(a+b+c+d)$?

Exercice 18.

a, b, c et d désignent quatre nombres vérifiant $(a^2+d^2)(b-c)=0$, $bc=a$, $ad=18$ et $abcd=162$. Que vaut la somme $(a+b+c+d)$?

Exercice 19.

1. Montrer que si deux nombres a et b ont leurs carrés égaux alors ils sont égaux ou opposés.
2. Soient x, y et z trois nombres vérifiant $x^2=y^2=z^2$. Que vaut $(x-y)(y-z)(z-x)$?

Exercice 20.

Est-il possible de trouver deux nombres non nuls tels que le produit du premier par le carré du second soit égal au produit du second par le carré du premier et tels que la somme du triple du premier et du cube du second soit nulle ?

Exercice 21.

x et y sont deux nombres tels que si je soustrais leur somme à leur produit, j'obtiens -1. Développer le produit $(x-1)(y-1)$. Que peut-on en déduire concernant x et y ?

Exercice 22.

Soient a et b deux nombres strictement positifs tels que $\dfrac{a}{1+b}=\dfrac{b}{1+a}$.
Que peut-on en déduire concernant les deux nombres a et b ?

Exercice 23.

1. Vérifier que $\dfrac{7^3+4^3}{7^3+3^3}=\dfrac{7+4}{7+3}$.
2. Soient a, b et c trois nombres réels strictement positifs.
   À quelle condition a-t-on $\dfrac{a^3+b^3}{a^3+c^3}=\dfrac{a+b}{a+c}$?

Exercice 24.

On considère le programme de calcul suivant :

- Choisir un nombre et lui ajouter 3.
- Élever le tout au carré.
- Soustraire 9 au résultat obtenu.

Est-il possible d'obtenir un résultat égal à 0 ? Si oui, quel(s) nombre(s) faut-il choisir au départ ?

Exercice 25.

a et b sont deux nombres non nuls tels que :

- si j'ajoute b au numérateur et au dénominateur de la fraction $\frac{a}{b}$, j'obtiens une fraction égale à son inverse ;
- si je retire 2 au dénominateur de la fraction $\frac{a}{b}$, j'obtiens l'opposé de la fraction initiale.

Que valent a et b ?

Exercice 26.

Existe-t-il des nombres pour lesquels le carré de la différence de ce nombre et de 4 est égal au double de la somme de ce nombre et de 8 ? Si oui, les déterminer tous.

Exercice 27.

Soit $a = 4 + \sqrt{17}$, $b = 1$, $c = 1$, $d = \sqrt{17} - 4$.

1. Le tableau

b	d
a	c

est-il de proportionnalité ?

2. Faire tourner le programme **Python** suivant :

```
from math import sqrt

A=4+sqrt(17)
B=1
C=1
D=sqrt(17)-4
print (A*D-B*C)
```

Conclusion ?

3. Comment envisager un programme qui teste si un tableau est ou non de proportionnalité ?

Exercice 28.

Démontrer que les nombres suivants sont des nombres entiers naturels :

$$A = \frac{(2\sqrt{5}+\sqrt{7})^2-(2\sqrt{5}-\sqrt{7})^2}{4\sqrt{35}} \qquad B = \frac{4}{\sqrt{2}-\sqrt{3}} + 4\sqrt{2} + 4\sqrt{3}$$

Exercice 29.

On pose : $\rho = \dfrac{1+\sqrt{7}}{2}$

1. Montrer que $2\rho^2 = 2\rho + 3$.
2. En déduire que $2\rho^3 = 5\rho + 3$.

Exercice 30.

Soient $x := 12^6$, $y := 6^8$, $z := 2^{11} \times 3^7$, vérifier que $x^x \cdot y^y = z^z$.

Exercice 31.

Soit a et b deux nombres réels.

1. Démontrer que $\max(a,b) + \min(a,b) = a + b$.
2. Démontrer que $\max(a,b) - \min(a,b) = |a-b|$.
3. En déduire que $\min(a,b) = \dfrac{a+b-|a-b|}{2}$ et $\max(a,b) = \dfrac{a+b+|a-b|}{2}$.

5.12.1 Détermination d'un encadrement

Exercice 32.

1. Soit x un réel appartenant à l'intervalle $[\ 5,7\ [$. À quel intervalle appartient $2x+7$? $5-3x$? $-x$?
2. Soit x un réel tel que $3-2x \in]-5,+3\ ]$. À quel intervalle appartient x ?
3. Soit x un réel tel que $|x| \in [\ 2,3\ ]$. À quel ensemble appartient x ?

5.12.2 Intersection, réunion

Exercice 33.

1. Écrire si possible l'intersection des intervalles suivants sous la forme d'un seul intervalle :

$$]-2\,,1\,]\cap]\,0\,,3\,]; \qquad]-\infty\,,3\,[\cap]\,4\,,7\,]; \qquad [\,2\,,+\infty\,[\cap]\,4\,,7\,]$$

2. Même question mais en remplaçant « intersection » par « réunion ».

Exercice 34.

1. Écrire sous la forme d'un intervalle les réels x vérifiant les deux inéquations suivantes, d'inconnue $x \in \mathbb{R}$:

$$3x - 1 \geqslant 0 \text{ et } 2x + 3 > 0.$$

2. Résoudre les systèmes suivants (on donnera la réponse sous la forme d'un intervalle) :

$$\begin{cases} x - 3 \leqslant 0 \\ 5 + 2x \geqslant 0 \end{cases} \qquad \begin{cases} 2x - 1 < 0 \\ 3 - x \leqslant 0 \end{cases} \qquad \begin{cases} 7x + 1 > 0 \\ 2 - 3x \geqslant 0 \end{cases}$$

5.12.3 Calculs avec des valeurs absolues

Exercice 35.

Résoudre les équations d'inconnue $x \in \mathbb{R}$:

$$\begin{array}{llll} (E_1) & |x+2| & = & 5 \\ (E_4) & |x+3| & < & 2 \end{array} \qquad \begin{array}{llll} (E_2) & |x-3| & = & -1 \\ (E_5) & |x+2| & \geqslant & -1 \end{array} \qquad \begin{array}{llll} (E_3) & 2|2x-1| & = & 8 \\ (E_6) & \left|x-\sqrt{2}\right| & \geqslant & 2-\sqrt{2} \end{array}$$

Exercice 36.

1. Déterminer graphiquement tous les réels équidistants de 2 et -4.
2. Résoudre l'équation $|x - 2| = |x + 4|$.
3. Résoudre les équations $|x + 3| = |-x + 1|$ et $|x - 3| = |x + 1|$

5.12.4 Pour finir...

Exercice 37.

Sachant que x est un nombre strictement positif et que $x^2 + \dfrac{1}{x^2} = 7$, calculer

1. $x^4 + \dfrac{1}{x^4}$.
2. $x + \dfrac{1}{x}$.
3. $x^3 + \dfrac{1}{x^3}$.
4. $x^6 + \dfrac{1}{x^6}$.

INDICATION : On pourra commencer par développer $\left(x^2 + \dfrac{1}{x^2}\right)^2$.

Exercice 38 (Applications du calcul littéral au calcul numérique).

Soit $A = 10^{10}$ et $B = 10^{-10}$. Calculer (à la calculatrice) $C = A + B$ puis $D = C - A$. Conclusion ?

Exercice 39 (Applications du calcul littéral au calcul numérique).

1. Calculer (à la calculatrice) $48^2 - 47^2 - 46^2 + 45^2$, puis $166^2 - 165^2 - 164^2 + 163^2$. Quelle conjecture peut-on faire pour les calculs de ce type ?
2. Développez l'expression $(x+3)^2 - (x+2)^2 - (x+1)^2 + x^2$ pour démontrer cette conjecture.
3. Combien vaut $123456789^2 - 123456788^2 - 123456787^2 + 123456786^2$ quand on effectue le calcul à la calculatrice ? Qu'en pensez-vous ?

Exercice 40 (Applications du calcul littéral au calcul numérique).

Soit $A = 83875683470^2 - 83875683469 \times 83875683471$

1. Que donne la calculatrice comme résultat ?
2. Poser $x = 83875683470$, exprimer A en fonction de x, puis (en développant et réduisant) donner la valeur exacte de A.
3. Que peut-on en conclure ?

Exercice 41 (Avec un tableur).

1. Ouvrir une feuille de tableur, selectionner les cases `A1:B23` et choisir comme format des cellules :
   `Format>Cellules>Nombres>-1234` (deuxième choix, après standard).
2. Écrire `111111111` dans la case `A1`. Calculer 111111111^2 dans la case `B1`.

Exercice 42 (Programme `Python`).

Voici un programme `Python`.

```python
N=1000;S=0;T=0
for k in range(N):
    S=S+(k+1)**4/3
    T=T+(k+1)**4
print(T/3-S)
```

1. Que calcule ce programme ?
2. Laquelle des deux façons semble la meilleure ?

5.13 Solutions

Solution 1 (Reconnaître des intervalles)

1.

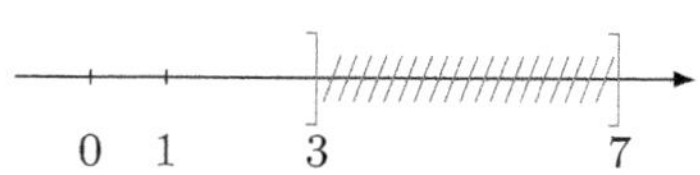

Par lecture graphique, l'intervalle va de 3 (exclu) à 7 (inclus), soit $I =]\ 3\ ,\ 7\ ]$.

2. On veut $-3 \leqslant x < 4$. Donc $I = [\ -3\ ,\ 4\ [$.
3. On veut :
   - $x < -2$; donc le premier intervalle est $I_1 =]\ -\infty\ ,\ -2\ [$.
   - $-7 \leqslant x \leqslant 0$; donc le deuxième intervalle est $I_2 = [\ -7\ ,\ 0\ ]$.

Il faut que x appartienne aux deux intervalles à la fois, on note $I = I_1 \cap I_2$. On peut déterminer I graphiquement.

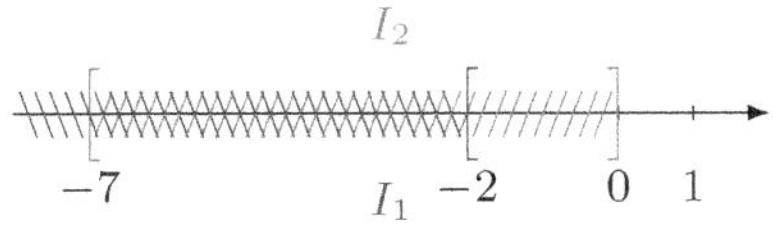

On obtient $I = [\,-7\ ,\ -2\,[$.

4.

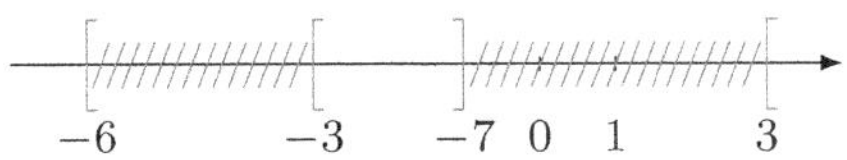

I est la réunion des deux intervalles hachurés car x peut appartenir soit à l'un soit à l'autre.

$I = [\,-6\ ,\ -3\,[\cup]\,-1\ ,\ 3\,[$

Solution 2 (Résolution d'équations du premier degré)

1.

$$\begin{array}{lrcl} & -\frac{1}{2}x + 3 & = & 0 \\ \text{soit} & -\frac{1}{2}x & = & -3 \\ \text{soit} & x & = & \dfrac{-3}{-\dfrac{1}{2}} = \dfrac{3}{\dfrac{1}{2}} = 3 \times 2 \\ \text{soit} & x & = & 6 \end{array}$$

$\mathscr{S} = \{6\}$

2.

$$\begin{array}{lrcl} & 2x + 5 & = & -3x + 1 \\ \text{soit} & 2x + 3x & = & 1 - 5 \\ \text{soit} & 5x & = & -4 \\ \text{soit} & x & = & -\frac{4}{5} \end{array}$$

$\mathscr{S} = \left\{-\dfrac{4}{5}\right\}$.

3.

$$\begin{array}{lrcl} & \frac{2}{3}x - 1 & = & 4 \\ \text{soit} & \frac{2}{3}x & = & 4 + 1 \\ \text{soit} & \frac{2}{3}x & = & 5 \\ \text{soit} & x & = & 5 \times \frac{3}{2} \\ \text{soit} & x & = & \frac{15}{2} \end{array}$$

$\mathscr{S} = \left\{\dfrac{15}{2}\right\}$.

Solution 3 (Résolution d'équations produits)

1. Un produit est nul si et seulement si au moins l'un de ses facteurs est nul.

   $(2x - 3)(x + 5) = 0$

   soit $2x - 3 = 0$ ou $x + 5 = 0$

   soit $2x = 3$ ou $x = -5$

   soit $x = \dfrac{3}{2}$ ou $x = -5$

   $\mathscr{S} = \left\{-5; \dfrac{3}{2}\right\}$

2. Un produit de facteurs est nul si et seulement si au moins l'un de ses facteurs est nul.

   soit $(\frac{1}{2}x - 1)(2 - x) = 0$

   soit $\frac{1}{2}x - 1 = 0$ ou $2 - x = 0$

   soit $\frac{1}{2}x = 1$ ou $2 = x$

   soit $x = 2$ ou $x = 2$

   Donc $\mathscr{S} = \{2\}$.

3. On se ramène à une équation du type « produit nul ».

   On remarque que $(x - 4)$ est un facteur commun aux deux côtés de l'égalité.

   $(x - 4)(x - 1) = 2x(x - 4)$

   soit $(x - 4)(x - 1) - 2x(x - 4) = 0$

   soit $(x - 4)[(x - 1) - 2x] = 0$

   soit $(x - 4)(-x - 1) = 0$

   Un produit de facteurs est nul lorsque l'un ou l'autre de ses facteurs est nul.

   Ainsi, $(x - 4)(-x - 1) = 0$

   soit $(x - 4) = 0$ ou $(-x - 1) = 0$

   soit $x = 4$ ou $-x = 1$

   soit $x = 4$ ou $x = -1$

   Donc $\mathscr{S} = \{-1; 4\}$.

Solution 4 (Équations et quotients nuls)

1. Un quotient est nul si et seulement si son numérateur est nul.

   $\frac{2x + 5}{x - 1} = 0$ donc $2x + 5 = 0$ soit $2x = -5$ soit $x = -\frac{5}{2}$

   Donc $\mathscr{S} = \left\{-\frac{5}{2}\right\}$.

2. Un quotient est nul si et seulement si son numérateur est nul.

   $\frac{x(x + 3)}{2x + x} = 0$ donc $x(x + 3) = 0$

   De plus, un produit est nul si et seulement si l'un de ses facteurs au moins est nul.

   Ainsi, $x(x + 3) = 0$

   soit $x = 0$ ou $x + 3 = 0$

   soit $x = 0$ ou $x = -3$

   $\mathscr{S} = \{-3; 0\}$.

Solution 5 (Équations faciles à résoudre)

1. Si x est positif alors $x^2 = xx$ est le produit de deux nombres positifs, donc est positif. Si x est négatif alors x^2 est le produit de deux nombres négatifs, donc est positif. Dans tous les cas x^2 est positif.

2. On déduit de la question précédente que pour tout réel x, $x^2 + 1 > 0$. En particulier, l'équation $x^2 + 1 = 0$ n'admet pas de solution.

3. Après la vérification, l'équation $4x^2 + 4x + 3 = 0$ devient
   $(2x + 1)^2 + 2 = 0$. Puisque $(2x + 1)^2 + 2 \geqslant 2$, cette équation n'admet pas de solution.

4. Pour tout réel x, x^6 est positif, de même que $2x^2$ et que leur somme $x^6 + 2x^2$. Par conséquent, l'équation $x^6 + 2x^2 + 7 = 0$ n'admet pas de solution.

Solution 6 (Équation se ramenant à l'égalité de deux carrés)

1. L'équation (E) équivaut à $x - 3 = 2x + 5$ ou $x - 3 = -2x - 5$.

   La résolution de (E) passe donc par la résolution de deux équations du premier degré. Résolution de $x - 3 = 2x + 5$,

   soit $x - 3 = 2x + 5$,

   soit $x = -8$.

   Résolution de $x - 3 = -2x - 5$

   soit $3x = -2$

   soit $x = -\frac{2}{3}$.

   Finalement, l'équation (E) admet deux solutions : -8 et $-\frac{2}{3}$.

2. L'équation (F) équivaut à $4(x + 1)^2 = 9x^2$

   soit $\left(2(x+1)\right)^2 = (3x)^2$

   soit $2(x + 1) = 3x$ ou $2(x + 1) = -3x$

   La résolution de (F) passe donc par la résolution de deux équations du premier degré.

   Résolution de $2(x + 1) = 3x$,

   soit $2x + 2 = 3x$,

   soit $x = 2$.

   Résolution de $2(x + 1) = -3x$

   soit $2x + 2 = -3x$

   soit $5x = -2$

   soit $x = -\frac{2}{5}$

   Finalement, l'équation (F) admet deux solutions : 2 et $-\frac{2}{5}$.

3. On reconnaît l'identité remarquable :

   $(3x - 1)^2 = \left(x + \frac{1}{2}\right)^2$.

   La résolution de (G) passe donc par la résolution de deux équations du premier degré. On a donc à résoudre $3x - 1 = x + \frac{1}{2}$ ou $3x - 1 = -x - \frac{1}{2}$.

   Résolution de $3x - 1 = x + \frac{1}{2}$

   soit $2x = \frac{3}{2}$

   soit $x = \frac{3}{4}$.

   Résolution de $3x - 1 = -x - \frac{1}{2}$:

   soit $4x = \frac{1}{2}$

   soit $x = \frac{1}{8}$.

   Finalement, l'équation (G) admet deux solutions : $\frac{1}{8}$ et $\frac{3}{4}$.

Solution 7

Cette proposition est vraie. Si $x = y$, alors $|y - x| = 0$ et par suite, pour tout nombre strictement positif ε on a $|y - x| = 0 < \varepsilon$.

On obtient ainsi un théorème qui peut s'énoncer :

Soit x et y deux nombres réels. Pour que $x = y$, il faut et il suffit que, pour tout nombre strictement positif ε on a $|y - x| < \varepsilon$.

Pour autant, le sens « il faut » de cet exercice n'apporte rien. Seul le sens « il suffit » permet de démontrer des théorèmes intéressants.

Solution 8 (Identités remarquables)
On pose $x = (\sqrt{2}+1)^{2017}$ et $y = (\sqrt{2}-1)^{2017}$ pour plus de simplicité. On a alors

$$\begin{aligned} A &= (x+y)^2 - (x-y)^2 \\ &= x^2 + 2xy + y^2 - (x^2 - 2xy + y^2) \\ &= x^2 + 2xy + y^2 - x^2 + 2xy - y^2 \\ &= 4xy. \end{aligned}$$

Il est aussi possible d'effectuer le calcul précédent en posant $u = x + y$ et $v = x - y$. On a alors

$$\begin{aligned} A &= u^2 - v^2 \\ &= (u-v)(u+v) \\ &= (x+y-x+y)(x+y+x_y) \\ &= 2y \times 2x \\ &= 4xy. \end{aligned}$$

Maintenant,

$$\begin{aligned} A &= 4xy \\ &= 4(\sqrt{2}+1)^{2017}(\sqrt{2}-1)^{2017} \\ &= 4\left((\sqrt{2}+1)(\sqrt{2}-1)\right)^{2017} \\ &= 4\left((\sqrt{2})^2 - 1^2\right)^{2017} \\ &= 4 \times (1)^{2017} \\ &= 4. \end{aligned}$$

Solution 9
Puisque le produit ab est nul, on a $a = 0$ ou $b = 0$. Disjoignons les cas :
- $b = 0$, donc $bc = 0$, ce qui contredit $bc = 12$. Donc ce cas ne se produit pas.
- $a = 0$, donc $a + b = 0$ donne $b = 4$ et $bc = 12$ donne $c = 3$.

Réciproquement $a = 0, b = 4, c = 3$ convient.

Solution 10
Puisque le produit bc est nul, on a $b = 0$ ou $c = 0$. Disjoignons les cas :
- $b = 0$, donc $ab = 0$, ce qui contredit $ab = 8$. Donc ce cas ne se produit pas.
- $c = 0$, donc $[(a+d)^3 - b^2] \times c = 0$.

Solution 11
Ce n'est pas possible. Puisque le produit $adbc$ est nul, on a $ad = 0$ ou $bc = 0$.
- Le cas $ad = 0$ donne $\dfrac{ad}{bc} = 0$ en contradiction avec $\dfrac{ad}{bc} = 2$.
- Le cas $bc = 0$ rend impossible le calcul de $\dfrac{ad}{bc}$ alors que l'énoncé impose $\dfrac{ad}{bc} = 2$.

Aucun des cas ne peut être réalisé, il n'y a pas de solution.

Solution 12
On va chercher les deux nombres égaux.

$a = b$ entraîne la nullité de $(a-b)(b-c)(c-d)(d-a)$ donc celui de $(a-c)$. Cela signifierait que $a = c$ en contradiction avec le fait que seulement deux des quatre nombres sont égaux. Ce n'est pas possible.

De même les cas $a = d$, $b = c$, $c = d$ sont à rejeter.

Le cas $a = c$ entrainerait la nullité de $(a-b)(b-c)(c-d)(d-a)$ donc celui de l'un des facteurs $a-b$, $b-c$, $c-d$ ou $d-a$. Or ces quatre cas viennent d'être rejetés. Exit le cas $a = c$.

Reste le seul cas admissible, à savoir $b = d$. En remplaçant d par b (sanglier à la crème), on obtient l'égalité :

$$(a-b)(b-c)(c-b)(b-a) = 2 \times (a-c),$$

soit

$$(a-b)^2(b-c)^2 = 2 \times (a-c),$$

soit

$$[(a-b)(b-c))^2 = 2 \times (a-c).$$

Puisque qu'un carré est positif, on a $2(a-c) \geqslant 0$ donc $a-c \geqslant 0$ donc $a \geqslant c$. Comme de plus $a \neq c$, on a donc $a > c$.

Solution 13

Puisque $\dfrac{c^2+d^2}{a^2-b^2} = 0$, on a $c^2+d^2 = 0$ donc $c = 0$ et $d = 0$. On ré-écrit les deux premières égalités :

$a^2 \times b^2 = 36$ et $-a^2 \times b = 18$. On en déduit $b = -2$ et $a^2 = 9$ ce qui donne deux possibilités pour a : $a = 3$ ou $a = -3$. On a deux solutions possibles pour (a, b, c, d) à savoir $(3, -2, 0, 0)$ et $(-3, -2, 0, 0)$.

On vérifie que ces deux possibilités sont effectivement des solutions.

Solution 14

Puisque $(y+4)(y-x) = 0$, on a deux possibilités

- $y = -4$ et par suite $y = -4 = x^2 + x - 4$ soit $0 = x^2 + x$ soit $0 = x(x+1)$. À nouveau, on a un produit nul. Soit $x = 0$ ou $x = -1$. Dans le cas où $y = -4$ on vérifie qu'on a deux solutions pour le couple (x, y) à savoir $(0, -4)$ et $(-1, -4)$.
- $y = x$ et par suite $y = x = x^2 + x - 4$ soit $0 = x^2 - 4$ soit $0 = (x-2)(x+2)$. À nouveau, on a un produit nul. Soit $x = 2$ ou $x = -2$. Dans le cas où $y = x$ on vérifie qu'on a deux solutions pour le couple (x, y) à savoir $(-2, -2)$ et $(2, 2)$.

En fin de compte on a quatre solutions : $(0, -4)$, $(-1, -4)$, $(-2, -2)$ et $(2, 2)$.

Solution 15

On commence par remarquer que le dénominateur $x + y$ doit être différent de zéro pour que $\dfrac{x^2-y^2}{x+y}$ ait un sens. Dans ces conditions, $\dfrac{x^2-y^2}{x+y} = 0$ se simplifie en $x - y = 0$ soit $x = y$.

Sous cette condition, l'égalité $(y-4)(x-3) = 12$ devient par exemple $(x-4)(x-3) = 12$ soit en développant $x^2 - 7x + 12 = 12$ soit $x^2 - 7x = 0$ soit $x(x-7) = 0$. Cette équation produit admet deux solutions 0 et 7. On obtient ainsi deux possibilités pour le couple (x, y) à savoir $(0, 0)$ et $(7, 7)$.

Inversement, le couple $(0, 0)$ ne convient pas car $x + y = 0$. Il ne reste que le couple $(7, 7)$ qui, lui, convient et est l'unique solution du problème.

Solution 16

Une seule solution : $(3, -4)$.

Solution 17

Puisque $(a^2+1)(d-2) = 0$ et que $a^2 + 1 > 0$ on en déduit que nécessairement $d = 2$. Ensuite, puisque $(d+2)(a-6) = 12$ soit, sous cette condition $4(a-6) = 12$ soit $a - 6 = 3$ ou $a = 9$.

Sous les conditions $d = 2$ et $a = 9$, la contrainte $(a+d)(b-c) = 0$ devient $11(b-c) = 0$ soit $b = c$.

Sous ces trois conditions, la contrainte $bc = a$ devient $b^2 = 9$ soit $b = c = 3$ ou $b = c = -3$.

Dans le premier cas $a+b+c+d = 9+3+3+2 = 17$. Dans le deuxième cas $a+b+c+d = 9-3-3+2 = 5$.

Solutions

Solution 18
Puisque $(a^2 + d^2)(b - c) = 0$, on a deux possibilités

- ► $(a^2 + d^2) = 0$ ce qui entraîne $a = 0$ ce qui contredit $ad = 18$. Reste la deuxième possibilité :
- ► $(b - c) = 0$ soit $b = c$.

Nécessairement on a $b^2 = a$, $ad = 18$ et $adb^2 = 168$ d'où $b^2 = 9$ et $a = 9$ ce qui entraîne $b = 3$ ou $b = -3$.

- $b = 3 : a + b + c + d = 9 + 3 + 3 + 2 = 17$.
- $b = -3 : a + b + c + d = 9 - 3 - 3 + 2 = 5$.

Solution 19
On peut développer $(x - y)(y - z) = xy - xz - y^2 + yz$, puis

$$\begin{aligned}(x-y)(y-z)(z-x) &= (xy - xz - y^2 + yz)(z - x)\\ &= xyz - xz^2 - y^2z + yz^2 - x^2y + x^2z + xy^2 - xyz\\ &= x(y^2 - z^2) + (x^2 - y^2)z + y(z^2 - x^2)\\ &= 0,\end{aligned}$$

sous la contrainte $x^2 = y^2 = z^2$.

Solution 20
On commence par traduire ! Pour cela on appelle le premier nombre a et le deuxième nombre b. Le problème est donc de trouver deux nombres non nuls a et b vérifiant

$$\begin{cases} ab^2 &= ba^2 \\ 3a + b^3 &= 0 \end{cases}$$

La première égalité montre que a et b sont de même signe. La première égalité montre que a et b sont de signes opposés.

Ce n'est pas possible (sauf à supposer a et b nuls ce qui est exclu).

Solution 21
Lorsqu'on soustrait la somme de x et y à leur produit xy on obtient d'une part $xy - x - y$ d'une part et -1 d'autre part. De ce fait $xy - x - y = -1$ soit $xy - x - y + 1 = 0$.

Or $(x - 1)(y - 1) = xy - x - y + 1$ on en déduit $(x - 1)(y - 1) = 0$ soit $x = 1$ ou $y = 1$.

Solution 22
Remarquons d'abord qu'on a $a \neq -1$ et $b \neq -1$. D'après le théorème 30 page 77, on a

$$\begin{array}{lrcllrcl} & a(1+a) &=& b(1+b) & & & & \\ \text{soit} & a^2 + a &=& b^2 + b & & & & \\ \text{soit} & a^2 - b^2 + a - b &=& 0 & & & & \\ \text{soit} & (a-b)(a+b) + a - b &=& 0 & & & & \\ \text{soit} & (a-b)(a+b+1) &=& 0 & & & & \\ \text{soit} & a - b &=& 0 & \text{ou} & a+b+1 &=& 0 \end{array}$$

On peut représenter le graphe – c'est-à-dire l'ensemble des couples $(\ a\ ,\ b\ )$ solutions – en gris. Les points en noir, ceux pour lesquels $a = -1$ ou $b = -1$, ne sont pas solutions d'après la remarque préliminaire.

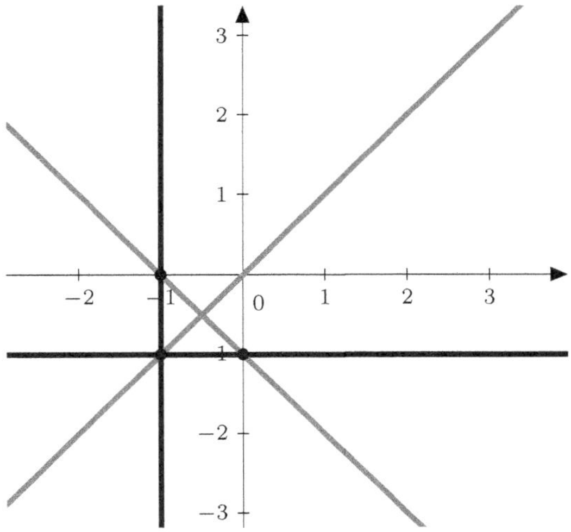

Solution 23

1. On a $\dfrac{7^3+4^3}{7^3+3^3} = \dfrac{343+64}{343+27} = \dfrac{407}{370} = \dfrac{37\times 11}{37\times 10} = \dfrac{11}{10}$ et $\dfrac{7+4}{7+3} = \dfrac{11}{10}$.
2. $\dfrac{a^3+b^3}{a^3+c^3} = \dfrac{a+b}{a+c}$ si et seulement si

$$\begin{array}{lrcl} & (a+c)(a^3+b^3) & = & (a+b)(a^3+c^3) \\ \text{soit} & (a+c)(a+b)(a^2-ab+b^2) & = & (a+b)(a+c)(a^2-ac+c^2) \\ \text{soit} & (a+c)(a+b)(-ab+b^2-c^2+ac) & = & 0 \\ \text{soit} & (a+c)(a+b)(-a(b-c)+(b-c)(b+c)) & = & 0 \\ \text{soit} & (a+c)(a+b)(b-c)(b+c-a) & = & 0 \\ \text{soit} & (b-c)(b+c-a) & = & 0, \end{array}$$

puisque $(a+c)(a+b) \neq 0$. On a donc les solutions évidentes $b=c$ ainsi que les solutions $a=b+c$.

Solution 24

- On choisit un nombre que l'on appelle x et on lui ajoute 3 pour obtenir $x+3$.
- On élève le tout – c'est-à-dire $x+3$ – au carré pour obtenir $(x+3)^2$.
- On soustrait 9 au résultat obtenu – c'est-à-dire $(x+3)^2$ – pour obtenir $(x+3)^2-9$.

On est donc amené à résoudre l'équation

$$[(x+3)^2-9=0;\ \text{inconnue } x\in\mathbb{R}.]$$

$$\begin{array}{lrcl} \text{soit} & (x+3)^2-3^2 & = & 0 \\ \text{soit} & (x+3-3)(x+3+3) & = & 0 \\ \text{soit} & x(x+6) & = & 0 \\ \text{soit} & x & = & 0 \quad \text{ou} \quad x+6 = 0. \end{array}$$

L'équation admet deux solutions : 0 et -6.

En choisissant l'un de ces deux nombres au départ, on obtient un résultat égal à 0.

Solution 25

- Si on ajoute b au numérateur et au dénominateur de la fraction $\frac{a}{b}$, on obtient une fraction égale à son inverse ; cela se traduit par
$$\frac{a+b}{b+b} = \frac{b}{a} \quad \text{soit} \quad 2b^2 = a^2 + ab.$$
- Si on retire 2 au dénominateur de la fraction $\frac{a}{b}$, on obtient l'opposé de la fraction initiale. Cela se traduit par
$$\frac{a}{b-2} = -\frac{a}{b} \quad \text{soit} \quad b-2=-b \quad \text{soit} \quad b=1.$$

En remplaçant b par 1 dans $2b^2 = a^2+ab$ on obtient $2 = a^2+a$ soit $a^2+a-2=0$ soit $(a-1)(a+2)=0$ avec un très bon coup d'œil ma foi, soit $a=1$ ou $a=-2$.

Inversement, les deux couples $(1,1)$ et $(-2,1)$ sont solutions.

Solution 26

On appelle $x \in \mathbb{R}$ le nombre choisi. La différence de ce nombre et de 4 est égale à $x-4$. Son carré est $(x-4)^2$. La somme du nombre et de 8 est $x+8$. Son double est $2(x+8)$. On est donc amené à résoudre l'équation
$$[(x-4)^2 = 2(x+8); \text{ inconnue } x \in \mathbb{R}.]$$
Après développements, factorisation par x, on trouve deux solutions : 0 et 8.

Solution 27

1. Les produits en croix sont égaux à $1 \times 1 = 1$ d'une part, et $(\sqrt{17}+4)(\sqrt{17}-4) = 17-16 = 1$. Les produits en croix sont égaux donc le tableau est de proportionnalité.
2. Un tel programme renvoie `4.440892098500626e - 16`. Pour des raisons d'erreurs de calcul, le programme ne détecte pas le tableau de proportionnalité.
3. Écrire un tel programme est délicat. L'idée est de décider d'une marge d'erreur $\varepsilon > 0$, par exemple ici prendre $\varepsilon = 10^{-15}$. Ensuite on teste si la valeur absolue de la différence des produits en croix est inférieure à ε. Un tableau qui passe ce test avec succès sera réputé de proportionnalité.

   Le gros problème reste le choix de ε **avant** de lancer le programme. On ne peut pas choisir le même pour tous les tableaux. Mais ceci est une autre histoire.

Solution 28

On reconnaît pour A au numérateur une identité remarquable de la forme $a^2-b^2=(a+b)(a-b)$.
$$A = \frac{(2\sqrt{5}+\sqrt{7}+2\sqrt{5}-\sqrt{7})(2\sqrt{5}+\sqrt{7}-2\sqrt{5}+\sqrt{7})}{4\sqrt{35}} = \frac{4\sqrt{5}\times 2\sqrt{7}}{4\sqrt{35}} = \frac{8\sqrt{35}}{4\sqrt{35}} = 2$$
qui est bien un entier naturel.

Comme nous cherchons à éviter les racines carrées au dénominateur, nous allons multiplier par l'expression conjuguée.
$$B = \frac{4(\sqrt{2}+\sqrt{3})}{(\sqrt{2}-\sqrt{3})(\sqrt{2}+\sqrt{3})} + 4(\sqrt{2}+\sqrt{3}) = \frac{4(\sqrt{2}+\sqrt{3})}{2-3} + 4(\sqrt{2}+\sqrt{3}) = -4(\sqrt{2}+\sqrt{3}) + 4(\sqrt{2}+\sqrt{3}) = 0.$$
D'où le résultat.

Solution 29

1. Appliquons la formule (5.22) : $(a+b)^2 = a^2+2ab+b^2$.
$$2\rho^2 = 2\frac{(1+\sqrt{7})^2}{4} = \frac{8+2\sqrt{7}}{2} = 4+\sqrt{7} = 3+1+\sqrt{7} = 3+2.\frac{1+\sqrt{7}}{2} = 2\rho+3.$$

2. $2\rho^3 = 2\rho^2\rho = (2\rho+3)\rho = 2\rho^2 + 3\rho = 2\rho + 3 + 3\rho = 5\rho + 3.$

Solution 30

On a

$$\begin{aligned}
x^x \times y^y &= 12^{6\times 12^6} \times 6^{8\times 6^8} \\
&= 4^{6\times 12^6} \times 3^{6\times 12^6} \times 2^{8\times 6^8} \times 3^{8\times 6^8} \\
&= 2^{12\times 12^6} \times 2^{8\times 6^8} \times 3^{6\times 12^6} \times 3^{8\times 6^8} \\
&= 2^{12\times 12^6 + 8\times 6^8} \times 3^{6\times 12^6 + 8\times 6^8} \\
&= 2^{4^7\times 3^7 + 2^{11}\times 3^8} \times 3^{2\times 4^6\times 3^6 + 2^{11}\times 3^8} \\
&= 2^{2^{14}\times 3^7 + 2^{11}\times 3^8} \times 3^{2^{13}\times 3^7 + 2^{11}\times 3^8} \\
&= 2^{2^{11}\times 3^7(8+3)} \times 3^{2^{11}\times 3^7(4+3)} \\
&= \left(2^{11}\right)^{2^{11}\times 3^7} \times \left(3^7\right)^{2^{11}\times 3^7} \\
&= \left(2^{11}\times 3^7\right)^{2^{11}\times 3^7} \\
&= z^z
\end{aligned}$$

Solution 31

1. Soient a, b deux nombres réels. Comme $\mathbb{R}$ est totalement ordonné (propriété (5.4))on a soit $a < b$ soit $b < a$.
   Supposons d'abord que $a < b$ alors $\max(a,b) = b$ et $\min(a,b) = a$ donc $\max(a,b) + \min(a,b) = a + b$.
   De même si nous supposons maintenant que $b < a$ alors $\max(a,b) = a$ et $\min(a,b) = b$ donc $\max(a,b) + \min(a,b) = a + b$.
   Donc quelques soient les nombres réels a et b nous avons $\max(a,b) + \min(a,b) = a + b$.

2. Nous avons vu dans le chapitre que $|a-b| = a - b$ si $b < a$ et $|a-b| = b - a$ si $a < b$.
   Par le même raisonnement que précédemment on a alors :
   Si $a < b$ alors $\max(a,b) - \min(a,b) = b - a = |a-b|$.
   De même si $b < a$ alors $\max(a,b) - \min(a,b) = a - b = |a-b|$.
   Donc quels que soient les nombres réels a et b nous avons $\max(a,b) - \min(a,b) = |a-b|$.

3. Nous résumons ce que nous avons obtenu dans les deux questions précédentes.

$$\max(a,b) + \min(a,b) = a + b \tag{5.24}$$

$$\max(a,b) - \min(a,b) = |a-b| \tag{5.25}$$

   Si on ajoute les égalités (5.24) et (5.25) on obtient $2\max(a,b) = a + b + |a-b|$ ce qui donne

$$\max(a,b) = \frac{a+b+|a-b|}{2}.$$

   Si maintenant on effectue la différence entre (5.24) et (5.25) on a $2\min(a,b) = a + b - |a-b|$ ce qui donne

$$\min(a,b) = \frac{a+b-|a-b|}{2}.$$

5.13.1 Détermination d'un encadrement

Solution 32

1. Comme x appartient à $[5;7[$ alors on a $5 \leqslant x < 7$ donc $10 \leqslant 2x < 14$ et finalement $17 \leqslant 2x + 7 < 21$. En conclusion $2x + 7$ appartient à l'intervalle $[17;21[$.

   Par le même raisonnement qu'antérieurement, on a $-21 < -3x \leqslant -15$ donc $5 - 3x$ appartient à l'intervalle $]-16;-10]$. Quant à $-x$ il appartient à l'intervalle $]-7;-5]$.
2. Cette fois-ci, inversement on sait que $3 - 2x$ appartient à l'intervalle $]-5;3]$ autrement dit nous avons $-5 < 3 - 2x \leqslant 3$ ce qui nous donne $-8 < -2x \leqslant 0$ et finalement (on change les inégalités quand on divise par un nombre négatif non nul) $0 \leqslant x < 4$. Donc x appartient à l'intervalle $[0;4[$.
3. Nous avons vu dans ce chapitre que $|x| = x$ si x est positif et $|x| = -x$ si x est négatif. Comme $|x|$ appartient à $[2;3]$ alors soit x est positif et appartient à $[2;3]$ soit x est négatif et appartient à $[-3;-2]$.
   En conclusion, x appartient à l'ensemble $[-3;-2] \cup [2;3]$.

5.13.2 Intersection, réunion

Solution 33

1. Il est toujours possible d'écrire l'intersection de deux intervalles sous forme d'intervalle (théorème 4).
   - $]-2,1] \cap]0,3] =]0,1]$.
   - $]-\infty,3[\cap]4,7] = \varnothing$.
   - $[2,+\infty[\cap]4,7] =]4,7]$.
2. - $]-2,1] \cup]0,3] =]-2,3]$.
   - $]-\infty,3[\cup]4,7]$ n'est pas un intervalle.
   - $[2,+\infty[\cup]4,7] = [2,+\infty[$.

Solution 34

1. Pour tout réel x, $(3x - 1 \geqslant 0) \iff (x \in \left[\frac{1}{3},+\infty\right[$ et $(2x + 3 > 0) \iff (x \in \left]-\frac{3}{2},+\infty\right[$.
   De ce fait, l'ensemble des solutions est $\mathscr{S} = \left[\frac{1}{3},+\infty\right[\cap \left]-\frac{3}{2},+\infty\right[= \left[\frac{1}{3},+\infty\right[$.

$$3x - 1 \geqslant 0 \text{ et } 2x + 3 > 0.$$

2. $\begin{cases} x - 3 \leqslant 0 \\ 5 + 2x \geqslant 0 \end{cases}$: $\mathscr{S} =]-\infty,3] \cap \left]-\frac{5}{2},+\infty\right[= \left]-\frac{5}{2},3\right]$.

   $\begin{cases} 2x - 1 < 0 \\ 3 - x \leqslant 0 \end{cases}$: $\mathscr{S} = \left]-\infty,\frac{1}{2}\right[\cap [3,+\infty[= \varnothing$.

   $\begin{cases} 7x + 1 > 0 \\ 2 - 3x \geqslant 0 \end{cases}$: $\mathscr{S} = \left]-\frac{1}{7},+\infty\right[\cap \left]-\infty,\frac{2}{3}\right] = \left]-\frac{1}{7},+\infty\right[$.

5.13.3 Calculs avec des valeurs absolues

Solution 35

(E_1) $|x + 2| = 5$.
Soit $x + 2 = 5$ et donc $x = 3$ soit $x + 2 = -5$ et $x = -7$. Les solutions de l'équations sont donc : -7 et 3.

(E_2) Nous savons que la valeur absolue représente géométriquement une distance. Il s'agit donc d'un nombre réel toujours positif ce qui implique que l'équation $|x - 3| = -1$ n'a pas de solution.

(E_3) Si nous appliquons le même raisonnement que celui de la question 1 nous obtenons comme solutions : $\frac{5}{2}$ et $-\frac{3}{2}$.

(E_4) Quelques rappels s'imposent.
Soient x et ε deux réels avec ε strictement positif. Alors

$$|x| < \varepsilon \Longleftrightarrow -\varepsilon < x < \varepsilon$$

et

$$|x| > \varepsilon \Longleftrightarrow x < -\varepsilon \text{ ou } x > \varepsilon$$

Donc $|x+3| < 2 \Longleftrightarrow -2 < x+3 < 2 \Longleftrightarrow -5 < x < -1$.
L'ensemble des solutions de l'inéquation $|x+3| < 2$ est donc l'intervalle $]-5, -1[$.

(E_5) Nous l'avons déjà dit avant, la valeur absolue d'un réel est un réel positif donc l'inégalité $|x+2| \geq -1$ est vraie pour n'importe quelle valeur de x donc l'ensemble des solutions est $\mathbb{R}$.

(E_6) $|x-\sqrt{2}| \geqslant 2-\sqrt{2} \Longleftrightarrow x-\sqrt{2} \geqslant 2-\sqrt{2}$ c'est-à-dire $x \geqslant 2$ soit $x-\sqrt{2} \leqslant -2+\sqrt{2}$ c'est-à-dire $x \leqslant -2+2\sqrt{2}$.
Finalement l'ensemble des solutions de l'inéquation est : $]-\infty, -2+2\sqrt{2}] \cup [2, +\infty[$.

Solution 36

1. Il s'agit du centre de l'intervalle $[-4; 2]$ qui est -1.

   Nous rappelons que si $[a; b]$ est un intervalle de $\mathbb{R}$, la valeur de son centre est donnée par la formule $\frac{a+b}{2}$ quant à celle de son rayon par $\frac{b-a}{2}$.
2. Nous savons que $|x-a|$ est la distance entre x et a. Autrement dit vouloir résoudre l'équation $|x-2| = |x+4|$ c'est chercher l'ensemble des valeurs de x qui soient à équidistance de 2 et -4. Donc par la question précédente la solution est -1.
3. Il s'agit ici de résoudre l'équation $|x+3| = |-x+1|$ comme $x+3 = x-(-3)$ et $-x+1 = -(x-1)$ par la propriété de la valeur absolue, nous pouvons donc écrire l'équation sous la forme $|x-(-3)| = |x-1|$. Nous cherchons donc l'ensemble des réels qui sont à équidistance de -3 et de 1 autrement dit, il s'agit du centre de l'intervalle $[-3, 1]$ qui est aussi -1.
   Par un raisonnement analogue à la question précédente, on obtient que la solution à l'équation $|x-3| = |x+1|$ est 1 (vous aurez sûrement noté que l'intervalle en question est le symétrique par rapport à 0 de l'intervalle précédent).

5.13.4 Pour finir...

Solution 37

1. Puisque $x^2 + \frac{1}{x^2} = 7$, on a d'une part $\left(x^2+\frac{1}{x^2}\right)^2 = 7^2 = 49$, et d'autre part en développant le carré,

$$\begin{aligned}\left(x^2+\frac{1}{x^2}\right)^2 &= (x^2)^2 + 2x^2\,\frac{1}{x^2} + \left(\frac{1}{x^2}\right)^2 \\ &= x^4 + 2 + \frac{1}{x^4}\end{aligned}$$

On en déduit que $x^4 + 2 + \frac{1}{x^4} = 49$ soit $x^4 + \frac{1}{x^4} = 49 - 2 = 47$.

2. Cette fois, en développant $\left(x+\frac{1}{x}\right)^2$ on trouve $\left(x+\frac{1}{x}\right)^2 = x^2+2+\frac{1}{x^2}$.
   Or l'énoncé stipule que $x^2+\frac{1}{x^2}=7$, donc $\left(x+\frac{1}{x}\right)^2 = 7+2=9$.
   Pour conclure, $x+\frac{1}{x}$ est un nombre **positif** dont le carré égale 9. C'est donc que ce nombre $x+\frac{1}{x}$ égale 3.
   Conclusion : $x+\frac{1}{x}=3$.
   Remarque : Le nombre -3 a aussi un carré qui vaut $(-3)^2=-3\times(-3)=9$. L'argument $x+\frac{1}{x}$ est un nombre positif est donc crucial.
3. Cette fois, on peut développer

$$\begin{aligned}\left(x^2+\frac{1}{x^2}\right)\left(x+\frac{1}{x}\right) &= x^3+x+\frac{1}{x}+\frac{1}{x^3}\\ &= x^3+3+\frac{1}{x^3}\end{aligned}$$

   d'après la question précédente. Par ailleurs $\left(x^2+\frac{1}{x^2}\right)\left(x+\frac{1}{x}\right)=7\times 3=21$, donc en rassemblant les deux résultats, on trouve $x^3+3+\frac{1}{x^3}=21$ soit $x^3+\frac{1}{x^3}=21-3=18$.
4. En élevant au carré l'égalité précédente, on en déduit que $\left(x^3+\frac{1}{x^3}\right)^2=18^2=324$. En développant le carré, on trouve $\left(x^3+\frac{1}{x^3}\right)^2=x^6+2+\frac{1}{x^6}$. En rapprochant les deux résultats, on trouve $x^6+2+\frac{1}{x^6}=324$ soit $x^6+\frac{1}{x^6}=324-2=322$.

Solution 38 (Applications du calcul littéral au calcul numérique)
La plupart des calculatrices trouvent zéro comme valeur pour D. Pourtant, formellement, $D=C-A=(A+B)-A=B=10^{-10}$. La calculatrice n'est pas capable de gérer un tel calcul.

Solution 39 (Applications du calcul littéral au calcul numérique)

1. On trouve 6 pour les deux calculs. On peut conjecturer que la somme de quatre carrés d'entiers consécutifs avec les signes $+,-,-,+$ donnera toujours 6. Le théorème 7 page 402 du cours de première permettra d'affirmer que la vérification pour une troisième valeur de x permet de conclure.
2. Soit x un nombre réel. En utilisant une identité remarquable, on a

$$\begin{aligned}A(x) &= (x+3)^2-x^2=(x+3-x)(x+3+x)\\ &= 3(2x+3)=6x+9,\end{aligned}$$

   et

$$\begin{aligned}B(x) &= (x+4)^2-(x+1)^2=A(x+1)\\ &= 6(x+1)+9=6x+15.\end{aligned}$$

   Donc

$$\begin{aligned}(x+3)^2-(x+2)^2-(x+1)^2+x^2 &= B(x)-A(x)\\ &= 6x+15-(6x+9)=15-9=6.\end{aligned}$$

3. Le résultat peut dépendre de la calculatrice, mais la plupart indiquent zéro.

Solution 40 (Applications du calcul littéral au calcul numérique)

1. Notre calculette donne zéro, mais le résultat dépend de la calculatrice.
2. On a :
$$A = x^2 - (x+1)(x-1) = x^2 - (x^2 - 1) = 1.$$
3. Une fois de plus, lorsqu'on lui demande de travailler avec trop de chiffres, la calculette peut commettre des erreurs.

Solution 41 (Avec un tableur)

1. Le tableur affiche `12345678987654300` dans la case `B1`.
2. Ce sont les deux derniers chiffres de $11 \times 11 = 121$ donc le chiffre des dizaines est 2 et le chiffre des unités est 1. Pour s'en convaincre, poser la multiplication de 111111111 par lui-même. Il n'est pas nécessaire d'aller jusqu'au bout de la multiplication .... Le résultat exact est 12345678987654321.

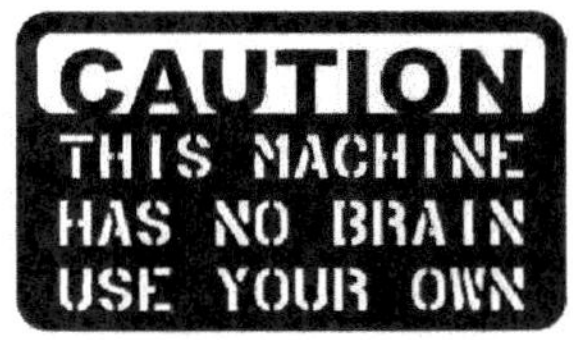

Solution 42 (Programme Python)

1. Ce programme calcule – de deux façons différentes – la somme des tiers des puissances quatrièmes des nombres entiers compris entre 1 et 1000.
Autrement dit, il calcule $S := \frac{1}{3} + \frac{8}{3} + \ldots + \frac{10^{12}}{3}$, puis $T := \frac{1}{3}\left(1 + 8 + \ldots + 10^{12}\right)$.
Il affiche la différence. Celle-ci est théoriquement nulle. Dans la pratique, il affiche : -0.140625.
Si on avait remplacé N par 10000, on il aurait affiché -24576.
2. Dans le calcul de S il y a 1000 erreurs d'arrondi, une pour chaque division par 3. Dans le calcul de T, il n'y a qu'une erreur d'arrondi, à la fin. Ceci explique la différence. Le calcul de T est préférable.
Moralité : En arithmétique flottante, on n'a plus $x(y+z) = xy + xz$. pour tous nombres flottants x, y et z.

5.14 Travaux dirigés

Travaux dirigés 1 (Quarts de carrés)

1. Démontrer que pour tous nombres réels x et y,
$$xy = \frac{1}{4}(x+y)^2 - \frac{1}{4}(x-y)^2.$$
2. Compléter le tableau suivant : Dans la seconde ligne, on reporte le quart du carré du nombre correspondant de la première ligne, sans tenir compte de la partie fractionnaire.

1	2	3	4	5	6	7	8	9	10	11	12	13	14	15	16	17	18	19	20
0	1	2	4	6															

3. On veut se servir du tableau précédent pour effectuer des multiplications. Pour effectuer le produit 13×6 on pose $x = 13$, $y = 6$, $a = x + y$ et $b = x - y$. Ensuite on reporte les nombres correspondants à a et à b dans la deuxième ligne du tableau, puis on en effectue la différence, ce qui donne le produit xy.
Effectuer ainsi le produit 12×8. Quelle est la limite de ce procédé ?

4. Calculer la différence entre deux cases consécutives de la deuxième ligne. Que remarque-t-on ? Utiliser cette remarque pour étendre rapidement le tableau jusqu'à 40 cases. Calculer ainsi 13×27.
5. Une telle table s'appelle une table de quarts de carrés. Quel est son intérêt ? Une telle table peut être consultée à https ://archive.org/details/tabledesquartsd00blatgoog.
6. Justifier toutes les affirmations des questions précédentes.

Solution :

1. On a $(x+y)^2 = x^2 + 2xy + y^2$ d'après (5.22) et $(x-y)^2 = x^2 - 2xy + y^2$ d'après (5.23). Par soustraction,
$$(x+y)^2 - (x-y)^2 = x^2 + 2xy + y^2 - (x^2 - 2xy + y^2) = x^2 + 2xy + y^2 - x^2 + 2xy - y^2 = 4xy,$$
ce qui donne le résultat en divisant par 4.
2.

1	2	3	4	5	6	7	8	9	10	11	12	13	14	15	16	17	18	19	20
0	1	2	4	6	9	12	16	20	25	30	36	42	49	56	64	72	81	90	100

3. On a $12 + 8 = 20$ on retient 100 dans la deuxième ligne.
On a $12 - 8 = 4$ on retient 4 dans la deuxième ligne.
On effectue $100 - 4 = 96$ donc $12 \times 8 = 96$.
4. Les différences sont successivement : $1, 1, 2, 2, 3, 3$, etc.

21	22	23	24	25	26	27	28	29	30
110	121	132	144	156	169	182	196	210	225

31	32	33	34	35	36	37	38	39	40
240	256	272	289	306	324	342	361	380	400

On a $27 + 13 = 40$ on retient 400 dans la deuxième ligne.
On a $27 - 13 = 14$ on retient 49 dans la deuxième ligne.
On effectue $400 - 49 = 351$ donc $27 \times 13 = 351$.
5. Cette table permet d'effectuer des multiplications lorsqu'on ne sait qu'effectuer des additions et des soustractions (par exemple avec des jetons).
6. ▶ Si n est un entier pair, alors il existe un entier p tel que $n = 2p$. On a alors $n^2 = 4p^2$ et $\left\lfloor \frac{n^2}{4} \right\rfloor = p^2$.
On ne commet pas d'erreur en remplaçant $\frac{n^2}{4}$ par $\left\lfloor \frac{n^2}{4} \right\rfloor$.
▶ Si n est un entier impair, alors il existe un entier p tel que $n = 2p+1$. On a alors $n^2 = 4p^2 + 4p + 1$ et $\left\lfloor \frac{n^2}{4} \right\rfloor = p^2 + p$. On commet une erreur de $0,25$ en remplaçant $\frac{n^2}{4}$ par $\left\lfloor \frac{n^2}{4} \right\rfloor$.
Lorsque $a + b$ est impair, alors $a + b$ est aussi impair et les deux erreurs de $0,25$ se compensent.

Travaux dirigés 2 (Expression conjuguée)
En règle générale – surtout pour des raisons historiques – dans les fractions, on évite les racines carrées au dénominateur. Par exemple, on aimerait modifier la fraction $\frac{1}{1+\sqrt{2}}$ afin de supprimer le terme $\sqrt{2}$ au dénominateur.

La bonne idée est de multiplier la fraction, au numérateur et au dénominateur, par l'expression conjuguée du dénominateur. L'expression conjuguée de $1+\sqrt{2}$ est $1-\sqrt{2}$. De manière générale, l'expression conjuguée de $a+\sqrt{b}$ est $a-\sqrt{b}$.

Ainsi, $\dfrac{1}{1+\sqrt{2}} = \dfrac{1(1-\sqrt{2})}{(1+\sqrt{2})(1-\sqrt{2})} = \dfrac{1-\sqrt{2}}{1^2-\sqrt{2}^2} = \dfrac{1-\sqrt{2}}{1-2} = \dfrac{1-\sqrt{2}}{-1} = -1+\sqrt{2}$

1. Simplifier les expressions suivantes :

   $A = \dfrac{1}{1+\sqrt{3}}$; $\quad B = \dfrac{1}{2-\sqrt{3}}$; $\quad C = \dfrac{2+\sqrt{5}}{2-\sqrt{5}}$

   Solution :

   $A = \dfrac{1-\sqrt{3}}{-2} = \dfrac{-1+\sqrt{3}}{2}$; $\quad B = 2+\sqrt{3}$; $\quad C = -(2+\sqrt{5})^2$

2. Montrer que $\dfrac{5-\sqrt{2}}{23} = \dfrac{1}{5+\sqrt{2}}$.

   Solution :

   $\dfrac{1}{5+\sqrt{2}} = \dfrac{1(5-\sqrt{2})}{(5+\sqrt{2})(5-\sqrt{2})} = \dfrac{5-\sqrt{2}}{5^2-\sqrt{2}^2} = \dfrac{5-\sqrt{2}}{23}$.

3. Simplifier l'expression $\dfrac{\sqrt{2}}{\sqrt{2}+2} + \dfrac{2\sqrt{2}}{\sqrt{2}-2}$.

   Solution :

$$
\begin{aligned}
\frac{\sqrt{2}}{\sqrt{2}+2} + \frac{2\sqrt{2}}{\sqrt{2}-2} &= \frac{\sqrt{2}(\sqrt{2}-2)}{(\sqrt{2}+2)(\sqrt{2}-2)} + \frac{2\sqrt{2}(\sqrt{2}+2)}{(\sqrt{2}-2)(\sqrt{2}+2)} \\
&= \frac{2-2\sqrt{2}}{2-4} + \frac{4+4\sqrt{2}}{2-4} = \frac{2-2\sqrt{2}+4+4\sqrt{2}}{-2} \\
&= \frac{6+2\sqrt{2}}{-2} = \frac{2(3+\sqrt{2})}{2\times(-1)} \\
&= \frac{3+\sqrt{2}}{-1} = -3-\sqrt{2}.
\end{aligned}
$$

Travaux dirigés 3

Démontrer que pour tous nombres réels x, y, z,

1. $x^2+y^2+z^2+xy+yz+zx = \dfrac{(x+y)^2+(y+z)^2+(z+x)^2}{2}$.
2. $x^2+y^2+z^2-xy-yz-zx = \dfrac{(x-y)^2+(y-z)^2+(z-x)^2}{2}$.
3. $x^2+y^2+z^2+2(xy+yz+zx) = (x+y+z)^2$.
4. $x^2+y^2+z^2+3(xy+yz+zx) = (x+y)(y+z)+(y+z)(z+x)+(z+x)(x+y)$.
5. $xy+yz+zx-(x^2+y^2+z^2) = (x-y)(y-z)+(y-z)(z-x)+(z-x)(x-y)$.
6. $x^2+y^2+xy = \dfrac{x^2+y^2+(x+y)^2}{2}$.
7. $x^2+y^2-xy = \dfrac{x^2+y^2+(x-y)^2}{2}$.
8. $x^2+y^2+z^2-(xy+yz+zx) = (x-y)^2+(x-z)(y-z)$.
9. $x^2+y^2+z^2-(xy+yz+zx) = \dfrac{1}{6}[(2x-y-z)^2+(2y-z-x)^2+(2z-x-y)^2]$.

On pourra s'aider de `Xcas`.

Pour gagner de la place, nous allons (presque) tout vérifier en une seule fois :

Xcas en ligne. Tapez une instruction dans cette console (assistant avec la bouée).

```
f:=2*(x^2+y^2+z^2+x*y+y*z+z*x)-(x+y)^2-(y+z)^2-(z+x)^2
```
$$2(x^2+y^2+z^2+xy+yz+zx)-(x+y)^2-(y+z)^2-(z+x)^2$$

```
g:=2*(x^2+y^2+z^2-x*y-y*z-z*x)-(x-y)^2-(y-z)^2-(z-x)^2
```
$$2(x^2+y^2+z^2-xy-yz-zx)-(x-y)^2-(y-z)^2-(z-x)^2$$

```
h:=x^2+y^2+z^2 + 2(x*y + y*z + z*x) - (x+y+z)^2
```
$$x^2+y^2+z^2+2(xy+yz+zx)-(x+y+z)^2$$

```
k:= x^2+y^2+z^2 + 3(x*y + y*z + z*x) - (x+y)*(y+z) - (y+z)*(z+x) -(z+x)*(x+y)
```
$$x^2+y^2+z^2+3(xy+yz+zx)-(x+y)(y+z)-(y+z)(z+x)-(z+x)(x+y)$$

```
m:= x*y + y*z + z*x-(x^2+y^2+z^2) - (x-y)*(y-z) - (y-z)*(z-x)-(z-x)*(x-y)
```
$$xy+yz+zx+-x^2-y^2-z^2-(x-y)(y-z)-(y-z)(z-x)-(z-x)(x-y)$$

```
n:= 2*(x^2+y^2+x*y) - (x^2 + y^2 + (x+y)^2)
```
$$2(x^2+y^2+xy)+-x^2-y^2-(x+y)^2$$

```
p:= x^2+y^2+z^2-(x*y+y*z+z*x)-(x-y)^2-(x-z)*(y-z)
```
$$x^2+y^2+z^2+-xy-yz-zx-(x-y)^2-(x-z)(y-z)$$

```
q:= 6*(x^2+y^2+z^2-(x*y+y*z+z*x)) - ((2*x-y-z)^2+(2*y-z-x)^2+(2*z-x-y)^2)
```
$$6(x^2+y^2+z^2+-xy-yz-zx)+-(2x-y-z)^2-(2y-z-x)^2-(2z-x-y)^2$$

```
simplify(f^2+g^2+h^2+k^2+m^2+n^2+p^2+q^2)
```
$$0$$

Puisque $f^2+g^2+h^2+k^2+m^2+n^2+p^2+q^2$ est nul, on a $f=g=h=k=m=n=p=q=0$.

Travaux dirigés 4 (Vrai ou Faux)

Est-il vrai que l'on a :

Quels que soient les nombres positifs a et b vérifiant $b \leqslant a^2$,

$$A = B,$$

en posant

$$c := \sqrt{a^2 - b},$$

puis

$$A := \sqrt{b} + \sqrt{2a + 2\sqrt{b}}$$

et

$$B := \sqrt{a+c} + \sqrt{a + b - c + 2\sqrt{b(a-c)}}.$$

On pourra s'aider, pour argumenter

- d'un programme sur calculette,
- d'un fichier `Geogebra`,
- d'une feuille de calcul de tableur,
- d'un programme `Python`, `Xcas`, etc.
- (...)

Avec `Geogebra`, on définit un curseur `a`, puis une fonction `c(x) = sqrt(a^2 - x)` puis une fonction `A(x) = sqrt(x)+sqrt(2a+2sqrt(x))` et une fonction `B(x) = sqrt(a+c(x))+sqrt(a+x-c(x)+2sqrt(x(a-c(x))))`.

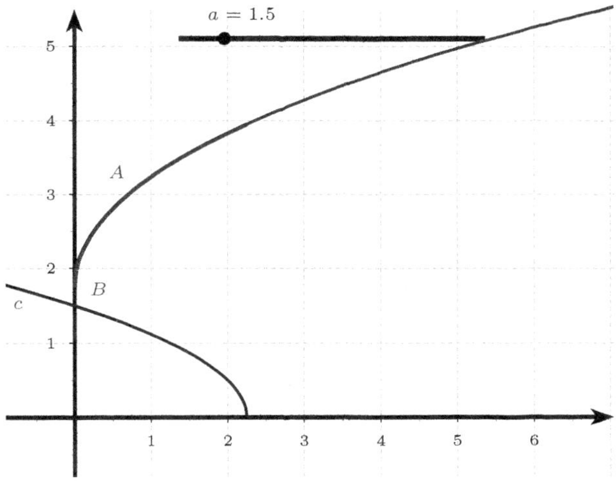

Il semble que $A = B$

Un programme **python** qui teste 10 000 couples $\left(a\ ,\ b\right)$ et cherche quand la différence en valeur absolue est la plus grande. Réponse éloquente : 0.0. La conjecture se confirme.

```
from random import random
from math import sqrt

M = 1000 # maximum pour a
maximum = 0
for k in range(10000):
    a = M*random()
    b = a*a*random()
    c = sqrt(a**2-b)
    A = sqrt(b)+sqrt(2*a+2*sqrt(b))
    B = sqrt(a+c)+sqrt(a+b-c+2*sqrt(b*(a-c)))
    D = abs(A-B)
    if D > maximum:
        maximum = D
print(D)
```

Pour une démonstration, on commence par un lemme de circonstance :

Lemme 49
Pour tous réels positifs ou nuls x et y,

$$\sqrt{x} + \sqrt{y} = \sqrt{x + y + 2\sqrt{xy}}.$$

Démonstration 49
Soient $G := \sqrt{x} + \sqrt{y}$ et $D := \sqrt{x + y + 2\sqrt{xy}}$. On a $G^2 = x + y + 2\sqrt{xy}$ et $D^2 := x + y + 2\sqrt{xy}$. On a donc $G^2 = D^2$. Comme G et D sont positifs, on a $G = D$, ce qu'il fallait démontrer. □

Maintenant, en spécifiant $x := b$ et $y := a - c$ dans le lemme, on a bien $y \geqslant 0$ et

$$B = \sqrt{a+c} + \sqrt{a+b-c+2\sqrt{b(a-c)}} = \sqrt{a+c} + \sqrt{b} + \sqrt{a-c}.$$

En spécifiant $x := a + c$ et $y := a - c$ dans le lemme, on obtient

$$B = \sqrt{b} + \sqrt{a+c+a-c+2\sqrt{(a+c)(a-c)}} = \sqrt{b} + \sqrt{2a+2\sqrt{a^2-c^2}} = \sqrt{b} + \sqrt{2a+2\sqrt{a^2-a^2+c}} = A.$$

5.15 Problèmes

Problème 1 (Une inégalité coriace)
On se propose de démontrer que quels que soient les nombres réels strictement positifs x et y,

$$\sqrt{1+x+x^2}\,\sqrt{1+y+y^2} + \sqrt{1-x+x^2}\,\sqrt{1-y+y^2} \geqslant 2(x+y). \tag{5.26}$$

1. Démontrer que pour tout nombre réel x, on a $1 + x + x^2 \geqslant 0$ et $1 - x + x^2 \geqslant 0$.
2. Démontrer qu'il suffit d'établir pour $x \geqslant 0$ et $y \geqslant 0$,

$$\begin{aligned}(x^2+x+1)(y^2+y+1) + (x^2-x+1)(y^2-y+1)&\\ +2\sqrt{x^4+x^2+1}\,\sqrt{y^4+y^2+1} &\geqslant 4(x+y)^2.\end{aligned} \tag{5.27}$$

3. Développer et simplifier $(x^2 + x + 1)(y^2 + y + 1) + (x^2 - x + 1)(y^2 - y + 1)$.
4. Vérifier que

$$(1+x^2+x^4)(1+y^2+y^4) - (4(x+y)^2 - (1+y^2+xy+x^2+x^2y^2))^2 = 3(x+y)^2(xy-1)^2.$$

5. En déduire que

$$(x^2+x+1)(y^2+y+1) + (x^2-x+1)(y^2-y+1) + 2\sqrt{x^4+x^2+1}\,\sqrt{y^4+y^2+1} \geqslant 4(x+y)^2.$$

   On pourra distinguer deux cas.
6. Conclure.

Problème 2 (De la suite dans les idées 1)
Une variation autour du théorème 48 page 93 et plus.

1. Démontrer que pour tous nombres réels positifs a, b, c et d, avec $b > 0$ et $d > 0$,

$$\frac{a+c}{\sqrt{b^2+d^2}} \geqslant \frac{\sqrt{a^2+c^2}}{b+d} \tag{5.28}$$

2. Démontrer que pour tous nombres réels positifs a, b, c et d, avec $b > 0$ et $d > 0$, et vérifiant

$$\frac{a}{b} \leqslant \frac{c}{d},$$

   on a

$$\frac{a}{b} \leqslant \frac{a+c}{b+d} \leqslant \frac{c}{d} \tag{5.29}$$

3. En déduire que pour tous nombres réels positifs a, b, c et d , avec $b > 0$ et $d > 0$, et vérifiant
$$\frac{a}{b} \leqslant \frac{c}{d},$$
on a
$$\frac{a}{b} \leqslant \sqrt{\frac{a^2+c^2}{b^2+d^2}} \leqslant \frac{c}{d} \tag{5.30}$$
4. Démontrer que pour tous nombres réels strictement positifs a, b, c et d , avec $b > 0$ et $d > 0$, et vérifiant
$$\frac{a}{b} \leqslant \frac{c}{d} \qquad \text{et} \qquad ab \leqslant cd,$$
on a
$$\frac{a}{b} \leqslant \frac{a+c}{b+d} \leqslant \sqrt{\frac{a^2+c^2}{b^2+d^2}} \leqslant \frac{c}{d} \tag{5.31}$$
5. Démontrer que pour tous nombres réels positifs a, b, c et d , avec $b > 0$ et $d > 0$, et vérifiant
$$\frac{a}{b} \leqslant \frac{c}{d} \qquad \text{et} \qquad ab \geqslant cd,$$
on a
$$\frac{a}{b} \leqslant \sqrt{\frac{a^2+c^2}{b^2+d^2}} \leqslant \frac{a+c}{b+d} \leqslant \frac{c}{d} \tag{5.32}$$

Solutions

5.16 Corrigés

Correction 1 (Une inégalité coriace)

1. On a pour tout réel x, $1+x+x^2 = (1+\frac{x}{2})^2 + \frac{3x^2}{4}$ qui est la somme de deux nombres positifs. De même $1-x+x^2 = (1-\frac{x}{2})^2 + \frac{3x^2}{4}$ est la somme de deux nombres positifs.
2. En élevant au carré $\sqrt{1+x+x^2}\,\sqrt{1+y+y^2}+\sqrt{1-x+x^2}\,\sqrt{1-y+y^2}$ on trouve
$$\left(\sqrt{1+x+x^2}\,\sqrt{1+y+y^2}+\sqrt{1-x+x^2}\,\sqrt{1-y+y^2}\right)^2$$
$$\begin{aligned} &= (1+x+x^2)(1+y+y^2)\\ &+ (1-x+x^2)(1-y+y^2)\\ &+ 2\sqrt{1+x+x^2}\,\sqrt{1+y+y^2}\sqrt{1-x+x^2}\,\sqrt{1-y+y^2} \quad \text{double produit.}\end{aligned}$$
Or
$$\begin{aligned}(1+x+x^2)(1-x+x^2) &= (1+x^2)^2 - x^2\\ &= 1+2x^2+x^4-x^2\\ &= 1+x^2+x^4.\end{aligned}$$
De même $(1+y+y^2)(1-y+y^2) = 1+y^2+y^4$. Donc $(x^2+x+1)(y^2+y+1)+(x^2-x+1)(y^2-y+1)+2\sqrt{x^4+x^2+1}\,\sqrt{y^4+y^2+1}$ est bien le carré du nombre positif $\sqrt{1+x+x^2}\,\sqrt{1+y+y^2}+\sqrt{1-x+x^2}\,\sqrt{1-y+y^2}$.

3. On a

$$\begin{array}{rcrcrcrcrl} (x^2+x+1)(y^2+y+1) & = & & x^2y^2 & + & x^2y & + & x^2 & & \\ & & + & xy^2 & + & xy & + & x & & \text{et} \\ & & + & y^2 & + & y & + & 1 & & \\ (x^2-x+1)(y^2-y+1) & = & & x^2y^2 & - & x^2y & + & x^2 & & \\ & & - & xy^2 & + & xy & - & x & & \\ & & + & y^2 & - & y & + & 1 & & \end{array}$$

Donc

$$(x^2+x+1)(y^2+y+1)+(x^2-x+1)(y^2-y+1)=2(x^2y^2+x^2+xy+y^2+1).$$

4. En reprenant à la question précédente le calcul de $(x^2+x+1)(y^2+y+1)$ et en remplaçant x par x^2 et y par y^2, on trouve
$B=(1+x^2+x^4)(1+y^2+y^4)=x^4y^4+x^4y^2+x^4+x^2y^4+x^2y^2+x^2+y^4+y^2+1$. Ensuite $A=1+y^2+xy+x^2+x^2y^2-2(x+y)^2=1-y^2-3xy-x^2+x^2y^2$. En élevant A au carré on trouve

$$\begin{array}{rcrcrcrcrcrcr} A^2 & = & & 1 & - & y^2 & - & 3xy & - & x^2 & + & x^2y^2 \\ & & - & y^2 & + & y^4 & + & 3xy^3 & + & x^2y^2 & - & x^2y^4 \\ & & - & 3xy & + & 3xy^3 & + & 9x^2y^2 & + & 3x^3y & - & 3x^3y^3 \\ & & - & x^2 & + & x^2y^2 & + & 3x^3y & + & x^4 & - & x^4y^2 \\ & & + & x^2y^2 & - & x^2y^4 & - & 3x^3y^3 & - & x^4y^2 & + & x^4y^4 \end{array}$$

En regroupant les termes semblables (il y a cinq termes en x^2y^2) on trouve
$A^2=x^4y^4-2x^4y^2+x^4-6x^3y^3+6x^3y-2x^2y^4+13x^2y^2-2x^2+6xy^3-6xy+y^4-2y^2+1$.
En soustrayant,
$B-A^2=3x^4y^2+6x^3y^3-6x^3y+3x^2y^4-12x^2y^2+3x^2-6xy^3+6xy+3y^2$.
Par ailleurs, $C=(x+y)(xy-1)=x^2y-x+xy^2-y$.
En élevant au carré,

$$\begin{array}{rcrcrcrcrcr} C^2 & = & & x^4y^2 & - & x^3y & + & x^3y^3 & - & x^2y^2 \\ & & - & x^3y & + & x^2 & - & x^2y^2 & + & xy \\ & & + & x^3y^3 & - & x^2y^2 & + & x^2y^4 & - & xy^3 \\ & & - & x^2y^2 & + & xy & - & xy^3 & + & y^2 \end{array}$$

En regroupant les termes semblables (il y a quatre termes en x^2y^2) on trouve
$C^2=x^4y^2+2x^3y^3-2x^3y+x^2y^4-4x^2y^2+x^2-2xy^3+2xy+y^2$.
On trouve bien $B-A^2=3C^2$, ce qu'il fallait vérifier.

5. On conserve les notations précédentes, $A=2(x+y)^2-(1+y^2+xy+x^2+x^2y^2)$, $B=$ et $C=(x+y)(xy-1)$. Puisque C^2 est positif, on déduit de l'égalité $B-A^2=3C^2$ que $B-A^2\geqslant 0$, donc que $B\geqslant A^2$. On sait d'après la première question que B est positif et admet donc une racine carrée.
Premier cas : Si A est négatif, alors $\sqrt{B}\geqslant A$ puisque tout nombre positif est plus grand que tout nombre négatif.
Deuxième cas : Si A est positif, alors A est la racine carrée de A^2 donc $\sqrt{B}\geqslant A$.
Autrement dit,
$\sqrt{(1+x^2+x^4)(1+y^2+y^4)}\geqslant 2(x+y)^2-(1+y^2+xy+x^2+x^2y^2)$

$$\begin{array}{lrcl} \text{soit} & 1+y^2+xy+x^2+x^2y^2+\sqrt{(1+x^2+x^4)(1+y^2+y^4)} & \geqslant & 2(x+y)^2 \\ \text{soit} & 2(1+y^2+xy+x^2+x^2y^2)+2\sqrt{(1+x^2+x^4)(1+y^2+y^4)} & \geqslant & 4(x+y)^2 \end{array}$$

soit, d'après la question 3,
$(x^2+x+1)(y^2+y+1)+(x^2-x+1)(y^2-y+1)+2\sqrt{(1+x^2+x^4)(1+y^2+y^4)} \geqslant 4(x+y)^2$.

6. On sait que cette dernière inégalité entraîne – en prenant la racine carrée des deux membres (positifs) – l'inégalité $\sqrt{1+x+x^2}\,\sqrt{1+y+y^2}+\sqrt{1-x+x^2}\,\sqrt{1-y+y^2} \geqslant 2(x+y)$ que l'on cherche à démontrer.

Correction 2 (De la suite dans les idées 1)

1. En effet on a $(a+c)^2(b+d)^2 \geqslant (a^2+c^2)(b^2+d^2)$ donc d'après la croissance de la fonction carré sur $]\,0\,,\,+\infty\,[$, on en déduit $(a+c)(b+d) \geqslant \sqrt{a^2+c^2}\sqrt{b^2+d^2}$ soit en divisant par le nombre positif $(b+d)\sqrt{b^2+d^2}$, on obtient bien $\dfrac{a+c}{\sqrt{b^2+d^2}} \geqslant \dfrac{\sqrt{a^2+c^2}}{b+d}$.
2. En effet on a
$$\frac{a}{b}-\frac{c}{d}=\frac{ad-bc}{bd}.$$
On en déduit que $\dfrac{ad-bc}{bd} \leqslant 0$. Comme $bd>0$, on a $\boxed{ad-bc\leqslant 0}$.

Maintenant,
$$\begin{aligned}\frac{a}{b}-\frac{a+c}{b+d}&=\frac{a(b+d)-b(a+c)}{b(b+d)}\\&=\frac{ab+ad-ba-bc}{b(b+d)}\\&=\frac{ad-bc}{b(b+d)}\leqslant 0.\end{aligned}$$
On en déduit que $\boxed{\dfrac{a}{b}\leqslant\dfrac{a+c}{b+d}}$ De même,
$$\begin{aligned}\frac{a+c}{b+d}-\frac{c}{d}&=\frac{(a+c)d-c(b+d)}{(b+d)d}\\&=\frac{ad+cd-bc-cd}{(b+d)d}\\&=\frac{ad-bc}{(b+d)d}\leqslant 0,\end{aligned}$$
ce qui démontre que $\boxed{\dfrac{a+c}{b+d}\leqslant\dfrac{c}{d}}$ et achève la démonstration.
3. On a, d'après la croissance de la fonction carré sur $]\,0\,,\,+\infty\,[$,
$$\frac{a^2}{b^2}\leqslant\frac{c^2}{d^2}.$$
D'après la question précédente, on a
$$\frac{a^2}{b^2}\leqslant\frac{a^2+c^2}{b^2+d^2}\leqslant\frac{c^2}{d^2}.$$
À nouveau, d'après la croissance de la fonction carré sur $]\,0\,,\,+\infty\,[$,
$$\sqrt{\frac{a^2}{b^2}}\leqslant\sqrt{\frac{a^2+c^2}{b^2+d^2}}\leqslant\sqrt{\frac{c^2}{d^2}}.$$

Solutions

Puisque a, b, c et d sont strictement positifs,

$$\sqrt{\frac{a^2}{b^2}} = \frac{a}{b} \qquad \text{et} \qquad \sqrt{\frac{c^2}{d^2}} = \frac{c}{d}.$$

Le résultat en découle.

4. Il suffit de comparer $\frac{a+c}{b+d}$ et $\sqrt{\frac{a^2+c^2}{b^2+d^2}}$ c'est-à-dire de comparer leurs carrés $\frac{a^2+c^2+2ac}{b^2+d^2+2bd}$ et $\frac{a^2+c^2}{b^2+d^2}$. Or,

$$\begin{aligned}\frac{a^2+c^2}{b^2+d^2} - \frac{ac}{bd} &= \frac{bd(a^2+c^2) - ac(b^2+d^2)}{bd(b^2+d^2)}\\ &= \frac{bda^2 + bdc^2 - acb^2 - acd^2}{bd(b^2+d^2)}\\ &= \frac{ad(ab-cd) + bc(dc-ab)}{bd(b^2+d^2)}\\ &= \frac{(ad-bc)(ab-cd)}{bd(b^2+d^2)} \geqslant 0\end{aligned}$$

puisque $ad - bc \leqslant 0$ et $ab - cd \leqslant 0$.
On en déduit que $\frac{ac}{bd} = \frac{2ac}{2bd} \leqslant \frac{a^2+c^2}{b^2+d^2}$.
Donc d'après l'inégalité (5.30). on a bien
$\frac{a^2+c^2+2ac}{b^2+d^2+2bd} \leqslant \frac{a^2+c^2}{b^2+d^2}$, et par suite $\frac{a+c}{b+d} \leqslant \sqrt{\frac{a^2+c^2}{b^2+d^2}}$, toujours d'après la croissance de la fonction carré sur $]\,0\,,\,+\infty\,[$.

5. On reprend le calcul précédent :

$$\frac{a^2+c^2}{b^2+d^2} - \frac{ac}{bd} = \frac{(ad-bc)(ab-cd)}{bd(b^2+d^2)}.$$

Cette fois $ad - bc \leqslant 0$ et $ab - cd \geqslant 0$,
donc $\frac{a^2+c^2}{b^2+d^2} - \frac{ac}{bd} = \frac{(ad-bc)(ab-cd)}{bd(b^2+d^2)} \leqslant 0$, c'est-à-dire $\frac{a^2+c^2}{b^2+d^2} \leqslant \frac{ac}{bd}$.
Le résultat en découle comme dans la question précédente.

Chapitre 6

Géométrie plane

Sommaire

Dans une première partie, nous rappelons les principales définitions du collège en donnant autant que possibles des démonstrations des théorèmes de géométrie plane.

Dans une deuxième partie très succincte, nous donnons les principes de la géométrie repérée.

Il n'est pas question de tout définir, d'abord parce que ce serait fastidieux, et ensuite parce que ce serait impossible. De même, il n'est pas question de tout démontrer.

Les notions de point, de droite, de segment, de longueur, d'aire, d'angle etc. sont donc supposées connues et leurs propriétés élémentaires relevant du bon sens cartésien. De même, les notations standard du collège pour ces notions seront utilisées et supposées connues.

Nous nous servirons à plusieurs reprises de la propriété suivante, appelée cinquième postulat d'Euclide :

Soit D une droite et M un point du plan. Il existe une unique droite Δ passant par M et parallèle à D. Rappelons à toutes fins utiles le théorème suivant. L'expérience enseigne que les élèves l'oublient très rapidement.

Théorème 1 (Inégalité triangulaire)
Soit A, B et C trois points du plan. On a l'inégalité suivante entre les distances :

$$AC \leqslant AB + BC.$$

De plus, pour que $AC = AB + BC$, il faut et il suffit que le point B appartienne au segment $[AC]$.

Le lecteur patient attendra la démonstration 10 page 277 du cours de première.

6.1 Aires des figures de référence

6.1.1 Le triangle

Définition 1.

Une **hauteur** d'un triangle est une droite passant par un sommet et perpendiculaire au côté opposé. Dans le triangle ABC, la hauteur passant par A s'appelle hauteur issue de A.
On appelle pied de la hauteur issue de A le point d'intersection de la hauteur issue de A et de la droite (BC). Ce point s'appelle aussi le **projeté orthogonal** de A sur la droite (BC).
On appelle aussi hauteur le segment qui joint un sommet au pied de la hauteur issue de ce point, ainsi que la longueur de ce segment.

L'aire d'un triangle est égale au produit d'une hauteur par la longueur du côté correspondant, divisé par deux :

$$\mathscr{A} = \frac{B \times h}{2}.$$

- Un triangle possédant trois hauteurs, il existe trois calculs possibles de son aire.
- Une hauteur peut se situer à l'extérieur du triangle.

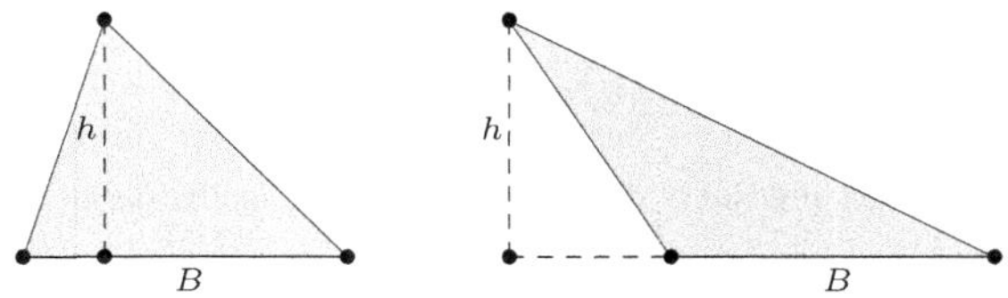

6.1.2 Parallélogramme, losange, rectangle, carré

L'aire d'un parallélogramme est égale au produit de la longueur d'un côté par la hauteur correspondante : $B \times h$.

Les losanges, rectangles et carrés sont des parallélogrammes.
La définition d'un parallélogramme sera rappelée page 144.

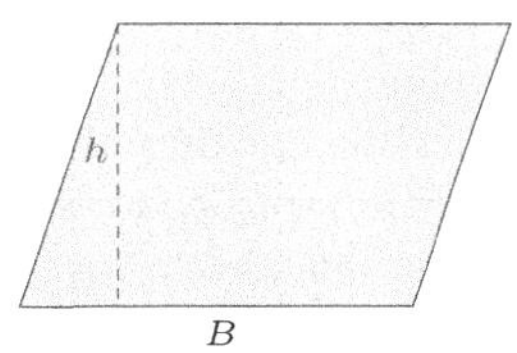

6.1.3 Le disque

L'aire d'un disque de rayon R est égale à : πR^2.

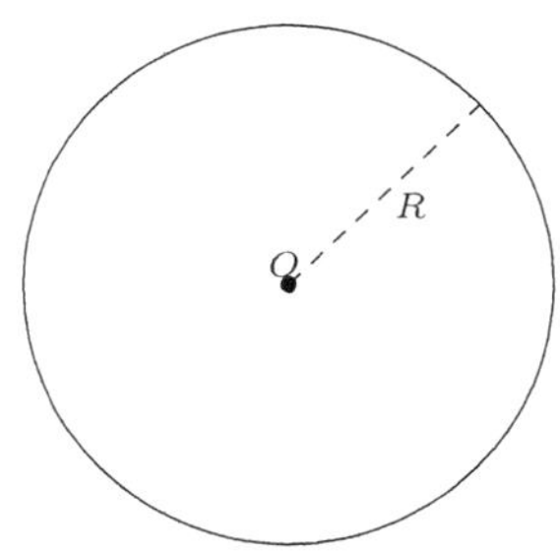

6.1.4 Le trapèze

L'aire d'un trapèze est égale à la moitié de la somme des bases multipliée par la hauteur : $\frac{h(b+B)}{2}$

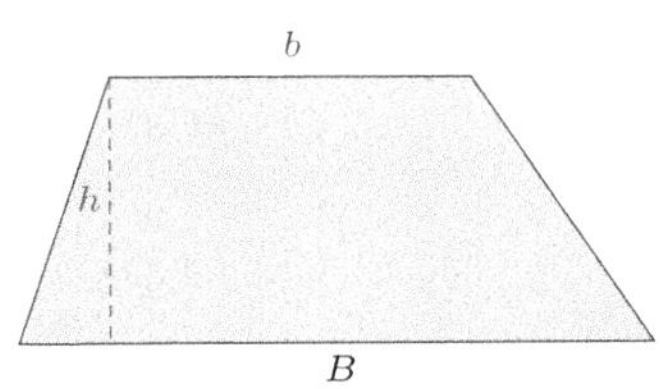

6.2 Symétries

6.2.1 Médiatrice d'un segment

Définition 2.

La médiatrice d'un segment est la droite perpendiculaire au segment passant par son milieu.

6.2.2 Symétrie axiale

Définition 3.

Soit Δ une droite du plan.

- Soit M un point de Δ. L'image du point M par la symétrie axiale (appelée aussi symétrie orthogonale ou réflexion) d'axe Δ est le point $M' = M$.
- Si le point M n'appartient pas à Δ, alors l'image du point M par la symétrie axiale d'axe Δ est le point M' tel que la droite Δ est la médiatrice de $[MM']$.

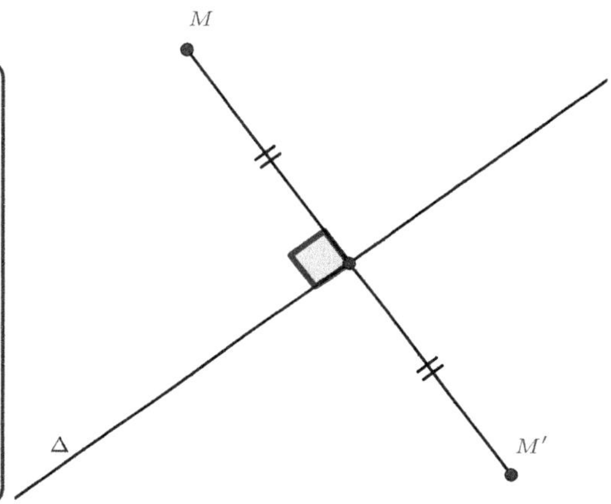

6.2.3 Symétrie centrale

Le point M' est l'image du point M par la symétrie centrale ou demi-tour de centre O si et seulement si : O est le milieu de $[MM']$

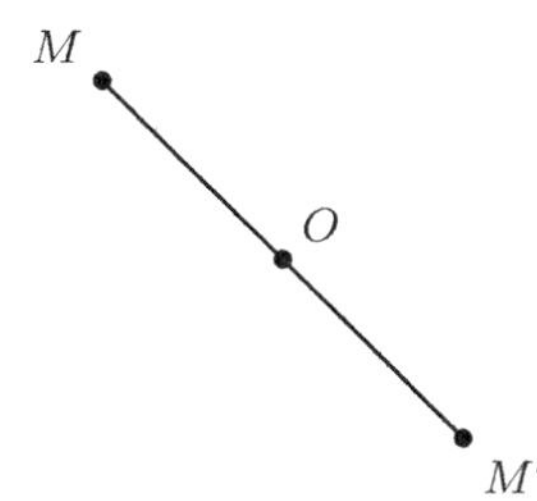

6.2.4 Propriétés

Théorème 2 (Symétries)
Les symétries conservent

- Les distances.
- Les alignements : trois points alignés sont transformés en trois points alignés. Une droite est transformée en une droite.
- Les angles.
- Les aires.
- Le parallélisme : Deux droites parallèles sont transformées en deux droites parallèles.

De plus les symétries centrales transforment toute droite en une droite qui lui est parallèle.

Ces propriétés des symétries – qui relèvent du bon sens cartésien – sont admises. Pouvoir les démontrer nécessiterait une définition précise des aires et des angles, ce qui n'est pas de notre ressort pour le moment.

Parce qu'elles conservent les distances, les symétries sont appelées **isométries**, ce qui sera rappelé à la définition 6 page 315 du cours de terminale.

Théorème 3
La médiatrice d'un segment est le lieu des points équidistants des extrémités de ce segment.

Remarque 1.

Cette propriété est à retenir soigneusement. L'expérience enseigne qu'elle est oubliée par la grande majorité des élèves ! Elle est à la base de la construction de la médiatrice d'un segment au compas.

Démonstration 3
Soit $[AB]$ le segment et Δ la médiatrice de $[AB]$. Par définition de la symétrie axiale, le point B est l'image de A par la symétrie axiale d'axe Δ.

- ▶ Dans un sens, soit M un point de la médiatrice de $[AB]$. Par définition de la symétrie axiale, le point M est sa propre image par la symétrie axiale d'axe Δ. D'après le théorème de conservation des distances 2 page 139 la distance AM égale la distance entre les images, à savoir BM, ce qu'il fallait établir.
- ◀ Dans l'autre sens, soit M un point équidistant de A et B. On a donc $AM = BM$. On trace la perpendiculaire Δ au segment $[AB]$, passant par M. Elle coupe la droite (AB) en C. On considère la symétrie axiale d'axe Δ. Puisque M appartient à Δ, M est sa propre image.

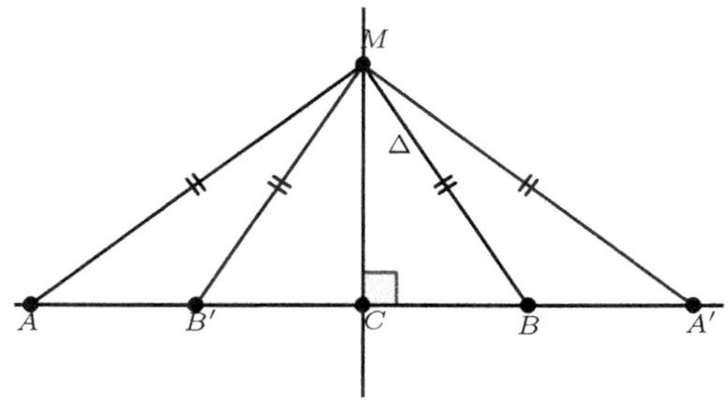

Soit A' et B' les images respectives de A et B. Les points A, B A' et B' appartiennent à la perpendiculaire à Δ passant par C. Ils sont donc alignés. De plus d'après le théorème 2 page 139, $MB = MB' = MA' = MA$. Donc les points A, B A' et B' appartiennent à l'intersection de la droite (AB) et du cercle de centre M et de rayon AM. Cette intersection ne contient que deux points au maximum d'après le théorème 41 page 166. Donc $A = B'$, $B = A'$ par suite C est le milieu de $[AB]$ donc M est un point de la médiatrice de $[AB]$. Ce qu'il fallait établir. □

Nous sommes en mesure – via une traduction aisée – d'énoncer une caractérisation très utile des triangles isocèles. Commençons par rappeler la définition.

Définition 4 (Triangle isocèle).

Un triangle ABC est dit **isocèle** en A si $AB = AC$.

Théorème 4
Soit ABC un triangle. Pour que ABC soit isocèle en A, il faut et il suffit que $\widehat{ABC} = \widehat{ACB}$.

Démonstration 4

⇒ On suppose ABC soit isocèle en A. Soit Δ la médiatrice de $[BC]$. On a donc $A \in \Delta$. Soit s la symétrie par rapport à Δ. On a donc $s(A) = A$. De plus $s(B) = C$ et $s(C) = B$. Or s conserve les angles, donc

$$\widehat{ABC} = s(A)\widehat{s(B)}s(C) = \widehat{ACB}.$$

⇐ On suppose que $\widehat{ABC} = \widehat{ACB}$.

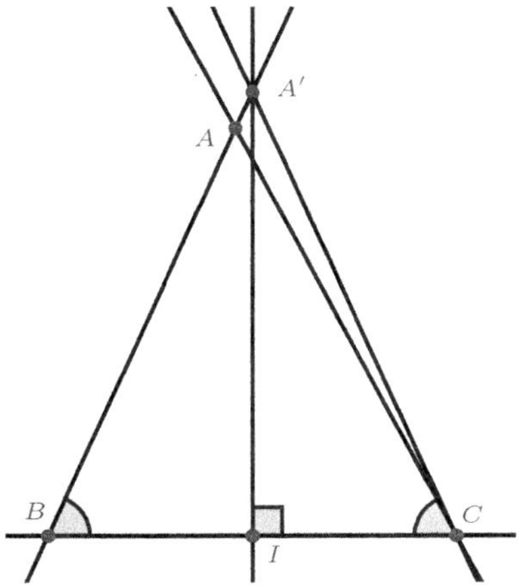

Soit Δ la médiatrice de $[BC]$. Elle coupe la droite (AB) en A'. Par la symétrie par rapport à Δ on a l'égalité $\widehat{A'BC} = \widehat{A'CB}$. Donc $\widehat{ACB} = \widehat{A'CB}$, donc les droites (AC) et $(A'C)$ forment avec la droite (BC) des angles égaux. Ces deux droites sont confondues. Elles coupent la droite (AB) en un seul point, donc $A = A'$ donc $A \in \Delta$ donc $AB = AC$. □

6.3 Angles géométriques

6.3.1 Angles opposés par le sommet

Dans la figure ci-dessous, Δ et Δ' sont deux droites sécantes.

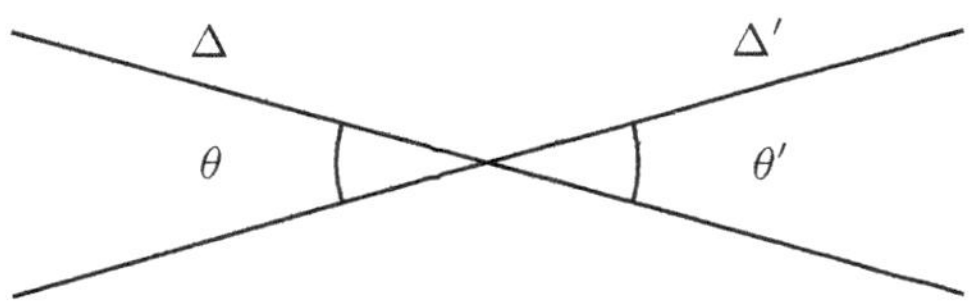

Définition 5.

Les angles θ et θ' sont dits **opposés par le sommet**.

Théorème 5
Deux angles opposés par le sommet sont égaux.

Démonstration 5
Soit O le point d'intersection de Δ et Δ'. Par la symétrie de centre O, d'après la conservation du parallélisme par une symétrie centrale, (théorème 2 page 139) l'image de la droite Δ est parallèle à Δ et passe par l'image de O c'est-à-dire O. D'après le cinquième postulat d'Euclide (page 136), l'image de Δ est Δ elle-même. De même l'image de Δ' est Δ'. Les angles θ et θ' sont images l'un de l'autre. Ils ont donc même mesure, toujours d'après le théorème 2 page 139. □

6.3.2 Angles correspondants et alternes-internes

Dans la figure ci-dessous, Δ et Δ' sont deux droites, et d est une droite sécante à Δ et Δ'.

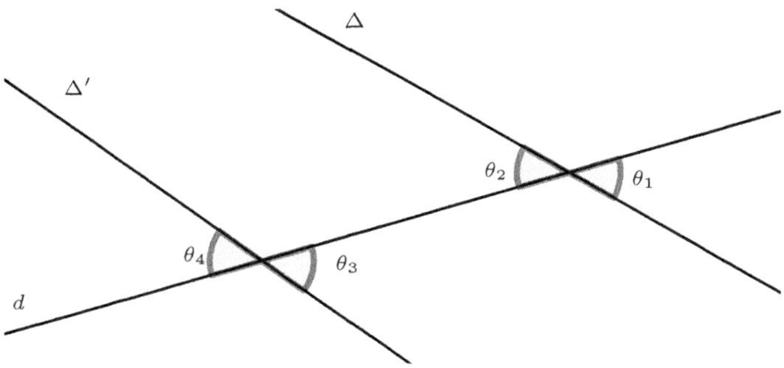

Définition 6.

Les angles θ_1 et θ_3 sont dits **correspondants**, de même pour θ_2 et θ_4.
Les angles θ_2 et θ_3 sont dits **alternes-internes**.

Les angles θ_1 et θ_4 sont dits **alternes-externes**.

Théorème 6
Pour que les droites Δ et Δ' soient parallèles, il faut et il suffit que les angles correspondants soient égaux.

Pour que les droites Δ et Δ' soient parallèles, il faut et il suffit que les angles alternes-internes soient égaux.

Démonstration 6
Soit B le point d'intersection de Δ et d. Soit C le point d'intersection de Δ' et d. Soit I le milieu du segment $[BC]$. On considère la symétrie de centre I. Le point C est l'image de B par cette symétrie, et inversement.

- Si les droites Δ et Δ' sont parallèles, alors elles sont images l'une de l'autre par la symétrie de centre I. Les angles θ_1 et θ_4 sont images l'un de l'autre par la symétrie. Ils ont donc même mesure d'après le théorème 2 page 139. De même, les angles θ_2 et θ_3 sont images l'un de l'autre par la symétrie. Ils ont donc même mesure. On conclut en remarquant que θ_1 et θ_2 sont égaux parce qu'opposés par le sommet. Idem pour θ_3 et θ_4.
- Si les angles correspondants θ_1 et θ_3 sont égaux, alors tous les angles θ_1, θ_2, θ_3 et θ_4 sont égaux. Soit Δ'' l'image de Δ par la symétrie de centre I. La droite Δ'' passe par C et est parallèle à Δ. De plus, elle fait un angle $\theta_3 - \theta_2$, c'est-à-dire un angle nul avec Δ'. C'est donc que ces deux droites sont confondues et, par suite, Δ' est parallèle à Δ. □

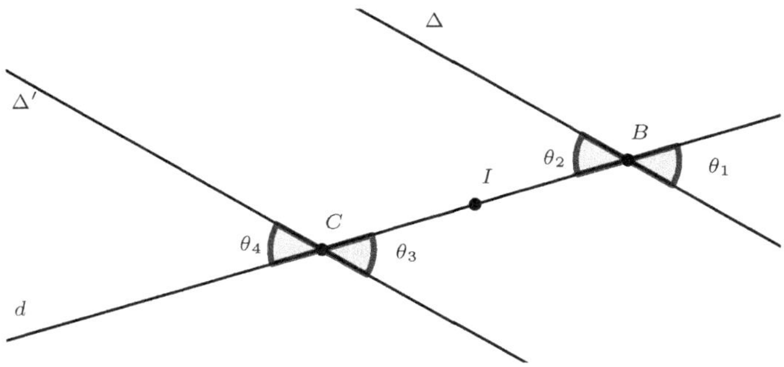

6.3.3 Rotations

Définition 7.

Soit O un point et θ un angle. On appelle image du point M par la **rotation** de centre O et d'angle θ le point M' du plan tel que :
- le triangle OMM' est isocèle en O ;
- les angles $\widehat{M'OM}$ et θ sont égaux.

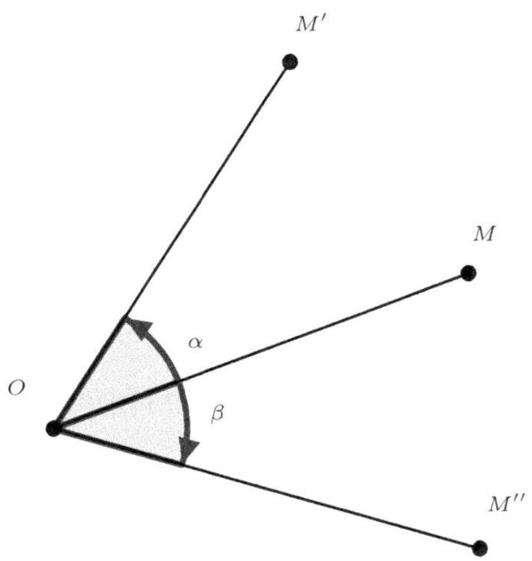

Il faut faire attention au **sens** de la rotation. Ici, la rotation d'angle β tourne dans le sens des aiguilles d'une montre tandis que la rotation d'angle α tourne dans le sens contraire des aiguilles d'une montre.

On dit que les angles qui définissent les rotations sont **orientés**.

Théorème 7 (Rotations)
Les rotations conservent
- ▶ Les distances.
- ▶ Les alignements : Trois points alignés sont transformés en trois points alignés. Une droite est transformée en une droite.
- ▶ Les angles.
- ▶ Les aires.
- ▶ Le parallélisme : Deux droites parallèles sont transformées en deux droites parallèles.

De ce fait, les rotations sont elles aussi des isométries.

6.4 Quadrilatères

Définition 8.

On appelle **quadilatère** du plan toute liste de quatre points A, B, C, D noté $ABCD$.
Les droites (AB), (BC), (CD) et (DA) s'appellent les quatre côtés de $ABCD$. Les droites (AC) et (BD) s'appellent les diagonales de $ABCD$.
Les segments $[AB]$, $[BC]$, $[CD]$ et $[DA]$ s'appellent aussi les quatre côtés de $ABCD$. Les segments $[AC]$ et $[BD]$ s'appellent aussi les diagonales de $ABCD$.

Remarque 2.

L'ordre des points est important mais pas déterminant. En effet : Les quadrilatères $ABCD$, $BCDA$, $CDAB$, $DABC$, $DCBA$, $CBAD$, $BADC$, $ADCB$ ont les même côtés et sont des écritures d'un même quadrilatère.
De même $ACDB$, $CDBA$, $DBAC$, $BACD$, $BDCA$, $DCAB$, $CABD$, $ABDC$ sont des écritures d'un même quadrilatère.
De même $ACBD$, $CBDA$, $BDAC$, $DACB$, $DBCA$, $BCAD$, $CADB$, $ADBC$ sont des écritures d'un même quadrilatère.

6.5 Parallélogrammes

Définition 9.

On appelle **parallélogramme** tout quadrilatère $ABCD$ tel que le milieu I de la diagonale $[AC]$ soit aussi le milieu de la diagonale $[BD]$.

Remarque 3.

La définition précédente signifie que les points A et C sont images l'un de l'autre par la symétrie de centre I. Il en est de même pour les points B et D. Autrement dit, le quadrilatère $ABCD$ est l'image de lui-même par la symétrie de centre I. On dit alors que I est **centre de symétrie** du quadrilatère $ABCD$.

6.5.1 Caractérisations d'un parallélogramme

Théorème 8
Soit $ABCD$ un quadrilatère. Pour que $ABCD$ soit un parallélogramme, il faut et il suffit que les côtés opposés de $ABCD$ soient parallèles deux à deux. Autrement dit, (AB) est parallèle à (CD) et (AD) est parallèle à (BC).

Démonstration 8

- Si $ABCD$ est un parallélogramme, on considère I le centre de symétrie de $ABCD$. Par la symétrie de centre I, la droite (AB) a pour image la droite (CD). D'après le théorème 2 page 139, les droites (AB) et (CD) sont parallèles. De même pour les droites (AD) et (BC).
- Si (AB) est parallèle à (CD) et (AD) est parallèle à (BC) on considère I le milieu de la diagonale $[AC]$. Soit B' le symétrique de B par rapport à I. D'après le théorème 2 page 139, les droites (AB') et (CB) sont parallèles. De ce fait, les droites (AB') et (AD) sont parallèles et de plus passent par A. D'après le cinquième postulat d'Euclide (page 136), les droites (AB') et (AD) sont confondues. Autrement dit B' appartient à la droite (AD).
  De même, les droites (CB') et (AB) sont parallèles. De ce fait, les droites (CB') et (CD) sont parallèles et de plus passent par C. Donc les droites (CB') et (CD) sont confondues. Autrement dit B' appartient à la droite (CD). De ce fait B' est le point d'intersection de (AD) et (CD), autrement dit $B' = D$. Donc D est le symétrique de B par rapport à I. C'est bien dire que $ABCD$ est un parallélogramme. □

Théorème 9
Si un quadrilatère $ABCD$ est un parallélogramme, alors ses angles opposés – c'est-à-dire ici θ_1 et θ_3 d'une part, et d'autre part θ_2 et θ_4 – sont égaux.

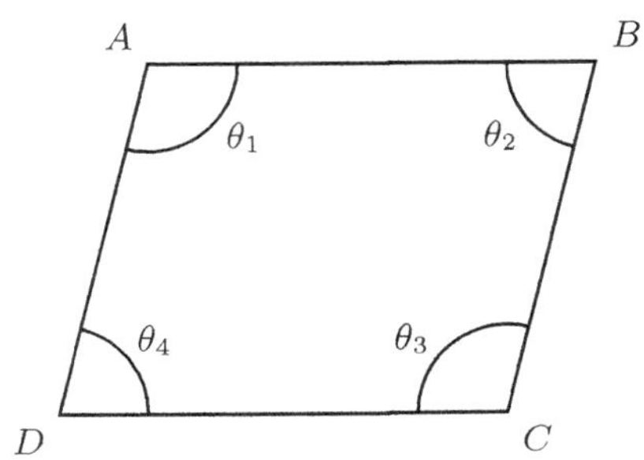

Démonstration 9
On considère I le centre de symétrie de $ABCD$. Par la symétrie de centre I, l'angle $\widehat{DAB}$ a pour image l'angle $\widehat{BCD}$. D'après le théorème 2 page 139, ces angles ont même mesure. Même chose pour les angles $\widehat{ABC}$ et $\widehat{CDA}$. □

Théorème 10 (Somme des angles d'un triangle)
La somme des mesures des angles d'un triangle égale 180°.

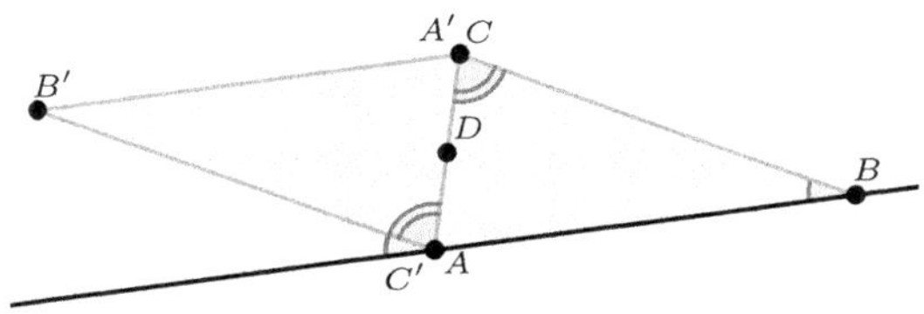

Démonstration 10
Soit ABC un triangle, soit D le milieu de $[AC]$. On considère la symétrie de centre D. Par cette symétrie, A a pour image C, C a pour image A. Soit B' l'image de B. D'après le théorème 2 page 139, les droites (BC) et $(B'A)$ sont parallèles. De ce fait, la droite (AC) les coupe suivant des angles alternes-internes $\widehat{BCA}$ et $\widehat{CAB'}$ égaux. De même la droite (AB) les coupe suivant des angles correspondants $\widehat{BCA}$ et $\widehat{CAB'}$ égaux.

En regardant en A, on a d'une part un angle plat, et d'autre part $\widehat{ABC} + \widehat{BCA} + \widehat{CAB}$. Le résultat en découle. □

Théorème 11
La somme des mesures des angles d'un quadrilatère égale 360°

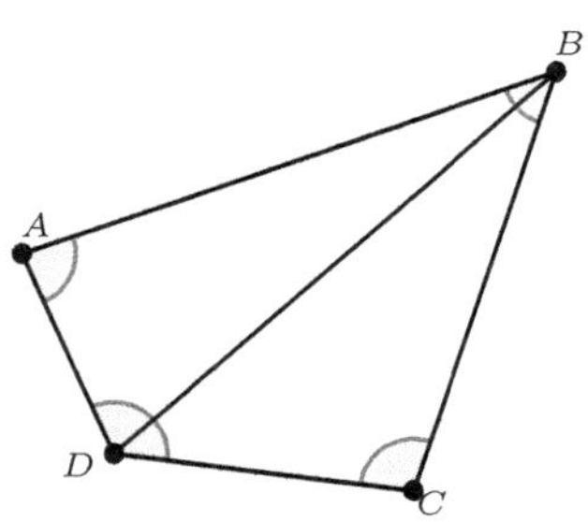

Démonstration 11
On applique deux fois le théorème 10 page 146. Une fois au triangle ABD, une autre fois au triangle CBD. □

Remarque 4.

Lorsque le quadrilatère est croisé, il faut faire un peu de contorsion pour voir les angles.

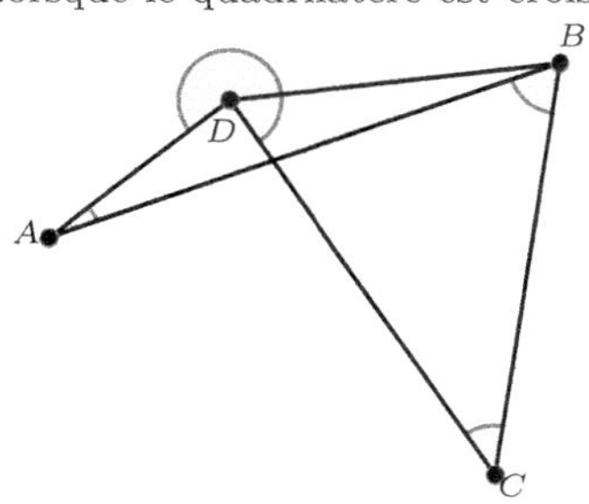

Théorème 12
Si un quadrilatère $ABCD$ a des angles opposés égaux deux à deux, alors $ABCD$ est un parallélogramme.

Démonstration 12
On commence par remarquer que les angles $\widehat{DAB}$ et $\widehat{ABC}$ sont **supplémentaires** – c'est-à-dire que leur somme mesure 180° – grâce au théorème 11 page 146. De ce fait, la droite (BC) coupe les droites (AB) et (CD) suivant des angles alternes-internes égaux. D'après le théorème 6 page 142, les droites (AB) et (CD) sont parallèles.

De même les droites (AD) et (BC) sont parallèles.

D'après le théorème 8 page 145, $ABCD$ est un parallélogramme. □

Théorème 13
Si un quadrilatère $ABCD$ est un parallélogramme, alors ses côtés opposés ont la même longueur.

Démonstration 13
On considère I le centre de symétrie de $ABCD$. Par la symétrie de centre I, le segment $[AB]$ a pour image le segment $[CD]$. D'après le théorème 2 page 139, ces segments ont même longueur. Même chose pour les segments $[AD]$ a pour image le segment $[BC]$. □

6.5.2 Caractérisation d'un losange

Définition 10.

On appelle **losange** tout quadrilatère dont tous les côtés sont de même longueur.

Théorème 14
Si un quadrilatère $ABCD$ est un losange, alors c'est un parallélogramme.

Démonstration 14
On a $AB = AD$ donc A appartient à la médiatrice de la diagonale $[BD]$. De même $BC = CD$ donc C appartient à la médiatrice de $[BD]$. Donc la doite (AC) est la médiatrice de $[BD]$.

Pour les mêmes raisons, (BD) est la médiatrice de $[AC]$.

Soit I le point d'intersection des diagonales (BD) et (AC). Le point I est donc le point de la médiatrice de $[AC]$ qui appartient à (AC). Donc I est le milieu de $[AC]$.

Pour des raisons symétriques, I est aussi le milieu de $[BD]$.

Les diagonales de $ABCD$ ont le même milieu, donc $ABCD$ est un parallélogramme. □

Théorème 15
Si un quadrilatère $ABCD$ est un losange, alors ses diagonales sont perpendiculaires.

Démonstration 15
On a vu dans la démonstration précédente que la la droite (AC) est la médiatrice de $[BD]$. Par définition de la médiatrice d'un segment (AC) est perpendiculaire à (BD). □

Remarque 5.

On en déduit que les diagonales d'un losange sont des axes de symétrie.

Théorème 16
Si un parallélogramme $ABCD$ a deux côtés consécutifs de même longueur, alors $ABCD$ est un losange.

Démonstration 16
En effet ses côtés opposés sont de même longueur, donc en fin de compte les quatre côtés de $ABCD$ ont la même longueur, c'est bien dire que $ABCD$ est un losange. □

Théorème 17
Si un parallélogramme $ABCD$ a des diagonales perpendiculaires, alors $ABCD$ est un losange.

Démonstration 17
Puisque $ABCD$ est un parallélogramme, ses diagonales se coupent en leur milieu commun, I. Puisque les diagonales sont perpendiculaires, (AC) est la médiatrice de $[BD]$. En particulier $AB = AD$. On peut donc utiliser la propriété précédente. □

6.5.3 Caractérisations d'un rectangle

Définition 11.

On appelle **rectangle** tout quadrilatère dont tous les angles ont la même mesure.

Théorème 18
1. Si un quadrilatère $ABCD$ est un rectangle, alors tous ses angles sont droits.
2. Un quadrilatère qui a trois angles droits est un rectangle.

Démonstration 18
Ce théorème est une simple application du théorème 11 page 146. □

6.5.4 Carré

Définition 12.

On appelle **carré** tout quadrilatère qui est à la fois losange et rectangle.

6.6 Théorèmes fondamentaux

Théorème 19 (Théorème de Pythagore)
Soit ABC un triangle.
Si ABC est rectangle en A alors

$$BC^2 = AB^2 + AC^2.$$

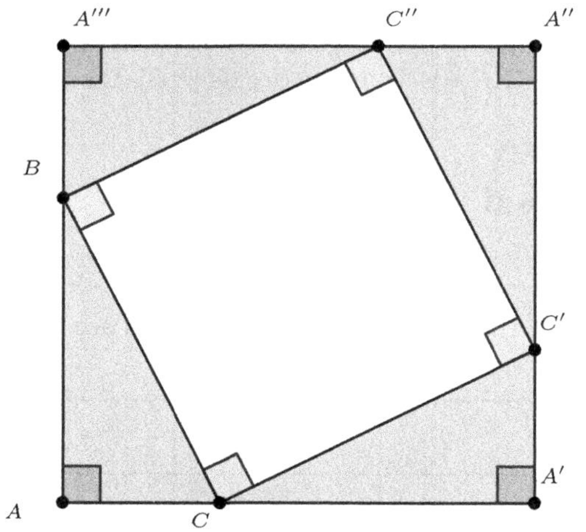

Démonstration 19
Soit ABC un triangle rectangle en A. Pour plus de commodité, on pose :

$$a := BC, \; b := AC \; \text{ et } \; c := AB.$$

On dispose quatre copies du triangle ABC comme ci-dessus. Le quadrilatère $AA'A''A'''$ a quatre angles droits et quatre côtés de même longueur, à savoir $a+b$. Son aire est donc $\mathscr{A}_1 = (a+b)^2 = a^2 + b^2 + 2ab$.

Au point B, on retrouve les trois angles du triangle ABC. En particulier l'angle $\widehat{CBC''}$ est droit. On vérifie ainsi que le quadrilatère $BCC'C''$ est un carré de côté c. Son aire est donc c^2 d'une part.

D'autre part, c'est l'aire $\mathscr{A}_1$ moins quatre fois l'aire du triangle ABC. Comme l'aire du triangle ABC égale $\frac{1}{2}ab$, l'aire de $BCC'C''$ égale $a^2 + b^2 + 2ab - 4 \times \frac{1}{2}ab = a^2 + b^2$.

Finalement on obtient bien,

$$a^2 + b^2 = c^2.$$

Théorème 20 (Réciproque de Pythagore)
Soit ABC un triangle.

Si $BC^2 = AB^2 + AC^2$,

alors ABC est rectangle en A.

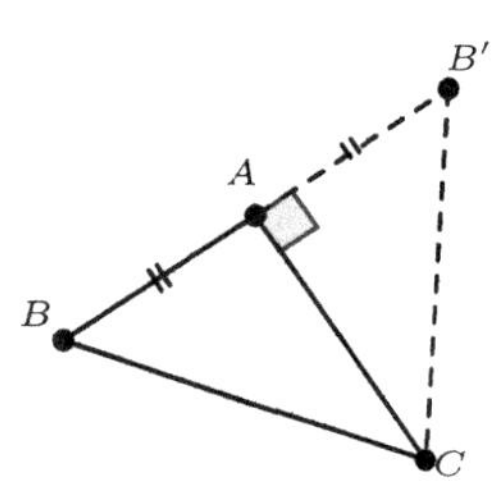

Démonstration 20
On construit un triangle $AB'C$, rectangle en A avec $B'A = BA$.

D'après le théorème de Pythagore, $B'C^2 = B'A^2 + AC^2$. On en déduit que $B'C^2 = BC^2$, puis que $B'C = BC$. D'après le théorème 3 page 139, A et C sont sur la médiatrice de $[BB']$. De ce fait, les points B et B' sont symétriques par rapport à la droite (AC). D'après la conservation des angles du théorème 2 page 139, l'angle $\widehat{CAB}$ est droit, ce qu'il fallait démontrer. □

Théorème 21 (Théorème de Thalès)
Soit d et d' deux droites sécantes en O, A et B deux points de d distincts de O, A' et B' deux points de d' distincts de O.

Si les droites (AA') et (AB') sont parallèles, alors on a l'égalité entre les trois rapports :

$$\frac{OA}{OA'} = \frac{OB}{OB'} = \frac{AB}{A'B'}.$$

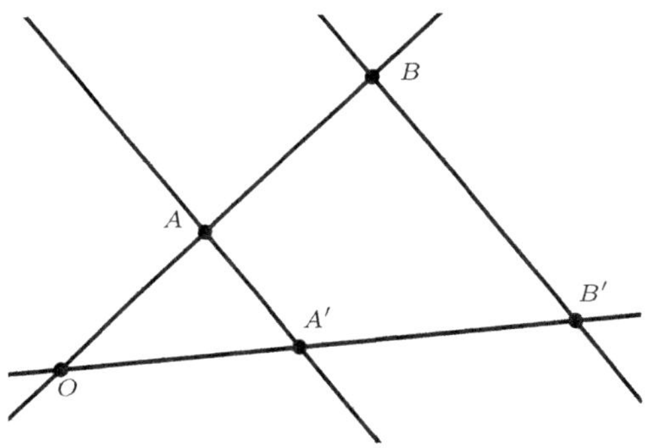

Démonstration 21 (Théorème de Thalès)
Si nous traçons les segments $[AB']$ et $[A'B]$, nous avons deux triangles ABB' et $A'BB'$:

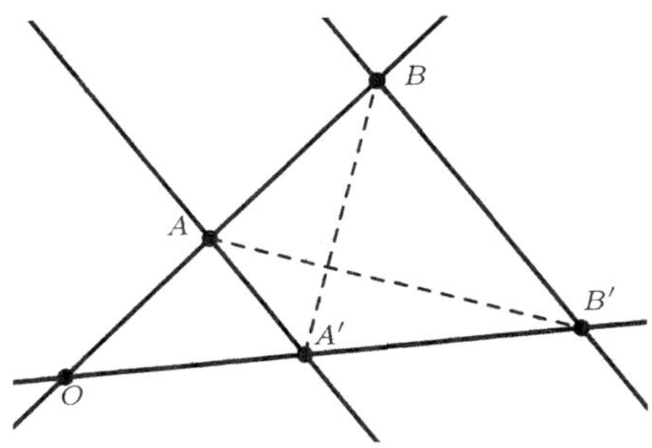

Ces deux triangles ABB' et $A'BB'$ ont leurs hauteurs, issues de A et de A' respectivement, égales (car les droites (AA') et (BB') sont parallèles) associée à leur base commune $[BB']$,

donc $\mathscr{A}(ABB') = \mathscr{A}(A'BB')$ où $\mathscr{A}(\ldots)$ désigne l'aire de ... En prenant les compléments des triangles ABB' et $A'BB'$ à l'intérieur du trapèze $AA'B'B$, on a encore deux triangles $AA'B'$ et $AA'B$ de même aire :

$$\mathscr{A}(AA'B') = \mathscr{A}(AA'B)$$

donc, en ajoutant le triangle OAA' aux deux triangles $AA'B'$ et $AA'B$, on a encore des triangles de même aire :

$\mathscr{A}(OAB') = \mathscr{A}(OA'B)$ Maintenant, traçons la hauteur $[AH]$ issue de A pour le triangle $OB'A$ et la hauteur $[A'K]$ issue de A' pour le triangle $AA'B$.

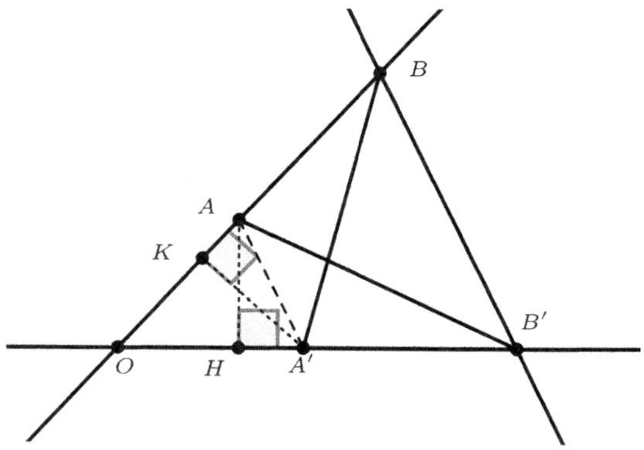

L'égalité $\mathscr{A}(OAB') = \mathscr{A}(OA'B)$ donne alors $\dfrac{OC \times AH}{2} = \dfrac{OB \times A'K}{2}$,
d'où $OC \times AH = OB \times A'K$.

Par ailleurs, $\mathscr{A}(OAA')$ peut être exprimée en fonction de la hauteur KA' ou de la hauteur AH.

On obtient $\dfrac{OA \times A'K}{2} = \dfrac{OA' \times AH}{2}$,

donc $OA \times A'K = OA' \times AH$.

En divisant les deux égalités obtenues, on a : $\dfrac{OA' \times AH}{OB' \times AH} = \dfrac{OA \times A'K}{OB \times A'K}$,

et en simplifiant, cela donne $\dfrac{OA}{OB} = \dfrac{OA'}{OB'}$.

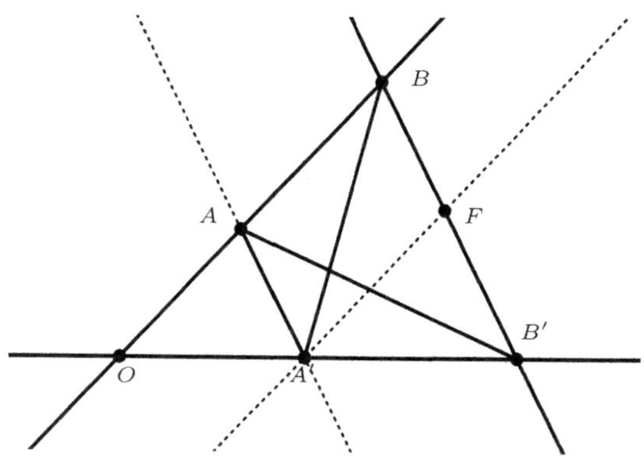

Plaçons le point F de $[BC]$ de sorte que $[A'F]$ soit parallèle à $[OB]$: $AA'FB$ est un parallélogramme donc $AA' = BF$.

Par ailleurs, dans le triangle OBC, A' est sur le côté $[B'O]$, F sur le côté $[BB']$ et, par construction, $(A'F)//(OB)$ donc on peut réutiliser le même raisonnement que ci-dessus pour obtenir :

$$\frac{A'C}{OC} = \frac{B'F}{B'B}$$

Or, $A' \in [OC]$ et $F \in [BB']$ donc
$A'B' = OC - OA'$ et $B'F = BC - BF$.

Il en résulte que $\dfrac{OB' - OA'}{OB'} = \dfrac{BB' - BF}{B'B}$ c'est-à-dire $\dfrac{OB'}{OB'} - \dfrac{OA'}{OB'} = \dfrac{BB'}{BB'} - \dfrac{BF}{BB'}$.

Or, quand on divise un nombre par lui-même, on obtient 1 : $\dfrac{BB'}{BB'} = \dfrac{OB'}{OB'} = 1$ donc
$1 - \dfrac{OA'}{OB'} = 1 - \dfrac{BF}{BB'}$ et donc $\dfrac{OA'}{OB'} = \dfrac{BF}{BB'}$ et comme $AA' = BF$, on obtient : $\dfrac{OA'}{OB'} = \dfrac{AA'}{BB'}$

On a donc bien les égalités
$\dfrac{OA}{OB} = \dfrac{OA'}{OB'} = \dfrac{AA'}{BB'}$.

Théorème 22 (Réciproque de Thalès)
Soit O, A et B trois points alignés dans cet ordre ainsi que A' et B' de sorte que les points O, A' et B' sont alignés dans cet ordre. Si de plus $\dfrac{OA}{OA'} = \dfrac{OB}{OB'}$ alors les droites (AA') et (AB') sont parallèles.

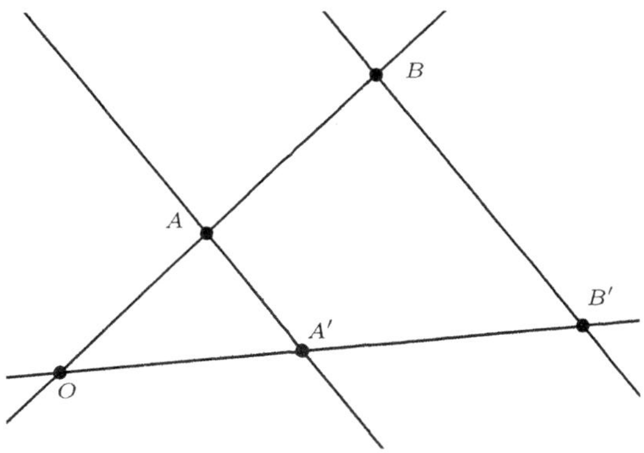

Démonstration 22
Considérons maintenant la droite qui est parallèle à (BB') et qui passe par A : elle coupe (OB') en un point A'' qui est entre O et B'.

Ainsi, O, A et B sont alignés, O, A' et B' sont alignés et $(AA'')//(BB')$ donc d'après le théorème de Thalès, $\dfrac{OA}{OB} = \dfrac{OA''}{OB'}$. Or, $\dfrac{OA}{OB} = \dfrac{OA'}{OB'}$ donc $\dfrac{OA'}{OB'} = \dfrac{OA''}{OB'}$ et donc $OA'' = OA'$. Comme les points O, A' et A'' sont alignés, cette égalité ne peut se produire que dans deux cas : $A'' = A'$ ou bien O est le milieu de $[A'A'']$. Le deuxième cas ne peut se produire puisque A' et A'' sont tous les deux entre O et B'. On a donc $A' = A''$, ce qui signifie que (AA') et (AA'') désigne la même droite : donc (AA') est parallèle à (BB'). □

Dans le cas particulier où : $\dfrac{OA}{OA'} = \dfrac{OB}{OB'} = 2$, on obtient le

Corollaire 23 (droite des milieux)
- Dans un triangle, la droite qui passe par le milieu de deux côtés est parallèle au troisième côté.
- Dans un triangle, la droite qui passe par le milieu d'un côté et parallèle à un deuxième côté, passe par le milieu du troisième côté.

6.7 Angles inscrits, angles au centre

Dans la figure ci-dessous, $\mathscr{C}$ est un cercle de centre O, A et B sont deux points donnés sur le cercle, M et N sont deux points quelconques placés sur le cercle, du même côté de la droite (AB) que le point O.

Définition 13.

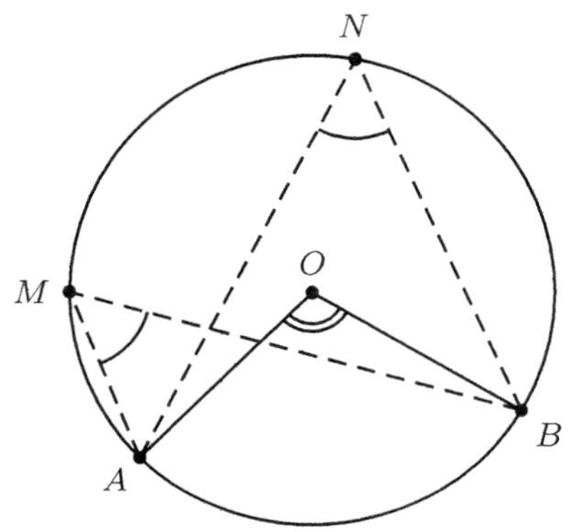

Les points A et B coupent le cercle en deux arcs :

- Le grand arc $\overset{\frown}{AB}$ – celui qui contient les points M et N.
- Le petit arc, c'est l'autre ...

Les angles $\widehat{AMB}$ et $\widehat{ANB}$ sont appelés **angles inscrits dans $\mathscr{C}$ interceptant l'arc $\overset{\frown}{AB}$.**

D'autre part l'angle $\widehat{AOB}$, est appelé **angle au centre** associé à chacun de ces angles inscrits.

Théorème 24 (Angle au centre)
L'angle au centre mesure le double des angles inscrits :

$$\widehat{AOB} = 2\widehat{AMB} = 2\widehat{ANB}.$$

Démonstration 24 (Angle au centre)

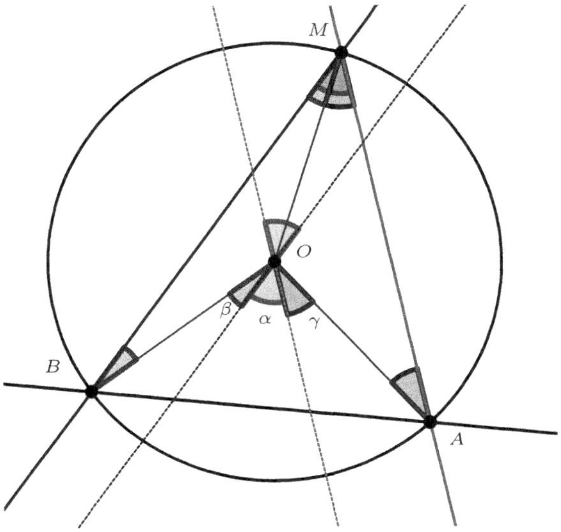

On trace la parallèle d à (AM) passant par O et la parallèle d' à (BM) passant par O. L'angle $\widehat{OAM}$ et l'angle γ sont alternes-internes. Comme les droites d et (AM) sont parallèles, ces deux angles sont égaux d'après le théorème 6 page 142. Dans le triangle AOM isocèle en O, on a $\widehat{OAM} = \widehat{OMA}$ et par suite $\gamma = \widehat{OMA}$.

De même, on a $\beta = \widehat{OMB}$.

Enfin on a $\alpha = \widehat{AMB}$ (angles opposés par le sommet puis angles opposés d'un parallélogramme). □

Théorème 25 (Angle inscrit)
Les angles $\widehat{AMB}$ et $\widehat{ANB}$, interceptant le même arc, sont égaux.

Démonstration 25 (Angle inscrit)
En effet, chacun d'entre eux a une mesure égale à la moitié de celle d'un même angle au centre. □

6.8 Triangles

6.8.1 Médiatrices

Théorème 26 (Concours des médiatrices)
Les médiatrices des trois côtés d'un triangle sont concourantes. Leur point d'intersection est le **centre du cercle circonscrit** au triangle.

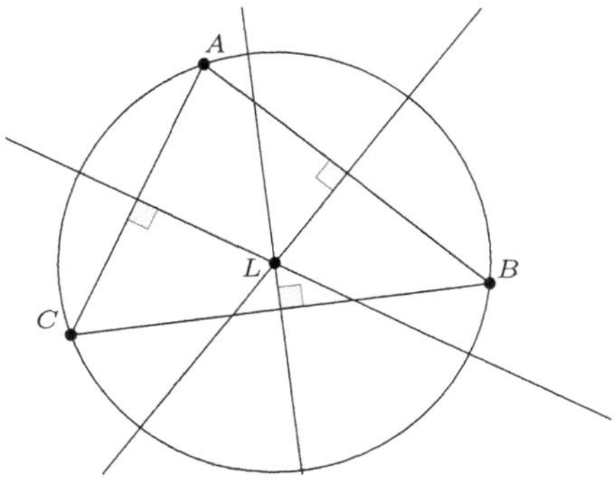

Démonstration 26 (Concours des médiatrices)
Soit L le point d'intersection de la médiatrice de $[AB]$ et de la médiatrice de $[BC]$. D'après le théorème 3 page 139, puisque L appartient à la médiatrice de $[AB]$, on a $AL = BL$.

De même, puisque L appartient à la médiatrice de $[BC]$, on a $CL = BL$.

De $AL = BL$ et $CL = BL$, on déduit que $CL = AL$. À nouveau grace à la caractérisation de la médiatrice, on en déduit que L appartient à la médiatrice de $[AC]$. De ce fait, les trois médiatrices passent par le point L. □

6.8.2 Hauteurs

Théorème 27 (Concours des hauteurs)
Les trois hauteurs d'un triangle sont concourantes. Leur point d'intersection est appelé **orthocentre** du triangle. Une des hauteurs – et par conséquent l'orthocentre – peut être située « à l'extérieur » du triangle.

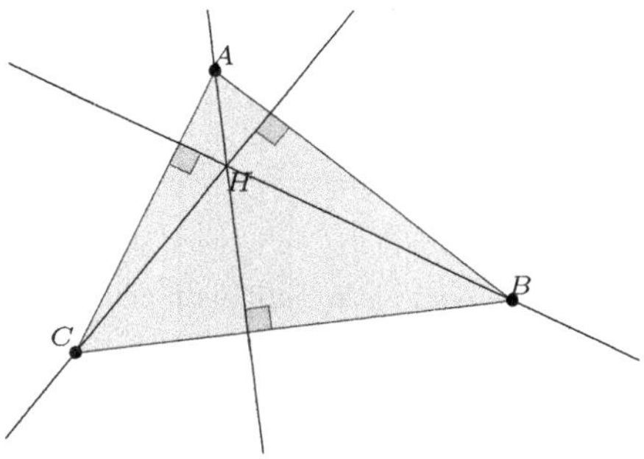

Démonstration 27 (Concours des hauteurs)
On part d'un triangle ABC et on construit le triangle $A'B'C'$ suivant :

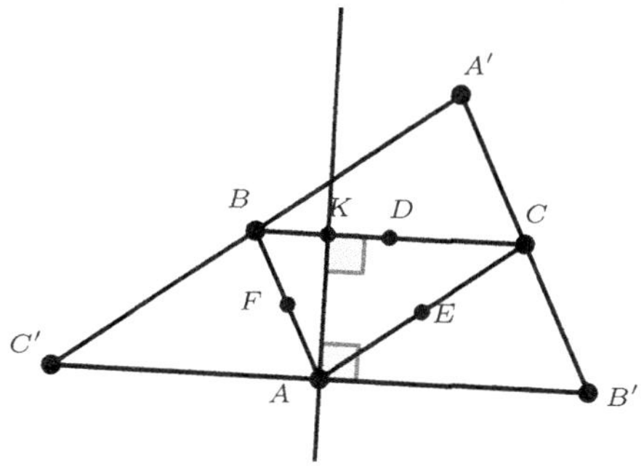

Pour cela on considère D, E, F les milieux respectifs de $[BC], [CA], [AB]$ et A', B', C' sont les images respectives de A, B, C par les symétries de centres respectifs D, E, F.

D'après le théorème 2 page 139, Les droites (AB') et (AC') sont parallèles à (BC). Comme elles passent par A, elles sont confondues. De ce fait, les points B', A et C' sont alignés. Pour des raisons de distances, A est le milieu de $[B'C']$.

Dans le triangle $A'B'C'$, la médiatrice de $[B'C']$ passe par A. Elle est perpendiculaire à $(B'C')$ donc à (BC). C'est donc la hauteur issue de A dans le triangle ABC.

Ainsi les trois hauteurs du triangle ABC se coupent au centre du cercle circonscrit au triangle $A'B'C'$.□

6.8.3 Médianes

Définition 14.

Une médiane d'un triangle est une droite passant par un sommet et par le milieu du côté opposé.

Théorème 28 (Concours des médianes)
Les trois médianes d'un triangle sont concourantes. Leur point d'intersection est appelé centre de gravité du triangle, et est situé aux deux tiers de chaque médiane en partant des sommets respectifs.

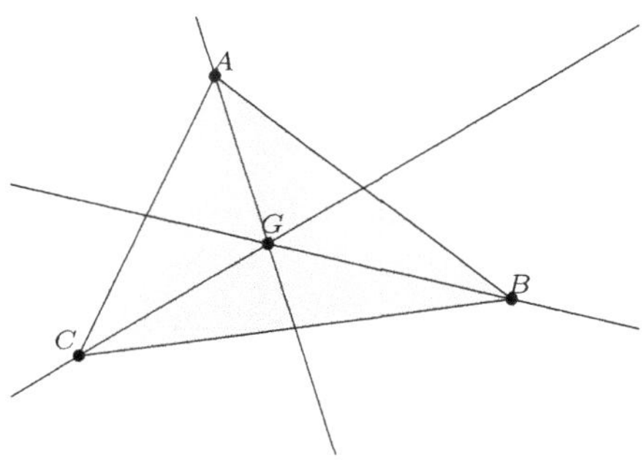

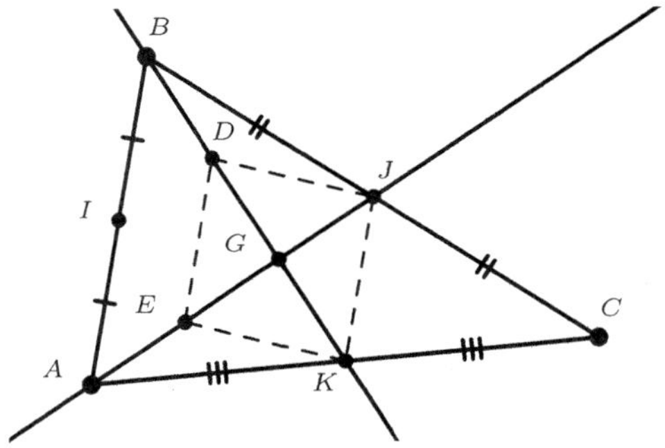

Démonstration 28 (Concours des médianes)
Soit ABC un triangle, I, J, K les milieux respectifs de $[AB], [BC], [CA]$. Soit G le point d'intersection des médianes (AJ) et (BK) du triangle ABC. Et pour ces deux médianes, soit D le milieu de $[GB]$ et E le milieu de $[GA]$.

Dans le triangle ABC, la droite (JK), passant par J le milieu de $[BC]$ et K celui de $[CA]$, est parallèle à la droite (AB) d'après le théorème 23 page 153 (théorème de la droite des milieux). De même, dans le triangle ABG, la droite (DE), passant par D le milieu de $[GB]$ et E celui de $[GA]$, est parallèle à la droite (AB). Ainsi, (JK) et (DE) sont parallèles car elles sont parallèles à la même droite (AB). Considérons maintenant les triangles AGC et BGC.

Dans ce triangle AGC, E est le milieu de $[GA]$ et K celui de $[AC]$ donc (EK) est parallèle à (GC). Et dans le triangle BGC, J est le milieu de $[BC]$ et D celui de $[GB]$ donc (DJ) est parallèle à (GC). Ainsi, (DJ) et (KE) sont parallèles car elles sont parallèles à la même droite (GC). Il en résulte que le quadrilatère $DJKE$ a ses côtés parallèles deux à deux donc $DJKE$ est un parallélogramme, donc ses diagonales $[DK]$ et $[JE]$ se coupent en leur milieu. Or G est l'intersection des deux diagonales de $DJKE$ donc G est le milieu de $[DK]$ et de $[JE]$. Il en résulte que $BD = DG = GK$ et que $AE = EG = GJ$ donc le point d'intersection de deux médianes du triangle ABC est situé aux deux-tiers de ces médianes en partant des sommets du triangle. Il en est donc de même de la troisième médiane qui coupent donc les deux autres en G. Ainsi, les trois médianes du triangle ABC se coupent en un même point. □

6.8.4 Bissectrices

Définition 15.

Soit M un point et Δ une droite. On appelle distance de M à Δ la plus petite distance entre M et un point de la droite.

Théorème 29
La distance d'un point M à une droite Δ égale la distance MN où N désigne la projeté orthogonal (Cf page 136) de M sur Δ.

Démonstration 29

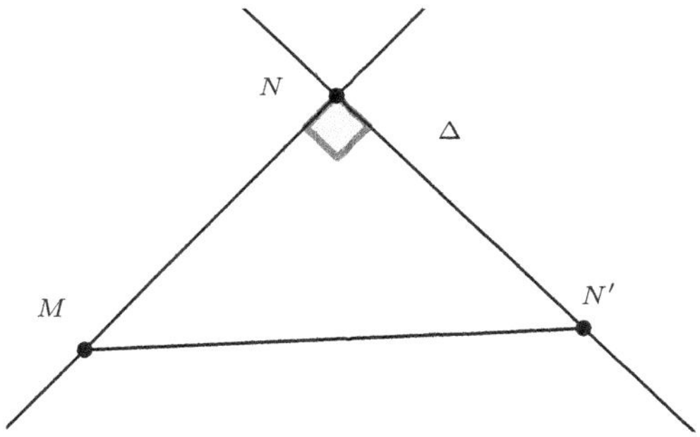

La distance MN' est supérieure ou égale à MN du fait du théorème de Pythagore. □

Définition 16.

La bissectrice d'un angle est la demi-droite partant du sommet de l'angle qui le divise en deux angles égaux.

Théorème 30
Tout point situé sur la bissectrice d'un angle est à égale distance de chaque côté de cet angle.

Réciproquement, tout point situé à égale distance des deux côtés d'un angle est sur la bissectrice de cet angle.

Démonstration 30
Soit M un point de la bissectrice d'un angle, N et N' les projetés orthogonaux de M sur les côtés. D'après le théorème 10 page 146, les triangles ANM et $AN'M$ ont les mêmes angles. Ces triangles sont symétriques par rapport à la droite (AM).

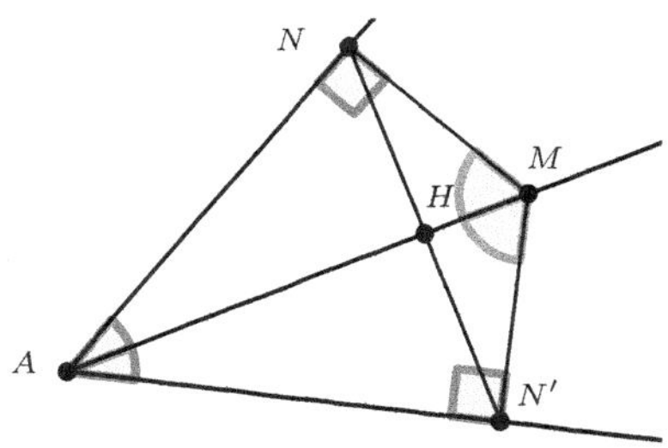

En effet soit d' l'image de la droite $d = (MN)$ par la symétrie par rapport à (AM). Par conservation des angles (théorème 2 page 139) d' coupe (AM) suivant les mêmes angles correspondants que la droite (MN'). Les droites d' et (MN') sont donc parallèles d'après le théorème 6 page 142. Comme ces deux droites passent par M, elles sont confondues.

Le point N' appartient à la fois à d' et au côté symétrique de $[AN)$. Donc N' est bien le symétrique de N par rapport à (AM).

Par conservation des distances (théorème 2 page 139), $MN = MN'$ donc M est à égale distance de chaque côté.

Réciproquement, soit M un point situé à égale distance des deux côtés d'un angle de sommet A. Soit N et N' les projetés orthogonaux de M sur les côtés de l'angle. On a donc $MN = MN'$. D'après le théorème de Pythagore, on a aussi $AN = AN'$. En particulier la droite (AM) est la médiatrice de $[NN']$. Donc N et N' sont images par la symétrie par rapport à (AM).

Par conservation des angles (théorème 2 page 139), les angles $\widehat{MAN}$ et $\widehat{MAN'}$ ont la même mesure. C'est bien dire que $[AN)$ est bissectrice de $\widehat{NAN'}$. □

Théorème 31 (Concours des bissectrices)
Les bissectrices des trois angles d'un triangle sont concourantes. Leur point d'intersection est le centre du cercle inscrit dans le triangle.

Démonstration 31 (Concours des bissectrices)
Soit O le point d'intersection de la bissectrice de $\widehat{ABC}$ et de la bissectrice de $\widehat{BCA}$.

Puisque O appartient à la bissectrice de $\widehat{ABC}$, sa distance à (AB) égale sa distance à (BC).
Puisque O appartient à la bissectrice de $\widehat{BCA}$, sa distance à (BC) égale sa distance à (AC).
De ce fait, la distance de O à (AB) égale la distance de O à (AC).
Donc O appartient à la bissectrice de $\widehat{BAC}$.
De ce fait, les trois bissectrices du triangle ABC passent par le point O. □

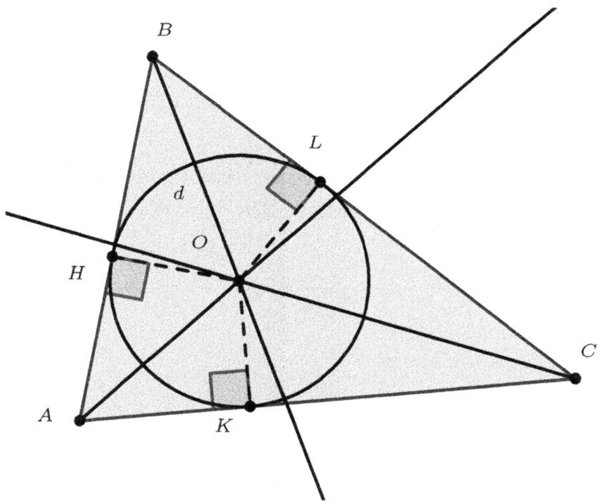

Remarque 6.

Avec les notations précédentes, on appelle H, K et L les projetés orthogonaux respectifs de O sur $[AB]$, $[AC]$ et $[BC]$. On vient de voir que les trois distances OH, OK et OL sont égales. De plus les rayons $[OH]$, $[OK]$ et $[OL]$ sont perpendiculaires, donc tangents aux côtés $[AB]$, $[AC]$ et $[BC]$ respectivement. De ce fait le cercle de centre O et de rayon $OH = OK = OL$ est à l'intérieur du triangle ABC en étant tangent aux trois côtés. Ce cercle est appelé **cercle inscrit** au triangle ABC. Le point O, point d'intersection des bissectrices du triangle ABC est le centre du cercle inscrit au triangle ABC.

6.8.5 Triangles rectangles

Rappelons le théorème de Pythagore page 149 ainsi que le théorème réciproque de Pythagore page 150.

Théorème 32
Le cercle circonscrit à un triangle rectangle a pour diamètre son hypoténuse.

Démonstration 32
Soit ABC un triangle rectangle en A et D le centre de son cercle circonscrit $\mathcal{C}$. D'après le théorème 24 page 154 (théorème de l'angle au centre), l'angle au centre est plat, donc les points B, D et C sont alignés. De ce fait $[BD]$ est un diamètre du cercle circonscrit $\mathcal{C}$. □

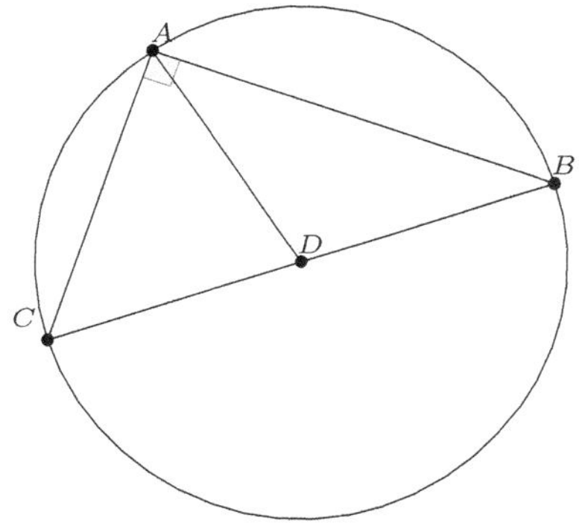

Théorème 33
Réciproquement, si le cercle circonscrit à un triangle a pour diamètre un de ses côtés, alors le triangle est rectangle.

Démonstration 33
Soit ABC un triangle et D le centre de son cercle circonscrit $\mathcal{C}$. Dire que le cercle circonscrit à un triangle a pour diamètre un de ses côtés, disons $[BC]$, c'est dire que les points B, D et C sont alignés. D'après le théorème 24 page 154 (théorème de l'angle au centre), l'angle au centre est plat, donc l'angle inscrit $\widehat{BAC}$ est un angle droit. □

Théorème 34
Si ABC est un triangle rectangle en A, alors la longueur de sa médiane issue du sommet A est égale à la moitié de son hypoténuse.

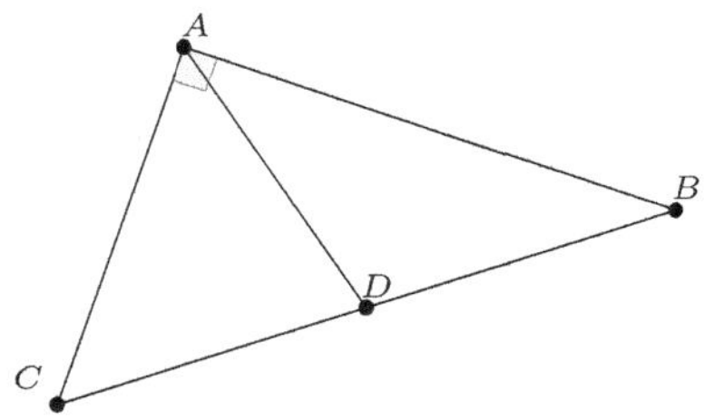

Démonstration 34
Soit D le centre du cercle $\mathcal{C}$ circonscrit au triangle ABC. d'après le théorème 32 page 161, $\mathcal{C}$ a pour diamètre l'hypoténuse $[BC]$. De ce fait D est le milieu de $[BC]$. Donc la médiane issue de A est le rayon de $\mathcal{C}$. □

Théorème 35
Réciproquement, si la médiane issue du sommet A du triangle ABC est égale à la moitié de la longueur du côté opposé, alors le triangle ABC est rectangle en A.

Démonstration 35
Soit D le milieu de $[BC]$. La médiane issue de A est donc la droite (AD). On a de plus $BD = CD$. Donc D est le centre du cercle $\mathcal{C}$ circonscrit au triangle ABC. Comme il appartient au côté $[BC]$, d'après le théorème 33 page 161, ABC est rectangle en A. □

6.8.6 Caractérisations d'un rectangle (suite)

Théorème 36
Si un quadrilatère $ABCD$ est un rectangle, alors c'est un parallélogramme. De plus ses diagonales ont la même longueur.

Démonstration 36
Soit I le milieu de $[AC]$ et J le milieu de $[BD]$. Le triangle ABD est rectangle en A. D'après le théorème 32 page 161, son cercle circonscrit est le cercle $\mathcal{C}$ de centre I et de rayon BI. De même le triangle ABD est rectangle en C et son cercle circonscrit est le cercle de centre I et de rayon BI c'est-à-dire $\mathcal{C}$. De ce fait, le cercle $\mathcal{C}$ passe par les points A, B et C. Or le triangle ABC est rectangle en B. Donc le centre de $\mathcal{C}$ est le milieu de $[BD]$, c'est-à-dire J. Donc $I = J$ et $ABCD$ est un parallélogramme. De plus les diagonales de $ABCD$ sont des diamètres du cercle $\mathcal{C}$. Ils ont donc bien la même longueur. □

Théorème 37
Si un parallélogramme $ABCD$ admet au moins un angle droit, alors c'est un rectangle.

Démonstration 37
Pour fixer les idées, $\widehat{DAB}$ est droit. On sait que les angles consécutifs d'un parallélogramme sont supplémentaires donc $\widehat{ABC}$ et $\widehat{ADC}$ sont droits. Le quadrilatère $ABCD$ admet au moins trois angles droits donc $ABCD$ est un rectangle. □

Théorème 38
Si un parallélogramme $ABCD$ a des diagonales de même longueur, alors c'est un rectangle.

Démonstration 38
Soit I le milieu de $[AC]$. Puisque $ABCD$ est un parallélogramme, I est le milieu de $[BD]$. On a donc $IA = IB = IC = ID$. En particulier, I est le centre du cercle circonscrit au triangle DAB. D'après le théorème 33 page 161, DAB est rectangle en A. D'après le théorème précédent, $ABCD$ est un rectangle.□

6.9 Repérage dans le plan

6.9.1 Repères orthonormés

Définition 17.

On appelle **repère** du plan toute liste (O; I, J)de trois points O, I et J non alignés.
Le point O s'appelle l'origine du repère (O; I, J).
On appelle **repère orthogonal** du plan tout repère (O; I, J)tel que OIJ est rectangle en O.
On appelle **repère orthonormé** ou **repère orthonormal** du plan tout repère (O; I, J)tel que OIJ est rectangle et isocèle en O.

6.9.2 Coordonnées d'un point

Tout point M d'un repère est défini par un couple unique de réels, appelé **coordonnées** du point M, ce que l'on note : $M\left(x\ ,\ y\right)$.

Le réel x est l'**abscisse** de M, le réel y est l'**ordonnée** de M.

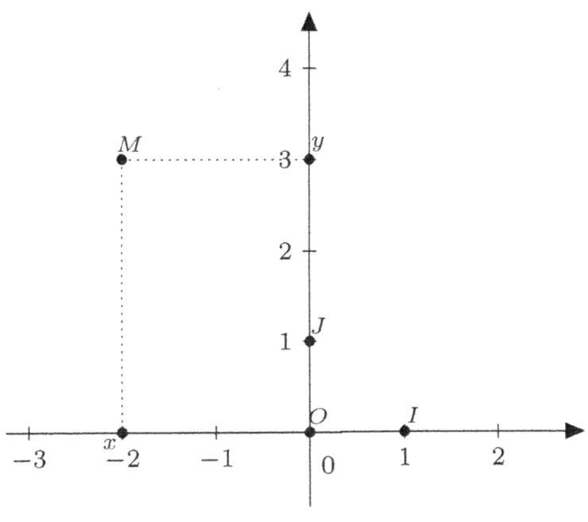

Pour le moment, nous nous contenterons de ces définitions. Elles ont été vues et utilisées au collège. Pour un développement plus conséquent, voir la section 7.3.1 au chapitre 7.

6.9.3 Distance

Théorème 39 (Distance entre deux points)
Dans un repère **orthonormé**, la distance AB est égale à :

$$AB = \sqrt{(x_B - x_A)^2 + (y_B - y_A)^2}.$$

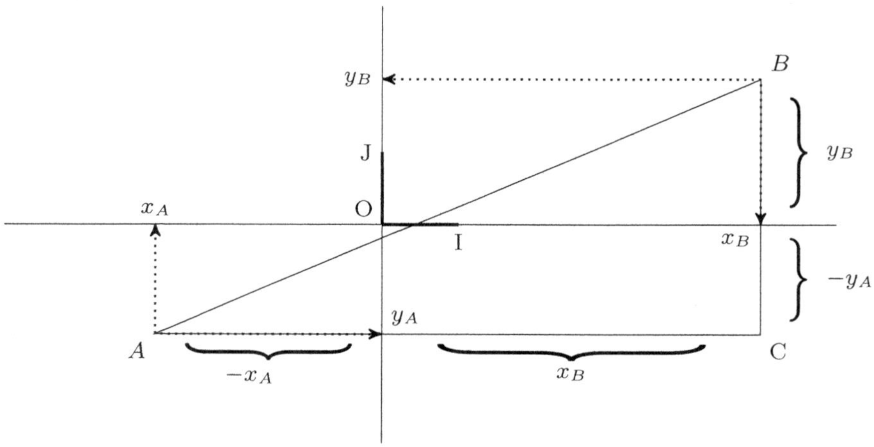

Démonstration 39
Le repère est orthonormé donc le triangle ABC est rectangle en C.

Ainsi, d'après le théorème de Pythagore,

$$AB^2 = AC^2 + BC^2.$$

Or,

$$AC = -x_A + x_B = x_B - x_A$$

et

$$BC = y_B - y_A.$$

Donc,

$$AB^2 = (x_B - x_A)^2 + (y_B - y_A)^2.$$

En prenant la racine carrée de chacun des membres de cette dernière égalité, on a :

$$AB = \sqrt{(x_B - x_A)^2 + (y_B - y_A)^2}.$$

Remarque 7.

- Les autres cas de figure se traitent de la même façon.
- Il est intéressant de connaître aussi

$$AB^2 = (x_B - x_A)^2 + (y_B - y_A)^2 .$$

- La distance AB est égale à la distance BA. Donc on a aussi :

$$AB = \sqrt{(x_A - x_B)^2 + (y_A - y_B)^2}.$$

6.9.4 Coordonnées du milieu d'un segment

Théorème 40 (coordonnées du milieu)
Dans un repère, le milieu M de $[AB]$ a pour coordonnées :

$$M\left(\frac{x_A + x_B}{2}, \frac{y_A + y_B}{2}\right).$$

Démonstration 40
On construit le triangle ABC comme indiqué ci-dessous :

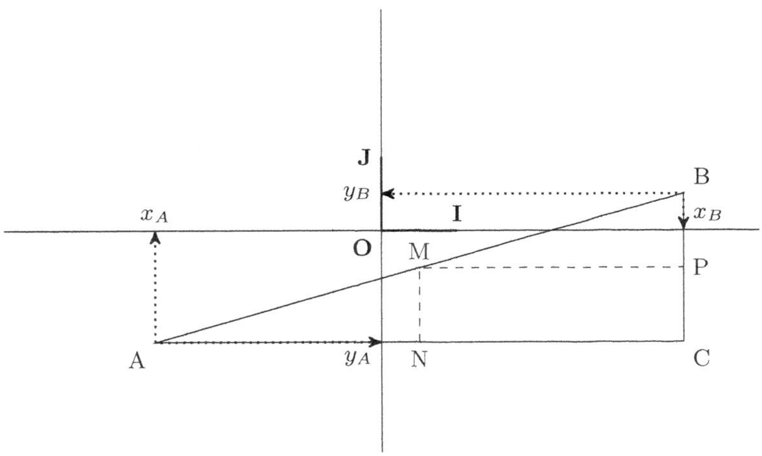

On trace la parallèle à (BC) passant par M ; elle coupe $[AC]$ en N.

On trace la parallèle à (AC) passant par M ; elle coupe $[BC]$ en P.

D'après le théorème des milieux, P est le milieu de $[BC]$ et N celui de $[AC]$.

Ainsi,

$$AN = \frac{1}{2}AC$$
$$AN = \frac{1}{2}(x_C - x_A)$$
$$AN = \frac{1}{2}x_C - \frac{1}{2}x_A$$

et donc :

$$x_N = x_A + AN$$
$$x_N = x_A + \frac{1}{2}x_C - \frac{1}{2}x_A$$
$$x_N = \frac{1}{2}x_A + \frac{1}{2}x_C$$
$$x_M = x_N = \frac{x_A + x_B}{2} \text{ car } y_C = y_A.$$

Il reste à regarder les trois autres cas de figure. □

6.10 Intersection d'une droite et d'un cercle

On démontre un théorème utilisé plus tôt dans la démonstration du théorème 3 page 139. Charge au lecteur de vérifier qu'il n'y a pas cercle vicieux.

Théorème 41
L'intersection d'un cercle $(\mathcal{C})$ et d'une droite (D) comporte zéro, un ou deux points.

Un théorème parfaitement intuitif, n'est-ce pas ?

Démonstration 41

On construit un repère en **choisissant** comme origine le centre O du cercle $(\mathcal{C})$, comme unité le rayon de cercle et comme axe des abscisses la parallèle à la droite (D). De ce fait tous les points de (D) ont la même ordonnée que nous appellerons $k \in \mathbb{R}$. Un point $M\ (\ x\ ,\ k\ )$ de la droite (D) appartient au cercle $(\mathcal{C})$ si et seulement si $OM^2 = 1^2$ c'est-à-dire que x est racine de l'équation $[x^2 + k^2 = 1;\ \text{inconnue } x \in \mathbb{R}]$ soit $x^2 = 1 - k^2$. On a donc trois cas et trois seulement :

- $1 - k^2 > 0$ soit $1 > k^2$ soit $1 > |k|$. L'équation admet deux solutions $x_1 = -\sqrt{1-k^2}$ et $x_2 = \sqrt{1-k^2}$. L'intersection $(\mathcal{C}) \cap (D)$ comporte deux points distincts $M_1\ (\ x_1\ ,\ k\ )$ et $M_2\ (\ x_2\ ,\ k\ )$.
- $1 - k^2 = 0$ soit $1 = k^2$ soit $|k| = 1$. L'équation une seule solution $x_0 = 0$. L'intersection $(\mathcal{C}) \cap (D)$ ne comporte qu'un point $M_0\ (\ 0\ ,\ k\ )$.
- $1 - k^2 < 0$ soit $1 < k^2$ soit $1 < |k|$. L'équation n'admet pas de solution et l'intersection $(\mathcal{C}) \cap (D)$ ne comporte aucun point. □

6.11 Quiz

6.11.1 Énoncé

1. Si M' est l'image de M par la symétrie axiale d'axe Δ, que représente Δ pour le segment $[MM']$?

2. Si M' est l'image de M par la symétrie centrale de centre O, que représente O pour le segment $[MM']$?
3. Si $A\ \left(x_A\ ,\ y_A\right)$ et $B\ \left(x_B\ ,\ y_B\right)$, combien vaut la distance AB ?
4. Si $A\ \left(x_A\ ,\ y_A\right)$ et $B\ \left(x_B\ ,\ y_B\right)$, en notant I le milieu de $[AB]$, quelles sont les coordonnées de I ?

6.11.2 Corrigé

1. Si M' est l'image de M par la symétrie axiale d'axe Δ, alors Δ est la médiatrice du segment $[MM']$.
2. Si M' est l'image de M par la symétrie centrale de centre O, alors O est le milieu du segment $[MM']$.
3. On ne peut pas répondre à cette question en règle générale. Si le repère dans lequel sont considérées les coordonnées est **orthonormé**, alors $AB = \sqrt{(x_B - x_A)^2 + (y_B - y_A)^2}$. Dans les autres cas, on ne peut pas répondre.
4. Si $A\ \left(x_A\ ,\ y_A\right)$ et $B\ \left(x_B\ ,\ y_B\right)$, alors $I\ (x_I; y_I)$ avec $x_I = \frac{x_A+x_B}{2}$ et $y_I = \frac{y_A+y_B}{2}$, que le repère dans lequel sont considérées les coordonnées soit orthonormé ou pas.

6.12 Exercices

Exercice 1 (Configurations).

Chacune des figures ci dessous illustre une propriété ou un théorème.

1.
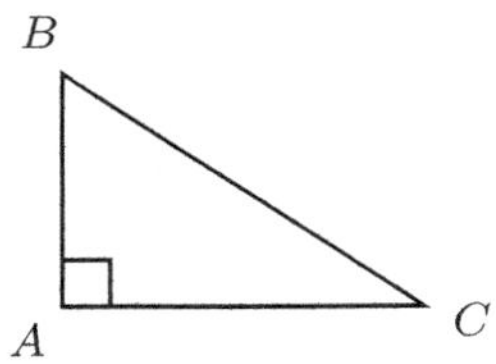

2.
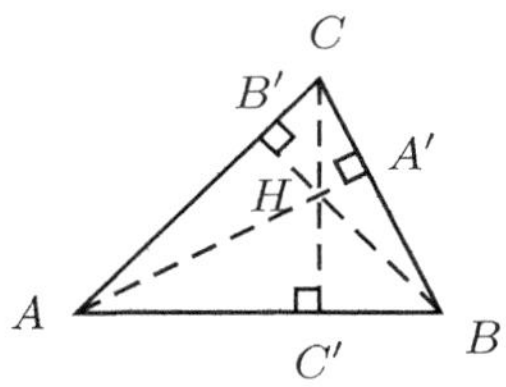

3.
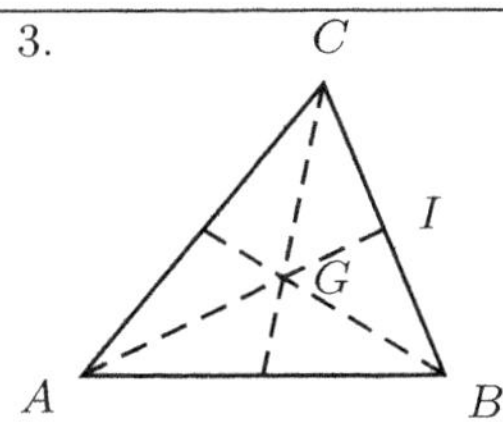

4.
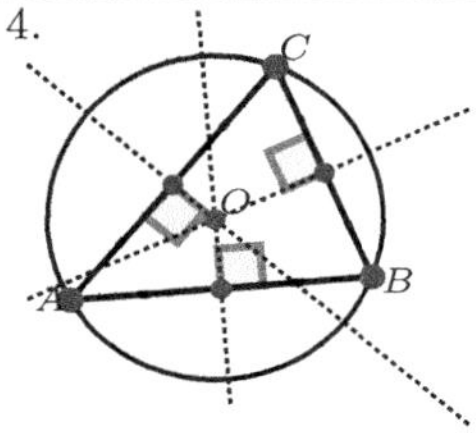

5.
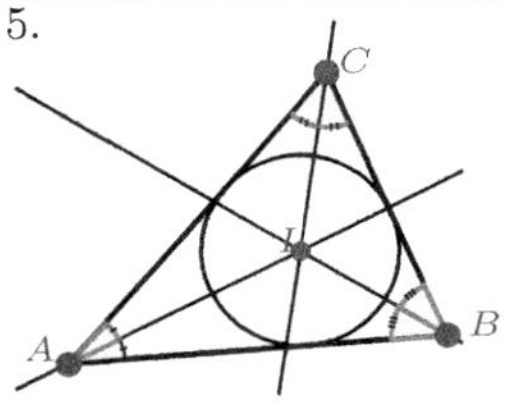

6.
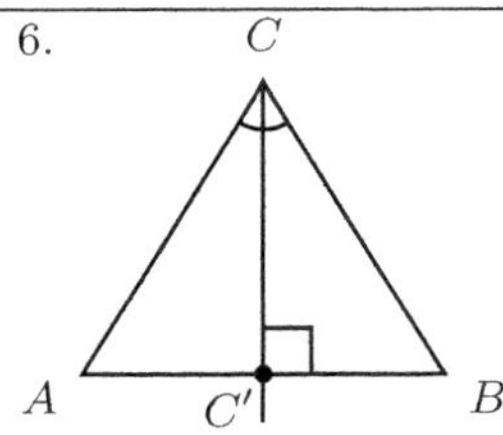

7.
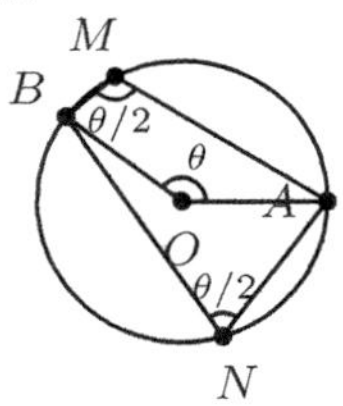

8.
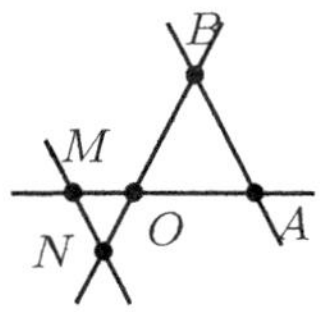

9.
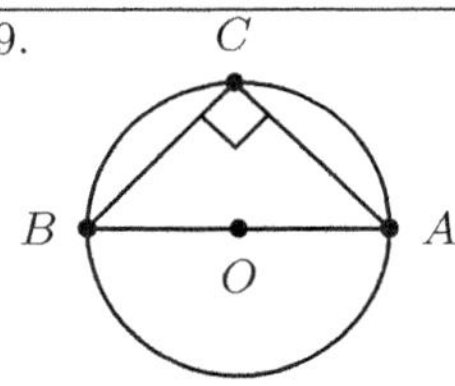

10.
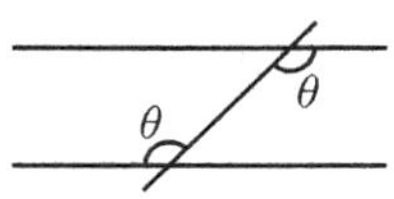

11.
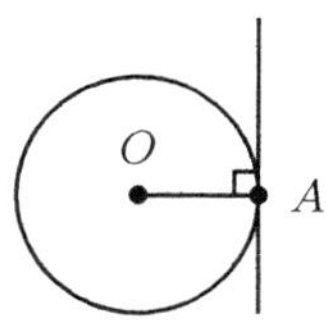

12.
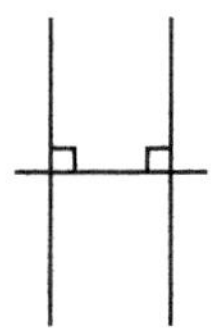

Exercice 2.

Soient ABC un triangle quelconque et $(\mathcal{C})$ le cercle de centre A et de rayon AC. La droite (AB) coupe le cercle en D et E ($D \in [AB]$). On mène la droite Δ parallèle à (CE) et passant par A. Le but de l'exercice est de démontrer que Δ est la bissectrice de l'angle $\widehat{BAC}$. On utilisera quatre fois la figure ci-contre :

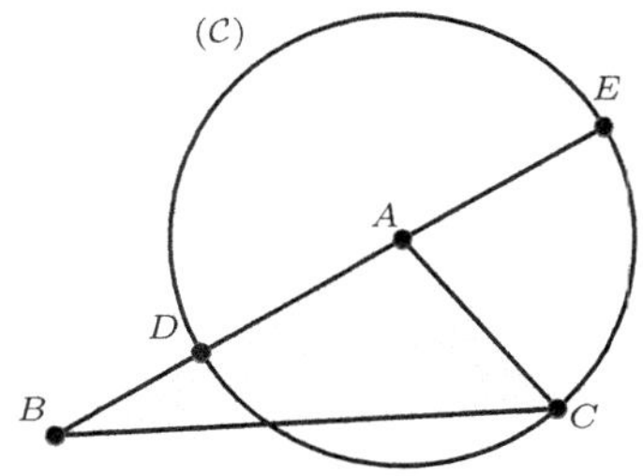

1. Compléter la figure en traçant (CE) et Δ. La propriété annoncée semble-t-elle vérifiée ?
2. (a) Reprendre la figure et tracer le cercle $(\mathcal{C})$ et le triangle DCE.
   (b) Quelle configuration reconnaît-on ?
   (c) Démontrer que $\widehat{DCE} = 90°$.
3. (a) Reprendre la figure et tracer les droites Δ, (DC) et (CE).
   (b) Quelle configuration reconnaît-on ?
   (c) Démontrer que Δ est la hauteur du triangle ADC issue de A.
4. (a) Reprendre la figure et tracer le triangle ADC et la droite Δ.
   (b) Le triangle ADC est-il rectangle, isocèle ou équilatéral ? Justifier la réponse.
   (c) Utiliser une des configurations pour conclure, en rédigeant, que Δ est la bissectrice de $\widehat{BAC}$.

Exercice 3.

Soient $(\mathcal{C})$ un cercle de centre A et O un point extérieur au cercle. Soient Δ et Δ' les tangentes au cercle $(\mathcal{C})$ passant par O. La droite (d) passant par O coupe le cercle $(\mathcal{C})$ en I et J . On note M le milieu de $[IJ]$. On cherche à déterminer le lieu géométrique des points M, lorsque la demi-droite (d) pivote autour du point O entre les demi-droites Δ et Δ' tangentes au cercle.

1. Conjecturer le lieu des points M.
2. Démontrer votre conjecture.

Indication 1.

Trouver la nature du triangle AIJ et en déduire celle de OAM.

Exercice 4.

Soit $(\mathcal{C}_1)$ le cercle de diamètre $[AB]$ et de centre O. Soit $(\mathcal{C}_2)$ le cercle de diamètre $[AO]$ et de centre I. Soit M un point de $(\mathcal{C}_1)$ distinct de A et B. Le segment $[AM]$ coupe le cercle $(\mathcal{C}_2)$ en N.

Montrer que N est le milieu de $[AM]$.

Exercice 5.

Soient trois points A, B et C donnés tels que B appartienne à $[AC]$ et $AC = 3AB$. Un point M décrit le cercle de diamètre $[AC]$. La parallèle à (CM) passant par B coupe (AM) en P.

1. Conjecturer la localisation des points P (indiquer votre démarche).
2. Démontrer (soigner la rédaction)
   (a) Quelle est la nature du triangle AMC ?
   (b) En déduire la nature du triangle APB.
   (c) Conclure.

Exercice 6 (Angles inscrits).

Soit ABC un triangle équilatéral. O est le centre de son cercle circonscrit $\mathcal{C}$. D est le point du cercle $\mathcal{C}$ diamétralement opposé à B.

1. Dessiner une figure.
2. Calculer l'angle $\widehat{ABD}$ de deux façons différentes.

Exercice 7 (Théorème de Thalès et réciproque).

Soient $[AB]$ et $[CD]$ deux segments parallèles avec $AB = 3,3$ cm et $CD = 12,1$ cm. Les droites (AD) et (BC) se coupent en E, de telle sorte que $CE = 8,8$ cm. G est un point du segment $[BC]$ tel que $CG = 6,4$ cm. H est un point du segment $[CD]$ tel que $CH = 8,8$ cm.

1. Déterminer la longueur BE.
2. Démontrer que les droites (GH) et (ED) sont parallèles.

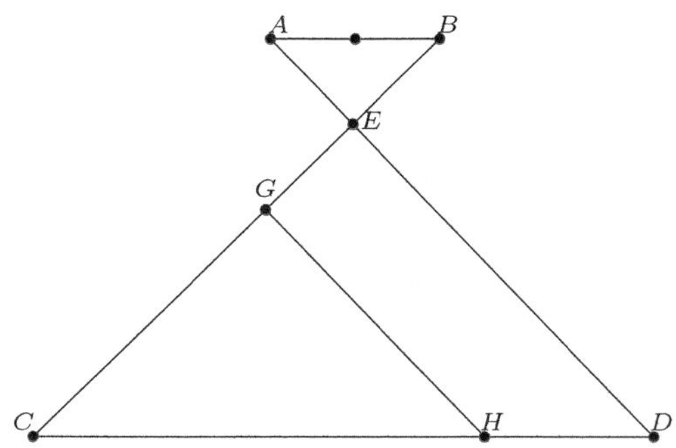

Exercice 8 (Théorème de Thalès).

Calculer la distance $h = IJ$ en fonction de $a = AH$ et de $b = BK$.

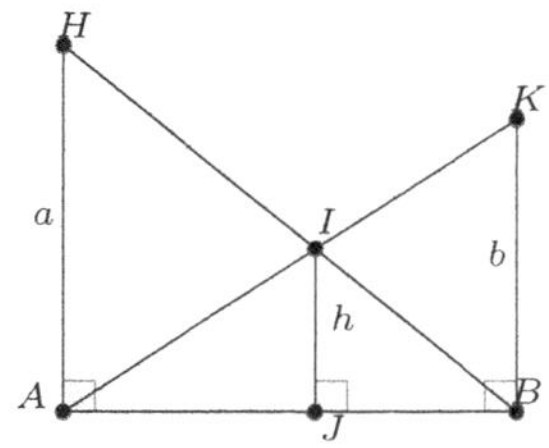

Exercice 9.

1. Dans un triangle ABC, soit M un point de $[BC]$, la parallèle à (AB) menée par M coupe (AC) en N ; la parallèle à (AC) menée par M coupe (AB) en P.
2. Montrer que $\dfrac{AP}{AB} = \dfrac{CM}{CB}$.
3. Trouver un rapport égal à $\dfrac{AN}{AC}$.
4. Comment choisir M pour que : (PN) soit parallèle à (BC) ?

Exercice 10 (Chasse aux angles).

Sur la figure : $BD = 1$ parsec, $DC = 2$ parsecs, $\widehat{ABC} = 45\,^\circ$, $\widehat{ADC} = 60\,^\circ$.
Les points B, C et D sont alignés.

Calculer $\widehat{ACB}$.

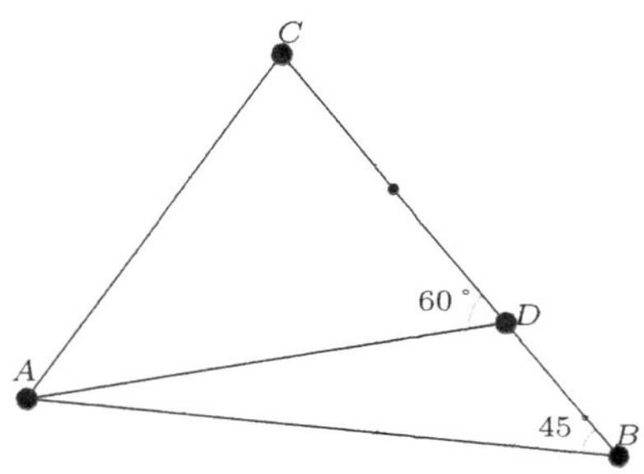

Exercice 11 (Parallélogramme, rectangle et symétrie axiale).

Soit $ABCD$ un parallélogramme de centre O. Soient A' et C' les images respectives de A et C par la symétrie s d'axe (BD).

1. Démontrer que O est le milieu du segment $[A'C']$.
2. Démontrer que $A'C' = AC$.
3. Quelle est la nature du quadrilatère $AC'CA'$?

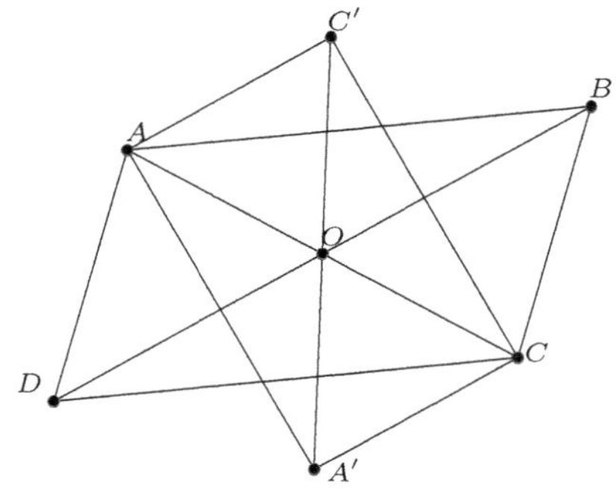

Exercice 12 (Cercle inscrit d'un triangle rectangle).

On considère un triangle rectangle dont les côtés de l'angle droit mesurent a et b et l'hypoténuse c. On note r le rayon du cercle inscrit.

Démontrer que $\boxed{2r = a + b - c}$

Exercice 13 (Triangles rectangles, droite des milieux et cercle circonscrit).

Soit ABC un triangle quelconque. On appelle M, N et P les pieds des hauteurs de ABC issues respectivement des sommets A, B et C. Soit H l'orthocentre de ABC. On appelle enfin I, J et K les milieux respectifs des segments $[AC]$, $[BC]$, $[AH]$.

1. Démontrer que le point M appartient au cercle $\mathcal{C}$ de diamètre $[JK]$.
2. Montrer que le point I appartient également à $\mathcal{C}$.
3. Soit L le milieu de $[AC]$. L appartient-il au cercle $\mathcal{C}$?

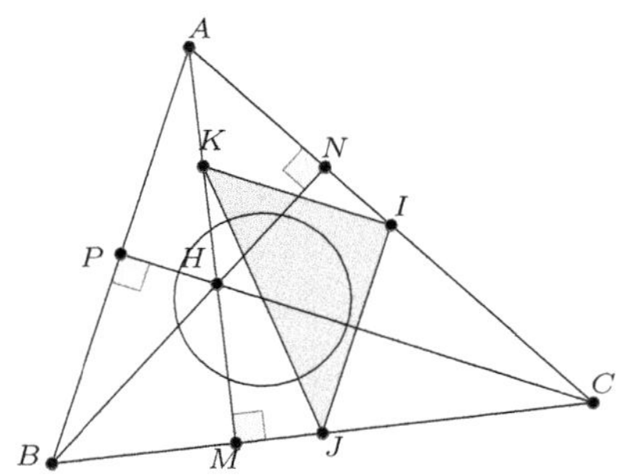

Exercice 14 (Perpendimédianes).

Les médianes $[BM]$ et $[CN]$ du triangle ABC représenté ci-contre sont perpendiculaires. On donne $BC = 5$. Calculer $AB^2 = AC^2$.

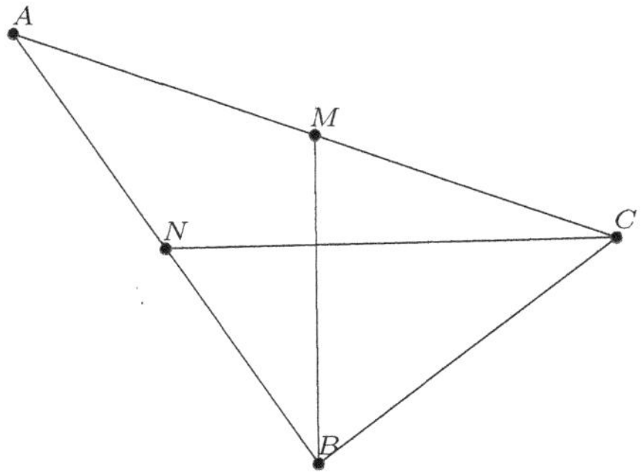

Indication 2.

On pourra poser $GM = x$ et $GN = y$.

Exercice 15 (Ptolémée I).

Soit $ABCD$ un trapèze isocèle : On pose $a = AB$, $b = CD$, $c = BC = AD$ et $d = AC = BD$.
On appelle H la hauteur du triangle ABC issue de C et on pose $h = CH$.

Démontrer en utilisant le théorème de Pythagore que

$$d^2 = ab + c^2.$$

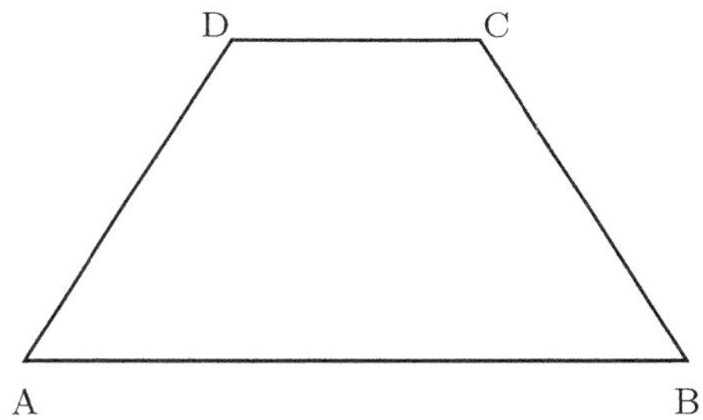

Exercice 16 (Merry-go-round).

Soit ABC un triangle. On choisit un point M_0 appartenant à $[AB]$.

- La parallèle à $[AC]$ passant par M_0 coupe $[BC]$ en M_1.
- La parallèle à $[AB]$ passant par M_1 coupe $[AC]$ en M_2.
- La parallèle à $[BC]$ passant par M_2 coupe $[AB]$ en M_3.
- La parallèle à $[AC]$ passant par M_3 coupe $[BC]$ en M_4.
- La parallèle à $[AB]$ passant par M_4 coupe $[AC]$ en M_5.
- La parallèle à $[BC]$ passant par M_5 coupe $[AB]$ en M_6.

1. Quelle conjecture peut-on émettre concernant les points M_0 et M_6 ?
2. Démontrer cette conjecture.
3. Que peut-on dire des triangles $M_1M_3M_5$ et $M_2M_4M_6$?
4. Quelles autres conjectures peut-on émettre concernant cette figure ?

Exercice 17.

Soient ABC un triangle et I l'intersection des bissectrices des angles $\widehat{ABC}$ et $\widehat{BCA}$. La parallèle à (BC) passant par I coupe (AB) en D et (AC) en E. Démontrer que les triangles BDI et EIC sont isocèles.

Exercice 18.

Construire, dans la figure ci-dessous, le point C tel que ABC ait pour centre du cercle inscrit *(le point d'intersection des bissectrices)* le point I.

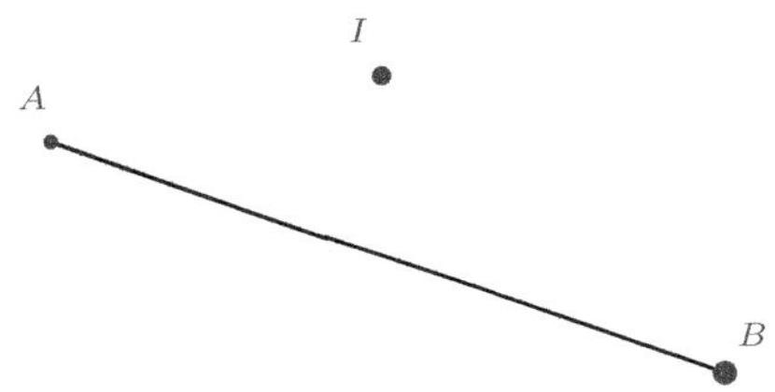

Exercice 19.

Soient $ABCD$ un parallélogramme, I le milieu de $[AB]$, J le milieu de $[CD]$. Soient C' et D' les images respectives des points C et D par la symétrie d'axe (IJ).

1. Faire une figure.
2. Démontrer que les points C' et D' appartiennent respectivement à (AD) et à (BC).
3. Prouver que $DC'CD'$ est un parallélogramme.
4. Prouver que $DC'CD'$ est un rectangle et en déduire la nature de $DC'J$ et $D'CJ$.
5. Soit E l'intersection de (AB) et $(C'D')$. Démontrer que les triangles AEC' et BED' sont isocèles.

Exercice 20.

On considère un cercle $\mathscr{C}$ de diamètre $[AB]$.
Soit M et N deux points de $\mathscr{C}$ distinct de A et B.

1. Placer sur la figure ci-dessus le point J intersection des droites (NB) et (MA).
2. Montrer que la droite (IJ) est perpendiculaire à (BA).

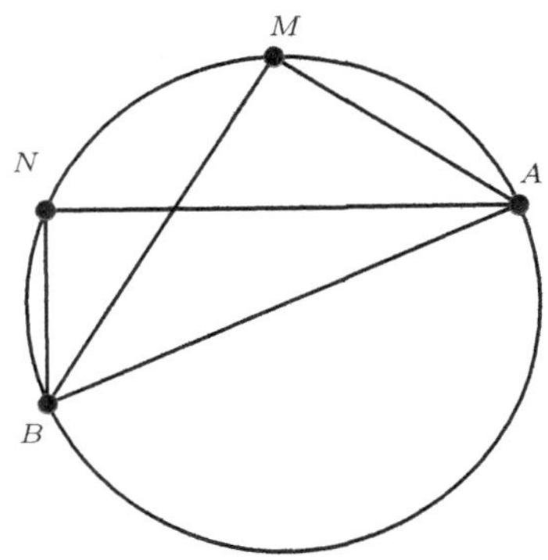

Exercice 21.

On doit construire une route passant de la ville M à la ville N.
Cette route doit passer au dessus d'une rivière : le pont sera perpendiculaire au lit de la rivière.

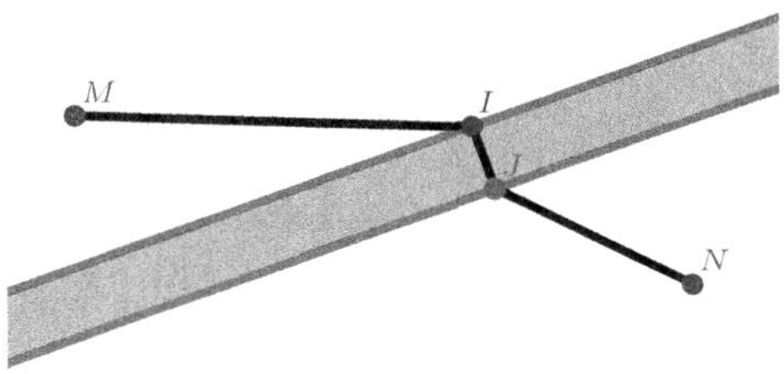

Placer le pont (plus précisément les points I et J) afin que la distance MN soit minimale.

Indication 3.

Penser au cas d'égalité de l'inégalité triangulaire

Exercice 22 (Un théorème d'Archimède).

Soit $\mathcal{C}$ un cercle de rayon 1 et de centre C. On considère deux cordes A_1B_1 et A_2B_2 qui se coupent en P à angle droit.
Démontrer que

$$PA_1^2 + PB_1^2 + PA_2^2 + PB_2^2 = 4.$$

On pourra construire D, le symétrique de B_2 par rapport à C.

Exercice 23.

On considère les deux triangles OCD et OAB rectangles isocèles en O.

À l'aide d'une rotation, montrer que les distances CA et DB sont égales.

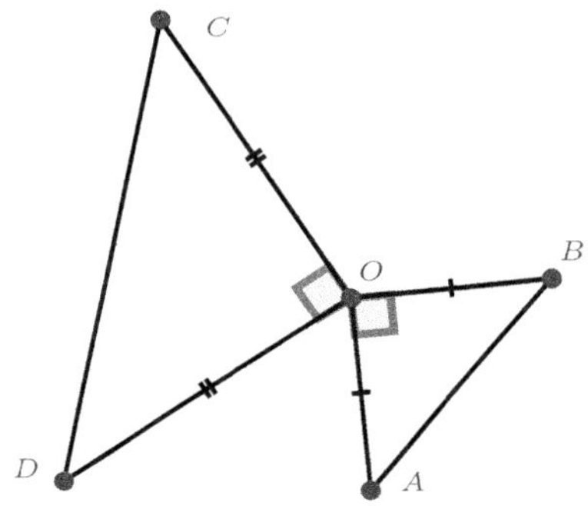

Exercice 24 (En deux bandes).

On considère un rectangle $ABCD$, M un point de $[DC]$ et N un point de $[BC]$.

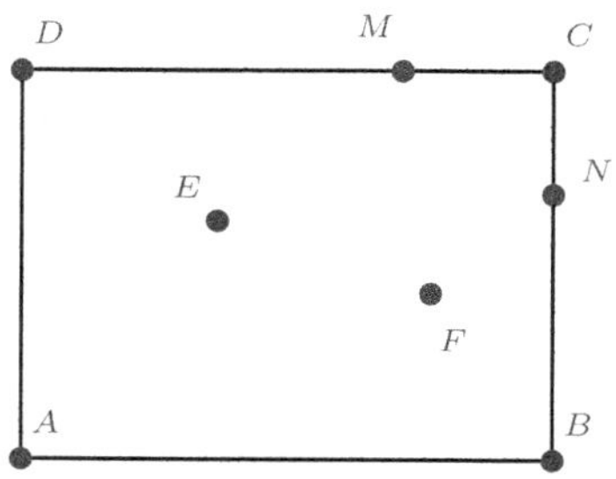

Déterminer, sur la figure ci-dessus, le positionnement des points M et N de sorte que le chemin passant par les points E, M, N et F soient le plus courts possible.

Exercice 25.

(BK) et (CH) sont deux hauteurs d'un triangle ABC. Montrer que $\dfrac{AH}{AC} = \dfrac{AK}{AB}$.

Exercice 26.

ABC est un triangle rectangle en A, de hauteur $[AH]$.
I est un point de $[BC]$, la parallèle à la droite (AB) passant par I coupe (AH) en K.
Montrer que (CK) est perpendiculaire à (AI).

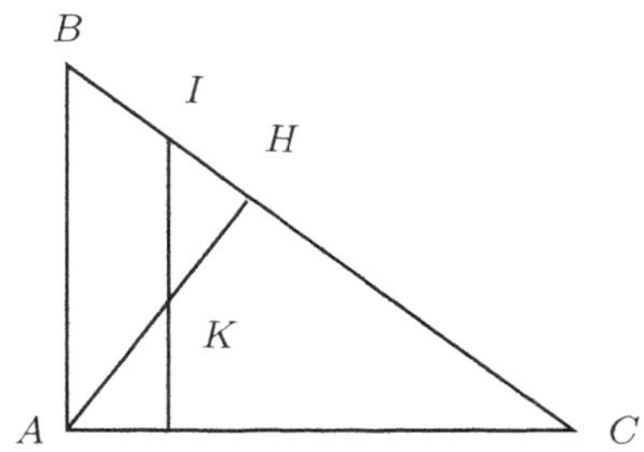

Exercice 27 (Pythagore algébriste).

Soit a, b, c et d quatre réels strictement positifs vérifiant $ad > bc$. On considère le rectangle $OBDE$ suivant :

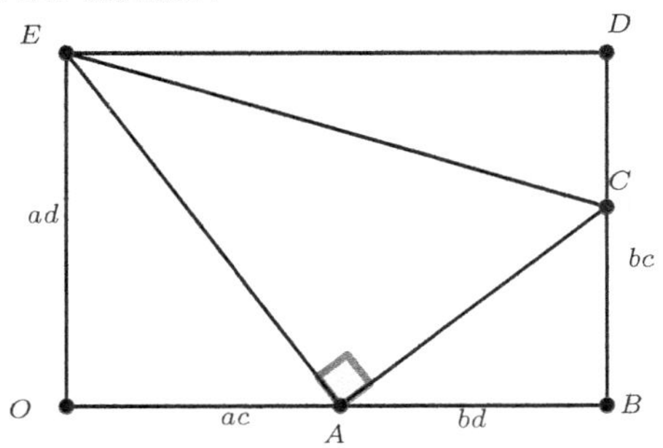

1. Calculer AE^2 et AC^2.
2. Démontrer que les angles $\widehat{OEA}$ et $\widehat{BAC}$ ont la même tangente.
3. En déduire que l'angle $\widehat{EAC}$ est droit.
4. Calculer EC^2 de deux façons différentes et en déduire que

$$(a^2+b^2)(c^2+d^2) = (ac+bd)^2+(ad-bc)^2.$$

Exercice 28 (Parallélisme et parallélogramme).

Soient $\mathcal{C}$ un cercle de centre O, ABC un triangle inscrit dans $\mathcal{C}$ et H son orthocentre. On note D le point diamétralement opposé à A sur $\mathcal{C}$.
Démontrez que $BHCD$ est un parallélogramme.

Exercice 29.

Soit $ABCD$ un trapèze rectangle tel que $AD = 2$, $BC = 6$, $AB = 12$.
M est un point du segment $[AB]$. On note x la distance AM.

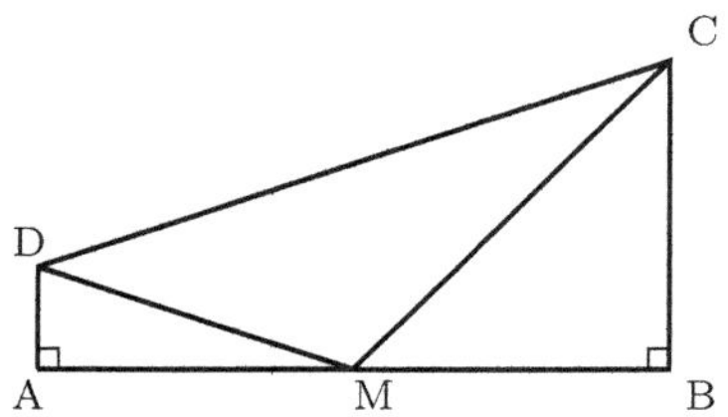

1. Exprimer les aires des triangles MAD et MBC en fonction de x.
2. Pour quelle valeur de x ces deux triangles ont-ils la même aire ?
3. Existe-il une valeur de x pour laquelle les trois triangles MAD, MBC et CMD ont la même aire ?

Exercice 30 (Milieux, symétriques et distance entre deux points).

On donne $A\left(1\ ,\ 4\right)$, $B\left(-3\ ,\ 5\right)$ et $C\left(2\ ,\ -1\right)$.

1. Calculer les coordonnées de I, J et K, milieux respectifs de $[AB]$, $[AC]$ et $[BC]$.
2. Calculer les coordonnées de M et N, symétriques respectifs de B et C par rapport à A.
3. Calculer les distances AB, AC et BC.

Exercice 31 (Reconnaître des triangles à l'aide des distances).

Le plan est rapporté à un repère orthonormé. Dans les cas suivants, faire une figure et conjecturer la nature du triangle ABC. Ensuite, calculer AB, AC et BC et en déduire la nature du triangle ABC.

1. $A\left(-4\ ,\ -2\right)$, $B\left(3\ ,\ 2\right)$ et $C\left(3\ ,\ -6\right)$.
2. $A\left(-1\ ,\ -1\right)$, $B\left(-4\ ,\ 3\right)$ et $C\left(7\ ,\ 5\right)$.

Exercice 32.

Dans un repère orthonormé, les points $A\left(0\ ,\ -7\right)$, $B\left(-4\ ,\ 0\right)$ et $C\left(77\ ,\ -146\right)$ sont-ils alignés ?

Exercice 33.

Dans un repère orthonormé, on donne les points $A\left(20\sqrt{2}-3\ ,\ -6-12\sqrt{2}\right)$, $B\left(-6\ ,\ -10+3\sqrt{2}\right)$, $C\left(2-19\sqrt{2}\ ,\ 9+11\sqrt{2}\right)$ et $D\left(5+\sqrt{2}\ ,\ 13-4\sqrt{2}\right)$.

Quelle semble être la nature du quadrilatère $ABCD$?

Exercice 34.

Dans un repère orthonormé, on donne les points $A\left(-1\ ,\ 1\right)$, $B\left(3\ ,\ 2\right)$, $C\left(-2\ ,\ 5\right)$ et $D\left(2\ ,\ 6\right)$.

Quelle semble être la nature du quadrilatère $ABDC$?

Exercice 35.

Dans un repère orthonormé, on donne les points $A\left(-7\ ,\ -5\right)$, $B\left(-6\ ,\ 2\right)$, $C\left(2\ ,\ 4\right)$ et $H\left(-3\ ,\ -1\right)$.

1. Faire une figure.
2. Démontrer que les triangles AHB et BHC sont rectangles en H. En déduire que les points A, H et C sont alignés.
3. Calculer l'aire du triangle ABC.

Exercice 36.

Soit $ABCD$ un rectangle et M un point intérieur au rectangle.
Démontrer que $MA^2 + MC^2 = MB^2 + MD^2$.

Exercice 37 (The scarecrow triangles).

Dans le film de 1938 *le magicien d'Oz*, l'épouvantail énonce la proposition suivante :
Si un triangle est isocèle, alors la somme des racines carrées de deux côtés égale la racine carrée du troisième.
Déterminer tous les triangles isocèles qui vérifient cette propriété et plus généralement, tous les triangles qui vérifient cette propriété.

Exercice 38.

Dans la figure ci-contre, $[AA']$ est un diamètre du cercle circonscrit au triangle ABC. Le point H est le pied de la hauteur du triangle ABC issue de A.

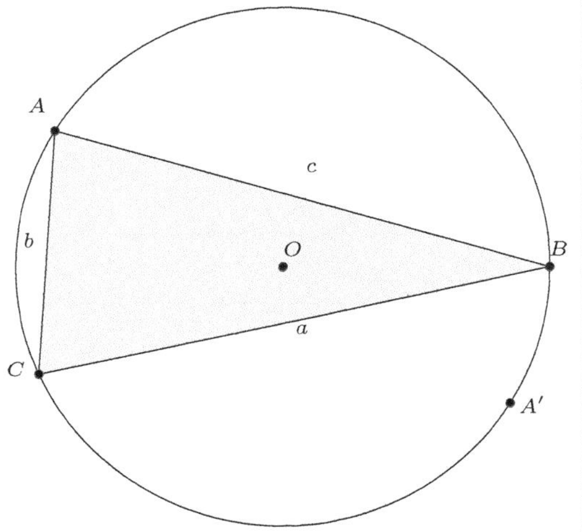

1. Démontrer que $AB \times AC = AH \times AA'$.
2. *Application* : Soit ABC un triangle isocèle en A tel que $AB = 30$ cm et $BC = 48$ cm.

   Calculer le rayon de son cercle circonscrit.
3. Démontrer que les angles $\widehat{BAC}$ et $\widehat{A'AC}$ ont même mesure.

Exercice 39 (Déjà vu).

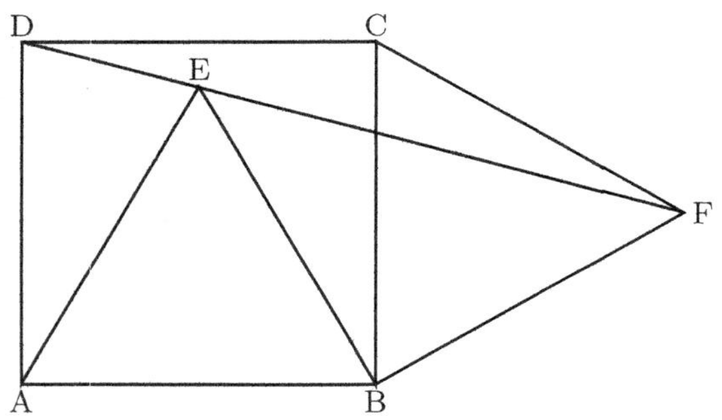

Dans la figure ci-dessus, $ABCD$ est un carré, ABE et BCF sont des triangles équilatéraux. On se propose de démontrer que D, E et F sont alignés.

1. Construire le point G situé de l'autre côté de (BD) que le point C et tel que DBG est équilatéral.
2. Démontrer que les points C, A et G sont alignés.
3. En utilisant la rotation de centre B et d'angle de mesure $-60°$, démontrer que D, E et F sont alignés.

Exercice 40 (Inverse de Pythagore).

Soit ABC un triangle rectangle en C. On appelle H le pied de la hauteur issue de C. Démontrer que

$$\frac{1}{CH^2} = \frac{1}{AC^2} + \frac{1}{BC^2}.$$

Exercice 41.

1. (a) Dans la figure ci-dessous, que représente le point H pour le triangle ABC ?
   (b) Que peut-on conjecturer pour la droite (HA) et l'angle $\widehat{IJK}$?
2. (a) Démontrer que les points B, I, H et K appartiennent à un même cercle.
   (b) Qu'en déduit-on pour les angles $\widehat{HBI}$ et $\widehat{IKH}$?
3. (a) Démontrer que les points B, A, J et K appartiennent à un même cercle.
   (b) Qu'en déduit-on pour les angles $\widehat{ABJ}$ et $\widehat{AKJ}$?
4. Démontrer la conjecture de la question 1b.
5. Soit T l'intersection de (BC) et de (IJ). Le cercle inscrit du triangle IJK est tangent à (IJ) en D et à (JK) en F.

   Démontrer que
   $$TD^2 = TK^2 + KF^2.$$

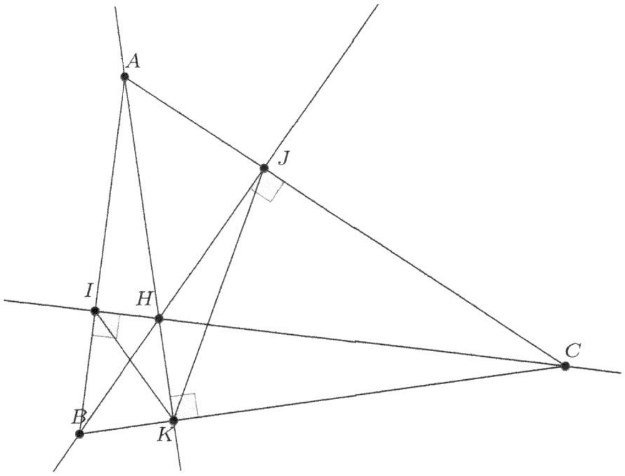

Exercice 42 (Couper les hexagones en treize).

On considère un hexagone régulier $ABCDEF$ ainsi que l'hexagone des milieux $A'B'C'D'E'F'$. On trace six segments joignant un sommet à un milieu opposé comme dans la figure ci-contre :

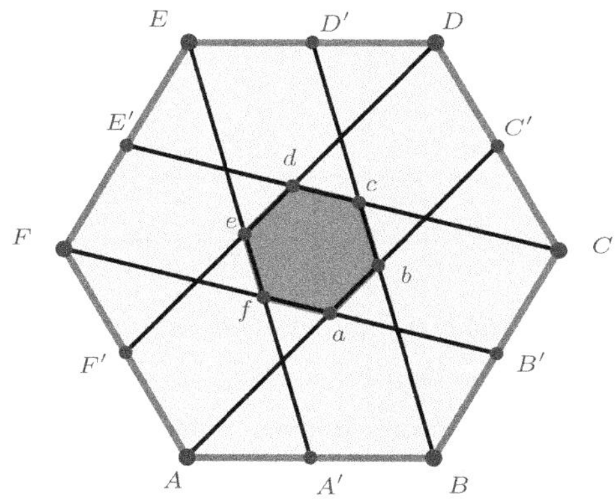

Démontrer que l'hexagone au centre ainsi tracé a une aire égale au treizième de celle de l'hexagone de départ.

6.13 Solutions

Solution 1 (Configurations)

1. Théorème de Pythagore (théorème 19).
2. Les trois hauteurs d'un triangle sont concourantes en son orthocentre (théorème 27).
3. Les trois médianes d'un triangle sont concourantes (théorème 28).
4. Les trois médiatrices d'un triangle sont concourantes (théorème 26).
5. Les trois bissectrices d'un triangle sont concourantes au centre du cercle inscrit (théorème 29).
6. Dans un triangle isocèle, la hauteur issue du sommet principal est aussi médiane, médiatrice et bissectrice.
7. Théorème de l'angle inscrit (théorème 24).
8. Théorème de Thalès (théorème 21).
9. Tout triangle inscrit dans un demi-cercle est rectangle (théorème 33).
10. Une droite coupe deux droites parallèles suivant deux angles alternes/internes égaux (théorème 6).
11. La tangente à un cercle en un point est la perpendiculaire au rayon en ce point.
12. Deux droites perpendiculaires à une même troisième sont parallèles (théorème 6).

Solution 2

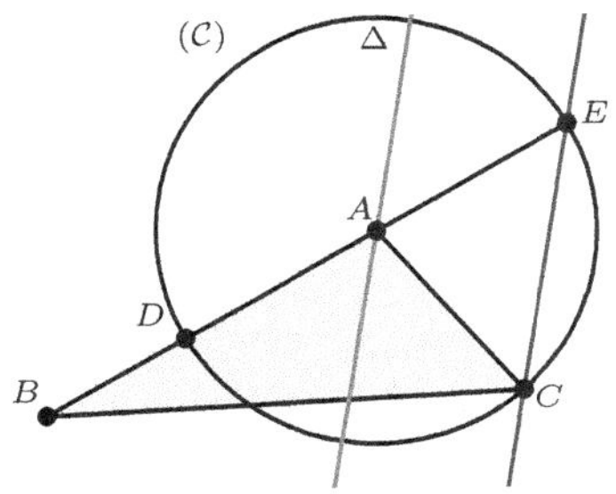

figure 1.

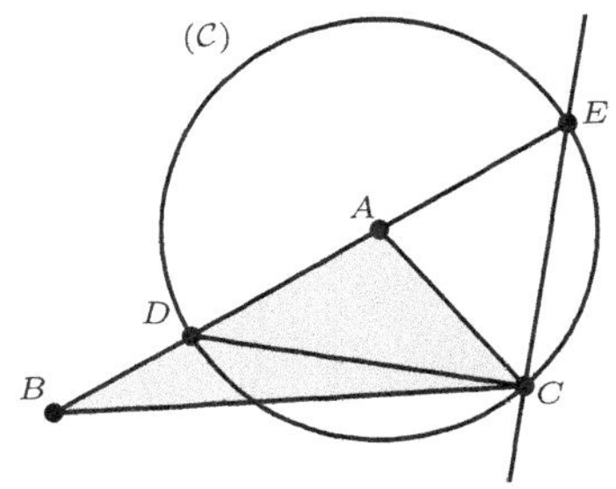

figure 2.

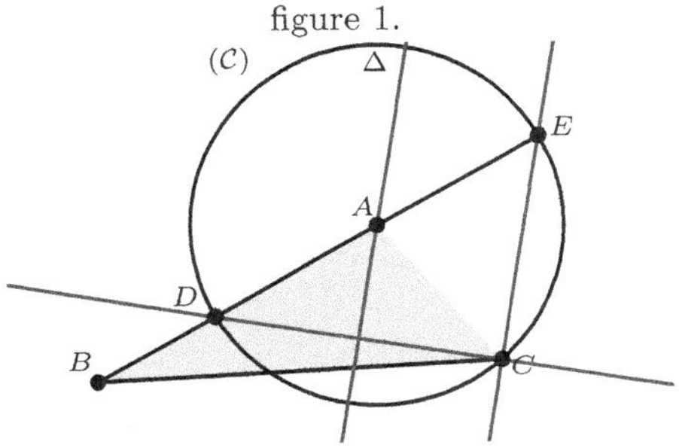

figure 3.

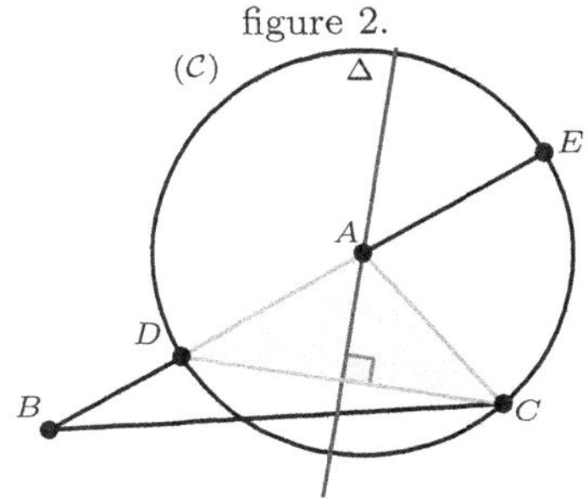

figure 4.

1. La propriété annoncée semble vérifiée !
2. (b) Le triangle DCE est inscrit dans le cercle $(\mathcal{C})$, le côté $[DE]$ est un diamètre du cercle $(\mathcal{C})$.
   (c) Les hypothèses du théorème 33 page 161 sont vérifiées, donc $\widehat{DCE} = 90°$.
3. (b) Les droites Δ et (DC) sont parallèles. Les droites (DC) et (CE) sont perpendiculaires.
   (c) Lorsque deux droites sont parallèles, toute perpendiculaire à l'une est perpendiculaire à l'autre. Donc ici Les droites Δ et (CE) sont perpendiculaires.
4. (b) Le triangle ADC est isocèle en A. En effet, les points D et C sont équidistants de A, puisque A est le centre du cercle $(\mathcal{C})$ qui passe par D et C. On peut remarquer alors que A appartient à la médiatrice de $[DC]$ ce qui permet de faire l'économie de la question précédente.
   (c) Dans le triangle ADC isocèle en A, la hauteur issue de A est aussi bissectrice de $\widehat{DAC}$, donc aussi de $\widehat{BAC}$ puisque ces deux angles sont égaux.

Solution 3

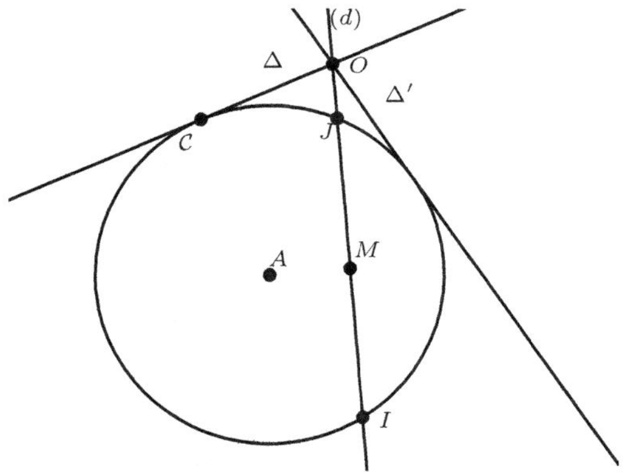

1. Le point M semble appartenir au cercle de diamètre $[AO]$.
2. Les points A et M sont équidistants de I et de J, donc la droite (AO) est la médiatrice de $[IJ]$. Donc le triangle AOM est rectangle en M. D'après le théorème 32 page 161, M appartient au cercle de diamètre $[AO]$.

Solution 4
Une solution est d'utiliser un agrandissement de centre A et de rapport 2. Cet agrandissement transforme $(\mathcal{C}_2)$ en $(\mathcal{C}_2)$, etc.

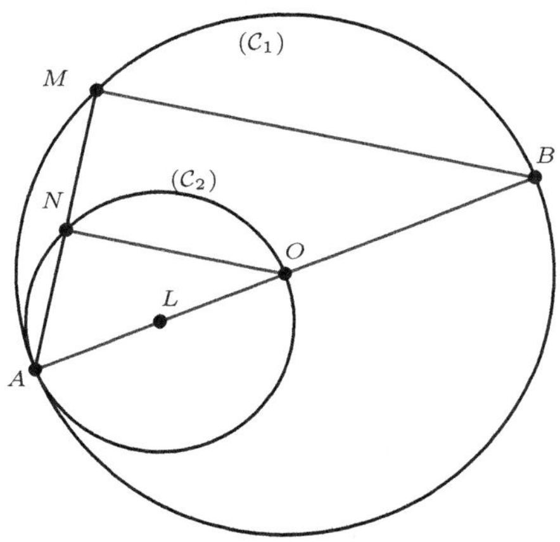

Une autre consiste à utiliser deux fois le théorème 33 page 161, une fois pour le triangle AMB et une autre fois pour le triangle ANO. De ce fait le triangle AMB est rectangle en M et le triangle ANO est rectangle en N. Ainsi les deux droites (MB) et (NO) sont parallèles puisque perpendiculaires à une même troisième, à savoir (AM).
Maintenant, dans le triangle AMB, la droite (NO) est parallèle à un côté, passe par O qui est milieu d'un deuxième côté. D'après le théorème de la droite des milieux, elle passe par le milieu du troisième côté. Ainsi N est le milieu de $[AM]$.

Solution 5

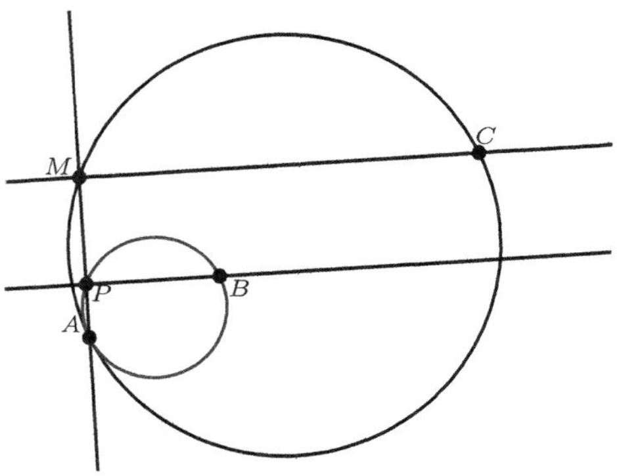

1. Une animation `Geogebra` semble indiquer que les points P se situent sur le cercle de diamètre $[AB]$.
2. (a) Le triangle AMC est inscrit dans un demi-cercle de diamètre $[AC]$. D'après le théorème 33 page 161, le triangle AMC est rectangle en M.
   (b) Les droites (CM) et (PB) sont parallèles. Donc toute droite perpendiculaire à l'une est perpendiculaire à l'autre. En particulier (AM) est perpendiculaire à (PB). De ce fait, le triangle APB est rectangle en P.
   (c) D'après le théorème 32 page 161, P appartient au cercle de diamètre $[AB]$.

Solution 6 (Angles inscrits)

1.

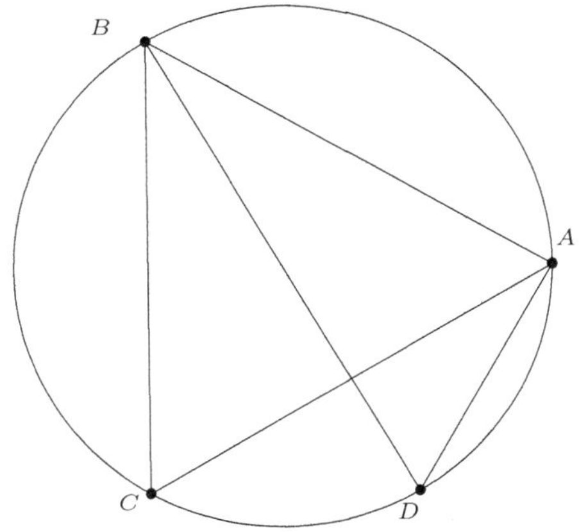

2. Il est possible de calculer la mesure de l'angle $\widehat{ABD}$ de deux façons différentes.

   Méthode 1 : Bissectrice

   O étant le centre du cercle circonscrit à ABC, on en déduit que la droite (BD), passant par O, est la médiatrice du segment $[AC]$.

   Or, dans un triangle équilatéral, médiatrices et bissectrices sont confondues. ABC étant équilatéral, (BD) est donc aussi la bissectrice de l'angle $\widehat{ABC}$, dont la mesure est $60°$.

   On a donc : $\widehat{ABD} = \frac{\widehat{ABC}}{2}$. On en conclut que : $\widehat{ABD} = 30°$.

   Méthode 2 : Angles inscrits et triangle rectangle

   On remarque que le cercle $\mathcal{C}$ est également circonscrit au triangle ABD. De plus, le côté $[BD]$ de ce triangle est le diamètre du cercle $\mathcal{C}$, par construction du point D. On peut en déduire que le triangle ABD est rectangle en A.

   La somme des angles d'un triangle étant égale à $180°$, on a donc :

   $\widehat{ABD} = 180° - 90° - \widehat{ADB}$.

   Or, on constate que les angles inscrits $\widehat{ADB}$ et $\widehat{ACB}$ interceptent le même arc du cercle $\mathcal{C}$. Ces deux angles sont donc égaux. De plus, le triangle ABC étant équilatéral, on a : $\widehat{ACB} = 60°$.

   On en déduit que $\widehat{ADB} = 60°$ et donc que :

   $\widehat{ABD} = 180° - 90° - 60°$ On en conclut que : $\widehat{ABD} = 30°$.

Solution 7 (Théorème de Thalès et réciproque)

1. Dans cette figure géométrique, on a (AB) parallèle à (CD).

   On peut donc appliquer le théorème de Thalès dans cette configuration ; ce qui donne la relation suivante :

   $$\frac{AB}{CD} = \frac{BE}{EC} \text{ soit } \frac{3,3}{12,1} = \frac{BE}{8,8}.$$

   À l'aide d'un produit en croix, on en déduit : $BE = \dfrac{3,3 \times 8,8}{12,1} = 2,4$ Donc $BE = 2,4$ cm.

2. Pour montrer que deux droites sont parallèles, il est possible d'utiliser la réciproque du théorème de Thalès.

   Dans le triangle EDC, on est capable de calculer les rapports suivants :

   ▸ $\dfrac{CG}{CE} = \dfrac{6,4}{8,8} = 0,\overline{72}$

► $\dfrac{CH}{CD} = \dfrac{8,8}{12,1} = 0,\overline{72}$

On a donc : $\dfrac{CG}{CE} = \dfrac{CH}{CD}$.

De plus, les points C, G, E et C, H, D sont dans le même ordre. D'après la réciproque du théorème de Thalès dans le triangle EDC, on peut conclure que les droites (GH) et (ED) sont parallèles.

Solution 8 (Théorème de Thalès)

On pose $x_1 = AJ$ et $x_2 = BJ$.

Dans le triangle ABH, les droites (AH) et (IJ) sont parallèles donc, d'après la propriété de Thalès (directe),

$$\frac{IJ}{AH} = \frac{IB}{AB} = \frac{h}{a} = \frac{x_1}{x_2 + x_1}.$$

De même, dans le triangle ABK, les droites (BK) et (IJ) sont parallèles donc, d'après le théorème de Thalès (directe),

$$\frac{IJ}{BK} = \frac{IA}{AB} = \frac{h}{b} = \frac{x_2}{x_2 + x_1}.$$

En additionnant les deux égalités,

$$\frac{h}{a} + \frac{h}{b} = \frac{x_1}{x_2 + x_1} + \frac{x_2}{x_2 + x_1} = 1,$$

ce qui donne

$$\frac{1}{a} + \frac{1}{b} = \frac{1}{h},$$

ou encore

$$h = \frac{ab}{a+b}.$$

Cette égalité est la formule donnant la résistance h équivalente à deux résistances a et b en parallèle.

Solution 9

1.

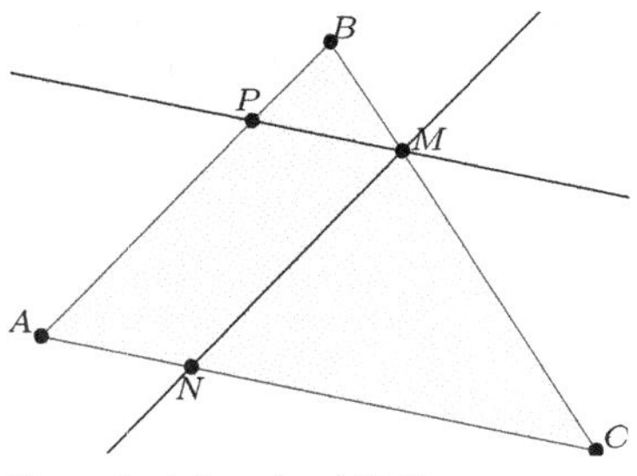

2. Dans le triangle ABC,
   - les points A, P et B sont alignés
   - les points C, M et B sont alignés dans le même ordre
   - les droites (AC) et (PM) sont parallèles

   donc d'après le théorème de Thalès, on a $\dfrac{AP}{AB} = \dfrac{CM}{CB}$.

3. Dans le triangle ABC,
   - les points A, N et C sont alignés
   - les points B, M et C sont alignés dans le même ordre
   - les droites (AB) et (NM) sont parallèles

   donc d'après le théorème de Thalès, on a

$$\frac{AN}{AC} = \frac{BM}{BC}.$$

4. Pour avoir (PN) parallèle à (BC), il suffit de choisir M milieu de $[BC]$ d'après théorème de la droite des milieux.
D'autre part, d'après la réciproque de Thalès, on doit avoir
$$\frac{AN}{AC} = \frac{AP}{AB},$$
donc d'après les deux questions précédentes,
$$\frac{BM}{BC} = \frac{CM}{CB}.$$
Les dénominateurs étant égaux on doit avoir $BM = CM$ donc M milieu de $[BC]$.

Solution 10 (Chasse aux angles)
Soit H le pied de la hauteur du triangle ACD, issue de C.

Le triangle CHD est un demi-triangle équilatéral, donc $HD = 1$. Par suite le triangle HDB est isocèle. Il en résulte que : $30° = \widehat{HBD} = \widehat{HBC}$. Mais on a aussi $30° = \widehat{HCB}$. Conclusion, le triangle HBC est isocèle et $HB = HC$. De $\widehat{HBC} = 30°$, on tire : $\widehat{ABH} = 15°$. Mais $\widehat{BAD} = \widehat{ADC} - \widehat{ABD} 60° - 45° = 15°$. Donc $\widehat{BAH} = \widehat{ABH}$, le triangle AHB est isocèle, $HA = HB$. Il en résulte que le triangle HAC est rectangle isocèle, donc $\widehat{ACH} = 45°$. Mais $\widehat{ACB} = \widehat{ACH} + \widehat{HCD} = 45° + 30° = 75°$.

Solution 11 (Parallélogramme, rectangle et symétrie axiale)

1. Le segment $[A'C']$ est l'image du segment $[AC]$ par la symétrie s. Sachant que O est le milieu de $[AC]$ et que la symétrie axiale conserve les milieux, on en déduit que le milieu du segment $[A'C']$ est l'image du point O par s.
Or O appartient à l'axe de symétrie (BD). Son image par s est donc le point O lui-même. O est donc le milieu du segment $[A'C']$.
2. Le segment $[A'C']$ est l'image du segment $[AC]$ par la symétrie s. De plus, la symétrie axiale conserve les distances. On a donc : $A'C' = AC$.
3. D'après les questions précédentes, on sait que les diagonales $[AC]$ et $[A'C']$ du quadrilatère $AC'CA'$:
   - ▶ se coupent en leur milieu O donc $AC'CA'$ est un parallélogramme ;
   - ▶ sont de même longueur donc $AC'CA'$ est un rectangle.

   Le quadrilatère $AC'CA'$ est donc un rectangle.

Solution 12 (Cercle inscrit d'un triangle rectangle)
Le centre I du cercle inscrit est le point d'intersection des bissectrices de ABC. Donc la droite (AI) est axe de symétrie de l'angle $\widehat{CAB}$.

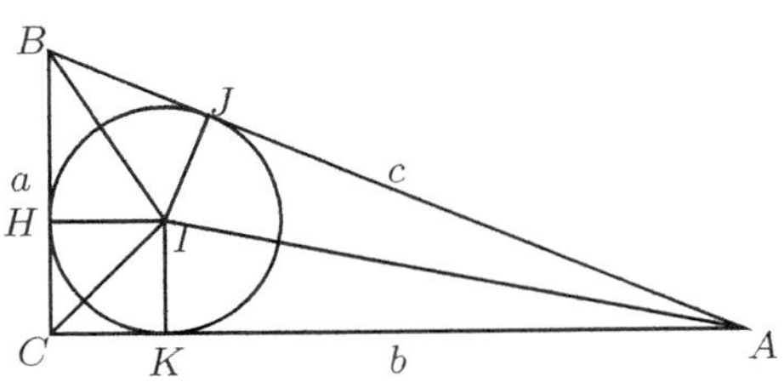

Comme la symétrie d'axe (AI) conserve les angles droits, K est transformé en I. Donc $AI = AK$ puisque la symétrie d'axe (AI) conserve les distances. Or $AK = b - r$ donc $AI = b - r$.
De même $BI = a - r$. Donc $c = a - r + b - r$. Ce qu'il fallait vérifier.

Solution 13 (Triangles rectangles, droite des milieux et cercle circonscrit)

1. Le point M étant le pied de la hauteur du triangle ABC issue du sommet A, on en déduit que les droites (AM) et (BC) sont perpendiculaires. Le point J appartenant à (BC), on en conclut que (AM) et (JM) sont perpendiculaires.

On en déduit que le triangle JKM est rectangle en M. Or, l'hypoténuse d'un triangle rectangle est un diamètre du cercle circonscrit à ce triangle rectangle.

Le cercle $\mathcal{C}$ ayant pour diamètre $[JK]$, qui est l'hypoténuse du triangle JKM, on en conclut que ce cercle est le cercle circonscrit au triangle JKM.

Les trois sommets du triangle JKM appartiennent donc au cercle $\mathcal{C}$. Le point M appartient donc au cercle $\mathcal{C}$.

2. Pour démontrer que le point I appartient également au cercle $\mathcal{C}$, il suffit de montrer, comme précédemment, que le triangle JKI est rectangle en I.

   On va donc montrer que les droites (IJ) et (IK) sont perpendiculaires.

   1re étape : montrer que (IJ) et (BN) sont perpendiculaires.

   Dans le triangle ABC, (IJ) est la droite des milieux des côtés $[AB]$ et $[BC]$. Donc (IJ) est parallèle à (AC). De plus, (BN) étant la hauteur du triangle ABC issue du sommet B, on a : (BN) perpendiculaire à (AC).

   D'après le théorème 6, (BN) est donc également perpendiculaire à (IJ).

   2e étape : montrer que (IK) et (BN) sont parallèles.

   Le point H étant l'orthocentre du triangle ABC, il est donc le point de concours des trois hauteurs (AM), (BN) et (CP) de ce triangle et appartient donc à ces trois hauteurs.

   Dans le triangle AHB, (IK) est la droite des milieux des côtés $[AB]$ et $[AH]$. Donc (IK) est parallèle à (BH).

   La droite (IK) est donc parallèle à (BN), les points B, H et N étant alignés.

   Finalement, on a :

   - (IJ) perpendiculaire à (BN)
   - et (IK) parallèle à (BN)

   On en conclut que les droites (IJ) et (IK) sont perpendiculaires, et donc que le triangle JKI est rectangle en I. Le point I appartient donc également au cercle $\mathcal{C}$.

3. Pour démontrer que le point L appartient lui aussi au cercle $\mathcal{C}$, il suffit de montrer, comme précédemment, que le triangle JKL est rectangle en L.

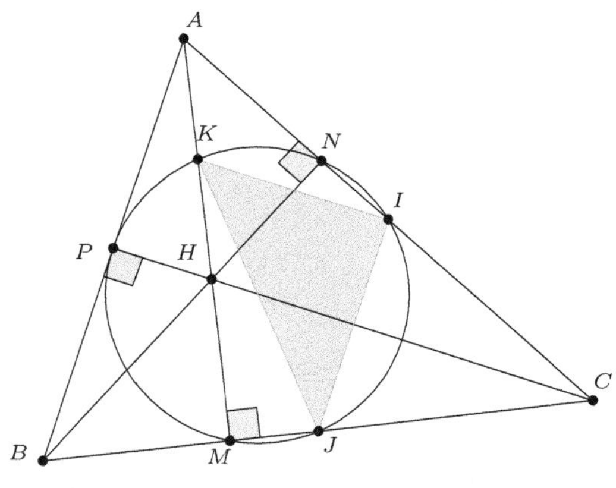

Pour cela, on peut montrer que les droites (LK) et (LJ) sont perpendiculaires.

De la même manière qu'à la question précédente, on montre que :

- (LJ) perpendiculaire à (PC)
- et (LK) parallèle à (PC)

On en conclut que les droites (LJ) et (LK) sont perpendiculaires, et donc que le triangle JKL est rectangle en L. Le point L appartient donc également au cercle $\mathcal{C}$.

Solution 14 (Perpendimédianes)

Le point G est à l'intersection des médianes issues de B et de C. C'est donc le centre de gravité de ABC. Il est donc situé aux deux tiers de chaque médiane à partir des sommets : $GB = 2x$ et $GC = 2y$.
Dans le triangle GMC rectangle en G,

$$MC^2 = MG^2 + GC^2 = x^2 + 4y^2.$$

De même $BN^2 = NG^2 + GB^2 = 4x^2 + y^2$.
Maintenant

$$\begin{aligned} AB^2 + AC^2 &= 4BN^2 + 4MC^2 \\ &= 4\left(x^2 + 4y^2\right) + 4\left(4x^2 + y^2\right) \\ &= 20\left(x^2 + y^2\right). \end{aligned}$$

Or $BC^2 = 4x^2 + 4y^2 = 25$.
Donc $AB^2 + AC^2 = 5 \times 25 = 125$.

Solution 15 (Ptolémée I)

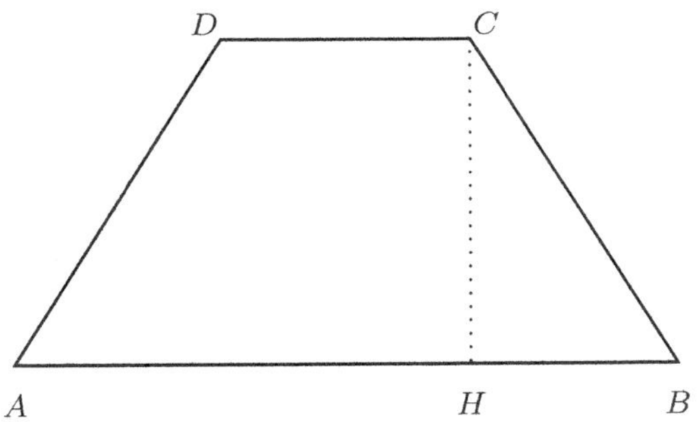

On pose $x = BH$. Dans le triangle ACH rectangle en H, d'après le théorème de Pythagore, on a :

$$d^2 = (b + x)^2 + h^2.$$

Dans le triangle CBH rectangle en H, d'après le théorème de Pythagore, on a :

$$c^2 = x^2 + h^2.$$

On en déduit que :

$$\begin{aligned} & d^2 - ab - c^2 \\ = \; & (b + x)^2 + h^2 - ab - x^2 - h^2 \\ = \; & b^2 + 2xb + b^2 + h^2 - (b + 2x)b - x^2 - h^2 \\ = \; & b^2 + 2xb + b^2 + h^2 - b^2 - 2xb - x^2 - h^2 \\ = \; & 0. \end{aligned}$$

Soit $$d^2 = ab + c^2.$$

Remarque 8.

Le trapèze $ABCD$ est un quadrilatère inscriptible. Le théorème de Ptolémée s'applique donc (problème 13 p. 310) du cours de première. On retrouve alors l'égalité $d^2 = ab + c^2$.

Solution 16 (Merry-go-round)

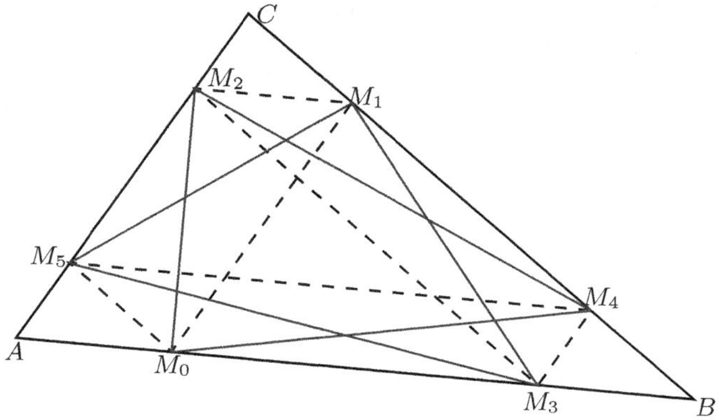

1. Il semblerait que les points M_0 et M_6 soient confondus.
2. • Dans le triangle ABC, la droite (M_0M_1) est parallèle à (AC). D'après le théorème de Thalès direct :
$$x = \frac{M_0B}{AB} = \frac{M_1B}{BC}.$$
En appelant x l'un de ces rapports.
   • Dans le triangle ABC, la droite (M_1M_2) est parallèle à (AB). D'après théorème de Thalès direct :
$$\frac{M_1C}{BC} = \frac{M_2C}{AC}.$$
Or $M_1C+M_1B = BC$ puisque M_1 appartient à $[BC]$. Donc $\frac{M_1B}{BC}+\frac{M_1C}{BC} = 1$, donc $\frac{M_1C}{BC} = 1-x$.
   • Dans le triangle ABC, la droite (M_2M_3) est parallèle à (BC). D'après théorème de Thalès direct :
$$\frac{M_2A}{AC} = \frac{M_3A}{AB}.$$
Là encore $M_2A + M_2C = AC$,
donc $\frac{M_2C}{AC} + \frac{M_2A}{AC} = 1$, donc $\frac{M_2A}{AC} = 1 - (1 - x) = x$.
   • Dans le triangle ABC, la droite (M_3M_4) est parallèle à (AC). D'après théorème de Thalès direct :
$$\frac{M_3B}{AB} = \frac{M_4B}{BC}.$$
On a toujours $M_3A + M_3B = AB$,
donc $\frac{M_3A}{AB} + \frac{M_3B}{AB} = 1$, donc $\frac{M_3B}{AB} = 1 - x$.
   • Dans le triangle ABC, la droite (M_4M_5) est parallèle à (AB). D'après théorème de Thalès direct :
$$\frac{M_4A}{BC} = \frac{M_5C}{AC}.$$
Une fois de plus $M_4B + M_4C = BC$,
donc $\frac{M_4B}{BC} + \frac{M_4C}{BC} = 1$, donc $\frac{M_4C}{BC} = 1 - (1 - x) = x$.

- Dans le triangle ABC, la droite (M_5M_6) est parallèle à (BC). D'après théorème de Thalès direct :

$$\frac{M_5A}{AC} = \frac{M_6A}{AB}.$$

Enfin $M_5C + M_5A = AC$,
donc $\frac{M_5C}{AC} + \frac{M_5A}{AC} = 1$, donc $\frac{M_5A}{AC} = 1 - x$.
Donc $\frac{M_6A}{AB} = 1 - x$. Donc $\frac{M_6B}{AB} = 1 - (1 - x) = x$. Donc $x = \frac{M_0B}{AB} = \frac{M_6B}{AB} = x$.
Donc $\boxed{M_0 = M_6}$

3. Il semblerait que les triangles $M_1M_3M_5$ et $M_2M_4M_6$ aient le même centre de gravité que ABC.
4. Il semblerait que les triangles $M_1M_3M_5$ et $M_2M_4M_6$ aient la même aire. (pas facile à voir !)

Solution 17

Le point I étant le point d'intersection des bissectrices, on doit avoir :

$$\widehat{BAG} = \widehat{IAC}.$$

Ainsi, il suffit avec la règle non-graduée et le compas de reporter l'angle $\widehat{BAG}$ au dessus de la droite (AI). On obtient le point I_1, image de I par la rotation de centre A et d'angle α (dans le sens anti-horaire).
On obtient une seconde demi-droite en reportant l'angle $\widehat{ABI}$ sur la droite (BI). On obtient le point I_1', image de I par la rotation de centre B et d'angle β (dans le sens horaire).
Les deux droites se coupent en C.

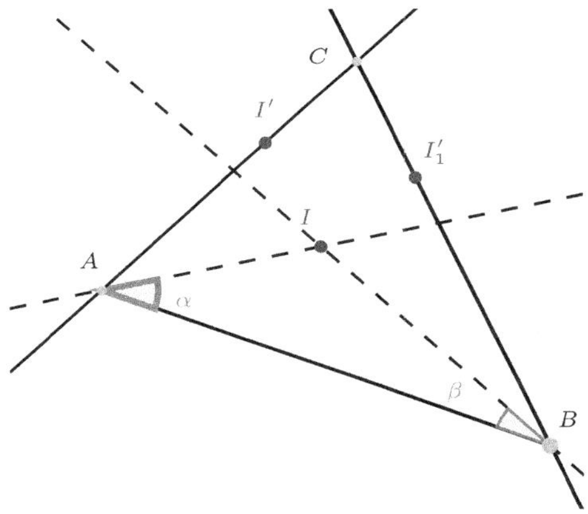

Solution 18

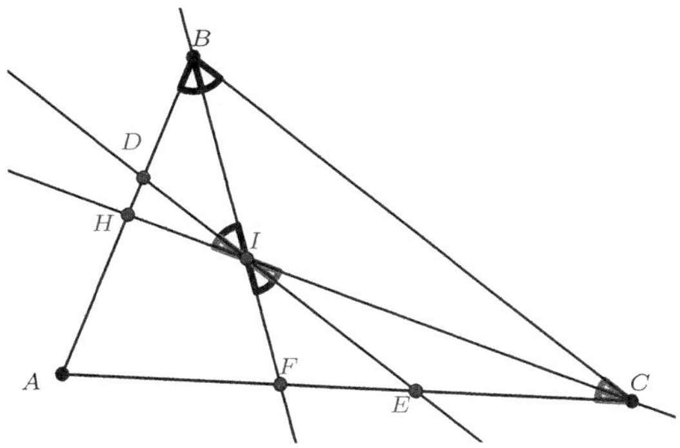

- La droite (BI) est bissectrice de $\widehat{ABC}$, donc $\widehat{DBI} = \widehat{IBC}$.
- La droite (BI) coupe les deux droites parallèles (BC) et (DE) suivant des angles correspondants égaux, donc $\widehat{IBC} = \widehat{FIE}$.
- Les angles $\widehat{FIE}$ et $\widehat{DIB}$ sont opposés par le sommet, donc égaux.
- Les angles $\widehat{DBI}$ et $\widehat{DIB}$ sont égaux, donc le triangle BDI est isocèle en D.
- Même travail pour le triangle EIC.

Solution 19

1.

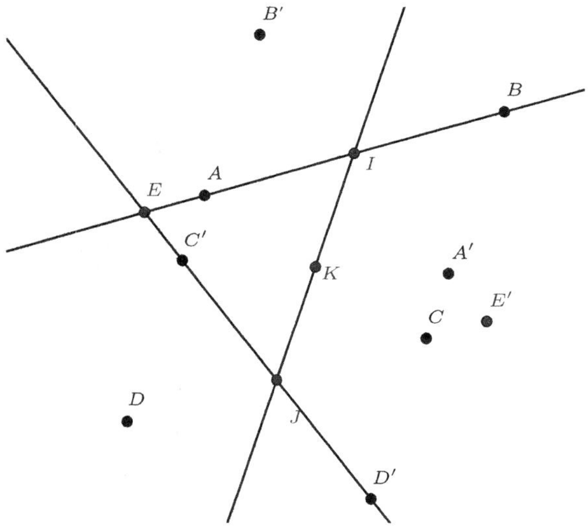

On appelle K, le milieu de $[AC]$. D'après la propriété de la droite des milieux dans le triangle ABC, la droite (IK) est parallèle à la droite (BC). D'après la propriété de la droite des milieux dans le triangle DBC, la droite (JK) est parallèle à la droite (BC). Comme il n'existe qu'une seule droite parallèle à la droite (BC) passant par K, on en déduit que

- ► Les points I, J et K sont alignés.
- ► Les droites (IJ) et (BC) sont parallèles.

Soit D_1 le milieu de $[DD']$. Puisque D' est l'image de D par la symétrie d'axe (IJ), on en déduit que D_1 appartient à la droite (IJ).

2. Maintenant, dans le triangle DCD', toujours d'après la propriété de la droite des milieux, la droite (JD_1) est parallèle à la droite (CD'). Donc les droites (CD') et (BC)
   - ► passent par le point C
   - ► sont parallèles à la droite (IJ).

   Donc ces deux droites sont confondues, donc D' appartient à (BC).

   Pour les mêmes raisons, C' appartient à (AD).
3. Les symétries axiales conservent les milieux. C'est-à-dire que le milieu de $[CD]$ a pour image le milieu de $[C'D']$. Or le milieu de $[CD]$ – à savoir J – appartient à l'axe de la symétrie. De ce fait, son image est lui-même. Autrement dit, le milieu de $[C'D']$ est aussi le milieu de $[CD]$. C'est donc que $DC'CD'$ est un parallélogramme.
4. Les symétries axiales conservent les distances. En particulier $CD = C'D'$. Autrement dit, $DC'CD'$ est un parallélogramme dont les diagonales ont même longueur. C'est dire que $DC'CD'$ est un rectangle. Son centre est le milieu de $[CD]$, à savoir J. On en déduit que $DC'J$ et $D'CJ$ sont deux triangles isocèles en J.
5. Soient A' et B' les images respectives des points A et B par la symétrie d'axe (IJ). En reprenant le raisonnement précédent, $AC'CA'$ est un rectangle de centre K. En particulier, K est le milieu de $[A'C']$.

   De même $BD'DB'$ est un rectangle de centre K. En particulier, K est le milieu de $[B'D']$.

   Ainsi, par la symétrie de centre K, la droite (AB) est transformée en la droite (CD). Puis, par la symétrie d'axe (IJ), la droite (CD) est transformée en la droite $(C'D')$.

   Puisque les symétries conservent les alignements, E', le symétrique de E par rapport à K est transformé en un point de la droite $(C'D')$ par la symétrie d'axe (IJ).

   De même, par la symétrie de centre K, la droite $(C'D')$ est transformée en la droite $(A'B')$. Puis, par la symétrie d'axe (IJ), la droite $(A'B')$ est transformée en la droite (AB). Puisque les symétries conservent les alignements, E', est transformé en un point de la droite (AB) par la symétrie d'axe (IJ).

Donc par la symétrie d'axe (IJ), E' est transformé en un point qui appartient à la fois à la droite (AB) et à la droite $(C'D')$, c'est-à-dire en E.

	symétrie par rapport à K		symétrie par rapport à (IJ)	
E	$\longrightarrow$	E'	$\longrightarrow$	E
A	$\longrightarrow$	C	$\longrightarrow$	C'
B	$\longrightarrow$	D	$\longrightarrow$	D'

Puisque chacune des deux symétries conserve les distances, on a

$$EA = E'C = EC' \text{ et } EB = E'D = ED'.$$

Solution 20

Le point M appartient au cercle de diamètre $[AB]$ donc le triangle ABM est rectangle en M. Autrement dit, la droite (AM) est la hauteur issue de B du triangle AJB. De même, la droite (BN) est la hauteur issue de A du triangle AJB.

Solution 21

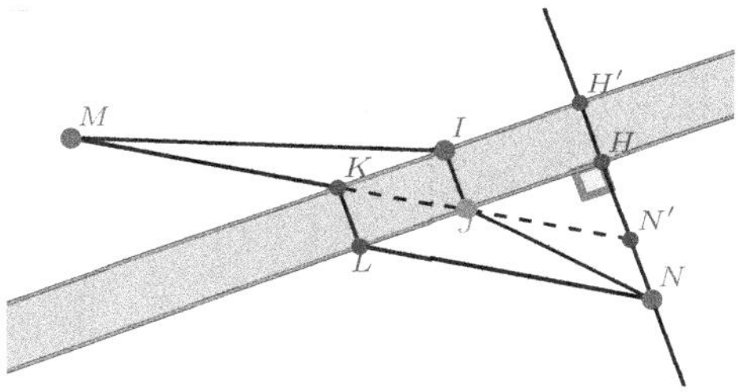

La ligne droite est plus court chemin ! Par exemple on trace la perpendiculaire à la rivière passant par N. On reporte la distance HH' sur cette droite, à partir de N : On a $NN' = HH'$.

Solution 22 (Un théorème d'Archimède)

On a $\widehat{B_2A_1B_1} = \widehat{B_2DB_1}$ et $\widehat{B_2PA_1} = 90° = \widehat{B_2B_1D}$ d'après le théorème 33. Puisque la somme des angles

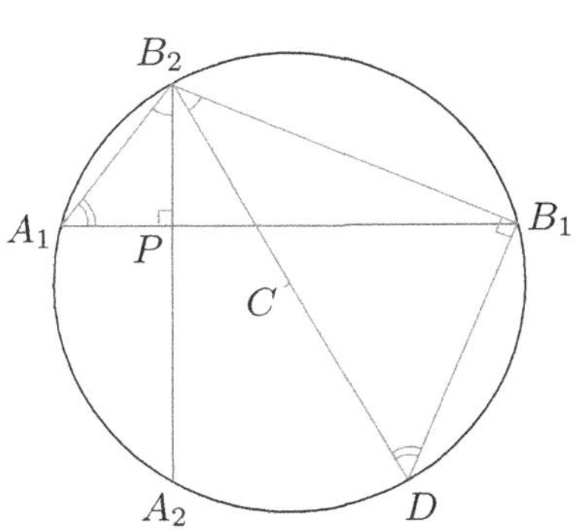

des triangles B_2PA_1 et B_2B_1D égale 180°, on a aussi $\widehat{PB_2A_1} = \widehat{B_1B_2D}$ (égalité entre angles inscrits). Cela entraîne l'égalité entre angles au centre $\widehat{A_1CA_2} = \widehat{B_1CD}$. Par conséquent, $A_1A_2 = B_1D$. D'après le théorème de Pythagore, on a $PB_2^2 + PB_1^2 = B_2B_1^2$ et $PA_1^2 + PA_2^2 = A_1A_2^2$. En additionnant ces deux égalités on obtient

$$PA_1^2 + PB_1^2 + PA_2^2 + PB_2^2 = B_2B_1^2 + A_1A_2^2 = B_1B_2^2 + B_1D^2 = B_2D^2 = 2^2 = 4.$$

Solution 23

Les deux triangles OCD et OAB sont isocèles rectangles en O.
Ainsi, par la rotation de centre O, d'angle 90° dans le sens anti-horaire, on obtient :
- L'image de C par cette rotation est D.
- L'image de A par cette rotation est B.

Ainsi, l'image du segment $[CA]$ et le segment $[DB]$.
Une rotation étant une isométrie, elle conserve les distances donc :
$CA = DB$.

Pour les mêmes raisons, le segment $[CA]$ est perpendiculaire à son image, le segment $[DB]$.

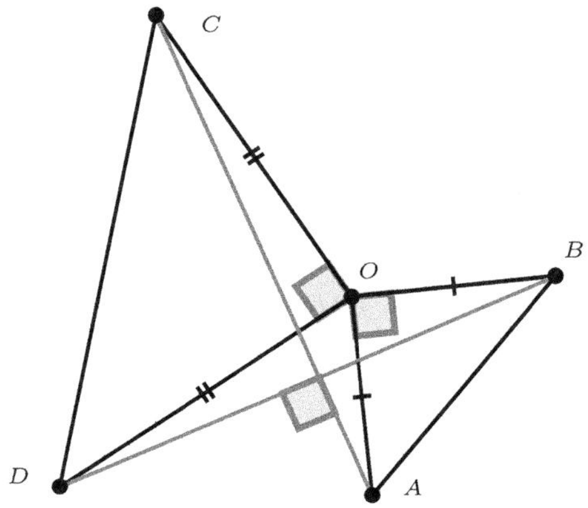

Solution 24 (Billard à deux bandes)

Pour construire le chemin le plus court $EMNF$, on construit les points suivants de la sorte :
- ▶ G symétrique de F par rapport à (CB) ;
- ▶ H symétrique de G par rapport à (CD) ;
- ▶ M point d'intersection de (EH) et de (DC) ;
- ▶ N point d'intersection de (CB) et de (MG).

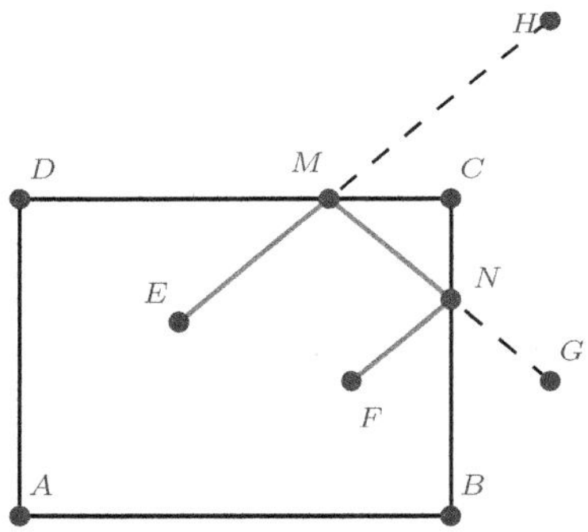

Solution 25

On se place dans un repère orthonormé adapté $(A; B, D)$. On a donc $A\left(0\ ,\ 0\right)$ et $B\left(1\ ,\ 0\right)$. Soit $C\left(\alpha\ ,\ \beta\right)$. On a donc $H\left(\alpha\ ,\ 0\right)$. Les points K et C sont alignés avec l'origine, donc leurs coordonnées forment un tableau de proportionnalité : il existe un réel t tel que $K\left(t\alpha\ ,\ t\beta\right)$.
Comme le triangle AKB est rectangle en K, d'après le théorème de Pythagore, $AK^2 + KB^2 = AB^2$ soit $t^2\alpha^2 + t^2\beta^2 + (1 - t\alpha)^2 + t^2\beta^2 + (1 - t\alpha)^2 = 1$ soit $2t^2(\alpha^2 + \beta^2) - 2t\alpha$ soit enfin $t = 0$ ou $t = \dfrac{\alpha}{\alpha^2 + \beta^2}$ car $\alpha^2 + \beta^2 > 0$.

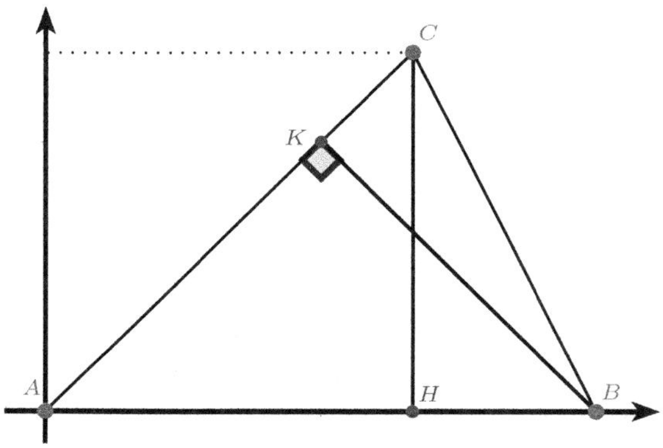

► Si $t = 0$ alors $A = K$ et le triangle ABC est rectangle en A donc $H = A$ et on a bien $\dfrac{AH}{AC} = \dfrac{AK}{AB} = 0$.

► Si $t = \dfrac{\alpha}{\alpha^2+\beta^2}$, alors $\left(\dfrac{AH}{AC}\right)^2 = \dfrac{\alpha^2}{\alpha^2+\beta^2}$ et

$$\left(\frac{AK}{AB}\right)^2 = AK^2 = t^2(\alpha^2+\beta^2) = \frac{\alpha^2}{(\alpha^2+\beta^2)^2} \times (\alpha^2+\beta^2) = \frac{\alpha^2}{\alpha^2+\beta^2}.$$

On a bien $\dfrac{AH}{AC} = \dfrac{AK}{AB}$.

Solution 26

Dans le triangle AIC, la droite (AH) est la hauteur issue de A, la droite (IK) est la hauteur issue de I. Ces deux hauteurs se coupent en K qui est de ce fait l'orthocentre du triangle AIC. Donc (CK) est la troisième hauteur : c'est bien dire que (CK) est perpendiculaire à (AI).

Solution 27 (Pythagore algébriste)

1. Dans le triangle OAE rectangle en O, d'après le théorème de Pythagore, $AE^2 = (ac)^2 + (ad)^2 = a^2(c^2+d^2)$. De même, dans le triangle ABC rectangle en B, d'après le théorème de Pythagore, $AC^2 = (bd)^2 + (bc)^2 = b^2(c^2+d^2)$.
2. Dans le triangle OAE rectangle en O, $\tan\left(\widehat{OEA}\right) = \dfrac{OA}{OE} = \dfrac{ac}{ad} = \dfrac{c}{d}$. De même, dans le triangle ABC rectangle en B, $\tan\left(\widehat{BAC}\right) = \dfrac{BC}{AB} = \dfrac{bc}{bd} = \dfrac{c}{d}$.
3. Les angles $\widehat{OEA}$ et $\widehat{BAC}$ ont la même tangente. Ils ont donc la même mesure. Maintenant, dans le triangle OAE rectangle en O, la somme des mesures dea angles égale 180° donc les angles $\widehat{OEA}$ et $\widehat{OAE}$ sont complémentaires. Il en est de même des angles $\widehat{BAC}$ et $\widehat{OAE}$. De ce fait, puisque l'angle $\widehat{OAB}$ est plat, l'angle $\widehat{EAC}$ est droit.
4. ► Dans le triangle EDC rectangle en D,

$$EC^2 = ED^2 + DC^2 = (ac+bd)^2 + (ad-bc)^2.$$

► Dans le triangle EAC rectangle en A,

$$EC^2 = EA^2 + AC^2 = a^2(c^2+d^2) + b^2(c^2+d^2) = (a^2+b^2)(c^2+d^2).$$

Remarques 9.

- Il est bien sûr possible de démontrer cette égalité en développant les deux membres, y compris lorsque certains des nombres sont négatifs.
- Pythagore n'a pas pu être algébriste, ce serait un anachronisme.
- Le lecteur qui ne serait pas au courant que la tangente d'un angle α est défini par

$$\tan\alpha := \frac{\sin\alpha}{\cos\alpha},$$

verra sa curiosité satisfaite au chapitre 6 du cours de première.

Solution 28 (Parallélisme et parallélogramme)

Le segment $[AD]$ est un diamètre de $\mathcal{C}$. D'après le théorème 33, les triangles ABD et ACD sont rectangles en B et C respectivement. Donc $(BD) \perp (AB)$ et $(CD) \perp (AC)$.

Solutions

De plus $(BH) \perp (AC)$ en tant que hauteur de ABC, donc $(BH$ est parallèle à (CD).
De même $(CH) \perp (AB)$, donc $(CH$ est parallèle à (BD).
Finalement, $BHCD$ est bien un parallélogramme.

Solution 29

1. L'aire du triangle MAD égale $\mathscr{A}_1 := \dfrac{AD \times AM}{2} = \dfrac{2x}{2} = 2$. De même, l'aire du triangle MBC égale $\mathscr{A}_2 := \dfrac{BC \times BM}{2} = \dfrac{6(12-x)}{2} = 36 - 3x$.
2. Les triangles MAD et MBC ont la même aire lorsque $x = 36 - 3x$ soit $x = 9$. Comme $0 < 9 < 12$, 9 est bien une valeur admissible.
3. L'aire du trapèze $ABCD$ égale $\mathscr{A} := \dfrac{(2+6) \times 12}{2} = 48$. Donc l'aire du triangle CMD égale $\mathscr{A}_3 := 48 - \mathscr{A}_1 - \mathscr{A}_2 = 12 + 2x$. Lorsque $x := 9$, on a $\mathscr{A}_3 \neq 9$, donc il n'existe aucun x pour lequel les trois triangles MAD, MBC et CMD ont la même aire.

Solution 30 (Milieux, symétriques et distance entre deux points)

1. I est le milieu de $[AB]$ donc :

$$x_I = \frac{x_A + x_B}{2} = \frac{1-3}{2} = \frac{-2}{2} = -1; \qquad y_I = \frac{y_A + y_B}{2} = \frac{4+5}{2} = \frac{9}{2}$$

$$\boxed{I\left(-1\ ,\ \frac{9}{2}\right)}$$

J est le milieu de $[AC]$ donc :

$$x_J = \frac{x_A + x_C}{2} = \frac{1+2}{2} = \frac{3}{2}; \qquad y_J = \frac{y_A + y_C}{2} = \frac{4-1}{2} = \frac{3}{2}$$

$$\boxed{J\left(\frac{3}{2}\ ,\ ,\frac{3}{2}\right)}$$

K est le milieu de $[BC]$ donc :

$$x_K = \frac{x_B + x_C}{2} = \frac{-3+2}{2} = -\frac{1}{2}; \qquad y_K = \frac{y_B + y_C}{2} = \frac{5-1}{2} = \frac{4}{2} = 2$$

$$\boxed{K\left(-\frac{1}{2}\ ,\ 2\right)}$$

2. M est le symétrique de B par rapport à A. Donc A est le milieu du segment $[MB]$. Ainsi :
$x_A = \dfrac{x_M + x_B}{2}$ donc $x_M = 2x_A - x_B = 2 \times 1 - (-3) = 2 + 3 = 5$.
$y_A = \dfrac{y_M + y_B}{2}$ donc $y_M = 2y_A - y_B = 2 \times 4 - 5 = 8 - 5 = 3$. $\boxed{M\left(5\ ,\ 3\right)}$
N est le symétrique de C par rapport à A. Donc A est le milieu du segment $[NC]$. Ainsi :
$x_A = \dfrac{x_N + x_C}{2}$ donc $x_N = 2x_A - x_C = 2 \times 1 - 2 = 0$.
$y_A = \dfrac{y_N + y_C}{2}$ donc $y_N = 2y_A - y_C = 2 \times 4 - (-1) = 8 + 1 = 9$. $\boxed{N\left(0\ ,\ 9\right)}$

3. On utilise la formule permettant de calculer les distances dans un repère orthonormé. Si jamais le repère n'était pas orthonormé, disons-le tout net, l'exercice s'arrêterait ici !

$$\begin{aligned}AB &= \sqrt{(x_B - x_A)^2 + (y_B - y_A)^2} = \sqrt{(-3-1)^2 + (5-4)^2}\\ &= \sqrt{(-4)^2 + 1^2} = \sqrt{16+1} = \sqrt{17};\end{aligned}$$

$$\begin{aligned}AC &= \sqrt{(x_C - x_A)^2 + (y_C - y_A)^2} = \sqrt{(2-1)^2 + (-1-4)^2}\\ &= \sqrt{1^2 + (-5)^2} = \sqrt{1+25} = \sqrt{26};\end{aligned}$$

$$\begin{aligned}BC &= \sqrt{(x_C - x_B)^2 + (y_C - y_B)^2} = \sqrt{(2-(-3))^2 + (-1-5)^2}\\ &= \sqrt{5^2 + (-6)^2} = \sqrt{25+36} = \sqrt{61}.\end{aligned}$$

Solution 31 (Reconnaître des triangles à l'aide des distances)

1.

Le triangle ABC semble équilatéral.

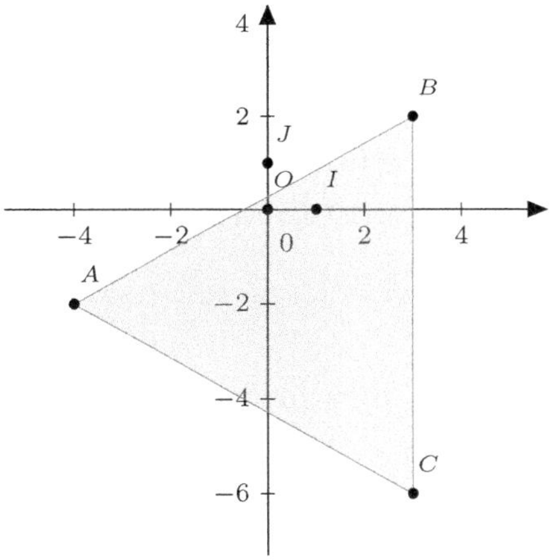

Puisque le repère est orthonormé,

$$\begin{aligned}AB &= \sqrt{(x_B - x_A)^2 + (y_B - y_A)^2}\\ &= \sqrt{(3-(-4))^2 + (2-(-2))^2}\\ &= \sqrt{7^2 + 4^2}\\ &= \sqrt{49+16}\\ &= \sqrt{65};\end{aligned}$$

$$\begin{aligned}AC &= \sqrt{(x_C - x_A)^2 + (y_C - y_A)^2}\\ &= \sqrt{(3-(-4))^2 + (-6-(-2))^2}\\ &= \sqrt{7^2 + (-4)^2}\\ &= \sqrt{49+16}\\ &= \sqrt{65};\end{aligned}$$

$$\begin{aligned}BC &= \sqrt{(x_C - x_B)^2 + (y_C - y_B)^2} = \sqrt{(3-3)^2 + (-6-2))^2}\\ &= \sqrt{(-8)^2} = \sqrt{64} = 8.\end{aligned}$$

On constate que $AB = AC$ mais que $AB \neq BC$.

ABC est isocèle en A mais pas équilatéral.

2.

Le triangle ABC semble rectangle en A.

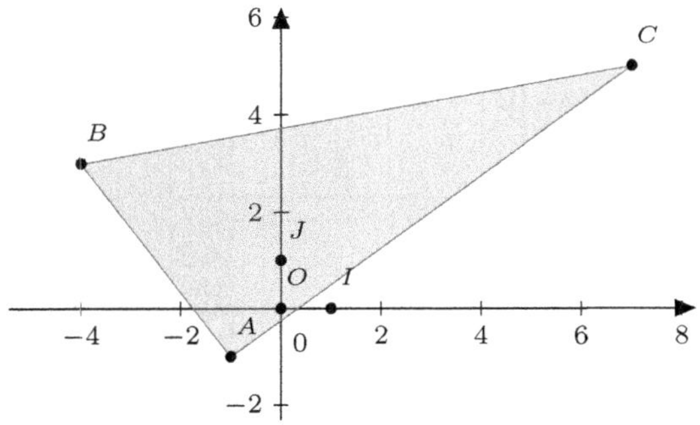

$$\begin{aligned} AB^2 &= (x_B - x_A)^2 + (y_B - y_A)^2 \\ &= (-4 - (-1))^2 + (3 - (-1))^2 \\ &= (-3)^2 + 4^2 \\ &= 9 + 16 \\ &= 25; \end{aligned}$$

$$\begin{aligned} AC^2 &= (x_C - x_A)^2 + (y_C - y_A)^2 \\ &= (7 - (-1))^2 + (5 - (-1))^2 \\ &= 8^2 + 6^2 \\ &= 64 + 36 \\ &= 100; \end{aligned}$$

$$\begin{aligned} BC^2 &= (x_C - x_B)^2 + (y_C - y_B)^2 \\ &= (7 - (-4))^2 + (5 - 3))^2 \\ &= 11^2 + 2^2 \\ &= 125. \end{aligned}$$

Ainsi,

$$AB^2 + AC^2 = 25 + 100 = BC^2.$$

D'après la réciproque du théorème de Pythagore, le triangle ABC est bien rectangle en A.

Solution 32

Le repère étant orthonormé, on calcule les trois distances :

$$\begin{aligned} AB^2 &= (x_B - x_A)^2 + (y_B - y_A)^2 = (-4 - 0)^2 + (0 - (-7))^2 \\ &= 16 + 49 = 65 \end{aligned}$$

Donc $AB = \sqrt{65}$.

De même

$$\begin{aligned} AC^2 &= (x_C - x_A)^2 + (y_C - y_A)^2 = (77 - 0)^2 + (-146 + 7)^2 \\ &= 77^2 + 139^2 = 5929 + 19321 \\ &= 25250 \end{aligned}$$

Donc $AC = \sqrt{25250}$.

Enfin

$$\begin{aligned} BC^2 &= (x_C - x_B)^2 + (y_C - y_B)^2 = (77 - (-4))^2 + (-146 - 0)^2 \\ &= 81^2 + 146^2 = 6561 + 21316 \\ &= 27877 \end{aligned}$$

Donc $BC = \sqrt{27877}$.

Supposons – l'espace d'un instant – que A, B et C soient alignés. Comme la distance BC est la plus grande, c'est que A est entre B et C.

D'après l'inégalité triangulaire (théorème 1),

- si on a $BC = AB + AC$, alors A, B et C sont alignés ;
- si on a $BC < AB + AC$, alors A, B et C ne sont pas alignés ;
- si on a $BC > AB + AC$, alors il y a une erreur quelque part !

Or $AB = 8,6$ à 10^{-1} près, $AC = 158,9$ à 10^{-1} près et $BC = 166,9$ à 10^{-1} près. Donc $AB > 8,5$ et $AC > 158,8$ donc $AB + BC > 165,3 > AC$. On est dans le deuxième cas : A, B et C ne sont pas alignés.

Solution 33

Le quadrilatère $ABCD$ semble être un losange.

Le milieu I de $[AC]$ a pour coordonnées $x_I = \dfrac{20\sqrt{2} - 3 + 2 - 19\sqrt{2}}{2} = \dfrac{\sqrt{2} - 1}{2}$ et $y_I = \dfrac{-6 - 12\sqrt{2} + 9 + 11\sqrt{2}}{2} = \dfrac{3 - \sqrt{2}}{2}$.

Le milieu J de $[BD]$ a pour coordonnées $x_J = \dfrac{-6 + 5 + \sqrt{2}}{2} = \dfrac{\sqrt{2} - 1}{2}$ et $y_J = \dfrac{-10 + 3\sqrt{2} + 13 - 4\sqrt{2}}{2} = \dfrac{3 - \sqrt{2}}{2}$.

Donc $I = J$ et par conséquent $ABCD$ est un parallélogramme.

$$\begin{aligned}
AB^2 &= (x_B - x_A)^2 + (y_B - y_A)^2 \\
&= (-6 + 3 - 20\sqrt{2})^2 + (-10 + 3\sqrt{2} + 6 + 12\sqrt{2})^2 \\
&= (-3 - 20\sqrt{2})^2 + (-4 + 15\sqrt{2})^2 \\
&= 9 + 120\sqrt{2} + 800 + 16 - 120\sqrt{2} + 450 \\
&= 1275.
\end{aligned}$$

Donc $AB = \sqrt{1275} = 5\sqrt{51}$. De même

$$\begin{aligned}
BC^2 &= (2 - 19\sqrt{2} + 6)^2 + (9 + 11\sqrt{2} + 10 - 3\sqrt{2})^2 \\
&= (8 - 19\sqrt{2})^2 + (19 + 8\sqrt{2})^2 \\
&= 64 - 304\sqrt{2} + 722 + 361 + 304\sqrt{2} + 128 \\
&= 1275
\end{aligned}$$

Donc $BC = 5\sqrt{51}$.

Ainsi $ABCD$ est un parallélogramme qui a deux côtés adjacents de même longueur. C'est un losange.

Solution 34

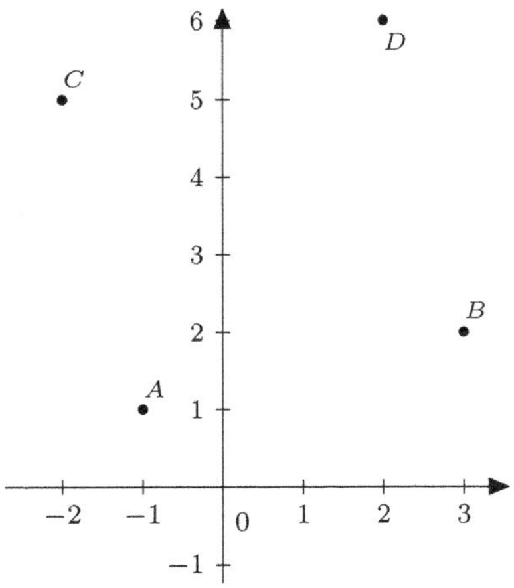

Le quadrilatère $ABDC$ semble être un carré. Attention à l'ordre des points !

Soit I le milieu de $[AD]$. Ses coordonnées sont $x_I = \dfrac{x_A + x_D}{2} = \dfrac{1}{2}$ et $y_I = \dfrac{y_A + y_D}{2} = \dfrac{7}{2}$.

Soit J le milieu de $[BC]$. Ses coordonnées sont $x_J = \dfrac{x_B + x_C}{2} = \dfrac{1}{2}$ et $y_I = \dfrac{y_B + y_C}{2} = \dfrac{7}{2}$.

Donc les points I et J ont les mêmes coordonnées. Ils sont donc confondus. Les segments $[AD]$ et $[BC]$ ont le même milieu, donc $ABDC$ est un parallélogramme. On calcule les longueurs des diagonales $[BC]$ et $[AD]$.

$$\begin{aligned} BC^2 &= (x_C - x_B)^2 + (y_C - y_B)^2 \\ &= (-2-3)^2 + (5-2)^2 \\ &= 25 + 9 = 34. \end{aligned}$$

Donc $BC = \sqrt{34}$. De même

$$\begin{aligned} AD^2 &= (2-(-1))^2 + (6-1)^2 \\ &= 9 + 25 = 34. \end{aligned}$$

Donc $AD = \sqrt{34}$. Les deux diagonales $[AD]$ et $[BC]$ ont même longueur, donc le parallélogramme $ABDC$ est un rectangle.

On calcule les longueurs de deux côtés consécutifs $[AB]$ et $[AC]$:

$$\begin{aligned} AB^2 &= (3-(-1))^2 + (2-1)^2 \\ &= 16 + 1 = 17. \end{aligned}$$

Donc $BC = \sqrt{17}$. De même

$$\begin{aligned} AC^2 &= (-2-(-1))^2 + (5-1)^2 \\ &= 1 + 16 = 17. \end{aligned}$$

Donc $AD = \sqrt{17}$.

Le parallélogramme $ABDC$ a deux côtés consécutifs de même longueur, donc c'est aussi un losange. Comme on a vu plus haut que c'est un rectangle, on peut affirmer que $ABDC$ est un carré.

Solution 35

1.

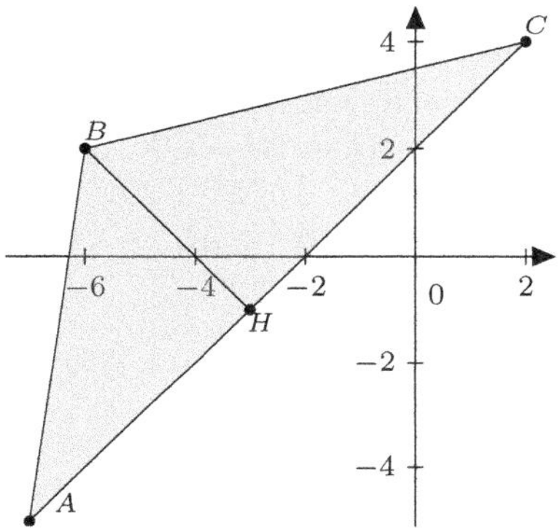

2. Le repère étant orthonormé, on calcule les carrés des cinq distances :

$$\begin{aligned} AB^2 &= (x_B - x_A)^2 + (y_B - y_A)^2 \\ &= (-6 - (-7))^2 + (2 - (-5))^2 \\ &= 1 + 49 \\ &= 50. \end{aligned}$$

De même,

$$\begin{aligned} BC^2 &= (-6 - 2)^2 + (2 - 4)^2 \\ &= 64 + 4 \\ &= 68. \end{aligned}$$

De même,

$$\begin{aligned} BH^2 &= (-6 - (-3))^2 + (2 - (-1))^2 \\ &= 9 + 9 = 18. \end{aligned}$$

De même,

$$\begin{aligned} AH^2 &= (-7 - (-3))^2 + (-5 - (-1))^2 \\ &= 16 + 16 = 32. \end{aligned}$$

De même,

$$\begin{aligned} CH^2 &= (2 - (-3))^2 + (4 - (-1))^2 \\ &= 25 + 25 = 50. \end{aligned}$$

Maintenant, on a $AH^2 + BH^2 = 32 + 18 = 50 = AB^2$. Donc d'après la réciproque de Pythagore, le triangle ABH est rectangle en H.

De même on a $CH^2 + BH^2 = 50 + 18 = 68 = BC^2$. Donc d'après la réciproque de Pythagore, le triangle BCH est rectangle en H.

Les droites (AH) et (CH) sont perpendiculaires à une même troisième – à savoir la droite (BH) – elles sont donc parallèles entre elles. Comme elles ont le point H en commun, elles sont confondues. De ce fait, les points A, H et C sont alignés.

3. L'aire $\mathscr{A}$ du triangle ABC égale $\dfrac{AC \times BH}{2}$.

   Or $BH = \sqrt{18} = 3\sqrt{2}$, $AH = \sqrt{32} = 4\sqrt{2}$ et $CH = \sqrt{50} = 5\sqrt{2}$. Donc $AC = AH + CH = 9\sqrt{2}$.

   Finalement, $\mathscr{A} = \dfrac{9\sqrt{2} \times 3\sqrt{2}}{2} = 27$ unités d'aire.

Solution 36

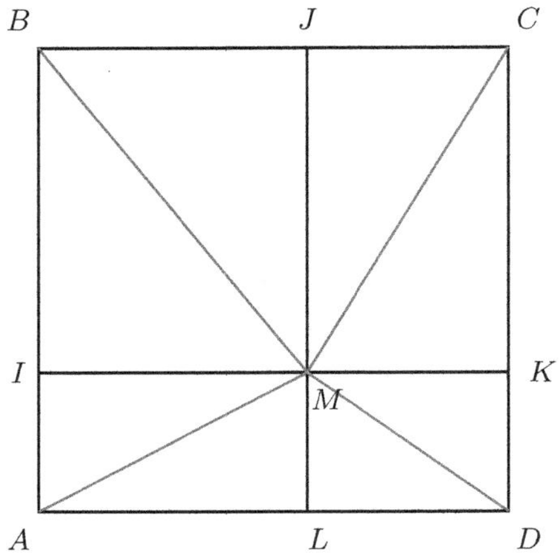

On a $MA^2 = AL^2 + ML^2$ et $MC^2 = MK^2 + CK^2$.
Donc $MA^2+MC^2 = AL^2+ML^2+MK^2+CK^2$.
De même $BM^2 = BI^2 + IM^2$
et $MD^2 = ML^2 + LD^2$.
Donc $BM^2+MD^2 = BI^2+IM^2+ML^2+LD^2$.
Comme $ML = KD$ et $MK = LD$
ainsi que $IM = AL$ et $BI = CK$, on a
$MA^2 + MC^2 = AL^2 + KD^2 + LD^2 + CK^2$,
et $BM^2 + MD^2 = CK^2 + AL^2 + KD^2 + LD^2$.
On a bien en fin de compte :

$$MA^2 + MC^2 = BM^2 + MD^2.$$

Solution 37 (The scarecrow triangles)
Soit a, b et c les longueurs des côtés d'un tel triangle. On a

$$\begin{array}{rrcl} & \sqrt{a}+\sqrt{b} & = & \sqrt{c} \\ \text{donc} & a+b+2\sqrt{ab} & = & c \\ \text{donc} & a+b & > & c \end{array}$$

en contradiction avec l'inégalité triangulaire (théorème 1 page 136).

Il n'existe donc aucun tel triangle.

Solution 38

1. Le triangle $A'AC$ est inscrit dans le cercle circonscrit à ABC. De plus son côté $[A'A]$ est un diamètre de ce cercle. Donc $A'AC$ est rectangle en C.
   Les angles $\widehat{CBA}$ et $\widehat{CA'A}$ interceptent le même arc $\overset{\frown}{AB}$. Ils ont donc même mesure et donc même sinus :
   Dans le triangle ABH, rectangle en H, $\sin\widehat{CBA} = \dfrac{AH}{AB}$.
   Dans le triangle $A'AC$, rectangle en C, $\sin\widehat{CA'A} = \dfrac{AC}{A'A}$.
   Donc $\dfrac{AH}{AB} = \dfrac{AC}{A'A}$ donc $AB \times AC = AH \times A'A$.

Remarque 10.

En posant $AB = c$, $BC = a$ et $CA = b$, r, le rayon du cercle circonscrit et $\mathcal{A}$ l'aire de ABC, on vient d'obtenir :
$cb = 2rAH$, soit en multipliant à droite et à gauche par a, $abc = 2raAH$. Comme $aAH = 2\mathcal{A}$, on obtient :

$$abc = 4r\mathcal{A}.$$

2. Avec les notations précédentes, $AH^2 = AB^2 - BH^2 = 30^2 - 24^2 = 6^2(25-16) = 18^2$. Donc $AH = 18$. D'où $30 \times 30 = 2r \times 18$, soit $r = 25$ cm.
3. Toujours avec les mêmes notations, on a $\widehat{CBA} = \widehat{CA'A}$. Dans un triangle rectangle les angles aigus sont complémentaires, donc les complémentaires des angles précédents sont égaux. À savoir $\widehat{BAH} = \widehat{A'AC}$. Par conséquent la bissectrice de $\widehat{A'AH}$ est aussi bissectrice de $\widehat{CAB}$.

Solution 39 (Déjà vu)

2. Puisque BDG est équilatéral, on a $DG = BG$, donc G appartient à la médiatrice de $[DB]$. De même, A et C appartiennent à la médiatrice de $[DB]$. Ainsi les points C, A et G sont alignés.
3. Soit r la rotation de centre B et d'angle de mesure $-60°$. On a $r(G) = D$, $r(C) = F$ et $r(A) = E$. La rotation r transforme la droite (AC) en une droite : la droite (EF). Donc les points D, E et F sont alignés.

Solution 40 (Inverse de Pythagore)

L'aire du triangle ABC égale d'une part $\frac{1}{2}AC \times BC$ et d'autre part $\frac{1}{2}AB \times CH$ d'où

$$AC^2\,BC^2 = AB^2\,CH^2$$

soit

$$AC^2\,BC^2 = \left(AC^2 + BC^2\right)\,CH^2$$

d'après le théorème de Pythagore. On en déduit

$$\frac{1}{CH^2} = \frac{AC^2 + BC^2}{AC^2\,BC^2} = \frac{1}{AC^2} + \frac{1}{BC^2}.$$

Solution 41

1. (a) Le point H est à l'intersection des trois hauteurs de ABC. C'est donc l'orthocentre de ABC.
   (b) On peut conjecturer que (HA) est bissectrice de $\widehat{IKJ}$.
2. (a) Le triangle BIH est rectangle en I. Il est donc inscrit dans le cercle de diamètre $[BH]$. De même le triangle BKH est rectangle en K. Il est donc inscrit dans le cercle de diamètre $[BH]$. Donc les quatre points B, I, H et K appartiennent a un même cercle, le cercle de diamètre $[BH]$.
   (b) Les angles $\widehat{HBI}$ et $\widehat{IKH}$ sont inscrits dans un même cercle et interceptent le même arc, ils ont donc même mesure.
3. (a) Le triangle BAK est rectangle en K. Il est donc inscrit dans le cercle de diamètre $[AK]$. De même le triangle AJK est rectangle en J. Il est donc inscrit dans le cercle de diamètre $[AK]$. Donc les quatre points B, A, J et K appartiennent a un même cercle, le cercle de diamètre $[AK]$.
   (b) Les angles $\widehat{ABJ}$ et $\widehat{AKJ}$ sont inscrits dans un même cercle et interceptent le même arc, ils ont donc même mesure.
4. Les angles $\widehat{ABJ}$ et $\widehat{IHB}$ sont égaux, puisque I appartient à $[AB]$ et H appartient à $[BJ]$. De même les angles $\widehat{IKH}$ et $\widehat{IKA}$ sont égaux. On a donc $\widehat{AKJ} = \widehat{ABJ} = \widehat{IHB} = \widehat{IKH}$. Ce qui démontre bien la conjecture du **1.(c).** : (HA) est bissectrice de $\widehat{IJK}$.

5. Le centre du cercle IJK est l'orthocentre H du triangle ABC. $HT^2 = KT^2 + HK^2$, d'après le théorème de Pythagore. Donc $HT^2 - HD^2 = KT^2 + (HK^2 - HF^2)$, car $HD = HF$, rayon du cercle DEF. Et enfin : $TD^2 = KT^2 + KF^2$, deux fois le théorème de Pythagore.

Solutions

Remarque 11.

Mutatis mutandis on peut démontrer que (HB) est bissectrice de $\widehat{IJK}$ et que (HC) est bissectrice de $\widehat{KIJ}$.
Le triangle IJK est appelé **triangle orthique** de ABC. On a donc démontré : Le centre du cercle inscrit du triangle orthique est l'orthocentre du triangle de départ.

Solution 42 (Couper les hexagones en treize)
Sans commentaire :

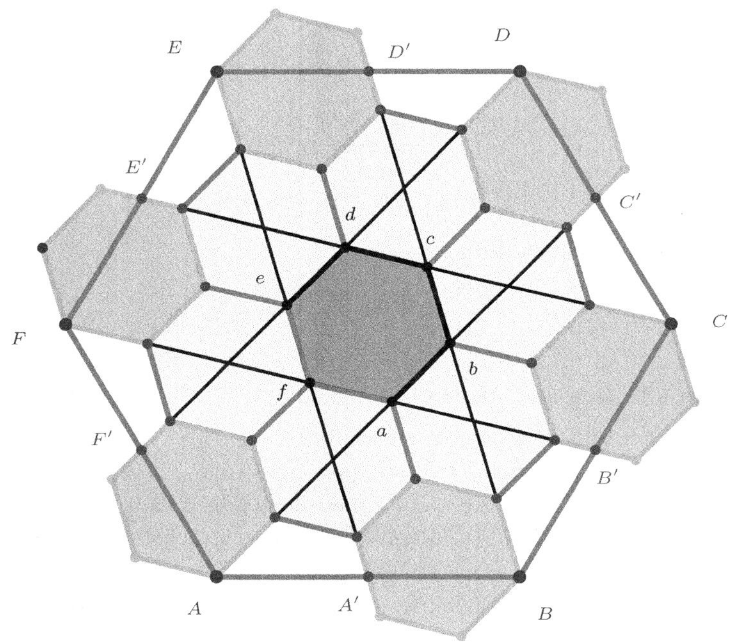

6.14 Problèmes

Problème 1 (Triangle rectangle et cercle circonscrit dans un repère)
Soit un repère orthonormé. On considère les points : $A\ (1\ ,\ 5)$, $B\ (-3\ ,\ 1)$, $C\ (8\ ,\ -2)$.

1. Faire une figure. Quelle est la nature du triangle ABC ?
2. Déterminer le centre Ω et le rayon r du cercle $\mathcal{C}$ circonscrit au triangle ABC.
3. Montrer que le point $D\ (4\ ,\ 5)$ appartient à $\mathcal{C}$.

Problème 2 (Médiatrice, triangles et angles dans un repère)
On se place dans un repère orthonormal. On considère les points suivants : $A\ (9\ ,\ 8)$, $B\ (5\ ,\ 7)$, $C\ (10\ ,\ 4)$, $D\ (3\ ,\ -2)$. Soit J le milieu du segment $[BC]$.

1. Montrer que les points A et D appartiennent à la médiatrice de $[BC]$. En déduire que les points A, D et J sont alignés.
2. Quelle est la nature du triangle ABC ? En déduire la mesure de l'angle $\widehat{ABC}$.
3. Donner une valeur approchée de l'angle $\widehat{BDA}$ à l'aide de son cosinus.

Problème 3 (Triangle isocèle et hauteur dans un repère)

Soit $(O; I, J)$ un repère orthonormal du plan. Soient les points $A\ \big(6\ ,\ 3\big)$ et $B\ \big(8\ ,\ -3\big)$. Soit H le pied de la hauteur du triangle ABJ issue du sommet A.

1. Démontrer que le triangle ABJ est isocèle.
2. Déterminer les coordonnées du point H.
3. Calculer l'aire du triangle ABJ.

Problème 4 (Partage d'un côté d'un triangle)

On considère un triangle ABC quelconque. On se propose d'étudier le partage du segment $[AB]$ par les différentes droites remarquables issues du sommet C.

I. Cas de la médiane et de la médiatrice

On appelle M le pied de la médiane issue de C.

1. Faire une figure.
2. Justifier que $\dfrac{MA}{MB} = 1$.
3. Que peut-on dire du partage du segment $[AB]$ par le pied de la médiatrice.

II. Cas de la bissectrice

On appelle N le pied de la bissectrice issue de C.

On trace la parallèle à (BC) passant par A. On note C' le point d'intersection de cette parallèle avec (CN).

1. Faire une figure.
2. Comparer $\widehat{BCN}$ et $\widehat{NCA}$. Justifier.
3. Comparer $\widehat{C'CB}$ et $\widehat{CC'A}$.
4. En déduire la nature du triangle CBC'.
5. Montrer que $\dfrac{NA}{NB} = \dfrac{CA}{CB}$.

III. Cas de la hauteur

(Pour les lecteurs au courant de la trigonométrie dans le triangle rectangle. Les autre patienteront jusqu'au chapitre 6 du cours de première.)

On appelle P le pied de la hauteur issue de C.

1. Faire une figure.
2. Montrer que $CP = AP \times \tan \widehat{CAP}$.
3. Montrer que $CP = BP \times \tan \widehat{CBP}$.
4. En déduire que $\dfrac{AP}{BP} = \dfrac{\tan \widehat{CAP}}{\tan \widehat{CBP}}$

Problème 5 (Droite d'Euler)

On se propose de démontrer le théorème suivant :

Dans tout triangle, le centre de gravité, l'orthocentre et le centre du cercle circonscrit sont alignés.

La droite passant par ces trois points est appelée **droite d'Euler**.

I. Construction de la figure

Soit ABC un triangle. On appelle :

- O le centre du cercle circonscrit à ABC.
- F le point diamétralement opposé à A.
- K le point d'intersection de la hauteur issue de A avec le cercle.
- M le côté du milieu $[BC]$.
- H le point d'intersection des droites (FM) et (AK).
- G le point d'intersection des droites (AM) et (OH).

Faire une figure (assez grosse pour être bien lisible).

II. Démonstration

Par construction, O est le centre du cercle circonscrit et G est sur la droite (OH), donc les points O, G et H sont alignés.
Il suffit donc de démontrer que G est le centre de gravité de ABC et que H est l'orthocentre du triangle .

1. Montrer que AFK et AFC sont des triangles rectangles.
2. Montrer que (OM) est la médiatrice de $[BC]$.
3. En déduire que les droites (OM) et (AK) sont parallèles.
4. Montrer que les droites (OM) et (AK) sont parallèles.
5. Montrer que M est le milieu du segment $[HF]$.
6. Montrer que $BHCF$ est un parallélogramme.
7. Montrer que les droites (BH) et (AC) sont perpendiculaires.
8. Montrer que H est l'orthocentre du triangle ABC.
9. Montrer que G est le centre de gravité de AHF.

Problème 6 (Avec des symétries)

Soient A, B, C et D quatre points distincts d'un cercle Γ de centre O.

On se propose de démontrer que les six droites perpendiculaires à une corde passant par le milieu de la corde opposée sont concourantes.

On note :

- I, J, K et L les milieux respectifs des segments $[AB]$, $[BC]$, $[CD]$ et $[DA]$;
- Δ_1 la droite perpendiculaire à (CD) passant par I. Elle recoupe (CD) en I'. (I' est le projeté orthogonal de I sur (CD)) ;
- Δ_2 la droite perpendiculaire à (AD) passant par J. Elle recoupe (AD) en J'.(J' est le projeté orthogonal de J sur (AD)) ;
- S le point d'intersection des droites (II') et (JJ').

1. Faire une figure.
2. Montrez que le quadrilatère $IJKL$ est un parallélogramme.
3. Soit Ω le centre du parallélogramme $IJKL$. On appelle s_Ω la symétrie centrale de centre Ω.
   (a) Démontrez que (OK) est la médiatrice de $[DC]$.
   (b) Démontrez que l'image de (OK) par s_Ω est une droite perpendiculaire à (DC).
   (c) Démontrez que Δ_1 est l'image de la droite (OK) par s_Ω.
   (d) Démontrez que Δ_2 est l'image de la droite (OL) par s_Ω.
   (e) Déduisez-en l'image de O par s_Ω.
4. Démontrez que les droites (LS) et (BC) sont perpendiculaires. (*On pourra remarquer que* (OJ) *est la médiatrice de* $[BC]$)

5. Déduisez-en que les perpendiculaires aux cordes $[AB]$, $[BC]$, $[CD]$ et $[DA]$ passant par le milieu de leur corde opposée sont concourantes en S.
6. Démontrez que S appartient aux perpendiculaires à (AC) et (BD) passant par les milieux respectifs de $[BD]$ et $[AC]$.
7. Concluez.

6.15 Corrigés

Correction 1 (Triangle rectangle et cercle circonscrit dans un repère)

1. D'après la figure, on peut conjecturer que le triangle ABC est rectangle en A.

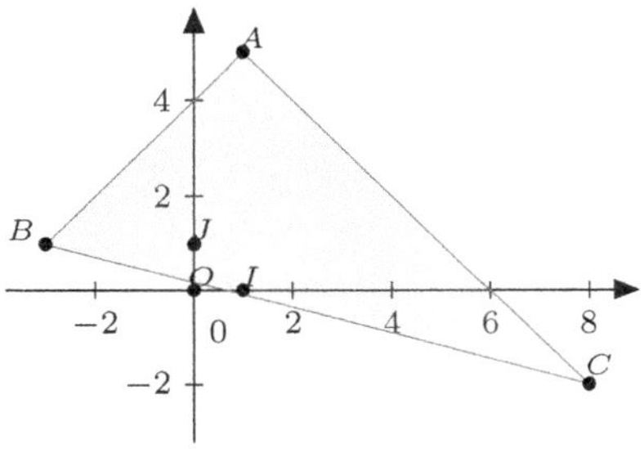

On peut calculer le carré des longueurs des côtés $[AB]$, $[AC]$, $[BC]$:

- $AB^2 = (x_B - x_A)^2 + (y_B - y_A)^2 = (-3-1)^2 + (1-5)^2 = 32$
- $AC^2 = (8-1)^2 + (-2-5)^2 = 98$
- $BC^2 = (8+3)^2 + (-2-1)^2 = 130$

On remarque que : $BC^2 = AB^2 + AC^2$ D'après la réciproque du théorème de Pythagore, le triangle ABC est rectangle en A.

2. ABC étant rectangle en A, le diamètre de son cercle circonscrit $\mathcal{C}$ est son hypoténuse $[BC]$.
On en déduit donc que le centre Ω de $\mathcal{C}$ est le milieu de $[BC]$:
$\Omega\left(\dfrac{x_B + x_C}{2}, \dfrac{y_B + y_C}{2}\right)$ Soit $\Omega\left(\dfrac{5}{2}, \dfrac{-1}{2}\right)$ Par ailleurs, le rayon de $\mathcal{C}$ est donc la moitié de BC : $r = \dfrac{\sqrt{130}}{2}$

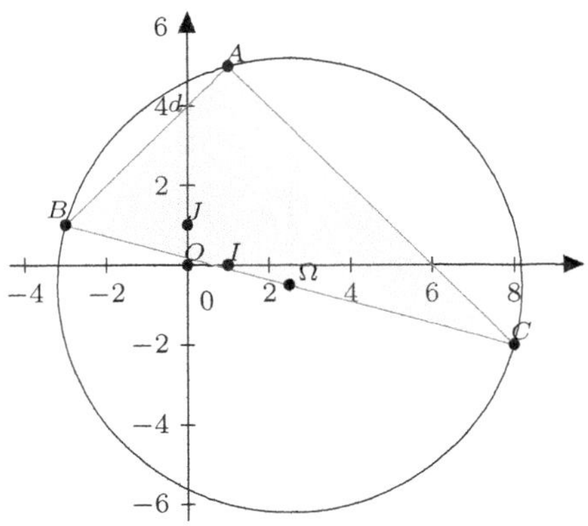

$\mathcal{C}$ est donc le cercle de centre $\Omega\left(\dfrac{5}{2}, \dfrac{-1}{2}\right)$ et de rayon $\dfrac{\sqrt{130}}{2}$.

3. D appartient à $\mathcal{C}$ si et seulement si : $\Omega D = r$.
Or $\Omega D^2 = \left(4 - \frac{5}{2}\right)^2 + \left(5 + \frac{1}{2}\right)^2$, d'où $\Omega D = \frac{\sqrt{130}}{2} = r$.
Donc le point D appartient au cercle $\mathcal{C}$.

Correction 2 (Médiatrice, triangles et angles dans un repère)

1. 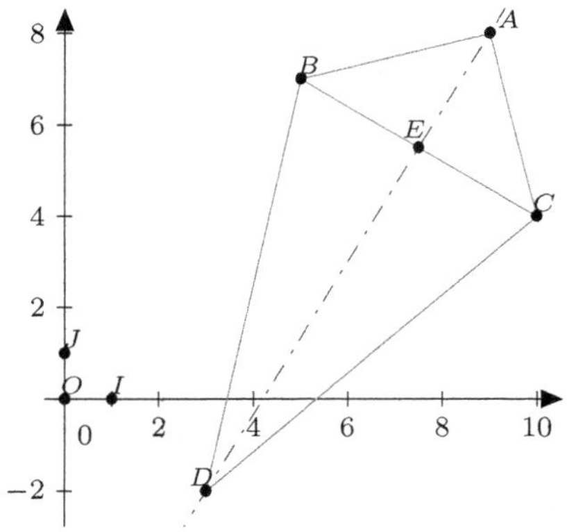

La médiatrice d'un segment est formée de l'ensemble des points situés à égale distance des extrémités de ce segment.
$AB^2 = (5-9)^2 + (7-8)^2 = 16+1 = 17$. D'où $AB = \sqrt{17}$
$AC^2 = (10-9)^2 + (4-8)^2 = 1+16 = 17$. D'où $AC = \sqrt{17}$
On a donc : $AB = AC$, ce qui signifie que le point A est à égale distance des points B et C. Donc A appartient à la médiatrice de $[BC]$.
$DB^2 = (5-3)^2 + (7+2)^2 = 4+81 = 85$. D'où $DB = \sqrt{85}$
$DC^2 = (10-3)^2 + (4+2)^2 = 49+36 = 85$. D'où $AC = \sqrt{85}$
On a donc : $DB = DC$, ce qui signifie que le point D est à égale distance des points B et C. Donc D appartient à la médiatrice de $[BC]$.

De plus J étant le milieu de $[BC]$, il appartient également à la médiatrice de $[BC]$. Appartenant tous trois à la médiatrice de $[BC]$, les points A, D et J sont donc alignés.

2. D'après la figure, on peut conjecturer que le triangle ABC est rectangle en A.
On peut calculer le carré des longueurs des côtés $[AB]$, $[AC]$, $[BC]$:
- $AB^2 = 17$
- $AC^2 = 17$
- $BC^2 = (10-5)^2 + (4-7)^2 = 25+9 = 34$.

On remarque que : $BC^2 = AB^2 + AC^2$ D'après la réciproque du théorème de Pythagore, on peut donc en conclure que le triangle ABC est rectangle en A. De plus, on a $AB = AC$, car $AB^2 = AC^2$. Le triangle ABC est donc finalement rectangle isocèle en A.

De plus, ABC étant rectangle isocèle en A et sachant que la somme des angles d'un triangle vaut 180°, on a :
$\widehat{ABC} = \dfrac{180° - 90°}{2} = 45°$ Donc $\widehat{ABC} = 45°$.

3. On remarque que $\widehat{BDA} = \widehat{BDJ}$.
Or, le triangle BDJ étant rectangle en J (la médiatrice d'un segment est perpendiculaire à ce segment), on a : $\cos(\widehat{BDJ}) = \dfrac{DJ}{DB}$.
D'après le théorème de Pythagore, on a par ailleurs :

$$DJ^2 = DB^2 - BJ^2 = DB^2 - \left(\frac{BC}{2}\right)^2 = DB^2 - \frac{BC^2}{4} = 85 - \frac{34}{4} = \frac{153}{2}.$$

On en déduit donc :

$$\cos(\widehat{BDJ}) = \frac{\sqrt{153}}{\sqrt{2}\times\sqrt{85}} = \frac{\sqrt{17\times 9}}{\sqrt{2}\times\sqrt{17\times 5}} = \frac{\sqrt{17}\times\sqrt{9}}{\sqrt{2}\times\sqrt{17}\times\sqrt{5}},$$

soit $\cos(\widehat{BDJ}) = \dfrac{3}{\sqrt{10}}$ À l'aide de la calculatrice, et en utilisant la fonction $\cos^{-1}$, on obtient : $\widehat{BDJ} = 18,43°$ à $0,01°$ près.

Correction 3 (Triangle isocèle et hauteur dans un repère)

1.

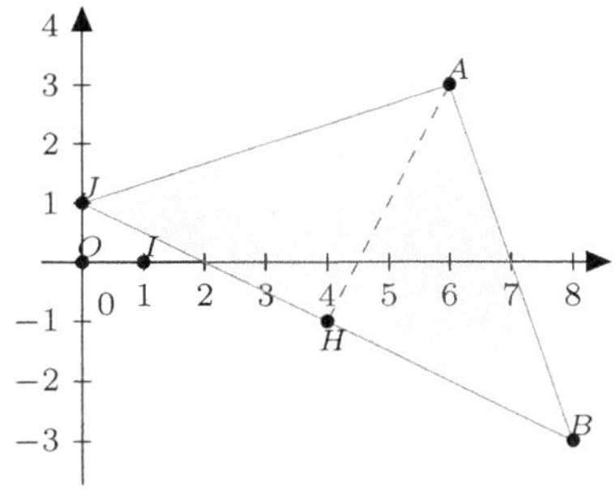

À partir de la figure, il semble que le triangle soit isocèle en A. On peut donc le vérifier en calculant les longueurs AJ et AB, sachant que les coordonnées du point J sont $\left(0\ ,\ 1\right)$:

$AJ = \sqrt{(x_J - x_A)^2 + (y_J - y_A)^2} = \sqrt{(0-6)^2 + (1-3)^2} = \sqrt{36+4} = \sqrt{40}$

$AB = \sqrt{4+36} = \sqrt{40}$

On a donc bien : $AJ = AB$. Le triangle ABJ est donc isocèle en A.

2. H est le pied de la hauteur issue du sommet principal du triangle isocèle ABJ.

   Or dans un triangle isocèle, la hauteur issue du sommet principal est aussi la médiane associée à ce sommet. On en déduit que H est le milieu du segment $[BJ]$.

   On peut donc calculer ses coordonnées :

   ▶ $x_H = \dfrac{x_B + x_J}{2} = \dfrac{8+0}{2} = 4$

   ▶ $y_H = \dfrac{y_B + y_J}{2} = \dfrac{-3+1}{2} = -1$

   Donc H a pour coordonnées $\left(4\ ,\ -1\right)$ dans le repère $(O; I, J)$.

3. Pour calculer l'aire du triangle ABJ, il est nécessaire de déterminer au préalable les longueurs AH et BJ :

   ▶ $AH = \sqrt{4+16} = \sqrt{20} = 2\sqrt{5}$

   ▶ $BJ = \sqrt{64+16} = \sqrt{80} = 4\sqrt{5}$

   On a donc : $\mathcal{A}(ABJ) = \dfrac{2\sqrt{5} \times 4\sqrt{5}}{2} = 20$.

   L'aire du triangle ABJ est donc 20 (unités d'aire).

Solutions

Correction 4 (Partage d'un côté d'un triangle)

I. Cas de la médiane

1.

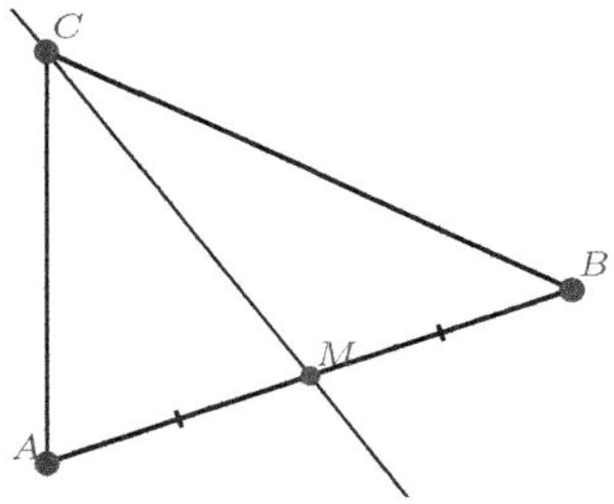

2. Le point M étant le milieu de $[AB]$, il vérifie $MA = MB$ soit $\dfrac{MA}{MB} = 1$.
3. Le pied de la médiane partage le segment $[AB]$ en deux segments de même longueur.

II. Cas de la bissectrice

1.

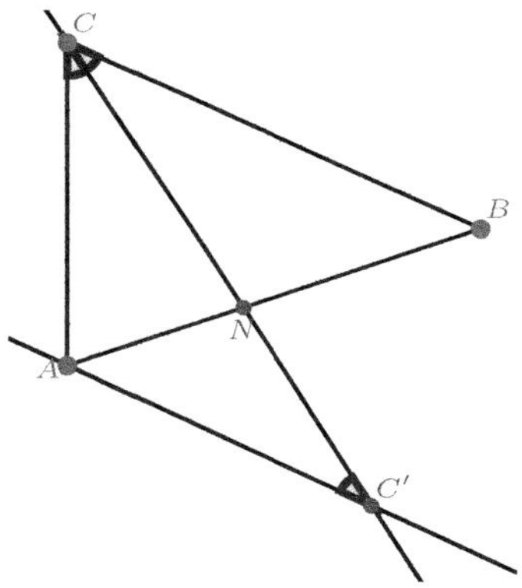

2. Par définition, la bissectrice (CN) coupe l'angle $\widehat{ABC}$ en deux angles égaux. Donc $\widehat{BCN} = \widehat{NCA}$.
3. D'après le théorème 6, la droite (CN) coupe les droites parallèles (BC) et (AC') suivant des angles alternes-internes égaux. Donc $\widehat{C'CB} = \widehat{CC'A}$.
4. On en déduit que le triangle CBC' est isocèle en A. En particulier, $C'A = CA$.
5. D'après le théorème de Thalès, $\dfrac{NA}{NB} = \dfrac{C'A}{CB} = \dfrac{CA}{CB}$ d'après la question précédente.

III. Cas de la hauteur

1.

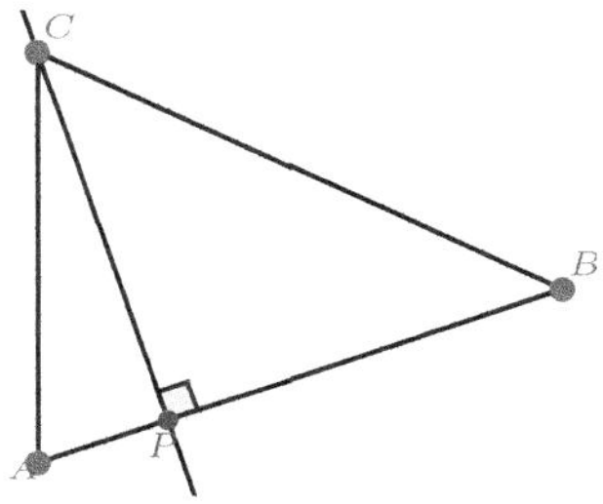

2. Dans le triangle BCP rectangle en P, on a $CP = BC\sin\left(\widehat{CBP}\right)$ et $BP = BC\cos\left(\widehat{CBP}\right)$. Donc

$$\frac{CP}{BP} = \frac{BC\sin\left(\widehat{CBP}\right)}{BC\cos\left(\widehat{CBP}\right)} = \frac{\sin\left(\widehat{CBP}\right)}{\cos\left(\widehat{CBP}\right)} = \tan\left(\widehat{CBP}\right).$$

3. De même, dans le triangle ACP rectangle en P, on a $CP = AC\sin\left(\widehat{CAP}\right)$ et $AP = AC\cos\left(\widehat{CAP}\right)$.

Donc $\dfrac{CP}{AP} = \dfrac{AC\sin\left(\widehat{CAP}\right)}{AC\cos\left(\widehat{CAP}\right)} = \dfrac{\sin\left(\widehat{CAP}\right)}{\cos\left(\widehat{CAP}\right)} = \tan\left(\widehat{CAP}\right).$

4. On en déduit que

$$\frac{\tan\widehat{CAP}}{\tan\widehat{CBP}} = \frac{\frac{CP}{BP}}{\frac{CP}{AP}} = \frac{CP}{BP}\times\frac{AP}{CP} = \frac{AP}{BP}.$$

Correction 5 (Droite d'Euler)

I. Construction de la figure

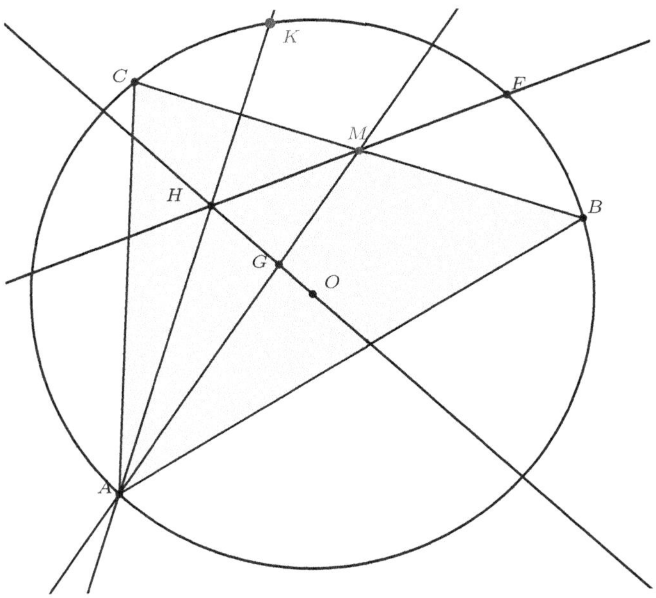

Solutions

II. Démonstration

1. Le segment $[AF]$ est un diamètre du cercle circonscrit à ABC. D'après le théorème 33, les triangles AFK et AFC sont rectangles en K et C respectivement.
2. Les points M et O sont équidistants de B et de C donc appartiennent à la médiatrice de $[BC]$. Donc la droite (OM) est la médiatrice de $[BC]$.
3. La droite (OM) est perpendiculaire à (BC) (question 2). La droite (AK) est perpendiculaire à (BC) (question 1).
4. Soit L le milieu de $[KF]$. La droite (OL) est la médiatrice de $[KF]$. Elle est donc perpendiculaire à (KF). Puisque AFK est rectangle en K, la droite (AF) est aussi perpendiculaire à (KF). Donc les droites (OL), c'est-à-dire (OM) et (AF) sont parallèles.

   D'après le théorème de la droite des milieux dans le triangle HKF, la droite (OM) recoupe le côté $[HF]$ en son milieu. Donc M est le milieu de $[HF]$.
5. Le point M est le milieu de $[BC]$ par construction et le milieu de $[HF]$ d'après la question précédente. Ces deux segments ont le même milieu, donc $BHCF$ est un parallélogramme.
6. D'après la question précédente, $BHCF$ est un parallélogramme, donc ses côtés opposés (BH) et (CF) sont parallèles. Comme (CF) est perpendiculaire à (AC) depuis la question 1, on a aussi (BH) perpendiculaire à (AC).
7. Dans le triangle ABC, la droite (AH) est la hauteur issue de A par construction. D'après la question précédente, la droite (BH) est la hauteur issue de B. Le point H est l'intersection de deux hauteurs du triangle ABC, c'est donc son orthocentre.
8. Dans le triangle AHF, la droite (AM) passe par le milieu de $[HF]$ d'après la question 4. D'autre part, O est le milieu de $[AF]$ par construction de F, donc la droite (OH) est la médiane issue de H. Comme $G \in (OH)$, le point G appartient à deux médianes, c'est donc le centre de gravité de AHF.
9. D'après la question précédente, dans le triangle AHF, le point G est situé sur la médiane $[AM]$, aux deux-tiers à partir du sommet A.

   Or dans le triangle ABC, le centre de gravité est lui aussi situé sur la médiane $[AM]$, aux deux-tiers à partir du sommet A. C'est donc le point G.

On a bien démontré que les trois points G, O et H sont alignés. De plus, d'après la question 8, le centre de gravité G est situé entre H et O et de plus, $GH = 2GO$.

Correction 6 (Avec des symétries)

1.

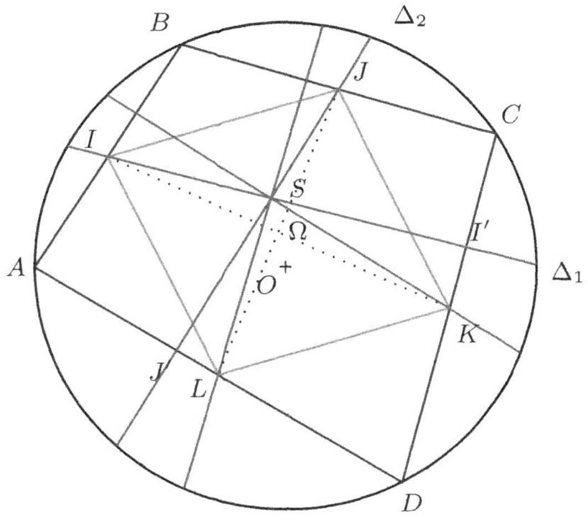

2. Dans le triangle ABC la droite (IJ) passe par les milieux de deux côtés. Elle est donc parallèle au troisième : (IJ) est parallèle à (AC). De même, dans le triangle ADC la droite (KL) passe par les milieux de deux côtés. Elle est donc parallèle au troisième : (KL) est parallèle à (AC). Finalement (IJ) est parallèle à (KL).
On démontre de même que (JK) est parallèle à (LI).
Le quadrilatère $IJKL$ est donc bien un parallélogramme.

3. (a) On a $OD = OC = r$, rayon du cercle Γ. Donc O appartient à la médiatrice de $[DC]$.
K est le milieu de $[DC]$ donc $KD = KC$. Donc K appartient à la médiatrice de $[DC]$. La médiatrice de $[DC]$ est une droite passant par O et par K, c'est donc la droite (OK).
   (b) (OK) est la médiatrice de $[DC]$, donc (OK) est une droite perpendiculaire à (DC). s_Ω est une symétrie centrale et par une symétrie centrale une droite est transformée en une droite parallèle. L'image de (OK) par s_Ω est donc parallèle à (OK) et donc perpendiculaire à (DC).
   (c) On a $s_\Omega(K) = I$ puisque Ω est le centre du parallélogramme $IJKL$ donc le milieu de $[IK]$. Donc l'image de (OK) par s_Ω est une droite perpendiculaire à (DC) (d'après la question précédente) et passant par I c'est donc bien la droite (II') autrement dit Δ_1.
   (d) Pour les mêmes raisons on a $s_\Omega(L) = J$ puisque Ω est le milieu de $[JL]$ et donc comme l'image de la droite (OL) par s_Ω est une droite perpendiculaire à (BC), Δ_2 est l'image de la droite (OL) par s_Ω.
   (e) Comme O appartient à (OK), $s_\Omega(O)$ appartient à Δ_1 et comme O appartient à (OL), $s_\Omega(O)$ appartient à Δ_2. Donc $s_\Omega(O)$ appartient à l'intersection de Δ_1 et Δ_2 autrement dit $s_\Omega(O) = S$. Ou encore Ω est le milieu de $[OS]$.

4. On a $OB = OC = r$, (rayon du cercle Γ). Donc O appartient à la médiatrice de $[BC]$.
Le point K est le milieu de $[BC]$ donc $JB = JC$. Donc J appartient à la médiatrice de $[BC]$.
La médiatrice de $[BC]$ est une droite passant par O et par L, c'est donc la droite (OL).
On a $s_\Omega(O) = S$ et $s_\Omega(J) = L$. Donc l'image de la droite (OJ) par s_Ω est une droite passant par S et par L, c'est donc la droite (OL). D'autre part c'est aussi une droite parallèle à (OJ) et donc elle aussi perpendiculaire à (BC). Finalement (LS) et (BC) sont bien perpendiculaires. Autrement dit la perpendiculaire à la corde $[BC]$ passant par le milieu de sa corde opposée passe par S.

Solutions

5. Pour les mêmes raisons la perpendiculaire à la corde $[AB]$ passant par le milieu de sa corde opposée passe par S. Au total, les quatre perpendiculaires aux cordes $[CD]$, $[BC]$, $[AB]$ et $[DA]$ passant par le milieu de leur corde opposée sont concourantes en S. Les deux premières parce que c'est comme cela que l'on a défini le point S, et les deux dernières au cours des questions 4. et 5.
6. On applique le résultat précédent cette fois au quadrilatère $ACBD$. Les perpendiculaires aux cordes $[AC]$, $[CB]$, $[BD]$ et $[DA]$ passant par le milieu de leur corde opposée sont concourantes en un point S'. Comme les perpendiculaires aux cordes $[CB]$ et $[DA]$ passant par le milieu de leur corde opposée se coupent en S, on a $S = S'$.
7. On a bien démontré que les six droites perpendiculaires à une corde passant par le milieu de la corde opposée sont concourantes au point S.

Chapitre 7

Vecteurs

Sommaire

Les vecteurs remontent à la plus haute antiquité. Le verbe latin vehere (transporter) nous a aussi donné véhicule, voiture et le plus savant vexillaire (porte-étendard dans les armées romaines). Pour faire bref, un vecteur est quelque chose qui transporte. La puce du rat est un **vecteur** du bacille de la peste.

Les vecteurs – au sens mathématique – sont partout autour de nous. En sciences physiques, ils décrivent la mécanique et l'électromagnétisme. Ce manuel est composé sur un ordinateur dont le processeur est vectoriel. Les fontes typographiques utilisées sont vectorielles.

Puisqu'il est question de sens des mots, deux définitions mathématiques qui diffèrent du sens commun.

7.1 Direction et sens

Définition 1.

- Deux droites parallèles définissent la même **direction**.
- Sur une droite on peut définir deux sens.
- Sur toutes les droites d'une même direction – qui sont donc parallèles entre elles – il y a en tout et pour tout deux sens.

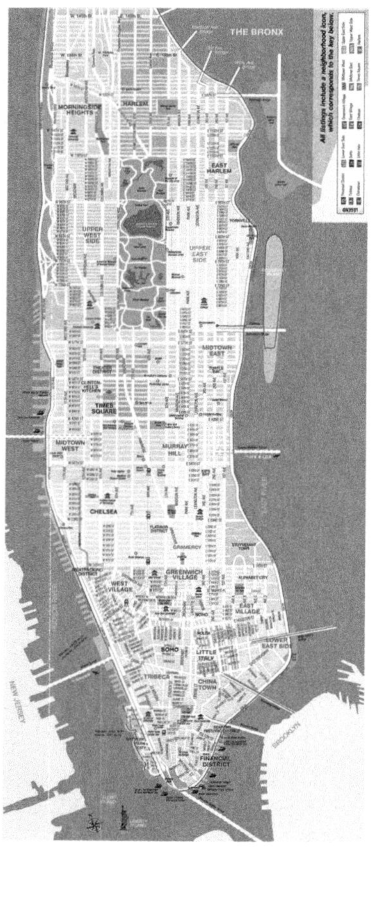

Les avenues de Manhattan (représentées verticalement) définissent *grosso modo* la même direction : Il existe deux sens opposés sur cette direction : le sens SW $\longrightarrow$ NE et le sens NE $\longrightarrow$ SW.

De même les rues de Manhattan (représentées horizontalement) définissent une autre direction et deux sens opposés sur cette direction : Par exemple, la 10ᵉ rue va dans le sens NW $\longrightarrow$ SE et la 11ᵉ rue va dans le sens SE $\longrightarrow$ NW.

7.2 Vecteurs du plan

7.2.1 Translations

Après les symétries, on définit une nouvelle transformation du plan, la translation.

Définition 2 (translation, vecteur).

Soient A et B deux points du plan.
On appelle **translation qui transforme** A **en** B ou plus simplement **vecteur** $\overrightarrow{AB}$, la transformation qui à tout point M du plan associe l'unique point M' tel que $[AM']$ et $[BM]$ ont même milieu.

On peut dire que le point A est une origine du vecteur $\overrightarrow{AB}$ et que B en est l'extrémité correspondante.

Remarque 1.

La grande majorité des auteurs de manuels distinguent la notion de translation de la notion de vecteur. En général ces auteurs ne définissent pas clairement la notion de vecteur. Ces auteurs appellent la translation qui transforme A **en** B **: translation de vecteur** $\overrightarrow{AB}$**.**
Ici un vecteur est une translation, une translation est un vecteur, ou, si l'on préfère, ce sont deux points de vue différents pour envisager cette transformation.

Remarque 2.

L'image du point A par le vecteur $\overrightarrow{AB}$ est le point B. En effet, $[AB]$ et $[AB]$ ont clairement le même milieu.

En traduisant la caractérisation des parallélogrammes à l'aide du milieu des diagonales, on obtient le théorème suivant :

Théorème 1
Soit A, B, C et D quatre points du plan. Le point D est l'image du point C par le vecteur $\overrightarrow{AB}$ si et seulement si le quadrilatère $ABDC$ est un parallélogramme (éventuellement aplati).

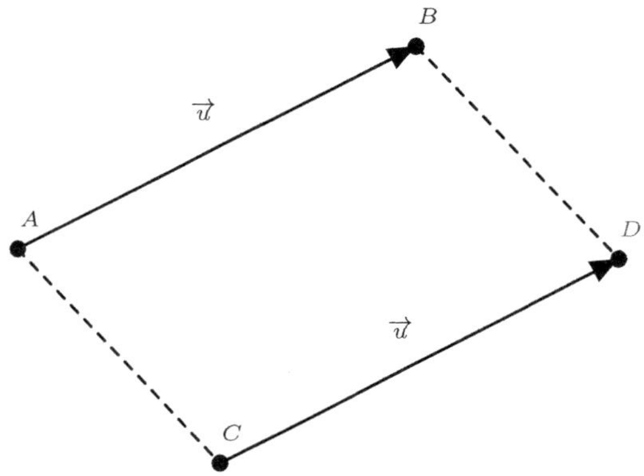

Pour que deux vecteurs soient égaux, il faut et il suffit qu'ils soient la même translation. Ici le vecteur $\overrightarrow{u}$ est égal au vecteur $\overrightarrow{AB}$ ainsi qu'au vecteur $\overrightarrow{CD}$. Ces trois vecteurs sont une même translation.

De ce fait il est possible d'écrire que le point C est une origine du vecteur $\overrightarrow{AB}$ et que D est son extrémité correspondante.

Le lapin en bas à droite est transformé par le vecteur $\overrightarrow{CC'} = \overrightarrow{EE'}$.

7.2.2 Propriétés des vecteurs

Théorème 2
Soient A et B deux points. On a $\overrightarrow{AA} = \overrightarrow{BB}$.

En effet, à nouveau $[AB]$ et $[AB]$ ont clairement le même milieu.

Définition 3.

► On appelle **vecteur nul** le vecteur $\overrightarrow{0} = \overrightarrow{AA}$, où A désigne n'importe quel point du plan.

Le vecteur nul ne fait strictement rien ! Autrement dit, par le vecteur nul, tout point A est transformé en lui-même.

Le théorème 1 peut s'écrire : Pour tous points A, B, C et D du plan, les vecteurs $\overrightarrow{AB}$ et $\overrightarrow{CD}$ sont égaux si et seulement si l'image du point C par le vecteur $\overrightarrow{AB}$ est le point D. Ce qui peut se traduire par :

Théorème 3
Soit A, B, C et D quatre points du plan.

$$\overrightarrow{AB} = \overrightarrow{CD} \quad \text{si et seulement si } ABDC \text{ est un parallélogramme.}$$

En traduisant les propriétés d'un parallélogramme, on en déduit que

► Les distances AB et CD sont égales. La distance entre les extrémités d'un vecteur ne dépend pas de sa position dans le plan. On peut donc parler de longueur d'un vecteur.

► Les droites (AB) et (CD) sont parallèles, elles ont la même direction, sauf dans le cas où les points A et B sont confondus, auquel cas $\overrightarrow{AB} = \overrightarrow{CD} = \overrightarrow{0}$. On peut donc parler de direction d'un vecteur non nul.

► Lorsque $\overrightarrow{AB} \neq \overrightarrow{0}$ les vecteurs $\overrightarrow{AB}$ et $\overrightarrow{CD}$ ont le même sens. On peut donc parler de sens d'un vecteur non nul.

Définition 4.

On appelle **norme** d'un vecteur $\overrightarrow{u}$ la distance AB entre deux points A et B tels que $\overrightarrow{AB} = \overrightarrow{u}$.

Deux vecteurs non nuls sont égaux s'ils ont donc à la fois même norme, même sens et même direction. Un vecteur n'a ainsi pas de position fixe dans le plan. Il a plusieurs représentations possibles. Ce qui est important, c'est ce qu'il **fait**.

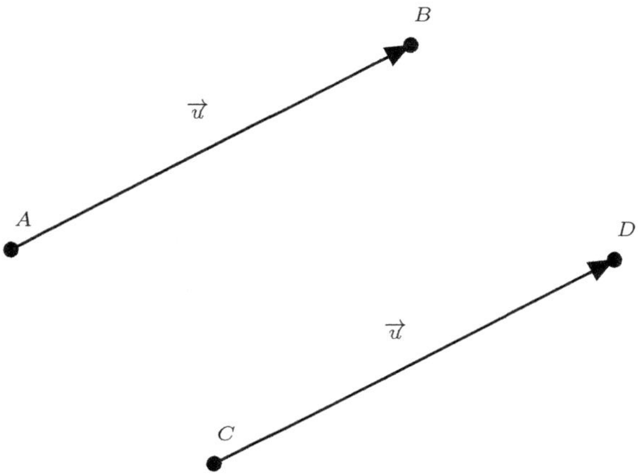

7.2.3 Somme de vecteurs

Définition 5.

On définit la **somme** de deux vecteurs $\vec{u}$ et $\vec{v}$ comme étant le vecteur égal au vecteur $\vec{u}$ suivi du vecteur $\vec{v}$. On note cette somme $\vec{u} + \vec{v}$.

Cette définition nécessite une explication. Rien ne prouve que $\vec{u} + \vec{v}$ est un vecteur, c'est-à-dire une translation.

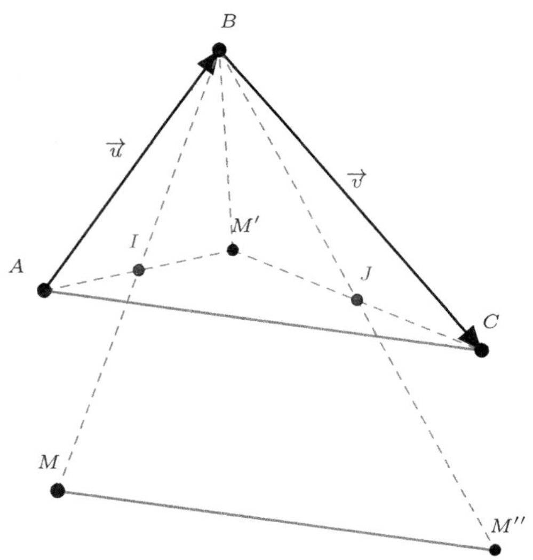

Soit A, B et C trois points du plan tels que $\vec{u} = \overrightarrow{AB}$ et $\vec{v} = \overrightarrow{BC}$.
Soit M un point du plan, M' son image par le vecteur $\vec{u}$ et M'' l'image de M' par le vecteur $\vec{v}$. Il s'agit de démontrer que $AMM''C$ est un parallélogramme.
Si $M = A$, il n'y a rien à démontrer. Sinon, les droites (AM) et (BM') sont parallèles puisque $AMM'B$ est un parallélogramme. De même les droites (BM') et (CM'') sont parallèles. On en déduit que les droites (AM) et (CM'') sont parallèles.
Soit I le centre du parallélogramme $AMM'B$ et J le centre du parallélogramme $BM'M''C$.
Dans le triangle $AM'C$ la droite (IJ) est parallèle à la droite (AC) d'après le théorème 23 de la droite des milieux (page 153).
De même dans le triangle MBM'' la droite (IJ) est parallèle à la droite (MM'').
Donc les droites (AC) et (MM'') sont parallèles, ce qu'il fallait démontrer.

Comme conséquence, on obtient le théorème suivant :

Théorème 4 (relation de Chasles)
Soit A, B et C trois points du plan.
$$\overrightarrow{AB}+\overrightarrow{BC}=\overrightarrow{AC}.$$

Cette relation n'est pas vérifiée pour les distances (en général, $AB + BC \neq AC$). Pour sommer les vecteurs $\overrightarrow{u}$ et $\overrightarrow{v}$, on peut positionner les deux vecteurs bout à bout et déterminer le vecteur somme à l'aide de la relation de Chasles.

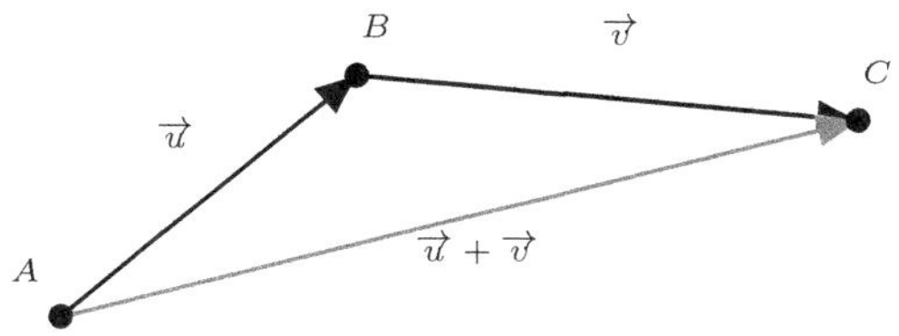

Pour sommer les vecteurs $\overrightarrow{u}$ et $\overrightarrow{v}$, on peut aussi positionner les deux vecteurs à partir de la même origine, et construire un parallélogramme, dont le vecteur somme est une « diagonale ».

Théorème 5
Soit $\overrightarrow{u}$ et $\overrightarrow{v}$ deux vecteurs. On a
$$\overrightarrow{u}+\overrightarrow{v}=\overrightarrow{v}+\overrightarrow{u}.$$

Autrement dit, on peut composer deux translations dans l'ordre que l'on veut. On peut aussi dire que l'addition des vecteurs est commutative (voir théorème 5 page 67).

Démonstration 5

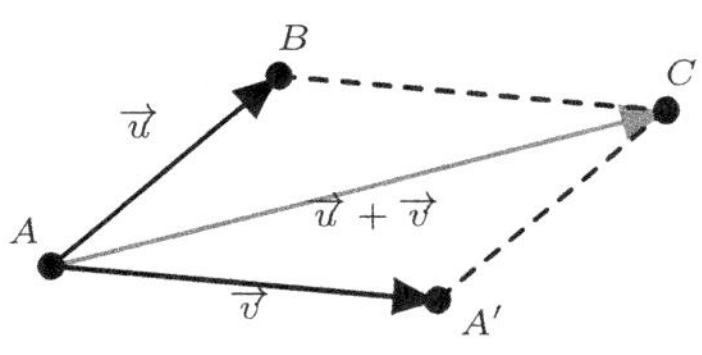

Soit A, B et C trois points du plan tels que $\overrightarrow{u}=\overrightarrow{AB}$, $\overrightarrow{v}=\overrightarrow{BC}$. On a donc $\overrightarrow{u}+\overrightarrow{v}=\overrightarrow{AC}$.

Soit A' un point du plan tel que $\overrightarrow{v}=\overrightarrow{AA'}$. Puisque $\overrightarrow{BC}=\overrightarrow{v}=\overrightarrow{AA'}$, on peut dire que $BCA'A$ est un parallélogramme. De ce fait – en tournant dans l'autre sens – $A'CBA$ est aussi un parallélogramme, ce qui se traduit par $\overrightarrow{A'C}=\overrightarrow{AC}=\overrightarrow{u}$.

D'après la relation de Chasles, $\overrightarrow{AA'}=\overrightarrow{A'C}=\overrightarrow{AC}$, ce qui s'écrit aussi
$$\overrightarrow{v}+\overrightarrow{u}=\overrightarrow{u}+\overrightarrow{v}.$$

□

Théorème 6
Soit $\overrightarrow{u}$, $\overrightarrow{v}$ et $\overrightarrow{w}$ trois vecteurs. On a

$$(\overrightarrow{u}+\overrightarrow{v})+\overrightarrow{w}=\overrightarrow{u}+(\overrightarrow{v}+\overrightarrow{w}).$$

Autrement dit, l'addition des vecteurs est assctiative (voir théorème 5 page 67).

Démonstration 6
Soit A, B, C et D quatre points du plan tels que $\overrightarrow{u}=\overrightarrow{AB}$, $\overrightarrow{v}=\overrightarrow{BC}$ et $\overrightarrow{w}=\overrightarrow{CD}$. On a donc d'après la relation de Chasles,

$$\begin{aligned}(\overrightarrow{u}+\overrightarrow{v})+\overrightarrow{w}&=\left(\overrightarrow{AB}+\overrightarrow{BC}\right)+\overrightarrow{CD}\\&=\overrightarrow{AC}+\overrightarrow{CD}\\&=\overrightarrow{AD}.\end{aligned}$$

Pour les mêmes raisons,

$$\begin{aligned}\overrightarrow{u}+(\overrightarrow{v}+\overrightarrow{w})&=\overrightarrow{AB}+\left(\overrightarrow{BC}+\overrightarrow{CD}\right)\\&=\overrightarrow{AB}+\overrightarrow{BD}\\&=\overrightarrow{AD}.\end{aligned}$$

Les deux vecteurs $(\overrightarrow{u}+\overrightarrow{v})+\overrightarrow{w}$ et $\overrightarrow{u}+(\overrightarrow{v}+\overrightarrow{w})$ sont donc égaux $\left(\text{à } \overrightarrow{AD}\right)$. □

Définition 6.

Deux vecteurs dont la somme égale le vecteur nul sont appelés vecteurs opposés. Si $\overrightarrow{u}$ et $\overrightarrow{v}$ sont opposés, on a donc $\overrightarrow{u}+\overrightarrow{v}=\overrightarrow{0}$ et on note $\overrightarrow{u}=-\overrightarrow{v}$ ou $\overrightarrow{v}=-\overrightarrow{u}$.

D'après la relation de Chasles, pour tous points A et B, $\overrightarrow{AB}+\overrightarrow{BA}=\overrightarrow{AA}=\overrightarrow{0}$. On en déduit que $\overrightarrow{BA}=-\overrightarrow{AB}$.

7.2.4 Produit d'un vecteur par un réel

L'idée est de pouvoir écrire $\overrightarrow{u}+\overrightarrow{u}=2\overrightarrow{u}$ et de généraliser.

En effet, le vecteur $\overrightarrow{u}+\overrightarrow{u}$ est un vecteur qui a la même direction que $\overrightarrow{u}$ (si $\overrightarrow{u}\neq\overrightarrow{0}$ toutefois) et donc la norme est le double de la norme de $\overrightarrow{u}$.

Définition 7.

Soit $\overrightarrow{u}$ un vecteur et k un nombre réel. On définit le vecteur $\overrightarrow{v} = k\overrightarrow{u}$:
- ▶ $\overrightarrow{v} = \overrightarrow{0}$ lorsque $k = 0$ ou $\overrightarrow{u} = \overrightarrow{0}$.
- ▶ Si $k > 0$, alors $\overrightarrow{v}$ est le vecteur qui a même direction, même sens que $\overrightarrow{u}$ et dont la norme est celle de $\overrightarrow{u}$, multipliée par k.
- ▶ Si $k < 0$, alors $-k > 0$ et $\overrightarrow{v} = -\left((-k)\overrightarrow{u}\right)$. Dans ce cas on a $\overrightarrow{v}$ de sens opposé à celui de $\overrightarrow{u}$.

Théorème 7
Pour tous vecteurs $\overrightarrow{u}$ et $\overrightarrow{v}$, pour tous réels k et ℓ on a
- ▶ $0\overrightarrow{u} = \overrightarrow{0}$.
- ▶ $k\overrightarrow{0} = \overrightarrow{0}$.
- ▶ $(k+\ell)\overrightarrow{u} = k\overrightarrow{u} + \ell\overrightarrow{u}$.
- ▶ $k\left(\ell\overrightarrow{u}\right) = (k\ell)\overrightarrow{u}$.
- ▶ $k(\overrightarrow{u} + \overrightarrow{v}) = k\overrightarrow{u} + k\overrightarrow{v}$.

Démonstration 7
Les quatre premières propriétés sont évidentes de par la définition du produit d'un vecteur et d'un réel.

Reste la cinquième qui fait penser au théorème de Thalès :

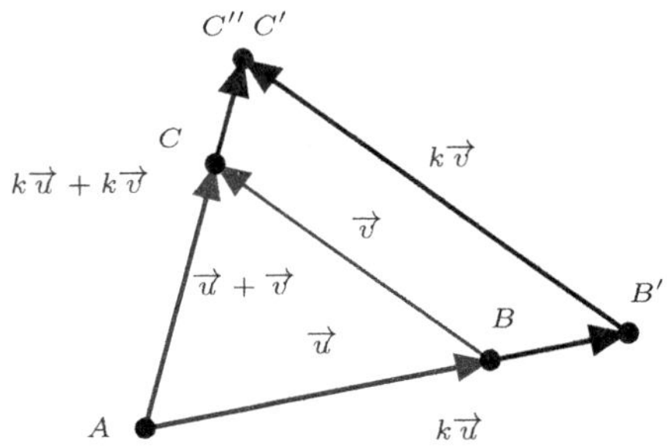

On se place dans le cas où $k > 0$. Soit A, B, C, B', et C', cinq points du plan vérifiant

$$\overrightarrow{u} = \overrightarrow{AB},\ \overrightarrow{v} = \overrightarrow{BC},\ k\overrightarrow{u} = \overrightarrow{AB'} \text{ et } k\overrightarrow{v} = \overrightarrow{B'C'}.$$

D'après la relation de Chasles, $\overrightarrow{AC} = \overrightarrow{u} + \overrightarrow{v}$. Soit enfin C'' le point du plan tel que $k\left(\overrightarrow{u} + \overrightarrow{v}\right) = \overrightarrow{AC''}$.
Il s'agit de démontrer que $C' = C''$ c'est-à-dire que $\overrightarrow{B'C'} = \overrightarrow{B'C''}$.

Or les points A, B, B' sont alignés, A, C, C'' sont alignés dans le même ordre. Par définition du produit $k\overrightarrow{AB}$ on a $AB' = k.AB$. Par définition du produit $k\overrightarrow{AC}$

on a $AC'' = k.AC$. De $\dfrac{AB'}{AB} = \dfrac{AC''}{AC}$ on déduit, via la réciproque du théorème de Thalès, que les droites $(B'C'')$ et (BC) sont parallèles, autrement dit les vecteurs $\overrightarrow{B'C''}$ et $\overrightarrow{BC}$ ont même direction. Comme on a $\dfrac{B'C''}{BC} = k$, on en déduit bien que $\overrightarrow{B'C'} = k\overrightarrow{BC} = \overrightarrow{B'C''}$.

Dans le cas où $k < 0$, on se ramène au cas précédent avec $k' = -k$ et $k\overrightarrow{u} = -(k'\overrightarrow{u})$. □

On déduit de la définition du produit d'un vecteur par un réel le théorème suivant :

Théorème 8
Soit $\overrightarrow{u}$ un vecteur et k un nombre réel,

$$\|k\overrightarrow{u}\| = |k| \cdot \|\overrightarrow{u}\|.$$

7.2.5 Vecteurs colinéaires

Définition 8.

Soit $\overrightarrow{u}$ et $\overrightarrow{v}$ deux vecteurs du plan. On dit que $\overrightarrow{u}$ est **colinéaire** à $\overrightarrow{v}$ s'il existe un réel k tel que :

$$\overrightarrow{u} = k\overrightarrow{v}.$$

Théorème 9
Soit $\overrightarrow{u}$ et $\overrightarrow{v}$ deux vecteurs du plan.

Si $\overrightarrow{u} \neq \overrightarrow{0}$ et si $\overrightarrow{u}$ est colinéaire à $\overrightarrow{v}$, alors $\overrightarrow{v}$ est colinéaire à $\overrightarrow{u}$.

Démonstration 9
Soit $\overrightarrow{u} \neq \overrightarrow{0}$ colinéaire à $\overrightarrow{v}$. Il existe k réel tel que $\overrightarrow{u} = k\overrightarrow{v}$. On a $k \neq 0$ car sinon on aurait $\overrightarrow{u} = \overrightarrow{0}$. De ce fait,

$$\frac{1}{k}\overrightarrow{u} = \frac{1}{k}(k\overrightarrow{v}) = \left(\frac{1}{k} \times k\right)\overrightarrow{v} = 1.\overrightarrow{v} = \overrightarrow{v},$$

donc $\overrightarrow{v}$ est colinéaire à $\overrightarrow{u}$. □

Deux vecteurs non nuls sont colinéaires si et seulement si ils ont la même direction. On peut traduire ceci par le théorème suivant :

Théorème 10
Soient A, B, C et D quatre points du plan.

- Les droites (AB) et (CD) sont parallèles si et seulement si les vecteurs $\overrightarrow{AB}$ et $\overrightarrow{CD}$ sont colinéaires.
- Les points A, B et C sont alignés si et seulement si les vecteurs $\overrightarrow{AB}$ et $\overrightarrow{BC}$ sont colinéaires.

7.3 Coordonnées cartésiennes dans un repère

Le plan est rapporté à un repère (O ; I , J) afin de pouvoir parler de coordonnées. On notera aussi ce repère (O ; $\vec{\imath}$, $\vec{\jmath}$), avec $\overrightarrow{OI} = \vec{\imath}$ et $\overrightarrow{OJ} = \vec{\jmath}$.

7.3.1 Coordonnées d'un point

Soit M un point du plan.

Dans le langage des vecteurs, les coordonnées de M dans le repère (O ; $\vec{\imath}$, $\vec{\jmath}$) se définissent comme suit :

Théorème 11
Le plan est muni d'un repère (O ; $\vec{\imath}$, $\vec{\jmath}$).
Pour tout point M du plan, il existe un unique couple de réels (x, y) tel que :

$$\overrightarrow{OM} = x\vec{\imath} + y\vec{\jmath}.$$

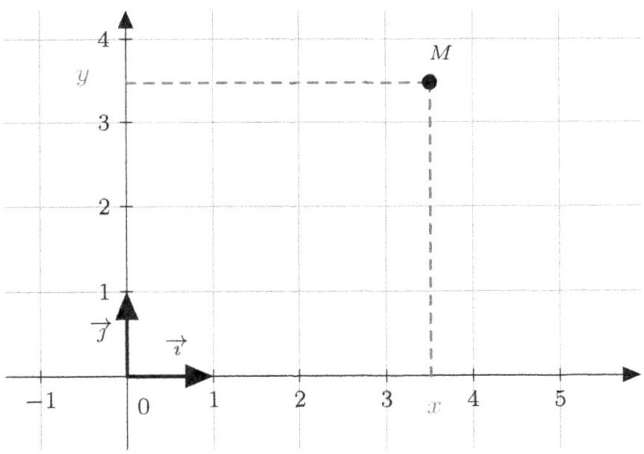

Démonstration 11
Soit (O ; $\vec{\imath}$, $\vec{\jmath}$) un repère et M un point quelconque du plan.
Commençons par démontrer l'existence du couple (x, y).

Pour cela, on appelle I et J les points tels que $\overrightarrow{OI} = \vec{\imath}$ et $\overrightarrow{OJ} = \vec{\jmath}$. On considère la parallèle à (OJ) passant par M ; elle coupe la droite (OI) en P.
De même, on considère la parallèle à (OI) passant par M ; elle coupe la droite (OJ) en Q.
Le point P appartient à (OI) donc les vecteurs $\overrightarrow{OP}$ et $\overrightarrow{OI}$ sont colinéaires ; d'où, l'existence d'un réel x tel que $\overrightarrow{OP} = x\overrightarrow{OI}$ autrement dit $\overrightarrow{OP} = x\vec{\imath}$.
Par le même raisonnement, le fait que le point Q appartienne à (OJ), les vecteurs $\overrightarrow{OQ}$ et $\overrightarrow{OJ}$ sont colinéaires ; d'où, l'existence d'un réel y tel que $\overrightarrow{OQ} = y\overrightarrow{OJ}$ autrement dit $\overrightarrow{OQ} = y\vec{\jmath}$.
Enfin, le quadrilatère $OPMQ$ est, par construction, un parallélogramme donc $\overrightarrow{OP} + \overrightarrow{OQ} = \overrightarrow{OM}$, ce qui donne :

$$\overrightarrow{OM} = x\vec{\imath} + y\vec{\jmath}.$$

Démontrons, maintenant, l'unicité du couple (x, y).
Pour cela, on suppose l'existence d'un autre couple (x', y') de réels tels que $\overrightarrow{OM} = x'\overrightarrow{\imath} + y'\overrightarrow{\jmath}$.
Ceci implique que $x\overrightarrow{\imath} + y\overrightarrow{\jmath} = x'\overrightarrow{\imath} + y'\overrightarrow{\jmath}$ et ainsi, nous avons $(x - x')\overrightarrow{\imath} = (y' - y)\overrightarrow{\jmath}$.
Si $x \neq x'$ on obtient alors $\overrightarrow{\imath} = \dfrac{y' - y}{x - x'}\overrightarrow{\jmath}$, autrement dit, les vecteurs $\overrightarrow{\imath}$ et $\overrightarrow{\jmath}$ sont colinéaires.
Seulement, par définition même d'un repère, on sait que les vecteurs $\overrightarrow{\imath}$ et $\overrightarrow{\jmath}$ ne sont pas colinéaires et donc $x = x'$ ce que implique que $(y' - y)\overrightarrow{\jmath} = \overrightarrow{0}$. Comme $\overrightarrow{\jmath}$ est non nul, on en conclut que $y = y'$ ce qui termine la démonstration. □

Nous pouvons alors introduire la définition suivante.

Définition 9.

Soit M un point du plan.
On appelle **coordonnées** du point M dans le repère $(O ; \overrightarrow{\imath} , \overrightarrow{\jmath})$, l'unique couple de réels (x , y) tels que :

$$\overrightarrow{OM} = x\overrightarrow{\imath} + y\overrightarrow{\jmath}.$$

Le réel x s'appelle l'**abscisse** du point M et le réel y s'appelle l'**ordonnée** du point M.

Le théorème précédent permet de définir les coordonnées d'un vecteur.

7.3.2 Coordonnées d'un vecteur

Théorème 12
Soit $(O ; \overrightarrow{\imath} , \overrightarrow{\jmath})$ un repère du plan.
Pour tout vecteur $\overrightarrow{u}$ du plan, il existe un unique couple de réels (x, y) tel que :

$$\overrightarrow{u} = x\overrightarrow{\imath} + y\overrightarrow{\jmath}.$$

Démonstration 12
Il suffit de choisir le point M du plan tel que $\overrightarrow{OM} = \overrightarrow{u}$ et par le théorème précédent on a l'existence d'un couple (x, y) tel que $\overrightarrow{OM} = x\overrightarrow{\imath} + y\overrightarrow{\jmath}$ d'où le résultat. □

Définition 10.

Soit $\overrightarrow{u}$ un vecteur du plan.
On appelle **coordonnées** du vecteur $\overrightarrow{u}$ dans le repère $(O ; \overrightarrow{\imath} , \overrightarrow{\jmath})$ le couple (x , y) tel que.

$$\overrightarrow{u} = x\overrightarrow{\imath} + y\overrightarrow{\jmath}.$$

Le réel x est l'**abscisse** et le réel y est l'**ordonnée** du vecteur $\overrightarrow{u}$.
On note alors $\overrightarrow{u} \begin{pmatrix} x \\ y \end{pmatrix}$ ou encore $\overrightarrow{u} (x , y)$.

Remarque 3.

Écrire une égalité entre un vecteur et un couple de coordonnées comme $\overrightarrow{u} = (2\ ,\ -1)$ n'est pas seulement incorrect, c'est risqué ! En effet les coordonnées d'un vecteur sont relatives à un repère. Vous changez de repère et vous changez de coordonnées sans changer de vecteur. Dommage !

Théorème 13

Soit $\overrightarrow{u}\begin{pmatrix}x\\y\end{pmatrix}$ et $\overrightarrow{v}\begin{pmatrix}x'\\y'\end{pmatrix}$ deux vecteurs du plan, a et b deux nombres réels.

On a alors $a.\overrightarrow{u} + b.\overrightarrow{v}\begin{pmatrix}ax+bx'\\ay+by'\end{pmatrix}$.

Démonstration 13

On a $\overrightarrow{u} = x\overrightarrow{\imath} + y\overrightarrow{\jmath}$ et $\overrightarrow{v} = x'\overrightarrow{\imath} + y'\overrightarrow{\jmath}$. Donc

$$\begin{aligned}
a.\overrightarrow{u} + b.\overrightarrow{v} &= a\left(x\overrightarrow{\imath} + y\overrightarrow{\jmath}\right) + b\left(x'\overrightarrow{\imath} + y'\overrightarrow{\jmath}\right)\\
&= a\left(x\overrightarrow{\imath}\right) + a\left(y\overrightarrow{\jmath}\right) + b\left(x'\overrightarrow{\imath}\right) + b\left(y'\overrightarrow{\jmath}\right) \text{ d'après le théorème } 7,5.\\
&= ax\overrightarrow{\imath} + ay\overrightarrow{\jmath} + bx'\overrightarrow{\imath} + by'\overrightarrow{\jmath} \text{ d'après le théorème } 7,4.\\
&= (ax+bx')\overrightarrow{\imath} + (ay+by')\overrightarrow{\jmath} \text{ d'après le théorème } 7,3.
\end{aligned}$$

C'est bien dire que $a.\overrightarrow{u} + b.\overrightarrow{v}\begin{pmatrix}ax+bx'\\ay+by'\end{pmatrix}$. □

Théorème 14

Soient deux points du plan $A\left(x_A\ ,\ y_A\right)$ et $B\left(x_B\ ,\ y_B\right)$. Les coordonnées $\begin{pmatrix}x\\y\end{pmatrix}$ du vecteur $\overrightarrow{AB}$ vérifient :

$$x = x_B - x_A; \qquad y = y_B - y_A.$$

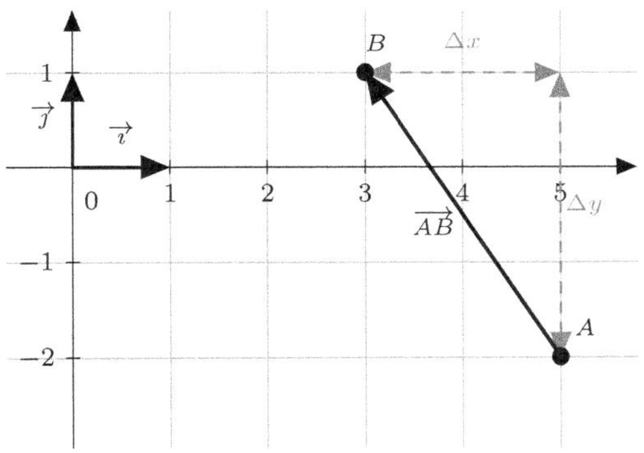

On considère les points $A\ (5, -2)$ et $B\ (3, 1)$.

On en déduit $\overrightarrow{AB}\begin{pmatrix}3-5\\1-(-2)\end{pmatrix}$.

Finalement $\overrightarrow{AB}\begin{pmatrix}-2\\3\end{pmatrix}$.

On voit bien alors comment **agit** le vecteur $\overrightarrow{AB}$. Il monte de 3 carreaux (en ordonnées) et déplace de 2 carreaux vers la gauche.

Remarque 4.

Comme pour calculer la durée d'un trajet, on calcule la différence « arrivée moins départ ».

Démonstration 14
Il suffit d'écrire $\overrightarrow{AB} = \overrightarrow{AO} + \overrightarrow{OB} = \overrightarrow{OB} - \overrightarrow{OA}$. On applique alors le théorème 13 avec $\overrightarrow{u} = \overrightarrow{OB}$, $\overrightarrow{v} = \overrightarrow{OA}$, $a = 1$ et $b = -1$. □

Le vecteur nul est l'unique vecteur du plan dont les coordonnées sont $\begin{pmatrix} 0 \\ 0 \end{pmatrix}$.

Théorème 15
- Pour que deux vecteurs soient égaux, il faut et il suffit que leur différence soit le vecteur nul.
- Pour que deux vecteurs soient égaux, il faut et il suffit que leurs coordonnées **dans un repère donné** soient égales.

7.3.3 Colinéarité : caractérisation analytique

Le plan est rapporté à un repère $(O ; \overrightarrow{\imath}, \overrightarrow{\jmath})$.

Théorème 16
Deux vecteurs $\overrightarrow{u}\begin{pmatrix} x \\ y \end{pmatrix}$ et $\overrightarrow{v}\begin{pmatrix} x' \\ y' \end{pmatrix}$ sont colinéaires si et seulement si :

$$xy' = x'y.$$

Cela revient à montrer que $xy' - x'y = 0$. Les vecteurs $\overrightarrow{u}\ (2; -1)$ et $\overrightarrow{v}\ (-6; 3)$ sont-ils colinéaires ?
Pour le savoir, on calcule :
$2 \times 3 - (-1) \times (-6) = 6 - 6 = 0$.
Les vecteurs $\overrightarrow{u}$ et $\overrightarrow{v}$ sont donc colinéaires.

Démonstration 16
Supposons qu'il existe un réel k tel que $\overrightarrow{u} = k\overrightarrow{v}$. D'après le théorème 13 on a $\begin{cases} x' & = & kx \\ y' & = & ky \end{cases}$. Autrement dit

x	y
x'	y'

est un tableau de proportionnalité. On a donc l'égalité des produits en croix

$$xy' = x'y.$$

Inversement, si $xy' = x'y$ alors

x	y
x'	y'

est un tableau de proportionnalité. De ce fait il existe un coefficient de proportionnalité k entre les deux lignes : $\begin{cases} x' & = & kx \\ y' & = & ky \end{cases}$. Ces deux égalités se traduisent par l'égalité vectorielle $\overrightarrow{u} = k\overrightarrow{v}$ donc $\overrightarrow{u}$ et $\overrightarrow{v}$ sont colinéaires. □

7.3.4 Milieu et vecteurs

Théorème 17
Soit A et B deux points du plan.

Pour que le point I soit le milieu de $[AB]$, il faut et il suffit que l'une des conditions suivantes soit vérifiée.

- $\overrightarrow{AI} = -\overrightarrow{BI}$.
- $\overrightarrow{AB} = 2\overrightarrow{AI}$.
- Pour tout point M du plan, $\overrightarrow{AM} + \overrightarrow{BM} = 2\overrightarrow{IM}$.

7.3.5 Le retour de la translation

Théorème 18
L'image d'une droite par une translation est une droite qui lui est parallèle.

Démonstration 18
Soit (AB) une droite et $\overrightarrow{u}$ une translation. Soit A' et A' les images respectives de A et B par la translation $\overrightarrow{u}$.

Soit M un point quelconque de la droite (AB) et M' son image par la translation $\overrightarrow{u}$. Il existe un réel k tel que $\overrightarrow{AM} = k\overrightarrow{AB}$. On a

$$\begin{aligned}
\overrightarrow{A'M'} &= \overrightarrow{A'A} + \overrightarrow{AM} + \overrightarrow{MM'} \\
&= -\overrightarrow{u} + \overrightarrow{AM} + \overrightarrow{u} \\
&= \overrightarrow{AM} \\
&= k\overrightarrow{AB}
\end{aligned}$$

De même $\overrightarrow{AB} = \overrightarrow{A'B'}$. Donc $\overrightarrow{A'M'} = k\overrightarrow{A'B'}$.

Donc M' appartient à la droite $(A'B')$.

Inversement, en utilisant la translation $-\overrightarrow{u}$, tout point M' appartenant à la droite $(A'B')$ est l'image d'un point M de la droite (AB) par la translation $\overrightarrow{u}$. □

7.4 Méthodes

Méthode 1 (Construire la somme de deux vecteurs).

Méthode 1 : Construire $\overrightarrow{w} = \overrightarrow{u} + \overrightarrow{v}$ grâce à la méthode du parallélogramme
Étape 1 : Tracer $\overrightarrow{u}$ et $\overrightarrow{v}$
On trace $\overrightarrow{u}$ et $\overrightarrow{v}$ en choisissant la même origine pour chaque.
Étape 2 : Tracer $\overrightarrow{w}$
Le vecteur somme, $\overrightarrow{w}$, est la diagonale du parallélogramme ainsi créé.

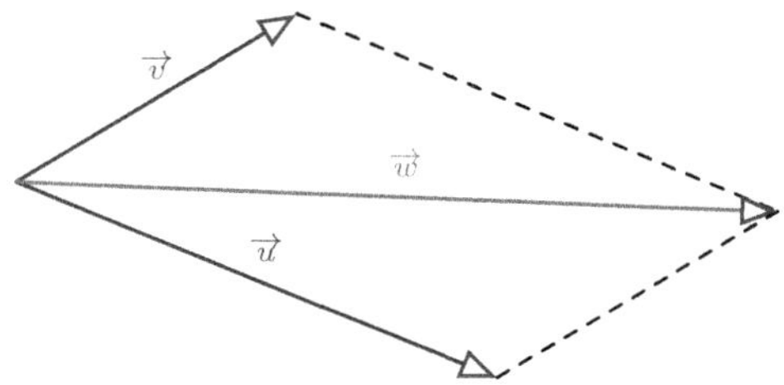

Méthode 2 : Construire $\overrightarrow{w} = \overrightarrow{u} + \overrightarrow{v}$ grâce à la relation de Chasles
Étape 1 : Tracer $\overrightarrow{u}$ et $\overrightarrow{v}$
On place les vecteurs bout à bout, c'est-à-dire que l'origine choisie pour $\overrightarrow{v}$ est l'extrémité choisie pour $\overrightarrow{u}$.
Étape 2 : Tracer $\overrightarrow{w}$
Le vecteur somme $\overrightarrow{w} = \overrightarrow{u} + \overrightarrow{v}$ a pour origine l'origine de $\overrightarrow{u}$ et pour extrémité l'extrémité de $\overrightarrow{v}$.

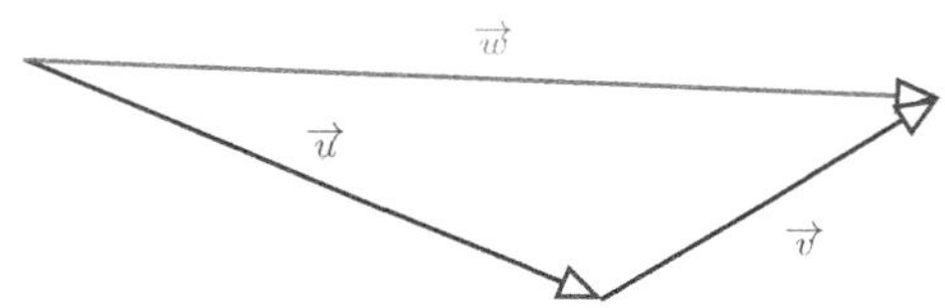

Exemple
Méthode 1 : En utilisant la méthode du parallélogramme, tracer $\overrightarrow{w} = \overrightarrow{u} + \overrightarrow{v}$.

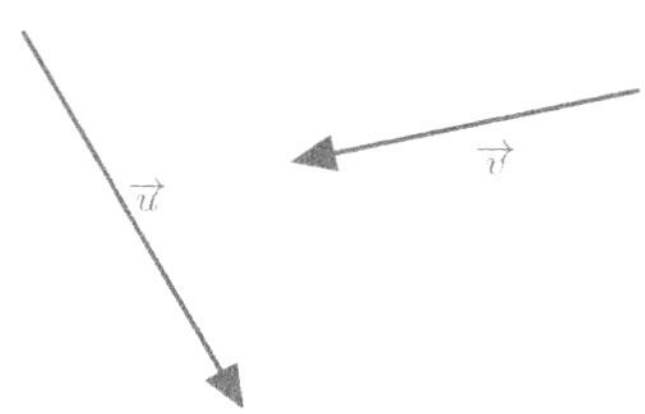

Étape 1 : Tracer $\overrightarrow{u}$ et $\overrightarrow{v}$

On fait commencer $\overrightarrow{u}$ et $\overrightarrow{v}$ au même point.

Étape 2 : Tracer $\overrightarrow{w}$

$\overrightarrow{w}$ est le vecteur diagonale du parallélogramme ainsi créé.

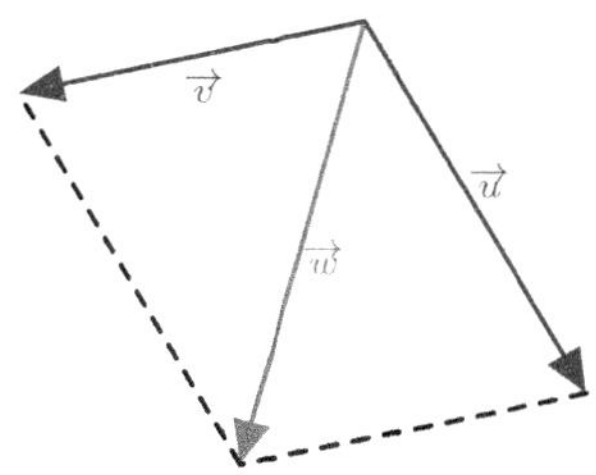

Méthode 2 : En utilisant la relation de Chasles, tracer le vecteur $\overrightarrow{w} = \overrightarrow{u} + \overrightarrow{v}$

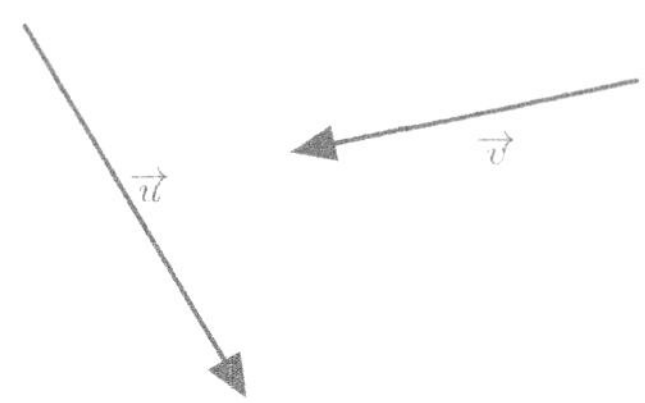

Étape 1 : Tracer $\overrightarrow{u}$ et $\overrightarrow{v}$

On place $\overrightarrow{u}$ et $\overrightarrow{v}$ bout à bout.

Étape 2 : Tracer $\overrightarrow{w}$.

$\overrightarrow{w}$ commence à l'origine de $\overrightarrow{u}$ et se termine à l'extrémité de $\overrightarrow{v}$.

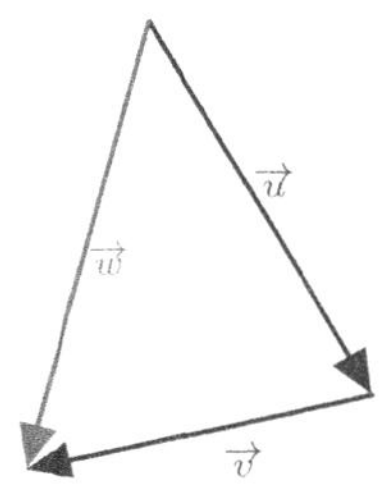

Méthode 2 (Coordonnées d'un point vérifiant une égalité vectorielle).

On donne $A\left(-3\ ,\ 5\right)$, $B\left(6\ ,\ 1\right)$ et $C\left(2\ ,\ -4\right)$.

1. Déterminer les coordonnées du point D telles que $\overrightarrow{AB} = \overrightarrow{CD}$.
2. Déterminer les coordonnées du point E telles que $\overrightarrow{AB} + 2\overrightarrow{AC} = \overrightarrow{EB}$.
3. Soit $F\left(-1\ ,\ y\right)$. Déterminer y pour que $\overrightarrow{AB}$ et $\overrightarrow{CF}$ soient colinéaires.

---

1. $\overrightarrow{AB} = \overrightarrow{CD}$ si et seulement si les vecteurs $\overrightarrow{AB}$ et $\overrightarrow{CD}$ ont les mêmes coordonnées.
   En posant $D\ (x, y)$, on obtient :
   $\overrightarrow{AB}\begin{pmatrix} x_B - x_A \\ y_B - y_A \end{pmatrix}$, c'est-à-dire, $\overrightarrow{AB}\begin{pmatrix} 9 \\ -4 \end{pmatrix}$
   $\overrightarrow{CD}\begin{pmatrix} x - x_C \\ y - y_C \end{pmatrix}$, c'est-à-dire, $\overrightarrow{CD}\begin{pmatrix} x - 2 \\ y + 4 \end{pmatrix}$
   $\overrightarrow{AB} = \overrightarrow{CD}$ si et seulement si le système suivant est vérifié :
   $\begin{cases} 9 = x - 2 \\ -4 = y + 4 \end{cases}$ soit $\begin{cases} x = 9 + 2 \\ y = -4 - 4 \end{cases}$ soit $\begin{cases} x = 11 \\ y = -8 \end{cases}$. On obtient $D\ (11, -8)$.
2. On pose $E\ (x, y)$. On a les coordonnées de vecteurs suivantes :
   $\overrightarrow{AB}\begin{pmatrix} x_B - x_A \\ y_B - y_A \end{pmatrix}$ donc $\overrightarrow{AB}\begin{pmatrix} 9 \\ -4 \end{pmatrix}$. De plus, $\overrightarrow{AC}\begin{pmatrix} x_C - x_A \\ y_C - y_A \end{pmatrix}$ donc $\overrightarrow{AC}\begin{pmatrix} 5 \\ -9 \end{pmatrix}$ Ainsi, le vecteur $\overrightarrow{AB} + 2\overrightarrow{AC}$ a pour coordonnées $\begin{pmatrix} 9 + 2 \times 5 \\ -4 + 2 \times (-9) \end{pmatrix}$, c'est-à-dire $\begin{pmatrix} 19 \\ -22 \end{pmatrix}$
   $\overrightarrow{EB}\begin{pmatrix} x_B - x \\ y_B - y \end{pmatrix}$, c'est-à-dire, $\overrightarrow{EB}\begin{pmatrix} 6 - x \\ 1 - y \end{pmatrix}$
   $\overrightarrow{AB} + 2\overrightarrow{AC} = \overrightarrow{EB}$ si et seulement si le système suivant est vérifié :
   $\begin{cases} 19 = 6 - x \\ -22 = 1 - y \end{cases}$ soit $\begin{cases} x = 6 - 19 \\ y = 1 + 22 \end{cases}$ soit $\begin{cases} x = -13 \\ y = 23 \end{cases}$ On obtient $E\ (-13, 23)$.

Méthode 2 (Coordonnées d'un point vérifiant une égalité vectorielle).

3. On a $\overrightarrow{AB}\begin{pmatrix}9\\-4\end{pmatrix}$ et, comme $F\left(-1\ ,\ y\right)$, on a également $\overrightarrow{CF}\begin{pmatrix}x_F - x_C\\y_F - y_C\end{pmatrix}$ c'est-à-dire $\overrightarrow{CF}\begin{pmatrix}-3\\x+4\end{pmatrix}$.

D'après le théorème 16, $\overrightarrow{AB}$ et $\overrightarrow{CF}$ sont colinéaires si et seulement si

$$\begin{array}{lrcl} & 9(x+4)-(-4)(-3) & = & 0 \\ \text{soit} & 9x+36-12 & = & 0 \\ \text{soit} & 9x & = & 12-36 \\ \text{soit} & 9x & = & -24 \\ \text{soit} & x & = & -\dfrac{24}{9} = -\dfrac{8}{3} \end{array}$$

On obtient $F\left(-1\ ,\ -\dfrac{8}{3}\right)$.

Méthode 3 (Montrer que deux vecteurs sont colinéaires).

Deux vecteurs colinéaires sont deux vecteurs qui ont des directions parallèles. La colinéarité des vecteurs permet de démontrer que trois points sont alignés ou que deux droites sont parallèles.

Méthode 1 : Utiliser les coordonnées
Étape 1 : Calculer les coordonnées des vecteurs
On calcule les coordonnées des deux vecteurs.

Étape 2 : Montrer que les deux vecteurs sont colinéaires
Deux vecteurs $\overrightarrow{u}\begin{pmatrix}x\\y\end{pmatrix}$ et $\overrightarrow{v}\begin{pmatrix}x'\\y'\end{pmatrix}$ sont colinéaires si et seulement si $xy' - x'y = 0$.
On vérifie donc si cette égalité est vérifiée.

Méthode 2 : Utiliser des égalités vectorielles
Deux vecteurs $\overrightarrow{u}$ et $\overrightarrow{v}$ sont colinéaires si et seulement si il existe un réel k tel que $\overrightarrow{u} = k\overrightarrow{v}$.
On utilise donc les informations de l'énoncé pour obtenir une égalité vectorielle de ce type.
Parfois, les coordonnées ne sont pas données dans l'énoncé mais on peut créer un repère sur la figure pour attribuer des coordonnées aux points.

Méthode 4 (Démontrer que trois points sont alignés à l'aide des vecteurs).

On peut démontrer que trois points sont alignés en utilisant la colinéarité de vecteurs.
Étape 1 : Invoquer le théorème 10.10 :
Les points A, B et C sont alignés si et seulement si les vecteurs $\overrightarrow{AB}$ et $\overrightarrow{AC}$ sont colinéaires.

Étape 2 : Déterminer les coordonnées des vecteurs
On calcule les coordonnées de $\overrightarrow{AB}$ et de $\overrightarrow{AC}$.

Étape 3 : Conclure
On montre que $\overrightarrow{AB}$ et $\overrightarrow{AC}$ sont colinéaires.
On en déduit que les points A, B et C sont alignés.
Dans certains exercices, on peut montrer que $\overrightarrow{AB}$ et $\overrightarrow{AC}$ sont colinéaires sans utiliser les coordonnées.

Exemple
On prend $A\ (2,1)$, $B\ (-1,0)$ et $C\ (8,3)$.
Montrer que A, B et C sont alignés.
Étape 1 : Invoquer le théorème 10.10 :
Les points A, B et C sont alignés si et seulement si les vecteurs $\overrightarrow{AB}$ et $\overrightarrow{AC}$ sont colinéaires.
Étape 2 : Déterminer les coordonnées des vecteurs
On a $\overrightarrow{AB}\begin{pmatrix} x_B - x_A \\ y_B - y_A \end{pmatrix}$.
Comme $A\ (2,1)$ et $B\ (-1,0)$, on obtient $\overrightarrow{AB}\begin{pmatrix} -1-2 \\ 0-1 \end{pmatrix}$, c'est-à-dire $\overrightarrow{AB}\begin{pmatrix} -3 \\ -1 \end{pmatrix}$.
De plus, $\overrightarrow{AC}\begin{pmatrix} x_C - x_A \\ y_C - y_A \end{pmatrix}$ et comme $C\ (8;3)$, $\overrightarrow{AC}\begin{pmatrix} 8-2 \\ 3-1 \end{pmatrix}$ donc $\overrightarrow{AC}\begin{pmatrix} 6 \\ 2 \end{pmatrix}$.
Étape 3 : Conclure
Montrons que $\overrightarrow{AB}$ et $\overrightarrow{AC}$ sont colinéaires.
On a $\overrightarrow{AB}(-3,-1)$ et $\overrightarrow{AC}(6,2)$.
On calcule $-3 \times 2 - (-1)(6) = -6 + 6 = 0$.
$\overrightarrow{AB}$ et $\overrightarrow{AC}$ sont donc colinéaires.
On en déduit que A, B et C sont alignés.
Remarque : On peut aussi vérifier directement que $\overrightarrow{AC} = -2\overrightarrow{AB}$

Méthode 5 (Démontrer que deux droites sont parallèles à l'aide des vecteurs).

On peut démontrer le parallélisme de deux droites en utilisant la colinéarité des vecteurs.
Étape 1 : Déterminer les coordonnées des vecteurs
Si on veut montrer que les droites (AB) et (CD) sont parallèles, on détermine les coordonnées des vecteurs $\overrightarrow{AB}$ et $\overrightarrow{CD}$.
Étape 2 : Montrer que les vecteurs sont colinéaires
Les droites (AB) et (CD) sont parallèles si et seulement si les vecteurs $\overrightarrow{AB}$ et $\overrightarrow{CD}$ sont colinéaires.
On montre donc que $\overrightarrow{AB}$ et $\overrightarrow{CD}$ sont colinéaires.

Exemple
On prend $A\ (-3,-1)$, $B\ (1,1)$, $C\ (-3,-3)$ et $D\ (3,0)$.
Montrer que (AB) et (CD) sont parallèles.
Étape 1 : On détermine les coordonnées de $\overrightarrow{AB}$ et de $\overrightarrow{CD}$.
$\overrightarrow{AB}\begin{pmatrix} x_B - x_A \\ y_B - y_A \end{pmatrix}$ avec $A\ (-3;-1)$ et $B\ (1;1)$.
Donc $\overrightarrow{AB}\begin{pmatrix} 1-(-3) \\ 1-(-1) \end{pmatrix}$, c'est-à-dire $\overrightarrow{AB}\begin{pmatrix} 4 \\ 2 \end{pmatrix}$.
$\overrightarrow{CD}\begin{pmatrix} x_D - x_C \\ y_D - y_C \end{pmatrix}$ avec $C\ (-3,-3)$ et $D\ (3,0)$.
$\overrightarrow{CD}\begin{pmatrix} 3-(-3) \\ 0-(-3) \end{pmatrix}$, c'est-à-dire $\overrightarrow{CD}\begin{pmatrix} 6 \\ 3 \end{pmatrix}$.
Étape 2 : On vérifie que $\overrightarrow{AB}$ et $\overrightarrow{CD}$ sont colinéaires.
$\overrightarrow{AB}\begin{pmatrix} 4 \\ 2 \end{pmatrix}$ et $\overrightarrow{CD}\begin{pmatrix} 6 \\ 3 \end{pmatrix}$.
On calcule : $4 \times 3 - 2 \times 6 = 12 - 12 = 0$.
$\overrightarrow{AB}$ et $\overrightarrow{CD}$ sont colinéaires.
On en déduit que (AB) et (CD) sont parallèles.

7.5 Quiz

7.5.1 Énoncé

1. Si C est l'image de D par la translation de vecteur $\overrightarrow{AB}$, quelle est la nature du quadrilatère $ABCD$?
2. Vrai ou faux ? $\overrightarrow{AB} = \overrightarrow{BA}$.
3. Vrai ou faux ? Un vecteur a une position fixe dans le plan.
4. Quelles sont les trois éléments qui caractérisent un vecteur ?
5. D'après la relation de Chasles, quelle égalité vérifient les vecteurs $\overrightarrow{AB}$ et $\overrightarrow{BC}$?
6. Si $A\ (x_A, y_A)$ et $B\ (x_B, y_B)$, quelles sont les coordonnées du vecteur $\overrightarrow{AB}$?
7. À quelle condition $\overrightarrow{u}$ et $\overrightarrow{v}$ sont-ils colinéaires ?
8. Si $\overrightarrow{u}\begin{pmatrix} x \\ y \end{pmatrix}$ et $\overrightarrow{v}\begin{pmatrix} x' \\ y' \end{pmatrix}$, à quelle condition $\overrightarrow{u}$ et $\overrightarrow{v}$ sont-ils colinéaires ?
9. Géométriquement, que signifie que deux vecteurs sont colinéaires ?
10. $\overrightarrow{AB}$ et $\overrightarrow{AC}$ sont colinéaires, que peut-on en déduire ?
11. $\overrightarrow{AB}$ et $\overrightarrow{CD}$ sont colinéaires, que peut-on en déduire ?
12. $\overrightarrow{AB} = \overrightarrow{CD}$. Que peut-on en déduire ?
13. Traduire à l'aide d'un égalité vectorielle la phrase : « $ABCD$ est un parallélogramme ».
14. Traduire à l'aide d'un égalité vectorielle la phrase : « I est le milieu de $[AB]$ ».

7.5.2 Corrigé

1. Si C est l'image de D par la translation de vecteur $\overrightarrow{AB}$, alors $ABCD$ est un parallélogramme.
2. Faux, $\overrightarrow{AB} = -\overrightarrow{BA}$.
3. Faux, un vecteur n'a pas de position fixe dans le plan. Il peut être représenté à une infinité de positions différentes.
4. Un vecteur est caractérisé par sa direction, son sens et sa norme.
5. D'après la relation de Chasles, $\overrightarrow{AB} + \overrightarrow{BC} = \overrightarrow{AC}$.
6. Si $A\ (x_A, y_A)$ et $B\ (x_B, y_B)$, alors $\overrightarrow{AB} \begin{pmatrix} x_B - x_A \\ y_B - y_A \end{pmatrix}$.
7. $\overrightarrow{u}$ et $\overrightarrow{v}$ sont colinéaires si et seulement si il existe un reel k tel que $\overrightarrow{u} = k\overrightarrow{v}$ ou $\overrightarrow{v} = k\overrightarrow{u}$.
8. Si $\overrightarrow{u} \begin{pmatrix} x \\ y \end{pmatrix}$ et $\overrightarrow{v} \begin{pmatrix} x' \\ y' \end{pmatrix}$, $\overrightarrow{u}$ et $\overrightarrow{v}$ sont colinéaires si et seulement si $xy' - x'y = 0$.
9. Deux vecteurs sont colinéaires si et seulement si leurs directions sont parallèles.
10. Si $\overrightarrow{AB}$ et $\overrightarrow{AC}$ sont colinéaires, on peut en déduire que A, B et C sont alignés.
11. Si $\overrightarrow{AB}$ et $\overrightarrow{CD}$ sont colinéaires, on peut en déduire que $(AB)\ //\ (CD)$ (si toutefois $A \neq B$ et $C \neq D$).
12. Si $\overrightarrow{AB} = \overrightarrow{CD}$, on peut en déduire que $ABDC$ est un parallélogramme.
13. Par exemple $\overrightarrow{AB} = \overrightarrow{DC}$.
14. Deux possibilités :
    - $\overrightarrow{AI} = \overrightarrow{IB}$.
    - $\overrightarrow{AB} = 2\overrightarrow{AI}$.

7.6 Exercices

Exercice 1 (Translation, parallélogramme et symétrie centrale).

On considère trois points non alignés du plan : A, B et M. On place le point N est tel que : $\overrightarrow{AN} = \overrightarrow{BM}$.

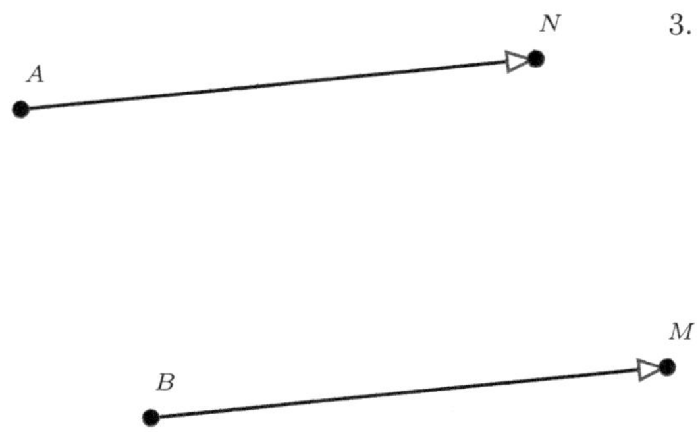

1. Déterminer la translation T par laquelle le point N est l'image du point M.
2. Déterminer l'image du point B par la translation T ainsi définie.
3. Déterminer enfin l'image du point A par la translation T.

Exercice 2 (Construire des points à l'aide d'égalités vectorielles).

On donne $A\ (-3\ ,\ 1)$, $B\ (0\ ,\ 5)$, $C\ (4\ ,\ 2)$ et $D\ (2\ ,\ -1)$.

1. Placer le point E tel que $\overrightarrow{AB} = 2\overrightarrow{BE}$.
2. Placer le point F tel que $\overrightarrow{AB} + \overrightarrow{AC} = \overrightarrow{AF}$.
3. Placer le point G tel que $\overrightarrow{CA} + \dfrac{1}{2}\overrightarrow{BD} = \dfrac{1}{2}\overrightarrow{AG}$.

Exercice 3 (Parallélogrammes et coordonnées de vecteurs).

On donne $A\ (3\ ,\ 1)$, $B\ (-3\ ,\ -2)$, $C\ (-3\ ,\ -5)$ et $D\ (3\ ,\ -2)$.

1. Montrer que $ABCD$ est un parallélogramme.
2. Déterminer les coordonnées du point E pour que $ABDE$ soit un parallélogramme.

Exercice 4 (Démontrer la colinéarité).

Déterminer si les vecteurs suivants sont colinéaires.

1. $\vec{u}\begin{pmatrix}3\\1\end{pmatrix}$ et $\vec{v}\begin{pmatrix}-1\\-\frac{1}{3}\end{pmatrix}$.
2. $\overrightarrow{AB}$ et $\overrightarrow{CD}$ avec $A\ (1\ ,\ 1)$, $B\ (2\ ,\ -1)$, $C\ (5\ ,\ 2)$ et $D\ (6\ ,\ 1)$.
3. $\vec{u}\begin{pmatrix}-1\\4\end{pmatrix}$ et $\vec{v}\begin{pmatrix}4\\-15\end{pmatrix}$.

Exercice 5 (Sommes et produits par un réel).

On donne $\vec{u}\begin{pmatrix}4\\1\end{pmatrix}$, $\vec{v}\begin{pmatrix}-3\\2\end{pmatrix}$ et $\vec{w}\begin{pmatrix}5\\-2\end{pmatrix}$.

1. Calculer les coordonnées de $\vec{t_1} = \vec{u} + \vec{v}$, et $\vec{t_2} = \vec{v} + \vec{w}$.
2. Calculer les coordonnées de $\vec{t_3} = -2\vec{u}$, et $\vec{t_4} = 4\vec{v}$.
3. Calculer les coordonnées de $\vec{t_5} = 3\vec{w} + 2\vec{u} - 4\vec{v}$.

Exercice 6.

On se place dans un repère $(\mathrm{O}; \vec{\imath}, \vec{\jmath})$. Soit t un nombre réel.

1. On considère les points $A\left(2\ ,\ -t\right)$, $B\left(t+2\ ,\ 1\right)$, $C\left(1\ ,\ 2\right)$ et $D\left(t\ ,\ t\right)$.
   Déterminer t pour que (AB) et (CD) soient parallèles.
2. On considère les points $E\left(2\ ,\ 2\right)$, $F\left(t\ ,\ 4\right)$ et $G\left(10\ ,\ t\right)$.
   Déterminer t pour que E, F et G soit alignés.
3. On considère les points $H\left(-2\ ,\ 0\right)$, $I\left(2t\ ,\ t+1\right)$ et $J\left(4t\ ,\ 2t+1\right)$.
   Démontrer que, quelle que soit la valeur de t, H, I et J sont alignés.

Exercice 7 (Vecteurs colinéaires, parallélisme et points alignés)**.**

Soit le repère $(O; I, J)$. On considère les points $A\left(2\ ,\ -3\right)$, $B\left(6\ ,\ -1\right)$, $C\left(8\ ,\ 0\right)$ et $D\left(7\ ,\ 3\right)$.

1. Les points A, B et C sont-ils alignés ?
2. Les droites (AB) et (ID) sont-elles parallèles ?

Exercice 8 (Caractérisations vectorielles du milieu d'un segment)**.**

Soit G le milieu du segment $[AB]$ et M un point quelconque du plan.
Démontrer les relations vectorielles suivantes :

1. $\overrightarrow{AG} = \overrightarrow{GB}$
2. $\overrightarrow{GA} + \overrightarrow{GB} = \vec{0}$
3. $\overrightarrow{MA} + \overrightarrow{MB} = 2\overrightarrow{MG}$

Exercice 9 (Caractérisation vectorielle du centre de gravité d'un triangle)**.**

On considère un triangle ABC, et M un point quelconque du plan.
On appelle :

- A' le milieu de $[BC]$;
- B' le milieu de $[AC]$;
- C' le milieu de $[AB]$.

Démontrer les relations vectorielles suivantes :

1. $\overrightarrow{AG} = \dfrac{2}{3}\overrightarrow{AA'}$
2. $\overrightarrow{GA} = -2\overrightarrow{GA'}$
3. $\overrightarrow{GA} + \overrightarrow{GB} + \overrightarrow{GC} = \vec{0}$
4. $\overrightarrow{MA} + \overrightarrow{MB} + \overrightarrow{MC} = 3\overrightarrow{MG}$

Exercice 10.

Dans un repère $(O; \vec{\imath}, \vec{\jmath})$on considère les points $A\left(2\ ,\ 1\right)$, $B\left(1\ ,\ -1\right)$ et $C\left(5\ ,\ 0\right)$.

1. Calculer les coordonnées de D tel que $ABCD$ soit un parallélogramme.
2. Calculer les coordonnées de F tel que $3\overrightarrow{AF} + \overrightarrow{FB} = 3\overrightarrow{AC}$.
3. Démontrer que B, C et F sont alignés.
4. Calculer les coordonnées de G tel que $4\overrightarrow{GA} - 5\overrightarrow{GB} + 3\overrightarrow{GC} = \overrightarrow{AC}$.
5. Démontrer que (AB) et (CG) sont parallèles.

Exercice 11.

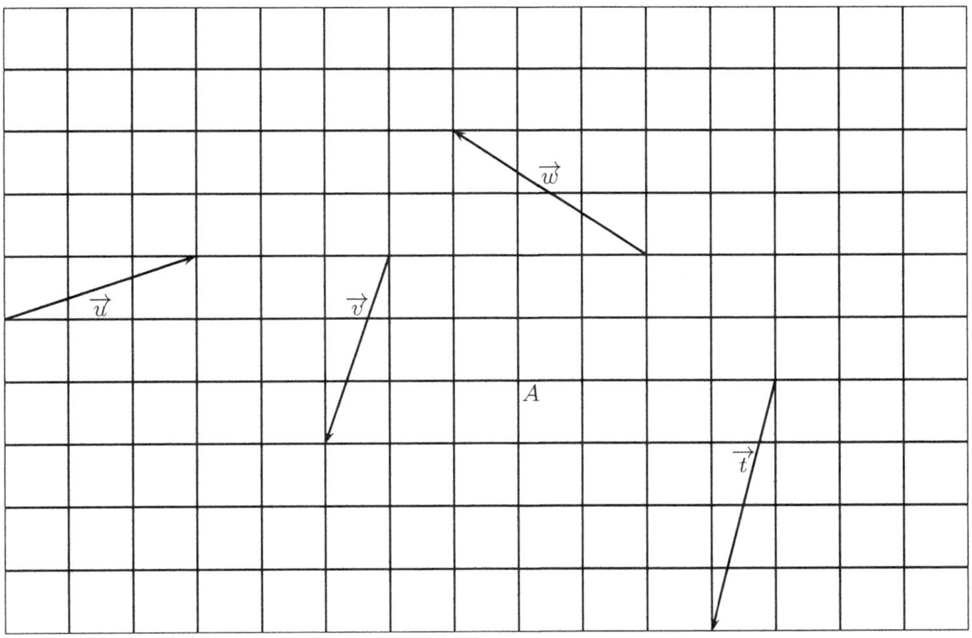

1. Tracer les vecteurs $\vec{u} + \vec{v}$ et $\vec{u} - \vec{v}$.
2. Placer le point M pour que $\overrightarrow{AM} = \vec{u} + \vec{t} + 2\vec{w}$.
3. $\vec{t} - \vec{v}$ est-il colinéaire à $\vec{u} + \vec{w}$? Pourquoi ?

Exercice 12.

On donne quatre points O, A, B et C et on définit les trois points D, E et F par :

$$\overrightarrow{OD} = \overrightarrow{OA} + \overrightarrow{OB} - \overrightarrow{OC}$$
$$\overrightarrow{OE} = \overrightarrow{OA} - \overrightarrow{OB} + \overrightarrow{OC}$$
$$\overrightarrow{OF} = -\overrightarrow{OA} + \overrightarrow{OB} + \overrightarrow{OC}.$$

1. Exprimer $\overrightarrow{AD}$ et $\overrightarrow{AE}$ en fonction de $\overrightarrow{OB}$ et $\overrightarrow{OC}$.
2. En déduire que A est le milieu de $[DE]$.
3. Démontrer que B est le milieu de $[DF]$ et que C est le milieu de $[EF]$.
4. Démontrer que $ACBD$ est un parallélogramme.

Exercice 13 (Milieu).

ABC est un triangle. Les points M, N et P sont définis de la façon suivante :
M est le symétrique de C par rapport à B, $\overrightarrow{AN} = \overrightarrow{AB} + \overrightarrow{AC}$ et $\overrightarrow{AP} = 3\overrightarrow{BP}$.

1. Faire une figure et placer M et N.
2. On se place dans le repère $(A; \overrightarrow{AB}; \overrightarrow{AC})$.
   (a) Déterminer les coordonnées de tous les points de la figure dans ce repère. Placer le point P.
   (b) Démontrer que le point P est le milieu du segment $[MN]$.

Exercice 14.

Construire un triangle ABC sachant que :
$AB = 4,5$ cm, $BC = 6$ cm, et $AC = 5$ cm.

1. Placer les points I, J, K et L définis par :
   $\overrightarrow{AI} = \frac{1}{3}\overrightarrow{AB}$, $\overrightarrow{BJ} = \frac{1}{3}\overrightarrow{BC}$, $\overrightarrow{AK} = \frac{1}{5}\overrightarrow{AC}$, $\overrightarrow{AL} = \frac{3}{7}\overrightarrow{AJ}$.
2. Déterminer les coordonnées de tous les points de la figure dans le repère $(A; \overrightarrow{AI}, \overrightarrow{AK})$.
3. Démontrer que les droites (AJ), (BK) et (CI) sont concourantes en L.

Exercice 15.

ABC est un triangle. Les points M, N et P sont respectivement situés sur les droites (AB), (BC) et (CA).
On pose $\overrightarrow{AM} = x\overrightarrow{AB}$, $\overrightarrow{BN} = y\overrightarrow{BC}$ et $\overrightarrow{CP} = z\overrightarrow{CA}$.
Démontrer que les trois points M, N et P sont alignés si et seulement si $xyz = (x-1)(y-1)(z-1)$.

Exercice 16 (Milieu)**.**

Soit ABC un triangle. On considère les points D et E définis par :

$$\overrightarrow{AD} = 3\overrightarrow{AB} + \overrightarrow{AC} \qquad \text{et} \qquad \overrightarrow{CE} = 3\overrightarrow{BA}$$

Démontrer que C est le milieu de $[DE]$.

Exercice 17.

$ABCD$ est un trapèze (non croisé). Ses bases $[AB]$ et $[CD]$ sont donc parallèles. Elles vérifient de plus $AB = 2CD$. Les points I, J, E et F sont les milieux respectifs de $[AC]$, $[BD]$, $[DC]$ et $[AB]$. K est le milieu de $[IJ]$. O est le point d'intersection des diagonales (AC) et (BD). On considère le repère $\left(A; \overrightarrow{AB}, \overrightarrow{AD}\right)$.

1. Déterminer les coordonnées de A, B, C, D, E, F, I et J.
2. En déduire les coordonnées de K.
3. Démontrer que K est le milieu de $[EF]$.
4. Justifier l'existence de deux nombres réels k et k' tels que :
$$\overrightarrow{AO} = k\overrightarrow{AC} \text{ et } \overrightarrow{BO} = k'\overrightarrow{BD}.$$
5. À l'aide des deux relations précédentes, exprimer les coordonnées de O en fonction de k puis de k'.
6. En déduire que $\dfrac{k}{2} = 1 - k'$ et que $k = k'$.
7. En déduire que $O\left(\dfrac{1}{3}\,,\,\dfrac{2}{3}\right)$.
8. Démontrer que E, O et F sont alignés.

Exercice 18.

Dans la figure ci-dessous, $ABCD$ est un carré, ABE et BCF sont des triangles équilatéraux. On se propose de démontrer que D, E et F sont alignés. Pour cela on se place dans le repère $\left(A; \overrightarrow{AB}, \overrightarrow{AD}\right)$.

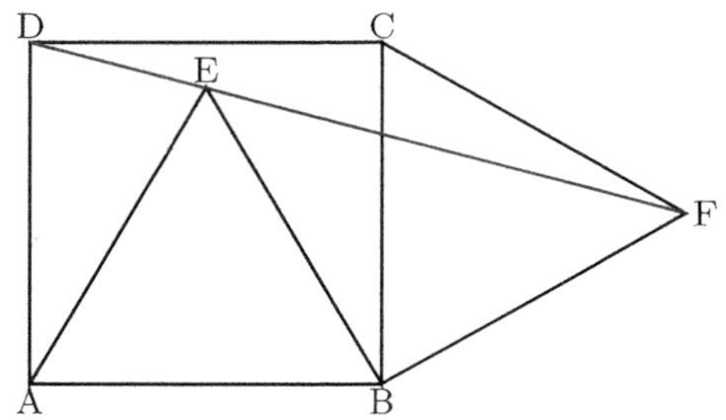

1. On note I le milieu de $[AB]$. Démontrer que $IE = \frac{\sqrt{3}}{2}$.
2. Déterminer les coordonnées de A, B, C, D, E et F.
3. Déterminer les coordonnées des vecteurs $\overrightarrow{DE}$ et $\overrightarrow{DF}$.
4. Conclure.
5. Calculer les valeurs exactes de DE, EF et DF.
6. En déduire que :

$$\sqrt{2+\sqrt{3}} = \sqrt{2-\sqrt{3}} + \sqrt{2}.$$

Exercice 19.

Soit $ABCD$ un parallélogramme. Soit I le milieu de $[DC]$.

1. Construire les points M et N définis par

$$\overrightarrow{AM} = \frac{3}{2}\overrightarrow{AB} \text{ et } \overrightarrow{AN} = 3\overrightarrow{AD}.$$

2. (a) Démontrer que :

$$\overrightarrow{MN} = -\frac{3}{2}\overrightarrow{AB} + 3\overrightarrow{AD} \text{ et } \overrightarrow{BI} = -\frac{1}{2}\overrightarrow{AB} + \overrightarrow{AD}.$$

   (b) En déduire que les droites (MN) et (BI) sont parallèles.

3. (a) Exprimer les vecteurs $\overrightarrow{CM}$ et $\overrightarrow{CN}$ en fonction des vecteurs $\overrightarrow{AB}$ et $\overrightarrow{AD}$.

   (b) En déduire que les points C, M et N sont alignés.

Exercice 20 (Alignements).

On considère le repère orthonormé $\left(O; \vec{i}, \vec{j}\right)$.
On se propose d'examiner plusieurs méthodes pour vérifier si trois points sont alignés ou non.

1. On donne $A_1\left(-1\ ,\ 3\right), B_1\left(8\ ,\ -2\right), C_1\left(40\ ,\ -20\right)$;
$A_2\left(-1\ ,\ 3\right), B_2\left(8\ ,\ -2\right), C_2\left(39,5;\ -19,5\right)$.
   (a) Calculer les coordonnées de $\overrightarrow{A_1B_1}$ et $\overrightarrow{B_1C_1}$.
   (b) Décider si les points A_1 , B_1 et C_1 sont alignés ou non.
   (c) Calculer les coordonnées de $\overrightarrow{A_2B_2}$ et $\overrightarrow{B_2C_2}$.
   (d) Décider si les points A_2 , B_2 et C_2 sont alignés ou non.
2. On donne $A_3\left(-1\ ,\ 3\right), B_3\left(5\ ,\ -4\right), C_3\left(31\ ,\ -34\right)$;
$A_4\left(-1\ ,\ 3\right), B_4\left(5\ ,\ -4\right), C_4\left(29\ ,\ -32\right)$.
   (a) Calculer A_3B_3 , B_3C_3 et A_3C_3. (On donnera des valeurs exactes).
   (b) Calculer une valeur approchée de $A_3B_3 + B_3C_3 - A_3C_3$ et conclure en disant si les points A_4 , B_4 et C_4 sont alignés ou non.
   (c) Calculer A_4B_4 , B_4C_4 et A_4C_4 (On donnera des valeurs exactes).
   (d) Calculer la valeur exacte de $A_4B_4 + B_4C_4 - A_4C_4$ et conclure en disant si les points A_4 , B_4 et C_4 sont alignés ou non.

   Indication 1.

   On pourra remarquer que $1360 = 16 \times 85$ et que $2125 = 25 \times 85$.
3. Cette question anticipe le chapitre 11.
   (a) Déterminer le coefficient directeur de la droite (A_2B_2). Déterminer le coefficient directeur de la droite (B_2C_2).
   (b) Dire si les points A_2 , B_2 et C_2 sont alignés ou non.
4. On place $D_4\left(5\ ,\ 3\right)$ et $E_4\left(29\ ,\ 3\right)$.
   (a) Calculer simplement les distances B_4D_4 et C_4E_4, puis les distances A_4D_4 et A_4E_4.
   (b) Comparer les rapports $\dfrac{A_4D_4}{A_4E_4}$ et $\dfrac{B_4D_4}{C_4E_4}$.
   (c) Dire si les points A_4 , B_4 et C_4 sont alignés ou non.
5. Comparer les quatre méthodes en termes de difficulté de rédaction et de complexité des calculs.

Exercice 21 (Concours).

Soit A, B et C trois points non alignés du plan.

1. Placer les points I, J et K tels que :

$$\overrightarrow{AI} = \frac{2}{3}\overrightarrow{AB}\,; \quad \overrightarrow{AJ} = \frac{3}{4}\overrightarrow{AC} \quad \text{et} \quad \overrightarrow{BK} = \frac{3}{5}\overrightarrow{BC}\,.$$

2. Placer G, le milieu du segment $[IC]$.
3. Quelle conjecture peut-on émettre concernant les droites (AK), (BJ) et (CI) ?
4. Déterminer les coordonnées des points I, J, K et G dans le repère $\left(A; \overrightarrow{AB}, \overrightarrow{AC}\right)$.
5. Démontrer que les points A, G et K sont alignés.
6. Démontrer que les points B, G et J sont alignés.
7. Démontrer la conjecture émise au 3.

Exercice 22 (Avec une variable).

Le plan est rapporté à un repère orthonormé $(O; I, J)$. Soit x un nombre réel, On considère les points $A\ \left(-2\ ,\ 1\right)$, $B\ \left(2\ ,\ -1\right)$ et $C\ \left(x\ ,\ 2x\right)$.

1. Déterminer x pour que les points A, B et C soient alignés.
2. Démontrer que pour toute valeur de x le triangle ABC est isocèle en C.
3. Déterminer x pour que le triangle ABC soit rectangle en C.
4. Déterminer x pour que le triangle ABC soit équilatéral.

Exercice 23 (Cocyclicité).

Le plan est rapporté au repère orthonormé $(O; \vec{\imath}, \vec{\jmath})$. On considère les points $A\ \left(-8\ ,\ 1\right)$, $B\ \left(-7\ ,\ 4\right)$, $C\ \left(2\ ,\ 1\right)$ et $D\ \left(-6\ ,\ 7\right)$.

1. Placer les points dans le repère.
2. Démontrer que le triangle ABC est rectangle en B.
3. Démontrer que les points A, B et D sont alignés. Déterminer le réel k tel que $\overrightarrow{AD} = k\overrightarrow{AB}$.
4. La parallèle à la droite (BC) menée par D coupe la droite (AC) en I. Déterminer les coordonnées de I.
5. Soit J le pied de la hauteur issue de B dans le triangle ABC. Quelles sont les coordonnées de J ?
6. Démontrer que les points I, J, B et D se trouvent sur un même cercle dont on déterminera le centre et le rayon.

Exercice 24 (Alignements dans un parallélogramme).

$ABCD$ est un parallélogramme. I et J sont les milieux respectifs des côtés $[AB]$ et $[AB]$.
K est le point d'intersection des droites (ID) et (BJ). On veut démontrer que les points A, K et O sont alignés.

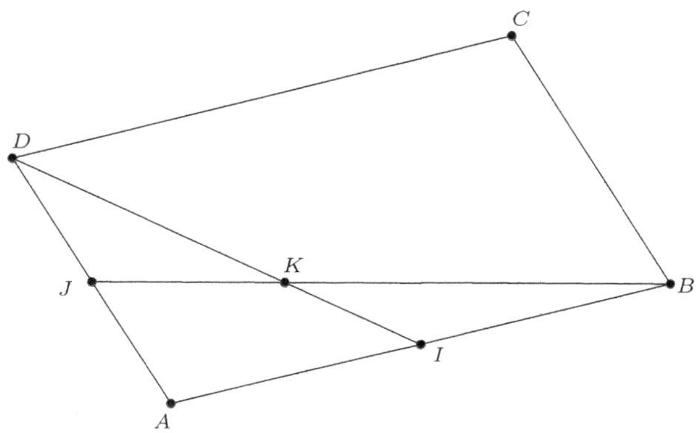

Méthode 1. Utilisation d'une configuration.

1. Que représente K dans le triangle ABD ?
2. Démontrer que, désigne le milieu de $[BD]$, les points A, K et O sont alignés.
3. En déduire que A, K et C sont alignés.

Méthode 2. Utilisation du calcul vectoriel.

1. Démontrer que $\overrightarrow{AK} = \overrightarrow{AB} + \dfrac{2}{3}\overrightarrow{BJ}$.
2. En déduire que $\overrightarrow{AK} = \frac{1}{3}\overrightarrow{AB} + \frac{2}{3}\overrightarrow{AJ}$ puis que $\overrightarrow{AK} = \dfrac{1}{3}\left(\overrightarrow{AB} + \overrightarrow{AD}\right)$.
3. En déduire que A, K et C sont alignés.

Méthode 3. Utilisation d'un repère.

1. Quelles sont les coordonnées de J et C.
2. En utilisant $\overrightarrow{BK} = \frac{2}{3}\overrightarrow{BJ}$, déterminer les coordonnées de K.
3. En déduire que A, K et C sont alignés.

Exercice 25.

Soit $ABCD$ le parallélogramme de centre O représenté plus bas.

1. Justifier que $\overrightarrow{BD} = \overrightarrow{BC} + \overrightarrow{BA}$. Exprimer alors $\overrightarrow{BO}$ en fonction de $\overrightarrow{BC}$ et de $\overrightarrow{BA}$.
2. Sur le graphique, construire le point E défini par la relation vectorielle : $\overrightarrow{BE} = \frac{1}{2}\overrightarrow{AB} + \overrightarrow{CB}$.
3. Soit F le point défini par la relation vectorielle : $\overrightarrow{FA} - 2\overrightarrow{FD} = \frac{1}{2}\overrightarrow{CD}$.
   Montrer que $\overrightarrow{DF} = \overrightarrow{AD} + \frac{1}{2}\overrightarrow{CD}$, puis construire F sur le graphique.
4. En utilisant la relation de Chasles et les résultats des questions précédentes, exprimer $\overrightarrow{EO}$ en fonction de $\overrightarrow{BC}$ et de $\overrightarrow{BA}$.
5. Exprimer $\overrightarrow{OF}$ en fonction de $\overrightarrow{BC}$ et de $\overrightarrow{BA}$. On pourra utiliser l'égalité $\overrightarrow{OD} = \overrightarrow{BO}$ après l'avoir justifiée.
6. Que peut-on déduire des deux questions précédentes ?
7. Soit G le point défini par la relation vectorielle : $\overrightarrow{AG} = 6\overrightarrow{BC} + 4\overrightarrow{BA}$.
   Démontrer que (AG) est parallèle à (EO).

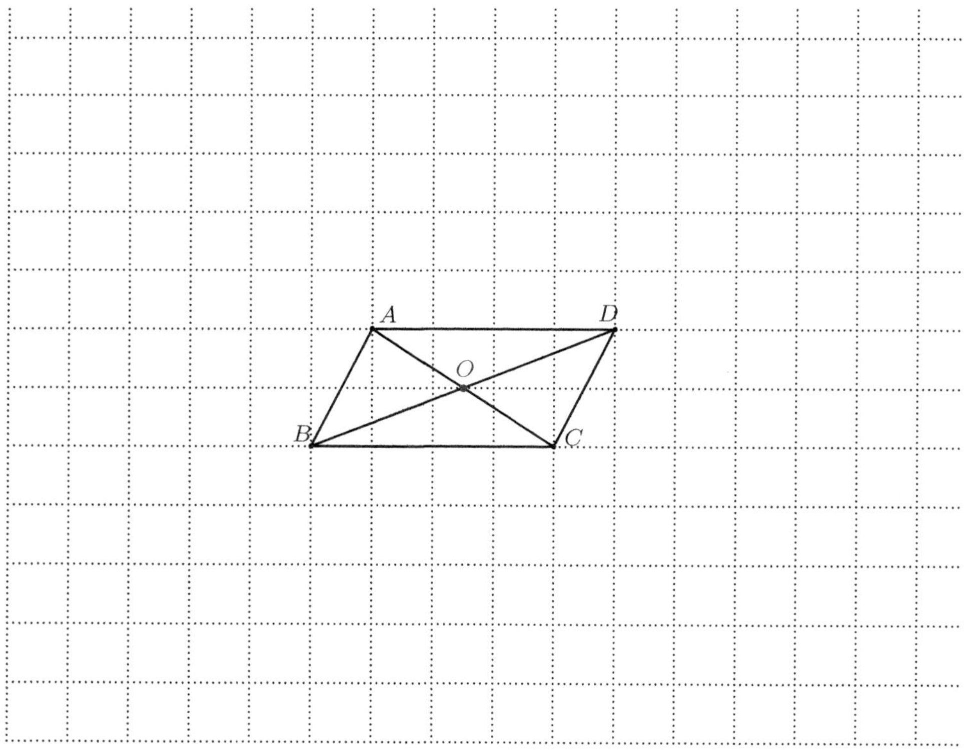

Exercice 26.

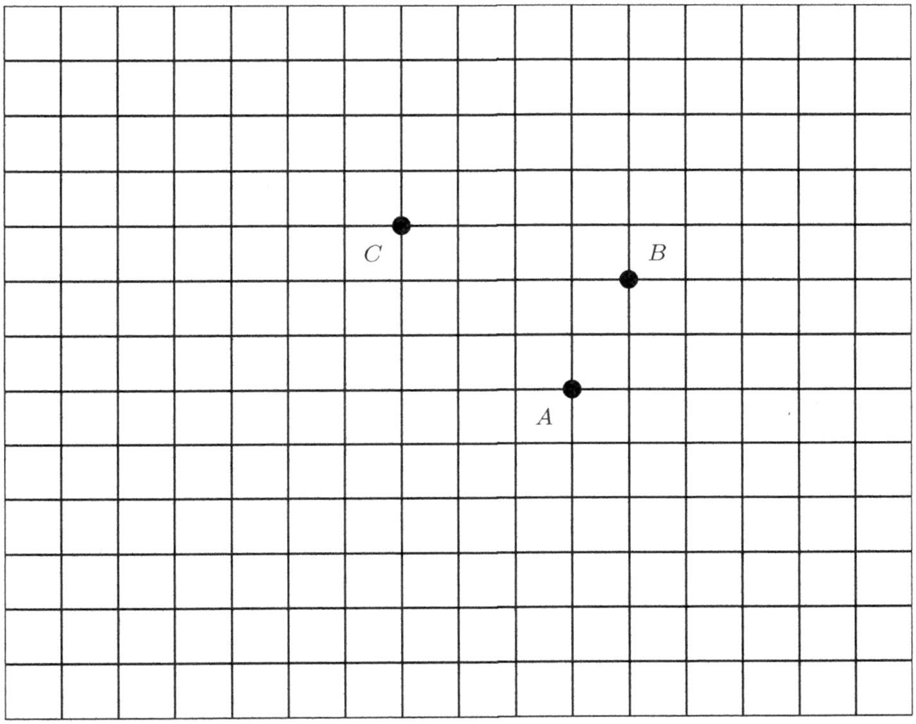

1. Sur la figure ci-dessus, placer les points M, N et P tels que :

$$\overrightarrow{AM} = 2\overrightarrow{AB} + \overrightarrow{BC}; \qquad \overrightarrow{AN} = 2\overrightarrow{BC} + \overrightarrow{BA}; \qquad \overrightarrow{BP} = -2\overrightarrow{BA} - \frac{3}{2}\overrightarrow{AC}.$$

2. On pose $\vec{u} = \overrightarrow{AB}$ et $\vec{v} = \overrightarrow{BC}$. Soit R le point tel que :

$$\overrightarrow{RA} - 4\overrightarrow{CB} = 3\overrightarrow{AC}$$

   (a) À l'aide de la relation de Chasles, exprimer $\overrightarrow{AR}$ en fonction de $\vec{u}$ et $\vec{v}$.

   (b) Placer le point R.

3. (a) Exprimer $\overrightarrow{MN}$ en fonction de $\vec{u}$ et $\vec{v}$.

   (b) En déduire la nature de $ARNM$.

Exercice 27.

On donne quatre points O, A, B et C et on définit les trois points D, E et F par :
$\overrightarrow{OD} = \overrightarrow{OA} + \overrightarrow{OB} - \overrightarrow{OC}$, $\overrightarrow{OE} = \overrightarrow{OA} - \overrightarrow{OB} + \overrightarrow{OC}$, $\overrightarrow{OF} = -\overrightarrow{OA} + \overrightarrow{OB} + \overrightarrow{OC}$.

1. Exprimer $\overrightarrow{AD}$ et $\overrightarrow{AE}$ en fonction de $\overrightarrow{OB}$ et $\overrightarrow{OC}$.
2. En déduire que A est le milieu de $[DE]$.
3. Démontrer que B est le milieu de $[DF]$ et que C est le milieu de $[EF]$.
4. Démontrer que $ACBD$ est un parallélogramme.

7.7 Solutions

Solution 1 (Translation, parallélogramme et symétrie centrale)

1. Sachant que $\overrightarrow{AN} = \overrightarrow{BM}$, on en déduit que le quadrilatère $ANMB$ est un parallélogramme.

   D'où : $\overrightarrow{BA} = \overrightarrow{MN}$

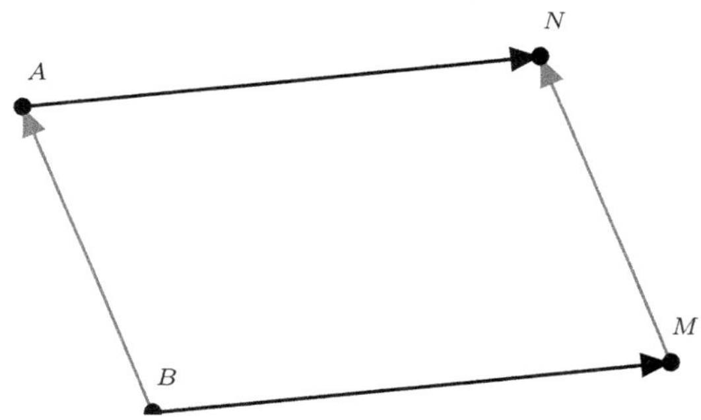

   On en déduit que le point N est l'image du point M par la translation T de vecteur $\overrightarrow{BA}$.

2. Par définition, l'image de B par la translation T est le point B' tel que : $\overrightarrow{BB'} = \overrightarrow{BA}$

   Le point B' est donc le point A. L'image du point B par la translation T est donc le point A.

3. L'image du point A par la translation T est le point A' tel que : $\overrightarrow{AA'} = \overrightarrow{BA}$.

   on en déduit que le point A est le milieu du segment $[BA']$. L'image du point A par la translation T est ainsi le symétrique du point B par la symétrie de centre A.

Solution 2 (Construire des points à l'aide d'égalités vectorielles)

1. $\overrightarrow{AB} = 2\overrightarrow{BE}$ soit $\overrightarrow{BE} = \frac{1}{2}\overrightarrow{AB}$

   On trace donc le vecteur $\frac{1}{2}\overrightarrow{AB}$ et on le déplace pour qu'il commence en B. Le point E est alors l'extrémité de ce vecteur.

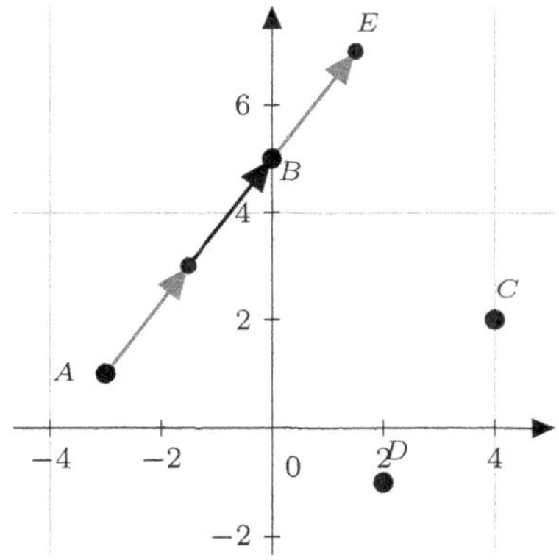

2. Pour tracer $\overrightarrow{AF}$, on trace d'abord le vecteur somme $\overrightarrow{AB} + \overrightarrow{AC}$.
   Comme ce vecteur commence déjà en A, on obtient directement le point F.

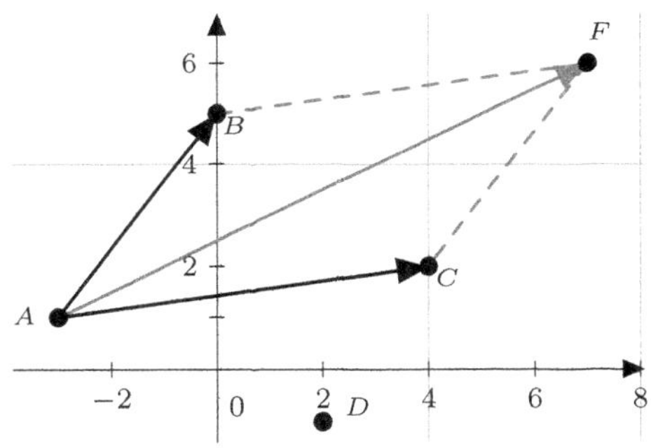

3. $\overrightarrow{CA} + \frac{1}{2}\overrightarrow{BD} = \frac{1}{2}\overrightarrow{AG}$ soit $\overrightarrow{AG} = 2\overrightarrow{CA} + \overrightarrow{BD}$.
   On trace d'abord le vecteur somme $2\overrightarrow{CA} + \overrightarrow{BD}$. On le déplace ensuite pour qu'il commence en A. On obtient alors le point G.

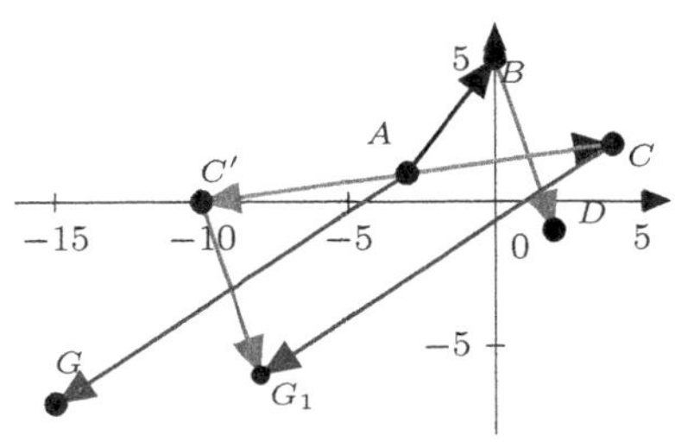

Solution 3 (Parallélogrammes et coordonnées de vecteurs)

1. $ABCD$ est un parallélogramme si et seulement si $\overrightarrow{AB} = \overrightarrow{DC}$.
   Or, $\overrightarrow{AB}\begin{pmatrix} x_B - x_A \\ y_B - y_A \end{pmatrix}$ donc $\overrightarrow{AB}\begin{pmatrix} -3-3 \\ -2-1 \end{pmatrix}$, soit $\overrightarrow{AB}\begin{pmatrix} -6 \\ -3 \end{pmatrix}$.
   De même, $\overrightarrow{DC}\begin{pmatrix} x_C - x_D \\ y_C - y_D \end{pmatrix}$. Or, $x_C - x_D = -3 - 3$ et $y_C - yD = -5 - (-2)$.

Donc , $\overrightarrow{DC}\begin{pmatrix}-6\\-3\end{pmatrix}$, soit $\overrightarrow{AB}=\overrightarrow{DC}$.

$ABCD$ est bien un parallélogramme.

2. $ABDE$ est un parallélogramme si et seulement si $\overrightarrow{AB}=\overrightarrow{ED}$.

   Notons x et y, l'abscisse et l'ordonnée de E. On a alors :

   $\overrightarrow{AB}\begin{pmatrix}x_B-x_A\\y_B-y_A\end{pmatrix}$ et $\overrightarrow{ED}\begin{pmatrix}x_D-x\\y_D-y\end{pmatrix}$.

   Ainsi, $\overrightarrow{AB}\begin{pmatrix}-6\\-3\end{pmatrix}$ et $\overrightarrow{ED}\begin{pmatrix}3-x\\-2-y\end{pmatrix}$.

   Pour que $ABDE$ soit un parallélogramme, il faut et il suffit que le système suivant soit vérifié :

   $$\begin{cases}-6=3-x\\ \\-3=-2-y\end{cases}\text{ soit }\begin{cases}x=3+6\\ \\y=-2+3\end{cases}\text{ soit }\begin{cases}x=9\\ \\y=1\end{cases}.$$

   Pour que $ABDE$ soit un parallélogramme, il faut et il suffit que $E\ (9;1)$.

Solution 4 (Démontrer la colinéarité)

1. $\overrightarrow{u}\begin{pmatrix}x\\y\end{pmatrix}$ et $\overrightarrow{v}\begin{pmatrix}x'\\y'\end{pmatrix}$ colinéaires si et seulement si $xy'-x'y=0$ (théorème 16).

   Ici, $\overrightarrow{u}\begin{pmatrix}3\\1\end{pmatrix}$ et $\overrightarrow{v}\begin{pmatrix}-1\\-\frac{1}{3}\end{pmatrix}$, donc $3\times(-\frac{1}{3})-(-1)(1)=-1+1=0$.

   $\overrightarrow{u}$ et $\overrightarrow{v}$ sont colinéaires.

2. Déterminons les coordonnées de $\overrightarrow{AB}$ et $\overrightarrow{CD}$:

   $\overrightarrow{AB}\begin{pmatrix}x_B-x_A\\y_B-y_A\end{pmatrix}$, donc $\overrightarrow{AB}\begin{pmatrix}1\\-2\end{pmatrix}$. $\overrightarrow{CD}\begin{pmatrix}x_D-x_C\\y_D-y_C\end{pmatrix}$, donc $\overrightarrow{AB}\begin{pmatrix}1\\-1\end{pmatrix}$.

   On calcule ensuite : $1\times(-1)-1\times(-2)=-1+2=1\neq 0$.

   Donc $\overrightarrow{AB}$ et $\overrightarrow{CD}$ ne sont pas colinéaires.

3. $\overrightarrow{u}\begin{pmatrix}-1\\4\end{pmatrix}$ et $\overrightarrow{v}\begin{pmatrix}4\\-15\end{pmatrix}$.

   On calcule : $-1\times(-15)-4\times 4=15-16=-1\neq 0$.

   Donc $\overrightarrow{u}$ et $\overrightarrow{v}$ ne sont pas colinéaires.

Solution 5 (Sommes et produits par un réel)

1. On sait que $\overrightarrow{t_1}=\overrightarrow{u}+\overrightarrow{v}$ donc $\overrightarrow{t_1}\begin{pmatrix}x_u+x_v\\y_u+y_v\end{pmatrix}$.

   Ici, on a $\overrightarrow{t_1}\begin{pmatrix}4-3\\1+2\end{pmatrix}$, soit $\overrightarrow{t_1}\begin{pmatrix}1\\3\end{pmatrix}$.

   De même, $\overrightarrow{t_2}\begin{pmatrix}-3+5\\2-2\end{pmatrix}$, soit $\overrightarrow{t_2}\begin{pmatrix}2\\0\end{pmatrix}$.

2. On a $\overrightarrow{t_3}\begin{pmatrix}-2\times 4\\-2\times 1\end{pmatrix}$, soit $\overrightarrow{t_3}\begin{pmatrix}-8\\-2\end{pmatrix}$.

   De même, $\overrightarrow{t_4}\begin{pmatrix}-3\times 4\\-3\times 4\end{pmatrix}$, soit $\overrightarrow{t_4}\begin{pmatrix}-12\\8\end{pmatrix}$.

3. On a $\overrightarrow{t_5}\begin{pmatrix}3\times 5+2\times 4-4(-3)\\3\times(-2)+2(1)-4\times 2\end{pmatrix}$, soit $\overrightarrow{t_5}\begin{pmatrix}15+8+12\\-6+2-8\end{pmatrix}$, soit $\overrightarrow{t_5}\begin{pmatrix}35\\-12\end{pmatrix}$

Solution 6

1. Dire que les droites (AB) et (CD) sont parallèles, c'est dire que les vecteurs $\overrightarrow{AB}$ et $\overrightarrow{CD}$ sont colinéaires. Or $\overrightarrow{AB}\begin{pmatrix} t+2-2 \\ 1+t \end{pmatrix}$ et $\overrightarrow{CD}\begin{pmatrix} t-1 \\ t-2 \end{pmatrix}$. Donc pour que $\overrightarrow{AB}$ et $\overrightarrow{CD}$ soient colinéaires, il faut et il suffit que $t \times (t-2) = (1+t) \times (t-1)$, soit $t^2 - 2t = t^2 - 1$ soit $-2t = -1$ soit $t = \frac{1}{2}$.
2. Dire que les points E, F et G sont alignés, c'est dire que les vecteurs $\overrightarrow{EF}$ et $\overrightarrow{EG}$ sont colinéaires. Or $\overrightarrow{EF}\begin{pmatrix} t-2 \\ 4-2 \end{pmatrix}$ et $\overrightarrow{EG}\begin{pmatrix} 10-2 \\ t-2 \end{pmatrix}$. Donc pour que les points E, F et G soient alignés, il faut et il suffit que $(t-2) \times (t-2) = 2 \times 8$, soit $(t-2)^2 = 16$ soit $t-2 = 4$ ou $t-2 = -4$ soit $t = 6$ ou $t = -6$.
3. Dire que les points H, I et J sont alignés, c'est dire que les vecteurs $\overrightarrow{IJ}$ et $\overrightarrow{HJ}$ sont colinéaires. Or, si on pose $\vec{u} = 2\vec{i} + \vec{j}$, on a $\vec{u}\begin{pmatrix} 2 \\ 1 \end{pmatrix}$. De ce fait $\overrightarrow{IJ}\begin{pmatrix} 2t \\ t \end{pmatrix}$ donc $\overrightarrow{IJ} = t\vec{u}$ et les vecteurs $\overrightarrow{IJ}$ et $\vec{u}$ sont colinéaires pour tout réel t. De même $\overrightarrow{HJ}\begin{pmatrix} 4t+2 \\ 2t+1 \end{pmatrix}$ donc $\overrightarrow{HJ} = (2t+1)\vec{u}$ et les vecteurs $\overrightarrow{HJ}$ et $\vec{u}$ sont colinéaires pour tout réel t. Par suite, $\overrightarrow{IJ}$ et $\overrightarrow{HJ}$ sont colinéaires pour tout réel t.

Solution 7 (Vecteurs colinéaires, parallélisme et points alignés)

1.

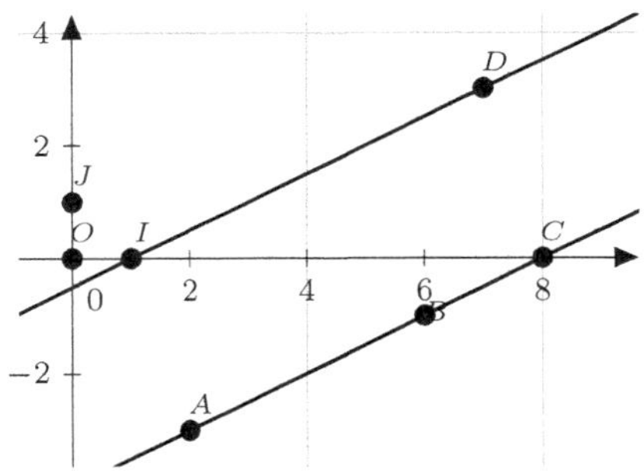

Pour vérifier si les points A, B et C sont alignés, on calcule les coordonnées des vecteurs $\overrightarrow{AB}$ et $\overrightarrow{BC}$:

$\overrightarrow{AB}\begin{pmatrix} x_B - x_A \\ y_B - y_A \end{pmatrix}$ soit $\overrightarrow{AB}\begin{pmatrix} 6-2 \\ -1-(-3) \end{pmatrix}$ soit $\overrightarrow{AB}\begin{pmatrix} 4 \\ 2 \end{pmatrix}$

$\overrightarrow{BC}\begin{pmatrix} x_C - x_B \\ y_C - y_B \end{pmatrix}$ soit $\overrightarrow{BC}\begin{pmatrix} 8-6 \\ -0-(-1) \end{pmatrix}$ soit $\overrightarrow{BC}\begin{pmatrix} 2 \\ 1 \end{pmatrix}$.

On remarque que : $\overrightarrow{AB} = 2\overrightarrow{BC}$. Les vecteurs $\overrightarrow{AB}$ et $\overrightarrow{BC}$ sont donc colinéaires. Comme ils ont le point B en commun : les points A, B et C sont donc alignés (théorème 10).

2. Pour savoir si les droites (AB) et (ID) sont parallèles, on calcule les coordonnées des vecteurs $\overrightarrow{AB}$ et $\overrightarrow{ID}$. Sachant que $I\left(1\ ,\ 0\right)$,

$\overrightarrow{AB}\begin{pmatrix} 4 \\ 2 \end{pmatrix}$ $\overrightarrow{ID}\begin{pmatrix} x_D - x_I \\ y_D - y_I \end{pmatrix}$ soit $\overrightarrow{ID}\begin{pmatrix} 7-1 \\ 3-0 \end{pmatrix}$ soit $\overrightarrow{ID}\begin{pmatrix} 6 \\ 3 \end{pmatrix}$

On a l'égalité des produits en croix : $4 \times 3 = 6 \times 2$ donc les vecteurs $\overrightarrow{AB}$ et $\overrightarrow{ID}$ sont colinéaires. De ce fait les droites (AB) et (ID) sont donc parallèles (théorème 10).

Solution 8 (Caractérisations vectorielles du milieu d'un segment)

1. Le point G étant le milieu du segment $[AB]$, on a :
   - $AG = GB$, les vecteurs $\overrightarrow{AG}$ et $\overrightarrow{GB}$ ont donc même norme.

- A, G et B sont alignés, les vecteurs $\overrightarrow{AG}$ et $\overrightarrow{GB}$ ont donc même direction.
- A, G et B sont dans ce sens, les vecteurs $\overrightarrow{AG}$ et $\overrightarrow{GB}$ ont donc même sens.

Or, deux vecteurs sont égaux si et seulement si ils ont même direction, même sens et même norme. On a donc : $\overrightarrow{AG} = \overrightarrow{GB}$.

2. D'après la question précédente, on a $\overrightarrow{AG} = \overrightarrow{GB}$, soit : $\overrightarrow{GB} - \overrightarrow{AG} = \overrightarrow{0}$, soit $\overrightarrow{GA} + \overrightarrow{GB} = \overrightarrow{0}$.
3. D'après la question précédente, on a $\overrightarrow{GA} + \overrightarrow{GB} = \overrightarrow{0}$
Soit, d'après la relation de Chasles (théorème 4) : $\left(\overrightarrow{GM} + \overrightarrow{MA}\right) + \left(\overrightarrow{GM} + \overrightarrow{MB}\right) = \overrightarrow{0}$, soit $2\overrightarrow{GM} + \overrightarrow{MA} + \overrightarrow{MB} = \overrightarrow{0}$, soit $\overrightarrow{MA} + \overrightarrow{MB} = -2\overrightarrow{GM}$.
On a donc : $\overrightarrow{MA} + \overrightarrow{MB} = 2\overrightarrow{MG}$.

Solution 9 (Caractérisation vectorielle du centre de gravité d'un triangle)

1.

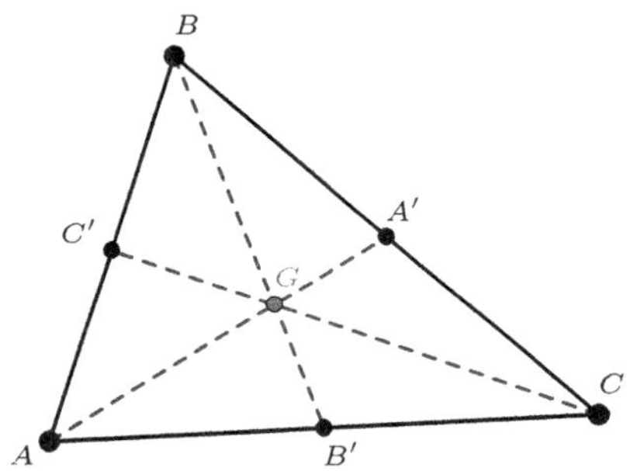

On sait que le centre de gravité d'un triangle est situé aux deux tiers de chacune des médianes à partir du sommet (théorème 28 page 157). On a donc : $AG = \frac{2}{3}AA'$. Les points A, G et A' étant alignés dans ce sens, on en déduit l'égalité vectorielle :

$$\overrightarrow{AG} = \frac{2}{3}\overrightarrow{AA'}.$$

2. D'après le résultat précédent, on a : $\overrightarrow{AG} = \frac{2}{3}\overrightarrow{AA'}$,

soit d'après la relation de Chasles : $\overrightarrow{AG} = \frac{2}{3}\left(\overrightarrow{AG} + \overrightarrow{GA'}\right)$

soit $\overrightarrow{AG} - \frac{2}{3}\overrightarrow{AG} = \frac{2}{3}\overrightarrow{GA'}$

soit $\frac{1}{3}\overrightarrow{AG} = \frac{2}{3}\overrightarrow{GA'}$

soit $\overrightarrow{AG} = 2\overrightarrow{GA'}$

soit $\overrightarrow{GA} = -2\overrightarrow{GA'}$

3.

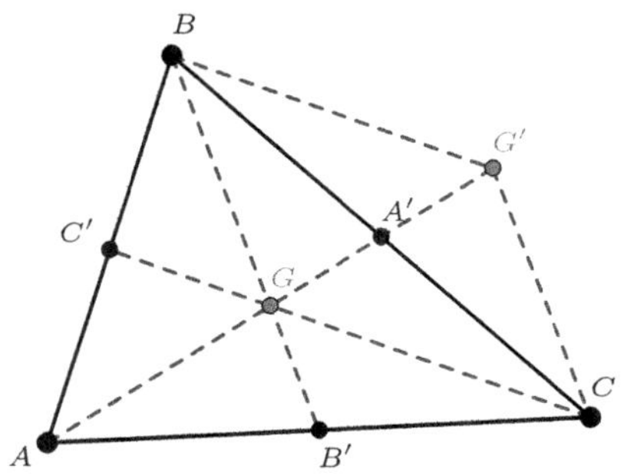

D'après le résultat précédent, on a :

$$\overrightarrow{GA} + \overrightarrow{GB} + \overrightarrow{GC} = -2\overrightarrow{GA'} + \overrightarrow{GB} + \overrightarrow{GC}.$$

De plus, A' étant le milieu du segment $[BC]$, la propriété des diagonales du parallélogramme permet d'écrire : $\overrightarrow{GB} + \overrightarrow{GC} = 2\overrightarrow{GA'}$
On a finalement :
$\overrightarrow{GA} + \overrightarrow{GB} + \overrightarrow{GC} = -2\overrightarrow{GA'} + 2\overrightarrow{GA'}$.
Donc $\overrightarrow{GA} + \overrightarrow{GB} + \overrightarrow{GC} = \overrightarrow{0}$

4. D'après le résultat précédent, on a : $\overrightarrow{GA}+\overrightarrow{GB}+\overrightarrow{GC}=\overrightarrow{0}$
   D'après la relation de Chasles, on peut écrire :
   $\left(\overrightarrow{GM}+\overrightarrow{MA}\right)+\left(\overrightarrow{GM}+\overrightarrow{MB}\right)+\left(\overrightarrow{GM}+\overrightarrow{MC}\right)=\overrightarrow{0}$,
   soit $3\overrightarrow{GM}+\overrightarrow{MA}+\overrightarrow{MB}+\overrightarrow{MC}=\overrightarrow{0}$.
   Donc $\overrightarrow{MA}+\overrightarrow{MB}+\overrightarrow{MC}=3\overrightarrow{MG}$

Solution 10

1. On a $\overrightarrow{AB}\begin{pmatrix}x_B-x_A\\y_B-y_A\end{pmatrix}$ soit $\overrightarrow{AB}\begin{pmatrix}-1\\-2\end{pmatrix}$. De même $\overrightarrow{DC}\begin{pmatrix}5-x_D\\-y_D\end{pmatrix}$. Dire que $ABCD$ est un parallélogramme c'est dire que $\overrightarrow{AB}=\overrightarrow{DC}$ ce qui entraîne $5-x_D=-1$ soit $x_D=6$ et $-y_D=-2$ soit $y_D=2$. Finalement $D\left(6\ ,\ 2\right)$.
2. On a d'une part $3\overrightarrow{AC}\begin{pmatrix}3\times(5-2)\\3\times(0-1)\end{pmatrix}$, soit $3\overrightarrow{AC}\begin{pmatrix}9\\-3\end{pmatrix}$. D'autre part, $3\overrightarrow{AF}+\overrightarrow{FB}\begin{pmatrix}3(x_F-2)+(1-x_F)\\3(y_F-1)+(-1-y_F)\end{pmatrix}$, soit $3\overrightarrow{AF}+\overrightarrow{FB}\begin{pmatrix}2x_F-5\\2y_F-4\end{pmatrix}$. Ainsi $2x_F-5=9$ soit $x_F=7$ et $2y_F-4=-3$ soit $y_F=\dfrac{1}{2}$. Finalement $F\left(7\ ,\ \dfrac{1}{2}\right)$.
3. On a $\overrightarrow{BC}\begin{pmatrix}5-1\\0-(-1)\end{pmatrix}$ soit $\overrightarrow{BC}\begin{pmatrix}4\\1\end{pmatrix}$. De même, $\overrightarrow{CF}\begin{pmatrix}7-5\\\frac{1}{2}-0\end{pmatrix}$ soit $\overrightarrow{CF}\begin{pmatrix}2\\\frac{1}{2}\end{pmatrix}$. On constate que $\overrightarrow{BC}=2\overrightarrow{CF}$. Donc $\overrightarrow{BC}$ et $\overrightarrow{CF}$ sont colinéaires. Donc B, C et F sont alignés.
4. On a $4\overrightarrow{GA}-5\overrightarrow{GB}+3\overrightarrow{GC}\begin{pmatrix}18-2x_G\\9-2y_G\end{pmatrix}$. Ainsi $18-2x_G=3$ soit $x_G=\dfrac{15}{2}$. De même $9-2y_G=-1$ soit $y_G=5$.
5. On a $\overrightarrow{AB}\begin{pmatrix}1-2\\-1-1\end{pmatrix}$ soit $\overrightarrow{AB}\begin{pmatrix}-1\\-2\end{pmatrix}$. De même, $\overrightarrow{CG}\begin{pmatrix}\frac{15}{2}-5\\5-0\end{pmatrix}$ soit $\overrightarrow{AB}\begin{pmatrix}\frac{5}{2}\\5\end{pmatrix}$. On constate que $\overrightarrow{CG}=-\dfrac{5}{2}\overrightarrow{AB}$. Donc $\overrightarrow{CG}$ et $\overrightarrow{AB}$ sont colinéaires. Donc les droites (AB) et (CG) sont parallèles.

Solution 11

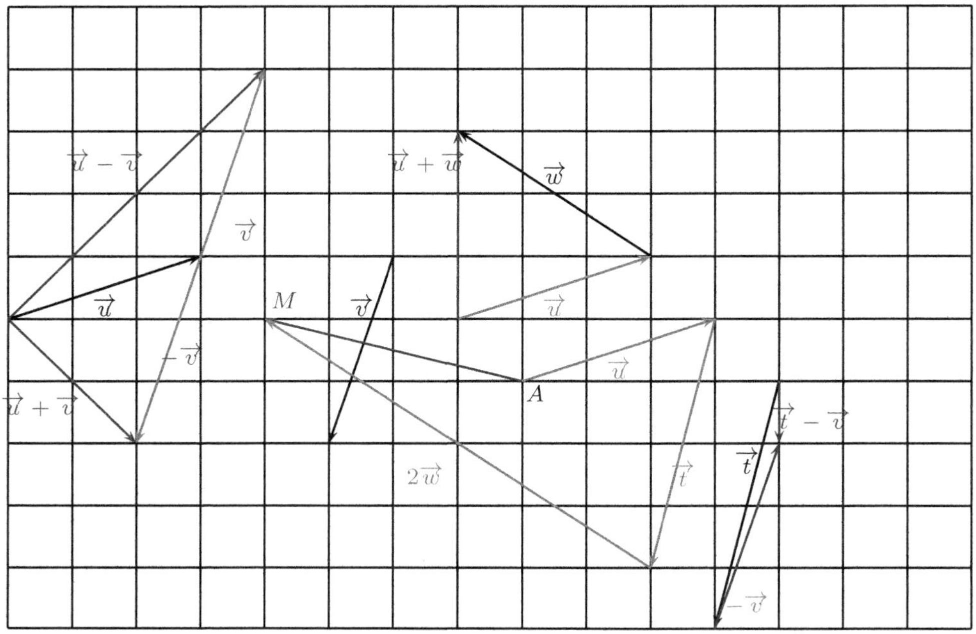

1.3. $\vec{t} - \vec{v}$ est colinéaire à $\vec{u} + \vec{w}$. En effet $\vec{u} + \vec{w} = -3(\vec{t} - \vec{v})$.

Solution 12

1. De l'égalité $\overrightarrow{OD} = \overrightarrow{OA} + \overrightarrow{OB} - \overrightarrow{OC}$, on déduit, en soustrayant à gauche et à droite le vecteur $\overrightarrow{OA}$, $\overrightarrow{OD} - \overrightarrow{OA} = \overrightarrow{OB} - \overrightarrow{OC}$, soit $\overrightarrow{OD} + \overrightarrow{AO} = \overrightarrow{OB} - \overrightarrow{OC}$, soit $\overrightarrow{AD} = \overrightarrow{OB} - \overrightarrow{OC}$.
   De même, à partir de l'égalité $\overrightarrow{OE} = \overrightarrow{OA} - \overrightarrow{OB} + \overrightarrow{OC}$, on déduit, en soustrayant à gauche et à droite le vecteur $\overrightarrow{OA}$,
   $\overrightarrow{OE} - \overrightarrow{OA} = -\overrightarrow{OB} + \overrightarrow{OC}$, soit $\overrightarrow{OE} + \overrightarrow{AO} = -\overrightarrow{OB} + \overrightarrow{OC}$,
   soit $\overrightarrow{AE} = -\overrightarrow{OB} + \overrightarrow{OC}$.
2. On en déduit que $\overrightarrow{AD} + \overrightarrow{AE} = \vec{0}$, c'est bien dire que A est le milieu de $[DE]$.
3. *Mutatis mutandis*, on vérifie que $\overrightarrow{BD} = \overrightarrow{OA} - \overrightarrow{OC}$, et que $\overrightarrow{BF} = -\overrightarrow{OA} + \overrightarrow{OC}$, puis on démontre que B est le milieu de $[DF]$ et que $\overrightarrow{CE} = \overrightarrow{OA} - \overrightarrow{OB}$, et que $\overrightarrow{CF} = -\overrightarrow{OA} + \overrightarrow{OB}$, puis que C est le milieu de $[EF]$.
4. De l'égalité $\overrightarrow{OD} = \overrightarrow{OA} + \overrightarrow{OB} - \overrightarrow{OC}$, on déduit que $\overrightarrow{OD} - \overrightarrow{OB} = \overrightarrow{OA} - \overrightarrow{OC}$, soit $\overrightarrow{OD} + \overrightarrow{BO} = \overrightarrow{OA} + \overrightarrow{CO}$, soit, d'après la relation de Chasles, $\overrightarrow{BD} = \overrightarrow{CA}$. C'est bien dire que $ACBD$ est un parallélogramme.

Solution 13 (Milieu)

1.

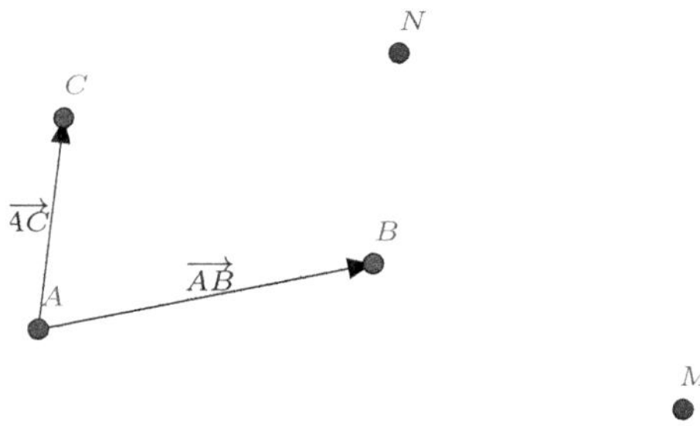

2. (a) On a $A\left(0\ ,\ 0\right)$, $B\left(1\ ,\ 0\right)$ et $C\left(0\ ,\ 1\right)$. Dire que $M\left(x_M\ ,\ y_M\right)$ est le symétrique de C par rapport à B, c'est dire que B est le milieu de $[MC]$ donc $\dfrac{x_M+0}{2}=1$ soit $x_M=2$ et $\dfrac{y_M+1}{2}=0$ soit $x_M=-\dfrac{1}{2}$. Soit $M\left(2\ ,\ -\dfrac{1}{2}\right)$.

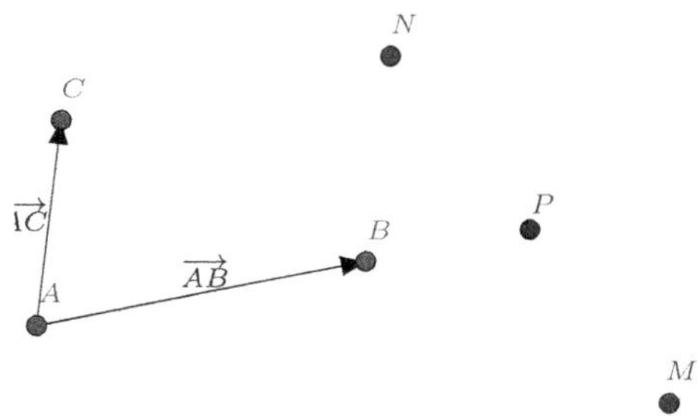

(b) D'une part, on a $\overrightarrow{AP}=3\overrightarrow{BP}=3\left(\overrightarrow{BA}+\overrightarrow{AP}\right)$, d'où $3\overrightarrow{BA}+3\overrightarrow{AP}=\overrightarrow{AP}$ donc $2\overrightarrow{AP}=3\overrightarrow{AB}$. Maintenant,

$$\begin{aligned}\overrightarrow{MP}+\overrightarrow{NP}&=\overrightarrow{MA}+\overrightarrow{AP}+\overrightarrow{NA}+\overrightarrow{AP}\\&=\overrightarrow{MB}+\overrightarrow{BA}+\overrightarrow{NA}+2\overrightarrow{AP}\\&=\overrightarrow{BC}+\overrightarrow{BA}+\overrightarrow{NA}+3\overrightarrow{AB}\\&=\overrightarrow{BA}+\overrightarrow{AC}+\overrightarrow{BA}+\overrightarrow{CA}+3\overrightarrow{AB}\\&=3\overrightarrow{BA}+3\overrightarrow{AB}\\&=\overrightarrow{0},\end{aligned}$$

Ce qui démontre bien que P est le milieu de $[MN]$.
On aurait aussi pu raisonner avec les coordonnées.

Solution 14

1.

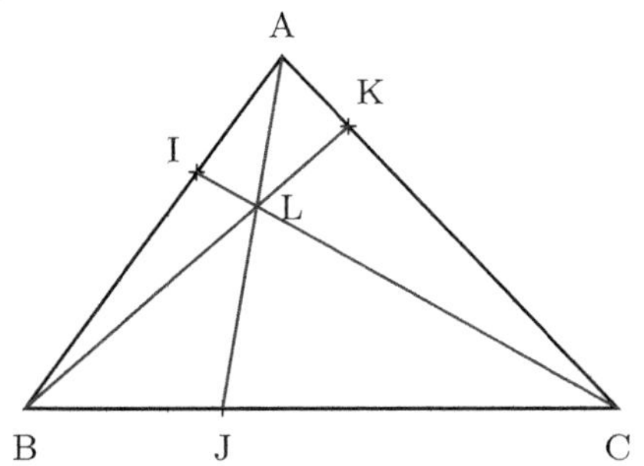

2. $A\,(0\ ,\ 0)$; $I\,(1\ ,\ 0)$; $K\,(0\ ,\ 1)$. $\overrightarrow{AB} = 3\overrightarrow{AI}$, donc $B\,(3\ ,\ 0)$. $\overrightarrow{AC} = 5\overrightarrow{AK}$, donc $C\,(0\ ,\ 5)$.

   On a successivement : $\overrightarrow{BC}\begin{pmatrix}-3\\5\end{pmatrix}$; $\frac{1}{3}\overrightarrow{BC}\begin{pmatrix}-1\\\frac{5}{3}\end{pmatrix}$, donc $J\left(2\ ,\ \frac{5}{3}\right)$, puis $\frac{3}{7}\overrightarrow{AJ}\begin{pmatrix}\frac{6}{7}\\\frac{5}{7}\end{pmatrix}$, donc $L\left(\frac{6}{7}\ ,\ \frac{5}{7}\right)$.

3. D'après la relation $\overrightarrow{AL} = \frac{3}{7}\overrightarrow{AJ}$, les points A, J et L sont alignés.
   $\overrightarrow{BK}\begin{pmatrix}-3\\1\end{pmatrix}$ et $\overrightarrow{KL}\begin{pmatrix}\frac{6}{7}\\-\frac{2}{7}\end{pmatrix}$. D'où $\overrightarrow{KL} = -\frac{2}{7}\overrightarrow{BK}$ et les points B, K et L sont alignés.
   $\overrightarrow{CI}\begin{pmatrix}1\\-5\end{pmatrix}$ et $\overrightarrow{IL}\begin{pmatrix}-\frac{1}{7}\\\frac{5}{7}\end{pmatrix}$. D'où $\overrightarrow{IL} = -\frac{1}{7}\overrightarrow{CI}$ et les points C, I et L sont alignés.
   Les trois droites (AJ), (BK) et (CI) passent par le point L. Elles sont donc concourantes en L.

Solution 15

Dans le repère $(A; \overrightarrow{AI}, \overrightarrow{AK})$: $A\,(0\ ,\ 0)$; $B\,(1\ ,\ 0)$; $C\,(0\ ,\ 1)$; $M\,(x\ ,\ 0)$.
$\overrightarrow{BC}\begin{pmatrix}-1\\1\end{pmatrix}$ et $\overrightarrow{BN}\begin{pmatrix}-y\\y\end{pmatrix}$, d'où $N\,(1-y\ ,\ y)$. $\overrightarrow{CA}\begin{pmatrix}0\\-1\end{pmatrix}$ et $\overrightarrow{CP}\begin{pmatrix}0\\-z\end{pmatrix}$, d'où $P\,(0\ ,\ 1-z)$.
$\overrightarrow{MP}\begin{pmatrix}-x\\1-z\end{pmatrix}$ et $\overrightarrow{MN}\begin{pmatrix}1-y-x\\y\end{pmatrix}$.
« M, N et P sont alignés » se traduit par : $-xy-(1-z)(1-y-x)=0$

$$\begin{array}{lll}
\text{soit} & -xy-(1-z)(1-y-x)+xyz & = & xyz\\
\text{soit} & -xy(1-z)-(1-z)(1-y-x) & = & xyz\\
\text{soit} & (1-z)(-xy-(1-y-x)) & = & xyz\\
\text{soit} & (1-z)(-xy-1+y+x)) & = & xyz\\
\text{soit} & (1-z)(1-x)(y-1) & = & xyz\\
\text{soit} & (z-1)(x-1)(y-1) & = & xyz
\end{array}$$

Ce qu'il fallait démontrer.

Solution 16 (Milieu)
Il suffit de démontrer que $\overrightarrow{DC}+\overrightarrow{EC}=\overrightarrow{0}$. Or

$$\begin{aligned}\overrightarrow{DC}+\overrightarrow{EC} &= \left(\overrightarrow{DA}+\overrightarrow{AC}\right)-\overrightarrow{CE}\\ &= -\overrightarrow{AD}+\overrightarrow{AC}-3\overrightarrow{BA}\\ &= -\left(3\overrightarrow{AB}+\overrightarrow{AC}\right)+\overrightarrow{AC}+3\overrightarrow{AB}\\ &= -3\overrightarrow{AB}-\overrightarrow{AC}+\overrightarrow{AC}+3\overrightarrow{AB}\\ &= \overrightarrow{0}\end{aligned}$$

Ce qu'il fallait vérifier.
Solution 17

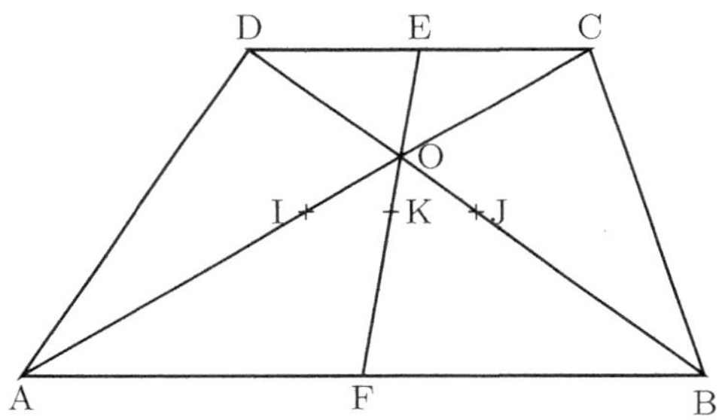

1. Les coordonnées de A, B, et D s'obtiennent immédiatement : $A\left(0\ ,\ 0\right)$, $B\left(1\ ,\ 0\right)$ et $D\left(0\ ,\ 1\right)$. $[AB]$ et $[CD]$ parallèles et $AB=2CD$ se traduisent par $\overrightarrow{AB}=2\overrightarrow{DC}$. Donc $\overrightarrow{AC}=\overrightarrow{AD}+\overrightarrow{DC}=\overrightarrow{AD}+\dfrac{1}{2}\overrightarrow{AB}$.
   D'où $C\left(\dfrac{1}{2}\ ,\ 1\right)$.
   E est le milieu de $[DC]$, donc ses coordonnées sont les moyennes des coordonnées de D et C : $E\left(\dfrac{1}{4}\ ,\ 1\right)$.
   De même $F\left(\dfrac{1}{2}\ ,\ 0\right)$, $I\left(\dfrac{1}{4}\ ,\ \dfrac{1}{2}\right)$, et $J\left(\dfrac{1}{2}\ ,\ \dfrac{1}{2}\right)$.
2. On obtient de même les coordonnées de K :
   $x_K=\dfrac{\frac{1}{4}+\frac{1}{2}}{2}=\dfrac{3}{8}$; $y_K=\dfrac{\frac{1}{2}+\frac{1}{2}}{2}=\dfrac{1}{2}$, soit $K\left(\dfrac{3}{8}\ ,\ \dfrac{1}{2}\right)$.
3. Dans le triangle ADC, la droite (EI) passe par les milieux de deux côtés, elle est donc parallèle au troisième côté : (EI) est parallèle à (AD).
   De même dans le triangle ABD, la droite (FJ) est parallèle à (AD). Donc (EI) est parallèle à (FJ).
   De même dans le triangle BCD, la droite (EJ) est parallèle à (BC). De même dans le triangle ACD, la droite (IJ) est parallèle à (BC). Donc (IJ) est parallèle à (BC).
   En résumé, $EIFJ$ est un parallélogramme. Comme K est le milieu de $[IJ]$, c'est aussi le milieu de $[EF]$.

Solutions

4. Les points A, O et C sont alignés, ce qui se traduit par : $\overrightarrow{AO}$ et $\overrightarrow{AC}$ sont colinéaires. Autrement dit il existe un nombre réel k tel que : $\overrightarrow{AO} = k\overrightarrow{AC}$.
   De même les points B, O et D sont alignés, ce qui se traduit par : $\overrightarrow{BO}$ et $\overrightarrow{BD}$ sont colinéaires. Autrement dit il existe un nombre réel k' tel que : $\overrightarrow{BO} = k'\overrightarrow{BD}$.

5. Comme $\overrightarrow{AC}\begin{pmatrix} \frac{1}{2} \\ 1 \end{pmatrix}$, la relation $\overrightarrow{AO} = k\overrightarrow{AC}$ se traduit par $O\left(\frac{k}{2}\,,\,k\right)$.
   Comme $\overrightarrow{BD}\begin{pmatrix} -1 \\ 1 \end{pmatrix}$, la relation $\overrightarrow{BO} = k'\overrightarrow{BD}$ se traduit par $x_O - 1 = -k'$ soit $x_O = 1 - k'$, pour les abscisses et par $y_O = k'$. Donc $O\left(1 - k'\,,\,k'\right)$.

6. En égalant les deux expressions pour l'abscisse de O, on obtient : $\dfrac{k}{2} = 1 - k'$ et en égalant les deux expressions pour l'ordonnée de O, on obtient : $k = k'$.

7. En résolvant ce petit système, on obtient $\dfrac{k}{2} = 1 - k$ soit $\dfrac{3k}{2} = 1$, soit $k = \dfrac{2}{3}$ et $k' = \dfrac{1}{3}$. Donc $O\left(\dfrac{1}{3}\,,\,\dfrac{2}{3}\right)$.

8. Maintenant $\overrightarrow{EF}\begin{pmatrix} \frac{1}{2} - \frac{1}{4} \\ -1 \end{pmatrix}$ soit $\overrightarrow{EF}\begin{pmatrix} \frac{1}{4} \\ -1 \end{pmatrix}$, et $\overrightarrow{EO}\begin{pmatrix} \frac{1}{3} - \frac{1}{4} \\ \frac{2}{3} - 1 \end{pmatrix}$ soit $\overrightarrow{EO}\begin{pmatrix} \frac{1}{12} \\ -\frac{1}{3} \end{pmatrix}$.
   Donc $\overrightarrow{EF} = 3\overrightarrow{EO}$. Les vecteurs $\overrightarrow{EF}$ et $\overrightarrow{EO}$ sont donc colinéaires, autrement dit E, O et F sont alignés.

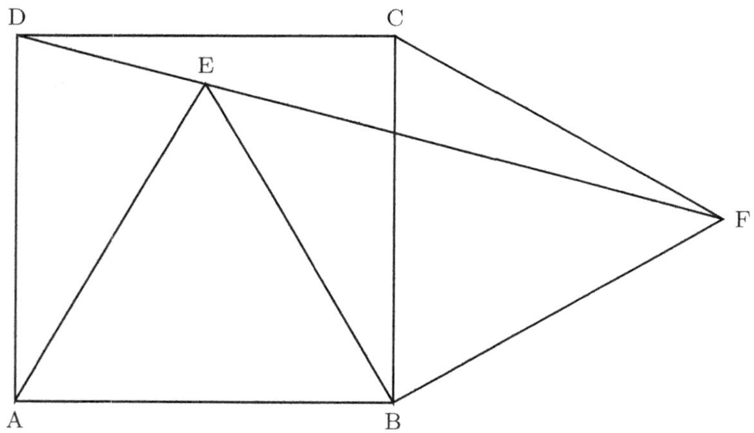

Solution 18

1. Le triangle AIE est rectangle en I. On a $AI = \dfrac{1}{2}$ et $AE = 1$. D'après le théorème de Pythagore, $AE^2 = AI^2 + IE^2$, d'où $1 = \frac{1}{4} + IE^2$, soit $IE^2 = \frac{1}{4}$ soit $IE = \sqrt{\dfrac{3}{4}} = \dfrac{\sqrt{3}}{2}$.

2. $A\left(0\,,\,0\right)$, $B\left(1\,,\,0\right)$, $C\left(1\,,\,1\right)$, $D\left(0\,,\,1\right)$, $E\left(\dfrac{1}{2}\,,\,\dfrac{\sqrt{3}}{2}\right)$ et $F\left(1 + \dfrac{\sqrt{3}}{2}\,,\,\dfrac{1}{2}\right)$.

3. $x_{\overrightarrow{DE}} = x_E - x_D = \frac{1}{2}$ et $y_{\overrightarrow{DE}} = y_E - y_D = \frac{\sqrt{3}}{2} - 1$. D'où $\overrightarrow{DE}\begin{pmatrix} \frac{1}{2} \\ \frac{\sqrt{3}}{2} - 1 \end{pmatrix}$.

$x_{\overrightarrow{DF}} = x_F - x_D = 1 + \frac{\sqrt{3}}{2}$ et $y_{\overrightarrow{DF}} = y_F - y_D = \frac{1}{2} - 1 = -\frac{1}{2}$. D'où $\overrightarrow{DF}\begin{pmatrix} 1 + \frac{\sqrt{3}}{2} \\ -\frac{1}{2} \end{pmatrix}$.

4. $x_{\overrightarrow{DE}} \times y_{\overrightarrow{DF}} - x_{\overrightarrow{DF}} \times y_{\overrightarrow{DE}} = \frac{1}{2} \times \left(-\frac{1}{2}\right) - \left(1 + \frac{\sqrt{3}}{2}\right)\left(\frac{\sqrt{3}}{2} - 1\right) = -\frac{1}{4} - \left(\frac{3}{4} - 1\right) = 0.$
   Les deux vecteurs $\overrightarrow{DE}$ et $\overrightarrow{DF}$ sont donc colinéaires. Autrement dit E, D et F sont alignés.
5. $x_{\overrightarrow{EF}} = x_F - x_E = 1 + \dfrac{\sqrt{3}}{2} - \dfrac{1}{2} = \dfrac{1+\sqrt{3}}{2}$ et $y_{\overrightarrow{EF}} = y_F - y_E = \dfrac{1}{2} - \dfrac{\sqrt{3}}{2} = \dfrac{1-\sqrt{3}}{2}$. D'où $\overrightarrow{EF}\begin{pmatrix} \frac{1+\sqrt{3}}{2} \\ \frac{1-\sqrt{3}}{2} \end{pmatrix}$.
   $DE^2 = \frac{1}{4} + \left(\frac{3}{4} - \sqrt{3} + 1\right) = 2 - \sqrt{3}$. D'où $DE = \sqrt{2 - \sqrt{3}}$.
   $EF^2 = \frac{1+2\sqrt{3}+3}{4} + \frac{1-2\sqrt{3}+3}{4} = 2$. D'où $EF = \sqrt{2}$.
   $DF^2 = 1 + \sqrt{3} + \frac{3}{4} + \frac{1}{4} = 2 + \sqrt{3}$. D'où $DF = \sqrt{2 + \sqrt{3}}$.
6. Comme les points D, E et F sont alignés dans cet ordre, j'ai $DF = DE + EF$, soit

$$\sqrt{2+\sqrt{3}} = \sqrt{2-\sqrt{3}} + \sqrt{2}.$$

Remarque 5.

Il est possible de vérifier cette égalité directement :
Soit $A = \sqrt{2+\sqrt{3}} - \sqrt{2-\sqrt{3}}$, on a $\sqrt{2+\sqrt{3}} > \sqrt{2-\sqrt{3}}$ donc $A > 0$. De plus,

$$\begin{aligned} A^2 &= 2 + \sqrt{3} - 2\sqrt{2+\sqrt{3}}\sqrt{2-\sqrt{3}} + 2 - \sqrt{3} \\ &= 4 - 2\sqrt{\left(2+\sqrt{3}\right)\left(2-\sqrt{3}\right)} \\ &= 4 - 2\sqrt{4-3} \\ &= 4 - 2 \\ A^2 &= 2 \end{aligned}$$

D'où $A = \sqrt{2}$. Donc

$$\sqrt{2+\sqrt{3}} = \sqrt{2-\sqrt{3}} + \sqrt{2}.$$

Solution 19

1.

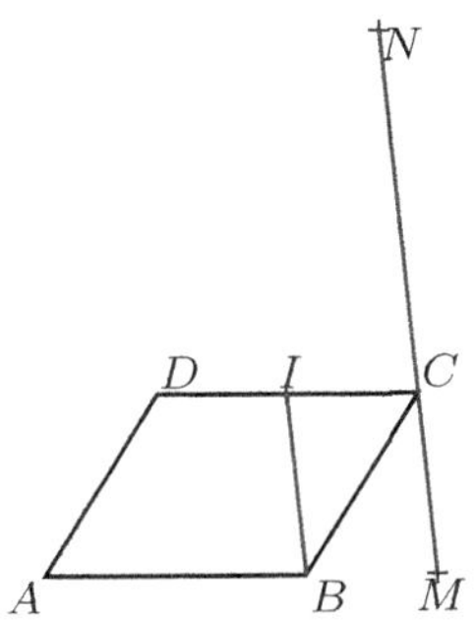

2. (a) On se place dans le repère $\left(A; \overrightarrow{AB}, \overrightarrow{AD}\right)$ (ce qui n'a rien d'obligatoire). On a donc :
   $\overrightarrow{AM}\begin{pmatrix} \frac{3}{2} \\ 0 \end{pmatrix}$ et $\overrightarrow{AN}\begin{pmatrix} 0 \\ 3 \end{pmatrix}$. Soit $M\left(\dfrac{3}{2}\ ,\ 0\right)$ et $N\left(0\ ,\ 3\right)$.
   On a donc $x_{\overrightarrow{MN}} = x_N - x_M = 0 - \dfrac{3}{2} = -\dfrac{3}{2}$.

De même $y_{\overrightarrow{MN}} = y_N - y_M = 3 - 0 = 3$. Donc $\overrightarrow{MN}\begin{pmatrix} -\frac{3}{2} \\ 3 \end{pmatrix}$.

Ce qui se traduit par $\overrightarrow{MN} = -\frac{3}{2}\overrightarrow{AB} + 3\overrightarrow{AD}$.

On a aussi $D\left(0\ ,\ 1\right)$. On a $\overrightarrow{AC} = \overrightarrow{AB} + \overrightarrow{BC} = \overrightarrow{AB} + \overrightarrow{AD}$ car $ABCD$ est un parallélogramme. Donc $C\left(1\ ,\ 1\right)$.

On a encore $x_I = \dfrac{x_D + x_C}{2} = \dfrac{1}{2}$ et $y_I = \dfrac{y_D + y_C}{2} = 1$. Soit $I\left(\dfrac{1}{2}\ ,\ 1\right)$.

Maintenant $\overrightarrow{BI}\begin{pmatrix} \frac{1}{2} - 1 \\ 1 \end{pmatrix}$, ce qui se traduit bien par $\overrightarrow{BI} = -\frac{1}{2}\overrightarrow{AB} + \overrightarrow{AD}$.

(b) On a $\overrightarrow{MN} = 3\overrightarrow{BI}$. Les deux vecteurs $\overrightarrow{MN}$ et $\overrightarrow{BI}$ sont colinéaires, donc les droites (MN) et (BI) sont parallèles.

3. (a) On a $\overrightarrow{CM}\begin{pmatrix} \frac{3}{2} - 1 \\ 0 - 1 \end{pmatrix}$ soit $\overrightarrow{CM}\begin{pmatrix} \frac{1}{2} \\ -1 \end{pmatrix}$. Ce qui se traduit par :

$$\overrightarrow{CM} = \frac{1}{2}\overrightarrow{AB} - \overrightarrow{AD}.$$

$\overrightarrow{CN}\begin{pmatrix} 0 - 1 \\ 3 - 1 \end{pmatrix}$ soit $\overrightarrow{CN}\begin{pmatrix} -1 \\ 2 \end{pmatrix}$. Ce qui se traduit par :

$$\overrightarrow{CN} = -\overrightarrow{AB} + 2\overrightarrow{AD}.$$

(b) On a $\overrightarrow{CN} = -2\overrightarrow{CM}$ donc les vecteurs $\overrightarrow{CN}$ et $\overrightarrow{CM}$ sont colinéaires ce qui veut bien dire que les les points C, M et N sont alignés.

Solution 20 (Alignements)

1. (a) On a $\overrightarrow{A_1B_1}\begin{pmatrix} 9 \\ -5 \end{pmatrix}$ et $\overrightarrow{B_1C_1}\begin{pmatrix} 32 \\ -18 \end{pmatrix}$.

(b) $9 \times (-18) - (-5) \times 32 = -162 + 160 = -2 \neq 0$.
Les vecteurs $\overrightarrow{A_1B_1}$ et $\overrightarrow{B_1C_1}$ ne sont pas colinéaires, donc les trois points A_1, B_1 et C_1 ne sont pas alignés.

(c) On a $\overrightarrow{A_2B_2}\begin{pmatrix} 9 \\ -5 \end{pmatrix}$ et $\overrightarrow{B_2C_2}\begin{pmatrix} 31,5 \\ -17,5 \end{pmatrix}$.

(d) $9 \times (-17,5) - (-5) \times 31,5 = -157,5 + 157,5 = 0$. Les vecteurs $\overrightarrow{A_2B_2}$ et $\overrightarrow{B_2C_2}$ sont colinéaires, donc les trois points A_2, B_2 et C_2 sont alignés.

2. (a) On a $\overrightarrow{A_3B_3}\begin{pmatrix} 6 \\ -7 \end{pmatrix}$ donc $A_3B_3 = \sqrt{6^2 + 7^2} = \sqrt{36 + 49} = \sqrt{85}$.

On a $\overrightarrow{B_3C_3}\begin{pmatrix} 26 \\ -30 \end{pmatrix}$ donc $B_3C_3 = \sqrt{26^2 + 30^2} = \sqrt{676 + 900} = \sqrt{1576}$.

On a $\overrightarrow{A_3C_3}\begin{pmatrix} 32 \\ -37 \end{pmatrix}$ donc $A_3C_3 = \sqrt{32^2 + 37^2} = \sqrt{1024 + 1369} = \sqrt{2393}$.

(b) On a $A_3B_3 + B_3C_3 - A_3C_3 = \sqrt{85} + \sqrt{1576} - \sqrt{2393} = 1,1 \times 10^{-4}$ à 10^{-4} près.
Comme $A_3B_3 + B_3C_3 - A_3C_3 \neq 0$ et que B_3 est « entre » A_3 et C_3, c'est-à-dire que l'abscisse de B_3 est entre celle de A_3 et celle de C_3, les trois points A_3, B_3 et C_3 ne sont pas alignés.

(c) On a $\overrightarrow{A_4B_4}\begin{pmatrix}6\\-7\end{pmatrix}$ donc $A_4B_4=\sqrt{6^2+7^2}=\sqrt{36+49}=\sqrt{85}$.
On a $\overrightarrow{B_4C_4}\begin{pmatrix}24\\-28\end{pmatrix}$ donc $B_4C_4=\sqrt{24^2+28^2}=\sqrt{576+784}=\sqrt{1360}=\sqrt{16\times 85}=4\times\sqrt{85}$.
On a $\overrightarrow{A_4C_4}\begin{pmatrix}30\\-35\end{pmatrix}$ donc $A_4C_4=\sqrt{30^2+35^2}=\sqrt{900+1225}=\sqrt{2125}=\sqrt{25\times 85}=5\times\sqrt{85}$.

(d) On a $A_4B_4+B_4C_4-A_4C_4=\sqrt{85}+4\times\sqrt{85}-5\times\sqrt{85}=0$.
C'est le cas d'égalité de l'inégalité triangulaire : les trois points A_4, B_4 et C_4 sont alignés, et B_4 est « entre » A_4 et C_4.

3. (a) Le coefficient directeur de la droite (A_2B_2) est donné par
$\dfrac{y_{B_2}-y_{A_2}}{x_{B_2}-x_{A_2}}=\dfrac{-2-3}{8-(-1)}=-\dfrac{5}{9}$.
De même, le coefficient directeur de la droite (B_2C_2) égale
$\dfrac{-19,5-(-2)}{39,5-8}=\dfrac{-17,5}{31,5}=\dfrac{-35}{63}=-\dfrac{5}{9}$.

(b) Les deux droites (A_2B_2) et (B_2C_2) ont le même coefficient directeur, elles sont donc parallèles. Comme elles ont le point B_2 en commun, elles sont confondues. Autrement dit les points A_2, B_2 et C_2 sont alignés.

4. (a) Les points B_4 et D_4 ont la même abscisse : 5. Donc (B_4D_4) est une droite verticale et $B_4D_4=y_{D_4}-y_{B_4}=3-(-4)=7$.
De même C_4 et E_4 ont la même abscisse : 29. Donc (C_4E_4) est une droite verticale et $C_4E_4=y_{E_4}-y_{C_4}=3-(-32)=35$.
Les points A_4 et D_4 ont la même ordonnée : 3. Donc (A_4D_4) est une droite horizontale et $A_4D_4=x_{D_4}-x_{A_4}=5-(-1)=6$.
De même A_4 et E_4 ont la même ordonnée : 3. Donc (A_4E_4) est une droite horizontale et $A_4E_4=x_{E_4}-x_{A_4}=29-(-1)=30$.

(b) $\dfrac{A_4D_4}{A_4E_4}=\dfrac{6}{30}=\dfrac{1}{5}$ et $\dfrac{B_4D_4}{C_4E_4}=\dfrac{7}{35}=\dfrac{1}{5}$. On a donc $\dfrac{A_4D_4}{A_4E_4}=\dfrac{B_4D_4}{C_4E_4}$.

(c) Les points A_4, B_4 et C_4 sont alignés d'après la propriété de Thalès.

5. Les méthodes 3 et 4 donnent exactement les mêmes calculs que la méthode 1.
L'égalité des produits en croix du 1 traduit l'égalité des quotients du 3 ou du 4.

6. Bonus : On reprend les points de l'exercice 32 page 178 : $A\left(0\ ,\ -7\right)$, $B\left(-4\ ,\ 0\right)$ et $C\left(77\ ,\ -146\right)$. On considère $A'\left(0\ ,\ 0\right)$, $B'=B$ et $C'\left(77\ ,\ 0\right)$. On calcule les aires des triangles rectangles $BC'C$ et $BA'A$: $\mathscr{A}(BC'C)=\dfrac{BA'\times AA'}{2}=\dfrac{4\times 7}{2}=14$ et $\mathscr{A}(BC'C)=5913$. L'aire du trapèze $AA'C'C$ égale $\mathscr{A}(AA'C'C)=77\times\dfrac{146+7}{2}=5890,5$. Comme $\mathscr{A}(AA'C'C)+\mathscr{A}(BC'C)\neq\mathscr{A}(BC'C)$ c'est que les points A, B et C ne sont pas alignés.

Solution 21 (Concours)

3. On peut conjecturer que les trois droites droites (AK), (CI) et (BJ) sont concourantes en G.

4. On a $I\left(\dfrac{2}{3}\ ,\ 0\right)$; $J\left(0\ ,\ \dfrac{3}{4}\right)$ et $C\left(0\ ,\ 1\right)$.
$\overrightarrow{AK}=\overrightarrow{AB}+\overrightarrow{BK}=\overrightarrow{AB}+\dfrac{3}{5}\overrightarrow{BC}=\overrightarrow{AB}+\dfrac{3}{5}\overrightarrow{BA}+\dfrac{3}{5}\overrightarrow{BC}=\dfrac{2}{5}\overrightarrow{AB}+\dfrac{3}{5}\overrightarrow{BC}$.
D'où $K\left(\dfrac{2}{5}\ ,\ \dfrac{3}{5}\right)$. Le point G est le milieu de $[IC]$ donc $G\left(\dfrac{1}{3}\ ,\ \dfrac{1}{2}\right)$.

5. De ce fait $\overrightarrow{AG}\begin{pmatrix}\frac{1}{3}\\ \frac{1}{2}\end{pmatrix}$ et $\overrightarrow{AK}\begin{pmatrix}\frac{2}{5}\\ \frac{3}{5}\end{pmatrix}$.
   Maintenant $x_{\overrightarrow{AG}} \times y_{\overrightarrow{AK}} - y_{\overrightarrow{AG}} \times x_{\overrightarrow{AK}} = \dfrac{1}{3} \times \dfrac{3}{5} - \dfrac{1}{2} \times \dfrac{2}{5} = \dfrac{1}{5} - \dfrac{1}{5} = 0$.
   Les vecteurs $\overrightarrow{AG}$ et $\overrightarrow{AK}$ sont colinéaires, donc A , G et K sont alignés.
6. On obtient successivement : $B\left(1\ ,\ 0\right)$, $\overrightarrow{BG}\begin{pmatrix}-\frac{2}{3}\\ \frac{1}{2}\end{pmatrix}$ et $\overrightarrow{BJ}\begin{pmatrix}-1\\ \frac{3}{4}\end{pmatrix}$.
   Maintenant $x_{\overrightarrow{BG}} \times y_{\overrightarrow{BJ}} - y_{\overrightarrow{BJ}} \times x_{\overrightarrow{BG}} = -\dfrac{2}{3} \times \dfrac{3}{4} - \dfrac{1}{2} \times (-1) = -\dfrac{1}{2} + \dfrac{1}{2} = 0$.
   Les vecteurs $\overrightarrow{BG}$ et $\overrightarrow{BJ}$ sont colinéaires, donc B , G et J sont alignés.
7. Le point G appartient aux droites (AK) et (BJ). Comme il appartient aussi à (CI), ces trois droites sont concourantes en G.

Solution 22 (Avec une variable)

1. On a $\overrightarrow{AC}(x+2, 2x-1)$ et $\overrightarrow{BC}(x-2, 2x+1)$.
   A, B et C sont alignés lorsque $\overrightarrow{AC}$ et $\overrightarrow{BC}$ sont colinéaires, c'est-à-dire lorsque :
   $$\begin{array}{lrl} & (x+2)(2x+1)-(2x-1)(x-2) & = 0 \\ \text{soit} & 2x^2+x+4x+2-(2x^2-x-4x+2) & = 0 \\ \text{soit} & 2x^2+x+4x+2-2x^2+x+4x-2 & = 0 \\ \text{soit} & 10x & = 0 \\ \text{soit} & x & = 0. \end{array}$$
   A, B et C sont alignés lorsque $x = 0$.
2. Dans les autres cas,
   $AC = \sqrt{(x+2)^2+(2x-1)^2} = \sqrt{(x^2+4x+4+4x^2-4x+1} = \sqrt{5x^2+5}$.
   $BC = \sqrt{(x-2)^2+(2x+1)^2} = \sqrt{(x^2-4x+4+4x^2+4x+1} = \sqrt{5x^2+5}$.
   D'où $AC = BC$. Le triangle ABC est donc bien isocèle en C.
3. On a $\overrightarrow{AB}\begin{pmatrix}4\\ -2\end{pmatrix}$ et $AB^2 = 4^2 + 2^2 = 16 + 4 = 20$.
   On calcule $AC^2 + BC^2 - AB^2 = 5x^2 + 5 + 5x^2 + 5 - 20 = 10x^2 - 10$.
   Donc $AC^2 + BC^2 - AB^2 = 0$ lorsque $x^2 = 1$ soit $x = 1$ ou $x = -1$.
   Le triangle ABC est donc rectangle en C lorsque $x = 1$ ou $x = -1$.
4. Le triangle ABC est équilatéral lorsque $5x^2 + 5 = 20$ c'est-à-dire lorsque $x^2 = 3$, soit lorsque $x = \sqrt{3}$ ou $x = -\sqrt{3}$, d'après le théorème 42 page 88.

Solution 23

1.

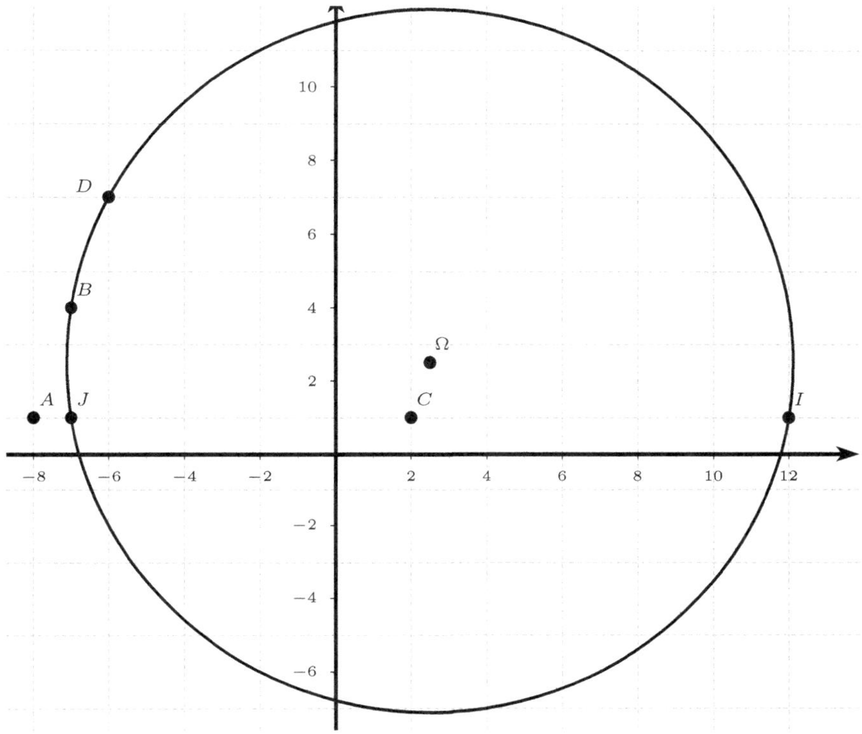

2. On a $\overrightarrow{AB}\begin{pmatrix}1\\3\end{pmatrix}$; $\overrightarrow{AC}\begin{pmatrix}10\\0\end{pmatrix}$; $\overrightarrow{BC}\begin{pmatrix}9\\-3\end{pmatrix}$. $AB = \sqrt{1^2+3^2} = \sqrt{1+9} = \sqrt{10}$; $AC = 10$; $BC = \sqrt{9^2+(-3)^2} = \sqrt{81+9} = \sqrt{90}$.
D'une part $AC^2 = 100$, d'autre part, $AB^2 + BC^2 = 10 + 90 = 100$.
Donc $AC^2 = AB^2 + BC^2$. Donc d'après la réciproque de Pythagore, le triangle ABC est rectangle en B.
3. $\overrightarrow{AD}\begin{pmatrix}2\\6\end{pmatrix}$. On a clairement $\overrightarrow{AD} = 2\overrightarrow{AB}$, soit $k = 2$.
4. La relation $\overrightarrow{AD} = 2\overrightarrow{AB}$ montre que B est le milieu de $[AD]$.
Dans le triangle AID, la droite (BC) passe par le milieu d'un côté et est parallèle à un deuxième côté. D'après la propriété de la droite des milieux, elle passe par le milieu du troisième côté. Donc C est le milieu de $[AI]$. Autrement dit $2\overrightarrow{AC} = \overrightarrow{AI}$. Or $\overrightarrow{AI}(x_I+8, y_I-1)$ donc $x_I + 8 = 20$ soit $x_I = 12$ et $y_I - 1 = 0$ soit $y_I = 1$. Finalement, $I(12, 1)$.
5. La droite (AC) est « horizontale » c'est-à-dire parallèle à l'axe des abscisses. Tous les points de cette droite ont la même ordonnée, à savoir l'ordonnée de A ou celle de C, c'est-à-dire 1. $y_J + 1$. De plus la hauteur (BJ) est verticale, donc $x_J = x_B = -7$. Donc $J\left(-7\ ,\ 1\right)$.
6. On cherche le centre Ω (s'il existe). Il est nécessairement sur la médiatrice de $[IJ]$. Le segment $[IJ]$ est horizontal donc sa médiatrice est verticale. Elle passe par le milieu H de $[IJ]$. $H\left(\frac{5}{2}, 1\right)$. Donc $x_\Omega = \dfrac{5}{2}$.
Ω (s'il existe) est nécessairement sur la médiatrice de $[BJ]$. Le segment $[BJ]$ est vertical donc sa

médiatrice est horizontale. Elle passe par le milieu K de $[BJ]$. $K\left(-7, \frac{5}{2}\right)$. Donc $y_\Omega = \frac{5}{2}$. Reste à vérifier que $\Omega\left(\frac{5}{2}, \frac{5}{2}\right)$ convient.

Or $\Omega J = \sqrt{9,5^2 + 1,5^2} = \sqrt{90,25 + 2,25} = \sqrt{92,5}$.

$\Omega B = \sqrt{9,5^2 + 1,5^2} = \sqrt{92,5}$.

$\Omega D = \sqrt{8,5^2 + 4,5^2} = \sqrt{72,25 + 20,25} = \sqrt{92,5}$.

$\Omega I = \sqrt{9,5^2 + 1,5^2} = \sqrt{92,5}$.

Solution 24 (Alignements dans un parallélogramme)

Méthode 1. Utilisation d'une configuration.

1. Dans le triangle ABD la droite (DI) est la médiane issue de D, (BJ) est la médiane issue de B. K est le point d'intersection de deux médianes, donc des trois médianes. Donc K est le centre de gravité du triangle ABD.
2. O est le milieu de $[BD]$. Donc dans triangle ABD la médiane issue de A passe O. Comme elle passe aussi par K depuis la question précédente, les points A, K et O sont alignés.
3. Dans un parallélogramme les diagonales ont le même milieu, donc O est aussi le milieu de $[AC]$. *A fortiori* A, O et C sont alignés. Donc A, K et C sont alignés.

Méthode 2. Utilisation du calcul vectoriel.

1. On a vu plus haut que K est le centre de gravité du triangle ABD. Donc K est donc situé sur la médiane (BJ), aux deux tiers à partir du sommet, donc $\overrightarrow{BK} = 2\overrightarrow{KJ} = \frac{2}{3}\overrightarrow{BJ}$. Or $\overrightarrow{AK} = \overrightarrow{AB} + \overrightarrow{BK}$ d'après la relation de Chasles, donc en remplaçant, $\overrightarrow{AK} = \overrightarrow{AB} + \frac{2}{3}\overrightarrow{BJ}$.
2. On en déduit que $\overrightarrow{AK} = \overrightarrow{AB} + \frac{2}{3}\overrightarrow{BA} + \frac{2}{3}\overrightarrow{AJ} = \frac{1}{3}\overrightarrow{AB} + \frac{2}{3}\overrightarrow{AJ}$.
   Comme J est le milieu de $[AD]$, $2\overrightarrow{AJ} = \overrightarrow{AD}$. Donc $\frac{2}{3}\overrightarrow{AJ} = \frac{1}{3}\overrightarrow{AD}$. Finalement $\overrightarrow{AK} = \frac{1}{3}\overrightarrow{AB} + \frac{1}{3}\overrightarrow{AD} = \frac{1}{3}\left(\overrightarrow{AB} + \overrightarrow{AD}\right)$.
3. Dans la parallélogramme $ABCD$, $\overrightarrow{AD} = \overrightarrow{BC}$, donc $\overrightarrow{AB} + \overrightarrow{AD} = \overrightarrow{AB} + \overrightarrow{BC} = \overrightarrow{AC}$. Donc $\overrightarrow{AK} = \frac{1}{3}\overrightarrow{AC}$.
   Les vecteurs $\overrightarrow{AK}$ et $\overrightarrow{AC}$ sont colinéaires. C'est dire que A, K et C sont alignés.

Méthode 3. Utilisation d'un repère.

1. On a $\overrightarrow{AJ} = \frac{1}{2}\overrightarrow{AD}$, donc $J\left(0\ ,\ \frac{1}{2}\right)$. Puis $\overrightarrow{AC} = \overrightarrow{AB} + \overrightarrow{BC} = \overrightarrow{AB} + \overrightarrow{AD}$. Donc $C\left(1\ ,\ 1\right)$.
2. $\overrightarrow{BK} = 2\overrightarrow{KJ} = \frac{2}{3}\overrightarrow{BJ}$ (comme dans la méthode 2).
   Donc $\overrightarrow{AK} = \overrightarrow{AB} + \overrightarrow{BK} = \overrightarrow{AB} + \frac{2}{3}\overrightarrow{BJ}$. Comme $\overrightarrow{BJ} = \overrightarrow{BA} + \overrightarrow{AJ}$, On obtient successivement :
   $\overrightarrow{BA}\begin{pmatrix}-1\\0\end{pmatrix}$; $\overrightarrow{AJ}\begin{pmatrix}0\\\frac{1}{2}\end{pmatrix}$, $\overrightarrow{BJ}\begin{pmatrix}-1\\\frac{1}{2}\end{pmatrix}$, $\frac{2}{3}\overrightarrow{BJ}\begin{pmatrix}-\frac{2}{3}\\\frac{1}{3}\end{pmatrix}$ et $\overrightarrow{AK}\begin{pmatrix}1-\frac{2}{3}\\\frac{1}{3}\end{pmatrix}$, soit $K\left(\frac{1}{3}\ ,\ \frac{1}{3}\right)$.
3. En posant $x = x_{\overrightarrow{AC}} = 1$, $y = y_{\overrightarrow{AC}} = 1$, $x' = x_{\overrightarrow{AK}} = \frac{1}{3}$, $y' = y_{\overrightarrow{AK}} = \frac{1}{3}$,
   on obtient : $xy' - x'y = \frac{1}{3} - \frac{1}{3} = 0$. Donc $\overrightarrow{AK}$ et $\overrightarrow{AK}$ sont colinéaires, donc A, K et C sont alignés.

Solution 25

1. D'après la relation de Chasles, $\overrightarrow{BD} = \overrightarrow{BC} + \overrightarrow{CD}$. Comme $ABCD$ est un parallélogramme, on a $\overrightarrow{CD} = \overrightarrow{BA}$, donc $\overrightarrow{BD} = \overrightarrow{BC} + \overrightarrow{BA}$. On en déduit que $\boxed{\overrightarrow{BO} = \frac{1}{2}\overrightarrow{BD} = \frac{1}{2}\overrightarrow{BC} + \frac{1}{2}\overrightarrow{BA}}$.

3. L'égalité $\overrightarrow{FA} - 2\overrightarrow{FD} = \frac{1}{2}\overrightarrow{CD}$ peut s'écrire $\overrightarrow{FA} + \overrightarrow{DF} + \overrightarrow{DF} = \frac{1}{2}\overrightarrow{CD}$. D'après la relation de Chasles, $\overrightarrow{FA} + \overrightarrow{DF} = \overrightarrow{DA}$ donc on a $\overrightarrow{DA} + \overrightarrow{DF} = \frac{1}{2}\overrightarrow{CD}$ donc $\overrightarrow{DF} = \overrightarrow{AD} + \frac{1}{2}\overrightarrow{CD}$.
4. On écrit $\overrightarrow{EO} = \overrightarrow{EB} + \overrightarrow{BO} = -\overrightarrow{BE} + \frac{1}{2}\overrightarrow{BC} + \frac{1}{2}\overrightarrow{BA}$. Donc $\overrightarrow{EO} = -\frac{1}{2}\overrightarrow{AB} - \overrightarrow{CB} + \frac{1}{2}\overrightarrow{BC} + \frac{1}{2}\overrightarrow{BA} = -\overrightarrow{AB} + \frac{3}{2}\overrightarrow{BC}$.
5. Puisque O est le milieu de $[BD]$, on a $\overrightarrow{OD} = -\overrightarrow{OB} = \overrightarrow{BO}$ d'après le théorème 17. Autrement dit, $\overrightarrow{OD} = \frac{1}{2}\overrightarrow{BC} + \frac{1}{2}\overrightarrow{BA}$.
   Maintenant, toujours d'après la relation de Chasles,
$$\begin{aligned}\overrightarrow{OF} &= \overrightarrow{OD} + \overrightarrow{DF}\\ &= \frac{1}{2}\overrightarrow{BC} + \frac{1}{2}\overrightarrow{BA} + \overrightarrow{AD} + \frac{1}{2}\overrightarrow{CD}\\ &= \frac{1}{2}\overrightarrow{BC} + \frac{1}{2}\overrightarrow{BA} + \overrightarrow{BC} + \frac{1}{2}\overrightarrow{BA}\\ &= \frac{3}{2}\overrightarrow{BC} + \overrightarrow{BA}.\end{aligned}$$
6. On en déduit que $\overrightarrow{EO} = \overrightarrow{OF}$ donc – d'après le théorème 17 – que O est le milieu de $[EF]$.
7. On a $\overrightarrow{AG} = 4\left(\frac{3}{2}\overrightarrow{BC} + \overrightarrow{BA}\right) = 4\overrightarrow{EO}$. On peut donc affirmer que les vecteurs (non nuls) $\overrightarrow{AG}$ et $\overrightarrow{EO}$ sont colinéaires. Donc les droites (AG) et (EO) sont parallèles. (théorème 10).

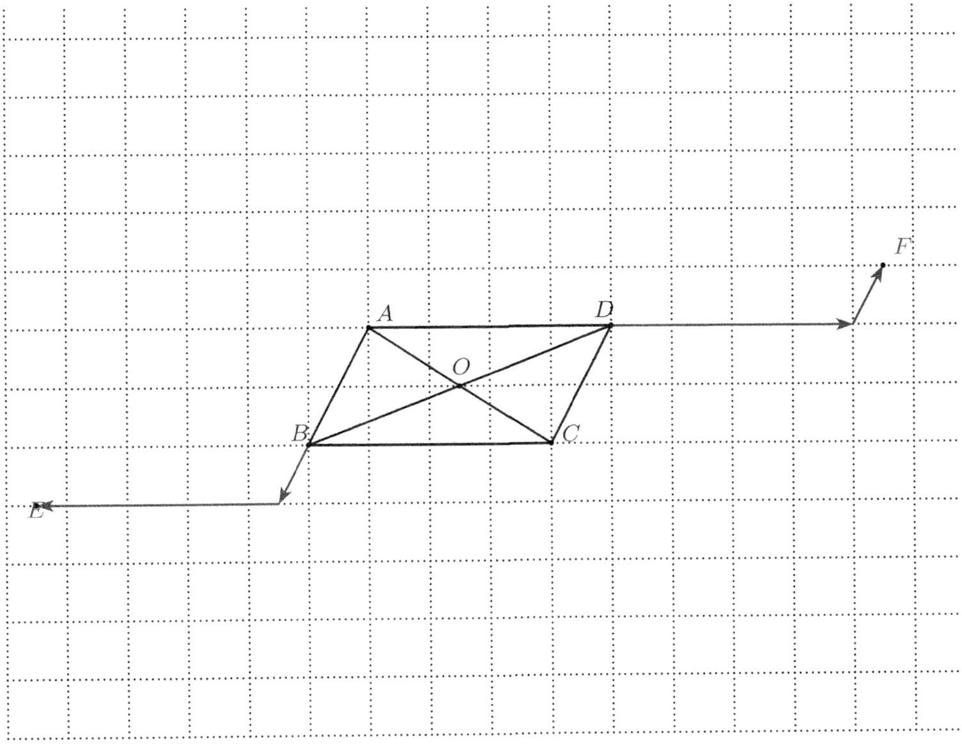

Solution 26

1.

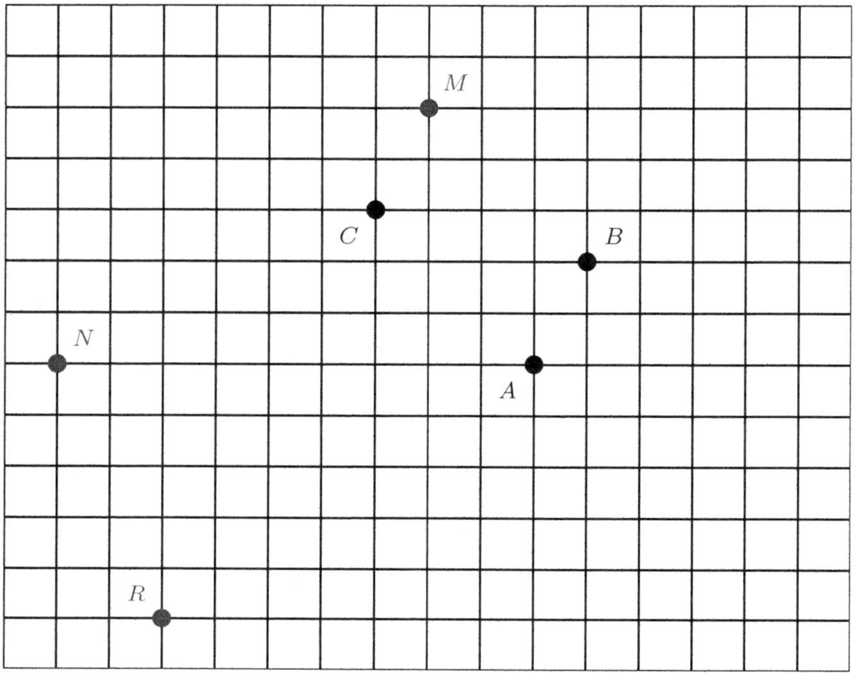

2. On a $\overrightarrow{RA} = 4\overrightarrow{CB} + 3\overrightarrow{AC}$, donc

$$\begin{aligned}
\overrightarrow{AR} &= -\overrightarrow{RA} \\
&= -4\overrightarrow{CB} - 3\overrightarrow{AC} \\
&= 4\overrightarrow{BC} - 3\overrightarrow{AC} \\
&= 4\overrightarrow{BC} - 3\left(\overrightarrow{AB} + \overrightarrow{BC}\right) \\
&= 4\overrightarrow{BC} - 3\overrightarrow{BC} - 3\overrightarrow{AB} \\
&= \overrightarrow{BC} - 3\overrightarrow{AB} \\
&= \overrightarrow{v} - 3\overrightarrow{u}
\end{aligned}$$

3. (a)

$$\begin{aligned}
\overrightarrow{MN} &= \overrightarrow{MA} + \overrightarrow{AN} \\
&= -\overrightarrow{AM} + \overrightarrow{AN} \\
&= -\left(2\overrightarrow{AB} + \overrightarrow{BC}\right) + 2\overrightarrow{BC} + \overrightarrow{BA} \\
&= -2\overrightarrow{AB} - \overrightarrow{BC} + 2\overrightarrow{BC} - \overrightarrow{AB} \\
&= -3\overrightarrow{AB} + \overrightarrow{BC} \\
&= \overrightarrow{v} - 3\overrightarrow{u} \\
&= \overrightarrow{AR}
\end{aligned}$$

(b) On en déduit que $ARNM$ est un parallélogramme.

Solution 27

1. De l'égalité $\overrightarrow{OD} = \overrightarrow{OA} + \overrightarrow{OB} - \overrightarrow{OC}$, on déduit, en soustrayant à gauche et à droite le vecteur $\overrightarrow{OA}$, $\overrightarrow{OD} - \overrightarrow{OA} = \overrightarrow{OB} - \overrightarrow{OC}$, soit $\overrightarrow{OD} + \overrightarrow{AO} = \overrightarrow{OB} - \overrightarrow{OC}$, soit $\overrightarrow{AD} = \overrightarrow{OB} - \overrightarrow{OC}$.
   De même, à partir de l'égalité $\overrightarrow{OE} = \overrightarrow{OA} - \overrightarrow{OB} + \overrightarrow{OC}$, on déduit, en soustrayant à gauche et à droite le vecteur $\overrightarrow{OA}$,
   $\overrightarrow{OE} - \overrightarrow{OA} = -\overrightarrow{OB} + \overrightarrow{OC}$, soit $\overrightarrow{OE} + \overrightarrow{AO} = -\overrightarrow{OB} + \overrightarrow{OC}$,
   soit $\overrightarrow{AE} = -\overrightarrow{OB} + \overrightarrow{OC}$.
2. On en déduit que $\overrightarrow{AD} + \overrightarrow{AE} = \overrightarrow{0}$, c'est bien dire que A est le milieu de $[DE]$.
3. *Mutatis mutandis*, on vérifie que $\overrightarrow{BD} = \overrightarrow{OA} - \overrightarrow{OC}$, et que $\overrightarrow{BF} = -\overrightarrow{OA} + \overrightarrow{OC}$, puis on démontre que B est le milieu de $[DF]$ et que $\overrightarrow{CE} = \overrightarrow{OA} - \overrightarrow{OB}$, et que $\overrightarrow{CF} = -\overrightarrow{OA} + \overrightarrow{OB}$, puis que C est le milieu de $[EF]$.
4. De l'égalité $\overrightarrow{OD} = \overrightarrow{OA} + \overrightarrow{OB} - \overrightarrow{OC}$, on déduit que $\overrightarrow{OD} - \overrightarrow{OB} = \overrightarrow{OA} - \overrightarrow{OC}$, soit $\overrightarrow{OD} + \overrightarrow{BO} = \overrightarrow{OA} + \overrightarrow{CO}$, soit, d'après la relation de Chasles, $\overrightarrow{BD} = \overrightarrow{CA}$. C'est bien dire que $ACBD$ est un parallélogramme.

7.8 Problèmes

Problème 1 (Vecteurs et parallélogramme dans un repère quelconque)

On considère un triangle quelconque ABD. Soient I le milieu de $[AB]$ et J le milieu de $[AD]$.

On se place dans le repère $(A\ ;\ I\ ,\ J)$.

1. Quelles sont les coordonnées des points A, B et D ?
2. Calculer les coordonnées du vecteur $\overrightarrow{AB} + \overrightarrow{AD}$.
3. En déduire les coordonnées du point C, tel que $ABCD$ soit un parallélogramme.
4. Quelle serait la nature du quadrilatère $ABCD$ ainsi construit si le triangle ABD était rectangle en A ? Rectangle isocèle en A ?

Problème 2 (Ensembles de points et relations caractéristiques)

Soient A et B deux points distincts du plan. Pour chacune des relations suivantes, déterminer l'ensemble des points M correspondant :

1. $AM + MB = AB$
2. $AM - MB = 0$
3. $AM^2 + MB^2 = AB^2$
4. $\overrightarrow{AM} + \overrightarrow{MB} = \overrightarrow{AB}$
5. $\overrightarrow{AM} - \overrightarrow{MB} = \overrightarrow{AB}$

Problème 3 (Systèmes et égalités vectorielles dans un repère)

Soit le repère $(O; \vec{\imath}, \vec{\jmath})$. On considère les points : $A\left(-2\ ,\ 2\right)$, $B\left(4\ ,\ -1\right)$, $C\left(0\ ,\ 1\right)$.

1. Déterminer les coordonnées du ou des points M vérifiant : $\overrightarrow{MA} = \overrightarrow{OB} + 2\overrightarrow{AC}$.
2. Déterminer les coordonnées du ou des points N vérifiant : $3\overrightarrow{AN} - \overrightarrow{BN} = \overrightarrow{0}$.
3. Déterminer les coordonnées du ou des points K vérifiant : $\overrightarrow{KA} - \overrightarrow{KC} = \overrightarrow{CA}$.

Problème 4 (Orthocentre)

On considère le repère orthonormé $(A\ ;\ \vec{\imath}\ ,\ \vec{\jmath})$. On donne $B\left(7\ ,\ 0\right)$, $C\left(3\ ,\ 4\right)$, $H\left(3\ ,\ 3\right)$, $I\left(3\ ,\ 0\right)$, $J(2,52\ ;\ 3,36)$ et $K(3,5\ ;\ 3,5)$.

1. Pour quelle raison simple les points C, H et I sont-ils alignés ? Pour quelle raison simple les points B, I et A sont-ils alignés ?
2. Déterminer les coordonnées de $\overrightarrow{AJ}$ et $\overrightarrow{AC}$.
3. En déduire que les points A , J et C sont alignés.
4. Déterminer les coordonnées de $\overrightarrow{JH}$ et $\overrightarrow{BH}$. En déduire que les points B, J et H sont alignés.
5. Démontrer de même que les points B, K et C sont alignés.
6. Démontrer que les points A , K et H sont alignés.
7. Pour quelles raisons simples le triangle AKB est-il rectangle et isocèle en K ?
8. Que représente le point H ?
9. Tracer le triangle ABC, les cercles de diamètres $[BC]$, $[CA]$ et $[AB]$. Placer les points I, J, K et H.
10. On considère le point $O\left(x\ ,\ y\right)$.
    Déterminer x et y pour que O vérifie $\overrightarrow{HO} = \overrightarrow{AO} + \overrightarrow{BO} + \overrightarrow{CO}$. Placer O sur le dessin précédent.
11. Calculer les distances OA, OB et OC.
12. Tracer le cercle de centre O passant par A.
13. Le point O appartient-il au cercle de diamètre $[AC]$?

Problème 5

Le plan est rapporté au repère orthonormé $(O; \vec{\imath}, \vec{\jmath})$.

Soit $A\left(-\sqrt{3}\ ,\ 2\sqrt{3}\right)$; $B\left(1\ ,\ -1-\sqrt{3}\right)$; $C\left(2\ ,\ -5\right)$.

1. Déterminer les coordonnées de $\overrightarrow{AC}$ et $\overrightarrow{BC}$.
2. En déduire que A, B et C sont alignés.
3. Calculer les coordonnées de $\overrightarrow{AB}$.
4. En traduisant le fait que $\overrightarrow{AB}$ et $\overrightarrow{AC}$ sont colinéaires, démontrer que :
   $$\left(1+\sqrt{3}\right)\left(5+2\sqrt{3}\right) = \left(2+\sqrt{3}\right)\left(1+3\sqrt{3}\right),$$
   puis que :
   $$\frac{1+\sqrt{3}}{2+\sqrt{3}} = \frac{1+3\sqrt{3}}{5+2\sqrt{3}}.$$
5. Justifier simplement que B appartient au segment $[BC]$.
6. Calculer AB, BC et AC.
7. En déduire que :
   $$\sqrt{\left(2+\sqrt{3}\right)^2+\left(5+2\sqrt{3}\right)^2} = \sqrt{\left(1+\sqrt{3}\right)^2+\left(1+3\sqrt{3}\right)^2} + \sqrt{1+\left(4-\sqrt{3}\right)^2}.$$
8. En développant à l'intérieur des radicaux, vérifier que :
   $$\sqrt{11+6\sqrt{3}} = \sqrt{8+2\sqrt{3}} + \sqrt{5-2\sqrt{3}}.$$

Problème 6 (Couper les aires en sept)

$A'B'C'$ est un triangle. A est le symétrique de A' par rapport à C'. B est le symétrique de B' par rapport à A'. C est le symétrique de C' par rapport à B'. La droite (AA') coupe (BC) en I. La droite (BB') coupe (CA) en J. La droite (CC') coupe (AB) en K.

1. **Position de I, J et K.**
   La parallèle à $(A'C')$ passant par B' coupe (BC) en I'.
   (a) En considérant les triangles $BB'I'$ et $CC'I$,
   démontrer que $\overrightarrow{BI} = \overrightarrow{II'} = \overrightarrow{I'C}$.
   (b) En déduire que $\overrightarrow{BI} = \frac{1}{3}\overrightarrow{BC}$ [1]
   (c) Par un raisonnement identique, démontrer que
   $\overrightarrow{AK} = \frac{1}{3}\overrightarrow{AB}$ et que $\overrightarrow{AJ} = \frac{2}{3}\overrightarrow{AC}$. [2]
   Quelles droites doit-on tracer pour obtenir ces égalités ?
   (d) Le triangle ABC est donné. Construire le triangle $A'B'C'$ associé.
2. **Repérage de A', B' et C'.**
   On considère le repère $(A; \vec{\imath}, \vec{\jmath})$ tel que $\vec{\imath} = \overrightarrow{AB}$ et $\vec{\jmath} = \overrightarrow{AC}$.
   (a) Donner les coordonnées de A, B et C.

   (b) En utilisant les relations [2], calculer les coordonnées de K et J.

   (c) En utilisant la relation [1], démontrer que les coordonnées de I sont $\left(\frac{2}{3}, \frac{1}{3}\right)$.

   (d) On note (x, y) les coordonnées de C'.
      i. Traduire la colinéarité de $\overrightarrow{AC'}$ et $\overrightarrow{AI}$ par $x - 2y = 0$.
      ii. Traduire la colinéarité de $\overrightarrow{CC'}$ et $\overrightarrow{CK}$ par $3x + y = 1$.
      iii. Calculer les coordonnées de C'.
      Calculer de même les coordonnées de B' et A'.

3. **Comparaison des aires.**
   On note $\mathscr{S}$ l'aire de ABC et $\mathscr{S}'$ celle de $A'B'C'$.

   (a) Démontrer que $A'B'C'$ et $AB'C'$ ont la même aire.
   (b) Démontrer que $AB'C'$ et $AB'C$ ont la même aire.
   (c) Tracer les segments $[BC']$ et $[CA']$ et repérer tous les triangles ayant $\mathscr{S}'$ pour aire.
   (d) En déduire que $\mathscr{S} = 7\mathscr{S}'$.

7.9 Corrigés

Correction 1 (Vecteurs et parallélogramme dans un repère quelconque)

1.

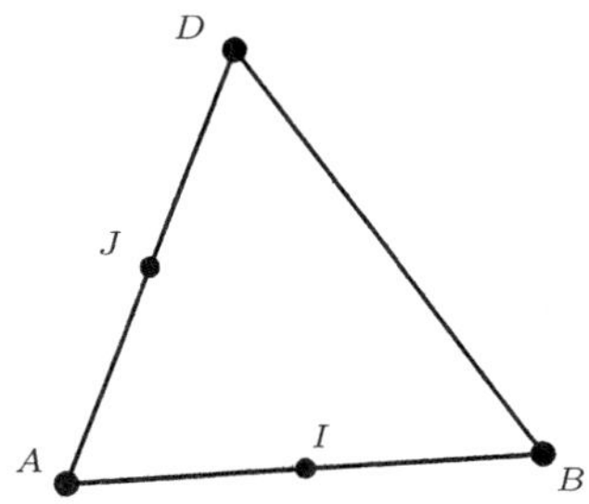

Dans le repère (A ; I , J), A est l'origine ; donc : A (0 , 0) .
Le point B :
- se situe sur l'axe des abscisses (AI), son ordonnée vaut donc : 0
- vérifie $\overrightarrow{AB} = 2\overrightarrow{AI}$, son abscisse vaut donc : 2

De même, le point D :
- se situe sur l'axe des ordonnées (AJ), son abscisse vaut donc : 0
- vérifie $\overrightarrow{AD} = 2\overrightarrow{AJ}$, son ordonnée vaut donc : 2

On a finalement : A (0 , 0) , B (2 , 0) et D (0 , 2) .

2.

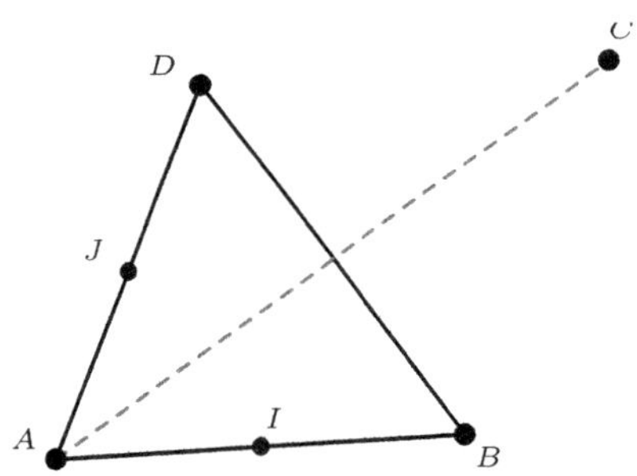

Les coordonnées de $\overrightarrow{AB}$ sont : $\overrightarrow{AB}\begin{pmatrix} x_B - x_A \\ y_B - y_A \end{pmatrix}$ Soit $\overrightarrow{AB}\begin{pmatrix} 2 \\ 0 \end{pmatrix}$.

De même : $\overrightarrow{AD}\begin{pmatrix} 0 \\ 2 \end{pmatrix}$.

Finalement : $\overrightarrow{AB} + \overrightarrow{AD}\begin{pmatrix} 2+0 \\ 0+2 \end{pmatrix}$. On a finalement : $\overrightarrow{AB} + \overrightarrow{AD}\begin{pmatrix} 2 \\ 2 \end{pmatrix}$.

3.

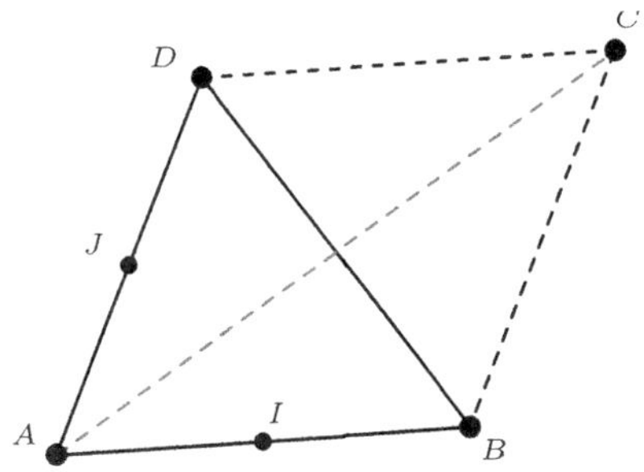

Le quadrilatère $ABCD$ est un parallélogramme si et seulement si : $\overrightarrow{AC} = \overrightarrow{AB} + \overrightarrow{AD}$.

On doit donc avoir : $\overrightarrow{AC}\begin{pmatrix}2\\2\end{pmatrix}$.

Or les coordonnées de $\overrightarrow{AC}$ sont : $\overrightarrow{AC}\begin{pmatrix}x_C - x_A\\y_C - y_A\end{pmatrix}$ Soit $\overrightarrow{AC}\begin{pmatrix}x_C - 0\\y_C - 0\end{pmatrix}$ On a donc :

- $x_C = 2$
- $y_C = 2$

Pour que $ABCD$ soit un parallélogramme, on doit avoir : $C\ (\ 2\ ,\ 2\ )$.

4.

Si ABD rectangle en A :

Dans ce cas de figure, le repère $(\ A\ ;\ I\ ,\ J\ )$ est orthogonal et $ABCD$ est un parallélogramme possédant un angle droit. $ABCD$ est alors un rectangle.

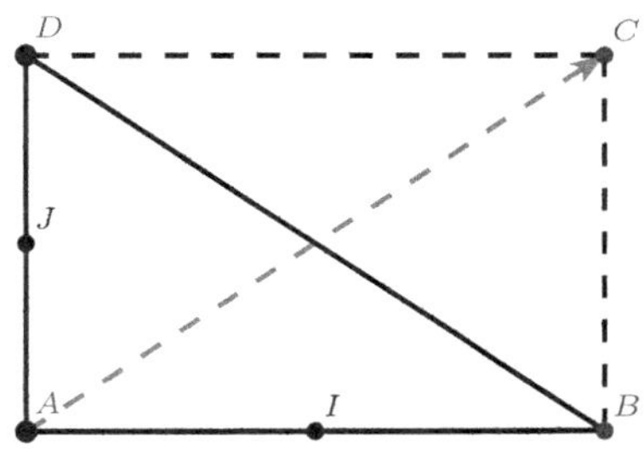

Si ABD rectangle isocèle en A :

Dans ce cas de figure, le repère $(\ A\ ;\ I\ ,\ J\ )$ est orthonormal et $ABCD$ est un parallélogramme possédant un angle droit et deux côtés consécutifs de même longueur (AB et AD). $ABCD$ est alors un carré.

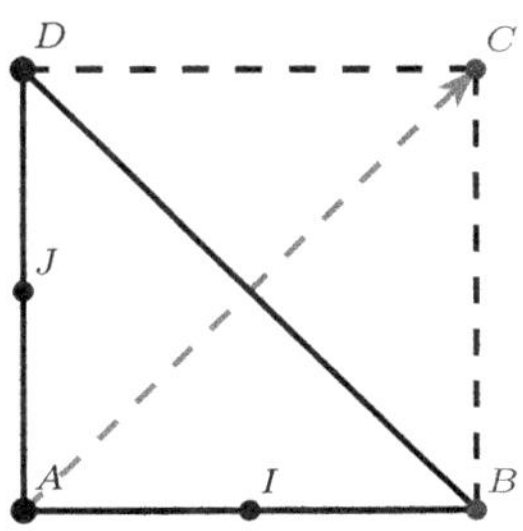

Correction 2 (Ensembles de points et relations caractéristiques)

1. Soit M un point du plan vérifiant : $AM + MB = AB$

   Cette relation est la propriété caractéristique du segment $[AB]$. L'ensemble des points M est donc ici le segment $[AB]$.

Solutions

2. Soit M un point du plan vérifiant : $AM - MB = 0$,
soit $AM = MB$. Le point M est donc situé à égale distance de A et de B. Or, l'ensemble des points du plan équidistants des extrémités d'un segment est la médiatrice de ce segment.
L'ensemble des points M est donc ici la médiatrice du segment $[AB]$.

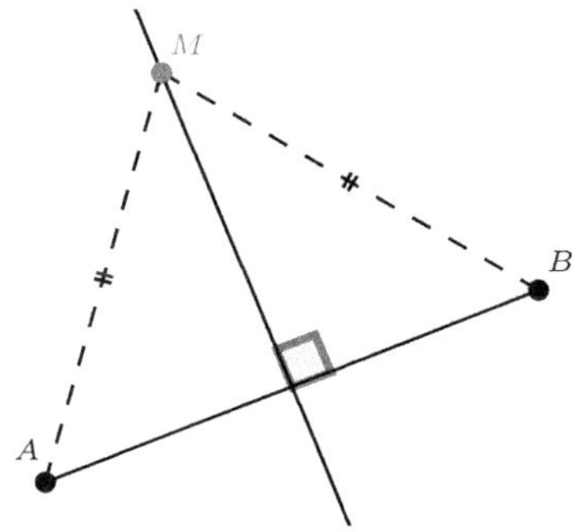

3. Soit M un point du plan vérifiant : $AM^2 + MB^2 = AB^2$
D'après la réciproque du théorème de Pythagore, on en déduit que le triangle AMB est rectangle en M.
Or, le cercle de diamètre $[AB]$ décrit l'ensemble des points M du plan tels que le triangle AMB soit rectangle en M.
L'ensemble des points M est donc ici le cercle de diamètre $[AB]$.

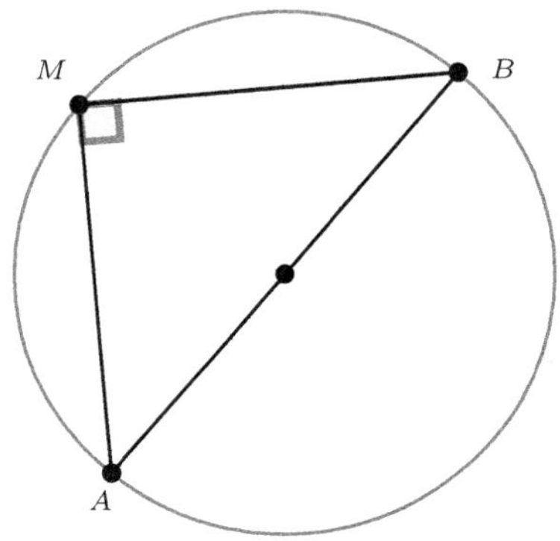

4. Soit M un point du plan vérifiant : $\overrightarrow{AM} + \overrightarrow{MB} = \overrightarrow{AB}$
D'après la relation de Chasles, pour tout point M du plan on a :
$\overrightarrow{AM} + \overrightarrow{MB} = \overrightarrow{AB}$ L'ensemble des points M est donc ici le plan en entier (tous les points du plan vérifient cette relation).
5. Soit M un point du plan vérifiant : $\overrightarrow{AM} - \overrightarrow{MB} = \overrightarrow{AB}$ soit $(\overrightarrow{AB} + \overrightarrow{BM}) - \overrightarrow{BM} = \overrightarrow{AB}$
soit $2\overrightarrow{BM} = \overrightarrow{0}$
soit $\overrightarrow{BM} = \overrightarrow{0}$
Les points B et M sont donc confondus. L'ensemble des points M se restreint donc ici uniquement au point B.

Correction 3 (Systèmes et égalités vectorielles dans un repère)

1. Soit $M\left(x\ ,\ y\right)$ vérifiant $\overrightarrow{MA} = \overrightarrow{OB} + 2\overrightarrow{AC}$.
Ses coordonnées x et y vérifient alors le système suivant :
$$\begin{cases} -2 - x = (4-0) + 2(0-(-2)) \\ 2 - y = (-1-0) + 2(1-2) \end{cases} \text{ soit } \begin{cases} -2 - x = 8 \\ 2 - y = -3 \end{cases} \text{ soit } \begin{cases} x = -10 \\ y = 5 \end{cases}$$
Donc $M\left(-10\ ,\ 5\right)$.
2. Soit $N\left(x\ ,\ y\right)$ vérifiant $3\overrightarrow{AN} - \overrightarrow{BN} = \overrightarrow{0}$.
Ses coordonnées x et y vérifient alors le système suivant :

$$\begin{cases} 3(x-(-2))-(x-4)=0 \\ \\ 3(y-2)-(y-(-1))=0 \end{cases} \text{soit} \begin{cases} 3x+6-x+4=0 \\ \\ 3y-6-y-1=0 \end{cases}$$

soit $\begin{cases} 2x=-10 \\ \\ 2y=7 \end{cases}$ soit $\begin{cases} x=-5 \\ \\ y=\frac{7}{2} \end{cases}$

Donc $N\left(-5\ ,\ \dfrac{7}{2}\right)$.

3. Soit $K\left(x\ ,\ y\right)$ vérifiant $\overrightarrow{KA}-\overrightarrow{KC}=\overrightarrow{CA}$.

   Ses coordonnées x et y vérifient alors le système suivant :

   $$\begin{cases} (-2-x)-(0-x)=(-2-0) \\ \\ (2-y)-(1-y)=(2-1) \end{cases}$$

   soit $\begin{cases} -2-x+x=-2 \\ \\ 2-y-1+y=1 \end{cases}$ soit $\begin{cases} -2=-2 \\ \\ 1=1 \end{cases}$

   Ce système est donc vérifié quelles que soient les valeurs de x et y, donc pour tout point K du repère. En effet, il est possible de s'en apercevoir sans passer par la résolution du système. Pour tout point K du plan, la relation de Chasles permet d'écrire :
   $\overrightarrow{CA}=\overrightarrow{CK}+\overrightarrow{KA}=\overrightarrow{KA}-\overrightarrow{KC}$. Tous les points du plan vérifient donc cette relation vectorielle.

Correction 4 (Orthocentre)

1. Les points C, H et I sont alignés car ils ont tous la même abscisse, 3. Autrement dit ils sont sur une droite verticale.

   Les points B, I et A sont alignés car ils ont tous la même ordonnée, 0. Autrement dit ils sont sur une droite horizontale.

2. On a $\overrightarrow{AJ}\begin{pmatrix}2,52\\3,36\end{pmatrix}$ et $\overrightarrow{AC}\begin{pmatrix}3\\4\end{pmatrix}$.

3. On a $x_{\overrightarrow{AJ}}\times y_{\overrightarrow{AC}}-y_{\overrightarrow{AJ}}\times x_{\overrightarrow{AC}}=2,52\times 4-3,36\times 3=10,08-10,08=0$.

   Les deux vecteurs $\overrightarrow{AJ}$ et $\overrightarrow{AC}$ sont colinéaires donc A , J et C sont alignés.

4. On a $\overrightarrow{JH}\begin{pmatrix}0,48\\-0,36\end{pmatrix}$ et $\overrightarrow{BH}\begin{pmatrix}-4\\3\end{pmatrix}$.

   On a $x_{\overrightarrow{JH}}\times y_{\overrightarrow{BH}}-y_{\overrightarrow{JH}}\times x_{\overrightarrow{BH}}=0,48\times 3-(-0,36)\times 4=1,44-1,44=0$.

   Les deux vecteurs $\overrightarrow{JH}$ et $\overrightarrow{BH}$ sont colinéaires donc B, J et H sont alignés.

5. On a $\overrightarrow{BK}\begin{pmatrix}-3,5\\3,5\end{pmatrix}$ et $\overrightarrow{KC}\begin{pmatrix}-0,5\\0,5\end{pmatrix}$.

   Donc $\overrightarrow{BK}=7\overrightarrow{KC}$. Donc B , K et C sont alignés (théorème 10).

6. On a $\overrightarrow{AK}\begin{pmatrix}3,5\\3,5\end{pmatrix}$ et $\overrightarrow{HK}\begin{pmatrix}0,5\\0,5\end{pmatrix}$.

   Donc $\overrightarrow{AK}=7\overrightarrow{HK}$. Donc A , K et H sont alignés.

7. Le triangle AKB est isocèle en K car la droite « verticale » passant par K passe par le milieu de $[AB]$ et est donc la médiatrice de $[AB]$.

La droite (AK) fait un angle à 45° avec l'horizontale, et donc la droite (BK) qui est son symétrique par rapport à la médiatrice de $[AB]$ aussi.
Ainsi $\widehat{AKB}$ est-il un angle droit.
Plus simple et plus convaincant : Soit $K'(3,5\ ;\ -3,5)$ On a $KK' = 7$, $AB = 7$, $[KK']$ est perpendiculaire à $[AB]$. $AKBK'$ est un parallélogramme (puisque ses diagonales se coupent en leurs milieux) dont les diagonales sont perpendiculaires et ont même longueur. $AKBK'$ est donc un carré. Donc AKB est isocèle et rectangle en K.

8. Le point H est l'orthocentre du triangle ABC. En effet (CI) est la hauteur issue de C et H appartient à cette hauteur (Cf. 1).
De plus (AK) est la hauteur issue de A et H appartient à cette hauteur (Cf. 5, 6 et 7).
Donc K appartient à au moins deux hauteurs du triangle ABC, c'est donc l'orthocentre.
De plus J est le pied de la troisième hauteur (Cf. 3 et 4).

9.

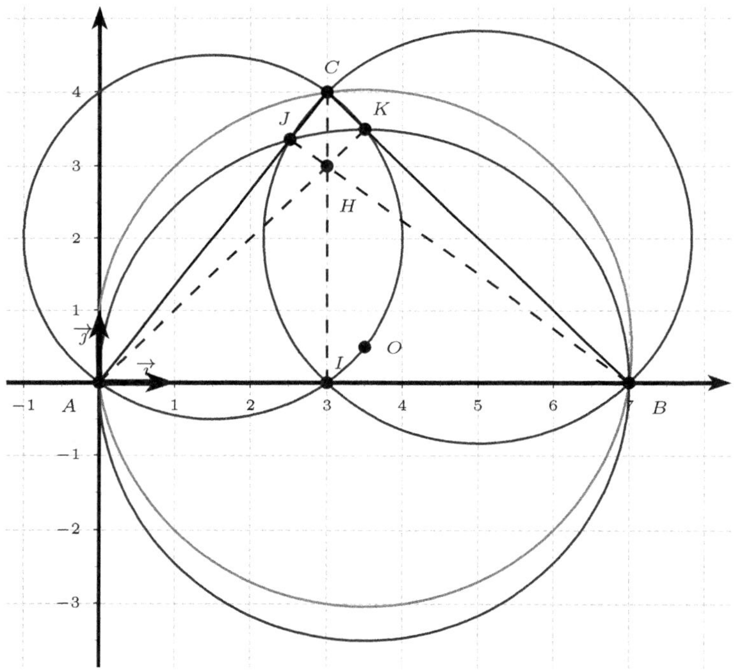

I est à l'intersection du cercle de diamètre $[BC]$ et du cercle de diamètre $[BC]$ (théorème 33 page 161 du triangle inscrit dans un demi-cercle). etc.

10. On a $\overrightarrow{HO}\begin{pmatrix} x-3 \\ y-3 \end{pmatrix}$, $\overrightarrow{AO}\begin{pmatrix} x \\ y \end{pmatrix}$, $\overrightarrow{BO}\begin{pmatrix} x-7 \\ y \end{pmatrix}$ et $\overrightarrow{CO}\begin{pmatrix} x-3 \\ y-4 \end{pmatrix}$.
L'égalité vectorielle $\overrightarrow{HO} = \overrightarrow{AO} + \overrightarrow{BO} + \overrightarrow{CO}$ se traduit par :
$\begin{cases} x-3 = x + x-7 + x-3 \\ y-3 = y + y + y-4 \end{cases}$ Soit $\begin{cases} x = 3,5 \\ y = 0,5 \end{cases}$ Soit $O(3,5\ ;\ 0,5)$.

11. On a $\overrightarrow{OA}\begin{pmatrix} -3,5 \\ -0,5 \end{pmatrix}$ donc $OA = \sqrt{3,5^2 + 0,5^2} = \sqrt{12,25 + 0,25} = \sqrt{12,5}$.
On a $\overrightarrow{OB}\begin{pmatrix} 3,5 \\ -0,5 \end{pmatrix}$ donc $OB = \sqrt{3,5^2 + 0,5^2} = \sqrt{12,5}$.

On a $\overrightarrow{OC}\begin{pmatrix}-0,5\\3,5\end{pmatrix}$ donc $OC = \sqrt{0,5^2+3,5^2} = \sqrt{12,5}$.
Les trois distances sont égales, c'est dire que O est le centre du cercle circonscrit au triangle ABC.

12. C'est le cercle circonscrit au triangle ABC.
13. D'une part $AO^2 + CO^2 = 12,5 + 12,5 = 25$, d'autre part $AC^2 = 3^2 + 4^2 = 25$. Donc $AO^2 + CO^2 = AC^2$, donc d'après la réciproque de Pythagore, le triangle AOB est rectangle en O. Donc O appartient au cercle de diamètre $[AC]$.

Correction 5

1. On a $x_{\overrightarrow{AC}} = x_C - x_A = 2+\sqrt{3}$; $y_{\overrightarrow{AC}} = y_C - y_A = -5-2\sqrt{3}$; De même :
$x_{\overrightarrow{BC}} = x_C - x_B = 2-1 = 1$; $y_{\overrightarrow{BC}} = y_C - y_B = -5-\left(-1-\sqrt{3}\right) = -4+\sqrt{3}$; soit
$$\overrightarrow{AC}\begin{pmatrix}2+\sqrt{3}\\-5-2\sqrt{3}\end{pmatrix} ; \overrightarrow{BC}\begin{pmatrix}1\\-4+\sqrt{3}\end{pmatrix}$$
2. On calcule : $x_{\overrightarrow{AC}} \times y_{\overrightarrow{BC}} - y_{\overrightarrow{AC}} \times x_{\overrightarrow{BC}} = \left(2+\sqrt{3}\right)\left(-4+\sqrt{3}\right) - \left(-5-2\sqrt{3}\right) = -8+2\sqrt{3}+3-4\sqrt{3}+5+2\sqrt{3} = 0$.
On a donc $x_{\overrightarrow{AC}} \times y_{\overrightarrow{BC}} = y_{\overrightarrow{AC}} \times x_{\overrightarrow{BC}}$, ce qui signifie que les vecteurs $\overrightarrow{AC}$ et $\overrightarrow{BC}$ sont colinéaires. Les points A, B et C sont donc alignés.
3. On calcule : $x_{\overrightarrow{AB}} = x_B - x_A = 1+\sqrt{3}$; $y_{\overrightarrow{AC}} = y_B - y_A = -1-3\sqrt{3}$; D'où
$$\overrightarrow{AB}\begin{pmatrix}1+\sqrt{3}\\-1-3\sqrt{3}\end{pmatrix}$$
4. Les points A, B et C sont donc alignés. depuis le 2. Donc les vecteurs $\overrightarrow{AB}$ et $\overrightarrow{AC}$ sont colinéaires.
Donc on a $x_{\overrightarrow{AB}} \times y_{\overrightarrow{AC}} = y_{\overrightarrow{AB}} \times x_{\overrightarrow{AC}}$, $\begin{matrix}\text{soit} & \left(1+\sqrt{3}\right)\left(-5-2\sqrt{3}\right) & = & \left(2+\sqrt{3}\right)\left(-1-3\sqrt{3}\right)\\ \text{soit} & \left(1+\sqrt{3}\right)\left(5+2\sqrt{3}\right) & = & \left(2+\sqrt{3}\right)\left(1+3\sqrt{3}\right),\end{matrix}$
en multipliant à droite et à gauche par -1. Ce qu'il fallait vérifier.
En divisant les deux membres par $\left(2+\sqrt{3}\right)\left(5+2\sqrt{3}\right)$, on obtient bien :
$$\frac{1+\sqrt{3}}{2+\sqrt{3}} = \frac{1+3\sqrt{3}}{5+2\sqrt{3}}.$$
5. On sait déjà que A, B et C sont alignés. De plus on a : $-\sqrt{3} < 1 < 2$, c'est-à-dire $x_A < x_B < x_C$. Le point B est bien entre A et C. Le point B appartient donc au segment $[BC]$.
6. Dans le repère orthonormé $(O; \overrightarrow{\imath}, \overrightarrow{\jmath})$,
$AB = \sqrt{x^2_{\overrightarrow{AB}} + y^2_{\overrightarrow{AB}}} = \sqrt{\left(1+\sqrt{3}\right)^2 + \left(-1-3\sqrt{3}\right)^2} = \sqrt{\left(1+\sqrt{3}\right)^2 + \left(1+3\sqrt{3}\right)^2}$.
De même : $BC = \sqrt{1+\left(-4+\sqrt{3}\right)^2}$
et $AC = \sqrt{\left(2+\sqrt{3}\right)^2 + \left(-5-2\sqrt{3}\right)^2} = \sqrt{\left(2+\sqrt{3}\right)^2 + \left(5+2\sqrt{3}\right)^2}$.
7. Comme le point B appartient au segment $[BC]$, $AC = AB + BC$. (C'est le cas d'égalité de l'inégalité triangulaire.) Soit
$$\sqrt{\left(2+\sqrt{3}\right)^2 + \left(5+2\sqrt{3}\right)^2} = \sqrt{\left(1+\sqrt{3}\right)^2 + \left(1+3\sqrt{3}\right)^2} + \sqrt{1+\left(4-\sqrt{3}\right)^2}.$$

Solutions

8. On développe :

$$\begin{aligned}
\left(2+\sqrt{3}\right)^2+\left(5+2\sqrt{3}\right)^2 &= 4+4\sqrt{3}+3+25+20\sqrt{3}+12\\
&= 44+24\sqrt{3}\\
&= 4\left(11+6\sqrt{3}\right).\\
\left(1+\sqrt{3}\right)^2+\left(1+3\sqrt{3}\right)^2 &= 1+2\sqrt{3}+3+1+6\sqrt{3}+27\\
&= 32+8\sqrt{3}\\
&= 4\left(8+2\sqrt{3}\right).\\
1+\left(4-\sqrt{3}\right)^2 &= 1+16-8\sqrt{3}+3\\
&= 20-8\sqrt{3}\\
&= 4\left(5-2\sqrt{3}\right).
\end{aligned}$$

L'égalité $AC = AB + BC$ se traduit donc par :

$$\sqrt{4\left(11+6\sqrt{3}\right)} = \sqrt{4\left(8+2\sqrt{3}\right)} + \sqrt{4\left(5-2\sqrt{3}\right)},$$

soit :

$$2\sqrt{11+6\sqrt{3}} = 2\sqrt{8+2\sqrt{3}} + 2\sqrt{5-2\sqrt{3}},$$

soit en divisant les deux membres par 2 :

$$\sqrt{11+6\sqrt{3}} = \sqrt{8+2\sqrt{3}} + \sqrt{5-2\sqrt{3}}.$$

Correction 6 (Couper les aires en sept)

1. **Position de I, J et K.**

   (a) Dans le triangle $BB'I'$, la droite (AA') est parallèle au côté $(B'I')$ et passe par A' le milieu de $[BB']$ car B est le symétrique de B' par rapport à A'. D'après la propriété de la droite des milieux, la droite (AA') coupe $[BI']$ en son milieu. Donc I est le milieu de $[BI']$, ce qui se traduit par $\overrightarrow{BI} = \overrightarrow{II'}$.
   De même, dans le triangle $CC'I$, comme C est le symétrique de C' par rapport à B', B' est le milieu de $[CC']$. Donc la droite $(B'I')$ qui est parallèle au côté $[C'I]$ et passe par le milieu d'un deuxième, passe par le milieu du troisième côté. Donc I' est le milieu de $[IC]$, ce qui se traduit par $\overrightarrow{II'} = \overrightarrow{I'C}$.
   En résumé : $\overrightarrow{BI} = \overrightarrow{II'} = \overrightarrow{I'C}$.

   (b) $\overrightarrow{BC} = \overrightarrow{BI} + \overrightarrow{II'} + \overrightarrow{I'C} = 3\overrightarrow{BI}$, puisque ces trois vecteurs sont égaux. En divisant cette égalité par trois, on trouve bien : $\overrightarrow{BI} = \frac{1}{3}\overrightarrow{BC}$. [1]

   (c) De même, on trace la parallèle à (CC') passant par A'. Elle recoupe (AB) en (K').
   En considérant le triangle $BB'K$, on obtient : K' est le milieu de $[BK]$ et donc $\overrightarrow{K'B} = \overrightarrow{KK'}$.
   En considérant le triangle $AA'K'$, on obtient : K est le milieu de $[AK']$ et donc $\overrightarrow{KK'} = \overrightarrow{AK}$.
   Les trois vecteurs $\overrightarrow{AK}$, $\overrightarrow{KK'}$ et $\overrightarrow{K'B}$ sont égaux, et ainsi $\overrightarrow{AK} = \frac{1}{3}\overrightarrow{AB}$.
   De même, je trace la parallèle à (BB') passant par C. Elle recoupe (AC) en (J').
   En considérant le triangle $CC'J'$, on obtient : J est le milieu de $[CJ']$ donc : $\overrightarrow{CJ} = \overrightarrow{JJ'}$.
   En considérant le triangle $AA'J$, on obtient : J' est le milieu de $[AJ]$ donc : $\overrightarrow{JJ'} = \overrightarrow{J'A}$.
   Les trois vecteurs $\overrightarrow{CJ}$, $\overrightarrow{JJ'}$ et $\overrightarrow{J'A}$ sont égaux, et ainsi $\overrightarrow{AJ} = 2\overrightarrow{AJ'} = \frac{2}{3}\overrightarrow{AC}$. [2]

(d) On coupe les trois côtés du triangle ABC chacun en trois segments de même longueurs. On relie B à la deuxième division à partir de A sur $[AC]$, A à la deuxième division à partir de C sur $[CB]$ et C à la deuxième division à partir de B sur $[AB]$. On voit alors se dessiner le triangle $A'B'C'$ à l'intérieur du triangle ABC.

2. **Repérage de A', B' et C'.**

(a) On a immédiatement $A\left(0\ ,\ 0\right)$, $B\left(1\ ,\ 0\right)$ et $C\left(0\ ,\ 1\right)$.

(b) D'après [2], $\overrightarrow{AK} = \frac{1}{3}\vec{\imath}$, donc $K\left(\frac{1}{3};0\right)$ et $\overrightarrow{AJ} = \dfrac{2}{3}\vec{\jmath}$ donne $J\left(0\ ,\ \dfrac{2}{3}\right)$.

(c) On a, d'après la relation [1], $\overrightarrow{BI} = \dfrac{1}{3}\overrightarrow{BC}$, donc $\overrightarrow{AI} = \overrightarrow{AB} + \dfrac{1}{3}\overrightarrow{BC} = \vec{\imath} + \dfrac{1}{3}\overrightarrow{BC}$. Or $\overrightarrow{BC} = \overrightarrow{BA} + \overrightarrow{AC} = -\vec{\imath} + \vec{\jmath}$. Donc $\overrightarrow{AI} = \vec{\imath} + \dfrac{1}{3}\left(-\vec{\imath} + \vec{\jmath}\right) = \dfrac{2}{3}\vec{\imath} + \dfrac{1}{3}\vec{\jmath}$.

Autrement dit $I\left(\dfrac{2}{3}\ ,\ \dfrac{1}{3}\right)$.

(d) i La colinéarité de $\overrightarrow{AC'}$ et $\overrightarrow{AI}$ se traduit par : $x_{\overrightarrow{AC'}} \times y_{\overrightarrow{AI}} - y_{\overrightarrow{AC'}} \times x_{\overrightarrow{AI}} = 0$ soit $x \times \frac{1}{3} - y\frac{2}{3} = 0$, soit en multipliant par 3 à droite et à gauche, $x - 2y = 0$.

ii On a $x_{\overrightarrow{CC'}} = x_{C'} - x_C = x - 0 = x$ et $y_{\overrightarrow{CC'}} = y_{C'} - y_C = y - 1$. Soit $\overrightarrow{CC'}\begin{pmatrix} x \\ y-1 \end{pmatrix}$.

De même $x_{\overrightarrow{CK}} = x_K - x_C = \dfrac{1}{3} - 0 = \dfrac{1}{3}$ et $y_{\overrightarrow{CK}} = y_K - y_C = 0 - 1 = -1$. Soit $\overrightarrow{CC'}\begin{pmatrix} \frac{1}{3} \\ -1 \end{pmatrix}$.

La colinéarité de $\overrightarrow{CC'}$ et $\overrightarrow{CK}$ se traduit par : $x_{\overrightarrow{CC'}} \times y_{\overrightarrow{CK}} - y_{\overrightarrow{CC'}} \times x_{\overrightarrow{CK}} = 0$ soit $x \times (-1) - (y-1) \times \frac{1}{3} = 0$, soit en multipliant par -3 à droite et à gauche, $3x + y - 1 = 0$. soit $3x + y = 1$.

iii Pour calculer les coordonnées de C', on résout le système :
$\begin{cases} x - 2y &= 0 \\ 3x + y &= 1 \end{cases}$ soit $\begin{cases} x - 2y &= 0 \\ 6x + 2y &= 2 \end{cases}$.

En additionnant les deux lignes on obtient $7x = 2$ soit $x = \dfrac{2}{7}$, donc $y = \dfrac{1}{7}$.

$$C'\left(\frac{2}{7}\ ,\ \frac{1}{7}\right).$$

On note à nouveau $\left(x\ ,\ y\right)$ les coordonnées de B'.

J'ai $\overrightarrow{CB'}\begin{pmatrix} x \\ y-1 \end{pmatrix}$ et $\overrightarrow{CC'}\begin{pmatrix} \frac{2}{7} \\ -\frac{6}{7} \end{pmatrix}$.

L'égalité $\overrightarrow{CC'} = 2\overrightarrow{CB'}$ se traduit par $2x = \dfrac{2}{7}$ et $2y - 2 = -\dfrac{6}{7}$ soit $x = \dfrac{1}{7}$ et $y = \dfrac{4}{7}$.

$$B'\left(\frac{1}{7}\ ,\ \frac{4}{7}\right).$$

On note encore $\left(x\ ,\ y\right)$ les coordonnées de A'.

L'égalité $\overrightarrow{AA'} = 2\overrightarrow{AC'}$ se traduit par $x = \dfrac{4}{7}$ et $y = \dfrac{2}{7}$.

$$A'\left(\frac{4}{7}\ ,\ \frac{2}{7}\right).$$

3. **Comparaison des aires.**

   (a) Dans le triangle $A'B'C'$ on considère H le pied de la hauteur issue de B'. On a $\mathscr{S} = \dfrac{A'C' \times B'H}{2}$.
   Or H est aussi la hauteur issue de B' dans le triangle $AB'C'$. Donc l'aire de ABC' égale $\dfrac{AC' \times B'H}{2}$.
   Comme $AC' = A'C'$, l'aire de ABC' égale $\mathscr{S}$.

   (b) Cette fois on considère dans le triangle $AB'C'$ le pied H' de la hauteur issue de A. Le point H' est aussi le pied de la hauteur issue de A dans le triangle $AB'C$. Donc l'aire de $AB'C'$ égale $\dfrac{B'C' \times AH'}{2}$ et celle de $AB'C$ égale $\dfrac{B'C \times AH'}{2}$.
   Ces deux aires sont égales car $B'C' = B'C$.

   (c) Les triangles $CB'A'$ et $C'B'A'$ ont même aire car ils ont même hauteur issue de A' et même base associée.
   Les triangles $CB'A'$ et CBA' ont même aire car ils ont même hauteur issue de C et même base associée.
   Les triangles $C'BA'$ et $C'B'A'$ ont même aire car ils ont même hauteur issue de C' et même base associée.
   Les triangles $C'BA$ et $C'BA'$ ont même aire car ils ont même hauteur issue de B et même base associée.

   (d) En résumé, les sept triangles ABC', $AB'C$, $AB'C'$, $A'BC$, $A'BC'$, $A'B'C$, $A'B'C'$ ont la même aire, à savoir $\mathscr{S}$. Comme ils pavent le triangle ABC, on obtient alors $\mathscr{S} = 7\mathscr{S}'$.

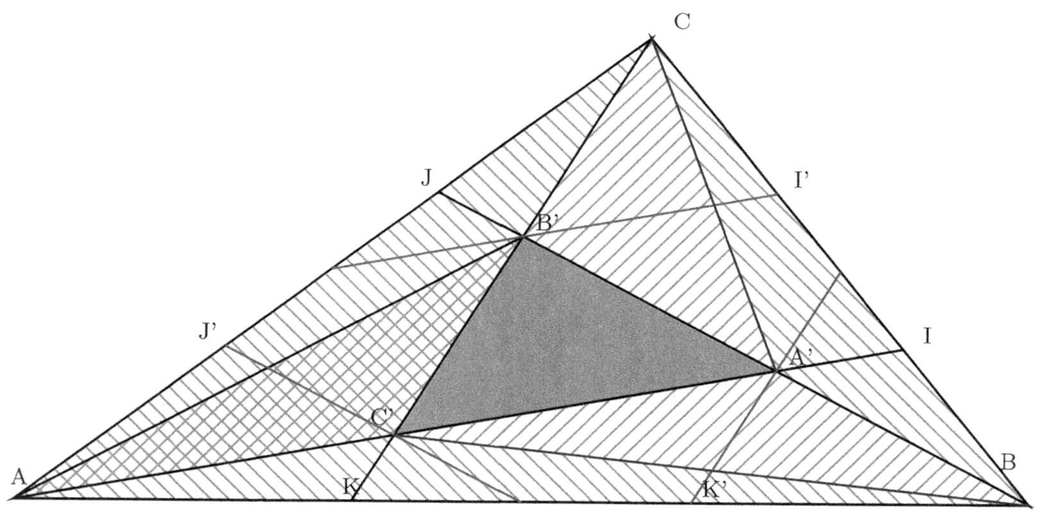

Chapitre 8

Statistiques

Sommaire

Le mot statistique vient du latin « status » : l'état.

En mathématiques, la statistique est une branche des mathématiques appliquées qui a pour objet l'étude des phénomènes mettant en jeu un grand nombre d'éléments.

Les statistiques désignent aussi un ensemble de données numériques concernant l'état ou l'évolution d'un phénomène qu'on étudie au moyen de la statistique au sens précédent.

8.1 Vocabulaire

8.1.1 Les trois types de statistiques

"There are three kinds of lies : lies, damned lies, and statistics" [1]

Cette citation est attribuée à Benjamin Disraeli. Mais quelles sont les trois sortes de statistiques ? Un peu de vocabulaire pour patienter.

Une **population** est un ensemble d'individus. Les enfants nés à Paris en 2000 représentent une population par exemple. Les voitures produites dans une usine au cours du mois de février 2010 représentent également une population.

Un **individu** ou **unité statistique** est un élément de cette population.

Un **caractère** (statistique) ou **variable** est une propriété, un aspect ou un trait déterminé commun aux individus de la population, qui offre un intérêt d'étude et dont les valeurs sont différentes d'un individu à un autre de la population. La couleur, la taille, le poids, l'âge, la date de production sont des exemples de caractères.

Un caractère peut être quantitatif (ses valeurs sont numériques : la taille par exemple) ou qualitatif (ses valeurs ne sont pas numériques : la couleur par exemple).

Exemple 1 (Caractère qualitatif)
- Résultats d'un sondage
- Parts de marché

Les caractères quantitatifs d'une population peuvent être **discrets**. Le caractère prend alors un (petit) nombre de valeurs isolées.

Exemple 2 (Caractère quantitatif discret)
- Nombre d'enfants
- Note à un contrôle

Les caractères quantitatifs d'une population peuvent être **continus**. Le caractère peut alors prendre toutes les valeurs d'un intervalle réel. On appelle **amplitude** d'un intervalle, la distance entre ses deux bornes. On appelle **centre** d'un intervalle la moyenne – c'est-à-dire la demi-somme – de ses deux bornes.

Exemple 3 (Caractère quantitatif continu)
- Taille
- Durée

1. Il y trois sortes de mensonge : les mensonges, les satanés mensonges et les statistiques.

Une **classe** ou **modalité** d'un caractère statistique est soit une valeur (numérique) d'un caractère quantitatif discret ou qualitatif, soit un intervalle d'un caractère quantitatif continu.

L'**effectif** d'une modalité ou d'une classe est le nombre d'individus dans cette classe.

La somme des effectifs des différentes classes s'appelle l'**effectif total**. C'est le nombre d'individus de la population.

La fréquence d'une modalité ou d'une classe est le quotient de l'effectif de cette classe par l'effectif total. La fréquence d'une classe est un nombre compris entre 0 et 1, ou, si l'on préfère, entre 0% et 100%.

De ce fait, le tableau qui donne les effectifs et les fréquences des différentes classes est un tableau de proportionnalité. Voir 5.7.3 page 81.

Classe	A	B	C	D
Effectif	15	18	45	42
Fréquences	$0,125$	$0,15$	$0,375$	$0,35$

$\div 120$

Une **série statistique** (à une variable) est la donnée d'une population, d'un caractère ou variable statistique et des effectifs des différentes valeurs ou classes de valeurs de ce caractère.

8.2 Représentations graphiques

Les représentations graphiques seront reprises en page 296.

8.2.1 Diagrammes circulaires

Pour représenter une série qualitative, on utilise un diagramme circulaire : on associe un secteur à chacune des valeurs distinctes de la série, dont l'aire – ou l'angle au centre – est proportionnelle à l'effectif.

Couleur	Rouge	Bleu	Vert	Jaune
Effectif	35	28	7	13

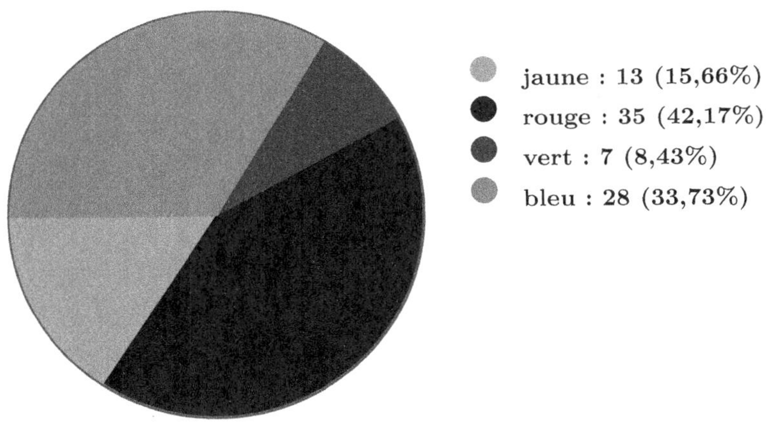

Dans le cas de la représentation en partis politiques, on a l'habitude de remplacer le diagramme circulaire par un diagramme semi-circulaire.

8.2.2 Diagrammes en bâtons

Pour représenter une série discrète, on utilise un diagramme en bâtons.
Par exemple, on représente la série statistique suivante

Note	0	1	2	3	4	5
Effectif	1	4	7	12	8	3

La commande geogebra `DiagrammeBâtons((0, 1), (1, 4), (2, 7), (3, 12), (4, 8), (5, 3))` donne :

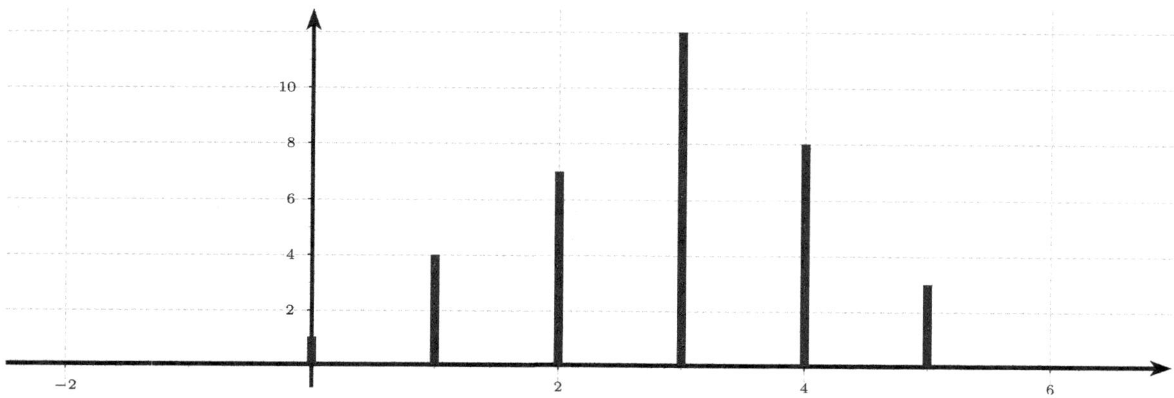

8.2.3 Histogrammes

Pour représenter une série continue, on utilise un **histogramme** : on associe un rectangle à chacune des classes de la série, dont l'aire est proportionnelle à l'effectif.

Il est temps de se poser des questions concernant les séries continues.

- À l'heure qu'il est, combien d'habitants de la France mesurent 1,70 m ?
- À l'heure qu'il est, combien d'habitants de la France mesurent 1,7253 m ?

Les deux questions sont de même nature. La réponse est la même : zéro. Personne en France – et dans le Monde – ne mesure exactement 1,7253 m. Outre le fait qu'il n'est pas raisonnable d'espérer une mesure au dixième de millimètre près, chaque individu mesure plus ou moins de 1,7253 m. La même réponse s'applique à 1,70 m, même si c'est plus difficile à admettre psychologiquement.

Pour ces raisons, on ne s'intéresse pas – ou peu – aux bornes des classes. De ce fait les intervalles ne comportent pas de crochet.

Remarque 1.

Quiconque mesure 1,73 m a dû à un moment ou à un autre – et même plusieurs fois – mesurer exactement [a] 1,70 m. Mais on ne peut pas savoir **exactement** quand. On ne peut pas connaître à la fois exactement la date et la taille. « À l'heure qu'il est » dans l'énoncé fixe la date.

a. Si tant est qu'on puisse donner un sens à une mesure exacte.

Pour représenter une série quantitative continue on commence par dépouiller la série afin d'obtenir un tableau comme le suivant :

Taille (en cm)	10 - 20	20 - 30	30 - 40	40 - 50
Effectif	12	8	16	4

L'histogramme suivant représente la série de ce tableau, où un carreau en abscisse est égal à 5 cm et l'aire d'un carreau est égale à un effectif de 1.

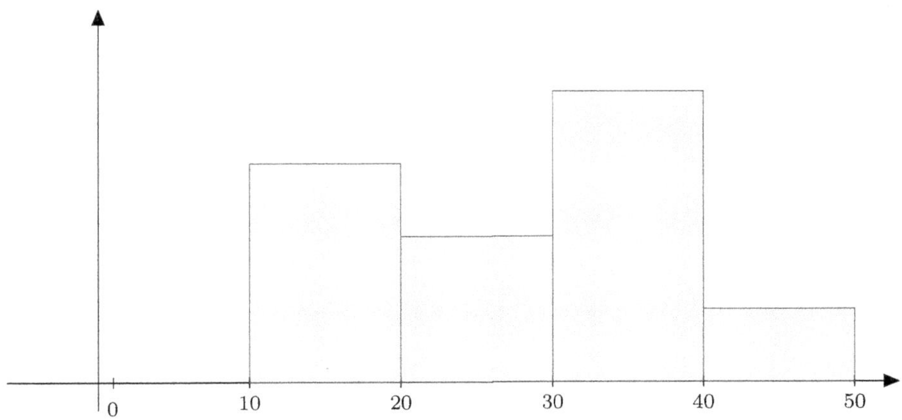

Remarque 2.

En remplaçant les données d'une série statistique continue par un histogramme, on perd de l'information. On remplace des valeurs – plus ou moins – précises par des intervalles, c'est-à-dire des incertitudes plus grandes.

Remarque 3.

Bon, tout ça c'est la théorie. Dans la vraie vie on voit des séries quantitatives discrètes traitées comme des séries quantitatives continues, des diagrammes en bâtons représenter des séries qualitatives.
Enfin nous allons voir comment traiter – faute de mieux – des séries quantitatives continues comme si elles étaient discrètes.

8.3 Paramètres d'une série statistique

8.3.1 Mode

Définition 1.

On appelle **mode** d'une série statistique une classe de la série dont l'effectif est supérieur à celui des autres classes.

Remarque 4.

Dans une série statistique, il peut y avoir plusieurs modes.

Exemple 4
Dans l'exemple sur les couleurs, le mode est « rouge » .

Tous les paramètres suivants ne concernent que les séries quantitatives.

8.3.2 Moyenne

Définition 2.

On appelle **moyenne** d'une série quantitative x , le réel généralement noté $\overline{x}$ et défini par :

$$\overline{x} = \sum_{k=1}^{p} f_k x_k = \frac{1}{N}\sum_{k=1}^{p} n_k x_k = f_1 x_1 + f_2 x_2 + \ldots + f_p x_p = \frac{n_1 x_1 + n_2 x_2 + \ldots + n_p x_p}{N},$$

où les p valeurs de la série sont $x_1, x_2, \ldots, x_p$, $n_1, n_2, \ldots, n_p$ les effectifs de ces classes et $f_1, f_2, \ldots, f_p$ sont les fréquences correspondantes. L'entier

$$N = \sum_{i=1}^{p} n_i = n_1 + n_2 + \ldots + n_p$$

est l'effectif total.

Il s'agit de justifier la deuxième égalité. On a pour tout indice k appartenant à $\{1, 2, \ldots, p\}$, $f_k = \frac{n_k}{N}$. En sommant ces égalités et en mettant en facteur $\frac{1}{N}$ on a le résultat annoncé.

Exemple 5
En 2014, le salaire mensuel en équivalent temps plein d'une personne travaillant dans le secteur privé ou dans une entreprise publique est, en moyenne, de 2 957 euros bruts et de 2 225 euros nets.

Source : www.latribune.fr

Voici les notes obtenues par les 32 élèves d'une classe au dernier contrôle de maths :

Note	5	8	9	10	10,5	11	13	14	14,5	16
Nombre d'élèves	1	3	5	6	2	5	6	1	2	1

On peut ainsi calculer la moyenne :
$$\overline{x} = \frac{5\times 1 + 8\times 3 + 9\times 5 + 10\times 6 + 10,5\times 2 + 11\times 5 + 13\times 6 + 14\times 1 + 14,5\times 2 + 16\times 1}{32} \approx 10,8$$
(arrondie au dixième)

Un programme **Python** pour calculer cette même moyenne :

```
x=[5,8,9,10,10.5,11,13,14,14.5,16]
n=[1,3,5,6,2,5,6,1,2,1]
S=0
N=0
for k in range(len(x)):
    S=S+n[k]*x[k]
    N=N+n[k]
print("Moyenne␣:␣",S/N)
```

Ce programme calcule la moyenne de la série précédente à l'aide de la formule de définition

$$\overline{x} = \frac{1}{N}\sum_{k=1}^{p} n_k x_k.$$

Les noms de variables du programme ont été choisis pour coller au plus près de cette formule. En particulier la variable entière **k** apparaît dans le symbole de sommation $\sum_{k=1}^{p}$. On voit que le choix de la lettre k est arbitraire. On dit que c'est une variable **muette**.

Remarque 5.

La définition ci-dessus s'applique pour des séries quantitatives discrètes. Pour des séries quantitatives continues, les valeurs sont *a priori* distinctes pour les raisons vues plus haut.
Dans la vraie vie, on a alors $\overline{x} = \frac{1}{N}\sum_{k=1}^{p} x_k = \frac{x_1 + x_2 + \ldots + x_p}{N}$, où L'entier N désigne l'effectif total.

Que se passe-t-il lorsqu'on ne dispose que du tableau de dépouillement ou de l'histogramme ? Dans la vraie vie on dispose des valeurs numériques et la question ne se pose pas. La question est donc surtout théorique et s'applique pour des exercices *ad hoc*.

Pour une série regroupée en classes, on prend – faute de mieux – les centres des intervalles (classes) pour valeurs des x_i.

La disposition suivante permet un calcul à la main :

Taille (en cm)	10 - 20	20 - 30	30 - 40	40 - 50
Centre x_k	15	25	35	45
Effectif n_k	12	8	16	4
Produits $n_k x_k$	180	200	560	180
Effectifs cumulés croissants	12	20	36	40
Produits cumulés croissants	180	380	940	1120

La moyenne estimée est alors $\overline{x} = \dfrac{1120}{40} = 28$ cm.

Remarque 6.

D'une certaine façon on a rendu discret le traitement de cette série continue.
On peut utiliser ce remplissage de tableau pour des séries discrètes.
Qui dit remplissage de tableau dit utilisation de tableur.

Linéarité de la moyenne

Théorème 1
Lorsqu'on ajoute ou retranche un même nombre r à chacune des valeurs du caractère, sans changer les effectifs, la moyenne augmente ou diminue de r.

Lorsqu'on multiplie chacune des valeurs du caractère par un même nombre t, sans changer les effectifs, la moyenne est multipliée par t.

Démonstration 1
Soit $x_1, x_2, \ldots, x_p$ une série statistique quantitative. Pour tout indice k appartenant à $\{1, 2, \ldots, p\}$ on note comme plus haut n_k l'effectif de la classe de x_k. On appelle $y_1, y_2, \ldots, y_p$ et $z_1, z_2, \ldots, z_p$ les séries statistiques définies par $y_k = x_k + r$ et $z_k = tx_k$ pour tout indice k appartenant à $\{1, 2, \ldots, p\}$, les classes de y_k et z_k ayant aussi pour effectif n_k.

Maintenant les trois séries ont le même effectif total $N = \sum_{k=1}^{p} x_k$.

On a

$$\begin{aligned}
\overline{y} &= \frac{1}{N}(n_1 y_1 + n_2 y_2 + \ldots + n_p y_p) \\
&= \frac{1}{N}\left(n_1(x_1 + r) + n_2(x_2 + r) + \ldots + n_p(x_p + r)\right) \\
&= \frac{1}{N}\left(n_1 x_1 + n_1 r + n_2 x_2 + n_2 r + \ldots + n_p x_p + n_p r\right) \\
&= \frac{1}{N}\left(n_1 x_1 + n_2 x_2 + \ldots + n_p x_p + n_1 r + n_2 r + \ldots + n_p r\right) \\
&= \frac{1}{N}\left(n_1 x_1 + n_2 x_2 + \ldots + n_p x_p\right) + \frac{1}{N}\left(n_1 r + n_2 r + \ldots + n_p r\right) \\
&= \overline{x} + \frac{1}{N}\left(n_1 + n_2 + \ldots + n_p\right) r \\
&= \overline{x} + r, \qquad \text{puisque} \quad N = n_1 + n_2 + \ldots + n_p.
\end{aligned}$$

De même

$$\begin{aligned}
\overline{z} &= \frac{1}{N}(n_1 z_1 + n_2 z_2 + \ldots + n_p z_p) \\
&= \frac{1}{N}\left(n_1(tx_1) + n_2(tx_2) + \ldots + n_p(tx_p)\right) \\
&= \frac{t}{N}\left(n_1 x_1 + n_2 x_2 + \ldots + n_p x_p\right) \\
&= t\overline{x}
\end{aligned}$$

Remarque 7.

On peut – sans que ce soit obligatoire – effectuer les calculs avec les écritures symboliques.

$$\begin{aligned}
\overline{y} &= \frac{1}{N}\sum_{k=1}^{p} n_k y_k \\
&= \frac{1}{N}\sum_{k=1}^{p} n_k (x_k + r) \\
&= \frac{1}{N}\left(\sum_{k=1}^{p} n_k x_k + r\sum_{k=1}^{p} n_k\right) \\
&= \frac{1}{N}\sum_{k=1}^{p} n_k x_k + \frac{1}{N} r \sum_{k=1}^{p} n_k \\
&= \overline{x} + r.
\end{aligned}$$

De même,

$$\begin{aligned}
\overline{z} &= \frac{1}{N}\sum_{k=1}^{p} n_k z_k \\
&= \frac{1}{N}\sum_{k=1}^{p} n_k (t x_k) \\
&= \frac{t}{N}\left(\sum_{k=1}^{p} n_k x_k\right) \\
&= t\overline{x}.
\end{aligned}$$

Calcul de la moyenne à partir de la moyenne de sous-séries

Théorème 2
Considérons une série d'effectif total N et de moyenne $\overline{x}$.

Supposons que cette série soit partagée en deux sous-séries disjointes : une sous-série d'effectif p et de moyenne $\overline{x_1}$ et une sous-série d'effectif q et de moyenne $\overline{x_2}$, avec $p + q = N$. Alors :

$$\overline{x} = \frac{p\overline{x_1} + q\overline{x_2}}{N}$$

Démonstration 2
On reprend la démonstration de l'exemple. $p\overline{x_1}$ est la somme des valeurs de la première sous-série, $q\overline{x_2}$ est la somme des valeurs de la première sous-série. Dans la mesure où les deux sous-séries sont disjointes, on n'a pas compté la valeur d'un individu deux fois, et la somme des valeurs de la série complète égale $p\overline{x_1} + q\overline{x_2}$. En divisant par l'effectif total $N = p + q$, on obtient bien le résultat annoncé. □

Exemple 6
Deux élèves étudient la durée de vie d'ampoules. Le premier élève teste 40 ampoules et trouve une durée de vie moyenne de 1231 heures. Le deuxième élève teste 60 ampoules et trouve une durée de vie moyenne de 1354 heures. Déterminer la durée de vie moyenne sur l'ensemble des ampoules.

$$\overline{x} = \frac{1231 \times 40 + 1354 \times 60}{100} = 1304,8$$

En effet, le total des durées de vies des ampoules de la première sous-série égale 1231×40 h. Le total des durées de vies des ampoules de la deuxième sous-série égale 1354×60 heures. Manifestement aucune ampoule n'appartient aux deux sous-séries à la fois (sauf à ressusciter une ampoule ?). Donc le total des durées de vies des ampoules des deux sous-séries égale $1231 \times 40 + 1354 \times 60$ heures. En divisant par le nombre total d'ampoules ($40 + 60 = 100$) on trouve la moyenne globale.

8.3.3 Variance

Définition 3.

On appelle **variance** d'une série quantitative x, le réel généralement noté $V(x)$ et défini par :

$$V(x) := \sum_{k=1}^{p} f_k(x_k - \overline{x})^2 = \frac{1}{N}\sum_{k=1}^{p} n_k(x_k - \overline{x})^2 = f_1(x_1 - \overline{x})^2 + f_2(x_2 - \overline{x})^2 + \ldots + f_p(x_p - \overline{x})^2,$$

où les p valeurs de la série sont $x_1, x_2, \ldots, x_p$, $n_1, n_2, \ldots, n_p$ les effectifs de ces classes et $f_1, f_2, \ldots, f_p$ sont les fréquences correspondantes. L'entier

$$N = \sum_{i=1}^{p} n_i = n_1 + n_2 + \ldots + n_p$$

est l'effectif total. Le réel $\overline{x}$ est la moyenne de la série x.

Théorème 3
Si x est une série quantitative prenant p valeurs $x_1, x_2, \ldots, x_p$ avec des fréquences respectives $f_1, f_2, \ldots, f_p$, alors sa variance $V(x)$ vérifie

$$V(x) = \left(\sum_{k=1}^{p} f_k x_k^2\right) - \overline{x}^2.$$

Démonstration 3
On commence par remarquer que

$$\sum_{k=1}^{p} f_k(x_k - \overline{x}) = \sum_{k=1}^{p} f_k x_k - \sum_{k=1}^{p} f_k \overline{x} = \overline{x} - \overline{x} \sum_{k=1}^{p} f_k = \overline{x} - \overline{x} = 0.$$

En écrivant pour tout $k \in \{1, \ldots, p\}$, $f_k(x_k - \overline{x})^2 = x_k f_k(x_k - \overline{x}) - \overline{x} f_k(x_k - \overline{x})$ et en sommant ces p égalités, on obtient

$$\begin{aligned} V(x) &= \sum_{k=1}^{p} x_k f_k(x_k - \overline{x}) - \overline{x} \sum_{k=1}^{p} f_k(x_k - \overline{x}) \\ &= \sum_{k=1}^{p} x_k f_k x_k - \overline{x} \sum_{k=1}^{p} f_k x_k \\ &= \sum_{k=1}^{p} f_k x_k^2 - \overline{x}^2. \end{aligned}$$

Ce qu'il fallait vérifier. □

8.3.4 Écart-type

Définition 4.

On appelle **écart-type** d'une série quantitative x, le réel généralement noté $\sigma(x)$ et défini par :

$$\sigma(x) := \sqrt{V(x)}.$$

Remarque 8.

Tout comme la variance, l'écart type mesure l'éloignement des valeurs de la série statistique par rapport à la moyenne de ces valeurs. Cependant, de part leur définition, on préfère utiliser, en statistique, l'écart type car l'unité est la même que celle des valeurs étudiées alors que celle de la variance est une unité « au carré » donc moins pratique.

8.3.5 Médiane

Définition 5.

On appelle **médiane** d'une série rangée **par ordre croissant une** valeur telle que la série soit partagée en deux populations de même effectif.
Une médiane peut très bien ne pas appartenir à la série étudiée.

Exemple 7
Le salaire mensuel net médian dans le privé atteint 1 783 euros en 2014.

Source : www.latribune.fr

Remarque 9.

A priori, il n'y a pas unicité de la médiane d'une série. En revanche il est important qu'un logiciel – par exemple un tableur – donne **une** valeur de médiane pour une série. Si possible, il vaudrait mieux que tous les logiciels donnent la même valeur. Mais c'est une autre histoire.

Dans la pratique, on considère une série dont les valeurs des N individus sont rangées par ordre croissant.

- Si N est impair, la médiane est égale à la $\frac{N+1}{2}$-ième valeur de la série ordonnée.
- Si N est pair, la médiane est égale au centre de l'intervalle $\left[\frac{N}{2}\text{-ième valeur}\ ,\ \frac{N}{2}+1\text{-ième valeur}\right]$.

La médiane de la série : 3, 5, **6**, 11, **14**, 21, 27 est la valeur 11.
La médiane de la série : 12, 13, **14**, **19** , 31, 41 est la valeur arbitraire $16,5$. Dans ce cas, la médiane **n'est pas** une valeur de la série.

On voit par là que cette détermination de la médiane convient bien aux séries quantitatives discrètes ou aux séries quantitatives continues dont on connaît la liste des valeurs (c'est le cas de la vraie vie).

Lorsqu'on a seulement accès à l'histogramme où au tableau des fréquences des classes d'une série continue, on procède comme suit dans le cas de la série 8.2.3 page 283

Taille (en cm)	10 - 20	20 - 30	30 - 40	40 - 50
Fréquences	0,3	0,2	0,4	0,1
Fréquences cumulées croissantes	0,3	$0,5$	0,9	1

On voit tout de suite que 30 est une médiane. On recherche donc la fréquence cumulée croissante $0,5$ dans le tableau.

Lorsqu'elle n'apparaît pas – c'est-à-dire dans le cas général – on trace le polygone des fréquences cumulées croissantes.

Taille (en cm)	10 - 20	20 - 30	30 - 40	40 - 50
Fréquences	0,1	0,2	0,5	0,2
Fréquences cumulées croissantes	0,1	0,3	0,8	1

On peut d'ores et déjà annoncer que la médiane va appartenir à l'intervalle $]\ 30\ ,\ 40\ [$

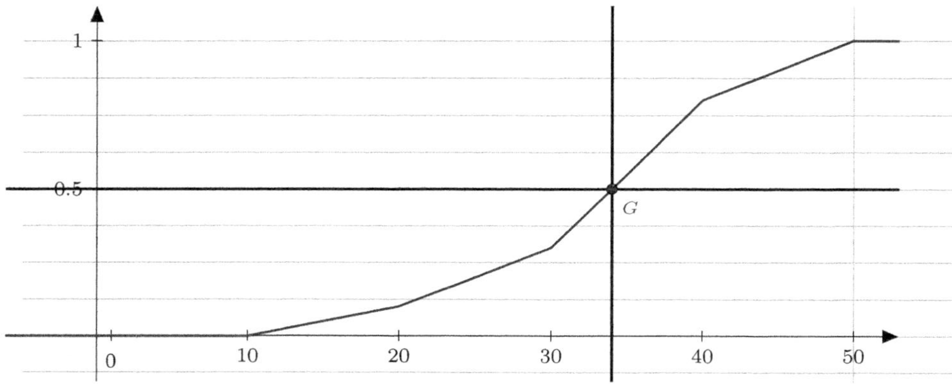

La médiane estimée est l'abscisse de G soit 34 par lecture graphique.

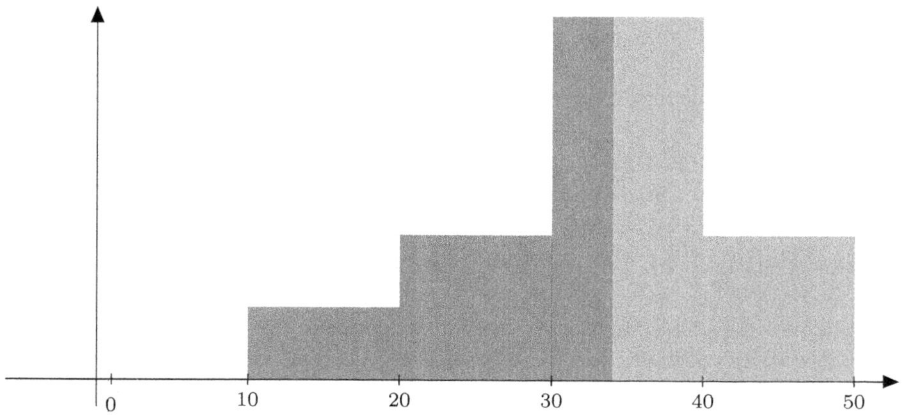

On sait que la représentation des fréquences – ou celle des effectifs – est proportionnelle à l'aire de l'histogramme.

Soit x un nombre réel. L'aire $\mathscr{A}(x)$ de la partie de l'histogramme comportant les abscisses inférieures à x égale – à ce facteur de proportionnalité près – la fréquence des individus dont la valeur est inférieure à x.

Définition 6.

1. Le **polygone des effectifs cumulés croissants** (respectivement **décroissants**) d'une série statistique continue est la ligne brisée qui joint les points du plan dont les abscisses sont les bornes de chaque classe et dont les ordonnées sont les effectifs cumulés croissants (respectivement décroissants) de ces valeurs.
2. Le **polygone des fréquences cumulées croissantes** (respectivement **décroissantes**) d'une série statistique continue est la ligne brisée qui joint les points du plan dont les abscisses sont les bornes de chaque classe et dont les ordonnées sont les fréquences cumulées croissantes (respectivement décroissantes) de ces valeurs.

Remarque 10.

En anticipant le chapitre 10, le polygone des fréquences cumulées croissantes est de ce fait la représentation de la fonction $\begin{array}{rccl} \mathscr{A} : & \mathbb{R} & \longrightarrow & \mathbb{R} \\ & x & \longmapsto & \mathscr{A}(x) \end{array}$.
La médiane approchée est alors un antécédent de $\frac{1}{2}$ par $\mathscr{A}$. La détermination de la médiane se résout alors
- graphiquement,
- en résolvant une équation du premier degré,
- à l'aide du théorème de Thalès.

8.3.6 Quartiles

La médiane partage une série quantitative triée en deux sous-séries.

De la même façon, les trois quartiles partagent une série quantitative triée en quatre sous-séries.

Il y a plusieurs définitions possibles.

Définition recommandée par l'éducation nationale

On considère une série rangée par ordre croissant :
- ▶ Le premier quartile est la plus petite valeur, notée Q_1, telle qu'au moins 25% des valeurs de la série lui soient inférieures ou égales.
- ▶ Le troisième quartile est la plus petite valeur, notée Q_3, telle qu'au moins 75% des valeurs de la série lui soient inférieures ou égales.
- ▶ Le deuxième quartile, c'est la médiane.

Avantages :
- Le calcul est simple.
- Les quartiles sont des valeurs de la série.

Définition des tableurs, etc.

- C'est simple. Il suffit d'utiliser une commande du tableur.
- C'est compliqué. Pour savoir ce que cela calcule exactement, voir le TD 1 page 309.

Bien entendu, dans le cas d'une série continue dont on ne dispose pas de la liste de toutes les valeurs, on prendra – faute de mieux – l'antécédent de $0,25$ par $\mathscr{A}$ comme estimation de Q_1 et l'antécédent de $0,75$ par $\mathscr{A}$ comme estimation de Q_3 en gardant les notations précédentes.

Les mêmes problèmes se posent avec les calculettes. Il n'est pas garanti que deux calculettes de modèles différents donnent le même résultat.

Qu'est-ce qui est le mieux ?

Dans la vraie vie on se fiche pas mal de savoir comment on a défini les quartiles. Les séries considérées sont suffisamment importantes pour qu'on s'encombre de détails insignifiants.

Définition 7.

On appelle **écart interquartile**, le réel $Q_3 - Q_1$.

De manière analogue, on peut définir le premier décile D_1, l'avant-dernier décile D_9 , et l'écart interdécile.

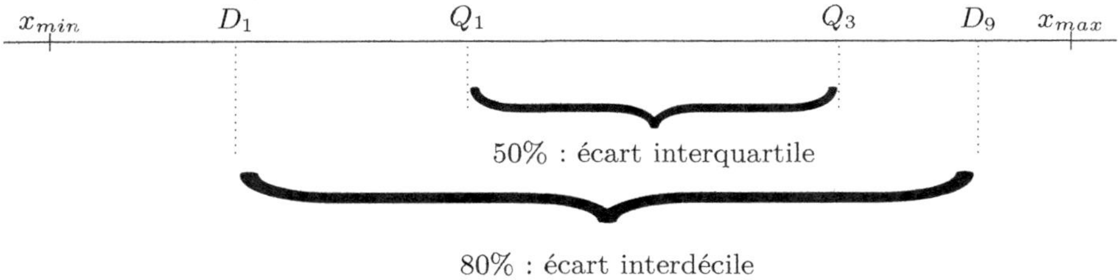

Exemple 8 (avec des notes)
Dans le tableau suivant sont regroupées les notes obtenues par les élèves d'une classe de seconde lors d'un contrôle :

4	5	6	6	6	8	8	9	10	11	11	11	12	12	12	12	13
13	14	14	16	16	16	16	16	16	16	17	17	17	17	19	19	19

Dans cet exemple :

1. La série statistique est l'ensemble des notes collectées.
2. La population est l'ensemble des élèves de cette seconde .
3. Les individus sont chacun des élèves de cette seconde.
4. Le caractère étudié est le résultat obtenu au contrôle n° 1.
5. Les modalités sont les valeurs chiffrées des notes obtenues au contrôle n° 1.
6. L'effectif total est le nombre d'élèves de la classe, à savoir 34.
7. Les valeurs extrêmes sont 4 et 19.

Pour une meilleure lisibilité et pour simplifier l'étude, on peut commencer par compter le nombre d'individus ayant obtenu chaque note :

Note	4	5	6	8	9	10	11	12	13	14	16	17	19
Effectif	1	1	3	2	1	1	3	4	2	2	7	4	3
Fréquence à 1% près	3	3	9	6	3	3	9	12	6	6	21	12	9

Remarque 11.

Dans le tableau précédent, la somme des fréquences est supérieure à 1 à cause des arrondis.

La commande **Geogebra**
`BoiteMoustaches(3, 1, {4, 5, 6, 8, 9, 10, 11, 12, 13, 14, 16, 17, 19}, {1, 1, 3, 2, 1, 1, 3, 4, 2, 2, 7, 4, 3}, true)`
permet d'obtenir la **boîte à moustaches** suivante

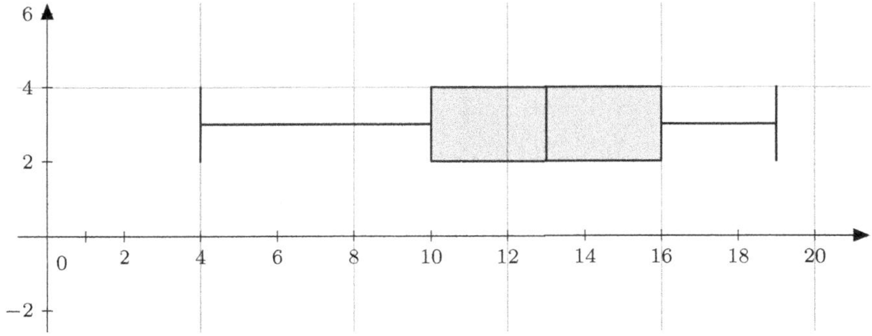

Une **boîte à moustaches** est un rectangle dont les côtés verticaux ont pour abscisses les quartiles. On repère la médiane par un trait vertical. Le trait horizontal fait apparaître l'étendue de la série, les traits verticaux aux extrémités ont pour abscisse le maximum et le minimum de la série. Il n'existe pas de standardisation pour les boîtes à moustaches. Elles permettent de comparer facilement deux séries quantitatives.

Exemple 9 (série continue)
On a interrogé en 2008 un échantillon de 4812 Français concernant la durée hebdomadaire d'écoute de la télévision (en heures) :

Durée	0 − 10	10 − 15	15 − 20	20 − 30	30 − 50
Effectif	972	924	826	1069	1021

Le caractère étudié – à savoir la durée d'écoute – est quantitatif continu : il peut prendre théoriquement toutes les valeurs de l'intervalle [0 , 50]. Les données sont regroupées en classes 0 − 10, 10 − 15, 15 − 20, 20 − 30 et 30 − 50.

8.3.7 Dimensions

Si toutes les grandeurs d'une série quantitative x ont la même dimension $[X]$, alors la moyenne, la médiane, les différents quartiles ont la même dimension $[X]$. La variance est homogène à $[X]^2$ et l'écart-type est homogène à $[X]$.

Pour avoir une grandeur sans dimension (qui sera donc indépendante de l'unité choisie) on considère parfois le **coefficient de variation** d'une série statistique quantitative x comme étant le réel $\dfrac{\sigma(x)}{\overline{x}}$.

Remarque 12.

Soit x une série de températures. Additionner deux températures n'a pas de sens. En revanche, il est possible (et courant) de calculer la moyenne $\overline{x}$ de ces températures.
On dit que la température est une grandeur moyennable.

8.4 Représentations graphiques, suite

Les représentations graphiques ont déjà été vues. Il s'agit ici de faire le point.

8.4.1 Séries à caractère quantitatif discret

Diagramme en bâtons

Dans un **diagramme en bâtons**, on représente une série statistique discrète par des segments dont la hauteur est proportionnelle à l'effectif de la valeur qu'ils représentent.

Exemple 10
On continue à travailler avec les données de l'exemple 8 page 294. Voici le diagramme en bâtons de cette série :

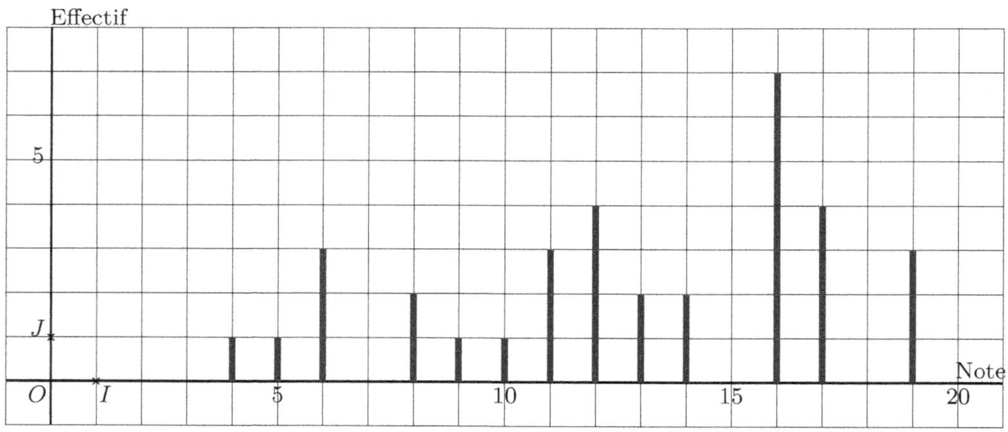

Nuage de points

Dans un **nuage de points**, on représente une série statistique discrète par des points dont les abscisses sont les valeurs du caractère, et les ordonnées sont les effectifs correspondants, parfois reliés par des segments.

Autrement dit, c'est un diagramme en bâtons sans tracer les segments.

Exemple 11 (Bac ES Polynésie juin 2012)
Le tableau ci-dessous donne les quantités de super sans plomb livrées et vendues en France de 2001 à 2009 (les quantités sont exprimées en millions de tonnes).

Année	2001	2002	2003	2004	2005	2006	2007	2008	2009
Rang de l'année x_i	1	2	3	4	5	6	7	8	9
Quantité (millions de tonnes) y_i	11,6	11,4	11,2	10,9	10,7	10,2	9,8	9,1	8,7

Source : INSEE

On représente alors les données sous forme de nuage de points en mettant en abscisses le rang de l'année et en ordonnées les quantités en (millions de tonnes)

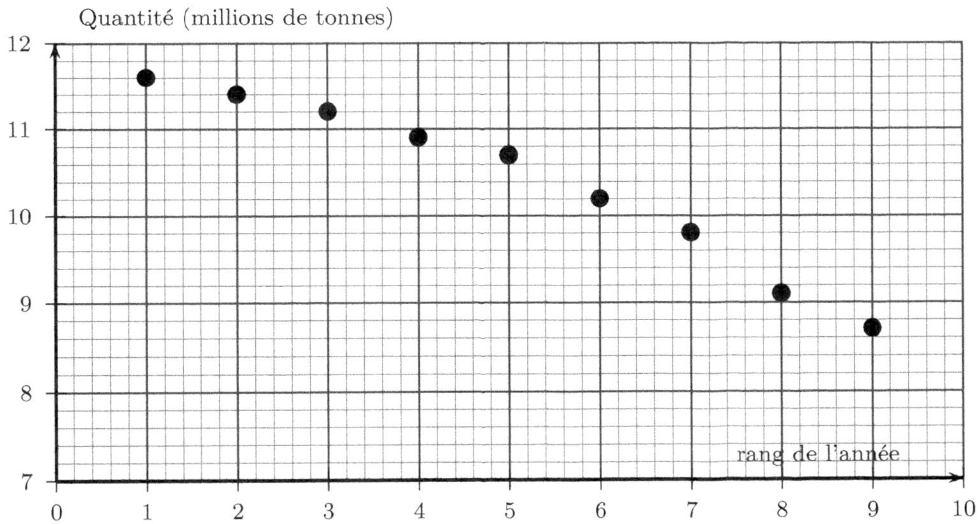

8.4.2 Séries à caractère quantitatif continu

Histogramme

Exemple 12

La situation est toujours celle de l'exemple 9 page 295.

On a déjà donné la définition de l'histogramme au paragraphe 8.2.3.

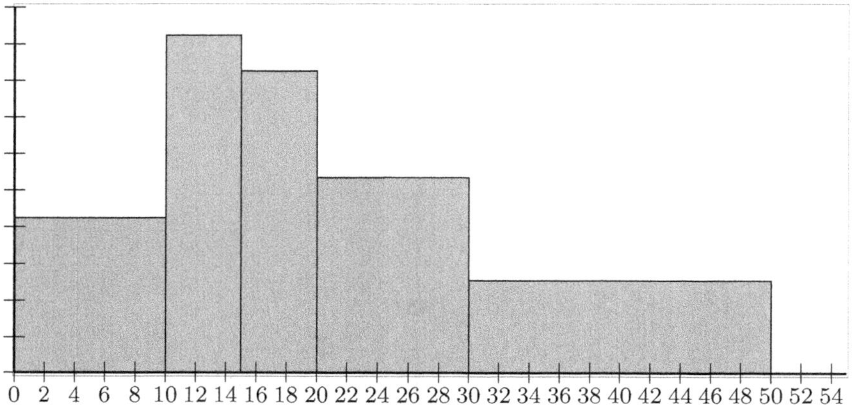

Le tableau des effectifs cumulés croissants est le suivant :

Durée <	0	10	15	20	30	50
Effectif	0	972	1896	2722	3791	4812

D'où le polygone des effectifs cumulés croissants :

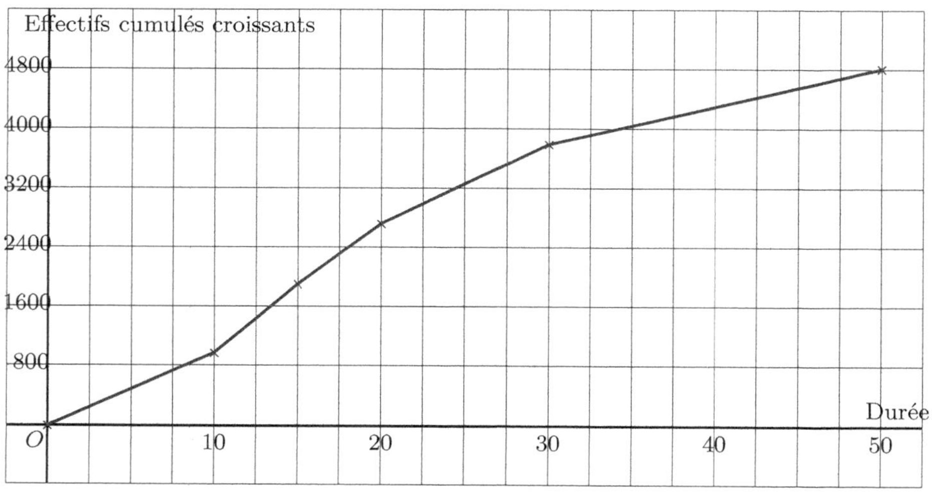

Traitons à présent le cas des fréquences cumulées décroissantes :

Durée $\geqslant$	0	10	15	20	30	50
Effectif	4812	3840	2916	2090	1021	0
Fréquence	1	0,8	0,61	0,43	0,21	0

D'où le polygone des fréquences cumulées décroissantes :

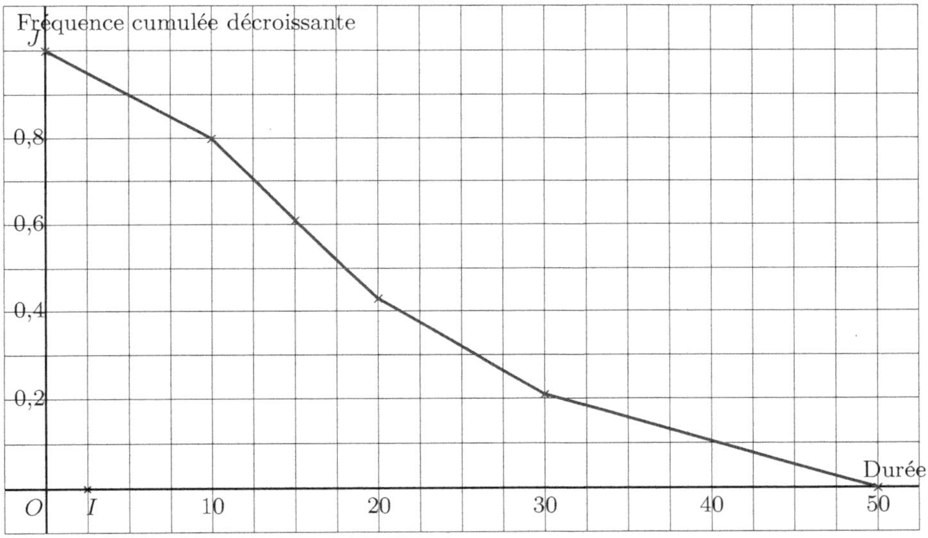

En superposant les deux polygones :

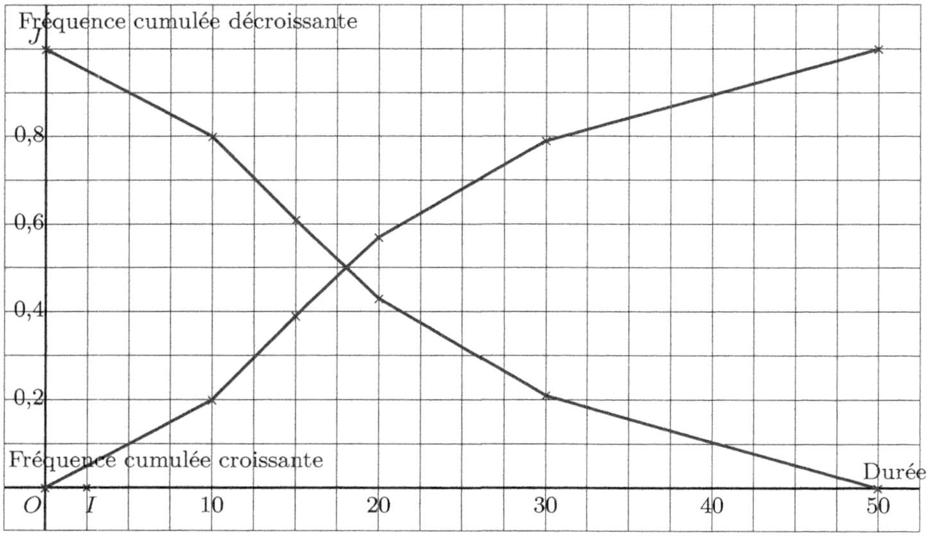

Pour des raisons de symétrie des deux polygones par rapport à la droite horizontale qui matérialise la fréquence $0,5$, les deux polygones se coupent en un point d'ordonnée $0,5$. L'abscisse de ce point est donc la médiane estimée.

Remarque 13.

Lorsque les classes ont toutes la même amplitude, la hauteur de chaque rectangle est proportionnelle à l'effectif de la classe qu'il représente. On dit alors que l'histogramme est **à pas constant**.

8.4.3 Séries à caractère qualitatif

Diagramme circulaire

Exemple 13
Dans une compétition d'athlétisme, quatre pays s'affrontent : la France, l'Allemagne, la Suède et la Norvège.
On note le pourcentage de médailles obtenues par chacun des pays :

Pays	France	Allemagne	Suède	Norvège
Pourcentage de médailles	25 %	10 %	40 %	25 %

Représenter le diagramme circulaire associé à cette série statistique :

Pays	Total	France	Allemagne	Suède	Norvège
Pourcentage de médailles	100 %	25 %	10 %	40 %	25 %
Angle en degré	360	90	36	144	90

Pour cela, nous avons besoin des angles ; nous les calculons par proportionnalité, sachant que 360° représentent 100 %.

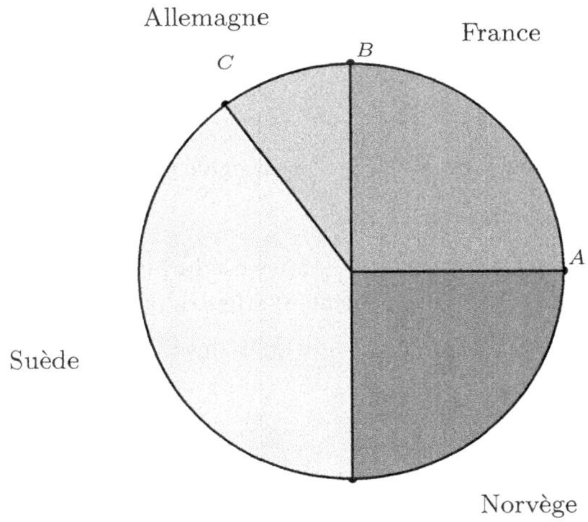

8.5 Quiz

1. Comment calcule-t-on l'effectif total d'une série statistique ?
2. En notant n_i l'effectif de la valeur x_i et n l'effectif total, que vaut la fréquence f_i ?
3. Dans une série statistique, combien vaut la somme des fréquences ?

4. Comment calcule-t-on la moyenne d'une série statistique ?
5. Dans une série regroupée en classe, comment choisit-on les x_i ?
6. Soit n l'effectif total de la série statistique. Combien vaut la médiane si n est pair ?
7. Si l'effectif total de la série statistique n est impair, combien vaut la médiane ?
8. Qu'est ce que l'intervalle interquartile ?
9. Qu'est ce que le premier quartile d'une série statistique ?
10. Soit Q_3, le troisième quartile d'une série statistique. Combien de valeurs lui sont inférieures ou égales ?

8.6 Corrigé

1. Si $n_1 \dots n_p$ sont les effectifs associés à chaque valeur, alors l'effectif total de la série égale $N = \sum_{i=1}^{p} n_i$.
2. La fréquence f_i est donnée par la relation $f_i = \frac{n_i}{N}$.
3. Dans une série statistique, la somme des fréquences égale 1.
4. La moyenne d'une série statistique égale $\overline{x} = \frac{1}{N} \sum_{i=1}^{p} x_i n_i$.
5. Dans une série regroupée en classes, les x_i sont – faute de mieux – les centres de chaque classe.
6. Si n est pair, la médiane est égale au centre de l'intervalle $\left[\frac{n}{2}\text{-ième valeur; } \frac{n}{2} + 1\text{-ième valeur}\right]$ (une fois la série **ordonnée**).
7. Si n est impair, la médiane de cette série est égale à la $\frac{n+1}{2}$-ième valeur (une fois la série ordonnée).
8. L'intervalle interquartile vaut $Q_3 - Q_1$.
9. Le premier quartile d'une série statistique est la plus petite valeur Q_1 telle qu'au moins 25% des valeurs de la série statistique lui soient inférieures ou égales.
10. Environ 75% des valeurs au moins sont inférieures ou égales à Q_3.

8.7 Exercices

Exercice 1 (Répartition des salaires dans une entreprise).

Salaires (€)	1000 - 1100	1101 - 1250	1251 - 1500	1501 - 2500	2501 - 4000
Effectifs	28	12	9	5	3

Dans une entreprise, on a relevé la répartition des employés suivant leur salaire :

1. Compléter le tableau en renseignant les : effectifs cumulés, fréquences, fréquences cumulées.
2. Quel est le pourcentage d'employés dont le salaire est compris entre 1 000 € et 1 500 € ?

Exercice 2 (Temps d'attente dans un centre d'appel).

Une étude menée au sein du centre d'appel d'un opérateur de téléphonie mobile a permis de déterminer le temps d'attente des clients :

Temps d'attente (mn)	1	2	3	4	5	6	7
Nombre de clients	2	19	34	62	75	11	5

1. Déterminer la médiane de la série.
2. Déterminer le premier et le troisième quartile.
3. Calculer le temps d'attente moyen (arrondi entier).

Exercice 3 (Apparition du 6 avec un dé).

Partie 1

On lance un dé équilibré 1 000 fois, et on cherche à calculer la fréquence d'apparition du 6.

1. Décrire un algorithme simulant cette expérience.
2. Écrire un programme réalisant cet algorithme.

Partie 2

On lance un dé équilibré et on cherche à simuler le nombre de lancers nécessaires à l'apparition du premier 6.

1. Décrire un algorithme simulant cette expérience.
2. Écrire le programme réalisant cet algorithme.

Exercice 4 (Histogramme et courbe des fréquences cumulées).

Âge (années)	0 - 10	10 - 20	20 - 30	30 - 45	45 - 60	60 - 80
Fréquence	30%	35%	18%	12%	3%	2%

Une étude sur un échantillon d'individus a permis de donner la répartition suivante des personnes ayant déjà joué aux jeux vidéo, par tranche d'âge :

1. Construire un histogramme de cette série.
2. Tracer la courbe des fréquences cumulées. Déterminer graphiquement la médiane m, le premier quartile Q_1, et le dernier quartile Q_3 de cette série.
3. Calculer la valeur de la médiane m par interpolation linéaire.

Exercice 5 (Histogramme à pas non constant).

Le tableau ci-contre donne la répartition des voiliers selon leur longueur (en m) à la fin août 2008 en France métropolitaine.

Longueur L	**Effectif**
L < 6 m	89 345
6 m ⩽ L < 8 m	44 811
8 m ⩽ L < 10 m	26 975
10 m ⩽ L < 12 m	17 292
12 m ⩽ L < 15 m	7 887
15 m ⩽ L < 18 m	1 015
18 m ⩽ L < 24 m	241
L ⩾ 24 m	33

1. Donner le tableau des fréquences (valeurs approchées au millième près).
2. On se propose de représenter l'histogramme des fréquences. (*On pourra constater que les classes n'ont pas la même amplitude*)
   (a) Sur le tableau de la question 1, ajouter une colonne « Hauteur » (valeur approchée au dixième près). On assimile la classe « L < 6 m » à « 1 m < L < 6 m » et la classe « L ⩾ 24 m » à « 24 m < L < 30 m ».
   (b) Construire l'histogramme des fréquences.
   (c) Calculer une valeur approchée de la longueur moyenne de ces voiliers.
3. Refaire le calcul de la valeur approchée de la longueur moyenne des voiliers en assimilant cette fois la classe « L < 6 m » à « 1 m < L < 6 m » et la classe « L ⩾ 24 m » à « 24 m < L < 38 m ». Commentaire ?

8.8 Solutions

Solution 1 (Répartition des salaires dans une entreprise)

1. On calcule l'effectif total : $28 + 12 + 9 + 5 + 3 = 57$

Salaires (€)	1000 - 1100	1101 - 1250	1251 - 1500	1501 - 2500	2501 - 4000
Effectifs	28	12	9	5	3
Effectifs cumulés	28	40	49	54	57
Fréquences	$0,49$	$0,21$	$0,16$	$0,09$	$0,05$
Fréquences cumulées	$0,49$	$0,70$	$0,86$	$0,95$	1

2. Le nombre d'employés dont le salaire est compris entre 1000 € et 1500 € est : $28 + 12 + 9 = 49$ (effectif cumulé de la troisième colonne).
   Il y a donc $\dfrac{49}{57} \approx 86\%$ des employés qui gagnent entre 1000 € et 1500 €.

Solution 2 (Temps d'attente dans un centre d'appel)

1. On calcule au préalable les effectifs cumulés :

Temps d'attente (mn)	1	2	3	4	5	6	7
Nombre de clients	2	19	34	62	75	11	5
Effectifs cumulés	2	21	55	117	192	203	208

On en déduit tout d'abord que l'effectif total est : 208.

La médiane de la série est la valeur pour laquelle l'effectif cumulé atteint la moitié de l'effectif total, qui est 104 ici.

On observe que l'effectif cumulé de la valeur 3 est 55 – 104 n'est pas encore atteint – et celui de la valeur 4 est 117 : 104 est alors atteint. La médiane de la série est donc : 4.

2. De même, le premier quartile est la valeur pour laquelle l'effectif cumulé atteint le quart de l'effectif total, soit $\frac{208}{4} = 52$; Le troisième quartile est la valeur pour laquelle l'effectif cumulé atteint les trois quarts de l'effectif total, soit $\frac{3}{4} \times 208 = 156$. Donc :
   - Le premier quartile de la série est : 3
   - Le troisième quartile de la série est : 5
3. Le temps d'attente moyen m étant la moyenne de la série, on a :

$$m = \frac{1 \times 2 + 2 \times 19 + 3 \times 34 + 4 \times 62 + 5 \times 75 + 6 \times 11 + 7 \times 5}{208}.$$

Le temps d'attente moyen est donc d'environ 4 minutes.

Solution 3 (Apparition du 6 avec un dé)

Partie 1

1. Un algorithme simple de simulation de cette expérience :

```
Créer la variable C (pour compter le nombre de lancers)
et initialiser cette variable à 0.
Pour tous les entiers k de 1 à 1000, faire :
   || Lancer le dé
   || Si le résultat est 6,
         ajouter 1 à la variable C
Afficher la fréquence C/1000.
```

2. Programme :

```
from random import random

C=0
for k in range(1000):
    if 6*random()>=5:
        C=C+1
print(C/1000)
```

Appel à la librairie `random`
On en extrait l'instruction `random`
qui à chaque appel retourne un flottant entre 0 et 1
Dire qu'on a tiré un « 6 » c'est dire
que le nombre tiré est plus grand que 6/5.

Partie 2

1. Un algorithme simple de simulation de cette expérience :

```
Créer une variable C (pour compter le nombre de lancers)
et une variable D (qui prendra la valeur du lancer),
et initialiser ces deux variables à 0.
Tant que D est différent de 6, faire :
   || Lancer le dé pour obtenir D.
   || Ajouter 1 à la variable C
Afficher la valeur de C, qui sera égale
au rang d'apparition du premier 6.
```

Solutions

2.
```
from random import random

C=0
D=0
while D!=6:
    D=1+floor(6*random())
    C=C+1
print(C)
```

La valeur faciale du dé est obtenue en prenant la partie entière de $6 * \texttt{random}()$ qui est un nombre entier compris entre 0 et 5, puis en rajoutant 1.

Solution 4 (Histogramme et courbe des fréquences cumulées)

1. L'aire des rectangles d'un histogramme étant égale à la fréquence (ou à l'effectif) de la classe correspondante, il est pratique de prendre : 1 carreau $= 1\%$.

   En convenant qu'un carreau en abscisse est égal à 5 ans, on a par exemple pour le rectangle représentant la classe $10 - 20$: $\dfrac{20-10}{5} = 2$ carreaux en longueur (amplitude de l'intervalle divisée par 5) ; Et le nombre de carreaux L en largeur (hauteur du rectangle) doit vérifier : $2 \times L = 35$ soit $L = 17,5$ carreaux.

   En procédant de la même manière pour tous les intervalles, on obtient ainsi l'histogramme ci-dessous :

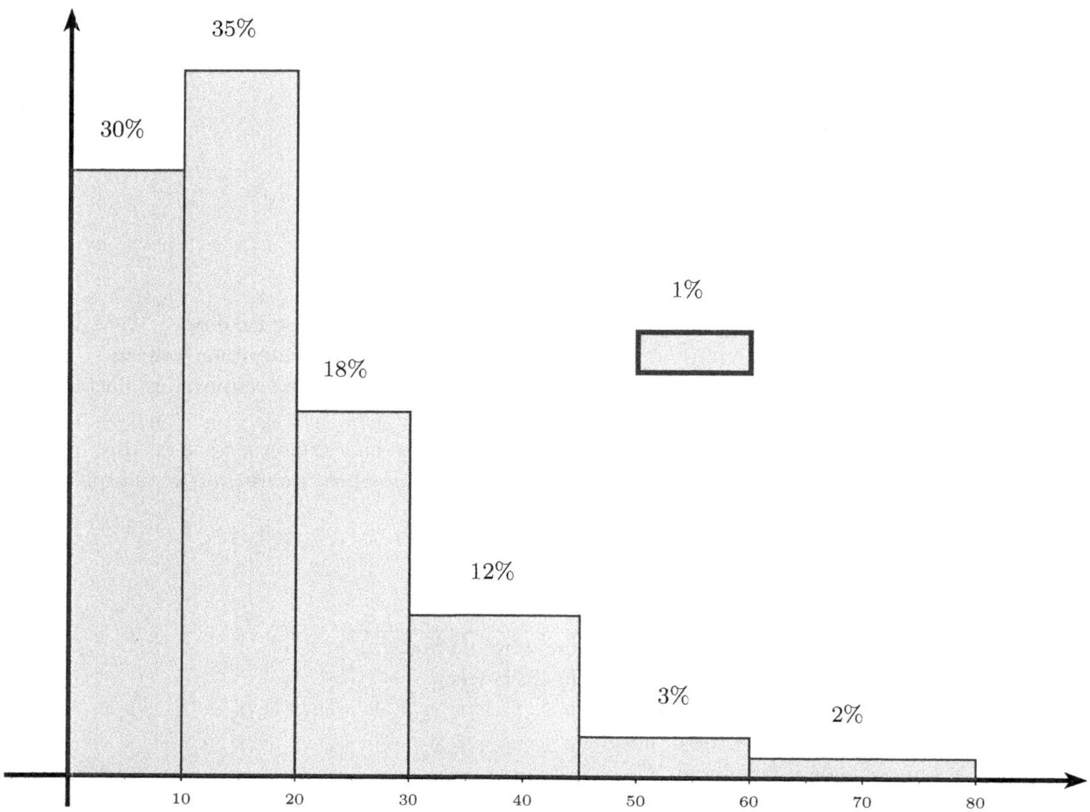

2. Pour pouvoir tracer la courbe,on calcule les fréquences cumulées de la série :

Âge (années)	0 - 10	20 - 30	30 - 45	45 - 60	60 - 80	
Fréquence	30%	35%	18%	12%	3%	2%
Fréquences cumulées	30%	65%	83%	95%	98%	100%

Pour déterminer graphiquement la médiane d'une série regroupée en classes grâce à la courbe des fréquences cumulées, il suffit de partir de 50% en ordonnée (la médiane étant la valeur qui divise l'effectif en deux populations de même taille : c'est donc la valeur correspondant à la fréquence cumulée 50%) et de repérer l'abscisse du point de la courbe qui correspond à cette ordonnée.

Détermination graphique du premier quartile :

On procède de la même manière, mais à partir de l'ordonnée 25%.

Détermination graphique du troisième quartile :

On procède de la même manière, mais à partir de l'ordonnée 75%.

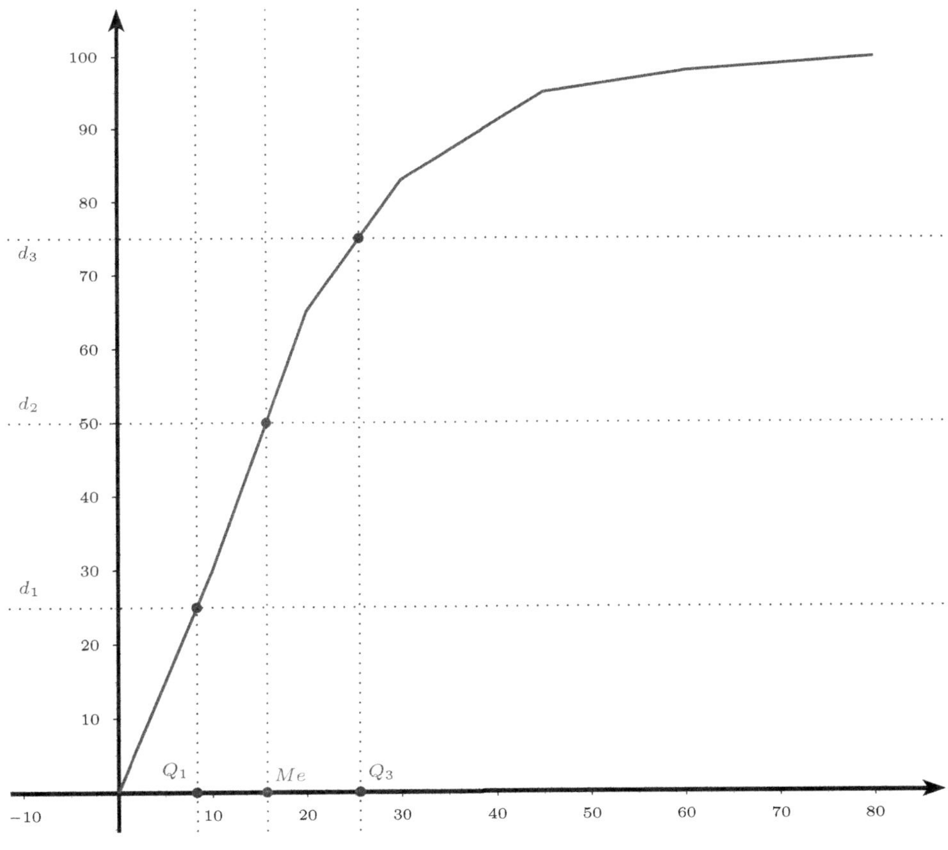

On en déduit donc graphiquement que : ▶ $m \approx 16$ ▶ $Q_1 \approx 8$ ▶ $Q_3 \approx 26$.

3. Soit M le point d'ordonnée 50%, c'est-à-dire $0,5$, appartenant à la courbe. L'abscisse de ce point, qui est la médiane de la série, appartient à la classe $[10,20[$ et on a donc : $M\ (m;0,5)$.
   M appartient donc au segment $[AB]$, avec $A\ (10;0,3)$ et $B\ (20;0,65)$.
4. Les accroissements entre A et M et entre A et B étant égaux, on a :

$$\frac{y_M - y_A}{x_M - x_A} = \frac{y_B - y_A}{x_B - x_A}$$

soit $$\frac{0,5-0,3}{m-10} = \frac{0,65-0,3}{20-10}$$

soit $$\frac{0,2}{m-10} = \frac{0,35}{10}$$

soit $$0,2 = 0,035(m-10)$$

soit $$m = \frac{0,2}{0,035} + 10$$

soit $$m \approx 15,7.$$

Ce qui est cohérent avec la lecture graphique faite précédemment.

Solution 5 (Histogramme à pas non constant)

1.

Longueur L	**Effectif**	**fréquence**
L < 6 m	89 345	0,48
6 m ⩽ L < 8 m	44 811	0,24
8 m ⩽ L < 10 m	26 975	0,14
10 m ⩽ L < 12 m	17 292	0,092
12 m ⩽ L < 15 m	7 887	0,042
15 m ⩽ L < 18 m	1 015	0,0054
18 m ⩽ L < 24 m	241	0,0013
L ⩾ 24 m	33	0,0002

2. Par exemple à l'aide d'un tableur :
   Si h_i désigne la hauteur du rectangle bâti sur la classe $[x_i\ ;\ x_{i+1}[$ la fréquence f_i correspondante doit vérifier :

$$h_i(x_i - x_{i+1}) = kf_i,$$

où k désigne un facteur d'échelle. Ici $k := 40$ cm. et par conséquent : $h_i = \dfrac{kf_i}{x_i - x_{i+1}}$.

(a)

classe	amplitude	effectif	fréquence	hauteur
$1-6$	1	89345	$0,4763$	$3,8100$
$6-8$	2	44811	$0,2389$	$4,7773$
$8-10$	2	26975	$0,1438$	$2,8758$
$10-12$	2	17292	$0,0922$	$1,8435$
$12-15$	3	7887	$0,0420$	$0,5606$
$15-18$	3	1015	$0,0054$	$0,0721$
$18-24$	6	241	$0,0013$	$0,0086$
$24-30$	6	33	$0,0002$	$0,0012$

(b) On peut alors tracer l'histogramme :

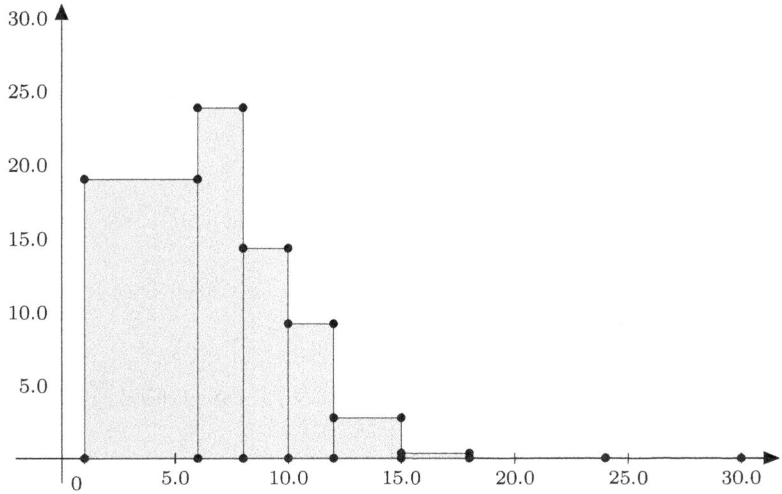

(c) Pour calculer la moyenne, on peut réutiliser le tableau précédent :

classe	centre	effectif	fréquence	produits
$1-6$	$2,5$	89345	$0,4763$	$1,6669$
$6-8$	7	44811	$0,2389$	$1,6721$
$8-10$	9	26975	$0,1438$	$1,2941$
$10-12$	11	17292	$0,0922$	$1,0139$
$12-15$	$13,5$	7887	$0,042$	$0,5676$
$15-18$	$16,5$	1015	$0,0054$	$0,0893$
$18-24$	21	241	$0,0013$	$0,0270$
$24-30$	27	33	$0,0002$	$0,0047$

La somme des nombres de la dernière colonne donne la moyenne : 6,3356 m.

3. En changeant la dernière classe en 24 - 38, on ne change que la dernière ligne, et on obtient une moyenne égale à 6,3363 m.

   On ne change pas sensiblement la valeur de la moyenne en changeant la dernière classe dans des limites raisonnables.

8.9 Travaux dirigés

Travaux dirigés 1 (Le tableur et les trois quartiles (fable))

1. Dans les 20 premières lignes de la colonne `A` d'un tableur, placer les nombres entiers de 1 à 20. On considère pour les entiers n compris entre 5 et 20, u_n le premier quartile de la série composée par les n premiers entiers et v_n le troisième quartile de la série composée par les n premiers entiers.
2. Dans la case `B5` rentrer la formule $=$ `QUARTILE(A$1 : A5; 1)` qui calcule u_5 et faire glisser cette formule dans les cases `B6 : B20`.

   Dans la case `C5` rentrer la formule $=$ `QUARTILE(A$1 : A5; 3)` qui calcule v_5 et faire glisser cette formule dans les cases `C6 : C20`.

3. Expliquer pourquoi on a pour tout entier $n \geqslant 5$, $u_{n+4} = u_n + 1$ et $v_{n+4} = v_n + 3$.
4. Dans la case `D5` rentrer la formule $=$ `MOD(A5; 4)` qui calcule le reste r_5 de la division euclidienne de `A5` par 4 et faire glisser cette formule dans les cases `D6 : D20`.
5. Dans le cas où le reste r_n égale 1, vérifier que u_n est la $\frac{n+3}{4}$-ième valeur de la série triée.
6. Dans le cas où le reste r_n égale 2, on appelle a la $\frac{n+2}{4}$-ième valeur de la série triée et b la valeur suivante. Vérifier que $u_n = \dfrac{3a+b}{4}$.
7. Dans le cas où le reste r_n égale 3, on appelle a la $\frac{n+1}{4}$-ième valeur de la série triée et b la valeur suivante. Calculer u_n en fonction de a et b.
8. Dans le cas où le reste r_n égale 0, on appelle a la $\frac{n}{4}$-ième valeur de la série triée et b la valeur suivante. Calculer u_n en fonction de a et b.
9. Étudier les différents cas pour le calcul de v_n.
10. Combien de cas différents doit-on s'attendre à distinguer pour le calcul des déciles ? des percentiles ?

Solution 6

1. 2. 4. 5. 6.

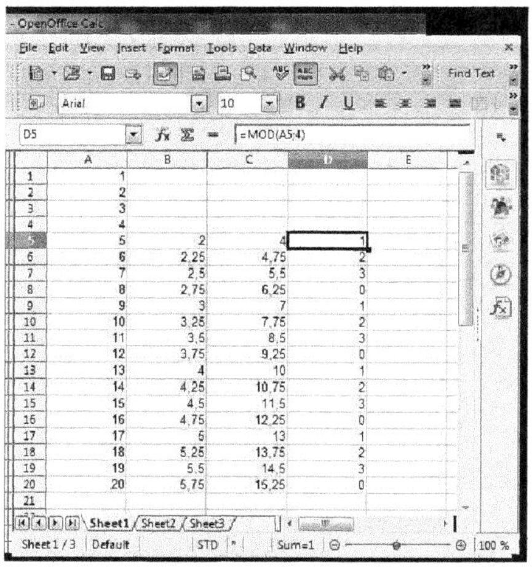

D5 =MOD(A5;4)

	A	B	C	D
1	1			
2	2			
3	3			
4	4			
5	5	2	4	1
6	6	2,25	4,75	2
7	7	2,5	5,5	3
8	8	2,75	6,25	0
9	9	3	7	1
10	10	3,25	7,75	2
11	11	3,5	8,5	3
12	12	3,75	9,25	0
13	13	4	10	1
14	14	4,25	10,75	2
15	15	4,5	11,5	3
16	16	4,75	12,25	0
17	17	5	13	1
18	18	5,25	13,75	2
19	19	5,5	14,5	3
20	20	5,75	15,25	0
21				

3. On part d'une liste comportant n nombres. Son premier quartile est donc u_n. Lorsqu'on ajoute 4 nombres dans la liste, il y a un nombre entier de plus dans le premier quart, donc le nouveau premier quartile – à savoir u_{n+4} – est augmenté d'une unité, ce qui se traduit bien par $u_{n+4} = u_n + 1$.

   De même en partant d'une liste comportant n nombres. Son troisième quartile est donc v_n. Lorsqu'on ajoute 4 nombres dans la liste, il y a trois nombres entiers supplémentaires dans les trois premiers quarts (un dans chaque), donc le nouveau troisième quartile – à savoir v_{n+4} – est augmenté de trois unités, ce qui se traduit bien par $v_{n+4} = v_n + 3$.

7. On trouve $u_n = \dfrac{a+b}{2}$.
8. On trouve $u_n = \dfrac{a+3b}{4}$.
9. ► Dans le cas où le reste r_n égale 1, v_n est la $\frac{3n+1}{4}$-ième valeur de la série triée.
   ► Dans le cas où le reste r_n égale 2, on appelle a la $\frac{3n+2}{4}$-ième valeur de la série triée et b la valeur **précédente**. On a $v_n = \dfrac{3a+b}{4}$.
   ► Dans le cas où le reste r_n égale 3, on appelle a la $\frac{3n+3}{4}$-ième valeur de la série triée et b la valeur précédente. On a $v_n = \dfrac{a+b}{2}$.
   ► Dans le cas où le reste r_n égale 0, on appelle a la $\frac{3n+4}{4}$-ième valeur de la série triée et b la valeur précédente. On a $v_n = \dfrac{a+3b}{4}$.
10. Pour le calcul des déciles on doit s'attendre à dix formules de calculs pour chaque décile, et pour les percentiles, à cent...

À défaut d'une précision parfaitement illusoire dans les situations réelles, le calcul des quartiles recommandé par l'éducation nationale a l'avantage non négligeable de la simplicité.

Chapitre 9

Suites

Sommaire

Introduction

Activité 1
Test : Savez-vous compter jusqu'à 10 ?

- Si vous avez répondu $1, 2, 3, 4, 5, 6, 7, 8, 9, 10$ vous avez tous les points.
- Si vous avez répondu $0, 1, 2, 3, 4, 5, 6, 7, 8, 9, 10$ vous êtes destiné à la programmation. Vous avez tous les points.
- Si vous avez répondu $-2, -1, 0, 1, 2, 3, 4, 5, 6, 7, 8, 9, 10$ vous avez tous les points mais je vous tiens à l'œil.
- Si vous avez répondu $-1, -2, -3, \ldots$ vous aurez tous les points lorsque vous arriverez à 10.

- Dans le premier cas, on est en présence des dix premiers termes de la suite des entiers naturels non nuls.
- Dans le deuxième cas, on est en présence des onze premiers termes de la suite des entiers naturels.
- Dans le quatrième cas, on est en présence de la suite des opposés des entiers naturels non nuls.

9.1 Définitions

Nous avons déjà vu les listes en `Python`. Nous allons en transposer le vocabulaire en mathématiques. Bien entendu – comme tout en informatique – les listes sont finies. Il n'y a qu'un nombre fini d'indices dans une liste. Dans ce chapitre, on va s'intéresser aux listes infinies.

Définition 1.

On appelle **suite** toute liste infinie de nombres réels.
L'ensemble des **indices** est un intervalle non majoré de $\mathbb{N}$, à savoir $I = [n_0, +\infty[\cap\mathbb{N}$ où $n_0 \in \mathbb{N}$ désigne le plus petit indice.
Si u est le nom de la suite, le terme d'indice n de la suite u est un réel. Il se note u_n (se lit « hue indice aine » ou pour faire court « hue aine »). C'est le pendant mathématique du `U[n]` de la programmation en `Python`.
La suite u peut aussi se noter $(u_n)_{n\in I}$ ou plus rarement $(u_n)_{n\geqslant n_0}$.

Dans la suite (...) I désignera un intervalle non majoré de $\mathbb{N}$.

Remarques 1.

- Une autre façon d'envisager les suites, est de les considérer comme des fonctions définies sur I. Voir pour cela le chapitre 10. Ainsi la suite $(u_n)_{n\in I}$ ne sera autre que la fonction $\begin{array}{rcl} u : I & \longrightarrow & \mathbb{R} \\ n & \longrightarrow & u_n \end{array}$. Autrement dit, pour tout entier $n \in I$, $u(n) = u_n$.
- Il est tout à fait possible d'envisager des suites de nombres complexes, de matrices (chapitres 12 et 13 du cours de première), etc. Il suffit à cet effet de changer l'ensemble d'arrivée, c'est-à-dire de remplacer $\mathbb{R}$ par l'ensemble des nombres complexes, etc. Nous ne nous en priverons pas le moment venu. Pour l'instant, les suites de ce chapitre seront toutes des suites réelles.

Il existe deux façons de définir une suite :

9.1.1 Définition par formule explicite

Exemple 1

1. Soit $(u_n)_{n\in\mathbb{N}}$ définie pour $n \in \mathbb{N}$ par $u_n = \dfrac{n}{1+n}$.
2. Soit (v_n) définie pour $n \in \mathbb{N}$ par $v_n = \displaystyle\sum_{k=0}^{n} \frac{3}{2k+5}$.
3. Soit $(x_n)_{n\in\mathbb{N}}$ la suite des solutions positives de l'équation $x^3 + 3x = n$. Donner x_0. Comment obtenir x_1 ?

Pour le 1. et le 2. un programme `Python` : Les suites sont définies par des sous-programmes. Ils commencent par le mot réservé `def`. La ligne se termine par « : » et la ligne suivante est indentée. La valeur de la suite est obtenue à l'intérieur du corps du programme grâce à l'instruction `return`.

```
def U(n):
    return n/(1+n)

def V(n):
    S=0
    for k in range(n+1):
        S=S+3/(2*k+5)
    return S
```

Pour la question 3., on doit d'abord démontrer l'unicité de la solution pour chaque valeur de n, puis trouver une valeur approchée de cette solution. Par exemple à l'aide de Xcas :

Donc $u_0 = 0$ et $u_1 = 0,322$ à 10^{-3} près. Nous verrons plus loin comment se servir de suites pour trouver une valeur approchée de u_1.

9.1.2 Définition par une relation de récurrence

La suite est alors définie par la donnée d'un ou de plusieurs de ses premiers termes et par une relation entre un terme et un ou plusieurs termes précédents.

Exemple 2

1. Soit la suite (w_n) définie par : $\begin{cases} w_0 & = & 3 \\ w_{n+1} & = & 4w_n + 5 \end{cases}$.

   On a : $w_1 = 17$, $w_2 = 73$ ...

2. **Suite de Fibonacci**

   Soit la suite (F_n) définie par : $\begin{cases} F_0 = 0 \quad ; \quad F_1 = 1 \\ F_{n+2} = F_n + F_{n+1} \end{cases}$.

   On a : $F_2 = 2$, $F_3 = 3$, $F_4 = 5$, $F_5 = 8$ ...

3. Soit la suite (s_n) définie par : $\begin{cases} s_0 & = & 1 \\ s_{n+1} & = & \displaystyle\sum_{k=0}^{n} \frac{s_k}{n+k+1} \end{cases}$.

Pour calculer chaque terme, il faut avoir calculé les termes précédents.

1. Deux façons de programmer la suite w. La première à l'aide d'une boucle. La deuxième est **récursive** : le programme s'appelle lui-même. Cette façon de programmer est simple et élégante, ce qui permet une programmation sûre. En revanche elle est couteuse en ressources.

```
def W(n):
    u=3
    for k in range(n):
        u=4*u+5
    return u

def w(n):
    if n==0:
```

```
        return 3
    else:
        return 4*w(n-1)+5

print(W(5))
print(w(5))
```

Le corps du programme est constitué des deux dernières lignes : Le programme affiche $w_5 = 4777$ deux fois.

2. Deux programmes différents pour calculer $F_{10} = 55$: Il faut garder en mémoire les deux termes précédents. Le premier programme est récursif.

```
def Fibonacci(n):
    if n==0:
        return 0
    elif n==1:
        return 1
    else:
        return Fibonacci(n-1)+Fibonacci(n-2)

def fib(n):
    k=0
    kp1=1
    for m in range(n-1):
        t=kp1
        kp1=kp1+k
        k=t
    return kp1

print(Fibonacci(10))
print(fib(10))
```

3. Cette fois, il faut garder en mémoire tous les termes précédents. À nouveau deux programmes sont proposés.

```
def U(n):
    S=[1]
    for k in range(n):
        s=0
        for m in range(k+1):
            s=s+S[m]/(k+m+1)
        S.append(s)
    print (S)
    return S[n]

def Urec(n):
    if n==0:
        return 1
```

```
        else:
            s=0
            for k in range(n):
                s=s+Urec(k)/(n+k)
            return s

print(U(10))
print(Urec(10))
```

$s_{10} = 0,548$ à 10^{-3} près.

Remarque 2.

Lorsqu'une suite est définie par récurrence, on essaye de se ramener à une formule explicite des termes, mais ce n'est pas toujours possible.

Nous reviendrons sur les problèmes autour de la récurrence dans le chapitre « Récurrence » (chapitre 1) qui lui est consacré dans le cours de première.

9.1.3 Opérations sur les suites

Définition 2.

On définit trois opérations sur les suites, qui sont des opérations terme à terme :

1. une addition : pour toutes suites u et v, $u + v = (u_n + v_n)_{n\in\mathbb{N}}$;
2. une multiplication (externe) : pour tout réel λ et toute suite u, $\lambda u = (\lambda u_n)_{n\in\mathbb{N}}$;
3. une multiplication (interne) : pour toutes suites u et v, $u\,v = (u_n\,v_n)_{n\in\mathbb{N}}$.

Il est aisé de vérifier que l'addition des suites est commutative et associative comme conséquence de la commutativité et associativité de l'addition des suites.

9.2 Suites usuelles

Il existe deux types de suites très simples et très courantes en mathématiques qui méritent donc d'être étudiés en détail ; ce sont les suites **arithmétiques** et les suites **géométriques**.

9.2.1 Suites arithmétiques

Caractérisations

Définition 3.

Une suite $(u_n)_{n\in I}$ est dite **arithmétique** s'il existe deux réels r et b tels que pour tout entier naturel $n \in I$,

$$u_n = rn + b.$$

Le réel r s'appelle la **raison** de la suite arithmétique u.

Remarque 3.

Lorsque $0 \in I$, on a $b = u_0$.

Théorème 1
Soit $(u_n)_{n\in I}$ une suite arithmétique de raison r et $p \in I$.
On a pour tout entier naturel $n \geqslant p$,

- l'indice $n \in I$ et
- $u_n = u_p + (n-p)r$.

En particulier, pour tout $n \in I$, $u_{n+1} - u_n = r$ (la différence de deux termes consécutifs est constante et égale la raison).

Remarques 4.

Cette dernière proposition permet de s'assurer de l'unicité de LA raison d'une suite arithmétique. Une suite arithmétique est complètement déterminée si l'on connaît un de ses termes et sa raison.

La vérification est immédiate. Réciproque :

Théorème 2
Soit $r \in \mathbb{R}$. Soit $(u_n)_{n\in I}$ (avec $I = [\, n_0\ ,\ +\infty\, [\cap \mathbb{N}$) une suite vérifiant

$$\forall n \in I,\ u_{n+1} - u_n = r,$$

alors u est une suite arithmétique de raison r.

Démonstration 2
On écrit pour tout $n \in I$,

$$u_n = u_{n_0} + \underbrace{u_{n_0+1} - u_{n_0}}_{=r} + \underbrace{u_{n_0+2} - u_{n_0+1}}_{=r} + \ldots + \underbrace{u_n - u_{n-1}}_{=r}$$

Ce que l'on peut aussi écrire

$$u_n = u_{n_0} + \sum_{k=n_0+1}^{n} (u_k - u_{k-1})$$

Il y a $n - n_0$ termes dans cette somme (il y a un piquet de plus que d'intervalles ...). Chacun de ces termes égale r. Donc $u_n = u_{n_0} + (n - n_0)r = nr + (u_{n_0} - n_0 r) = nr + b$ avec $b = u_{n_0} - n_0 r$. C'est bien dire que u est une suite arithmétique de raison r. □

Remarque 5.

Nous verrons dans le chapitre « Récurrence » (chapitre 1 du cours de première) les faiblesses de cette démonstration et comment y remédier.

Somme de termes consécutifs

Théorème 3
Soit $n \in \mathbb{N}$ et soit $\sigma_n = 1 + 2 + 3 + \ldots + n$. On a $\sigma_n = \dfrac{n(n+1)}{2}$.

Remarque 6.

Au départ, la suite $(\sigma_n)_{n\in\mathbb{N}^*}$ est définie par récurrence par $\sigma_1 = 1$ et $\forall n \in \mathbb{N}^*$, $\sigma_{n+1} = \sigma_n + n + 1$. Ce théorème établit une définition explicite de la suite σ.

Démonstration 3
Pour tout $n \in \mathbb{N}^*$, on écrit σ_n à l'endroit et à l'envers et on ajoute terme à terme :

$$\begin{array}{lccccccccccccc}
 & \sigma_n & = & 1 & + & 2 & + & 3 & + & \cdots & + & n-1 & + & n \\
 & \sigma_n & = & n & + & n-1 & + & n-2 & + & \cdots & + & 2 & + & 1 \\
\hline
\text{en additionnant par colonnes} & 2\sigma_n & = & n+1 & + & n+1 & + & n+1 & + & \cdots & + & n+1 & + & n+1
\end{array}$$

Par conséquent : $\boxed{\sigma_n = \dfrac{n(n+1)}{2}}$. (car il y a n termes égaux à $n+1$). □

On en déduit le théorème suivant :

Théorème 4
Soit $(u_n)_{n\in\mathbb{N}}$ une suite arithmétique. Soit $n \in \mathbb{N}$ et $S_n := u_0 + u_1 + \ldots + u_n = \sum_{k=0}^{n} u_k$.

1. $S_n = (n+1)u_0 + r\dfrac{n(n+1)}{2}$.
2. $S_n = (n+1)\dfrac{u_0 + u_n}{2}$.
3. si $S = x + \ldots + y$ est la somme de p termes consécutifs d'une suite arithmétique, alors : $S = \dfrac{p(x+y)}{2}$ (demi-somme des termes extrêmes $\times$ nombre de termes).

Démonstration 4

1. $S_n = u_0 + (u_0 + r) + (u_0 + 2r) + \cdots + (u_0 + nr) = (n+1)u_0 + r(1 + 2 + 3 + \cdots + n) = (n+1)u_0 + r\sigma_n$ $= (n+1)u_0 + r\dfrac{n(n+1)}{2}$.
2. À partir de $u_n = a + rn$, d'après le calcul précédent, on a $(n+1)u_0 + r\dfrac{n(n+1)}{2} = (n+1)\left(\dfrac{u_0 + a + rn}{2}\right) = u_0(n+1) + r\dfrac{n(n+1)}{2} = S_n$.
3. $S = x + \cdots + y = x + (x + r) + (x + 2r) + \cdots + x + (p-1)r$ (puisqu'il y a p termes). $S = y + (y - r) + (y - 2r) + \cdots + y - (p-1)r)$ (en écrivant la somme à partir du dernier terme). En effectuant la somme terme à terme, on obtient : $2S = (x+y) + (x+y) + \cdots + (x+y) = p(x+y)$ (puisqu'il y a p termes) d'où : $S = \dfrac{p(x+y)}{2}$.

Exemple 3
Calculer $S = 100 + 102 + \cdots + 154$.
Ce sont les termes d'une suite arithmétique de raison $r = 2$. Il y a 28 termes $(154 = 100 + 27 \times 2)$.
Donc : $S = \dfrac{28(100 + 154)}{2} = 3556$

9.2.2 Suites géométriques

Caractérisations

Définition 4.

Une suite $(u_n)_{n\in I}$ est dite **géométrique** s'il existe deux réels q et a tels que pour tout entier naturel $n \in I$,

$$u_n = aq^n.$$

Le réel q s'appelle la **raison** de la suite arithmétique u.

Théorème 5
Soit $(u_n)_{n\in I}$ une suite géométrique de raison q et $p \in I$.
On a pour tout entier naturel $n \geqslant p$,
- l'indice $n \in I$ et
- $u_n = u_p q^{n-p}$.

En particulier, pour tout $n \in I$, $u_{n+1} = qu_n$ (le quotient de deux termes consécutifs – lorsqu'il existe – est constant et égale la raison).

En particulier – sauf dans le cas où la suite u est la suite nulle – la raison d'une suite géométrique est unique.

La vérification est immédiate. Réciproque :

Théorème 6
Soit $q \in \mathbb{R}$. Soit $(u_n)_{n\in I}$ (avec $I = [\, n_0\ ,\ +\infty\, [\cap \mathbb{N}$) une suite vérifiant

$$\forall n \in I,\ u_{n+1} = qu_n,$$

alors u est une suite géométrique de raison q.

La démonstration se fera par récurrence dans le chapitre « Récurrence » (chapitre 1 du cours de première).

Somme de termes consécutifs

Théorème 7
Soit q un réel. Posons $S_n := 1 + q + q^2 + \cdots + q^n = \sum_{k=0}^{n} q^k$.

1. Si $q = 1$, $S_n = (n+1)$.
2. si $q \neq 1$, on a : $S_n = 1 + q + q^2 + \cdots + q^n = \dfrac{1-q^{n+1}}{1-q} = \dfrac{q^{n+1}-1}{q-1}$.

Démonstration 7
1. Si $q = 1$, c'est évident ; $S_n + 1 + 1 + \cdots + 1 = n + 1$.
2. Si $q \neq 1$, on calcule S_n et qS_n et on soustrait :

$$\begin{array}{lrcccccccccccccc} & S_n & = & 1 & + & q & + & q^2 & + & \cdots & + & q^{n-1} & + & q^n & & \\ & -qS_n & = & & - & q & - & q^2 & - & \cdots & - & q^{n-1} & - & q^n & - & q^{n+1} \\ \hline \text{en soustrayant} & & & & & & & & & & & & & & & \\ \text{par colonnes} & (1-q)S_n & = & 1 & + & 0 & + & 0 & + & \cdots & + & 0 & + & 0 & - & q^{n+1} \end{array}$$

D'où, en divisant par $1 - q \neq 0$, $\boxed{S_n = \dfrac{1-q^{n+1}}{1-q}}$ □

On en déduit le théorème suivant :

Théorème 8
Soit (u_n) une suite géométrique de raison $q \neq 1$.

1. Soit $S_n := u_0 + u_1 + \ldots + u_n = \sum_{k=0}^{n} u_i = u_0 \frac{1 - q^{n+1}}{1 - q}$
2. Si $S = x + \ldots + y$ est la somme de p termes consécutifs d'une suite géométrique de raison q ($q \neq 1$), alors : $\boxed{S = x \left(\frac{1 - q^p}{1 - q} \right)}$.

9.3 Représentation graphique

Le plan est rapporté à un repère orthogonal $(\mathrm{O}; \vec{\imath}, \vec{\jmath})$.

Une suite numérique (u_n) peut être représentée par un nuage de points de coordonnées (n, u_n).

Autrement dit

Définition 5.

Soit $(u_n)_{n \in I}$ une suite. On appelle **graphe** de $(u_n)_{n \in I}$ la partie Γ_u de $\mathbb{N} \times \mathbb{R}$ définie par

$$\Gamma_u = \{(x, y) \in \mathbb{N} \times \mathbb{R} \mid \exists n \in I, x = n \text{ et } y = u_n\} .$$

On appelle **représentation graphique** de la suite u l'ensemble des points $M\big(x\ ,\ y\big)$ du plan tels que $\big(x\ ,\ y\big) \in \Gamma_u$.

Exemple 4
On considère la suite $(u_n)_{n \in \mathbb{N}}$ définie de façon explicite par

$$\forall n \in \mathbb{N}, u_n = 1 + \sqrt{1 + n}.$$

`Geogebra` représente graphiquement cette suite grâce à son tableur.

Sélectionner les abscisses dans la colonne `A` ainsi que les ordonnées dans la colonne `B`. Ensuite, clic droit sur cette sélection, puis créer, puis `Listedepoints`.

Les points apparaissent dans la fenêtre graphique :

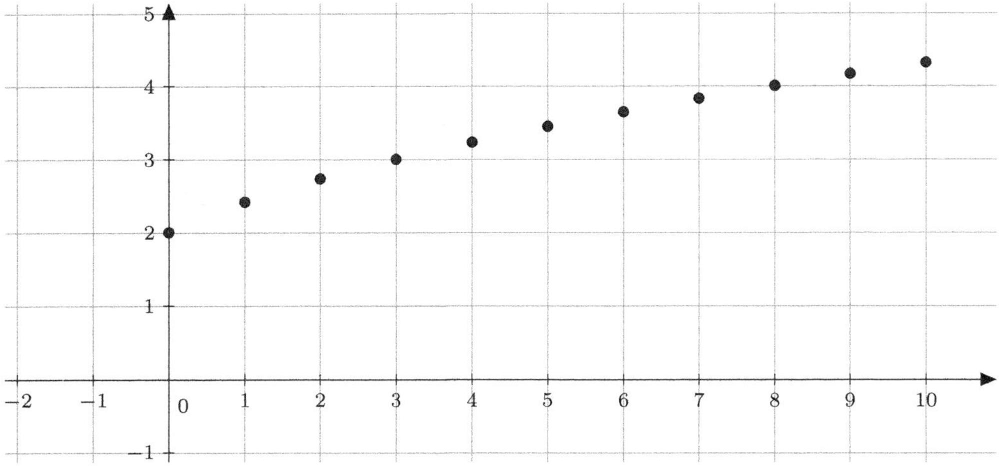

9.4 Sens de variation

Définition 6.

Soit k un entier et $(u_n)_{n\in[k,+\infty[}$ une suite. On dit que la suite $(u_n)_{n\in[k,+\infty[}$ est :

- **croissante** si pour tous indices $n \geqslant k$ et $m \geqslant k$, on a $(n < m) \Longrightarrow (u_n \leqslant u_m)$;
- **décroissante** si pour tous indices $n \geqslant k$ et $m \geqslant k$, on a $(n < m) \Longrightarrow (u_n \geqslant u_m)$;
- **constante** si pour tous indices $n \geqslant k$ et $m \geqslant k$, on a $(n < m) \Longrightarrow (u_n = u_m)$.

Exemple 5

On reprend l'exemple précédent. La représentation graphique laisse penser que la suite $(u_n)_{n\in\mathbb{N}}$ est croissante. Pour le démontrer on prend deux indices n et m tels que $n < m$. On va comparer les termes u_n et u_m et pour cela on va étudier le signe de leur différence :

$$\begin{aligned} u_n - u_m &= 1 + \sqrt{1+n} - \left(1 + \sqrt{1+m}\right) \\ &= \sqrt{1+n} - \sqrt{1+m} \\ &= \frac{1+n-(1+m)}{\sqrt{1+n}+\sqrt{1+m}} \qquad \text{expression conjuguée} \quad 5.9.3 \text{ page } 90 \\ &= \frac{n-m}{\sqrt{1+n}+\sqrt{1+m}} \geqslant 0, \end{aligned}$$

puisque $n - m \geqslant 0$. C'est ce qu'il fallait démontrer.

Exemple 6
On considère la suite $(v_n)_{n\in\mathbb{N}}$ définie par récurrence par $v_0 = 1$ et $\forall n \in \mathbb{N},\ v_{n+1} = \sqrt{1+2v_n}$.

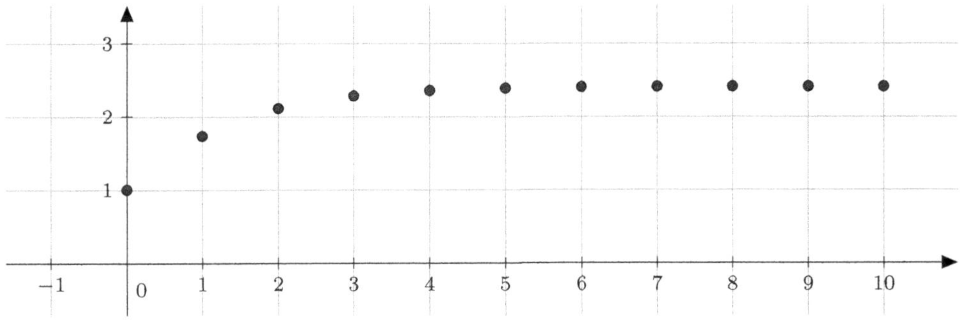

Là encore, il semblerait que la suite soit croissante, même si c'est moins apparent. En revanche la démonstration par le calcul semble inaccessible. Un nouvel outil semble donc nécessaire.

Théorème 9
Soit $(u_n)_{n\in I}$ une suite.

Pour que la suite u soit croissante, il faut et il suffit que

$$\forall n \in I,\ u_{n+1} - u_n \geqslant 0.$$

Démonstration 9
Un sens est évident. Soit $n \in I$. Puisque u est croissante et que $m = n+1 > n$, on en déduit que $u_m \geqslant u_n$ soit $u_{n+1} - u_n \geqslant 0$.

Dans l'autre sens c'est moins clair. Soit $(u_n)_{n\in I}$ une suite vérifiant

$$\forall n \in I,\ u_{n+1} - u_n \geqslant 0.$$

On se donne deux indices m et n dans I vérifiant $n > m$.

On écrit alors

$$\begin{aligned} u_n - u_m &= (u_n - u_{n-1}) + (u_{n-1} - u_{n-2}) + \ldots + (u_{m+1} - u_m) \\ &= \sum_{k=0}^{n-m-1} (u_{m+k+1} - u_{m+k})\,. \end{aligned}$$

De ce fait, $u_n - u_m$ est la somme de $n - m$ termes positifs ou nuls. C'est donc un réel positif ou nul, et ce pour tous entiers m et n dans I vérifiant $n > m$. C'est bien dire que u est croissante. □

Cette démonstration souffre des mêmes faiblesses que celle du théorème 2 page 319. *Mutatis mutandis* on démontre le théorème 10 page suivante.

Théorème 10
Soit $(u_n)_{n\in I}$ une suite.
Pour que la suite u soit décroissante, il faut et il suffit que

$$\forall n \in I,\ u_{n+1} - u_n \leqslant 0.$$

Pour que la suite u soit constante, il faut et il suffit que

$$\forall n \in I,\ u_{n+1} = u_n.$$

Comme conséquence de ce théorème, Dans le cas où tous les termes de la suite sont **strictement positifs**, on a le théorème suivant :

Théorème 11
Soit $(u_n)_{n\in I}$ une suite telle que $\forall n \in I, u_n > 0$.
Pour que la suite u soit croissante, il faut et il suffit que

$$\forall n \in I,\ \frac{u_{n+1}}{u_n} \geqslant 1.$$

Pour que la suite u soit décroissante, il faut et il suffit que

$$\forall n \in I,\ \frac{u_{n+1}}{u_n} \leqslant 1.$$

En effet, dire que $\frac{u_{n+1}}{u_n} \geqslant 1$ c'est dire que $\frac{u_{n+1}}{u_n} - 1 \geqslant 0$ ou que $\frac{u_{n+1} - u_n}{u_n} \geqslant 0$. Puisque $u_n > 0$ c'est que $u_{n+1} - u_n \geqslant 0$.

Même chose pour les suites décroissantes.

Remarque 7.

Dans le cas où tous les termes de la suite sont strictement négatifs, alors les inégalités sont inversées.

Théorème 12
Soit $r \in \mathbb{R}$. Soit $(u_n)_{n\in I}$ une suite arithmétique de raison r.

- Si $r > 0$ alors u est une suite croissante.
- Si $r < 0$ alors u est une suite décroissante.
- Si $r = 0$ alors u est une suite constante.

Vérification aisée.

Théorème 13
Soit $q \in \mathbb{R}_+^*$. Soit $(u_n)_{n\in I}$ une suite géométrique de raison q. On suppose de plus que $u_{n_0} > 0$.

- Si $q > 1$ alors u est une suite croissante.
- Si $q < 1$ alors u est une suite décroissante.
- Si $q = 1$ alors u est une suite constante.

Vérification aisée.

Remarque 8.

Si $u_{n_0} < 0$, alors tous les termes de la suite sont strictement négatifs, Dans ce cas, les inégalités sont inversées. Cette remarque vaut aussi pour le théorème 11. Le lecteur est invité à formaliser cette remarque à l'aide de quantificateurs.

9.5 Exercices

Exercice 1.

On définit trois suites $(c_n)_{n\in\mathbb{N}}$, $(s_n)_{n\in\mathbb{N}}$ et $(t_n)_{n\in\mathbb{N}}$ par

$$\forall n \in \mathbb{N}, \qquad c_n = \frac{2^n + 2^{-n}}{2}, \qquad s_n = \frac{2^n - 2^{-n}}{2}, \qquad t_n = \frac{s_n}{c_n}.$$

1. Démontrer que ces trois suites sont croissantes.
2. Démontrer que

$$\forall (n\ ,\ m) \in \mathbb{N}^2, \qquad c_{n+m} = c_n c_m + s_n s_m, \qquad s_{n+m} = s_n c_m + s_m c_m \qquad t_{n+m} = \frac{t_n + t_m}{1 + t_n t_m}.$$

3. Démontrer que

$$\forall n \in \mathbb{N},\ c_n^2 - s_n^2 = 1.$$

Exercice 2.

On considère la suite (u_n) définie par

$$\forall n \in \mathbb{N},\ u_n = \frac{2n^2 + 1}{n^2 + 5}.$$

Montrer que (u_n) est une suite strictement croissante sur $\mathbb{N}$.

Exercice 3.

On considère la suite (u_n) définie par :

$$u_n = 1 + \frac{1}{2^2} + \frac{1}{3^2} + \cdots + \frac{1}{n^2}.$$

Montrer que (u_n) est strictement croissante.

Exercice 4.

Étudier le sens de variation de la suite (u_n) définie pour tout entier naturel n, par :

1. $u_n = n^2 + 4n + 3$
2. $u_n = \dfrac{2^n}{n+1}$
3. $u_n = \dfrac{1-n^2}{n+2}$
4. $u_0 = 1$ et $u_{n+1} = u_n - \dfrac{1}{n+1}$

Exercice 5 (Suite arithmético-géométrique).

Soit $a \neq 1$ et b deux nombres réels. On définit la suite **arithmético-géométrique** (u_n) par

$$u_0 \in \mathbb{R}, \text{ et } \forall n \in \mathbb{N},\ u_{n+1} = au_n + b.$$

1. Que se passe-t-il si $b = 0$?
2. Soit x_0 l'unique solution de l'équation $[ax + b = x\ ;\ \text{ inconnue } x \in \mathbb{R}]$.
   Que se passe-t-il si $u_0 = x_0$?
3. Soit (v_n) la suite définie par
   $$\forall n \in \mathbb{N},\ v_n = u_n - x_0.$$
   Démontrer que la suite (v_n) est géométrique de raison a. Quel est son premier terme v_0 ?
4. À partir de la forme explicite de la suite (v_n), donner la forme explicite de la suite (u_n).
5. *Application numérique :* $a = -2$, $b = 3$ et $u_0 = -1$.

Exercice 6.

Soit u une suite vérifiant : $\forall n \geqslant 0,\ u_{n+1} = 2u_n + n$ et $u_0 = 1$.

1. Montrer qu'il existe un couple (a, b) de réels tel que la suite w définie par
$$\forall n \in \mathbb{N}, \quad w_n = an + b$$
vérifie la relation $\forall n \in \mathbb{N}, \quad w_{n+1} = 2w_n + n$.
2. Montrer que la suite $z_n = u_n + n + 1$ vérifie $z_{n+1} = 2z_n$.
3. En déduire l'expression de z_n en fonction de n puis celle de u_n.

Exercice 7.

On considère l'ensemble (E) des suites (x_n) définies sur $\mathbb{N}$ et vérifiant la relation suivante :
$$\forall n \in \mathbb{N}^*,\ x_{n+1} - x_n = 0,24 x_{n-1}.$$

1. On considère un réel λ non nul et on définit sur $\mathbb{N}$ la suite (t_n) par $t_n = \lambda^n$.
Démontrer que la suite (t_n) appartient à l'ensemble (E) si et seulement si λ est solution de l'équation $\lambda^2 - \lambda - 0,24 = 0$.
En déduire les suites (t_n) appartenant à l'ensemble (E).

On admet que (E) est l'ensemble des suites (u_n) définies par :
$$\exists \left(\alpha \ ,\ \beta \right) \in \mathbb{R}^2,\ \forall n \in \mathbb{N},\ u_n = \alpha(1,2)^n + \beta(-0,2)^n.$$

2. On considère une suite (u_n) de l'ensemble (E).
Déterminer les valeurs de α et β telles que $u_0 = 6$ et $u_1 = 6,6$.
En déduire que :
$$\forall n \in \mathbb{N},\ u_n = \frac{39}{7}(1,2)^n + \frac{3}{7}(-0,2)^n.$$

Exercice 8.

Soit (u_n) la suite définie pour $n \geqslant 1$ par
$$\forall n \in \mathbb{N},\ u_n := \sum_{k=1}^{n} \frac{1}{\sqrt{k}} = 1 + \frac{1}{\sqrt{2}} + \frac{1}{\sqrt{3}} + \cdots + \frac{1}{\sqrt{n}}.$$

1. Soit $n \geqslant 1$. Justifier que, pour tout k vérifiant $1 \leqslant k \leqslant n$, on a : $\dfrac{1}{\sqrt{k}} \geqslant \dfrac{1}{\sqrt{n}}$.
2. En déduire que, pour tout entier $n \geqslant 1, \quad u_n \geqslant \sqrt{n}$.

9.6 Solutions

Solution 1

On commence par remarquer que la suite $(t_n)_{n\in\mathbb{N}}$ est bien définie : le dénominateur c_n n'est jamais nul.

1. Soit $n \in \mathbb{N}$. On a

$$\begin{aligned} s_{n+1} - s_n &= \frac{2^{n+1} - 2^{-n-1}}{2} - \frac{2^n - 2^{-n}}{2} \\ &= \frac{2^{n+1} - 2^n - 2^{-n-1} + 2^{-n}}{2} \\ &= \frac{2^n + 2^{-n-1}}{2} \geqslant 0. \end{aligned}$$

De même,

$$\begin{aligned} c_{n+1} - c_n &= \frac{2^{n+1} + 2^{-n-1}}{2} - \frac{2^n + 2^{-n}}{2} \\ &= \frac{2^{n+1} - 2^n + 2^{-n-1} - 2^{-n}}{2} \\ &= \frac{2^n - 2^{-n-1}}{2} \geqslant 0. \end{aligned}$$

Enfin,

$$\begin{aligned} t_n &= \frac{2^n - 2^{-n}}{2^n + 2^{-n}} \\ &= 1 - \frac{2 \times 2^{-n}}{2^n + 2^{-n}} \\ &= 1 - \frac{2}{2^{2n} + 1}. \end{aligned}$$

Maintenant $2^{2(n+1)} + 1 \geqslant 2^{2n} + 1$ donc d'après le théorème 15 page 70, $\frac{1}{2^{2(n+1)} + 1} \leqslant \frac{1}{2^{2n} + 1}$, donc $-\frac{2}{2^{2(n+1)} + 1} \geqslant -\frac{2}{2^{2n} + 1}$, donc en ajoutant 1, $t_{n+1} \geqslant t_n$.

Les trois suites sont croissantes.

2. Soient n et m deux entiers naturels.

$$\begin{aligned} c_n c_m + s_n s_m &= \frac{2^n + 2^{-n}}{2} \frac{2^m + 2^{-m}}{2} + \frac{2^n - 2^{-n}}{2} \frac{2^m - 2^{-m}}{2} \\ &= \frac{2^{n+m} + 2^{n-m} + 2^{-n+m} + 2^{-n-m}}{4} + \frac{2^{n+m} - 2^{n-m} - 2^{-n+m} + 2^{-n-m}}{4} \\ &= \frac{2\left(2^{n+m} + 2^{-n-m}\right)}{4} \\ &= c_{n+m}. \end{aligned}$$

Des calculs analogues permettent de vérifier que $s_{n+m} = s_n c_m + s_m c_m$. Enfin

$$\begin{aligned} t_{n+m} &= \frac{s_{n+m}}{c_{n+m}} \\ &= \frac{s_n c_m + s_m c_m}{c_n c_m + s_n s_m} \\ &= \frac{c_n c_m \left(\frac{s_n}{c_n} + \frac{s_m}{c_m}\right)}{c_n c_m \left(1 + \frac{s_n s_m}{c_n c_m}\right)} \\ &= \frac{\frac{s_n}{c_n} + \frac{s_m}{c_m}}{1 + \frac{s_n s_m}{c_n c_m}} \\ &= \frac{t_n + t_m}{1 + t_n t_m}. \end{aligned}$$

3. Soit $n \in \mathbb{N}$. On a
$$c_n^2 - s_n^2 = (c_n - s_n)(c_n + s_n) = 2^n \times 2^{-n} = 1.$$

Solution 2

$\forall n \in \mathbb{N}, \quad u_{n+1} - u_n = \cdots = \dfrac{18n+9}{(n^2+5)\left((n+1)^2+5\right)} \geqslant 0$, donc la suite est croissante.

Voir aussi la solution de l'exercice 3 page 155 du cours de première.

Solution 3

On a $\forall n \in \mathbb{N}$, $u_{n+1} - u_n = \dfrac{1}{(n+1)^2} > 0$, donc la suite (u_n) est strictement croissante.

Solution 4

1. On a $\forall n \in \mathbb{N}, \quad u_{n+1} - u_n = 2n + 5 > 0$, donc la suite est croissante.
2. **Première méthode** : $\forall n \in \mathbb{N}$, $u_{n+1)} - u_n = \dfrac{2^{n+1}}{n+2} - \dfrac{2^n}{n+1} = \dfrac{2^{n+1}(n+1) - 2^n(n+2)}{(n+1)(n+2)} = \dfrac{2^n\left[2(n+1) - (n+2)\right]}{(n+1)(n+2)} = \dfrac{n2^n}{(n+1)(n+2)} \geqslant 0$ donc la suite est croissante.

   Deuxième méthode : Il est clair que tous les termes de la suite sont positifs. On compare alors le quotient $\dfrac{u_{n+1}}{u_n}$ à 1.

   $\dfrac{u_{n+1}}{u_n} - 1 = \dfrac{\frac{2^{n+1}}{n+2}}{\frac{2^n}{n+1}} - 1 = \dfrac{2(n+1)}{n+2} - 1 = \dfrac{n}{n+1} \geqslant 0$ donc $\dfrac{u_{n+1}}{u_n} \geqslant 1$; la suite est croissante.
3. $\forall n \in \mathbb{N}$, $u_{n+1} - u_n = \cdots = \dfrac{-n^2 - 5n - 3}{(n+2)(n+3)} < 0$ (car le numérateur est la somme de nombres négatifs et le dénominateur le produit de nombres positifs).

   La suite est décroissante.
4. $\forall n \in \mathbb{N}$, $u_{n+1} - u_n = -\dfrac{1}{n+1} < 0$ donc la suite est décroissante.

Solution 5 (Suite arithmético-géométrique)

1. Si $b = 0$, alors la suite (u_n) est géométrique. Sa raison égale a.
2. Si $u_0 = x_0$, alors la suite (u_n) est constante.
3. Soit $n \in \mathbb{N}$. On a en soustrayant les deux premières lignes,

$$\begin{array}{rcrcl} u_{n+1} & = & au_n & + & b \\ x_0 & = & ax_0 & + & b \\ \hline v_{n+1} & = & av_n & + & 0, \end{array}$$

   ceci pour tout entier naturel n. C'est bien dire que la suite (v_n) est géométrique de raison a.

4. On a $\forall n \in \mathbb{N},\ v_n = a^n v_0 = a^n(u_0 - x_0)$, donc $u_n = v_n + x_0 = a^n(u_0 - x_0) + x_0$.
5. *Application numérique :* Le réel x_0 est solution de $-2x + 3 = x$ donc $x_0 = 1$. On obtient donc

$$\forall n \in \mathbb{N},\ u_n = 1 - 2 \times (-2)^n.$$

Solution 6

1. On cherche deux réels a et b tels que $\forall n \in \mathbb{N}$,

$$a(n+1) + b = 2(an + b) + n,$$

soit $a + b = (a+1)n + 2b$. Pour cela il suffit de choisir $a = -1$ puis $b = a = -1$.

2. Soit $n \in \mathbb{N}$. On a en soustrayant les deux premières lignes,

$$\begin{array}{rcccc} u_{n+1} & = & 2u_n & + & n \\ -n-1 & = & 2(-n-1) & + & n \\ \hline z_{n+1} & = & 2z_n & + & 0, \end{array}$$

ceci pour tout entier naturel n. C'est bien dire que la suite (z_n) est géométrique de raison 2.

3. On en déduit que $\forall n \in \mathbb{N},\ z_n = 2^n z_0 = 2^n(u_0 + 1) = 2^{n+1}$, donc $u_n = z_n - n - 1 = a2^{n+1} - n - 1$.

Solution 7

1. La suite (t_n) appartient à l'ensemble (E) si et seulement si, pour tout entier naturel n non nul, $t_{n+1} - t_n = 0,24t_{n-1}$ soit $\lambda^{n+1} - \lambda^n = 0,24\lambda^{n-1}$ soit puisque $\lambda \neq 0$, $\lambda^2 - \lambda = 0,24$. Par détermination des racines sur le polynôme $\lambda^2 - \lambda - 0,24$ on déduit que la suite (t_n) appartient à l'ensemble (E) si et seulement si $\lambda = 1,2$ ou $\lambda = -0,2$.

   Les suites (t_n) appartenant à (E) sont ainsi les suites définies pour tout $n \in \mathbb{N}$ par $t_n = 0,2^n$ et $t_n = (-0,2)^n$.

2. La suite (u_n) doit vérifier $\left\{\begin{array}{lcl} \alpha(1,2)^0 + \beta(-0,2)^0 & = & 6 \\ \alpha(1,2)^1 + \beta(-0,2)^1 & = & 6,6 \end{array}\right.$ soit $\left\{\begin{array}{lcl} \alpha + \beta & = & 6 \\ 1,2\alpha - 0,2\beta & = & 6,6 \end{array}\right.$ donc $1,2\alpha - 0,2(6 - \alpha) = 6,6$ ou $1,4\alpha = 7,8$, c'est-à-dire $\alpha = \dfrac{39}{7}$.

   On en déduit $\beta = 6 - \alpha = 6 - \dfrac{39}{7} = \dfrac{3}{7}$. La suite (u_n) est donc définie par la formule explicite suivante : $\forall n \in \mathbb{N},\ u_n = \dfrac{39}{7}(1,2)^n + \dfrac{3}{7}(-0,2)^n$.

Solution 8

1. Puisque $k \leqslant n$, d'après le théorème 46 page 90, on a $\sqrt{k} \leqslant \sqrt{n}$, donc d'après le théorème 15 page 70, on a bien

$$\frac{1}{\sqrt{k}} \geqslant \frac{1}{\sqrt{n}}$$

2. En sommant ces n inégalités, on obtient

$$u_n = \sum_{k=1}^{n} \frac{1}{\sqrt{k}} \geqslant \sum_{k=1}^{n} \frac{1}{\sqrt{n}} = n \times \frac{1}{\sqrt{n}} = \sqrt{n},$$

ce qu'il fallait vérifier.

9.7 Problème

Suite homographique

On considère la suite $(u_n)_{n\in\mathbb{N}}$ définie par : $u_0 = 1$ et pour tout $n \in \mathbb{N}$, $u_{n+1} = \dfrac{3+2u_n}{2+u_n}$.

1. Calculer les quatre premiers termes de la suite.
2. Expliquer pourquoi tous les termes de la suite $(u_n)_{n\in\mathbb{N}}$ sont positifs.
3. Démontrer que pour tout $n \in \mathbb{N}^*$, $u_n \geqslant \dfrac{3}{2}$.
4. On considère la suite $(v_n)_{n\in\mathbb{N}}$ définie par : pour tout $n \in \mathbb{N}$, $v_n := \dfrac{u_n - \sqrt{3}}{u_n + \sqrt{3}}$.
   (a) Montrer que la suite $(v_n)_{n\in\mathbb{N}}$ est une suite géométrique dont on donnera le premier terme et la raison.
   (b) Exprimer v_n en fonction de n.
   Quelles sont les variations de la suite $(v_n)_{n\in\mathbb{N}}$?
   (c) Exprimer u_n en fonction de n.
   Quelles sont les variations de la suite $(u_n)_{n\in\mathbb{N}}$?
5. Démontrer que pour tout entier $n \in \mathbb{N}$, $u_n < \sqrt{3}$.

Solutions

9.8 Corrigé

1. On trouve successivement, $u_1 = \dfrac{5}{3}$, $u_2 = \dfrac{19}{11}$; $u_3 = \dfrac{71}{41}$
2. À chaque rang n, on part d'un nombre positif u_n. On construit un numérateur $3 + 2u_n$ positif et un dénominateur $2 + u_n$ strictement positif. De ce fait le réel u_{n+1} existe biend'une part et est positif d'autre part. De proche en proche on construit bien une suite de nombres positifs.
3. Soient $n \in \mathbb{N}^*$ et $m := n - 1 \in \mathbb{N}$. On a donc
$$u_n - \frac{3}{2} = u_{m+1} - \frac{3}{2} = \frac{3+2u_m}{2+u_m} - \frac{3}{2} = \frac{6+4u_m-6-3u_m}{4+2u_m} = \frac{u_m}{4+2u_m} \geqslant 0,$$
   d'après la question précédente. Donc $u_n \geqslant \dfrac{3}{2}$ et ce pour tout $n \in \mathbb{N}^*$.
4. (a) Soit $n \in \mathbb{N}^*$. On a
$$\begin{aligned} v_{n+1} &= \frac{u_{n+1} - \sqrt{3}}{u_{n+1} + \sqrt{3}} \\ &= \frac{\frac{3+2u_n}{2+u_n} - \sqrt{3}}{\frac{3+2u_n}{2+u_n} + \sqrt{3}} \\ &= \frac{3 + 2u_n - \sqrt{3}(2+u_n)}{3 + 2u_n + \sqrt{3}(2+u_n)} \\ &= \frac{(2-\sqrt{3})u_n + 3 - 2\sqrt{3}}{(2+\sqrt{3})u_n + 3 + 2\sqrt{3}} \\ &= \frac{2-\sqrt{3}}{2+\sqrt{3}} \times \frac{u_n + \frac{3-2\sqrt{3}}{2-\sqrt{3}}}{u_n + \frac{3+2\sqrt{3}}{2+\sqrt{3}}}. \end{aligned}$$

Or $\sqrt{3}(2+\sqrt{3}) = 2\sqrt{3}+3$ donc le terme $\dfrac{3+2\sqrt{3}}{2+\sqrt{3}}$ au dénominateur se simplifie en $\sqrt{3}$. De même $\sqrt{3}(2-\sqrt{3}) = 2\sqrt{3}-3$ donc le terme $\dfrac{3-2\sqrt{3}}{2-\sqrt{3}}$ au dénominateur se simplifie en $-\sqrt{3}$.
Finalement,

$$v_{n+1} = \frac{2-\sqrt{3}}{2+\sqrt{3}} \times \frac{u_n-\sqrt{3}}{u_n+\sqrt{3}} = \frac{2-\sqrt{3}}{2+\sqrt{3}} v_n.$$

Donc la suite $(v_n)_{n\in\mathbb{N}}$ est géométrique. Sa raison est

$$q := \frac{2-\sqrt{3}}{2+\sqrt{3}} = (2-\sqrt{3})^2 = 7-4\sqrt{3} > 0,$$

car $49 = 7^2 > (4\sqrt{3})^2 = 48$. Son premier terme est

$$v_0 = \frac{u_0-\sqrt{3}}{u_0+\sqrt{3}} = \frac{1-\sqrt{3}}{1+\sqrt{3}} = \frac{(1-\sqrt{3})^2}{1-3} = \frac{4-2\sqrt{3}}{-2} = \sqrt{3}-2 < 0.$$

(b) On a pour tout entier $n \in \mathbb{N}$, $\quad v_n = -(2-\sqrt{3}) \times (7-4\sqrt{3})^n$.
La suite $\left((7-4\sqrt{3})^n\right)_n$ est strictement décroissante puisque $0 < q < 1$. Donc après multiplication par $-(2-\sqrt{3})$ la suite (v_n) est strictement croissante.

(c) On a pour tout entier $n \in \mathbb{N}$,

$$\begin{aligned} v_n &= \frac{u_n-\sqrt{3}}{u_n+\sqrt{3}} \\ \text{soit} \quad v_n\left(u_n+\sqrt{3}\right) &= u_n-\sqrt{3} \\ \text{soit} \quad u_n\left(v_n-1\right) &= -\left(v_n+\sqrt{3}\right). \end{aligned}$$

Or on a pour tout $n \in \mathbb{N}$, $\quad v_n < 0$ donc $v_n - 1 \neq 0$ et

$$u_n = \frac{v_n+\sqrt{3}}{1-v_n} = \frac{-(2-\sqrt{3}) \times (7-4\sqrt{3})^n + \sqrt{3}}{1+-(2-\sqrt{3}) \times (7-4\sqrt{3})^n}.$$

5. On a pour tout $n \in \mathbb{N}$,

$$u_n - \sqrt{3} = \frac{v_n+\sqrt{3}}{1-v_n} - \sqrt{3} = \frac{v_n+\sqrt{3}-\sqrt{3}+\sqrt{3}v_n}{1-v_n} = (1+\sqrt{3})\frac{v_n}{1-v_n}.$$

Comme $v_n < 0$ et que $1 - v_n > 0$, on en déduit bien que $u_n < \sqrt{3}$ et ce pour tout entier $n \in \mathbb{N}$.

Chapitre 10

Le langage des fonctions

Sommaire

10.1 Approche intuitive

10.1.1 Python

On se propose d'écrire un programme **Python**, ou plutôt un sous-programme, qui à partir d'un nombre x, calcule le nombre $x^2 + 3x + 1$.

Deux programmes de calcul de l'expression $x^2 + 3x + 1$:

Début		Lire le nombre x
	‖	$S \leftarrow x^2$
	‖	$S \leftarrow S + 3 * x$
	‖	$S \leftarrow S + 1$
Fin		Afficher x.

Début		Lire le nombre x
	‖	$S \leftarrow 1$
	‖	$S \leftarrow S + 3 * x$
	‖	$S \leftarrow x * S$
	‖	$S \leftarrow S + 1$
Fin		Afficher x.

On réalise ces programmes de calcul dans un programme **Python**.

```
def f(x):
    S=x*x+3*x+1
    return S

def g(x):
    S=x*(x+3)+1
    return S

print(f(3.1),g(3.1))
```

On voit que ces programmes sont déclarés par le mot réservé **def** que nous avons déjà rencontré au paragraphe 9.1.1 page 315. Ces programmes ont un nom, ici : `f` ou `g`. La lettre `x` est une **variable**.

Rappel : En mathématiques, une variable doit être signalée par un quantificateur.

La ligne de définition se termine obligatoirement par :

L'éditeur indentera automatiquement la ligne suivante (comme pour les boucles et les tests)

Le nombre (ou plus généralement l'objet) retourné par le programme est signalé par le mot réservé **return**.

En exécutant ces deux programmes – réputés mathématiquement identiques – on observe une (légère) différence.

```
>>> (executing lines 1 to 9 of "fonctions1.py")
19.910000000000004   19.91
```

Ce qui est important, c'est que chaque fois que l'on donne le même nombre `x` au même programme `f`, celui-ci retourne toujours le même nombre `S`.

10.1.2 Fonctions et geogebra

Que se passe-t-il lorsqu'on écrit `f(x)` $= \mathtt{x}^2 + \mathtt{3x} + \mathtt{1}$ dans la fenêtre de dialogue de geogebra ?

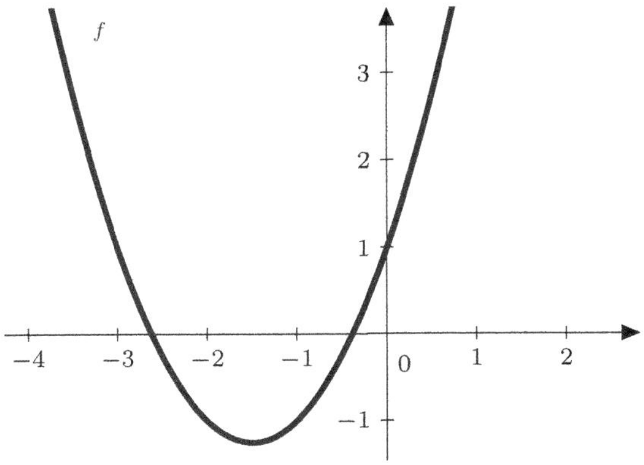

On obtient un ensemble f de points $M\left(x\ ,\ y\right)$ (dans le repère de geogebra) avec pour chaque abscisse x d'un point de f, $y = f(x) = x^2 + 3x + 1$.

10.1.3 ... en fonction de ...

Exercice 1 (Expression en fonction de ...).

On considère $ABCD$ un rectangle, avec $AB = 5$ et $BC = 3$. Le point M appartient au segment $[AB]$ avec $AM = x$.

1. Quelles sont les valeurs que peut prendre la **variable** x.
2. Donner l'**expression** de l'aire de $MBCD$ en **fonction** de x.
3. **Calculer** l'aire de $MBCD$ lorsque $x = 4$.
4. Pour quelle valeur de x l'aire de $MBCD$ est-elle égale au quart de l'aire de $ABCD$?

Solution 1 (Expression en fonction de ...)

1.

Les valeurs possibles pour la variable x sont celles de l'intervalle $[0\ ,\ 5]$.

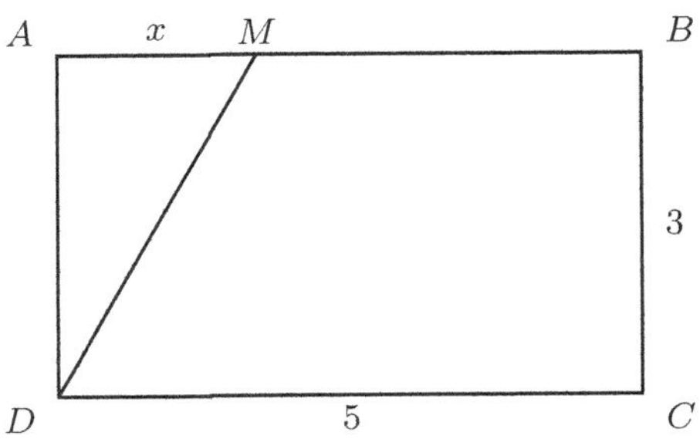

2. L'aire de $MBCD$ égale l'aire de $ABCD$ moins l'aire de AMD. Soit

$$\begin{aligned}\mathcal{A}_{MBCD} &= DC \times BC - \mathcal{A}_{AMD}\\ &= 5 \times 3 - (x \times AD)/2\\ &= 15 - \frac{3x}{2}.\end{aligned}$$

3. Lorsque $x = 4$ on obtient l'aire de $MBCD$ grâce au **calcul** suivant

$$\begin{aligned}\mathcal{A}_{MBCD} &= 15 - \frac{3x}{2}\\ &= 15 - \frac{3 \times 4}{2}\\ &= 15 - 6\\ &= 9.\end{aligned}$$

4. L'aire de $ABCD$ c'est 15, son quart c'est $\frac{15}{4}$. On cherche donc une valeur de x pour laquelle

$$\begin{array}{lrcl} & 15 - \frac{3x}{2} & = & \frac{15}{4}\\ \text{soit} & -\frac{3x}{2} & = & \frac{15}{4} - 15\\ \text{soit} & -\frac{3x}{2} & = & -\frac{45}{4}\\ \text{soit} & \frac{3x}{2} & = & \frac{45}{4}\\ \text{soit} & x & = & \frac{45}{4} \times \frac{2}{3}\\ \text{soit} & x & = & 7,5.\end{array}$$

Cette valeur n'est pas admissible car elle est supérieure à 5. Le problème n'admet pas de solution.

10.2 Fonctions numériques

Une fonction est une liste dont l'ensemble des indices est un intervalle ou une réunion d'intervalles.

10.2.1 Définitions

Définition 1.

Soit $\mathcal{D}$ un intervalle ou une réunion d'intervalles. On appelle fonction numérique d'une variable réelle, ou simplement fonction toute partie f du produit cartésien $\mathcal{D} \times \mathbb{R}$ vérifiant :

$$\forall x \in \mathcal{D},\ \exists! y \in \mathbb{R} \mid (\ x\ ,\ y\ ) \in f.$$

L'ensemble $\mathcal{D}$ est appelé **ensemble de définition** de la fonction f.
Pour tout réel x de $\mathcal{D}$, l'unique réel y tel que $(\ x\ ,\ y\ ) \in f$ s'appelle l'image du nombre x par la fonction f.
On le note $y = f(x)$.

On appelle parfois valeur interdite pour la fonction f, un réel dont on ne peut calculer l'image par f, c'est-à-dire un réel qui n'appartient pas à l'ensemble de définition de f.

Remarque 1.

Il est licite de considérer qu'une suite u est une fonction définie sur un intervalle I non borné de $\mathbb{N}$. On a alors $\forall n \in I,\ u(n) = u_n$. On a ici deux langages différents pour parler de la même chose.

Remarque 2.

Il est tout aussi possible de parler de fonction d'un ensemble E vers un ensemble F sans que F soit égal à $\mathbb{R}$. Ce n'est plus alors une fonction numérique.
Il est aussi possible que E ne soit pas inclus dans $\mathbb{R}$. Ce n'est plus alors une fonction d'une variable réelle.
On peut aussi bien dire « **application** » en lieu et place de fonction.
Par exemple, les symétries sont des applications (ou des fonctions) du plan dans lui-même.
Voir aussi le paragraphe 10.8 page 352.

10.2.2 Représentation par un algorithme

C'est comme cela que l'on programme une fonction à l'aide d'un langage de programmation. Notation :

$$\begin{array}{rcccl} f & : & \mathcal{D} & \longrightarrow & \mathbb{R} \\ & & x & \longmapsto & f(x) \end{array}$$

f est le nom de la fonction. Cela peut-être aussi g etc. $\mathcal{D}$ est le nom que l'on donne à l'ensemble de définition. x est le nom que l'on donne à la variable. Cela peut-être aussi t etc. $f(x)$ est l'image de x.

Exemple 1
La fonction f définie pour tout réel x par $f(x) = 2x + 1$, associe à la variable x l'image $y = 2x + 1$ se note :

$$\begin{array}{rcccl} f & : & \mathbb{R} & \longrightarrow & \mathbb{R} \\ & & x & \longmapsto & 2x+1 \end{array}$$

L'image de 5 par cette fonction f définie pour tout réel x par $f(x) = 2x + 1$ est égale à :
$f(5) = 2 \times 5 + 1 = 11$.

L'image d'un nombre par une fonction est donc ici le résultat d'un **calcul** : on substitue à la variable (ici x), la valeur du nombre dont on cherche l'image (ici 5).

Si un nombre réel x n'admet pas d'image par une fonction f, c'est qu'il n'appartient pas à l'ensemble de définition de f. Une façon de voir cela est de dire qu'il y a quelque chose qui coince dans le programme [1] de calcul de $f(x)$.

1. Ce n'est pas aussi simple, toutefois. Plusieurs programmes peuvent définir une même fonction. Pour un même nombre, certains peuvent coincer et d'autres pas.

Exemple 2

$$g : \begin{array}{ccc} \mathbb{R} & \longrightarrow & \mathbb{R} \\ x & \longmapsto & x^3 + 3x + 1 \end{array}$$

On programme cette fonction en `Python`.

```
def g(x):
    S=(x*x+3)*x+1
    return S
```

Pour TI-83 Premium CE, on rentre la fonction avec la touche [f(x)] :

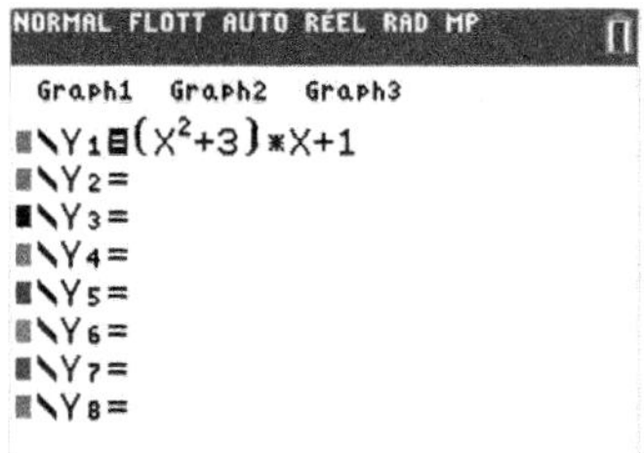

10.2.3 Représentation par Tabulation

Une fonction pouvant être vue comme une liste indexée par un ensemble de réels (un intervalle ou une réunion d'intervalles) on peut représenter cette liste par un tableau comme il avait été fait pour les suites.

Bien entendu deux fonctions différentes peuvent être représentées par un même tableau.

Exemple 2
On reprend l'exemple précédent :

$$g : \begin{array}{ccc} \mathbb{R} & \longrightarrow & \mathbb{R} \\ x & \longmapsto & x^3 + 3x + 1 \end{array}$$

On cherche à remplir un tableau de valeur de la fonction g entre $-0,5$ et $0,5$ avec un pas de $0,1$.

x	$-0,5$	$-0,4$	$-0,3$	$-02,$	$-0,1$	0	$0,1$	$0,2$	$0,3$	$0,4$	$0,5$
$g(x)$											

Pour TI-83 Premium CE, on rentre la fonction avec la touche f(x) comme ci-dessus, puis la touche def table par 2nde fenêtre : la touche table par 2nde graphe :

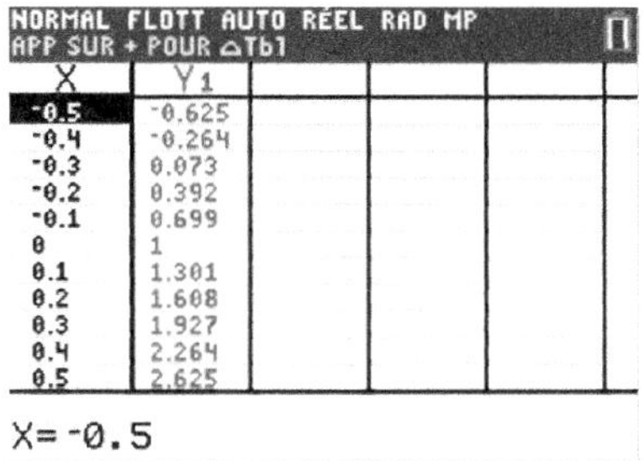

En **Python** on obtient les images par une boucle :

```
def g(x):
    S=(x*x+3)*x+1
    return S

for k in range(11):
    x=-0.5+k*0.1
    print(x,'␣␣',g(x))
```

On peut aussi travailler avec un tableur, par exemple celui de geogebra.

On commence par définir la fonction g dans la fenêtre de dialogue par : g(x) = x^3 + 3x + 1. Le nom de la variable, x est obligatoire. Ensuite dans le tableur on initie le tableau en écrivant 0.5 dans A1, puis = A2 + 0.1 qu'on recopie jusqu'à A11. Dans la case B1 on écrit = g(B1) et on recopie jusqu'à B11.

Il faut bien l'avouer, une telle représentation n'a pas grande valeur.

10.2.4 Représentation par une courbe représentative

Définition 2.

La courbe représentative $\mathcal{C}_f$ d'une fonction f dans un repère du plan est l'ensemble des points de coordonnées $(x, f(x))$, pour tous les réels x du domaine de définition de f.

Autrement dit, si x est l'abscisse d'un point de la courbe représentative d'une fonction f, alors son ordonnée y vérifie : $\boxed{y = f(x)}$

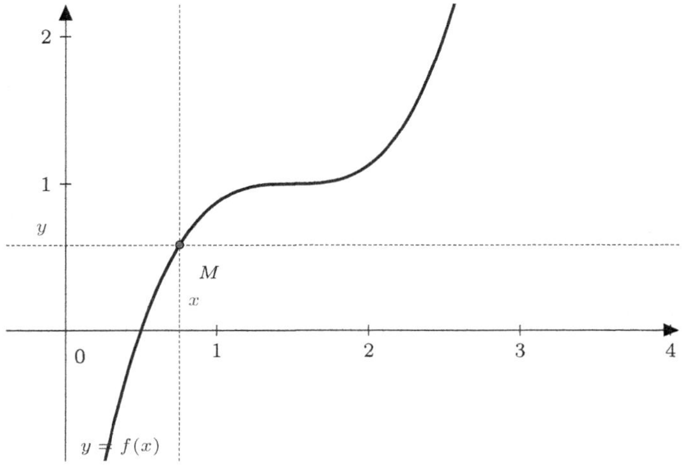

L'image de x par f est l'ordonnée y du point M de $\mathcal{C}_f$ d'abscisse x.

Exemple 3

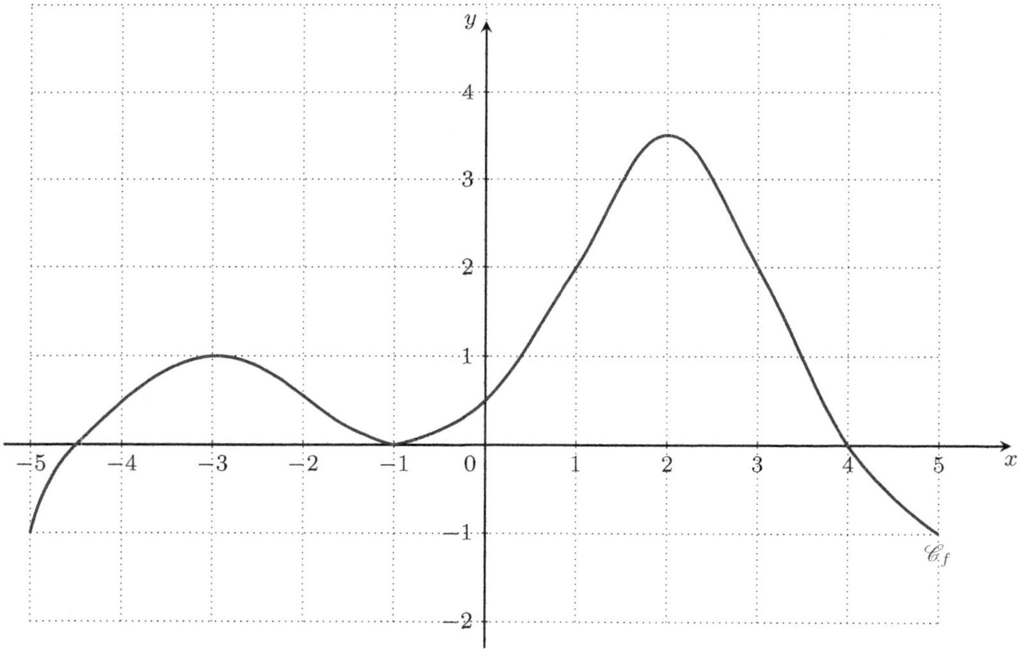

On peut lire graphiquement

- ► L'ensemble de définition est lu sur l'axe (horizontal) des abscisses. C'est l'intervalle $[\ -5\ ,\ 5\ ]$.
- ► L'image de 5 est -1. Autrement dit $f(5) = -1$.

► Les solutions de l'équation

$$[\ f(x) = 0\,;\ \text{inconnue } x \in [\,-5\ ,\ 5\,]\ ]$$

sont les **abscisses** des points d'intersection de $\mathscr{C}_f$ avec l'axe des abscisses.
On lit graphiquement trois solutions (environ $-4,5$; -1 et 4) de l'équation

$$[f(x) = 2\,;\ \text{inconnue } x \in [\,-5\ ,\ 5\,]\ ].$$

Ce sont les **abscisses** des points de $\mathscr{C}_f$ dont l'ordonnée est 2. On lit graphiquement deux solutions : environ 1 et 3.

Exemple 4

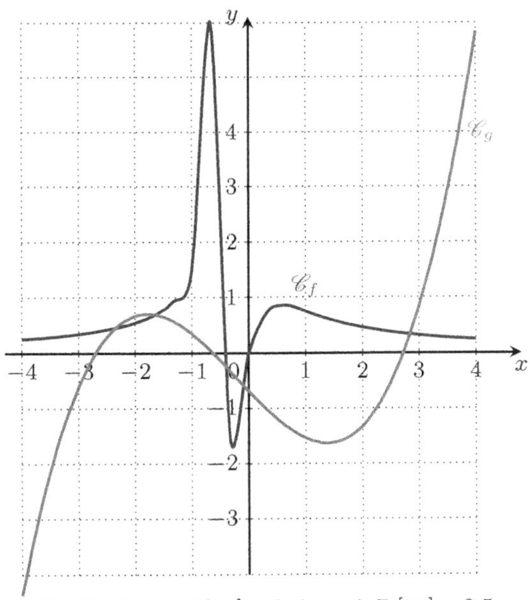

On peut lire graphiquement

► L'ensemble de définition est lu sur l'axe (horizontal) des abscisses. C'est l'intervalle $I = [\,-5\ ,\ 5\,]$.

► Les solutions de l'équation $[\ f(x) = g(x)\ ;$ inconnue $x \in I\ ]$ sont les abscisses des points d'intersection de $\mathscr{C}_f$ et $\mathscr{C}_g$. On lit des valeurs approchées de ces solutions :

$$-2,4;\ -1,7;\ -0.5;\ -0,2 \text{ et } 2,8.$$

► Les solutions de l'inéquation $[\ f(x) > g(x)\ ;$ inconnue $x \in I\ ]$ sont les abscisses des points de $\mathscr{C}_f$ qui sont strictement au-dessus de $\mathscr{C}_g$.

On lit alors : $\mathscr{S} =]\,-2,4\ ;\ -1,7\,[\cup]\,-0.5\ ;\ -0,2\,[\cup]\,2,8\ ;\ 4\,]$.

Exemple 5

On reprend l'exemple 1 : $g\ :\ \begin{array}{ccc} \mathbb{R} & \longrightarrow & \mathbb{R} \\ x & \longmapsto & x^3+3x+1 \end{array}.$

Pour TI-83 Premium CE, une fois la fonction définie,

on définit la fenêtre graphique avec la touche 2nde fenêtre :

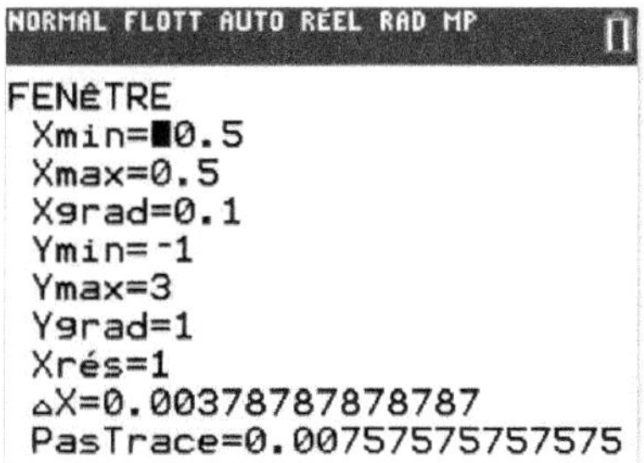

on obtient le graphique est obtenu avec la touche graphe :

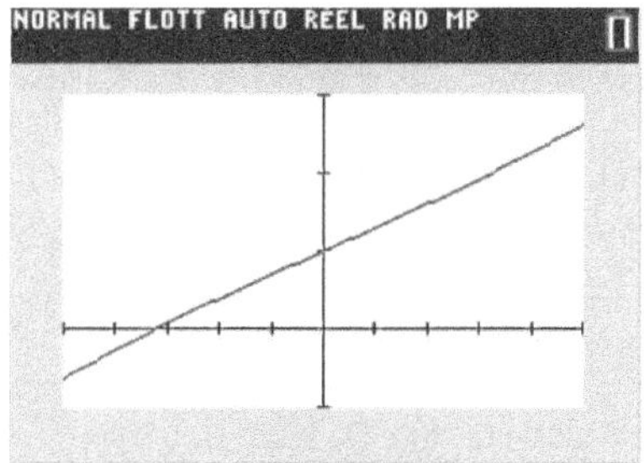

Définition 3.

Soit f une fonction définie sur $\mathcal{D}$ et I une partie de $\mathcal{D}$. On appelle **image** de I l'ensemble

$$f(I) := \{y \in \mathbb{R} \mid \exists x \in I,\, y = f(x)\}\,.$$

Autrement dit, $f(I)$ est l'ensemble de toutes les images des éléments de I.

10.3 Antécédents

Définition 4.

On appelle antécédents de $y \in \mathbb{R}$ par f les réels x appartenant à l'ensemble de définition et qui vérifient :

$$f(x) = y.$$

Un réel peut admettre zéro, un ou plusieurs antécédents par f. Dans l'exemple précédent, 11 est l'image de 5 par f, donc 5 est **un** antécédent de 11 par f.

antécédent *ɑ̃.te.se.dɑ̃* masculin
Du latin *antecedens*, participe présent de *antecedo* (« marcher devant »).

1. Ce qui précède dans le temps.
   [...] c'est-à-dire que, d'après les antécédents du Babillard, on doit s'attendre à tout de sa part; croyez-moi, s'il ne vous a pas trahis encore, il ne tardera pas à le faire. – (Gustave Aimard, *Les Trappeurs de l'Arkansas*, 1858)
2. (Médecine) Circonstances ou faits antérieurs à la maladie considérée, qui concernent l'état de santé du sujet examiné et de sa famille.

Pour trouver tous les antécédents d'un nombre y, on **résout** l'équation

$$[f(x) = y; \ \text{inconnue } x \in \mathcal{D}_f].$$

Exemple 6
Soit f la fonction définie par $f : \begin{array}{ccc} [-2,6] & \longrightarrow & \mathbb{R} \\ x & \longmapsto & x^2+2x-4 \end{array}$

- ▶ -1 est **un** antécédent de -5. En effet l'image de -1 par f est -5. Autrement dit $f(-1) = -5$.
- ▶ -1 est **l'** antécédent de -5. En effet, on résout pour cela l'équation $f(x) = -5$ d'inconnue $x \in [-2,6]$, soit

$$\begin{array}{rrcl} & x^2+2x-4 & = & -5 \\ \text{soit} & x^2+2x+1 & = & 0 \\ \text{soit} & (x+1)^2 & = & 0 \\ \text{soit} & x+1 & = & 0 \\ \text{soit} & x & = & -1. \end{array}$$

L'équation $f(x) = -5$ d'inconnue $x \in [-2,6]$ admet une unique solution, à savoir -1. C'est dire que -1 est l'unique antécédent de -5 par f.
- ▶ -2 et 0 sont **des** antécédents de -4. En effet l'image de -2 par f est -4 et l'image de 0 par f est aussi -4. Autrement dit $f(-2) = f(0) = -5$.
- ▶ -2 et 0 sont **les** antécédents de -4. En effet, on résout pour cela l'équation $f(x) = -4$ d'inconnue $x \in [-2,6]$, soit

$$\begin{array}{rrcll} & x^2+2x-4 & = & -4 & \\ \text{soit} & x^2+2x & = & 0 & \\ \text{soit} & x(x+2) & = & 0 & \\ \text{soit} & x & = & 0 & \text{ou } x+2=0 \\ \text{soit} & x & = & 0 & \text{ou } x=-2. \end{array}$$

L'équation $f(x) = -4$ d'inconnue $x \in [-2,6]$ admet deux solutions, à savoir -2 et 0. C'est dire que -2 et 0 sont **les** antécédents de -4 par f.
- ▶ 1 est **l'** antécédent de -1. En effet, on résout pour cela l'équation $f(x) = -1$ d'inconnue $x \in [-2,6]$, soit $x^2+2x-4 = -1$ soit $x^2+2x-3 = 0$. Or on vérifie en développant, que pour tout réel x, $(x+3)(x-1) = x^2+2x-3$. L'équation devient donc $(x+3)(x-1) = 0$, soit $x = -3$ ou $x = 1$. Or $1 \in [-2,6]$ mais $-3 \notin [-2,6]$. Donc 1 est l'unique solution de l'équation $f(x) = -1$ d'inconnue $x \in [-2,6]$. C'est dire que 1 est l'unique antécédent de -1 par f.

Moralité : Trouver tous les antécédents est autrement plus compliqué que de trouver un antécédent.

On est donc amené à résoudre des équations. On a déjà (re)vu la résolution des équations au chapitre 1.5.8, page 84.

Exercice 2 (Les trois traductions de $y = f(x)$).

Soit f une fonction telle que -1 appartienne à l'ensemble de définition $\mathcal{D}_f$ de f.
Donner trois traductions de la proposition « $3 = f(-1)$ ».

Solution 2 (Les trois traductions de $y = f(x)$)

1. Le nombre 3 est l'image de -1 par f.
2. Le nombre -1 est **un** antécédent de 3 par f.
   Ou bien -1 est **une** solution de l'équation

$$[f(x) = 3; \text{ inconnue } x \in \mathcal{D}_f].$$

3. Le point de coordonnées $\big(-1\ ,\ 3\big)$ appartient à la représentation graphique de f.

10.4 Variations

Définition 5.

Soit I un **intervalle**, soit f une fonction numérique définie sur une partie $\mathcal{D}$ de $\mathbb{R}$ contenant I.

► On dit que la fonction f est **croissante** sur I si

$$\forall (x,y) \in I^2,\ ((x < y) \Longrightarrow (f(x) \leqslant f(y))).$$

► On dit que la fonction f est **décroissante** sur I si

$$\forall (x,y) \in I^2,\ ((x < y) \Longrightarrow (f(x) \geqslant f(y))).$$

► On dit que la fonction f est **strictement croissante** sur I si

$$\forall (x,y) \in I^2,\ ((x < y) \Longrightarrow (f(x) < f(y))).$$

► On dit que la fonction f est **strictement décroissante** sur I si

$$\forall (x,y) \in I^2,\ ((x < y) \Longrightarrow (f(x) > f(y))).$$

Définition 6.

Soit I un **intervalle**. On dit qu'une fonction est (strictement) monotone sur I si elle est (strictement) croissante sur l'intervalle I ou si elle est (strictement) décroissante sur l'intervalle I.

Exemples 7

► Le théorème 45 page 89 dit que la **fonction carré** :

$$f : \begin{array}{ccc} \mathbb{R} & \longrightarrow & \mathbb{R} \\ x & \longmapsto & x^2, \end{array}$$

est strictement croissante sur l'intervalle $[\ 0\ ,\ +\infty\ [$.

► Le théorème 46 page 90 dit que la **fonction racine carrée** :

$$f : \begin{array}{ccc} [\,0\,,\,+\infty\,[& \longrightarrow & \mathbb{R} \\ x & \longmapsto & \sqrt{x}, \end{array}$$

est strictement croissante sur l'intervalle $[\,0\,,\,+\infty\,[$.

► Le théorème 15 page 70 dit que la **fonction inverse** :

$$f : \begin{array}{ccc} \mathbb{R}\setminus\{0\} & \longrightarrow & \mathbb{R} \\ x & \longmapsto & \dfrac{1}{x}, \end{array}$$

est strictement décroissante sur l'intervalle $]\,0\,,\,+\infty\,[$.
Il est aisé de voir qu'elle est aussi strictement décroissante sur l'intervalle $]\,-\infty\,,\,0\,[$.

Théorème 1
Soit I un **intervalle**, soit f une fonction numérique définie sur une partie $\mathcal{D}$ de $\mathbb{R}$ contenant I.

► Pour que f soit croissante sur I, il faut et il suffit que

$$\forall (x_1, x_2) \in I^2, (x_1 \neq x_2) \Longrightarrow \left(\frac{f(x_2) - f(x_1)}{x_2 - x_1} \geqslant 0 \right).$$

► Pour que f soit strictement croissante sur I, il faut et il suffit que

$$\forall (x_1, x_2) \in I^2, (x_1 \neq x_2) \Longrightarrow \left(\frac{f(x_2) - f(x_1)}{x_2 - x_1} > 0 \right).$$

► Pour que f soit décroissante sur I, il faut et il suffit que

$$\forall (x_1, x_2) \in I^2, (x_1 \neq x_2) \Longrightarrow \left(\frac{f(x_2) - f(x_1)}{x_2 - x_1} \leqslant 0 \right).$$

► Pour que f soit strictement décroissante sur I, il faut et il suffit que

$$\forall (x_1, x_2) \in I^2, (x_1 \neq x_2) \Longrightarrow \left(\frac{f(x_2) - f(x_1)}{x_2 - x_1} < 0 \right).$$

Vérification aisée par disjonction de cas : $x_1 < x_2$ et $x_2 < x_1$.
Étudier les **variations** d'une fonction, c'est déterminer les intervalles sur lesquels elle est monotone.
On peut résumer les variations d'une fonction dans un **tableau de variations**

Exemple 8
On reprend l'exemple 4 page 343.

x	-5		-3		-1		2		5
$f(x)$	-1	$\nearrow$	1	$\searrow$	0	$\nearrow$	$2,5$	$\searrow$	-1

10.5 Extremums

Sur le tableau de variations précédent on voit que le maximum de f sur $[\ -5\ ,\ 5\ ]$ est $M = 2,5$ et que le minimum de f sur $[\ -5\ ,\ 5\ ]$ est $m = -1$. Reste à définir ces deux mots.

Définition 7 (Extrémum).

Soit f une fonction défini sur $\mathcal{D}$, intervalle ou réunion d'intervalles.

- On dit que $M \in \mathbb{R}$ est le **maximum** ou plus précisément le **maximum global** de f si
  - $\exists x_0 \in \mathcal{D}$, $f(x_0) = M$.
  - $\forall x \in \mathcal{D}$, $f(x) \leqslant M$.
- On dit que $m \in \mathbb{R}$ est le **minimum** ou plus précisément le **minimum global** de f si
  - $\exists x_0 \in \mathcal{D}$, $f(x_0) = m$.
  - $\forall x \in \mathcal{D}$, $f(x) \geqslant m$.
- On dit que $y \in \mathbb{R}$ est un **extrémum** de f si y est un maximum ou un minimum de f.
- Dans les cas précédents, on dit que l'extrémum est atteint au point d'abscisse x_0.

Exemple 9

Soit

$$f : \begin{array}{rcl} [\ 1\ ,\ +\infty\ [& \longrightarrow & \mathbb{R} \\ x & \longmapsto & \dfrac{1}{x}, \end{array}$$

Cette fonction admet 1 comme maximum (atteint en 1) et n'admet pas de minimum.

À la vue du tableau de variations précédent, on a envie de dire que 0 est un minimum et que 1 est un maximum. Oui, mais pour cela il faut une définition. La précédente ne convient pas.

Définition 8 (Extrémum relatif).

Soit f une fonction défini sur $\mathcal{D}$, intervalle ou réunion d'intervalles.

- On dit que $M \in \mathbb{R}$ est un **maximum local** de f si
  - $\exists x_0 \in \mathcal{D},\ f(x_0) = M$.
  - Il existe un intervalle ouvert I contenant x_0 et tel que $\forall x \in I \cap \mathcal{D},\ f(x) \leqslant M$.
- On dit que $m \in \mathbb{R}$ est un **minimum local** de f si
  - $\exists x_0 \in \mathcal{D},\ f(x_0) = m$.
  - Il existe un intervalle ouvert I contenant x_0 et tel que $\forall x \in I \cap \mathcal{D},\ f(x) \geqslant m$.
- On dit que $y \in \mathbb{R}$ est un **extrémum local** de f si y est un maximum local ou un minimum local de f.
- Dans les cas précédents, on dit que l'extrémum local est atteint au point d'abscisse x_0.

Exemple 10
On reprend l'exemple 4 page 343. 1 est un maximum local atteint au point d'abscisse -3. Il suffit de prendre pour I l'intervalle ouvert $]-5\ ,\ 0[$.

10.6 Symétries

10.6.1 Fonctions paires

Une fonction paire est une fonction dont la représentation graphique est – pour peu que le repère soit orthogonal – symétrique par rapport à l'axe des ordonnées. Une condition nécessaire est donc que l'ensemble de définition soit lui-même symétrique par rapport à zéro.

Définition 9.

Soit f une fonction numérique définie sur une partie $\mathcal{D}$ de $\mathbb{R}$. On dit que la fonction f est **paire** si pour tout réel x de $\mathcal{D}$,

1. $-x \in \mathcal{D}$,
2. $f(-x) = f(x)$.

Exemple 11
Soit n un entier relatif **pair**. La fonction f définie sur $\mathbb{R}^*$ par $\forall x \in \mathbb{R}^*,\ f(x) = x^n$ est **paire**.

10.6.2 Fonctions impaires

Une fonction impaire est une fonction dont la représentation graphique est symétrique par rapport à l'origine. Une condition nécessaire est à nouveau que l'ensemble de définition soit lui-même symétrique par rapport à zéro.

Définition 10.

Soit f une fonction numérique définie sur une partie $\mathcal{D}$ de $\mathbb{R}$. On dit que la fonction f est **impaire** si pour tout réel x de $\mathcal{D}$,

1. $-x \in \mathcal{D}$,
2. $f(-x) = -f(x)$.

Exemple 12
Soit n un entier relatif **impair**. La fonction f définie sur $\mathbb{R}^*$ par $\forall x \in \mathbb{R}^*,\ f(x) = x^n$ est **impaire**.

10.6.3 Fonctions périodiques

Une fonction périodique est une fonction dont la représentation graphique est conservée par une translation par vecteur directeur (donc non nul) de l'axe des abscisses.

Définition 11.

Soit f une fonction numérique définie sur une partie $\mathcal{D}$ de $\mathbb{R}$. On dit que la fonction f est **périodique** s'il existe un réel $T > 0$ tel que pour tout réel x de $\mathcal{D}$,

1. $x + T \in \mathcal{D}$,
2. $f(x + T) = f(x)$.

Un tel nombre T est appelé une **période** de la fonction f.

Exemples 13
Les fonctions constantes définies sur $\mathbb{R}$. N'importe quel nombre réel $T > 0$ est une période.

La fonction **partie fractionnaire** $\begin{array}{rccl} f: & \mathbb{R} & \longrightarrow & \mathbb{R} \\ & x & \longmapsto & \{x\} = x - \lfloor x \rfloor \end{array}$ est une fonction périodique de période 1. (Revoir, si besoin est, le théorème 3 page 64.)

10.7 Composition

Exemple 14
Dans le programme **Python** ci-dessous, deux fonctions sont définies sur ℝ.

```
def f(x):
    if x < -1:
        return -x
    elif x < 1:
        return 2*x+3
    else:
        return 3-2*x

def g(u):
    return u*u-u-1

for k in range(11):
    print(k-5,g(f(k)),f(g(k)))
```

Exemple 15
Programme à peu près identique, mais cette fois la fonction g n'est pas définie sur ℝ tout entier.

```
def f(x):
    return x*x-x-6

def g(u):
    return 1/u

for k in range(11):
    print(k-5,g(f(k)))
```

Le programme signale une division par zéro.

```
>>> (executing lines 1 to 8 of "composee2.py")
-5 -0.16666666666666666
-4 -0.16666666666666666
-3 -0.25

Traceback (most recent call last):
  File "C:\Users\Fs\A-m\composee2.py", line 8, in <module>
    print(k-5,g(f(k)))
  File "C:\Users\Fs\A-m\composee2.py", line 5, in g
    return 1/u
ZeroDivisionError: division by zero
```

Autrement dit il existe au moins un réel x appartenant à l'ensemble de définition de f – c'est-à-dire $\mathbb{R}$ – dont l'image par f est nulle et n'appartient pas à l'ensemble de définition de g.

Il y a donc des conditions à remplir pour qu'on puisse enchaîner deux fonctions.

Définition 12.

Soit $\begin{array}{cccc} f : & \mathcal{D}_f & \longrightarrow & \mathbb{R} \\ & x & \longmapsto & f(x) \end{array}$ et $\begin{array}{cccc} g : & \mathcal{D}_g & \longrightarrow & \mathbb{R} \\ & t & \longmapsto & g(t) \end{array}$.

On suppose que $f(\mathcal{D}_f) \subset \mathcal{D}_g$.

Dans ces conditions, on appelle **composée** de f par g la fonction :

$$\begin{array}{cccc} g \circ f : & \mathcal{D}_f & \longrightarrow & \mathbb{R} \\ & x & \longmapsto & g(f(x)). \end{array}$$

Théorème 2

Soit I et J deux intervalles, f une fonction définie sur I et g une fonction définie sur J. On suppose de plus que $f(I) \subset J$.

- Si f est croissante sur I et g est croissante sur J, alors $g \circ f$ est croissante sur I.
- Si f est décroissante sur I et g est décroissante sur J, alors $g \circ f$ est croissante sur I.
- Si f est croissante sur I et g est décroissante sur J, alors $g \circ f$ est décroissante sur I.
- Si f est décroissante sur I et g est croissante sur J, alors $g \circ f$ est décroissante sur I.

Démonstration 2

Le dernier cas : Si f est décroissante sur I et g est croissante sur J, alors $g \circ f$ est décroissante sur I.

Soit x_1, x_2 appartenant à I tels que $x_1 \leqslant x_2$. Puisque f est décroissante sur I, on a $f(x_1) \geqslant f(x_2)$. Puisque g est croissante sur J, on a $g(f(x_1)) \geqslant g(f(x_2))$. On a bien démontré que $(x_1 \leqslant x_2) \Longrightarrow (g \circ f(x_1) \geqslant g \circ f(x_2))$ et ce pour tous x_1, x_2 appartenant à I. C'est bien dire que $g \circ f$ est décroissante sur I. □

10.8 Injection, surjection

Définition 13.

Soit E et F deux ensembles.

On appelle **injection** de E dans F ou application injective toute application (ou fonction)

$$\begin{array}{cccc} f : & E & \longrightarrow & F \\ & x & \longmapsto & f(x) \end{array}$$

telle que tout élément de F admette **au plus** un antécédent par f.

Théorème 3

Soit $\begin{array}{rccl} f : & E & \longrightarrow & F \\ & x & \longmapsto & f(x) \end{array}$ une application. Pour que f soit une injection, il faut et il suffit que

$$\forall (x_1, x_2) \in E \times E,\ (f(x_1) = f(x_2)) \Longrightarrow (x_1 = x_2).$$

Démonstration 3

il faut : Si f est une injection. On se donne x_1 et x_2 dans E tels que $f(x_1) = f(x_2)$. On pose alors $y := f(x_1) = f(x_2)$. Comme $y \in F$ admet au plus un antécédent par f, on a bien $x_1 = x_2$.

il suffit : Si f vérifie

$$\forall (x_1, x_2) \in E \times E,\ (f(x_1) = f(x_2)) \Longrightarrow (x_1 = x_2),$$

soit $y \in F$. Par disjonction de cas

- Si y n'admet pas d'antécédent, alors il admet au plus un antécédent par f.
- Sinon, il existe $x_1 \in E$ tel que $y = f(x_1)$. Mais alors pour tout antécédent x_2 de y, on a $y = f(x_2)$ donc $f(x_1) = f(x_2)$ donc $x_1 = x_2$. C'est bien dire que y admet un unique d'antécédent. De ce fait il admet au plus un antécédent par f. □

Remarque 3.

Soit I un intervalle et f une fonction numérique **strictement** croissante sur I.
La fonction f est une injection.

Définition 14.

Soit E et F deux ensembles.
On appelle **surjection** de E dans F ou application surjective toute application (ou fonction)

$$\begin{array}{rccl} f : & E & \longrightarrow & F \\ & x & \longmapsto & f(x) \end{array}$$

telle que tout élément de F admette **au moins** un antécédent par f.

Remarque 4.

Soit f une fonction définie sur $\mathcal{D}$ et I une partie de $\mathcal{D}$.
la fonction $\begin{array}{rccl} \tilde{f} : & I & \longrightarrow & f(I) \\ & x & \longmapsto & f(x) \end{array}$ est une surjection.

Définition 15.

Soit E et F deux ensembles.
On appelle **bijection** de E dans F ou application bijective toute application (ou fonction)

$$f : \begin{array}{ccc} E & \longrightarrow & F \\ x & \longmapsto & f(x) \end{array}$$

telle que tout élément de F admette **un et un seul** antécédent par f.

Autrement dit, une bijection est à la fois une injection et une surjection.

Exemples 16

1. La fonction racine carrée $f : \begin{array}{ccc} [\,0\,,\,+\infty\,[& \longrightarrow & \mathbb{R} \\ x & \longmapsto & \sqrt{x}, \end{array}$ est injective. En effet pour tous x_1 et x_2 appartenant à $[\,0\,,\,+\infty\,[$ et tels que $\sqrt{x_1} = \sqrt{x_2}$, on a, en élevant les deux membres au carré, $x_1 = x_2$.
2. La fonction carré $g : \begin{array}{ccc} \mathbb{R} & \longrightarrow & [\,0\,,\,+\infty\,[\\ x & \longmapsto & x^2, \end{array}$ est surjective de $\mathbb{R}$ sur $[\,0\,,\,+\infty\,[$. En effet, tout nombre y de $[\,0\,,\,+\infty\,[$ admet au moins un antécédent dans $\mathbb{R}$ par g, à savoir $\sqrt{y}$. Est-il bon de rappeler que $-\sqrt{y}$ est aussi un antécédent de y par g ? (sinon revoir le théorème 42 page 88.)
3. La fonction inverse $h : \begin{array}{ccc} \mathbb{R} \setminus \{0\} & \longrightarrow & \mathbb{R} \setminus \{0\} \\ x & \longmapsto & \dfrac{1}{x}, \end{array}$ est une bijection de $\mathbb{R} \setminus \{0\}$ dans $\mathbb{R} \setminus \{0\}$. En effet tout réel non nul y admet par h un unique antécédent qui n'est autre que son inverse $\dfrac{1}{y}$.

Définition 16 (fonction réciproque).

Soit E et F deux ensembles. Soit f une **bijection** de E dans F.
On appelle **fonction réciproque** (ou application réciproque) de f, l'application, notée f^{-1} de F dans E définie par :

$$\forall y \in F,\ f^{-1}(y) \text{ est l'unique antécédent de } y \text{ par } f.$$

f^{-1} est bien une application puisque pour tout $y \in F$, il existe bien un **unique** x – à savoir l'**unique** antécédent de y par f puisque f est une bijection – tel que $(y, x) \in f^{-1}$. Revoir la définition 1 d'une fonction en cas de besoin.

Théorème 4
Soit E et F deux ensembles. Soit f une bijection de E dans F et f^{-1} sa fonction réciproque.

- $\forall x \in E,\ f^{-1}(f(x)) = x$.
- $\forall y \in F,\ f\left(f^{-1}(y)\right) = y$.

Démonstration 4

- Soit $x \in E$. L'élément x est un antécédent de $f(x)$. Comme de surcroit f est une bijection, x est l'unique antécédent de $f(x)$ et par définition de la fonction réciproque f^{-1}, on peut affirmer que $f^{-1}(f(x))$ c'est x.
- Soit $y \in F$. L'élément $f^{-1}(y)$ est un antécédent de y. Donc son image par f est y. Soit $f\left(f^{-1}(y)\right) = y$, ce qu'il fallait établir. □

Théorème 5
Soit E et F deux ensembles. Soit f une bijection de E dans F et f^{-1} sa fonction réciproque.
La fonction f^{-1} est une bijection de F dans E.

On peut ainsi parler de **bijection réciproque** d'une bijection.

Démonstration 5
Soit $x \in E$. D'après le théorème précédent, $f(x)$ est un antécédent de x par f^{-1}, puisque $f^{-1}(f(x)) = x$. Donc f^{-1} est une surjection de F sur E.

Maintenant, soit y_1 et y_2 deux éléments de F tels que $f^{-1}(y_1) = f^{-1}(y_2)$. En prenant les images des deux membres par f on obtient $f\left(f^{-1}(y_1)\right) = f\left(f^{-1}(y_2)\right)$ soit $y_1 = y_2$ toujours d'après le théorème précédent. C'est bien dire que f^{-1} est une injection de F dans E.

Finalement, f^{-1} est une bijection de F dans E. □

10.9 Suites récurrentes

Soit $\begin{array}{rccc} f : & \mathcal{D} & \longrightarrow & \mathbb{R} \\ & x & \longmapsto & f(x) \end{array}$ une fonction et la suite $(u_n)_{n\in\mathbb{N}}$ définie par : $\left\{\begin{array}{ccc} u_0 & \in & \mathcal{D} \\ u_{n+1} & = & f(u_n) \end{array}\right.$.

Par exemple, la suite (w_n) de l'exemple 2 page 316 est définie ainsi avec $\mathcal{D} = \mathbb{R}$ et $\forall x \in \mathbb{R},\ f(x) = 4x+5$. Pour cet exemple, il est est à peu près évident que la suite (w_n) est définie.

En revanche, lorsque $\mathcal{D} \neq \mathbb{R}$, il faut s'assurer que $\forall n \in \mathbb{N}$ on a $f(u_n) \in \mathcal{D}$.

10.9.1 Représentation graphique d'une suite récurrente

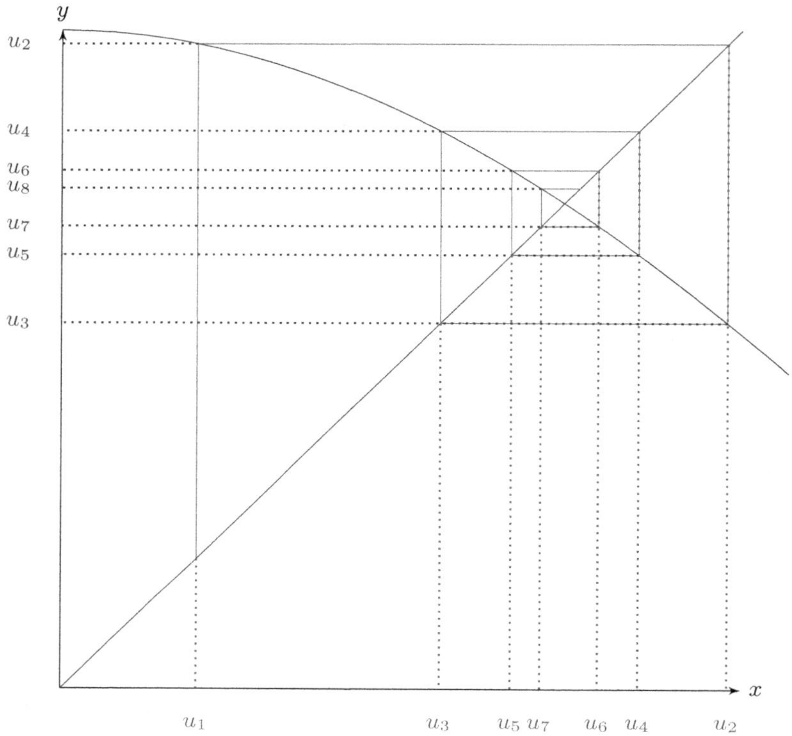

Protocole : On choisit u_1 sur l'axe des abscisses puis on construit son image par la fonction f ce qui permet de lire u_2 sur l'axe des ordonnées. Afin d'obtenir u_3 et donc que u_2 en soit l'antécédent, nous avons besoin de le projeter sur l'axe des abscisses (en conservant sa valeur bien entendu) et nous utilisons alors la représentation graphique de la fonction $x \longmapsto x$ qui permet de retrouver u_2 sur l'axe des abscisses et donc de construire son image u_3 etc.

Voir aussi les travaux dirigés 5.

10.10 Récursivité

En programmation, la récursivité est la situation – permise par certains langages – d'une fonction qui s'appelle elle-même. Nous avons déjà abordé cette notion au paragraphe 9.1.2.

Définition 17.

En programmation, on appelle **fonction récursive** toute fonction qui s'appelle elle-même.

Cette façon de programmer permet d'avoir un code plus lisible, donc plus facile à corriger, donc plus sûr.

Le prix à payer n'est pas anodin :

- coût augmenté en temps de calcul,
- coût augmenté en place mémoire.

De plus il faut être soigneux en ce qui concerne la condition d'arrêt, faute de quoi la fonction va s'appeler indéfiniment.

Exemple 17

On se propose de programmer une fonction `puiss(x,n)` qui calcule la puissance n-ième d'un réel x. Il est possible d'utiliser la fonction toute faite `x**n` ou d'écrire une boucle `for`.

L'idée est de chercher à minimiser le nombre de multiplications.

```
def puiss(x,n):
    if n==0:
        return 1.
    elif n==1:
        return x
    elif n%2==0:
        return puiss(x*x,n//2)
    elif n%2==1:
        return puiss(x*x,n//2)*x

print(puiss(2.,10))
```

Les deux premiers tests sont les conditions d'arrêt.

Pour calculer `puiss(2.,10)`, le programme

1. constate que $n = 10$ est pair donc `n%2==0` prend la valeur VRAI.
2. fait appel à la fonction `puiss` pour calculer `puiss(4.,5)`.
3. constate que $n = 5$ est impair donc `n%2==1` prend la valeur VRAI.
4. fait appel à la fonction `puiss` pour calculer `puiss(16.,2)` pour pouvoir calculer `puiss(16.,2)*4.` lorsqu'il connaîtra `puiss(16.,2)`.
5. constate que $n = 2$ est pair donc `n%2==0` prend la valeur VRAI.
6. fait appel à la fonction `puiss` pour calculer `puiss(256.,1)`.
7. constate que `n==1` prend la valeur VRAI.
8. acquiert `puiss(256.,1)` comme étant égal à 256.
9. remonte 256. comme étant la valeur de `puiss(16.,2)` en 4
10. calcule le produit 256. $\times$ 4. = 1024. comme étant la valeur de `puiss(4.,5)`.
11. remonte finalement 1024. comme étant la valeur de `puiss(2.,10)`.

Remarque 5.

Cette méthode de calcul des puissances, s'appelle **l'exponentiation rapide**. On peut la programmer sans récursivité :

```
def puiss(x,n):
    L=[]                #debut de la conversion en binaire de n
    while n>0:
        L.append(n%2)
        n=n//2
    l=len(L)            #fin de la conversion en binaire de n
    p=1                 #initialisation du produit
    for k in range(l):
        p=p*p           #dans le cas general on eleve au carre
        if L[l-k-1]==1: #pour les exposants impairs on multiplie encore par x.
            p=p*x
    return(p)
```

10.11 Quiz

10.11.1 Énoncé

1. Quel intervalle est l'ensemble des réels x tels que $x < 2$?
2. À quelles conditions un produit de facteurs est-il nul ?
3. À quelle condition un quotient est-il nul ?
4. Que signifie « 2 est l'image de 0 par f » ?
5. Vrai ou faux ? Si $f(1) = 3$ alors 1 est un antécédent de 3 par f.
6. Par quelle équation peut-on déterminer les antécédents de 0 par une fonction f ?
7. Qu'est ce que l'ensemble de définition d'une fonction f ? Comment le note-t-on ?
8. Comment appelle-t-on un réel dont on ne peut pas calculer l'image par f ?
9. On sait que $f(1) = 3$ et $f(4) = 0$. Quelles sont les coordonnées des points A et B correspondants qui appartiennent à C_f, la courbe représentative de f ?
10. Le point $C\left(2\ ,\ 1\right) \in C_f$. Que peut-on en déduire ?
11. On sait que, pour tout réel x, $f(x) \leqslant f(2)$ et $f(2) = 1$. Que représente 1 pour la fonction f ?

Vrai ou faux ?

12. La fonction f définie par

$$\forall x \in \mathbb{R} \setminus \{-1\},\ f(x) = \frac{\frac{x-1}{x+1} - x}{\frac{x(x-1)}{x+1} + 1}$$

est constante.

13. La fonction inverse $x \longmapsto \dfrac{1}{x}$ est décroissante sur $\mathbb{R} \setminus \{0\}$.

14. Soit $x \in]\ 2\ ,\ +\infty\ [$. On pose
$$E(x) := \frac{x^3 - 3x + (x^2-1)\sqrt{x^2-4} - 2}{x^3 - 3x + (x^2-1)\sqrt{x^2-4} + 2}.$$
On a $E(x) = \dfrac{x+1}{x-1}\sqrt{\dfrac{x-2}{x+2}}$.

10.11.2 Corrigé

1. L'ensemble des réels x tels que $x < 2$ est l'intervalle $]-\infty, 2[$.
2. Un produit de facteurs est nul lorsque l'un de ses facteurs au moins est nul.
3. Un quotient est nul si et seulement si son numérateur est nul.
4. « 2 est l'image de 0 par f » signifie que $f(0) = 2$.
5. Vrai, dire que $f(1) = 3$, cela signifie que 1 est un antécédent de 3 par f.
6. On détermine les antécédents de 0 par une fonction f en résolvant l'équation $f(x) = 0$.
7. L'ensemble de définition d'une fonction f est l'ensemble des réels x qui ont une image par f .
8. Un réel dont on ne peut pas calculer l'image par f est appelé une valeur interdite.
9. $f(1) = 3$ donc $A\big(1\ ,\ 3\big) \in C_f$. De plus, $f(4) = 0$ Donc $B\big(4\ ,\ 0\big) \in C_f$.
10. $C\big(2\ ,\ 1\big) \in C_f$ donc $f(2) = 1$.
11. Si $f(2) = 1$ et que, pour tout réel x , $f(x) \leqslant 1$, alors 1 est le maximum de f sur $\mathbb{R}$. Ce maximum est atteint en $x = 2$.
12. Vrai. Énoncé ($\forall$). En réduisant le numérateur au même dénominateur,
$$\frac{x-1}{x+1} - x = \frac{x - 1 - x(x+1)}{x+1} = \frac{x - 1 - x^2 - x}{x+1} = \frac{-1 - x^2}{x+1}.$$
Au dénominateur :
$$\frac{x(x-1)}{x+1} + 1 = \frac{x(x-1) + x + 1}{x+1} = \frac{x^2 - x + x + 1}{x+1} = \frac{x^2+1}{x+1}.$$
On voit bien que le numérateur est l'opposé du dénominateur, donc $f(x) = -1$.
13. Faux. $\mathbb{R} \setminus \{0\}$ **n'est pas** un intervalle.
Contrexemple : soit f la fonction inverse définie pour tout $x \neq 0$ par $f(x) = \dfrac{1}{x}$. On a $-1 < 1$ et $f(-1) < f(1)$.

   En revanche, la fonction inverse est décroissante sur tout intervalle sur lequel elle est définie. Nuance !
14. Vrai. Énoncé ($\forall$). Les deux fonctions $x \longmapsto \frac{x^3-3x+(x^2-1)\sqrt{x^2-4}-2}{x^3-3x+(x^2-1)\sqrt{x^2-4}+2}$ et $x \longmapsto \frac{x+1}{x-1}\sqrt{\frac{x-2}{x+2}}$ coïncident sur l'intervalle $]\ 2\ ,\ +\infty\ [$.

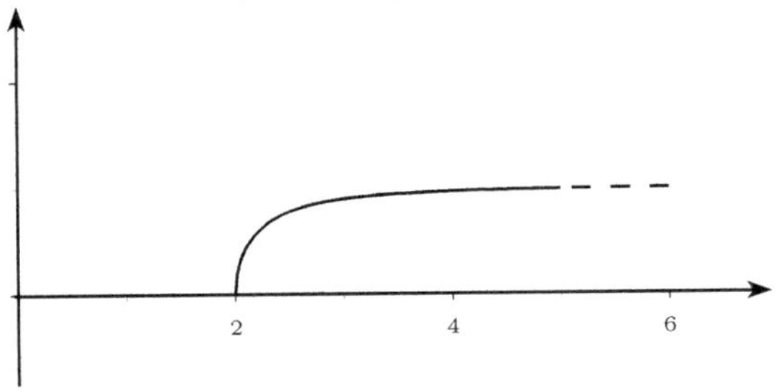

Pour le démontrer, c'est une autre histoire !

En remarquant que $x^3 - 3x + 2 = (x-1)^2(x+2)$ et que $x^3 - 3x - 2 = (x+1)^2(x-2)$, on a

$$\begin{aligned} E(x) &= \frac{(x+1)^2(x-2) + (x-1)(x+1)\sqrt{(x-2)(x+2)}}{(x-1)^2(x+2) + (x-1)(x+1)\sqrt{(x-2)(x+2)}} \\ &= \frac{(x+1)\sqrt{x-2}\left[(x+1)\sqrt{x-2} + (x-1)\sqrt{x+2}\right]}{(x-1)\sqrt{x+2}\left[(x-1)\sqrt{x+2} + (x+1)\sqrt{x-2}\right]} \\ &= \frac{x+1}{x-1}\sqrt{\frac{x-2}{x+2}} \end{aligned}$$

après simplification par $(x-1)\sqrt{x+2} + (x+1)\sqrt{x-2}$.

10.12 Exercices

Exercice 3 (Fonctions ?).

D'après Sésamath. Parmi les graphiques proposés, lesquels sont représentation graphique d'une fonction ?

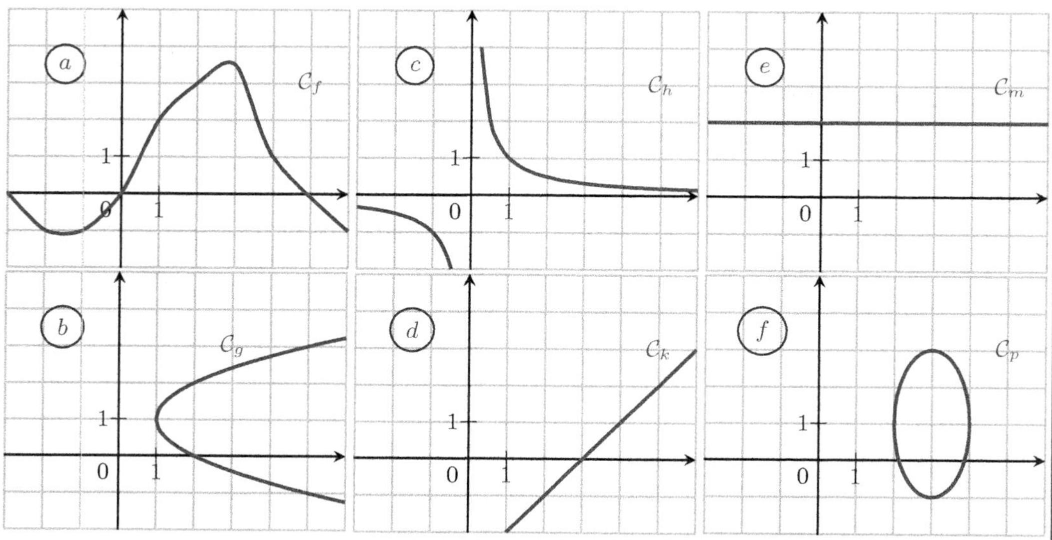

Exercice 4 (Détermination graphique des images et des antécédents).

Soit f une fonction et $\mathcal{C}$ sa courbe représentative que l'on donne dans le repère orthonormal $(O; \vec{\imath}; \vec{\jmath})$.

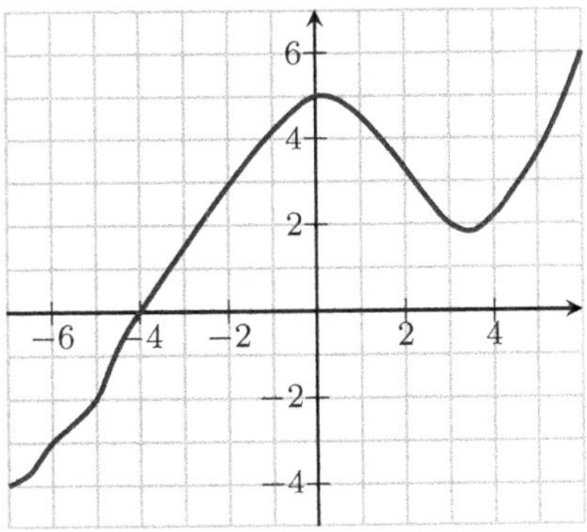

1. Déterminer graphiquement le domaine de définition de f.
2. Déterminer graphiquement $f(-4)$, $f(0)$ et $f(3)$.
3. Déterminer l'image de -7 par f.
4. Déterminer le(s) antécédent(s) de 0 et de 2 par f.
5. -5 a-t-il des antécédents par f ?

Exercice 5 (Avec un paramètre).

On considère une fonction f définie sur $[-4\ ,\ 3]$ dont la représentation graphique est donnée ci-dessous.

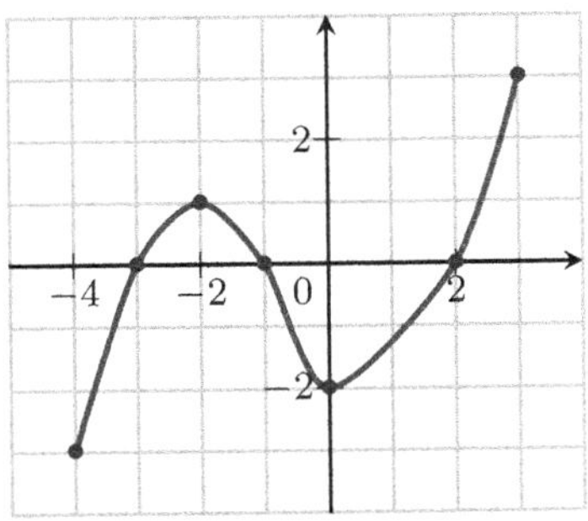

1. Quels sont le (ou les) antécédent(s) de 0 par f ?
2. Combien d'antécédent(s) possède 2 ?
3. Quel est le nombre d'antécédent(s) de 1 ?
4. Donner un nombre réel m qui n'a qu'un unique antécédent par f.
5. Donner le nombre d'antécédent(s) de t par f, suivant les valeurs de t.

Exercice 6.

Voici la courbe représentative d'une fonction f définie sur $\mathbb{R}$.
Par lecture graphique, déterminer :

1. l'image de -1 par f ;
2. l'image de 0 par f ;
3. le (ou les) antécédent(s) de 1 par f ;
4. le (ou les) antécédent(s) de 3 par f.

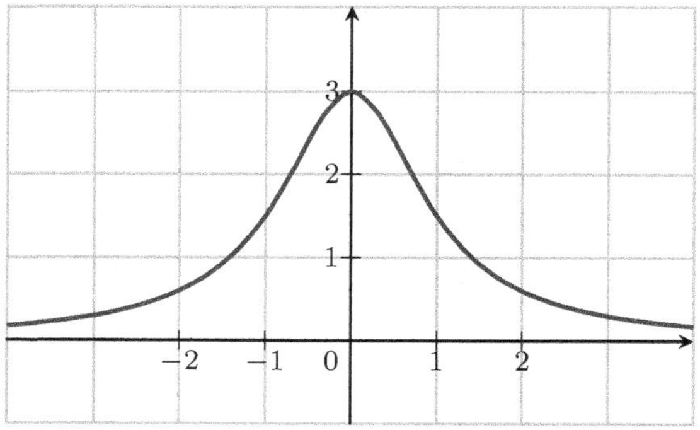

Exercice 7 (Résolution graphique de $f(x) = g(x)$ et de $f(x) < g(x)$).

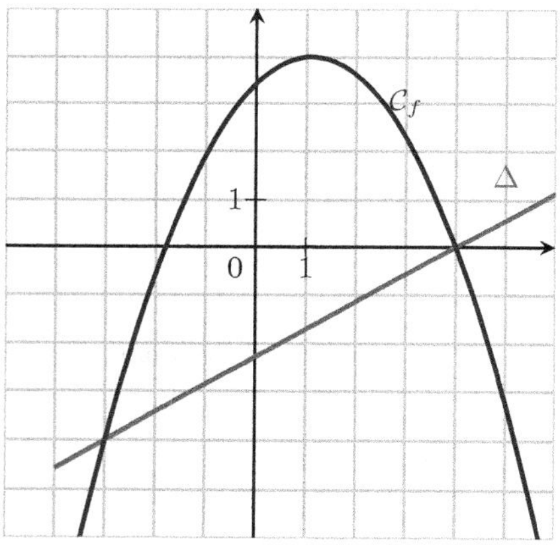

On donne $\mathcal{C}$, la courbe représentative de la fonction f et Δ, la courbe représentative de la fonction g.

1. Résoudre graphiquement l'équation $f(x) = 0$.
2. Résoudre graphiquement l'inéquation $g(x) > f(x)$.
3. Résoudre graphiquement l'équation $f(x) = g(x)$.

Exercice 8 (Images et antécédents d'une fonction, abscisses et ordonnées sur la courbe).

On considère la fonction f définie sur $\mathbb{R}$ par :

$$f(x) = -(x+2)^2 + 9.$$

On appelle C sa courbe représentative.

1. Calculer l'ordonnée du point de la courbe C ayant pour abscisse 2.
2. Indiquer le nombre de points de la courbe C qui ont pour ordonnée 10.
3. Déterminer les antécédents de 0 par la fonction f.

Exercice 9 (Forme adéquate pour résoudre une équation).

On considère la fonction définie pour tout nombre réel x par : $f(x) = 3x^2 - 12x$.

1. Vérifier que $f(x) = 3(x-2)^2 - 12$ (forme canonique de f),
2. Factoriser $f(x)$.
3. Résoudre l'équation (E) : $f(x) = 0$
4. Résoudre l'équation (F) : $f(x) = -12$
5. Résoudre l'équation (G) :
$$f(x) = (x-4)(2x+1).$$

Exercice 10 (Forme adéquate pour résoudre une équation).

On considère la fonction définie pour tout nombre réel x par : $f(x) = \dfrac{4x^2 + 3x - 27}{x^2 + 9}$.

1. Vérifier que $f(x) = 4 + \dfrac{3x - 63}{x^2 + 9}$.
2. Vérifier que $f(x) = \dfrac{(4x-9)(x+3)}{x^2+9}$.
3. Calculer $f(0)$.
4. Résoudre l'équation $f(x) = 0$.
5. Résoudre l'équation $f(x) = 4$.

Exercice 11 (Images, antécédents).

On considère la fonction f définie pour x différent de -2 par $f(x) = \dfrac{2x-5}{3x+6}$.

1. Déterminer l'image par f de 2.
2. Déterminer $f(-11)$.
3. Déterminer le ou les antécédents par f de $-\frac{1}{2}$.
4. Résoudre l'équation $f(x) = \frac{2}{3}$.

Exercice 12 (Tableau de valeurs d'une fonction, images, antécédents et point fixe).

On considère une fonction numérique f, dont les valeurs sont détaillées dans le tableau suivant :

x	-2	0	1	3	5
$f(x)$	4	1	1	-1	0

1. Quelle est l'image de 0 par f ?
2. Le réel 0 admet-il un antécédent par f ?
3. Existe-t-il un réel admettant plusieurs antécédent par f ?
4. On appelle point fixe d'une fonction un réel x tel que : $f(x) = x$. La fonction f admet-elle des points fixes ?

10.12.1 Logique

Exercice 13.

Soit I un **intervalle**, soit f une fonction numérique définie sur une partie $\mathcal{D}$ de $\mathbf{R}$ contenant I.
Démontrer que
Pour que la fonction f soit croissante sur I, il faut et il suffit que

$$\forall (x, y) \in I^2, \ ((f(x) < f(y)) \Longrightarrow (x \leqslant y)).$$

Donner dans le même esprit, une condition nécessaire et suffisante pour que

- la fonction f soit strictement croissante sur I.
- la fonction f soit décroissante sur I.
- la fonction f soit strictement croissante sur I.

10.13 Solutions

Solution 3 (Fonctions ?)

[a] est la représentation graphique d'une fonction. En effet, toutes les droites verticales ne rencontrent qu'un seul point de la courbe.

[b] n'est pas la représentation graphique d'une fonction. En effet, il y a deux points d'abscisse 2 sur la courbe.

[c] est la représentation graphique d'une fonction. En effet, toutes les droites verticales ne rencontrent au plus qu'un seul point de la courbe.

[d] est la représentation graphique d'une fonction. En effet, toutes les droites verticales ne rencontrent (au plus) qu'un seul point de la courbe.

e est la représentation graphique d'une fonction. En effet, toutes les droites verticales ne rencontrent au plus qu'un seul point de la courbe.

f n'est pas la représentation graphique d'une fonction. En effet, il y a deux points d'abscisse 3 sur la courbe.

Solution 4 (Détermination graphique des images et des antécédents)

1. Étant donné que nous n'avons qu'une vision restreinte de la courbe et peu d'informations sur la fonction, nous pouvons dire que les abscisses des points de $\mathcal{C}$ vont de -7 à 6 inclus. Donc l'ensemble de définition est $\mathcal{D}_f = [-7\ ,\ 6]$.
2. Le point de coordonnées $\big(-4\ ,\ 0\big)$ appartient à $\mathcal{C}$ donc $f(-4) = 0$.
   Le point de coordonnées $\big(0\ ,\ 5\big)$ appartient à $\mathcal{C}$ donc $f(0) = 5$.
   Le point de coordonnées $\big(3\ ,\ 2\big)$ appartient à $\mathcal{C}$ donc $f(3) = 2$.
   À toutes fins utiles, nous rappelons que ces valeurs sont approchées car il s'agit bien de lecture graphique.
3. Il s'agit de lire $f(-7)$ autrement dit -4.
4. Pour déterminer le(s) antécédent(s) de 0 par f, on détermine les abscisses des points d'intersection de $\mathcal{C}_f$ avec la droite horizontale $y = 0$ (axe des abscisses).
   Ici, le seul point d'intersection est $x = -4$.
   Le seul antécédent de 0 par f est -4 .
   De même, pour déterminer le(s) antécédent(s) de 2 par f , on détermine les abscisses des points d'intersection de $\mathcal{C}_f$ avec la droite horizontale d'ordonnées $y = 2$.
   Ici, on obtient alors environ $-2,7$; 3 et $3,8$.
5. On trace la droite horizontale d'ordonnées $y = -5$. On constate qu'elle ne coupe pas $\mathcal{C}$.
   Donc -5 n'a pas d'antécédents par f.

Solution 5 (Avec un paramètre)

1. Pour chercher les possibles antécédents de 0 par f, nous cherchons les abscisses des points d'intersection entre la représentation graphique de la fonction f et la droite d'ordonnées $y = 0$ qui est l'axe des abscisses.
   Les antécédents sont donc $-3; -1$ et 2.
2. La droite horizontale d'ordonnées $y = 2$ coupe une seule fois la courbe représentative de f donc 2 a un seul antécédent par f.
3. La droite horizontale d'ordonnées $y = 1$ coupe deux fois la courbe représentative de f donc 1 a deux antécédents par f.
4. Tout nombre réel appartenant à l'ensemble $]1\ ,\ 3] \cup]-2\ ,\ -3]$ convient (il suffit d'observer l'axe des ordonnées). On peut donc choisir $m = 3$.
5. En tenant compte de la question précédente nous avons :
   i) Si $t \in]1\ ,\ 3] \cup]-2\ ,\ -3]$ alors t a un unique antécédent par f.
   ii) si $t \in]-2\ ,\ 1[$ alors t a trois antécédents par f.
   iii) Finalement si $t \in \{-2; 1\}$ alors t a deux antécédents par f.

Solution 6

1. L'image de -1 par f est environ $1,5$.
2. L'image de 0 par f est 3.

Solutions

3. Les antécédents de 1 par f sont environ $-1,5$ et $1,5$.
4. L'antécédent de 3 est 0.

Solution 7 (Résolution graphique de $f(x) = g(x)$ et de $f(x) < g(x)$)

1. Pour résoudre l'équation $f(x) = 0$ (c'est-à-dire pour déterminer les antécédents de 0 par f), on détermine les abscisses des points d'intersection de $\mathcal{C}_f$ avec la droite horizontale d'équation $y = 0$. On lit graphiquement que les solutions sont $x = -2$ et $x = 4$. $\mathcal{S} = \{-2; 4\}$.
2. Pour résoudre $f(x) < g(x)$, on détermine les intervalles sur lesquels la courbe Δ est au dessous de la courbe $\mathcal{C}$.
   On lit graphiquement la solution :
   $\mathcal{S} =]-\infty\ ,\ -3[\cup]4\ ,\ +\infty[$.
3. Pour résoudre l'équation $f(x) = g(x)$, on détermine les points d'intersection de $\mathcal{C}$ et de Δ.
   On trouve deux solutions : $x = -3$ et $x = 4$. $\mathcal{S} = \{-3; 4\}$.

Solution 8 (Images et antécédents d'une fonction, abscisses et ordonnées sur la courbe)

1. Soit M le point de la courbe $\mathcal{C}$ ayant pour abscisse 2. Son ordonnée y est alors égale à $f(2)$. On calcule donc l'image de 2 par la fonction f :

   $$f(2) = -(2+2)^2 + 9 = -(4)^2 + 9$$
   $$= -16 + 9 = -7.$$

   Le point d'abscisse 2 de la courbe $\mathcal{C}$ a donc pour ordonnée -7.

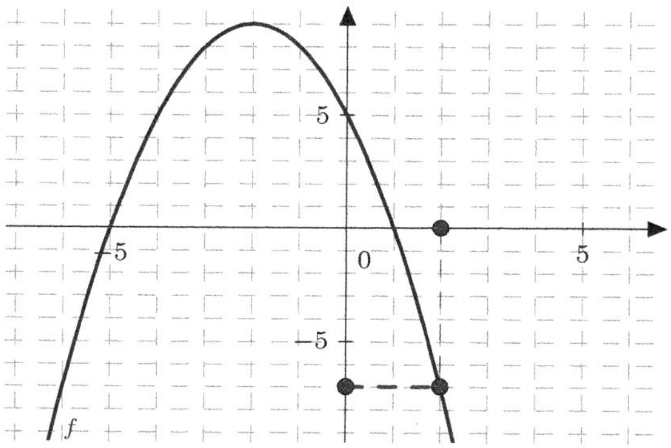

2. Si M est un point de $\mathcal{C}$ ayant pour ordonnée 10 , son abscisse x vérifie alors : $f(x) = 10$.
   Pour déterminer le nombre de points de la courbe $\mathcal{C}$ qui ont pour ordonnée 10, on recherche le nombre de solutions de l'équation $f(x) = 10$,
   soit $-(x+2)^2 + 9 = 10$
   soit $-(x+2)^2 = 1$
   Or, un carré est toujours positif ou nul, donc $-(x+2)^2$ est toujours négatif ou nul. Comme le réel 1 est strictement positif, cette équation n'admet donc aucune solution. Il n'existe donc aucun point de la courbe $\mathcal{C}$ ayant pour ordonnée 10 .
3. Pour déterminer les antécédents de 0 par la fonction f , on résout l'équation $f(x) = 0$.
   soit $-(x+2)^2 + 9 = 0$
   soit $-(x+2)^2 = -9$
   soit $(x+2)^2 = 9$
   soit $x + 2 = \sqrt{9}$ ou $x + 2 = -\sqrt{9}$
   soit $x + 2 = 3$ ou $x + 2 = -3$
   soit $x = 1$ ou $x = -5$.
   Cette équation admet donc deux solutions : 1 et -5.

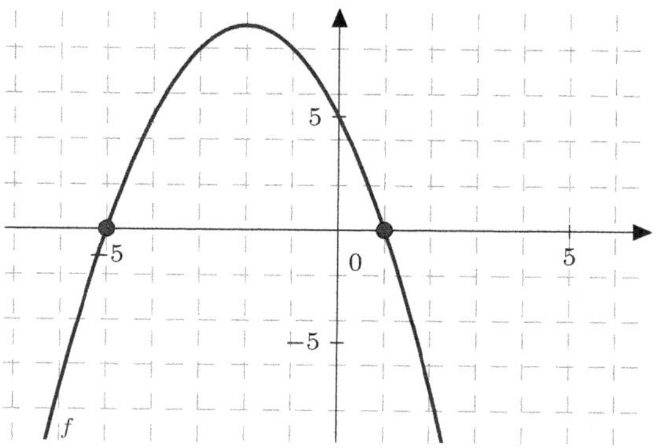

Le réel 0 admet donc deux antécédents par f : 1 et -5.

Solution 9 (Forme adéquate pour résoudre une équation)

1. Pour tout réel x :

$$\begin{aligned} 3(x-2)^2 - 12 &= 3(x^2 - 4x + 4) - 12 \\ &= 3x^2 - 12x + 12 - 12 \\ &= 3x^2 - 12x \\ &= f(x). \end{aligned}$$

Donc pour tout réel x : $f(x) = 3(x-2)^2 - 12$.

2. Pour tout réel x :

$$\begin{aligned} f(x) &= 3x^2 - 12x \\ &= 3x(x-4). \end{aligned}$$

3. On cherche à résoudre l'équation : $f(x) = 0$. On utilise pour cela la forme factorisée de $f(x)$:
soit $3x(x-4) = 0$
soit $3x = 0$ ou $x - 4 = 0$
soit $x = 0$ ou $x = 4$.
L'équation (E) admet donc deux solutions : 0 et 4.

4. On cherche à résoudre l'équation : $f(x) = -12$.
On utilise pour cela la forme canonique de $f(x)$:
ce qui donne $3(x-2)^2 - 12 = -12$,
soit $3(x-2)^2 = 0$,
soit $x - 2 = 0$,
soit $x = 2$.
L'équation (F) admet donc une solution : 2.

5. On cherche à résoudre l'équation : $f(x) = (x-4)(2x+1)$.
On utilise pour cela la forme factorisée de $f(x)$, à savoir $f(x) = (x-4)(2x+1)$.

$3x(x-4) = (x-4)(2x+1)$
soit $3x(x-4) - (x-4)(2x+1) = 0$
soit $(x-4)(3x-2x-1) = 0$
soit $(x-4)(x-1) = 0$
Un produit de facteurs est nul lorsque l'un ou l'autre de ses facteurs est nul.
Ainsi, $x - 4 = 0$ ou $x - 1 = 0$
soit $x = 4$ ou $x = 1$.
L'équation (G) admet donc deux solutions : 1 et 4.

Solutions

Solution 10 (Forme adéquate pour résoudre une équation)

1. On a pour tout nombre réel x,

$$\begin{aligned} 4+\frac{3x-63}{x^2+9} &= \frac{4(x^2+9)}{x^2+9}+\frac{3x-63}{x^2+9} \\ &= \frac{4x^2+36}{x^2+9}+\frac{3x-63}{x^2+9} \\ &= \frac{4x^2+3x-63+36}{x^2+9} \\ &= \frac{4x^2+3x-27}{x^2+9} \\ &= f(x) \end{aligned}$$

Ce qu'il fallait vérifier.

2. On a pour tout nombre réel x,

$$\begin{aligned} \frac{(4x-9)(x+3)}{x^2+9} &= \frac{4x^2+12x-9x-27}{x^2+9} \\ &= \frac{4x^2+3x-27}{x^2+9} \\ &= f(x) \end{aligned}$$

Ce qu'il fallait vérifier.

3. On a $f(0)=\dfrac{4\times 0^2+3\times 0-27}{0^2+9}=-\dfrac{27}{9}=-3$.

4. En utilisant la troisième forme (factorisée), on résout $\dfrac{(4x-9)(x+3)}{x^2+9}=0$
Un quotient est nul lorsque son numérateur est nul.
soit $(4x-9)(x+3)=0$
Un produit de facteurs est nul lorsque l'un ou l'autre de ses facteurs est nul.
soit $4x-9=0$ ou $x+3=0$
soit $x=\frac{9}{4}$ ou $x=-3$
$\mathcal{S}=\left\{\frac{9}{4};-3\right\}$.

5. En utilisant la deuxième forme, on résout $4+\dfrac{3x-63}{x^2+9}=4$
soit $\dfrac{3x-63}{x^2+9}=0$
soit $3x-63=0$
soit $x=9$.
$\mathcal{S}=\{9\}$.

Solution 11 (Images, antécédents)

1. L'image par f de 2, c'est $f(2)=\dfrac{2\times 2-5}{3\times 2+6}=\dfrac{-1}{6+6}=-\dfrac{1}{12}$.

2. $f(-11)=\dfrac{2\times(-11)-5}{3\times(-11)+6}=\dfrac{-27}{-33+6}=\dfrac{-27}{-27}=1$.

3. Les antécédents par f de $-\frac{1}{2}$ sont les solutions de l'équation $f(x)=-\frac{1}{2}$,

$$\begin{array}{lrcl}
\text{soit} & \dfrac{2x-5}{3x+6} & = & -\frac{1}{2} \\
\text{soit} & 2\times(2x-5) & = & -(3x+6) \\
\text{soit} & 4x-10 & = & -3x-6 \\
\text{soit} & 7x & = & 4 \\
\text{soit} & x & = & \frac{4}{7}
\end{array}$$

$-\frac{1}{2}$ admet un unique antécédent par f à savoir $\frac{4}{7}$.

4. On résout l'équation $f(x) = \frac{2}{3}$.

$$\begin{array}{lrcl}
\text{soit} & \dfrac{2x-5}{3x+6} & = & \frac{2}{3} \\
\text{soit} & 3\times(2x-5) & = & 2\times(3x+6) \\
\text{soit} & 6x-15 & = & 6x+12 \\
\text{soit} & -15 & = & 12
\end{array}$$

Cette équation n'admet pas de solution. Autrement dit $\frac{2}{3}$ n'admet pas d'antécédent par f.

Solution 12 (Tableau de valeurs d'une fonction, images, antécédents et point fixe)

1. D'après le tableau, on a : $f(0) = 1$. On en déduit que l'image de 0 par f est : 1 .
2. Pour déterminer si 0 admet un antécédent par f, on cherche si un réel a pour image 0 par f.
   On remarque que : $f(5) = 0$. On en déduit que 0 admet un antécédent par f : 5 .
3. Pour déterminer s'il existe un réel admettant plusieurs antécédents par f , on regarde s'il existe des réels distincts ayant la même image par f. On remarque que :
   - $f(0) = 1$
   - $f(1) = 1$.

   On en déduit que le réel 1 admet deux antécédents par f : 0 et 1 .
4. Pour déterminer si f admet un point fixe, on regarde s'il existe un réel tel que son image par f est lui-même. On remarque que : $f(1) = 1$. On en déduit que 1 est un point fixe par f.

10.13.1 Logique

Solution 13

Rappelons la définition 5 : Pour que la fonction f soit croissante sur I, il faut et il suffit que

$$\forall (x,y) \in I^2,\ ((x<y) \Longrightarrow (f(x) \leqslant f(y)))\,.$$

En prenant la contraposée de l'implication, on obtient :

Pour que la fonction f soit croissante sur I, il faut et il suffit que

$$\forall (x,y) \in I^2,\ (\text{non}(f(x) \leqslant f(y))) \Longrightarrow \text{non}(x<y).$$

D'après la proposition (5.4) (page 63),

$$\text{non}(f(x) \leqslant f(y)) \Longleftrightarrow (f(y) < f(x)) \text{ et } \text{non}(x<y) \Longleftrightarrow (y \leqslant x).$$

Il ne reste plus qu'à échanger les rôles de x et de y.

De la même façon, on obtient :

Solutions

- Pour que la fonction f soit strictement croissante sur I, il faut et il suffit que

$$\forall (x, y) \in I^2, \ ((f(x) \leqslant f(y)) \Longrightarrow (x \leqslant y)).$$

- Pour que la fonction f soit décroissante sur I, il faut et il suffit que

$$\forall (x, y) \in I^2, \ ((f(x) > f(y)) \Longrightarrow (x \leqslant y)).$$

- Pour que la fonction f soit strictement croissante sur I, il faut et il suffit que

$$\forall (x, y) \in I^2, \ ((f(x) \geqslant f(y)) \Longrightarrow (x \leqslant y)).$$

10.14 Problèmes

Problème 1 (Exprimer une aire variable à l'aide d'une fonction)
Soit $ABCD$ un carré de côté 16.

Les points E, F, G et H appartiennent respectivement aux segments $[AB]$, $[BC]$, $[CD]$ et $[DA]$, tels que : $AE = BF = CG = DH = x$ (x réel positif).

1. Exprimer l'aire $\mathcal{A}(x)$ du quadrilatère $EFGH$ en fonction de x .
2. Déterminer le domaine de définition de la fonction $\mathcal{A}$.

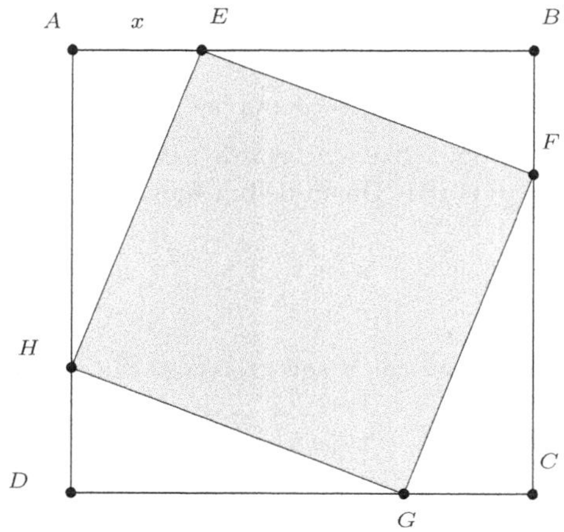

Problème 2
On considère l'algorithme suivant :

Entrée :	Entrer la valeur de x .
Traitement :	$\|\| x^2 \to a$
	$\|\| 2x \to b$
	$\|\| a - 4b + 16 \to c$
Sortie :	Afficher la valeur de c.

1. Déterminer les images des réels 2 , 4 et -2 par l'algorithme.

2. On appelle f la fonction associée à l'algorithme précédent. Déterminer l'expression algébrique de f en fonction de la variable réelle x .
3. Montrer que tous les résultats de l'algorithme sont des carrés.
4. Pour quelles valeurs de la variable x l'algorithme retourne-t-il 16 comme résultat ?

Problème 3 (Le théorème du pâtissier)

On fabrique une boîte à partir d'une feuille de carton carrée de 12 cm de côté. On découpe quatre carrés de x cm de côté, un à chaque sommet. On note $V(x)$ le volume de la boîte exprimé en cm ^{3}. On cherche quel est le plus grand volume possible.

1. Quel est l'ensemble de définition D de V ?
2. Donner l'expression de V sur D.
3. Établir un tableau de valeurs pour V. Quelle conjecture peut-on émettre ?
4. Démontrer que $V(x) - V(2) = 4(x-2)^2(x-8)$. Que peut-on en conclure ?

10.15 Solutions

Correction 1 (Exprimer une aire variable à l'aide d'une fonction)

1. Le quadrilatère $EFGH$ est obtenu en retirant au carré $ABCD$ quatre triangles rectangles superposables (donc de même aire).
On peut donc déterminer l'aire $\mathcal{A}(x)$ du quadrilatère $EFGH$ en retirant l'aire de ces triangles à l'aire du carré $ABCD$.
L'aire du carré $ABCD$ égale : $16^2 = 256$.
Les quatre triangles étant superposables, il suffit de déterminer l'aire de l'un d'entre eux, le triangle AEH par exemple.
AEH est un triangle rectangle dont les côtés de l'angle droit ont pour mesure : x et $16 - x$.

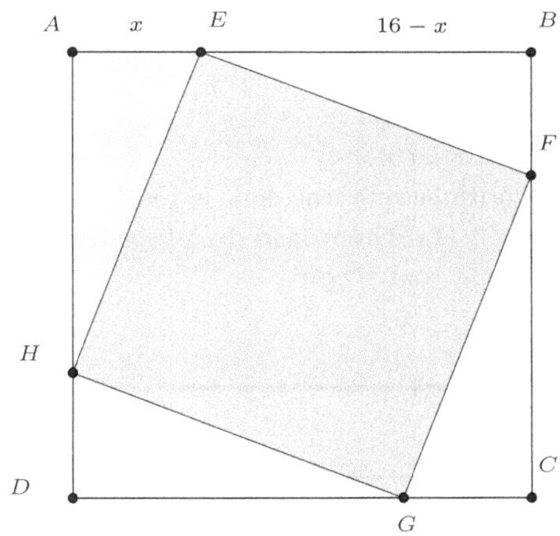

L'aire du triangle AEH est donc : $\dfrac{x(16-x)}{2}$

Finalement l'aire $\mathcal{A}(x)$ du quadrilatère $EFGH$ est : $\mathcal{A}(x) = 256 - 4 \times \dfrac{x(16-x)}{2}$, Soit : $\mathcal{A}(x) = 256 - 2x(16-x)$ Finalement : $\mathcal{A}(x) = 256 - 32x + 2x^2$

2. On sait par construction que les points E, F, G et H appartiennent respectivement aux segments $[AB]$, $[BC]$, $[CD]$ et $[DA]$.
On en déduit que : $0 \leqslant AE \leqslant AB$, et de même pour les longueurs BF, CG et DH.
Ce qui signifie : $0 \leqslant x \leqslant 16$.
Le domaine de définition de la fonction $\mathcal{A}$ est donc : $[0, 16]$.

Correction 2 (Lire un algorithme qui définit une fonction)

1. Pour déterminer l'image de 2 par l'algorithme, on remplace x par la valeur 2 et on calcule le résultat stocké dans la variable $\mathcal{C}$, soit :

$c = (2)^2 - 4[2(2)] + 16 = 4$

De la même manière, pour trouver l'image de 4 :

$c = (4)^2 - 4[2(4)] + 16 = 0.$

Enfin, pour déterminer l'image de -2 :

$c = (-2)^2 - 4[2(-2)] + 16 = 36.$

Finalement :

- l'image de 2 par l'algorithme est 4 ;
- l'image de 4 par l'algorithme est 0 ;
- l'image de -2 par l'algorithme est 36.

2. En procédant au même calcul que précédemment, mais en conservant cette fois la variable x, on obtient :
   $c = (x)^2 - 4[2(x)] + 16$. Pour tout réel x , on a donc : $f(x) = x^2 - 8x + 16$.
3. L'expression de $f(x)$ fait apparaître une identité remarquable :
   $f(x) = x^2 - 8x + 16 = (x - 4)^2$. On en déduit que pour tout réel x, le réel $f(x)$ est un carré. Ce qui signifie que tous les résultats de l'algorithme sont des carrés.
4. Pour déterminer les valeurs de la variable x telle que l'algorithme retourne 16 comme résultat, on recherche les antécédents de 16 par la fonction f.
   Ce qui revient à résoudre l'équation $f(x) = 16$,
   soit $(x - 4)^2 = 16$
   soit $x - 4 = \sqrt{16}$ ou $x - 4 = -\sqrt{16}$
   soit $x - 4 = 4$ ou $x - 4 = -4$
   soit $x = 8$ ou $x = 0$
   L'algorithme retourne donc le résultat 16 pour les valeurs 0 et 8 données en entrée.

Correction 3 (Le théorème du pâtissier)

Un dessin avant toute chose :

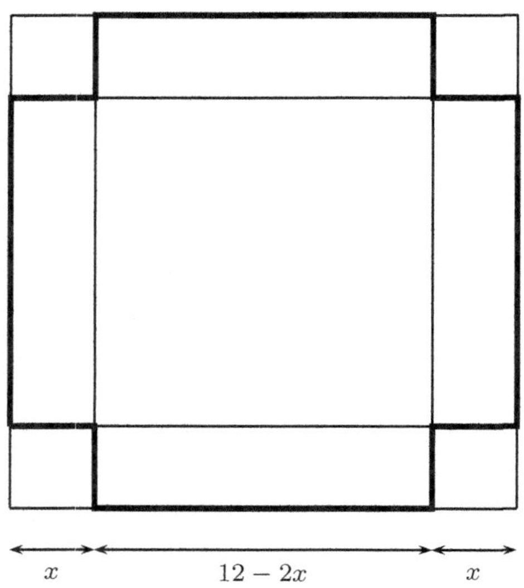

1. V est défini pour toutes les valeurs de x qui donne des longueurs positives, soit $x > 0$ et $12-2x > 0$, soit $0 < x < 6$.
   D $=]0\ ,\ 6[$.

2. $V(x) =$ hauteur $\times$ base $= x(12-2x)^2$. sur D.

3.

x	1	2	3	4	5
$V(x)$	100	128	108	64	20

   On peut conjecturer que V est maximum lorsque $x = 2$.

4. $V(x) - V(2) = 4\left[x(x-6)^2\right] - 4 \times 32 = 4\left[x(x^2-12x+36) - 32\right] = 4(x^3 - 12x^2 + 36x - 32)$.
   Or $4(x-2)^2(x-8) = 4(x^2-4x+4)(x-8) = 4(x^3-4x^2+4x-8x^2+32x-32) = 4(x^3-12x^2+36x-32)$.
   On a donc bien $V(x) - V(2) = 4(x-2)^2(x-8)$.
   $V(x) - V(2)$ est donc un produit d'un carré par un nombre négatif. Donc $V(x) - V(2) \leqslant 0$, donc $V(x) \leqslant V(2)$. Donc V est bien maximum lorsque $x = 2$.

10.16 Travaux dirigés

Travaux dirigés 1 (Tableau de valeurs)
On cherche à obtenir rapidement le tableau de valeur d'une fonction avec une calculatrice.

1. Syntaxe
Soit f la fonction définie sur $\mathbb{R}$ par $f(x) = 2x^2 - 1$.
On veut obtenir le tableau de valeur de pas 1 de la fonction f pour x variant de -5 à 5. Attention, -5 est obtenu par [(-)] [5].
Pour cela, il faut indiquer à la calculatrice :

1. l'expression de la fonction f,
2. la plus petite valeur du tableau que l'on veut calculer,
3. l'écart entre deux valeurs consécutives de x (appelé le **pas** du tableau).

Sur une TI :
- ▶ [$f(x)$] et entrer la valeur de l'expression de f. La variable x s'obtient à l'aide de la touche [x, τ, θ, η].
- ▶ [2nde] [*fenêtre*] (pour obtenir TblSet) et entrer le nombre de départ et la valeur du pas (Δ Tbl). Le nombre -5 s'obtient par [(-)] [5].
- ▶ [2nde] [*graphe*] (pour obtenir TABLE).

2. On considère la fonction g qui à tout réel x associe le nombre réel $g(x) = x^2 - 3x$.

1. Dresser un tableau de valeurs de la fonction g sur l'intervalle $[-3\ ,\ 4]$ de pas 1.
2. À quel intervalle d'amplitude 1 semble appartenir la valeur de x donnant le minimum de g ?
3. Dresser un tableau de valeurs de la fonction g de pas $0,1$ sur l'intervalle trouvé.

4. Quelle semble être la valeur de x donnant le minimum de g ?

3. On considère la fonction f définie par $f(x) = \frac{1}{x+3}$.

1. Quel est l'ensemble de définition de f ?
2. Dresser un tableau de valeur de pas 1 pour x variant entre -4 et 4.
3. Quelle est l'image de -2 ?
4. Donner un antécédent de $0,2$. Peut-on affirmer que c'est le seul ? Pourquoi ?
5. Que peut-on proposer de modifier pour obtenir rapidement l'image de 50 ?
6. Quelle est l'image de -3 ? Quelle question permettait d'anticiper ce résultat ?

Travaux dirigés 2 (Représentation graphique d'une fonction)

On cherche à obtenir rapidement la représentation graphique d'une fonction avec une calculatrice.

1. Réglages préliminaires

Soit f_1 la fonction définie sur $[-5\ ,\ 5]$ par $\forall x \in [-5\ ,\ 5]$, $f_1(x) = x^2 + 1$.

1. Dresser un tableau de valeurs de pas 1 de la fonction f.
2. Déduire de ce tableau les valeurs extrêmes des abscisses et des ordonnées.

$$\mathrm{X_{min}}=\ldots \qquad \mathrm{Y_{min}}=\ldots \qquad \mathrm{X_{max}}=\ldots \qquad \mathrm{Y_{max}}=\ldots$$

3. La calculatrice a des réglages d'affichage par défaut. Afin de tracer la courbe dans une fenêtre adaptée à la courbe, il faut indiquer à la machine les valeurs extrêmes (les bords) de la fenêtre d'affichage.

Pour une Texas :

- ► *f(x)* et entrer la valeur de l'expression de f.
- ► taper *fenêtre*
- ► remplacer les réglages $\mathrm{X_{min}}$, $\mathrm{X_{max}}$,$\mathrm{Y_{min}}$,$\mathrm{Y_{max}}$ par les valeurs obtenues par le tableau
- ► taper *graphe*.

Vérifier que l'on obtient le tracé suivant :

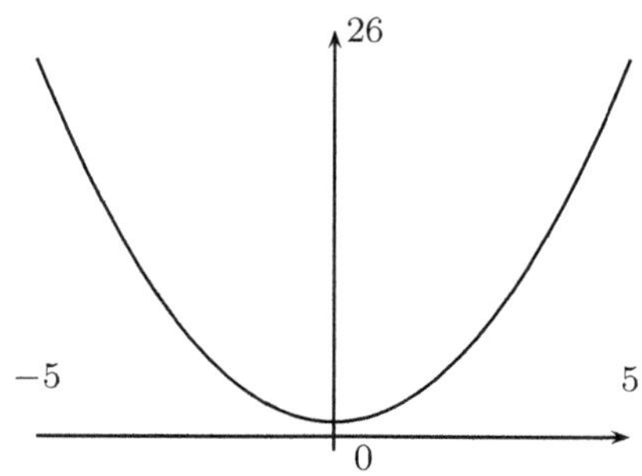

2. Exemples : En procédant de le même manière, dessiner une allure de la courbe représentative de chacune des fonctions suivantes : (On précisera à chaque fois les valeurs extrêmes de la fenêtre d'affichage.)

$f_2(x) = x^5 + 32$ sur $[-2\ ,\ 2]$ $\qquad$ $f_3(x) = \dfrac{1}{1+x^2}$ sur $[-4\ ,\ 4]$

Travaux dirigés 3 (Autres exemples)

1. Ensemble de définition

Sur la calculatrice, tracer la courbe de la fonction f définie par $f(x) = \dfrac{8x+15}{4x+6}$ pour x variant de -4 à 2.

1. Pourquoi $-1,5$ n'a-t-il pas d'image par f ?
2. Comment cela se traduit-il sur l'écran de la calculatrice ?

2. Suivre à la trace

On cherche des valeurs approchées des coordonnées des points d'intersection des courbes représentatives des fonctions f et g définies par : $f(x) = -x^2 + 5x - 3$ et $g(x) = 2x - 3$. (Window : x varie de -2 à 4 et y de -5 à 11)

1. Entrer la fonction f dans $Y1$ et la fonction g dans $Y2$.
2. Taper TRACE et utiliser les touches directionnelles pour lire des valeurs approchées des coordonnées des points d'intersection vus à l'écran.
3. En déduire des valeurs approchées des solutions de l'équation $f(x) = g(x)$ pour x compris entre -2 et 4.

3. Un autre exemple

1. Tracer sur la calculatrice la courbe de la fonction f définie par : $f(x) = \dfrac{x^3 - 2x}{x^2+1}$ pour $x \in [-5\ ,\ 5]$.
2. Faire apparaître sur le même tracé la courbe de la fonction g définie par : $g(x) = 0,5x$.
3. A l'aide de la touche TRACE de la calculatrice, lire les coordonnées des points d'intersection des deux courbes.
4. Retrouver le résultat de la question précédente en résolvant par le calcul l'équation

$$[f(x) = g(x);\ \text{ inconnue } x \in [-5\ ,\ 5]]\,.$$

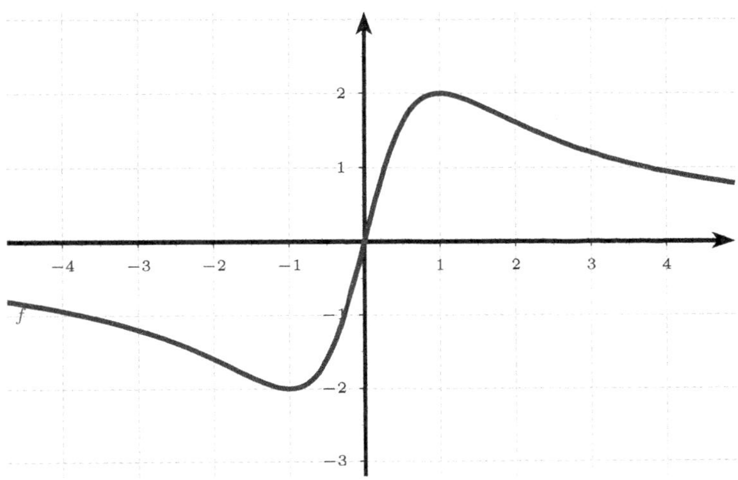

Travaux dirigés 4 (Geogebra)
Ouvrir une session **Geogebra**.

1. Écrire $\mathtt{f(x)} = \mathtt{4x/(1+x^2)}$ dans la boîte de dialogue.
2. Définir un curseur **a** entre 0, 2 et 5.
3. Écrire $\mathtt{g(x)} = \mathtt{a * f(x)}$ dans la boîte de dialogue. Que constate-t-on en faisant varier le curseur ?
4. Cacher la fonction **g**. Écrire $\mathtt{h(x)} = \mathtt{f(a * x)}$ dans la boîte de dialogue. Que constate-t-on en faisant varier le curseur ?
5. Cacher la fonction **h** et le curseur **a**. Définir un curseur **t** entre -5 et 5.
6. Écrire $\mathtt{k(x)} = \mathtt{f(x + t)}$ dans la boîte de dialogue. Que constate-t-on en faisant varier le curseur **t** ?
7. Essayer avec d'autres fonctions.

Travaux dirigés 5 (Représentation graphique d'une suite définie par récurrence)
On veut représenter graphiquement sur l'axe des abscisses les termes successifs de la suite définie par :
$$\begin{cases} u_0 = -1,5 \\ u_{n+1} = \sqrt{u_n + 2} \end{cases}$$

Soit f la fonction définie sur $[-2\ ,\ +\infty[$ par $\forall x \in [-2\ ,\ +\infty[$, $f(x) = \sqrt{x+2}$.

Soit g la fonction définie sur $\mathbb{R}$ par $\forall x \in \mathbb{R}$, $g(x) = x$.

On note $\mathscr{C}$ la courbe représentative de f et Δ la la courbe représentative de g. Ces deux courbes sont représentées ci-dessous.

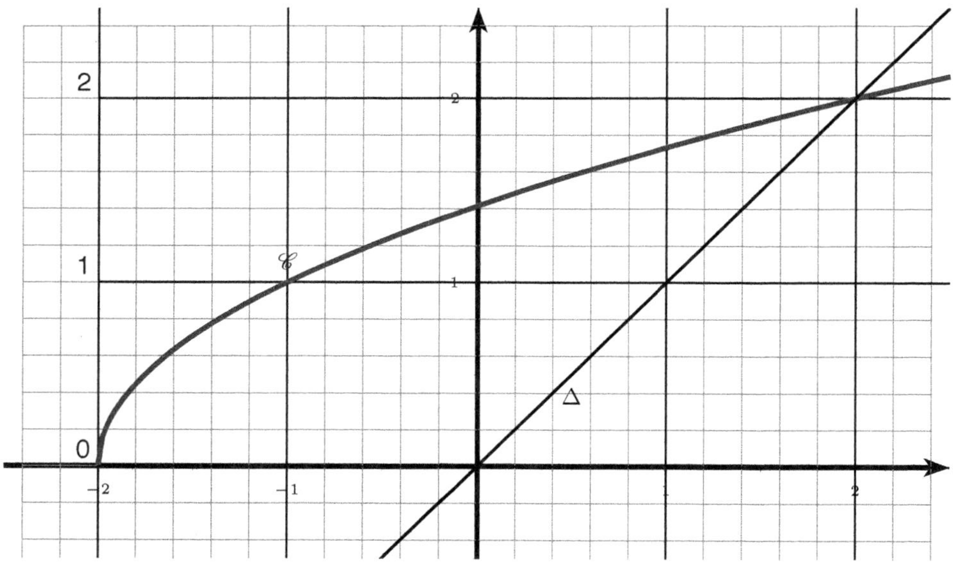

Procédé :

1. (a) Placer sur l'axe (Ox) le terme u_0
   (b) À l'aide de la courbe $\mathscr{C}$, placer le nombre u_1 sur l'axe des abscisses. *On rappelle qu'un point $M\left(x\ ,\ y\right)$ appartient à $\mathscr{C}$ si, et seulement si, $y = f(x)$*
   (c) À l'aide de la droite Δ, **construire** alors u_1 sur l'axe des abscisses.

2. Recommencer les étapes précédentes pour construire u_2 sur l'axe des ordonnées, puis sur l'axe des abscisses.
3. Construire de même les termes successifs de la suite (u_n).
4. Que peut-on conjecturer ?

Chapitre 11

Droites

Sommaire

On a déjà vu le lien entre vecteurs et alignement de points, donc entre vecteurs et droites.

11.1 Vecteurs directeurs

Définition 1.

Soit (D) une droite du plan, on appelle **vecteur directeur** de (D) tout vecteur $\overrightarrow{u}$ du plan tel qu'il existe deux points distincts A et B appartenant à (D) vérifiant : $\overrightarrow{u} = \overrightarrow{AB}$.

Pour obtenir un vecteur directeur d'une droite, c'est facile, on choisit deux points distincts sur la droite en question, ça nous donne automatiquement un vecteur directeur de cette droite. Un vecteur directeur n'est jamais le vecteur nul. Il donne la direction de la droite.

Maintenant, des traductions du théorème 10 page 224.

Théorème 1
Soit (D) une droite du plan.

- Tous les vecteurs directeurs de (D) sont colinéaires entre eux.
- Inversement, tout vecteur non nul colinéaire à un vecteur directeur de (D) est lui-même un vecteur directeur de (D).
- Une droite du plan est entièrement déterminée par deux points distincts. Elle est aussi entièrement déterminée par un point et un vecteur directeur.
- Deux droites parallèles ont des vecteurs directeurs colinéaires.
- Inversement, deux droites qui ont des vecteurs directeurs colinéaires sont parallèles.

11.2 Équations de droites

Le plan est rapporté à un repère $(O ; \overrightarrow{\imath} , \overrightarrow{\jmath})$.

Soit $A (x_A , y_A)$ et $B (x_B , y_B)$ deux points distincts du plan. On va chercher une condition nécessaire et suffisante pour qu'un point $M (x , y)$ appartienne à la droite (AB).

Le point $M (x , y)$ appartient à la droite (AB) si et seulement si

les points M, A et B sont alignés, si et seulement si

les vecteurs $\overrightarrow{AM} \begin{pmatrix} x - x_A \\ y - y_A \end{pmatrix}$ et $\overrightarrow{AB} \begin{pmatrix} x_B - x_A \\ y_B - y_A \end{pmatrix}$ sont colinéaires, si et seulement si

$(x - x_A) \cdot (y_B - y_A) - (x_B - x_A) \cdot (y - y_A) = 0$ d'après le théorème 16 page 228.

- En développant cette dernière égalité, on obtient

$$(y_B - y_A) \cdot x + (x_A - x_B) \cdot y + x_A \cdot (y_A - y_B) + (x_B - x_A) \cdot y_A = 0.$$

Soit $ax + by + c = 0$ en posant $\begin{cases} a = y_B - y_A \\ b = x_A - x_B \\ c = x_A \cdot (y_A - y_B) + (x_B - x_A) \cdot y_A \end{cases}$.

Puisque le vecteur $\overrightarrow{AB}$ n'est pas le vecteur nul, au moins l'un des nombres réels a et b est non nul.

◄ Inversement, on se donne deux réels a et b dont l'un au moins est non nul et un réel c. On considère l'ensemble des points $M\ (\ x\ ,\ y\ )$ du plan dont les coordonnées vérifient $ax + by + c = 0$. Pour fixer les idées, on prend $b \neq 0$. On considère les deux points $A\ \left(\ 0\ ,\ -\frac{c}{b}\ \right)$ et $B\ \left(\ -b\ ,\ a - \frac{c}{b}\ \right)$. On a alors

$$\begin{cases} y_B - y_A = a - \dfrac{c}{b} + \dfrac{c}{b} = a \\ x_A - x_B = 0 - (-b) = b \\ x_A \cdot (y_A - y_B) + (x_B - x_A) \cdot y_A = 0 \cdot (y_A - y_B) + (-b - 0) \times \left(-\dfrac{c}{b}\right) = c \end{cases}$$

De ce fait les points A et B sont distincts et l'ensemble des points $M\left(x\ ,\ y\right)$ du plan dont les coordonnées vérifient $ax + by + c = 0$ est la droite (AB). On a un travail identique lorsque $a \neq 0$.

On remarquera que le vecteur $\overrightarrow{AB}\begin{pmatrix} -b \\ a \end{pmatrix}$ est un vecteur directeur de la droite (AB). On vérifie bien à cet effet qu'il n'est pas vecteur nul, et aussi qu'il reste un vecteur directeur dans le cas où $a \neq 0$.

On en déduit le théorème suivant :

Théorème 2

Soit a, b et c trois nombres réels avec $\left(a\ ,\ b\right) \neq \left(0\ ,\ 0\right)$. L'ensemble des points $M\left(x\ ,\ y\right)$ vérifiant $ax + by + c = 0$ est une droite admettant le vecteur de coordonnées $\begin{pmatrix} -b \\ a \end{pmatrix}$ comme vecteur directeur.

On dit que $ax + by + c = 0$ est une **équation cartésienne** de cette droite.

Inversement toute droite admet une équation $ax + by + c = 0$ avec $\left(a\ ,\ b\right) \neq \left(0\ ,\ 0\right)$. Le vecteur de coordonnées $\begin{pmatrix} -b \\ a \end{pmatrix}$ est alors un vecteur directeur de cette droite..

Remarques 1.

1. Il n'y a pas unicité de l'équation d'une droite, c'est-à-dire du triplet $(\ a\ ,\ b\ ,\ c\ )$. En effet, si $ax + by + c = 0$ est une équation d'une droite, alors pour tout réel non nul k, $(ka)x + (kb)y + kc = 0$ est une équation de la même droite.
2. Inversement, si $ax + by + c = 0$ et $a'x + b'y + c' = 0$ sont deux équations d'une même droite, alors il existe un réel non nul k tel que $a' = ka$, $b' = kb$ et $c' = kc$.

   En effet, les deux vecteurs $(\ -b\ ,\ a\ )$ et $(\ -b'\ ,\ a'\ )$ sont directeurs de cette droite, ils sont donc colinéaires (et non nuls) donc il existe un réel non nul k tel que $a' = ka$ et $b' = kb$. Maintenant, soit $M\ (\ x_0\ ,\ y_0\ )$ un point de la droite. On a d'une part $ax_0 + by_0 + c = 0$ donc $(ka)x_0 + (kb)y_0 + kc = 0$ et d'autre part $a'x_0 + b'y_0 + c' = 0$ donc $(ka)x_0 + (kb)y_0 + c' = 0$. On en déduit bien $c' = kc$.

Remarques 1.

1. Quel lien entre équation de droite et équation ? Soit (D) une droite d'équation $ax+by+c = 0$. Un point appartient à (D) si et seulement si son couple de coordonnées est solution de l'équation

$$[\ ax+by+c=0\,;\ \text{inconnue}\ \big(x\ ,\ y\big) \in \mathbb{R}\times\mathbb{R}\ ]$$

2. La notion d'équation est relative au repère choisi.

11.3 Équations réduites

Le plan est rapporté à un repère $(\,O\,;\ \overrightarrow{\imath}\ ,\ \overrightarrow{\jmath}\ )$. On considère une droite (D) d'équation $ax+by+c=0$.

- Si $b=0$, alors $a \neq 0$ et la droite (D) est parallèle à l'axe des ordonnées : Puisque tous les points de la droite (D) ont une abscisse x qui vérifie $ax+c=0$, toutes les abscisses des points de (D) égalent $-\dfrac{c}{a}$.
- Si $b \neq 0$, alors l'équation $ax+by+c=0$ est équivalente à $y=-\dfrac{a}{b}x-\dfrac{c}{b}$ soit $y=mx+p$ en posant $m=-\dfrac{a}{b}$ et $p=-\dfrac{c}{b}$.

Définition 2.

On appelle **équation réduite** d'une droite, toute équation

$$[\ y=mx+p; \qquad \text{inconnue}\ \ (\ x\ ,\ y\ ) \in \mathbb{R}\times\mathbb{R}\ ],$$

où m et p sont deux réels donnés.

Ainsi on a vu que toute droite sécante à l'axe des ordonnées admet une équation réduite. Cette équation réduite est unique.

Inversement, une équation réduite est une équation d'une droite sécante à l'axe des ordonnées.

Définition 3.

Soit $y=mx+p$ l'équation réduite d'une droite (D) sécante à l'axe des ordonnées.
Le nombre m s'appelle le **coefficient directeur** de (D) et le nombre p s'appelle l'**ordonnée à l'origine** de (D)

L'ordonnée à l'origine d'une droite est l'ordonnée du point de cette droite d'abscisse nulle.

11.3.1 Détermination pratique

1. On connaît un point $A\ (\ x_A\ ,\ y_A\ )$ et le coefficient directeur m.
   L'ordonnée à l'origine est solution de l'équation $y_A = mx_A + p$ d'inconnue $p \in \mathbb{R}$.
2. On connaît deux points $A\ (\ x_A\ ,\ y_A\ )$ et $B\ (\ x_B\ ,\ y_B\ )$.
   On se ramène au cas précédent (méthode du jaguar casqué), sachant que le coefficient directeur $m = \dfrac{y_B - y_A}{x_B - x_A}$ (voir exercice 10 page 397).
   On peut aussi utiliser une méthode directe en écrivant que $\overrightarrow{AM}$ est colinéaire à $\overrightarrow{AB}$

Exemple 1

1. On se donne $A\ (\ 2\ ,\ -1\ )$. Déterminer l'équation réduite de la droite passant par A de coefficient directeur $-\dfrac{2}{3}$.

   L'équation réduite s'écrit : $y = -\dfrac{2}{3}x + p$ où p reste à déterminer. Les coordonnées de A sont solution de l'équation réduite, soit $-1 = -\dfrac{2}{3} \times 2 + p$ soit $-1 + \dfrac{4}{3} = p$ soit $p = \dfrac{1}{3}$.
   L'équation réduite s'écrit : $y = -\dfrac{2}{3}x + \dfrac{1}{3}$.
   Autre solution. Pour $x \neq 2$, on a $m = -\dfrac{2}{3} = \dfrac{y - y_A}{x - x_A} = \dfrac{y+1}{x-2}$,
   ce qui donne $y + 1 = -\dfrac{2}{3}(x-2)$, y compris pour $x = 2$.
2. On se donne $A\ (\ 2\ ,\ -1\ )$ et $B\ (\ -5\ ,\ 4\ )$. Déterminer l'équation réduite de la droite (AB).
   Le coefficient directeur est $m = \dfrac{y_B - y_A}{x_B - x_A} = \dfrac{4-(-1)}{-5-2} = -\dfrac{5}{7}$. L'équation réduite s'écrit : $y = -\dfrac{5}{7}x + p$ où p reste à déterminer. Les coordonnées de A sont solution de l'équation réduite, soit $-1 = -\dfrac{5}{7} \times 2 + p$ soit $-1 + \dfrac{10}{7} = p$ soit $p = \dfrac{3}{7}$.
   L'équation réduite s'écrit : $y = -\dfrac{5}{7}x + \dfrac{3}{7}$.
   Autre solution. On a $\overrightarrow{AB}\begin{pmatrix}-5-2\\4-(-1)\end{pmatrix}$ soit $\overrightarrow{AB}\begin{pmatrix}-7\\5\end{pmatrix}$ et $\overrightarrow{AM}\begin{pmatrix}x-2\\y+1\end{pmatrix}$. Les vecteurs $\overrightarrow{AM}$ et $\overrightarrow{AB}$ sont colinéaires, ce qui se traduit par $-7(y+1) - 5(x-2) = 0$, soit $-7y - 7 - 5x + 10 = 0$, soit $-7y - 5x + 3 = 0$, soit $-7y = 5x - 3$, soit $y = -\dfrac{5}{7}x + \dfrac{3}{7}$ après division des deux membres par -7.

Remarque 2.

Soit (D) une droite d'équation réduite $y = mx + p$. Le vecteur $\overrightarrow{u}\begin{pmatrix}1\\m\end{pmatrix}$ est un vecteur directeur de (D). On en déduit que si A est un point de la droite (D), alors l'image de A par la translation de vecteur $\overrightarrow{u}$ est aussi un point de la droite (D).

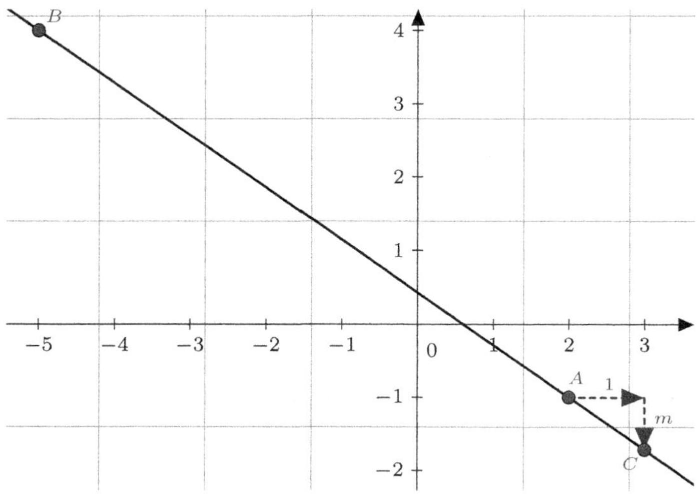

11.3.2 Droites parallèles

Théorème 3
Deux droites sont parallèles si et seulement si elles sont parallèles à l'axe des ordonnées ou si leurs coefficients directeurs sont égaux.

Démonstration 3
En effet dans les deux cas elles admettent des vecteurs directeurs égaux donc colinéaires et on applique le théorème 16 page 228. □

11.3.3 Représentation paramétrique

Soit (D) une droite du plan, A et B deux points distincts de (D).

On a vu qu'un point $M\ (\ x\ ,\ y\ )$ du plan appartient à (D) si et seulement si le vecteur $\overrightarrow{AM}$ est colinéaire au vecteur $\overrightarrow{AB}\begin{pmatrix}\alpha\\ \beta\end{pmatrix}$. En revenant à la définition de la colinéarité des vecteurs, c'est dire qu'il existe un réel t tel que $\overrightarrow{AM} = t\overrightarrow{AB}$. En traduisant à l'aide des coordonnées et en notant $A\ (\ a\ ,\ b\ )$ on obtient une **représentation paramétrique** de la droite (D) :

$$\begin{cases} x = a + \alpha t \\ y = b + \beta t \end{cases} \qquad (t \in \mathbb{R}).$$

Chaque valeur du **paramètre** t donne un point de la droite. Inversement, chaque point M de la droite admet un paramètre t.

11.3.4 Interprétation cinématique

Un point M se déplace sur une droite (D) suivant une vitesse constante (mouvement rectiligne uniforme). À l'origine des temps $(t = 0)$, le point M se trouve en $A\ (\ a\ ,\ b\ )$. À l'instant $t = 1$, le point M se trouve en $B\ (\ a'\ ,\ b'\ )$. Le vecteur $\overrightarrow{AB}\begin{pmatrix}\alpha\\ \beta\end{pmatrix}$ – qui est un vecteur directeur de (D) – est le vecteur vitesse. À l'instant t, le point M a pour coordonnées $M(t)\ (\ a+\alpha t\ ,\ b+\beta t\ )$.

11.3.5 Lien avec les équations de droites

On résout les équations en t dans les deux égalités, et on égale les deux solutions. Une équation de la droite apparaît.

Exemple 2

- Ni α ni β n'est nul : $\begin{cases} x = 3+2t \\ y = 1-3t \end{cases}$ $(t \in \mathbb{R})$. La première égalité donne $t = \dfrac{x-3}{2}$, la deuxième égalité donne $t = -\dfrac{y-1}{3}$. On obtient comme équation

$$\frac{x-3}{2} = -\frac{y-1}{3}.$$

- α ou β est nul : $\begin{cases} x = -3 \\ y = -1+3t \end{cases}$ $(t \in \mathbb{R})$. La première égalité est une équation de la droite, soit

$$x = -3.$$

- α et β sont nuls : impossible ! Ce n'est plus une droite, c'est un point.

11.4 Systèmes et intersection de deux droites

Soit deux droites (D) et (D'), d'équations respectives $ax+by=c$ et $a'x+b'y=c'$.

Les solutions du **système** de deux équations à deux inconnues

$$(\mathscr{S}) \qquad \left[\begin{cases} ax+by=c \\ a'x+b'y=c' \end{cases} \qquad \text{inconnue}\ (\ x\ ,\ y\ ) \in \mathbb{R}\times\mathbb{R}\right]$$

sont les coordonnées des points d'intersection des droites (D) et (D').

Les droites (D) et (D') ont un unique point d'intersection lorsqu'elles ne sont pas parallèles c'est-à-dire lorsque leurs vecteurs directeurs de coordonnées $(\ -b\ ,\ a\ )$ et $(\ -b'\ ,\ a'\ )$ ne sont pas colinéaires c'est-à-dire lorsque $-ba' - (a(-b') \neq 0$ soit $ab' - ba' \neq 0$.

Définition 4.

On appelle **déterminant** du système

$$(\mathscr{S}) \qquad \left[\begin{cases} ax + by = c \\ a'x + b'y = c' \end{cases} \qquad \text{inconnue } (x, y) \in \mathbb{R} \times \mathbb{R}\right]$$

le nombre réel $ab' - ba'$ qui peut être noté $\begin{vmatrix} a & b \\ a' & b' \end{vmatrix}$.

La discussion précédente établit le théorème suivant :

Théorème 4
Pour qu'un système de deux équations à deux inconnues admette un unique couple solution, il faut et il suffit que son déterminant soit différent de zéro.

Remarque 3.

Dans le cas où le déterminant $\begin{vmatrix} a & b \\ a' & b' \end{vmatrix}$ est non nul, la solution (x, y) est

$$x = \frac{\begin{vmatrix} c & b \\ c' & b' \end{vmatrix}}{\begin{vmatrix} a & b \\ a' & b' \end{vmatrix}} \qquad \text{et} \qquad y = \frac{\begin{vmatrix} a & c \\ b' & c' \end{vmatrix}}{\begin{vmatrix} a & b \\ a' & b' \end{vmatrix}}$$

(formules de Cramér)
Il n'est pas nécessaire de connaître ces formules. Il est plus important de savoir résoudre un système. Toutefois, ces formules sont utiles dans le cas où les nombres a, b, c, a', b', c' dépendent d'une lettre.
Vérification : On a alors

$$\begin{aligned} ax + by &= a\,\frac{cb' - bc'}{ab' - ba'} + b\,\frac{ac' - ca'}{ab' - ba'} \\ &= \frac{acb' - abc' + bac' - bca'}{ab' - ba'} \\ &= \frac{acb' - bca'}{ab' - ba'} \\ &= c\,\frac{ab' - ba'}{ab' - ba'} \\ &= c \end{aligned} \qquad \text{et} \qquad \begin{aligned} a'x + b'y &= a'\,\frac{cb' - bc'}{ab' - ba'} + b'\,\frac{ac' - ca'}{ab' - ba'} \\ &= \frac{a'cb' - a'bc' + b'ac' - b'ca'}{ab' - ba'} \\ &= \frac{-a'bc' + b'ac'}{ab' - ba'} \\ &= c'\,\frac{-a'b + b'a}{ab' - ba'} \\ &= c' \end{aligned}$$

Dans le cas où son déterminant est nul, le système n'admet pas de solution (dans le cas où les droites à l'origine du système sont strictement parallèles) ou une infinité de solution (dans le cas où les droites à l'origine du système sont confondues).

11.4.1 Équations réduites

Soit deux droites (D) et (D'), d'équations respectives $y = mx + p$ et $y = m'x + p'$. Ces deux droites sont sécantes en un point si et seulement si le système suivant admet un unique couple solution $(\ x\ ,\ y\ )$, qui est le couple de coordonnées du point d'intersection de (D) et (D') : $\begin{cases} y = mx + p \\ y = m'x + p' \end{cases}$.

D'après l'étude précédente, cela équivaut à dire que $m \neq m'$.

11.4.2 Représentation paramétrique contre équation réduite

La situation la plus favorable pour déterminer l'intersection de deux droites est lorsqu'une a une représentation paramétrique pour l'une et une équation réduite pour l'autre.

Exemple 3
Déterminer l'intersection de (D) $\begin{cases} x = -3 - t \\ y = -1 + 3t \end{cases}$ $(t \in \mathbb{R})$ et (D') : $3x + 2y = -5$.

1. On écrit x et y à l'aide de t dans l'équation de (D') : $3(-3-t)+2(-1+3t) = -5$ soit $3t-11 = -5$.
2. On résout l'équation en t : $3t = 6$ soit $t = 2$.
3. On détermine x et y à l'aide de l'équation de (D') : $x = -3 - 2 = -5$ et $y = -1 + 3 \times 2 = 5$.
4. L'intersection de (D) et (D') est le point de coordonnées $(\ -5\ ,\ 5\ )$.

Pour l'intersection de deux droites en représentation paramétrique, il est conseillé de déterminer une équation pour l'une d'entre elles. Voir exercice 11 page 397.

11.5 Dans un repère orthonormé

Le plan est rapporté à un repère orthonormé $(\ O\ ;\ \vec{\imath}\ ,\ \vec{\jmath}\ )$.

Théorème 5
Soit (D) et (D'), deux droites admettant des équations réduites. Pour que (D) et (D') soient perpendiculaires, il faut et il suffit que le produit de leurs coefficients directeurs égale -1.

Démonstration 5
Soit (D) une droite d'équation réduite $y = mx + p$ avec $m \neq 0$.

(Si $m = 0$ la droite (D) est horizontale – c'est-à-dire parallèle à l'axe des abscisses – donc les droites perpendiculaires à (D) sont parallèles à l'axe des ordonnées, n'ont pas de coefficient directeurs et ne relèvent pas de cette étude.)

Soit $A\ (\ -1\ ,\ p-m\ )$ et $B\ (\ 1\ ,\ p+m\ )$. Les points A et B appartiennent à la droite (D). La médiatrice (D') de $[AB]$ est perpendiculaire à $(D) := (AB)$. Or $M\ (\ x\ ,\ y\ ) \in (D')$ si et seulement si $AM^2 = BM^2$ soit – parce que le repère est orthonormé –

$$\begin{array}{lrcl}
 & (x+1)^2 + (y-(p-m))^2 & = & (x-1)^2 + (y-(p+m))^2 \\
\text{soit} & x^2+2x+1+y^2-2(p-m)y+(p-m)^2 & = & x^2-2x+1+y^2-2(p+m)y+(p+m)^2 \\
\text{soit} & 2x-2(p-m)y+(p-m)^2 & = & -2x-2(p+m)y+(p+m)^2 \\
\text{soit} & 2x-2(p-m)y+p^2-2pm+m^2 & = & -2x-2(p+m)y+p^2+2pm+m^2 \\
\text{soit} & 2x-2(p-m)y-2pm & = & -2x-2(p+m)y+2pm \\
\text{soit} & 2x+2my-2pm & = & -2x-2my+2pm \\
\text{soit} & 4my & = & -4x+4pm \\
\text{soit} & y & = & -\dfrac{1}{m}x+p
\end{array}$$

Puisque $y = -\dfrac{1}{m}x + p$ est une condition nécessaire et suffisante d'appartenance à (D'), c'est une équation de droite et même une équation réduite. De ce fait, Le coefficient directeur de (D') existe et vaut $-\frac{1}{m}$. C'est aussi celui de toutes les droites parallèles à (D') c'est-à-dire de toutes les droites perpendiculaires à (D). □

Nous verrons une démonstration plus simple 5 page 387.

11.6 Fonctions affines

C'est une autre façon d'aborder les droites qui admettent une équation réduite.

Définition 5.

Soit I un intervalle de $\mathbb{R}$. On dit qu'une fonction f définie sur I est **affine** s'il existe deux nombres réels m et p tels que pour tout réel x appartenant à I,

$$f(x) = mx + p.$$

Théorème 6

Soit I un intervalle de $\mathbb{R}$ et f une fonction affine définie sur I.

Il existe un unique nombre réel m et un unique nombre réel p tel que pour tout réel x appartenant à I,

$$f(x) = mx + p.$$

Démonstration 6

On suppose que l'on peut écrire pour tout nombre réel x appartenant à I,

$$f(x) = mx + p \qquad \text{et} \qquad f(x) = m'x + p'.$$

On prend deux nombres réels **distincts** x_1 et x_2. On a alors

$$\begin{array}{rcccl} f(x_1) & = & mx_1 + p & = & m'x_1 + p' \\ f(x_2) & = & mx_2 + p & = & m'x_2 + p' \\ \hline f(x_1) - f(x_2) & = & m(x_1 - x_2) & = & m'(x_1 - x_2) \end{array}$$

On en déduit, en divisant cette dernière égalité par $x_1 - x_2$ qui est différent de zéro, que $m = m'$. Reste à montrer que $p = p'$. En reprenant la première égalité, en remplaçant m' par m, on obtient $mx_1+p = mx_1+p'$ d'où $p = p'$. Ce qu'il fallait démontrer. L'existence découle de la définition d'une fonction affine. □

Définition 6.

Soit f une fonction affine définie sur un intervalle I par $f(x) = mx + p$ pour tout réel $x \in I$. Le nombre m s'appelle le coefficient directeur de la fonction f.

11.6.1 Courbe représentative

On se place dans le cas où $I = \mathbb{R}$.

La courbe représentative de la fonction affine est la droite d'équation $y = mx + p$. Si $m = 0$, la fonction est constante égale à p, et sa droite représentative est horizontale. Si $p = 0$, la fonction est dite **linéaire**, et sa droite représentative passe par l'origine du repère.

Si $m > 0$ et $p > 0$

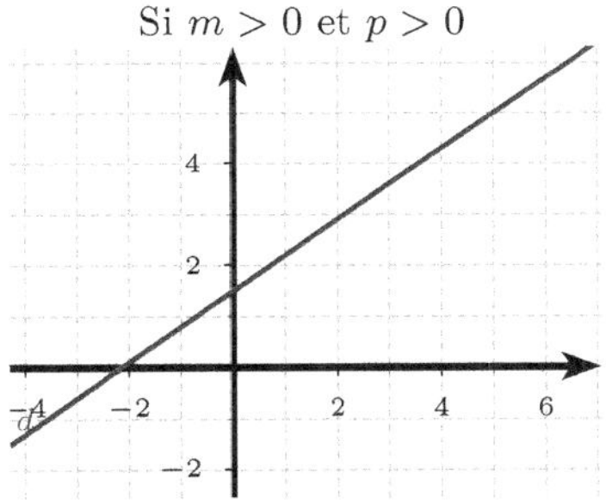

Si $m < 0$ et $p > 0$

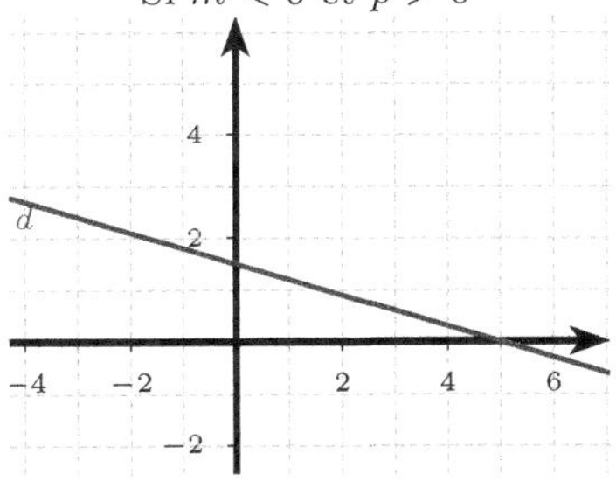

Si $m = 0$ et $p > 0$

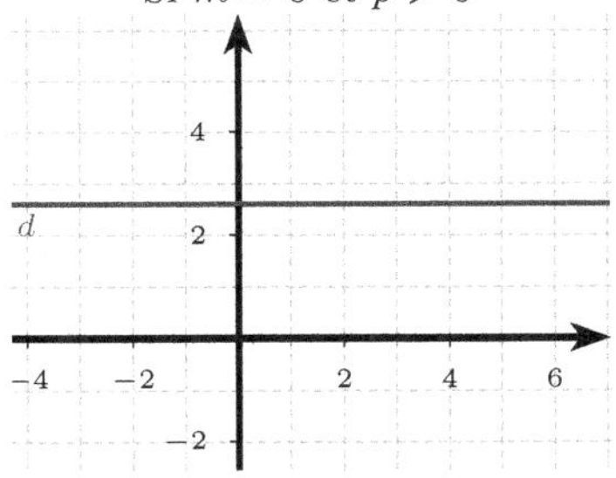

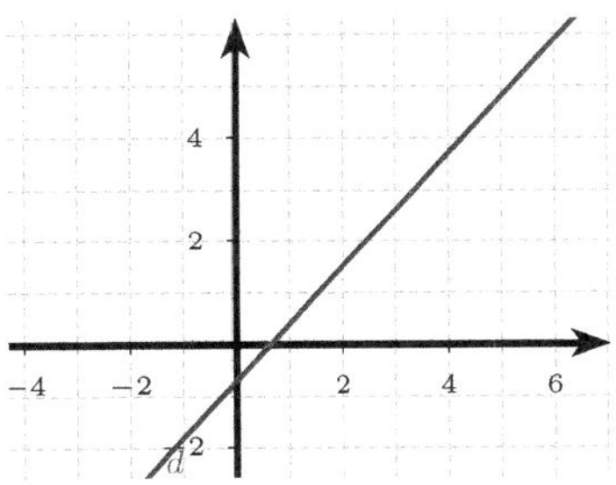

Si $m > 0$ et $p < 0$

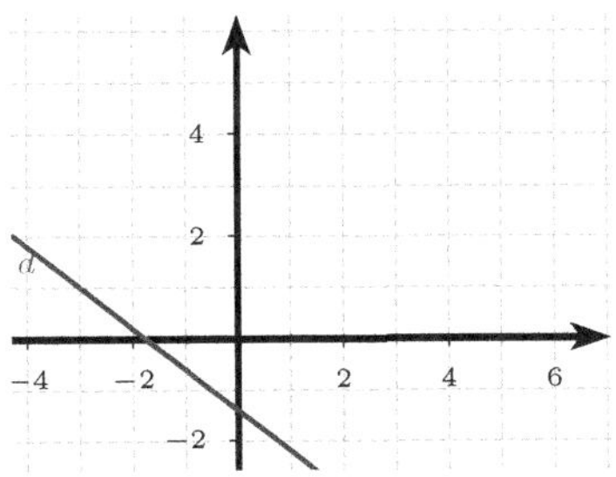

Si $m < 0$ et $p < 0$

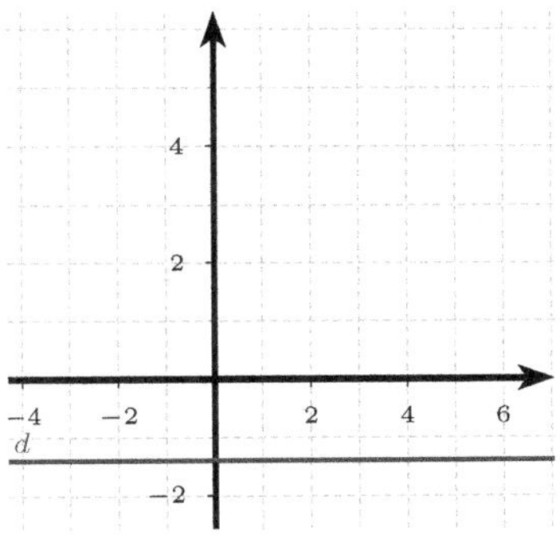

Si $m = 0$ et $p < 0$

11.6.2 Fonction affine par morceaux

Définition 7 (Fonction affine par morceaux).

Soit f une fonction définie sur un intervalle I. On suppose que I est une réunion d'intervalles

$$I = I_1 \bigcup I_2 \bigcup \dots \bigcup I_n.$$

On dit que la fonction f est **affine par morceaux** s'il existe des réels $m_1, m_2, \dots, m_n$ et $p_1, p_2, \dots, p_n$ tels que

$$\forall k \in \{1, 2, \dots, n\},\ \forall x \in I_k,\ f(x) = m_k x + p_k.$$

Exemple 4 (Statistiques)
On reprend l'exemple 12 page 298.

Le polygone des fréquences cumulées croissantes est la courbe représentative d'une fonction affine par morceaux. Dans chaque classe I_k le coefficient directeur m_k est la hauteur dans l'histogramme du rectangle qui représente cette classe.

11.7 Méthodes

Méthode 1 (Équation d'une médiane d'un triangle).

Aucune difficulté :

1. Calculer les coordonnées du milieu.
2. Déterminer une équation de la médiane.

Exemple 5
On se donne $A\left(-2\ ,\ 1\right)$, $B\left(3\ ,\ -2\right)$ et $C\left(1\ ,\ 2\right)$. Déterminer une équation de la médiane issue de A dans le triangle ABC.

Les formules de Cramér se prêtent bien à la programmation.

1. Soit I le milieu de $[BC]$. On a $x_I = \dfrac{x_B + x_C}{2} = \dfrac{3+1}{2} = 2$ et $y_I = \dfrac{y_B + y_C}{2} = \dfrac{-2+2}{2} = 0$ soit $I\ (\ 2\ ,\ 0\ )$.
2. On a $\overrightarrow{AI}\ \begin{pmatrix} 2-(-2) \\ 0-1 \end{pmatrix}$ soit $\overrightarrow{AI}\ \begin{pmatrix} 4 \\ -1 \end{pmatrix}$. Donc une équation de la droite (AI) est $x + 4y + c = 0$ où c reste à déterminer. Les coordonnées de I vérifie cette égalité, donc $2 + 4 \times 0 + c = 0$. De ce fait, $x + 4y - 2 = 0$ est une équation de la droite (AI).

Il est important de remarquer que dans le cas des médianes, on n'a pas besoin d'un repère orthonormé. En revanche pour les méthodes suivantes, un repère orthonormé (O ; $\vec{\imath}$, $\vec{\jmath}$) est nécessaire.

Méthode 2 (Équation de la médiatrice d'un segment).

On cherche une équation de la médiatrice d'un segment $[AB]$.
On utilise le théorème 3 page 139, on élève les distances AM et BM au carré, on simplifie les termes en x^2 et en y^2 et une équation de la médiatrice apparaît.
Autre méthode : On cherche une equation réduite $y = mx + p$ de (AB)(s'il en existe, sinon c'est simple) on cherche une équation de la médiatrice sous la forme $y = -\frac{1}{m}x + q$ où q est déterminé sachant que les coordonnées du milieu de $[AB]$ vérifient cette équation.
Autre méthode : Lorsqu'on connaît le produit scalaire, on écrit $\overrightarrow{AB} \cdot \overrightarrow{IM} = 0$ où I est le milieu de $[AB]$. Cette égalité donne une équation de la médiatrice du segment $[AB]$.

Exemple 6
On se donne $A\left(-2\ ,\ 1\right)$, $B\left(3\ ,\ -2\right)$.

Comme le repère est orthonormé on a, pour $M\left(x\ ,\ y\right)$,

$$\begin{array}{lrcl} & AM^2 & = & BM^2 \\ \text{soit} & (x+2)^2 + (y-1)^2 & = & (x-3)^2 + (y+2)^2 \\ \text{soit} & x^2 + 4x + 4 + y^2 - 2y + 1 & = & x^2 - 6x + 9 + y^2 + 4y + 4 \\ \text{soit} & 4x - 2y + 5 & = & -6x + 4y + 13 \\ \text{soit} & 10x - 6y - 8 & = & 0 \\ \text{soit} & 5x - 3y - 4 & = & 0 \end{array}$$

C'est une équation de la médiatrice de $[AB]$.

Autre méthode : On a $\overrightarrow{AB}\begin{pmatrix} 3-(-2) \\ -2-1 \end{pmatrix}$ soit $\overrightarrow{AB}\begin{pmatrix} 5 \\ -3 \end{pmatrix}$. Une équation de la droite (AB) est $3x + 5y + c = 0$ soit $y = -\dfrac{3}{5}x + \dfrac{c}{5}$. Donc une équation de la médiatrice de $[AB]$ est $y = \frac{5}{3}x + k$ où k reste à déterminer grâce aux coordonnées du milieu I de $[AB]$. Rappelons que le repère est orthonormé.

On a $x_I = \dfrac{x_A + x_B}{2} = \dfrac{-2+3}{2} = \dfrac{1}{2}$ et $y_I = \dfrac{y_A + y_B}{2} = \dfrac{1 + (-2)}{2} = -\dfrac{1}{2}$ soit I ($\frac{1}{2}$, $-\frac{1}{2}$). D'où $-\dfrac{1}{2} = \dfrac{5}{3}\dfrac{1}{2} + k$ soit $k = -\dfrac{1}{2} - \dfrac{5}{3}\dfrac{1}{2} = -\dfrac{8}{6} = -\dfrac{4}{3}$.

Une équation de la médiatrice de $[AB]$ est $y = \dfrac{5}{3}x - \dfrac{4}{3}$.

Autre méthode : À partir de $\overrightarrow{AB}\begin{pmatrix} 5 \\ -3 \end{pmatrix}$ et $\overrightarrow{IM}\begin{pmatrix} x - \frac{1}{2} \\ \\ y + \frac{1}{2} \end{pmatrix}$, on calcule

$$\begin{aligned} \overrightarrow{AB} \cdot \overrightarrow{IM} &= 5\left(x - \frac{1}{2}\right) - 3\left(y + \frac{1}{2}\right) \\ &= 5x - \frac{5}{2} - 3y - \frac{3}{2} \\ &= 5x - 3y - 4 \end{aligned}$$

Une équation de la médiatrice de $[AB]$ est $5x - 3y - 4 = 0$.

Méthode 3 (Équation d'une hauteur d'un triangle).

Soit ABC un triangle. On cherche une équation de la hauteur issue de C.
On cherche une équation réduite $y = mx + p$ de (AB)(s'il en existe, sinon c'est simple) on cherche une équation de la hauteur sous la forme $y = -\frac{1}{m}x + q$ où q est déterminé sachant que les coordonnées de C vérifient cette équation.

Autre méthode : Lorsqu'on connaît le produit scalaire, on écrit $\overrightarrow{AB} \cdot \overrightarrow{IM} = 0$ où I est le milieu de $[AB]$. Cette égalité donne une équation de la médiatrice du segment $[AB]$.

Autre méthode : Lorsqu'on connaît déjà une équation de la médiatrice de $[AB]$ on obtient facilement une équation de la hauteur issue de C qui lui est parallèle.

Exemple 7
On se donne $A\left(-2\ ,\ 1\right)$, $B\left(3\ ,\ -2\right)$ et $C\left(1\ ,\ 2\right)$. Déterminer une équation de la hauteur issue de C.

On a $\overrightarrow{AB}\begin{pmatrix}3-(-2)\\-2-1\end{pmatrix}$ soit $\overrightarrow{AB}\begin{pmatrix}5\\-3\end{pmatrix}$. Une équation de la droite (AB) est $3x + 5y + c = 0$ soit $y = -\frac{3}{5}x + \frac{c}{5}$. Donc une équation de la hauteur issue de C est $y = \frac{5}{3}x + k$ où k reste à déterminer grâce aux coordonnées de C, soit $2 = \frac{5}{3} + k$ soit $k = 2 - \frac{5}{3} = \frac{1}{3}$.

Donc $y = \frac{5}{3}x + \frac{1}{3}$ est une équation de la hauteur issue de C.

Autre méthode : À partir de $\overrightarrow{AB}\begin{pmatrix}5\\-3\end{pmatrix}$ et $\overrightarrow{CM}\begin{pmatrix}x-1\\y-2\end{pmatrix}$, on calcule

$$\begin{aligned}\overrightarrow{AB} \cdot \overrightarrow{IM} &= 5\,(x-1) - 3\,(y-2)\\&= 5x - 5 - 3y + 6\\&= 5x - 3y + 1\end{aligned}$$

Une équation de la hauteur issue de C est $5x - 3y + 1 = 0$.

Autre méthode : Une équation de la médiatrice de $[AB]$ est $5x - 3y - 4 = 0$. De ce fait une équation de la hauteur issue de C est $5x - 3y = k$ où k reste à déterminer grâce aux coordonnées de C, soit $5 \times 1 - 3 \times 2 = -1$. Une équation de la hauteur issue de C est $5x - 3y = -1$.

Méthode 4 (Équation d'une bissectrice).

L'idée est de construire un losange. Les diagonales d'un losange sont bissectrices des angles au sommet.

1. On construit des vecteurs directeurs de chacun des côtés.
2. On en multiplie un (ou deux) pour qu'ils aient la même norme.
3. La somme des deux vecteurs est un vecteur directeur de la bissectrice. (s'il est non nul)
4. On détermine une équation de la bissectrice à l'aide d'un point et du vecteur précédent.

Exemple 8 (Équation d'une bissectrice)
On se donne $A\left(-2\ ,\ 1\right)$, $B\left(3\ ,\ -2\right)$ et $C\left(1\ ,\ 2\right)$. Déterminer une équation de la bissectrice de $\widehat{ABC}$.

1. On calcule $\overrightarrow{BA}\begin{pmatrix}-5\\3\end{pmatrix}$ et $\overrightarrow{BC}\begin{pmatrix}-2\\4\end{pmatrix}$.
2. Le repère est orthonormé, donc on peut calculer la norme de $\overrightarrow{BA}$ c'est-à-dire la distance BA à savoir $\sqrt{(-5)^2+3^2}=\sqrt{34}$ et la norme de $\overrightarrow{BC}$ à savoir $\sqrt{(-2)^2+4^2}=\sqrt{20}=2\sqrt{5}$.
   De ce fait en divisant les deux vecteurs par leur norme, on obtient des vecteurs de norme égale à 1 à savoir
   $$\vec{u}=\frac{1}{\sqrt{34}}\overrightarrow{BA}\begin{pmatrix}-\dfrac{5}{\sqrt{34}}\\\dfrac{3}{\sqrt{34}}\end{pmatrix}\text{ et }\vec{v}=\frac{1}{2\sqrt{5}}\begin{pmatrix}-\dfrac{1}{\sqrt{5}}\\\dfrac{2}{\sqrt{5}}\end{pmatrix}.$$
3. Le vecteur $(\vec{u}+\vec{v})\begin{pmatrix}-\dfrac{5}{\sqrt{34}}-\dfrac{1}{\sqrt{5}}\\\dfrac{3}{\sqrt{34}}+\dfrac{2}{\sqrt{5}}\end{pmatrix}$ est un vecteur directeur de la bissectrice de $\widehat{ABC}$.
4. Une équation de la bissectrice de $\widehat{ABC}$ est obtenue en écrivant que les vecteurs $\vec{u}+\vec{v}$ et $\overrightarrow{BM}\begin{pmatrix}x-3\\y+2\end{pmatrix}$. Soit

$$\begin{aligned}
&\left(-\frac{5}{\sqrt{34}}-\frac{1}{\sqrt{5}}\right)(y+2)-\left(\frac{3}{\sqrt{34}}+\frac{2}{\sqrt{5}}\right)(x-3) &= 0\\
\text{soit}\quad &-\left(\frac{3}{\sqrt{34}}+\frac{2}{\sqrt{5}}\right)x-\left(\frac{5}{\sqrt{34}}+\frac{1}{\sqrt{5}}\right)y-\frac{10}{\sqrt{34}}-\frac{2}{\sqrt{5}}+\frac{9}{\sqrt{34}}+\frac{6}{\sqrt{5}} &= 0\\
\text{soit}\quad &-\left(\frac{3}{\sqrt{34}}+\frac{2}{\sqrt{5}}\right)x-\left(\frac{5}{\sqrt{34}}+\frac{1}{\sqrt{5}}\right)y-\frac{1}{\sqrt{34}}+\frac{4}{\sqrt{5}}+ &= 0
\end{aligned}$$

11.8 Quiz

1. La droite D a pour équation $x = 3$. Est-ce une droite horizontale ? Verticale ?
2. Quelle est l'équation réduite d'une droite horizontale ?
3. Si $D : y = ax + b$, comment sont appelés a et b ?
4. On sait que la droite D passe par $A\ (\ x_A\ ,\ y_A\ )$ et $B\ (\ x_B\ ,\ y_B\ )$. Combien vaut son coefficient directeur ?
5. Comment déterminer l'équation de la droite passant par $A\ (\ x_A\ ,\ y_A\ )$ et $B\ (\ x_B\ ,\ y_B\ )$?
6. Á quelle condition deux droites sont-elles parallèles ?
7. La droite D a pour équation $y = 4x - 5$. Le point $A\left(1\ ,\ 0\right)$ appartient-il à D ?
8. Les droites $D : y = \dfrac{1}{3}x - 1$ et $\Delta : y = 2 + \dfrac{1}{3}x$ sont-elles parallèles ?
9. $D : y = ax + b$ et $\Delta : y = mx + p$. Si D et Δ sont sécantes, quel système leur point d'intersection vérifie-t-il ?
10. Quelle peut être l'intersection de deux droites ?

11.9 Corrigé

1. La droite d'équation $x = 3$ est une droite verticale ou plutôt parallèle à l'axe des ordonnées.
2. Une droite horizontale – c'est-à-dire parallèle à l'axe des abscisses – admet une équation $y = a$, avec $a \in \mathbb{R}$.
3. Si $D : y = ax + b$, a est le coefficient directeur et b est son ordonnée à l'origine.
4. Si D passe par $A\ (\ x_A\ ,\ y_A\ )$ et $B\ (\ x_B\ ,\ y_B\ )$ alors son coefficient directeur vaut $\frac{y_B - y_A}{x_B - x_A}$.
5. Pour déterminer l'équation de la droite qui passant par $A\ (\ x_A\ ,\ y_A\ )$ et $B\ (\ x_B\ ,\ y_B\ )$, on raisonne en deux étapes. On sait que la droite a une équation $y = mx + p$ ou les réels m et p restent à déterminer.
   On détermine tout d'abord $m = \dfrac{y_B - y_A}{x_B - x_A}$.
   Ensuite, puisque $A \in D$, on sait que $y_A = mx_A + p$. On détermine alors p.
6. Deux droites sont parallèles si et seulement si elles ont le même coefficient directeur.
7. On vérifie que $y_A = 4x_A - 5$.
   Or, $4x_A - 5 = 4 \times 1 - 5 = -1 \neq 0$.
   Donc $A \notin D$.
8. Les droites D et Δ ont le même coefficient directeur, à savoir $\frac{1}{3}$. Elles sont donc parallèles.
9. Les droites D et Δ sont sécantes, leur point d'intersection vérifie le système :
   $$\begin{cases} y = ax + b \\ y = mx + p \end{cases}.$$
10. L'intersection de deux droites peut être un point (si elles sont sécantes), une droite (si elles sont confondues) ou l'ensemble vide (si elles sont strictement parallèles).

11.10 Exercices

Exercice 1 (Donner l'équation d'une droite avec deux points).

Dans les cas suivants, donner l'équation réduite de la droite (AB).

1. $A\left(2\ ,\ 1\right)$ et $B\left(-1\ ,\ 4\right)$.
2. $A\left(-3\ ,\ 2\right)$ et $B\left(5\ ,\ -1\right)$.
3. $A\left(1\ ,\ 0\right)$ et $C\left(5\ ,\ 4\right)$ et B est le milieu de $[AC]$.

Exercice 2 (Deux problèmes voisins).

1. Soit $A\left(-3\ ,\ 4\right)$ et $B\left(2\ ,\ 1\right)$.
   Déterminer une équation de la droite (AB).
2. Soit $A\left(2\ ,\ 3\right)$ et $B\left(-1\ ,\ 5\right)$.
   Démontrer que $2x + 3y = 13$ est une équation de la droite (AB).

Exercice 3 (Donner l'équation d'une droite parallèle à une autre droite).

Dans les cas suivants, donner une équation de la droite demandée.

1. La droite D passant par $A\left(2\ ,\ 1\right)$ et parallèle à $\Delta\ :\ y = -3x + 1$.
2. La droite D passant par $A\left(5\ ,\ 0\right)$ et parallèle à $\Delta\ :\ y = 12x + 2$.

Exercice 4 (Droites, équations et coefficients directeurs).

Pour chacune des équations de droites suivantes, exprimées dans un repère orthonormal, déterminer :

- ▶ la nature de la droite (oblique, horizontale ou verticale),
- ▶ l'éventuel coefficient directeur de la droite,
- ▶ un point appartenant à la droite.

1. $y = \dfrac{7x - 2}{3}$.
2. $3x - 4y = 1$.
3. $\dfrac{x}{3} - \dfrac{y}{5} = 1$
4. $5x = 2$
5. $x - y = x - 1$

Exercice 5 (centre du cercle circonscrit).

Le plan est rapporté à un repère orthonormé $(O; I, J)$. On donne :
$B\left(6\ ,\ 0\right)$, $C\left(4\ ,\ 3\right)$.
Donner les coordonnées du centre du cercle circonscrit au triangle OBC.

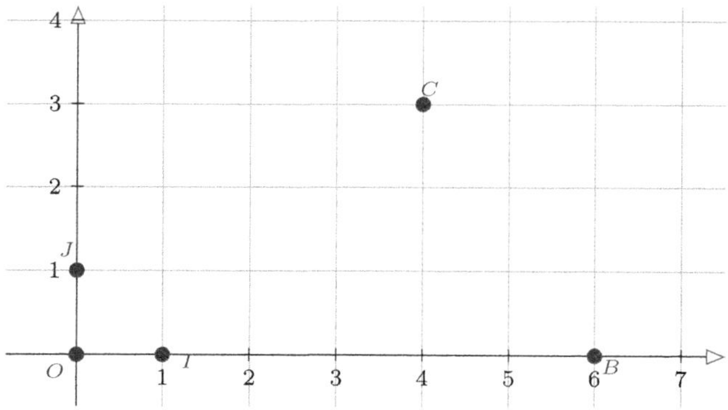

Exercice 6 (Déjà vu).

Dans un repère, les points $A\left(0\ ,\ -7\right)$, $B\left(-4\ ,\ 0\right)$ et $C\left(77\ ,\ -146\right)$ sont-ils alignés ?
Voir l'exercice 32 page 178.

Exercice 7 (Points alignés et équations de droites).

Soit le repère orthonormal $(\ O\ ;\ I\ ,\ J)$. On considère les points : $A\left(3\ ,\ 0\right)$, $B\left(0\ ,\ 3\right)$, $C\left(7\ ,\ 0\right)$, $D\left(0\ ,\ 7\right)$. On appelle E le milieu du segment $[AB]$, F le milieu du segment $[DC]$, et G le point d'intersection des droites (AD) et (BC).

1. Déterminer les équations réduites des droites (AD) et (BC).
2. En déduire les coordonnées du point G.
3. Calculer les coordonnées des points E et F.
4. Conclure que les points O, E, G, F sont alignés.

Exercice 8 (Médianes d'un triangle).

Démontrer que les trois médianes d'un triangle sont concourantes (théorème 28 page 157) à l'aide d'équations de droites.

Exercice 9 (Avec un paramètre).

Résoudre – suivant les valeurs de $t \in \mathbb{R}$ – le système
$\begin{cases} 2tx + (t+1)y = 2 \\ (t+2)x + (2t+1)y = t+2 \end{cases}$ d'inconnue $(\, x \,,\, y \,) \in \mathbb{R}^2$.

Exercice 10 (Coefficient directeur).

Soit $A\ (\, x_A \,,\, y_A \,)$ et $B\ (\, x_B \,,\, y_B \,)$ avec $x_A \neq x_B$.
Démontrer que le coefficient directeur de la droite (AB) est $m = \dfrac{y_B - y_A}{x_B - x_A}$.

Exercice 11 (Deux représentations paramétriques).

Soit (D) $\begin{cases} x = -1 + 4t \\ y = 2 - 3t \end{cases}$ $(t \in \mathbb{R})$. et (D') $\begin{cases} x = 1 - t \\ y = 3 + 5t \end{cases}$ $(t \in \mathbb{R})$.

1. Les vecteurs $\overrightarrow{u}\begin{pmatrix} 4 \\ -3 \end{pmatrix}$ et $\overrightarrow{v}\begin{pmatrix} -1 \\ 5 \end{pmatrix}$ sont-ils colinéaires ?
   Que peut-on en déduire pour l'intersection des droites (D) et (D') ?
2. Démontrer que le système $\left[\begin{cases} -1 + 4t = 1 - t \\ 2 - 3t = 3 + 5t \end{cases} \quad \text{inconnue } t \in \mathbb{R}\right]$
   n'admet pas de solution.
   Comment concilier ce résultat avec le résultat précédent ?
3. Déterminer l'intersection des droites (D) et (D').

Exercice 12.

Soit $\mathcal{D}$ une droite du plan qui ne passe pas par l'origine. On suppose que $\mathcal{D}$ coupe l'axe des abscisses en $A\ \big(\alpha \,,\, 0\big)$ et l'axe des ordonnées en $B\ \big(0 \,,\, \beta\big)$.
Donner une équation de la droite $\mathcal{D}$.

Exercice 13 (Hyperbole équilatère).

On se place dans un repère orthonormé du plan. On considère la droite d d'équation $y = mx+p$, et les points $A\ (\ a\ ,\ b\ )$ et $A'\ (\ a'\ ,\ b'\ )$, où m, p, a, b, a', b' sont des réels donnés.

1. Démontrer que pour que A' soit le projeté orthogonal de A sur la droite d, il faut et il suffit que $(\ a'\ ,\ b'\ )$ soit solution du système

$$\left[\begin{cases} mx - y = -p \\ x + my = a + mb \end{cases} \qquad \text{inconnue } (\ x\ ,\ y\ ) \in \mathbb{R}^2.\right]$$

2. En résolvant le système précédant, calculer les coordonnées $(\ a'\ ,\ b'\ )$ du point A'.
3. Soit d la droite d'équation $y = -x + \sqrt{2}$ et $F\ \left(\ \sqrt{2}\ ,\ \sqrt{2}\ \right)$. Soit H le projeté orthogonal de $M\ (\ x\ ,\ y\ )$ sur la droite d.
   (a) Calculer les coordonnées de H en fonction x et de y.
   (b) Démontrer l'équivalence

$$\left(\frac{MF}{MH} = \sqrt{2}\right) \iff (xy = 1).$$

Exercice 14 (Suite arithmético-géométrique).

Soit la suite (u_n) définie par u_0 et :

$$\forall n \in \mathbb{N},\ u_{n+1} = f(u_n) \text{ où } f(x) = ax + b$$

Pour chacune des valeurs de a et b données, répondre aux questions ci-dessous :

i) $a = \dfrac{1}{2}$ et $b = 1$.

ii) $a = -\dfrac{2}{3}$ et $b = 5$

iii) $a = 1,5$ et $b = -1$ (on prendra alors $u_0 = 1$ et $u_0 = 3$ à la question 2).

1. Représenter la courbe de f dans un repère orthonormal ainsi que $\mathcal{D}$ d'équation : $y = x$
2. Représenter les premiers termes de la suite sur l'axe des abscisses pour $u_0 = -4$ et $u_0 = 6$. Vérifier quelques termes par le calcul.
3. Déterminer α la solution de $f(x) = x$.
4. On pose $v_n = u_n - \alpha$ et on choisit $u_0 = 6$. Démontrer que (v_n) est une suite géométrique de raison a.
5. En déduire l'expression de u_n en fonction de n.

Voir aussi l'exercice 5 page 328.

Exercice 15 (Le blog de Nono).

Sur le blog de Nono, chaque visiteur est invité à donner son avis en donnant une note entière de 0 à 5 :
La cote d'amour du blog est affichée à l'écran : il s'agit de la moyenne des notes des visiteurs précédents, arrondie au centième le plus proche. Ainsi, lors de la visite du blog de Nono par Jacquot, la cote d'amour affichait 3,82 Comme Jacquot aime bien Nono et son blog, il a voté à son tour, et a choisi la note maximale 5. La cote d'amour s'est alors réactualisée à 3,84
Combien de visiteurs ont bien pu voter avant Jacquot ?

11.11 Solutions

Solution 1 (Donner l'équation d'une droite avec deux points)

1. La droite (AB) a une équation de la forme $y = ax + b$, avec a et b deux réels.
   On détermine d'abord le coefficient directeur a :
   $a = \dfrac{y_B - y_A}{x_B - x_A} = \dfrac{4-1}{-1-2} = \dfrac{3}{-3} = -1$
   Donc (AB) a pour équation $y = -x + b$ avec $b \in \mathbb{R}$.
   De plus, $A \begin{pmatrix} 2 \ , \ 1 \end{pmatrix} \in (AB)$ donc ses coordonnées vérifient l'équation de la droite. Ainsi, $1 = -2 + b$, c'est-à-dire $b = 1 + 2 = 3$.
   $(AB) : y = -x + 3$
2. (AB) a une équation de la forme $y = ax + b$.
   On détermine le coefficient directeur a :
   $a = \dfrac{y_B - y_A}{x_B - x_A} = \frac{-1-2}{5+3} = \frac{-3}{8}$
   De plus, $A \begin{pmatrix} -3 \ , \ 2 \end{pmatrix} \in (AB)$, ses coordonnées vérifient l'équation de la droite.
   On a donc $y_A = \dfrac{-3}{8} x_A + b$
   C'est-à-dire $2 = \dfrac{-3}{8} \times (-3) + b$
   soit $b = 2 - \dfrac{9}{8} = \dfrac{16}{8} - \dfrac{9}{8} = \dfrac{7}{8}$
   Ainsi, $(AB) : y = \dfrac{-3}{8} x + \dfrac{7}{8}$.
3. Déterminons tout d'abord les coordonnées de B.
   B est le milieu de $[AC]$ donc :
   $x_B = \dfrac{x_A + x_C}{2} = \dfrac{1+5}{2} = \frac{6}{2} = 3$
   $y_B = \dfrac{y_A + y_C}{2} = \dfrac{0+4}{2} = 2$
   Ainsi, $A \begin{pmatrix} 1 \ , \ 0 \end{pmatrix}$ et $B \begin{pmatrix} 3 \ , \ 2 \end{pmatrix}$. Déterminons désormais l'équation de (AB).
   (AB) a une équation de la forme $y = ax + b$.
   $a = \dfrac{y_B - y_A}{x_B - x_A} = \dfrac{2-0}{3-1} = \dfrac{2}{2} = 1$
   Pour déterminer b, on utilise le fait que $A \begin{pmatrix} 1 \ , \ 0 \end{pmatrix} \in (AB)$:
   soit $y_A = 1 \times x + b$

soit $0 = 1 \times 1 + b$

soit $b = -1$

Donc $(AB) : y = x - 1$.

Solution 2 (Deux problèmes voisins)

1. On a $\overrightarrow{AB}\begin{pmatrix} 2-(-3) \\ 1-4 \end{pmatrix}$ soit $\overrightarrow{AB}\begin{pmatrix} 5 \\ -3 \end{pmatrix}$. De même pour $M\left(x\ ,\ y\right)$, on a $\overrightarrow{AM}\begin{pmatrix} x+3 \\ y-4 \end{pmatrix}$.
   Une équation de la droite (AB) est donc $5(y-4) + 3(x+3) = 0$ soit $5y + 3x - 11 = 0$.
2. On a $2x_A + 3y_A = 2 \times 2 + 3 \times 3 = 4 + 9 = 13$, et $2x_B + 3y_B = 2 \times (-1) + 3 \times 5 = -2 + 15 = 13$. Donc les deux points (distincts) A et B appartiennent à la droite d'équation $2x + 3y = 13$. Donc la droite (AB) est la droite d'équation $2x + 3y = 13$.

Deux problèmes voisins mais qui ne sont pas de même difficulté.

Solution 3 (Donner l'équation d'une droite parallèle à une autre droite)

1. D est parallèle à Δ donc D et Δ ont le même coefficient directeur.
   Or, $\Delta : y = -3x + 1$, donc le coefficient directeur de Δ (et de D) vaut $a = -3$.
   Ainsi $D : y = -3x + b$, $b \in \mathbb{R}$.
   Pour déterminer b, on utilise le fait que $A\ \left(2\ ,\ 1\right) \in D$. Ses coordonnées vérifient donc l'équation de D.
   soit $y_A = -3x_A + b$
   soit $1 = -3 \times 2 + b$
   soit $b = 1 + 6 = 7$
   Ainsi $D : y = -3x + 7$
2. De même, D parallèle à Δ donc elles ont le même coefficient directeur.
   Or, $\Delta : y = \frac{1}{2} + 2$, donc son coefficient directeur vaut $\frac{1}{2}$.
   De plus, $A\left(5\ ,\ 0\right) \in D$, donc ses coordonnées vérifient l'équation de D.
   Or, $D : y = \frac{1}{2}x + b$
   Donc $y_A = \frac{1}{2}x_A + b$
   soit $0 = \frac{1}{2} \times 5 + b$
   soit $-\frac{5}{2} = b$.
   Ainsi $D : y = \frac{1}{2}x - \frac{5}{2}$.

Solution 4 (Droites, équations et coefficients directeurs)

1. Cette équation de droite équivaut à :
   $y = \frac{7}{3}x - \frac{2}{3}$
   Cette équation est donc de la forme : $y = ax + b$; avec $a = \frac{7}{3}$ et $b = -\frac{2}{3}$.
   Pour déterminer un point appartenant à cette droite, on peut prendre $x = 0$, ce qui donne :
   $y = -\frac{2}{3}$ Cette droite est donc oblique, de coefficient directeur $\frac{7}{3}$. Le point $\left(0, -\frac{2}{3}\right)$ appartient à la droite.
2. Cette équation de droite équivaut à : $3x - 1 = 4y$
   soit $y = \frac{3}{4}x - \frac{1}{4}$

Cette équation est donc de la forme : $y = ax + b$; avec $a = \frac{3}{4}$ et $b = -\frac{1}{4}$.
Pour déterminer un point appartenant à cette droite, on peut prendre $x = 7$, ce qui donne :
$y = \frac{3}{4} \times 7 - \frac{1}{4} = 5$ Cette droite est donc oblique, de coefficient directeur $\frac{3}{4}$. Le point de coordonnées $\left(7 \ , \ 5\right)$ appartient à la droite.

3. Cette équation de droite équivaut à : $\frac{x}{3} - 1 = \frac{y}{5}$ soit $y = \frac{5}{3}x - 5$
Cette équation est donc de la forme : $y = ax + b$; avec $a = \frac{5}{3}$ et $b = -5$.
Pour déterminer un point appartenant à cette droite, on peut prendre $x = 3$, ce qui donne :
$y = \frac{5}{3} \times 3 - 5 = 0$ Cette droite est donc oblique, de coefficient directeur $\frac{5}{3}$. Le point de coordonnées $\left(3 \ , \ 0\right)$ appartient à la droite.
4. Cette équation de droite équivaut à :
$x = \frac{2}{5}$.
Cette équation est donc de la forme : $x = c$; avec $c = \frac{2}{5}$.
Cette droite est donc formée de tous les points d'abscisse $\frac{2}{5}$. Cette droite est donc verticale ; elle n'a donc pas de coefficient directeur. Le point de coordonnées $\left(\frac{2}{5} \ , \ 10\right)$ appartient à la droite.
5. Cette équation de droite équivaut à :
$y = x - x + 1$ soit $y = 1$
Cette équation est donc de la forme : $y = ax + b$; avec $a = 0$ et $b = 1$.
Cette droite est donc formée de tous les points d'ordonnée 1. Cette droite est donc horizontale, de coefficient directeur 0. Le point de coordonnées $\left(4 \ , \ 1\right)$ appartient à la droite.

Solution 5 (centre du cercle circonscrit)
Soit $D \left(x_D \ , \ y_D\right)$ le centre du cercle circonscrit au triangle OBC.

On rappelle que le centre du cercle circonscrit à un triangle est le point d'intersection des médiatrices des côtés.

Le milieu K du segment $[OC]$ a pour abscisse $\frac{0+6}{2} = 3$. On en déduit que tous les points de la médiatrice de $[OC]$ ont pour abscisse 3. C'est vrai en particulier pour le point D, donc $x_D = 3$.

Maintenant, puisque la médiatrice du segment $[OB]$ est le lieu des points situés à égale distance de O et de B. En particulier

$$\begin{array}{lrcl} & OD^2 & = & BD^2 \\ \text{soit} & (3-0)^2 + (y_D - 0)^2 & = & (3-4)^2 + (y_D - 3)^2 \\ \text{soit} & 9 + y_D^2 & = & 1 + y_D^2 - 6y_D + 9 \\ \text{soit} & 0 & = & 1 - 6y_D \\ \text{soit} & 6y_D & = & 1 \\ \text{soit} & y_D & = & \frac{1}{6}. \end{array}$$

En fin de compte,

$$\boxed{D \left(3 \ , \ \frac{1}{6}\right)}$$

Solutions

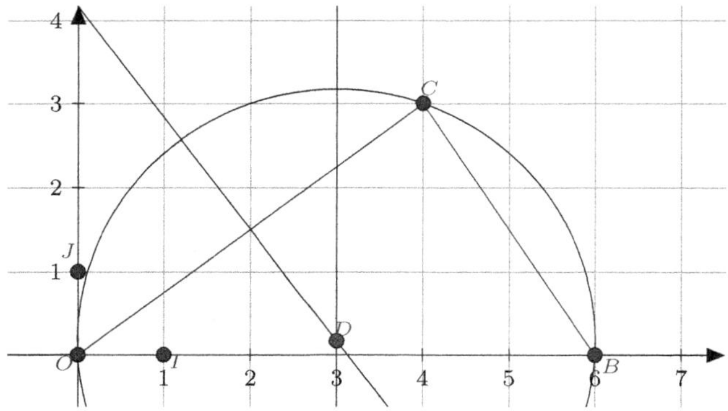

Solution 6 (Déjà vu)

On a $\overrightarrow{AB}\begin{pmatrix}-4\\7\end{pmatrix}$ et $\overrightarrow{AC}\begin{pmatrix}77\\-139\end{pmatrix}$. Les produits en croix sont $-4\times(-139)=556$ et $7\times 77=559$. Les vecteurs $\overrightarrow{AB}$ et $\overrightarrow{AC}$ ne sont pas colinéaires, donc les points A, B et C ne sont pas alignés.

On peut aussi déterminer une équation de la droite (AB) : $\overrightarrow{AM}\begin{pmatrix}x\\y+7\end{pmatrix}$. Donc une équation de la droite (AB) est $-4(y+7)-7x=0$ soit $7x+4y+28=0$.

Maintenant $7x_C+4y_C+28=7\times 77-4\times 146+28=-17$. Le point C n'appartient pas à la droite (AB).

Cette méthode apparaît inutilement lourde ... sauf si on a besoin d'une équation de la droite (AB) par la suite.

Solution 7 (Points alignés et équations de droites)

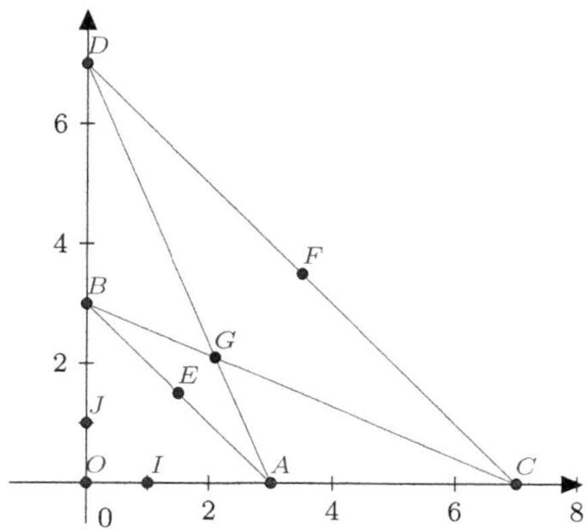

1. Pour déterminer l'équation réduite d'une droite, il suffit de connaître son coefficient directeur et son ordonnée à l'origine.

   Sachant que les points A et D appartiennent à la droite (AD), le coefficient directeur de (AD) est donc égal à :
   $\dfrac{y_D-y_A}{x_D-x_A}=\dfrac{7-0}{0-3}=-\dfrac{7}{3}$

De plus, l'ordonnée à l'origine de la droite (AD) est l'ordonnée de son point d'intersection avec l'axe des ordonnées (Oy). Or, le point D est le point de la droite (AD) dont l'abscisse est nulle : il est donc l'intersection de (AD) et (Oy).

L'ordonnée à l'origine de la droite (AD) est donc l'ordonnée du point D : 7. On en déduit l'équation de la droite (AD) : $y = -\frac{7}{3}x + 7$ Équation de la droite (BC)

Sachant que les points B et C appartiennent à la droite (BC), le coefficient directeur de (BC) est donc égal à :

$\frac{y_C - y_B}{x_C - x_B} = \frac{0-3}{7-0} = -\frac{3}{7}$

De plus, l'ordonnée à l'origine de la droite (BC) est l'ordonnée de son point d'intersection avec l'axe des ordonnées (Oy). Or, le point B est le point de la droite (BC) dont l'abscisse est nulle : il est donc l'intersection de (BC) et (Oy).

L'ordonnée à l'origine de la droite (BC) est donc l'ordonnée du point B : 3. On en déduit l'équation de la droite (BC) : $y = -\frac{3}{7}x + 3$

2. Le point G est le point d'intersection des droites (AD) et (BC) ; il appartient donc aux deux droites. De ce fait, les coordonnées de G sont solution de l'équation de chacune des deux médianes précédentes, et donc le système suivant :

$$\begin{cases} y = -\frac{7}{3}x + 7 \\ \\ y = -\frac{3}{7}x + 3 \end{cases}$$

On résout ce système par la méthode semi-graphique (travaux drigés 3).

L'abscisse x de G vérifie donc l'égalité suivante : $-\frac{7}{3}x + 7 = -\frac{3}{7}x + 3$,

soit $\frac{7}{3}x - \frac{3}{7}x = 7 - 3$, soit $\frac{40}{21}x = 4$, soit $x = \frac{21}{10} = 2,1$.

Enfin, pour déterminer l'ordonnée x du point G, il reste à remplacer la valeur de x qui vient d'être calculée dans l'équation d'une des deux droites :

$y = \left(-\frac{3}{7}\right)\frac{21}{10} + 3 = 2,1$. Les coordonnées du point G sont donc : (2,1 ; 2,1).

3. E étant le milieu du segment $[AB]$, ses coordonnées vérifient :

- $x_E = \frac{x_A + x_B}{2} = \frac{3+0}{2} = \frac{3}{2}$
- $y_E = \frac{y_A + y_B}{2} = \frac{0+3}{2} = \frac{3}{2}$

Les coordonnées du point E sont donc : $\left(\frac{3}{2}, \frac{3}{2}\right)$.

De même, F étant le milieu du segment $[CD]$, ses coordonnées vérifient :

- $x_F = \frac{x_C + x_D}{2} = \frac{7+0}{2} = \frac{7}{2}$
- $y_F = \frac{y_C + y_D}{2} = \frac{0+7}{2} = \frac{7}{2}$

Les coordonnées du point F sont donc : $\left(\frac{7}{2}, \frac{7}{2}\right)$.

4.

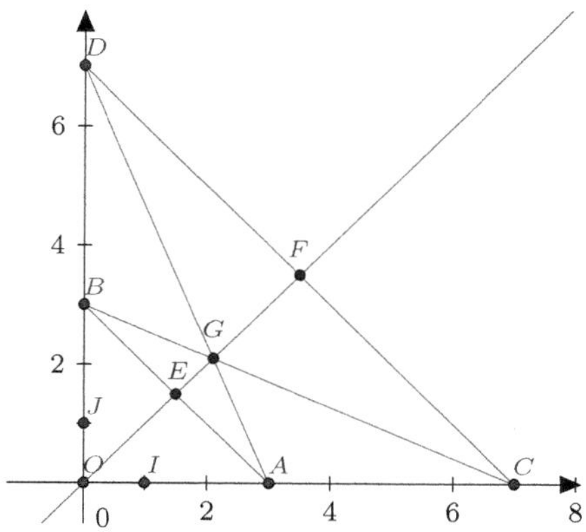

En observant les coordonnées des points E, F et G, on remarque que l'abscisse et l'ordonnée respectives de chacun sont égales. Il en est de même pour le point O dont les coordonnées sont (0 , 0).

Les coordonnées de ces quatre points vérifient ainsi l'équation : $y = x$. Ils appartiennent donc tous à la droite d'équation $y = x$. Les points O, E, G et F appartiennent tous à une même droite : ils sont donc alignés.

Solution 8 (Médianes d'un triangle)

Un énoncé étrange, puisqu'il n'y a pas de coordonnées ni même de repère !

Raison de plus pour se fabriquer un repère *ad hoc*. On appelle ABC le triangle et on se place dans le repère (A ; B , C) dans lequel on a A (0 , 0), B (1 , 0) et C (0 , 1). Le milieu de $[AB]$ est C' ($\frac{1}{2}$, 0), le milieu de $[BC]$ est A' ($\frac{1}{2}$, $\frac{1}{2}$) et le milieu de $[CA]$ est B' (0 , $\frac{1}{2}$).

Ainsi on a $\overrightarrow{AA'}\begin{pmatrix}\frac{1}{2}\\\frac{1}{2}\end{pmatrix}$ et $\overrightarrow{AM}\begin{pmatrix}x\\y\end{pmatrix}$. Donc une équation de (AA') s'écrit $\dfrac{1}{2}y - \dfrac{1}{2}x = 0$ soit $x = y$.

De même, $\overrightarrow{BB'}\begin{pmatrix}-1\\\frac{1}{2}\end{pmatrix}$ et $\overrightarrow{BM}\begin{pmatrix}x-1\\y\end{pmatrix}$. Donc une équation de (BB') s'écrit $-y - \dfrac{1}{2}(x-1) = 0$ soit $2y + x = 1$.

Les coordonnées (x , y) du point G d'intersection des médianes sont solution du système $\begin{cases} y = x \\ 2y + x = 1 \end{cases}$ soit $\begin{cases} y = x \\ 3x = 1 \end{cases}$ soit $\begin{cases} y = \frac{1}{3} \\ x = \frac{1}{3} \end{cases}$.

De ce fait $\overrightarrow{CG}\begin{pmatrix}\frac{1}{3}\\-\frac{2}{3}\end{pmatrix}$. Or $\overrightarrow{CC'}\begin{pmatrix}\frac{1}{2}\\-1\end{pmatrix}$ donc $\overrightarrow{CG} = \dfrac{2}{3}\overrightarrow{CC'}$ ce qui montre bien que les points C, C' et G sont alignés.

Le lecteur qui aurait respecté scrupuleusement l'énoncé n'aura pas manqué de trouver $2x + y = 1$ – ou toute équation équivalente – comme équation de la droite (CC').

Solution 9 (Avec un paramètre)

On commence par calculer le déterminant du système :

$$d = \begin{vmatrix} 2t & t+1 \\ t+2 & 2t+1 \end{vmatrix} = 2t(2t+1) - (t+1)(t+2) = 4t^2 + 2t - t^2 - 3t - 2 = 3t^2 - t - 2 = (3t+2)(t-1).$$

Discussion :

- Si $t = 1$ alors $d = 0$. Le système s'écrit $\begin{cases} 2x + 2y = 2 \\ 3x + 3y = 3 \end{cases}$. Les deux droites sont parallèles – ce que le déterminant prévoit – mais aussi confondues. L'ensemble des solutions est la droite d'équation $x + y = 1$.
- Si $t = -\frac{2}{3}$ alors $d = 0$. Le système s'écrit $\begin{cases} -\frac{4}{3}x + \frac{1}{3}y = 2 \\ \frac{4}{3}x - \frac{1}{3}y = \frac{4}{3} \end{cases}$ soit $\begin{cases} -4x + y = 6 \\ 4x - y = 4 \end{cases}$.

  Ces deux équations sont incompatibles. Le système n'admet pas de solution.
- Si $t \notin \left\{-\frac{2}{3}, 1\right\}$ alors $d \neq 0$. Le système admet une unique solution

$$x = \frac{\begin{vmatrix} 2 & t+1 \\ t+2 & 2t+1 \end{vmatrix}}{(3t+2)(t-1)} = \frac{4t + 2 - (t+1)(t+2)}{(3t+2)(t-1)} = \frac{-t^2 - t}{(3t+2)(t-1)} = -\frac{t(t+1)}{(3t+2)(t-1)}.$$

$$y = \frac{\begin{vmatrix} 2t & 2 \\ t+2 & t+2 \end{vmatrix}}{(3t+2)(t-1)} = \frac{2t^2 + 2t - 2t - 4}{(3t+2)(t-1)} = 2\frac{t^2 - 2}{(3t+2)(t-1)}.$$

Solution 10 (Coefficient directeur)

Le vecteur $\overrightarrow{AB}\begin{pmatrix} x_B - x_A \\ y_B - y_A \end{pmatrix}$ est vecteur directeur de la droite (AB).

Il en est de même du vecteur $\dfrac{1}{x_B - x_A}\overrightarrow{AB}\begin{pmatrix} 1 \\ \dfrac{y_B - y_A}{x_B - x_A} \end{pmatrix}$. Or le coefficient directeur d'une droite est le réel m tel que le vecteur de coordonnées $(\ 1\ ,\ m\ )$ soit un vecteur directeur de cette droite. Le résultat en découle.

Solution 11 (Deux représentations paramétriques)

1. Les produits en croix $4 \times 5 = 20$ et $-3 \times (-1) = 3$ sont différents, donc les vecteurs $\overrightarrow{u}$ et $\overrightarrow{v}$ ne sont pas colinéaires.

   Les vecteurs $\overrightarrow{u}$ et $\overrightarrow{v}$ sont des vecteurs directeurs respectifs des droites (D) et (D'). Donc (D) et (D') sont sécantes : leur intersection est réduite à un point.
2. On résout la première équation : $-1 + 4t = 1 - t$ soit $5t = 2$ soit $t = \frac{2}{5}$. Or $\frac{2}{5}$ n'est pas solution de la deuxième équation puisque $2 - 3 \times \frac{2}{5} = 2 - \frac{6}{5} = \frac{4}{5}$ alors que $3 + 5 \times \frac{2}{5} = 3 + 2 = 5$. Donc le système n'admet pas de solution.

   Cela ne signifie pas que l'intersection des droites (D) et (D') est vide. Lorsqu'on reprend l'intersection cinématique, cela signifie que les deux mobiles sur les droites (D) et (D') n'arrivent pas au point d'intersection au même instant t.
3. L'intersection des droites (D) et (D') peut être alors déterminée en résolvant le système :

   $\left[\begin{cases} -1 + 4t = 1 - w \\ 2 - 3t = 3 + 5w \end{cases} \quad \text{inconnue } (t, w) \in \mathbb{R}^2\right]$ soit

$$\begin{array}{rcrcr|c|c} 4t & + & w & = & 2 & \times 3 & \times 5 \\ -3t & - & 5w & = & 1 & \times 4 & \times 1 \\ \hline \end{array}$$

$$(3 \times L_1 + 4 \times L_2) \qquad -17w = 10 \quad \text{soit } w = -\frac{10}{17}$$

$$(5 \times L_1 + \quad L_2) \qquad 17t = 11 \quad \text{soit } t = \frac{11}{17}$$

On trouve alors $x = -1 - 4 \times \frac{11}{17} = -\frac{61}{17}$ et $y = 2 - 3 \times \frac{11}{17} = -\frac{1}{17}$.

Sinon, on peut écrire une équation de (D'), $w = 1 - x$ et $w = \frac{y-3}{5}$, ce qui donne $1 - x = \frac{y-3}{5}$ soit $5 - 5x = y - 3$ soit $5x + y = 8$. En écrivant $x = -1 + 4t$ et $y = 2 - 3t$, on obtient $5x + y = 5(-1 + 4t) + 2 - 3t = 17t - 3$. On est amené à résoudre $17t - 3 = 8$ soit $t = \frac{11}{17}$. On trouve alors $x = -1 - 4 \times \frac{11}{17} = -\frac{61}{17}$ et $y = 2 - 3 \times \frac{11}{17} = -\frac{1}{17}$.

Solution 12

On a $\alpha \neq 0$ et $\beta \neq 0$ puisque $\mathcal{D}$ ne passe pas par l'origine.

On peut vérifier que : $\frac{x}{\alpha} + \frac{x}{\beta} = 1$ est une équation de $\mathcal{D}$.

Solution 13 (Hyperbole équilatère)

1. Le point A' est à l'intersection de la droite d et de la droite d' perpendiculaire à d passant par A.

   Comme le repère est orthonormé, le coefficient directeur de la droite d' est $-\frac{1}{m}$. L'équation réduite de d' s'écrit $y = -\frac{1}{m}x + q$ où q reste à déterminer grâce aux coordonnées de A. On a donc $b = -\frac{1}{m}a + q$ soit $q = b + \frac{1}{m}a$. Finalement, l'équation réduite de d' s'écrit $y = -\frac{1}{m}x + b + \frac{1}{m}a$.

   L'intersection de la droite d et de la droite d' est donc constituée des points $M\ (\ x\ ,\ y\ )$ vérifiant $\begin{cases} y = mx + p \\ y = -\frac{1}{m}x + b + \frac{1}{m}a \end{cases}$ soit $\begin{cases} mx - y = -p \\ x + my = a + mb \end{cases}$.

2. On résout par les formules de Cramér. Le déterminant du système est $\begin{vmatrix} m & -1 \\ 1 & m \end{vmatrix} = m^2 + 1$. On trouve $a' = \frac{\begin{vmatrix} -p & -1 \\ a + mb & m \end{vmatrix}}{m^2+1} = \frac{1}{1+m^2}(-pm + a + mb)$ et $b' = \frac{\begin{vmatrix} m & -p \\ 1 & a + mb \end{vmatrix}}{m^2+1} = \frac{1}{1+m^2}(m(a + mb) + p) = \frac{1}{1+m^2}(ma + m^2b + p)$.

3. On applique le résultat précédent avec $m = -1$, $p = \sqrt{2}$, $a = x$, $b = y$.

   (a) Les coordonnées de H sont $a' = \frac{1}{1+m^2}(a + mb - mp) = \frac{1}{2}(x + my - m\sqrt{2})$ et $b' = \frac{1}{1+m^2}(ma + m^2b + p) = \frac{1}{2}(-x + y + \sqrt{2})$.

   (b) Dire que $\frac{MF}{MH} = \sqrt{2}$ c'est dire que $\frac{MF^2}{MH^2} = 2$ soit $MF^2 - 2MH^2 = 0$
   soit $\left(\sqrt{2} - x\right)^2 + \left(\sqrt{2} - y\right)^2 - 2\left(x - \frac{1}{2}(x - y + \sqrt{2})\right)^2 - 2\left(y - \frac{1}{2}(-x + y + \sqrt{2})\right)^2 = 0$
   soit $2 - 2\sqrt{2}\,x + x^2 + 2 - 2\sqrt{2}\,y + y^2 - 2\left(\frac{1}{2}(x + y - \sqrt{2})\right)^2 - 2\left(\frac{1}{2}(x + y - \sqrt{2})\right)^2 = 0$
   soit $4 - 2\sqrt{2}\,x + x^2 - 2\sqrt{2}\,y + y^2 - \left(x + y - \sqrt{2}\right)^2 = 0$
   soit $4 - 2\sqrt{2}\,x + x^2 - 2\sqrt{2}\,y + y^2 - \left((x + y)^2 - 2\sqrt{2}(x + y) + 2\right) = 0$
   soit $4 - 2\sqrt{2}\,x + x^2 - 2\sqrt{2}\,y + y^2 - (x + y)^2 + 2\sqrt{2}\,(x + y) - 2 = 0$
   soit $2 + x^2 + y^2 - (x + y)^2 = 0$
   soit $2 + x^2 + y^2 - x^2 - 2xy - y^2 = 0$
   soit $2 - 2xy = 0$
   soit $xy = 1$, ce qu'il fallait démontrer.

Remarque 4.

On appelle hyperbole équilatère un ensemble de points $M\ \left(x\ ,\ y\right)$ dans un repère orthonormé, vérifiant $xy' = 1$. Elle joue un rôle de choix dans le chapitre 8 du cours de terminale.
L'exercice a démontré que l'excentricité d'une hyperbole équilatère égale $\sqrt{2}$.

Solution 14 (Suite arithmético-géométrique)

i) $\boxed{a = \frac{1}{2};\ b = 1}$.

2 $u_0 = -4$: On trouve par le calcul, $u_1 = -1$, $u_2 = \frac{1}{2}$ et $u_3 = \frac{5}{4}$.
Ce sont les abscisses des points des droites verticales en pointillés.

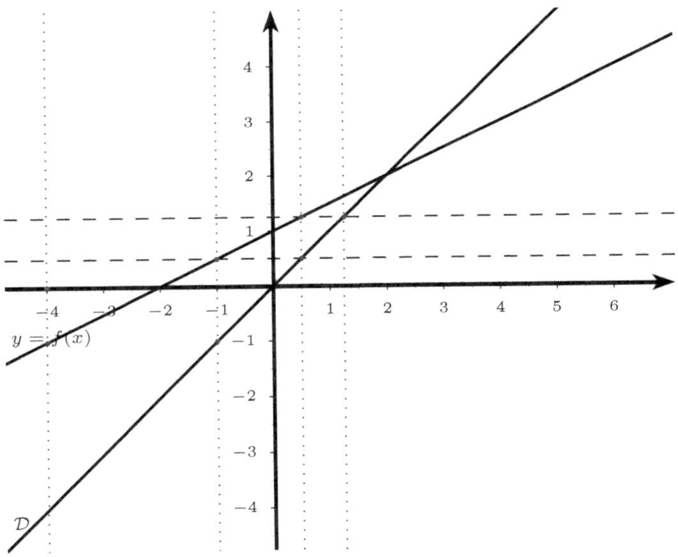

$u_0 = 6$: On trouve par le calcul, $u_1 = 4$, $u_2 = 3$ et $u_3 = \frac{5}{2}$.
Ce sont les abscisses des points des droites verticales en pointillés.

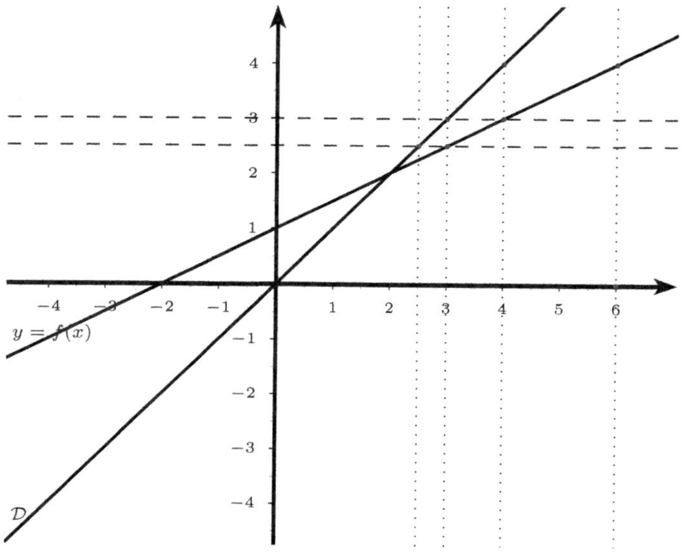

3 On a $\frac{1}{2}\alpha + 1 = \alpha$ soit $\alpha = 2$.

4 Soit $n \in \mathbb{N}$. On écrit

$$v_{n+1} = u_{n+1} - \alpha = \frac{1}{2}\,u_n + 1 - 2 = \frac{1}{2}\,u_n - 1 = \frac{1}{2}\,(u_n - 2) = \frac{1}{2}\,v_n.$$

Donc (v_n) est une suite géométrique de raison $a = \frac{1}{2}$.

5 On a $v_0 = u_0 - 2 = 4$, donc pour tout $n \in \mathbb{N}$, $v_n = 4 \times 2^{-n}$ puis $u_n = v_n + 2 = 2 + 4 \times 2^{-n}$.

ii) $\boxed{a = -\frac{2}{3};\ b = 5}$.

2 $u_0 = -4$: On trouve par le calcul, $u_1 = \frac{23}{3}$, $u_2 = -\frac{1}{9}$ et $u_3 = \frac{137}{27}$.

Ce sont les abscisses des points des droites verticales en pointillés.

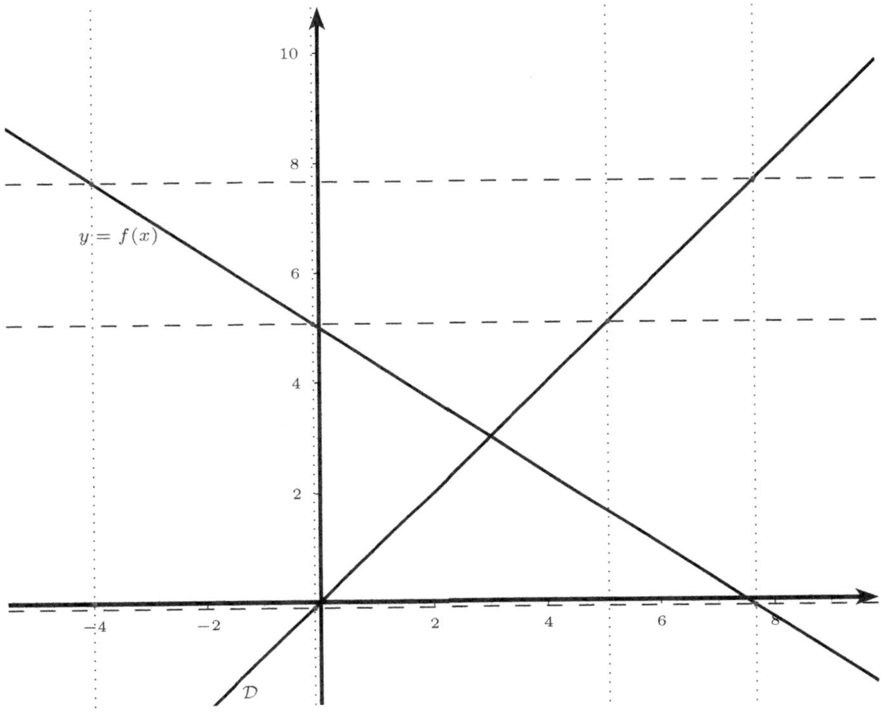

$u_0 = 6$: On trouve par le calcul, $u_1 = 1$, $u_2 = \frac{13}{3}$ et $u_3 = \frac{19}{9}$.
Ce sont les abscisses des points des droites verticales en pointillés.

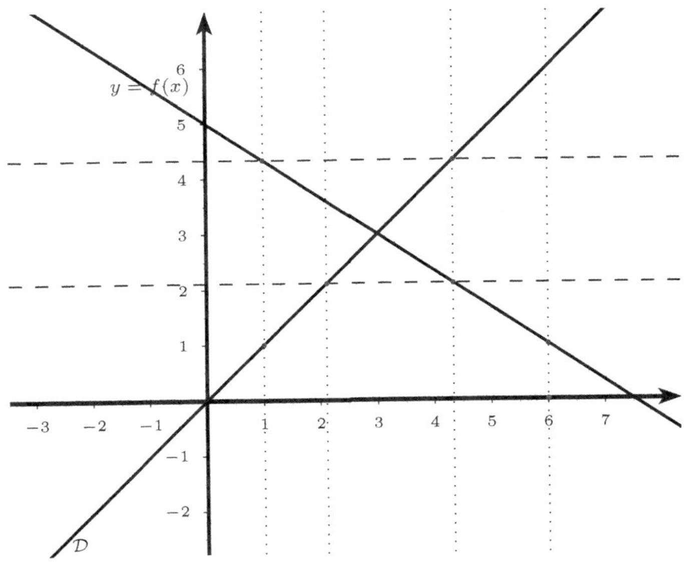

3 On a $-\frac{2}{3}\alpha + 5 = \alpha$ soit $\alpha = 3$.

4 Soit $n \in \mathbb{N}$. On écrit

$$v_{n+1} = u_{n+1} - \alpha = -\frac{2}{3}\,u_n + 5 - 3 = -\frac{2}{3}\,u_n + 2 = -\frac{2}{3}\,(u_n - 3) = -\frac{2}{3}\,v_n.$$

Donc (v_n) est une suite géométrique de raison $a = -\frac{2}{3}$.

5 On a $v_0 = u_0 - 3 = 3$, donc pour tout $n \in \mathbb{N}$, $v_n = 3 \times \left(-\frac{2}{3}\right)^n$ puis $u_n = v_n + 3 = 3 + 3 \times \left(-\frac{2}{3}\right)^n$.

iii) $\boxed{a = 1,5;\ b = -1}$.

2 $u_0 = 1$: On trouve par le calcul, $u_1 = 0,5$, $u_2 = -0,25$ et $u_3 = -1,375$.
Ce sont les abscisses des points des droites verticales en pointillés.

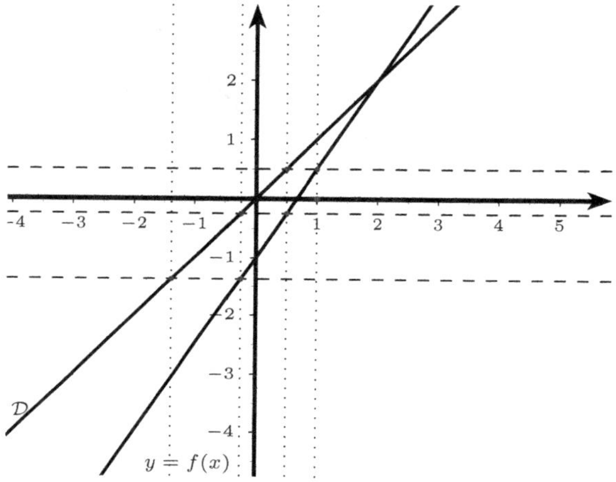

$u_0 = 3$: On trouve par le calcul, $u_1 = 3,5$, $u_2 = 4,25$ et $u_3 = 5,375$.
Ce sont les abscisses des points des droites verticales en pointillés.

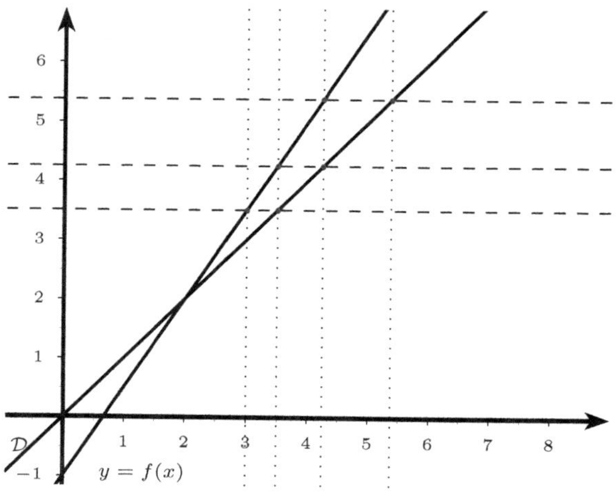

3 On a $1,5\alpha - 1 = \alpha$ soit $\alpha = 2$.

4 Soit $n \in \mathbb{N}$. On écrit

$$v_{n+1} = u_{n+1} - \alpha = 1,5\,u_n - 1 - 2 = 1,5\,u_n - 3 = 1,5\,(u_n - 2) = 1,5\,v_n.$$

Donc (v_n) est une suite géométrique de raison $a = 1,5$.

5 On a $v_0 = u_0 - 2 = 4$, donc pour tout $n \in \mathbb{N}$, $v_n = 4 \times 1,5^n$ puis $u_n = v_n + 2 = 2 + 4 \times 1,5^n$.

Solution 15 (Le blog de Nono)

Il y a entre 39 et 116 personnes qui ont voté avant Jacquot. En effet, en appelant n le nombre de votants avant Jacquot, on a

$$3,815 \leqslant \frac{S}{n} < 3,825,$$

où S est un nombre **entier** égal à la somme des votes. Cet encadrement peut s'écrire

$$3,815n \leqslant S < 3,825n.$$

Après le vote de Jacquot, on obtient $S + 5$ comme somme avec $n + 1$ votants, ce qui donne

$$3,835(n+1) \leqslant S + 5 < 3,845(n+1).$$

En particulier, on obtient

$$\begin{array}{rcl} S + 1,155 & < & 3,845n \\ -S & \leqslant & 3,815n \\ \hline 1,155 & < & 0,03n, \end{array}$$

ce qui donne $n > \dfrac{1,155}{0,03}$ soit $n > 38,5$ soit $n \geqslant 39$.

De même,

$$\begin{array}{rcl} 3,835n & < & S + 1,165 \\ -3,825n & \leqslant & -S \\ \hline 0,01n & < & 1,165, \end{array}$$

soit $n < 116,5$ soit $n \leqslant 116$.

On peut considérer les points à coordonnées entières situés entre les droites d'équation $y = 3,825x$ et $y = 3,815x$ d'une part et $y = 3,845x$ et $y = 3,835x$ d'autre part. Ensuite on cherche sur une même verticale de tels points dont la différence d'ordonnée égale 5.

Dans un fichier de tableur on calcule dans la colonne `A` les multiples entiers de 3,825 : ($39 \leqslant x \leqslant 116$); dans la colonne `B` les multiples entiers de 3,815. On cherche à savoir combien il y a d'entiers entre les deux (différence des deux parties entières : d_1).

Même chose avec les multiples de 3,845 et de 3,835. On appelle d_2 la différence des deux parties entières. On appelle D la différence entre les parties entières de $3,845x$ et $3,825x$.

Il s'agit de savoir si $D = 5$. Comme 5 est premier, on regarde directement si $d_1 \times d_2 \times D$ est un multiple de 5 (différent de zéro).

Un programme Python permet d'obtenir les 23 solutions :

```
m=0
for n in range(38,115):
    S=int(3.815*n)+1
    if (S/n < 3.825) and ((S+5)/(n+1)<3.845) and ((S+5)/(n+1)>3.835):
        print(n,S)
        m=m+1
print(m,'␣solutions')
```

Solutions

11.12 Travaux dirigés

Travaux dirigés 1 (Par coefficients)

Résoudre le système $\begin{cases} 3x - 4y = -1 \\ 2x + 3y = 7 \end{cases}$.

L'idée est de trouver les bons coefficients pour « éliminer » les x puis les y. Pour éliminer les x on **peut** multiplier la première ligne par -2, la deuxième ligne par 3 puis additionner, ce qui donne

$$\begin{array}{rcrcr} -6x & + & 8y & = & 2 \\ 6x & + & 9y & = & 21 \\ \hline & & 17y & = & 23 \end{array}$$

donc $y = \dfrac{23}{17}$.

Pour éliminer les y on **peut** multiplier la première ligne par 3, la deuxième ligne par 4 puis additionner, ce qui donne

$$\begin{array}{rcrcr} 9x & - & 12y & = & -3 \\ 8x & + & 12y & = & 28 \\ \hline 17x & & & = & 25 \end{array}$$

donc $x = \dfrac{25}{17}$.

Avantage : Calculs très propres.

Inconvénients : Prise d'initiative : il faut deviner les coefficients. Il faut démontrer auparavant que le système admet une unique solution, par exemple en calculant le déterminant $\begin{vmatrix} 3 & -4 \\ 2 & 3 \end{vmatrix} = 9-(-8) = 17 \neq 0$.

Travaux dirigés 2 (Méthode graphique)

Résoudre le système $\begin{cases} 3x - 4y = -1 \\ 2x + 3y = 7 \end{cases}$.

On commence par tracer la droite d d'équation $3x - 4y = -1$. Les points $A\left(1 \ , \ 1\right)$ et $B\left(5 \ , \ 4\right)$ appartiennent à d. De même les points $D\left(-1 \ , \ 3\right)$ et $E\left(2 \ , \ 1\right)$ appartiennent à d' d'équation $2x+3y = 7$.

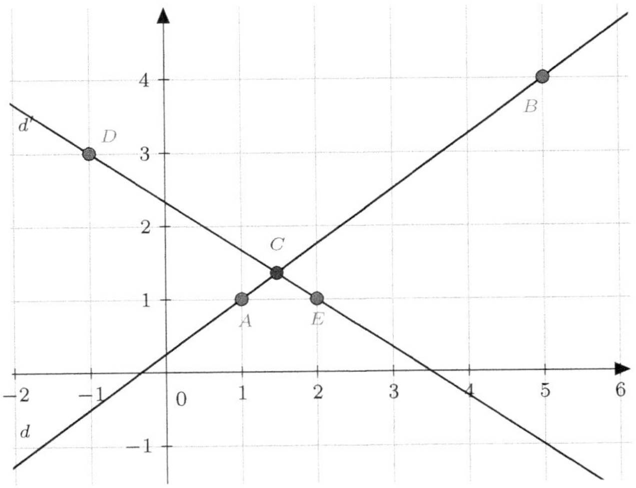

Le couple de coordonnées du point C d'intersection de d et d' est la solution du système soit $x = 1,5$ et $y = 1,4$ à $0,1$ près. Avantage : facile à mettre en œuvre, par exemple sur calculatrice.

Inconvénients : On n'obtient que des valeurs approchées, en général.

Il faut trouver une bonne fenêtre graphique. Ce n'est pas évident si les droites sont presque parallèles ou si le point d'intersection est loin de l'origine.

Résoudre le système $\begin{cases} 3x - 4y = -1 \\ 2x + 3y = 7 \end{cases}$.

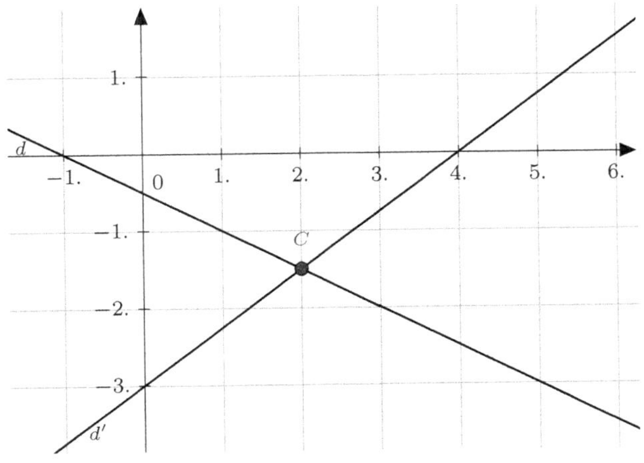

En se basant sur ce graphique, on **vérifie** que (2 ; $-1,5$) est solution car $2 + 2 \times (-1,5) = 2 - 3 = -1$ et $-3 \times 2 + 4 \times (-1,5) = -6 - 6 = -12$. Exceptionnellement, la méthode graphique a pu fournir une solution exacte.

Travaux dirigés 3 (Méthode semi-graphique)

Résoudre le système $\begin{cases} 3x - 4y = -1 \\ 2x + 3y = 7 \end{cases}$.

1. On résout chacune des équations en y.
2. On égale les deux expressions de y en fonction de x.
3. On résout en x.
4. On calcule y.
5. En option : On vérifie.

---

1. En résolvant chacune des équations en y on trouve $y = \dfrac{3x+1}{4}$ pour la première et $y = \dfrac{7-2x}{3}$ pour la deuxième.
2. L'égalité des deux expressions de y s'écrit $\dfrac{3x+1}{4} = \dfrac{7-2x}{3}$.
3. On résout cette équation d'inconnue $x \in \mathbb{R}$:

$$\begin{array}{lrcl} & \frac{3}{4}x + \frac{2}{3}x & = & \frac{7}{3} - \frac{1}{4} \\ \text{soit} & \frac{17}{12}x & = & \frac{25}{12} \\ \text{soit} & 17x & = & 25 \\ \text{soit} & x & = & \frac{25}{17}. \end{array}$$

4. D'après la première égalité,

$$\begin{aligned} y &= \frac{3x+1}{4} \\ &= \frac{1}{4} \times \left(3 \times \frac{25}{17} + 1\right) \\ &= \frac{1}{4} \times \frac{92}{17} \\ &= \frac{23}{17} \end{aligned}$$

5. Vérification : D'après la deuxième égalité,

$$\begin{aligned} y &= \frac{7-2x}{3} \\ &= \frac{1}{3} \times \left(7 - 2 \times \frac{25}{17}\right) \\ &= \frac{1}{3} \times \frac{69}{17} \\ &= \frac{23}{17} \end{aligned}$$

Le système admet une unique solution : $\left(\dfrac{25}{17}, \dfrac{23}{17}\right)$.

Travaux dirigés 4 (Par substitution)

Résoudre le système $\begin{cases} 3x - 4y = -1 \\ 2x + 3y = 7 \end{cases}$.

---

soit $\begin{cases} y = \dfrac{3x+1}{4} \\ 2x + 3y = 7 \end{cases}$ soit $\begin{cases} y = \dfrac{3x+1}{4} \\ 2x + 3\dfrac{3x+1}{4} = 7 \end{cases}$ soit $\begin{cases} y = \dfrac{3x+1}{4} \\ 2x + 3\dfrac{3}{4}x = 7 - \dfrac{3}{4} \end{cases}$

soit $\begin{cases} y = \dfrac{3x+1}{4} \\ \dfrac{17}{4}x = \dfrac{25}{4} \end{cases}$ soit $\begin{cases} y = \dfrac{3x+1}{4} \\ x = \dfrac{25}{17} \end{cases}$ soit $\begin{cases} y = \dfrac{3}{4} \times \dfrac{25}{17} + \dfrac{1}{4} \\ x = \dfrac{25}{17} \end{cases}$

soit $\begin{cases} y = \dfrac{75}{17 \times 4} + \dfrac{17}{17 \times 4} \\ x = \dfrac{25}{17} \end{cases}$ soit $\begin{cases} y = \dfrac{92}{17 \times 4} \\ x = \dfrac{25}{17} \end{cases}$ soit $\begin{cases} y = \dfrac{23}{17} \\ x = \dfrac{25}{17} \end{cases}$

Le système admet une unique solution : $\left(\dfrac{25}{17}, \dfrac{23}{17}\right)$.

Travaux dirigés 5 (Formules de Cramér)

Résoudre le système $\begin{cases} 3x - 4y = -1 \\ 2x + 3y = 7 \end{cases}$.

C'est direct. Le déterminant $\begin{vmatrix} 3 & -4 \\ 2 & 3 \end{vmatrix} = 9 - (-8) = 17 \neq 0$. Donc le système admet une unique solution

$$x = \frac{\begin{vmatrix} -1 & -4 \\ 7 & 3 \end{vmatrix}}{17} = \frac{-3-(-28)}{17} = \frac{25}{17} \quad \text{et} \quad y = \frac{\begin{vmatrix} 3 & -1 \\ 2 & 7 \end{vmatrix}}{17} = \frac{21-(-2)}{17} = \frac{23}{17}.$$

Travaux dirigés 6 (Calculatrice)

Résoudre le système $\begin{cases} 3x - 4y = -1 \\ 2x + 3y = 7 \end{cases}$.

C'est toute une aventure. Avec une TI-83 :
[résol] [2] [2]
On choisit 2 équations et 2 inconnues, ce qui est le réglage par défaut.
La touche [graphe] permet de passer à `SUIV`
On rentre les coefficients :
[3] [entrer] [(-)] [4] [entrer] [(-)] [1] [entrer] [2] [entrer] [3] [entrer] [7] [entrer]

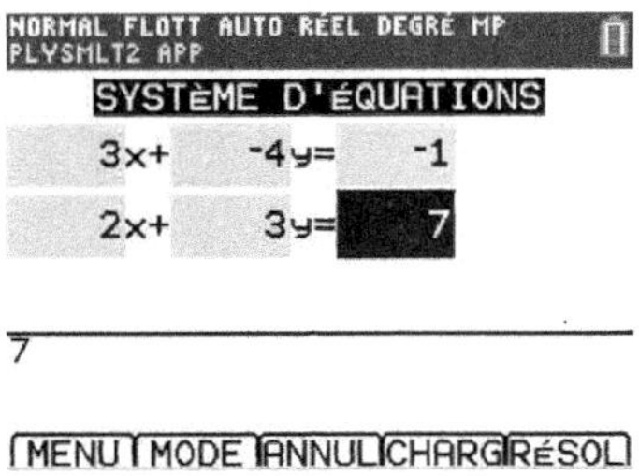

[graphe]

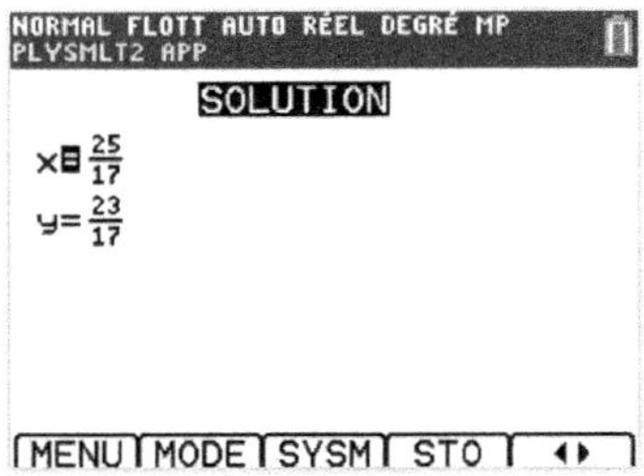

Travaux dirigés 7 (Programme Python)

Résoudre le système $\begin{cases} 3x - 4y = -1 \\ 2x + 3y = 7 \end{cases}$.

```
def determinant(a,b,c,d):
    return a*d-b*c

a=4; b=-4; c=-1
a1=2; b1=3; c1=7
if determinant(a,b,a1,b1)==0:
    print('les deux droites sont paralleles.')
else :
    x=determinant(c,b,c1,b1)/determinant(a,b,a1,b1)
    y=determinant(a,c,a1,c1)/determinant(a,b,a1,b1)
    print("x = ",x,"y = ",y)
```

Le programme ci-dessus est simple mais critiquable. En effet, le test porte sur la nullité de nombres flottants. Une telle façon de programmer n'est pas recommandable.

Chapitre 12

Calculs des probabilités

Sommaire

12.1 Probabilité sur un ensemble fini

Définition 1.

On appelle **probabilité** sur un univers fini $\Omega = \{\omega_1, \omega_2, \ldots, \omega_n\}$, ($n$ étant le nombre d'issues de Ω) une fonction

$$\begin{array}{rcl} P : \Omega & \longrightarrow & [\,0\,,\,1\,] \\ \omega_k & \longmapsto & P(\omega_k) \end{array}$$

telle que la somme des images $\sum_{k=1}^{n} P(\omega_k) = P(\omega_1) + P(\omega_2) + \ldots + P(\omega_n)$ soit égale à 1.

12.1.1 Probabilité d'un événement

Soit un événement A. La probabilité de A, notée $P(A)$, est égale à la somme des probabilités des événements élémentaires qui constituent l'événement A. En particulier

- $P(\Omega) = 1$
- $P(\varnothing) = 0$

Exemple 1 (dé à six faces)

1	$P(1) = 0,2$
2	$P(2) = 0,1$
3	$P(3) = 0,25$
4	$P(4) = 0,25$
5	$P(5) = 0,2$
6	$P(6) = 0$

On vérifie que la somme des probabilités des issues est bien égale à 1. On considère l'événement $A = \{1; 2; 3\}$. On a $P(A) = P(1) + P(2) + P(3) = 0,2 + 0,1 + 0,25$.

12.2 Équiprobabilité

Définition 2.

Soit E un ensemble fini. On appelle **cardinal** de E le nombre d'éléments de E. Le cardinal de E est noté $\mathrm{Card}(E)$.

On appelle situation équiprobable une expérience où tous les événements de Ω ont la même probabilité d'être réalisés. En situation d'équiprobabilité, la probabilité d'un événement A est égale à :

$$P(A) = \frac{\text{Nombre d'éléments de } A}{\text{Nombre d'éléments de } \Omega} = \frac{\text{nombre de cas favorables}}{\text{nombre de cas possibles}} \tag{12.1}$$

Cette égalité – valable uniquement pour les situations équiprobables, rappelons-le – est parfois appelée **règle de Laplace**.

Exemple 2 (Dé équilibré)
On lance une fois un dé équilibré à 6 faces. On appelle A l'événement : « obtenir un multiple de 3 ».

Sachant que $\Omega = \{1, 2, 3, 4, 5, 6\}$, on en déduit que les seuls multiples de 3 possibles sont les faces 3 et 6. L'événement A est donc constitué de deux événements élémentaires.

De plus, le dé étant équilibré, la situation est équiprobable et chaque face a 1 chance sur 6 de sortir.

On en conclut finalement : $P(A) = \dfrac{\text{Card}(A)}{\text{Card}(\Omega)} = \dfrac{2}{6} = \dfrac{1}{3}$

Remarque 1.

Dans de (trop) nombreux énoncés, l'expression « au hasard » signale que le candidat est prié de modéliser la situation décrite par une équiprobabilité. C'est idiot, mais c'est comme ça.

12.3 « ET » et « OU »

Théorème 1
Soient A et B deux événements d'un univers Ω :

$$P(A \cup B) = P(A) + P(B) - P(A \cap B).$$

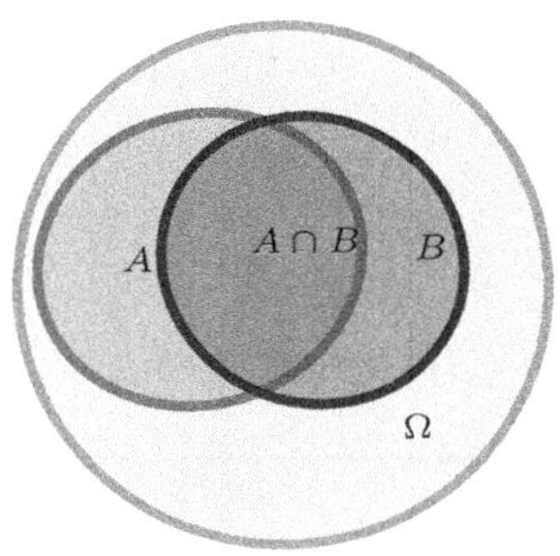

Les issues de $A \cap B$ – et leur probabilité – ont été comptées deux fois : une fois avec A et une fois avec B.

Remarque 2.

Soient A et B deux événements incompatibles :

$$P(A \cup B) = P(A) + P(B).$$

En effet dans ce cas, $A \cup B = \varnothing$, donc $P(A \cup B) = P(\varnothing) = 0$. Par suite,

$$P(A \cup B) = P(A) + P(B) - P(A \cap B) = P(A) + P(B) - 0 = P(A) + P(B).$$

12.3.1 Événement contraire

Soit un événement A. La probabilité de son événement contraire est égale à :

$$P(\overline{A}) = 1 - P(A).$$

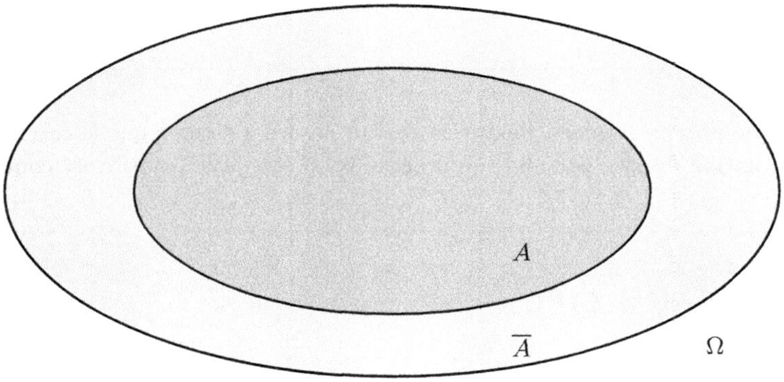

12.3.2 Une nouvelle définition

Théorème 2
Soit Ω un univers, $\mathscr{P}(\Omega)$ l'ensemble des événements de Ω et $P : \mathscr{P}(\Omega) \longrightarrow \mathbb{R}$.

Pour que la fonction P soit une probabilité sur Ω, il faut et il suffit que

(i) $\forall A \subset \Omega,\ 0 \leqslant P(A) \leqslant 1$;

(ii) $P(\Omega) = 1$;

(iii) $\forall A \subset \Omega,\ P(\overline{A}) = 1 - P(A)$;

(iv) $\forall A, B \subset \Omega,\ P(A \cup B) = P(A) + P(B) - P(A \cap B)$.

Démonstration 2
On a déjà vu que toute probabilité sur Ω vérifiait ces quatre propositions.

Inversement, soit $P : \mathscr{P}(\Omega) \longrightarrow \mathbb{R}$ une fonction vérifiant les quatre propositions ci-dessus.

Soit $A = \{\alpha_1, \dots, \alpha_p\} \subset \Omega$, un événement. On démontre sans difficulté [1], à l'aide de (iv) que pour tout entier naturel p :

$$P(A) = \sum_{k=1}^{p} P(\alpha_k).$$

En particulier, si $\Omega = \{\omega_1, \dots, \omega_n\}$, alors – d'après (iii) –

$$1 = P(\Omega) = \sum_{k=1}^{n} P(\omega_k).$$

De plus pour tout $k \in [\![1, n]\!]$ on a – d'après (i) – $0 \leqslant P(\{\omega_k\}) \leqslant 1$.

La fonction P est donc bien une probabilité. □

Remarque 3.

Par la suite, on utilisera ces quatre propositions pour définir une probabilité. Elles ont l'avantage de permettre de définir une probabilité, y compris lorsque Ω est – par exemple – un intervalle de $\mathbb{R}$.

12.4 Notion de probabilité conditionnelle

12.4.1 Événements indépendants

Définition 3.

Soit p une probabilité sur un univers fini Ω. Soit A et B deux événements.
On dit que A et B sont **indépendants** si

$$P(A \cap B) = P(A) \times P(B).$$

Exemple 3

On tire au hasard une carte d'un jeu de 32 cartes. On appelle A l'événement « on tire un as », T l'événement « on tire un trèfle » et N l'événement « on tire une carte noire ». On a $P(A) = \frac{4}{32} = \frac{1}{8}$, $P(T) = \frac{8}{32} = \frac{1}{8}$ et $P(N) = \frac{16}{32} = \frac{1}{2}$.

D'une part $A \cap T$ est l'événement « on tire l'as de trèfle » et $P(A)P(T) = \frac{1}{8} \times \frac{1}{4} = \frac{1}{32}$ qui est bien égal à $P(A \cap T)$ ce qui montre que A et T sont indépendants.

1. À vrai dire, il est nécessaire de démontrer par récurrence. En attendant le chapitre 1 du cours de première, nous nous en tiendrons là.

D'autre part, $T \cap N$ est l'événement « on tire un trèfle et une carte noire » dont la probabilité est $\frac{1}{4}$ mais on a $P(T)P(N) = \frac{1}{4} \times \frac{1}{2} = \frac{1}{8} \neq P(T \cap N)$ ce qui confirme que les événements T et N ne sont évidemment pas indépendants.

Théorème 3
Si A et B sont deux événements indépendants, alors $\bar{A}$ et B sont aussi indépendants.

Démonstration 3
Si A et B sont indépendants dans un univers Ω alors $P(A \cap B) = P(A)P(B)$. $\bar{A}$ et B sont indépendants si et seulement si $P(\bar{A} \cap B) = P(\bar{A})P(B)$.

Or les événements $\bar{A} \cap B$ et $A \cap B$ sont incompatibles. De ce fait,

$$P(B) = P((\bar{A} \cap B) \cup (A \cap B)) = P(\bar{A} \cap B) + P(A \cap B).$$

D'où $P(\bar{A} \cap B) = P(B) - P(A \cap B) = P(B) - P(A)P(B)$ par indépendance de A et B. Donc $P(\bar{A} \cap B) = (1 - P(A))P(B) = P(\bar{A})P(B)$. D'où l'indépendance de $\bar{A}$ et B. □

12.4.2 Probabilités conditionnelles

Définition 4.

Pour tout événement A et tout événement B tel que $P(B) \neq 0$, on appelle **probabilité conditionnelle** de A sachant B et notée $P_B(A)$ le nombre

$$P_B(A) := \frac{P(A \cap B)}{P(B)}.$$

On note aussi $P(A \mid B) := P_B(A) = \frac{P(A \cap B)}{P(B)}$.

Exemple 4
Lors d'un sondage, 50% personnes des interrogées déclarent pratiquer un sport régulièrement et 75% des personnes interrogées déclarent aller au cinéma régulièrement. De plus, 40% des personnes déclarent faire du sport et aller au cinéma régulièrement. On interroge à nouveau une de ces personnes au hasard et on considère les événements « la personne interrogée pratique un sport régulièrement » et « la personne interrogée va au cinéma régulièrement » que l'on notent S et C respectivement. On cherche à calculer la probabilité que la personne pratique un sport régulièrement sachant qu'elle va régulièrement au cinéma.

On a $P(C) = 0,75$ et $P(S \cap C) = 0,4$. Donc $P_C(S) = \frac{P(S \cap C)}{P(C)} = \frac{0,4}{0,75} \approx 0,53$.

Remarque 4.

Si $P(B) \neq 0$ alors deux événements A et B sont indépendants si et seulement si $P_B(A) = P(A)$ si et seulement si $P_A(B) = P(B)$ avec $P(A) \neq 0$, ce qui signifie que la probabilité que l'un des deux événements se réalise ne dépend pas de la probabilité que l'autre se réalise.

Soient A et B deux événements d'un univers donné tels que $P(A) \neq 0$ et $P(B) \neq 0$. La connaissance de la probabilité d'un événement B et de la probabilité conditionnelle d'un événements A sachant B permet de retrouver la probabilité $P(A \cap B)$ de l'intersection de A et B avec la formule

$$P(A \cap B) = P_B(A)P(B).$$

Une autre formulation est le théorème suivant :

Théorème 4 (de Bayes)
Soient A et B deux événements d'un univers donné tels que $P(A) \neq 0$ et $P(B) \neq 0$. On a

$$P(A|B) = \frac{P(B|A).P(A)}{P(B)}$$

Démonstration 4
En effet, on a

$$P(A \cap B) = P_B(A)P(B) = P_A(B)P(A).$$

P_A est une probabilité sur l'univers $\Omega \cap A$. Autrement dit, on a le théorème suivant :

Théorème 5
Pour tous événements A, B et C tels que $P(A) \neq 0$:

- $0 \leqslant P_A(B) \leqslant 1$;
- $P_A(A) = 1$;
- $P_A(\bar{B}) = 1 - P_A(B)$;
- $P_A(B \cup C) = P_A(B) + P_A(C) - P_A(B \cap C)$;
- Si A et B sont des événements incompatibles (c'est-à-dire ne pouvant pas se réaliser simultanément ou encore tels que $A \cap B = \emptyset$) alors $P_B(A) = 0$.

La vérification est directe.

12.4.3 Arbre pondérés

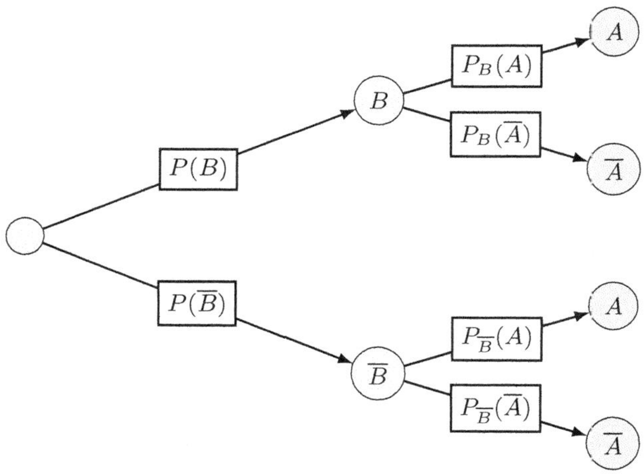

Définition 5.

Le schéma ci-dessus est appelé **arbre pondéré** ou **arbre de probabilités**. Il comporte quatre **chemins** : $A \cap B$, $A \cap \bar{B}$, $\bar{A} \cap B$ et $\bar{A} \cap \bar{B}$. Un **nœud** est un point d'où partent plusieurs branches.

Théorème 6

Dans un arbre pondéré ou arbre à probabilités comme ci-dessus,

- La somme des probabilités portées sur les branches issues d'un même nœud est égale à 1 (par exemple, $P_B(A) + P_B(\bar{A}) = 1$) ;
- la probabilité d'un chemin est le produit des probabilités portées par ses branches (par exemple, $P(A \cap B) = P(B) \times P_B(A)$) ;

12.4.4 Formule des probabilités totales

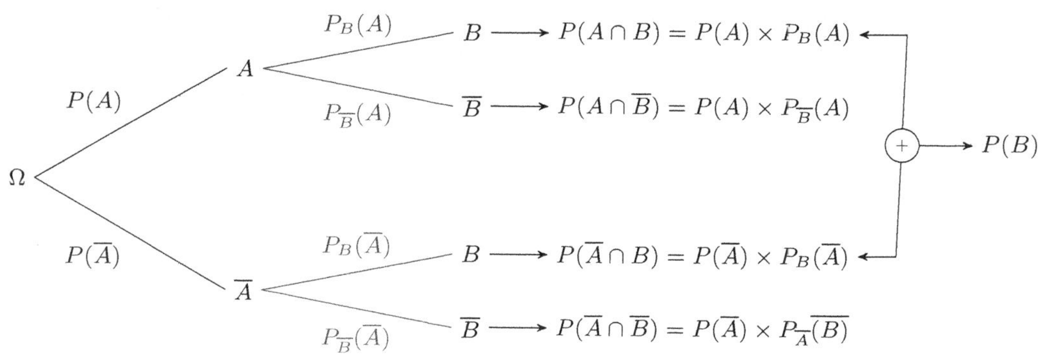

Exercice 1.

Tous les élèves d'une promotion ont passé un test de certification en anglais.
- 80 % ont réussi le test.
- Parmi ceux qui ont réussi le test, 95 % le passaient pour la 1re fois.
- Parmi ceux qui ont échoué au test, 2 % le passaient pour la 1re fois.

On considère les événements R : « l'élève a réussi le test », et F : « l'élève a passé le test plusieurs fois ».

1. Traduire l'énoncé en termes de probabilité et dresser un arbre pondéré décrivant la situation.
2. Calculer la probabilité qu'un élève pris au hasard ait passé le test pour la 1re fois et l'ait réussi.
3. Déterminer la probabilité qu'un élève choisi au hasard ait passé plusieurs fois le test.
4. On choisit au hasard un élève ayant passé plusieurs fois le test. Quelle est la probabilité qu'il ait réussi ?

Solution 1

1.

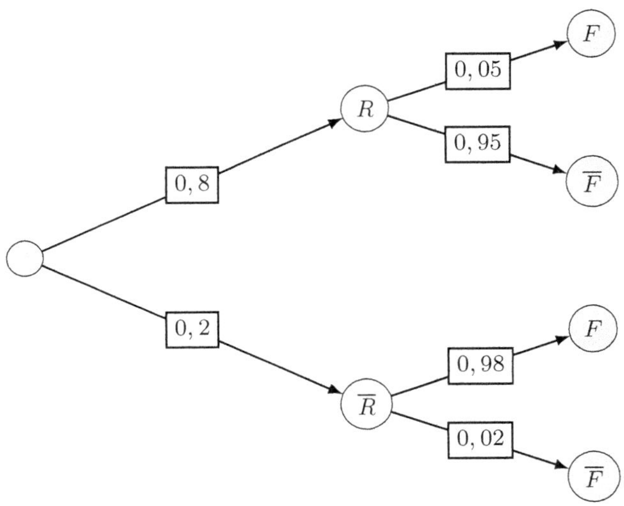

2. On lit $P(R \cap \overline{F}) = 0,8 \times 0,95 = 0,76$.

3.

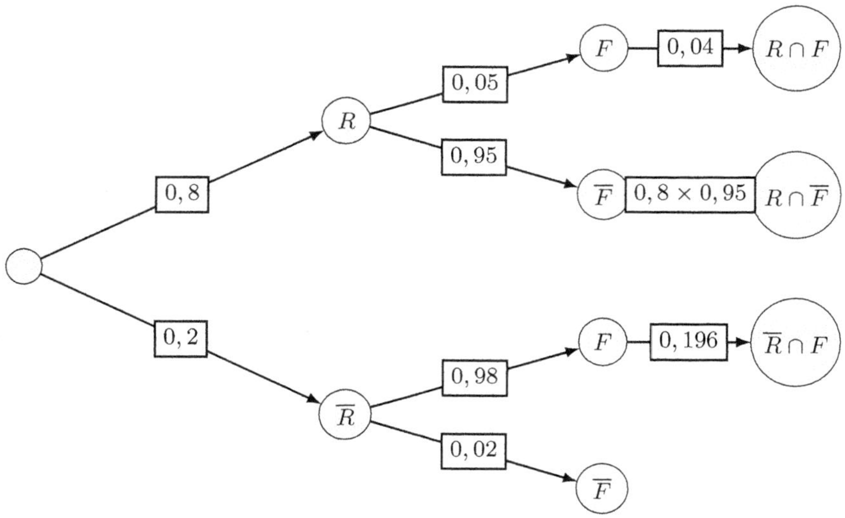

On lit $P(F) = P(R \cap F) + P(\overline{R} \cap F) = 0,04 + 0,196 = 0,236$.

4. On cherche $P_F(R) = \dfrac{P(R \cap F)}{P(F)} = \dfrac{0,04}{0,236} = 0,17$ à $0,01$ près.

Théorème 7 (Formule des probabilités totales)
Si B_1, B_2, ..., B_n forment un système complet d'événements d'un univers Ω (voir définition 8 page 55), alors pour tout événement A de l'univers Ω :

$$P(A) = P(A \cap B_1) + P(A \cap B_2) + \ldots + P(A \cap B_n).$$

ou encore

$$P(A) = P(B_1)P_{B_1}(A) + P(B_2)P_{B_2}(A) + \ldots + P(B_n)P_{B_n}(A).$$

En particulier, pour tout événement B,

$$P(A) = P(B)P_B(A) + P(\bar{B})P_{\bar{B}}(A).$$

Remarque 5.

Sur l'arbre pondéré du paragraphe précédent, la probabilité d'un événement est la somme des probabilités des chemins qui le compose (par exemple, $P(A) = P(A \cap B) + P(A \cap \bar{B})$).

12.5 Méthodes

La probabilité d'un événement peut être calculée de deux manières différentes. Soit en utilisant le dénombrement, soit en utilisant des formules du cours.

Méthode 1 (En utilisant le dénombrement).

Étape 1 : Nommer l'événement.
On donne un nom à l'événement, généralement, une lettre majuscule.
Par exemple, A : « l'élève est une fille ».
Étape 2 : Dénombrer les cas possibles et les cas favorables.
On vérifie que l'on est en situation d'équiprobabilité.
On dénombre ensuite :

- $\text{Card}(\Omega)$, le nombre d'issues possibles de l'expérience,
- $\text{Card}(A)$, le nombre d'issues de l'expérience lors desquelles A est réalisé.

Étape 3 : Calculer $p(A)$.
On a alors $p(A) = \dfrac{\text{Card}(A)}{\text{Card}(\Omega)}$.

Méthode 2 (En utilisant des formules du cours).

Etape 1 : Exprimer l'événement en fonction d'événements connus.
On cherche $p(A)$. On exprime l'événement A en fonction d'événements dont on connaît déjà la probabilité. Par exemple :

- $A = \overline{B}$
- $A = B \cup C$
- $A = B \cap C$

Étape 2 : Invoquer une formule du cours parmi les suivantes :
$p(\overline{B}) = 1 - p(B)$
$p(B \cup C) = p(B) + p(C) - p(B \cap C)$
$p(B \cap C) = p(B) + p(C) - p(B \cup C)$
Étape 3 : Calculer la probabilité.
On utilise les valeurs connues (calculées dans les questions précédentes ou données dans l'énoncé) et on calcule la probabilité de l'événement cherché.

Exemple 5

Méthode 1 : En utilisant un dénombrement.

On tire au hasard une boule dans une urne contenant 100 boules numérotées de 1 à 100. Calculer la probabilité que le numéro tiré comporte au moins un chiffre 2.

Étape 1 : Nommer l'événement.

On note B « le numéro tiré comporte au moins un chiffre 2.

On cherche $p(B)$.

Étape 2 : Dénombrer les cas favorables et possibles.

On modélise par une équiprobabilité car l'énoncé stipule « au hasard » (voir remarque 1).

Il y a 100 issues possibles car il y a 100 boules : $\text{Card}(\Omega) = 100$.

Déterminons le nombre d'issues possibles lors desquelles B est réalisé : on peut tirer les boules 2, 12, 20, 21, 22, 23, 24, 25, 26, 27, 28, 29, 32, 42, 52, 62, 72, 82, 92.

Donc $\text{Card}(B) = 19$.

Étape 3 : Calculer $p(A)$.

Ainsi, $p(B) = \frac{\text{Card}(B)}{\text{Card}(\Omega)} = \frac{19}{100} = 0,19$.

Méthode 2 : En utilisant des formules du cours.

Dans une classe, on peut pratiquer deux sports, le tennis et le basket. 35% des élèves jouent au tennis, $\frac{1}{5}$ des élèves jouent au basket et on sait que 40% des élèves ne pratiquent aucun sport.

On choisit un élève au hasard. Quelle est la probabilité qu'il joue au tennis et au basket ?

Étape 1 : Exprimer l'événement en fonction d'événements connus.

Soit B : « l'élève joue au basket » et T : « l'élève joue au tennis ».

On cherche $p(B \cap T)$, la probabilité que l'élève joue à la fois au tennis et au basket.

Étape 2 : Invoquer une formule du cours.

On sait que $p(B \cap T) = p(B) + p(T) - p(B \cup T)$.

Étape 3 : Calculer la probabilité.

D'après l'énoncé :

$p(B) = 35\%$

$p(T) = \dfrac{1}{5}$

$p(B \cup T) = 0,4$

Donc $p(B \cap T) = 0,35 + \dfrac{1}{5} - 0,4 = 0,35 + 0,2 - 0,4 = 0,55 - 0,4 = 0,15$.

Ainsi, 15% des élèves jouent au basket et au tennis.

Méthode 3 (Décrire une expérience à l'aide d'un arbre).

On peut décrire une expérience aléatoire en utilisant un arbre de probabilités. Celui-ci permet de comprendre l'enchaînement des événements et la probabilité avec laquelle les événements sont réalisés.
Étape 1 : Identifier les événements étudiés
On détermine dans l'énoncé les différents critères étudiés et les événements associés.
Par exemple, on peut étudier la couleur de cheveux des individus et les événements associés pourront être « être brun », « être blond » et « être roux ».
En général, deux critères seront étudiés.
Étape 2 : Tracer les branches de l'arbre.
On trace les premières branches correspondant au premier critère, puis, à partir de chaque branche, on trace de nouvelles branches correspondant aux différents événements possibles pour le deuxième critère étudié.
On obtient un arbre du type :

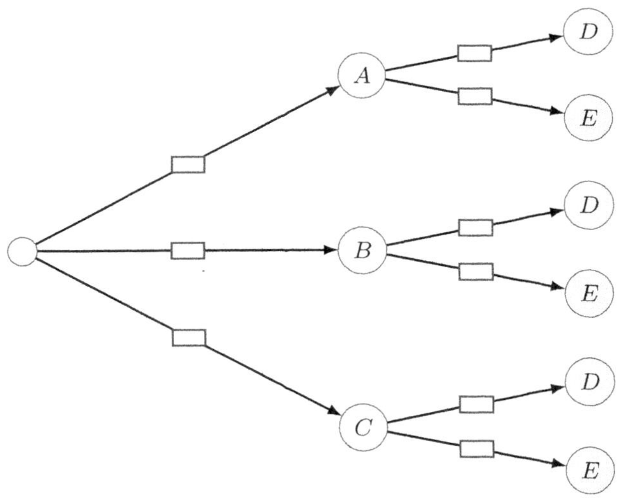

Étape 3 : Ajouter les probabilités.
Sur chaque branche, on ajoute la probabilité de l'événement correspondant.

Exemple 6
On tire une boule dans une urne, contenant 4 boules numérotées de 1 à 4. On note le numéro tiré et on tire ensuite une deuxième boule sans remettre dans l'urne la précédente.

On note A_i : « la première boule tirée porte le numéro i ». On définit ainsi A_1, A_2, A_3 et A_4.

On note B_i : « la deuxième boule tirée porte le numéro i ». On définit ainsi B_1, B_2, B_3 et B_4.

Dresser un arbre de probabilité représentant la situation.

Étape 1 : Identifier les événements étudiés.

On considère, ici, deux critères :

- Le premier numéro tiré, les événements correspondants étant A_1, A_2, A_3 et A_4.
- Le deuxième numéro tiré, les événements correspondants étant B_1, B_2, B_3 et B_4.

Étape 2 : Tracer les branches de l'arbre.

L'arbre de probabilités aura alors :

Sur les quatre premières branches, les événements A_1, A_2, A_3 et A_4.

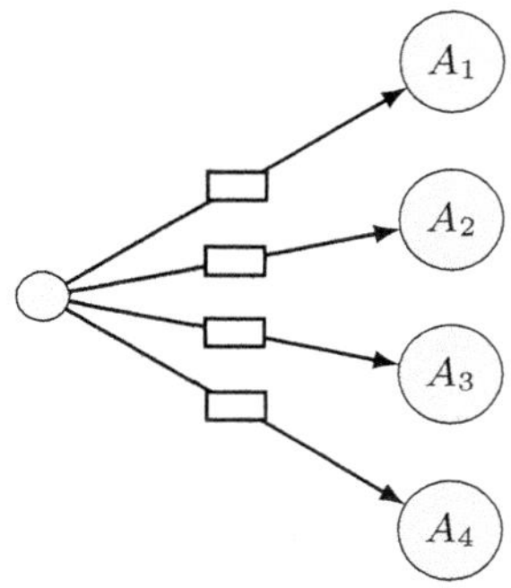

Ensuite, trois branches partent de A_1. En effet, si la première boule a été tirée au premier tirage, alors on la sort de l'urne. Au deuxième tirage on pourra donc réaliser B_1, B_2 ou B_3.

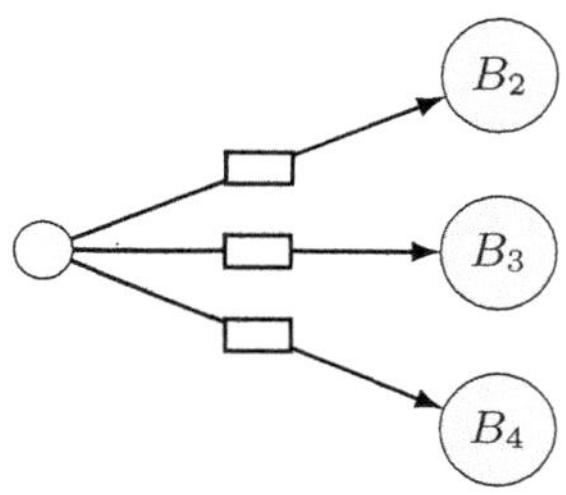

De même, trois branches pour chaque événement A_2, A_3 et A_4, en excluant à chaque la boule ne pouvant pas être tirée en deuxième.

On obtient l'arbre suivant :

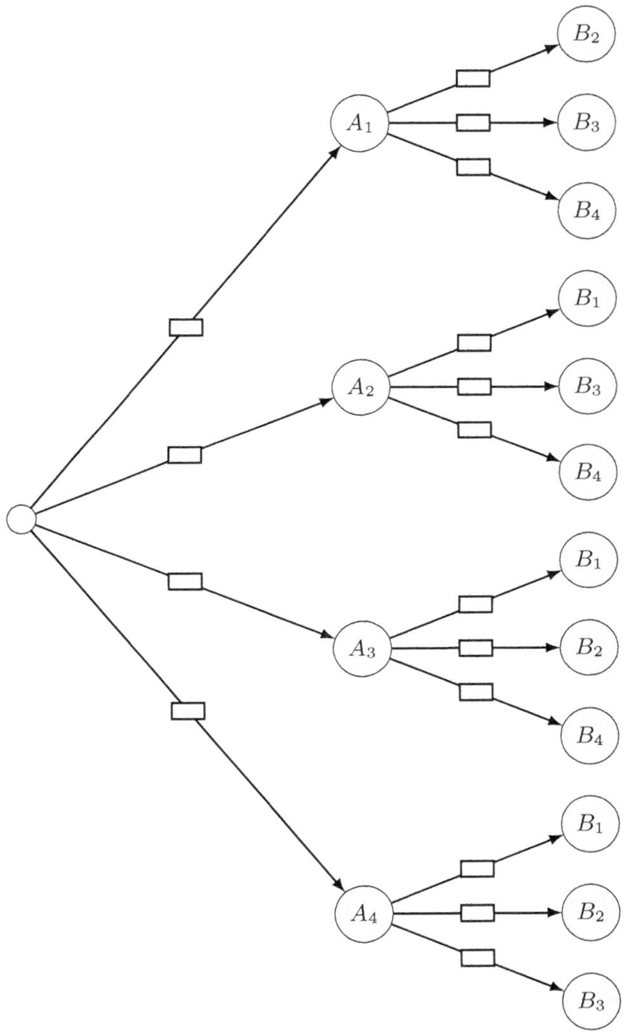

Étape 3 : Ajouter les probabilités.

On calcule les probabilités :

Au premier tirage, il y a 4 boules dans l'urne et chaque boule peut être tirée de manière équiprobable. Donc $p(A_1) = p(A_2) = p(A_3) = p(A_4) = \dfrac{1}{4}$.

Au deuxième tirage il n'y a plus que 3 boules donc chacune a la probabilité $\frac{1}{3}$ d'être tirée.

On obtient finalement l'arbre de probabilités suivant :

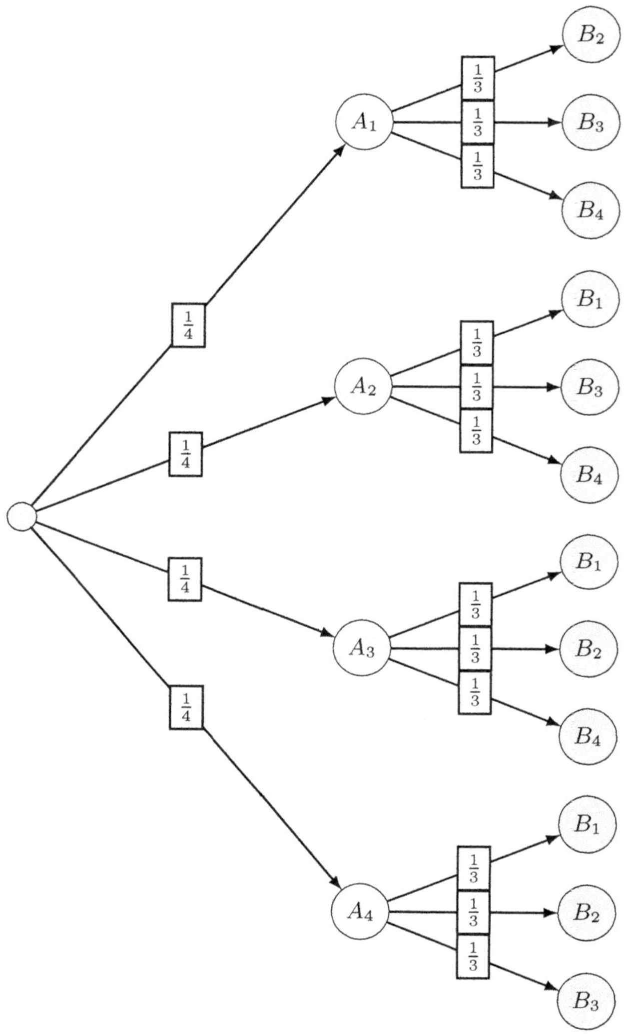

Méthode 4 (Diagramme de Carroll).

Étape 1 : Identifier et nommer les deux événements.
Étape 2 : Dresser et compléter le diagramme de Carroll.
Étape 3 : Répondre aux questions.

Exemple 7

Soit A et B deux événements tels que :

- $p(A) = 0,7$
- $p(B) = 0,5$
- $p(A \cap B) = 0,3$

Calculer

1. $p(\overline{A})$
2. $p(A \cup \overline{B})$
3. $p(\overline{A} \cap B)$

L'étape 1 est sans objet ici.

Étape 2 :

On dresse le diagramme de Carroll.

	A	$\overline{A}$	Ω
B	$0,3$		$0,5$
$\overline{B}$			
Ω	$0,7$		

On écrit $p(\Omega) = p(A) + p\left(\overline{A}\right) = 1$.

	A	$\overline{A}$	Ω
B	$0,3$		$0,5$
$\overline{B}$			
Ω	$0,7$		1

On complète le diagramme. La dernière case peut se calculer de deux façons.

	A	$\overline{A}$	Ω
B	$0,3$	$0,2$	$0,5$
$\overline{B}$	$0,4$	$0,1$	$0,5$
Ω	$0,7$	$0,3$	1

C'est une façon de vérifier les résultats.

Étape 3. Les résultats se lisent dans le diagramme.

	A	$\overline{A}$	Ω
B	$0,3$	$0,2$	$0,5$
$\overline{B}$	$0,4$	$0,1$	
Ω	$0,7$	$0,3$	1

$p\left(\overline{A}\right) = 0,3.$

	A	$\overline{A}$	Ω
B	$0,3$	$0,2$	$0,5$
$\overline{B}$	$0,4$	$0,1$	
Ω	$0,7$	$0,3$	1

$p\left(A \cup \overline{B}\right) = 0,8.$

	A	$\overline{A}$	Ω
B	$0,3$	$0,2$	$0,5$
$\overline{B}$	$0,4$	$0,1$	
Ω	$0,7$	$0,3$	1

$p\left(\overline{A} \cap B\right) = 0,2.$

On vérifie que toutes les réponses appartiennent bien dans l'intervalle $[\ 0\ ,\ 1\ ]$.

12.6 Quiz

12.6.1 Énoncé

1. Comment note-t-on généralement l'univers d'une expérience aléatoire ?
2. À quelle condition deux événements sont-ils incompatibles ?
3. Qu'est ce que l'événement $\overline{A}$?
4. Qu'est ce que l'événement $A \cup B$?
5. À quelle condition $p(A \cup B) = p(A) + p(B)$?
6. Qu'est ce que l'événement $A \cap B$?
7. Dans le cas général, que vaut $p(A \cup B)$?
8. Quelle relation lie A et $\overline{A}$?
9. Qu'est ce qu'une situation équiprobable ?
10. On lance une pièce équilibrée. Cette situation est-elle équiprobable ?
11. En situation d'équiprobabilité, quelle est la probabilité d'un événement A ?
12. Que signifie $\text{Card}(A)$?

12.6.2 Corrigé

1. L'univers d'une expérience aléatoire est noté généralement Ω.
2. Deux événements sont incompatibles s'ils ne peuvent pas se produire simultanément.
3. $\overline{A}$ est l'événement contraire de A.
4. $A \cup B$, prononcé « A union B », est l'événement réalisé si A, ou B, ou les deux sont réalisés.
5. $p(A \cup B) = p(A) + p(B)$ lorsque A et B sont incompatibles.
6. L'événement $A \cap B$, prononcé « A inter B », est réalisé lorsque, à la fois, A et B sont réalisés.
7. Dans le cas général, $p(A \cup B) = p(A) + p(B) - p(A \cap B)$.
8. On a $p(\overline{A}) = 1 - p(A)$.
9. Une situation équiprobable est une expérience où tous les événements élémentaires de Ω ont la même probabilité d'être réalisés.
10. Face et Pile ont la même probabilité d'apparaître lorsque l'on lance une pièce équilibrée. Cette situation est donc équiprobable.
11. En situation d'équiprobabilité, $p(A) = \dfrac{\text{Card}(A)}{\text{Card}(\Omega)}$.
12. $\text{Card}(A)$ est le nombre d'éléments de A.

12.7 Exercices

Exercice 2 (Vrai/Faux).

Les assertions suivantes sont-elles vraies ou fausses ?

1. Deux événements incompatibles sont indépendants.
2. Deux événements indépendants sont incompatibles.
3. Si $P(A) + P(B) = 1$, alors $A = \bar{B}$.
4. Si A et B sont deux événements indépendants, alors $P(A \cup B) = P(A) + P(B)$.

Exercice 3.

Deux événements A et B sont tels que

$$p(A) = 0,3; \quad P(\overline{B}) = 0,4 \quad \text{et } p(A \cap B) = 0,1.$$

Calculer la probabilité de l'événement $A \cup B$.

Exercice 4.

Pour mieux satisfaire ses clients, une agence de voyage leur a envoyé un questionnaire.
parmi les 200 réponses relues :
- 55 % des personnes déclarent partir en vacances en famille ;
- parmi les clients qui ne partent pas en famille , 60 % préfèrent les voyages organisés et 20 % préfèrent les croisières

1. Compléter le tableau suivant :

	Voyage organisé	Club de vacances	Croisière	Total
En famille			26	
Seul ou entre amis				
Total		73		200

2. On choisit un client **au hasard** parmi les deux cents qui ont répondu au questionnaire.
   Calculer la probabilité des événements suivants :
   - A : « Le client choisi part en famille »
   - B : « Le client choisi préfère les croisières »
   - C : « Le client choisi ne part pas en club de vacances »
3. Définir par une phrase chacun des événements $A \cap B$ et $A \cup B$
   Puis calculer les probabilités de ces événements
4. On choisit au hasard une personne qui a déclaré partir en vacances en famille.
   Quelle est la probabilité qu'elle préfère les clubs de vacances ?

Exercice 5 (Dés de Sicherman).

Les dés de Sicherman sont une paire de dés à jouer équilibrés affichant des nombres différents de ceux de dés ordinaires. Les faces des dés de Sicherman sont numérotées 1, 2, 2, 3, 3 et 4 sur l'un des dés et 1, 3, 4, 5, 6 et 8 sur l'autre. On lance les deux dés. On jette les deux dés une fois. On s'intéresse à la somme des chiffres obtenus.
Calculer $p(\{2\})$, la probabilité d'obtenir 2 comme somme.
Calculer $p(\{3\})$, la probabilité d'obtenir 3 comme somme.
etc. jusqu'à
Calculer $p(\{12\})$, la probabilité d'obtenir 12 comme somme.
Comparer avec les probabilités concernant deux dés cubiques équilibrés ordinaires.

Exercice 6 (Probabilités d'événements compatibles et diagramme de Venn).

Un club de sport propose trois activités : A, B et C. Après avoir interrogé 1000 personnes inscrites à ce club (« membres »), on a obtenu les résultats suivants :

- 451 pratiquent l'activité A
- 457 pratiquent l'activité B
- 425 pratiquent l'activité C
- 98 pratiquent les activités A et B
- 157 pratiquent les activités A et C
- 122 pratiquent les activités B et C
- 44 pratiquent les trois activités

1. Construire un diagramme permettant de représenter les résultats.
2. Y a-t-il des membres interrogés qui ne pratiquent aucune activité ?
3. On choisit une personne au hasard parmi les membres interrogés : quelle est la probabilité qu'elle pratique les activités A et B ?
4. On choisit une personne au hasard parmi les membres interrogés : quelle est la probabilité qu'elle pratique uniquement les activités A et B ?
5. On choisit une personne au hasard parmi les membres interrogés pratiquant les activités A et B : quelle est la probabilité qu'elle ne pratique pas l'activité C ?

Exercice 7 (Probabilités de la somme des lancers de deux dés).

Une expérience consiste à lancer deux dés équilibrés et à observer la somme des points obtenus.

1. Construire un tableau recensant l'ensemble des résultats possibles de l'expérience.
2. Calculer la probabilité d'un des résultats possibles.
3. Calculer la probabilité de chacun des événements suivants :
   A = « Obtenir 6 » ; B = « Obtenir un résultat pair » ; C = « Obtenir 1 avec un des deux dés » ; D = « Obtenir un résultat pair multiple de 3 ».

Exercice 8 (Arbre de probabilités).

Dans un lycée, les filles représentent 60% des élèves. Chaque élève pratique une LV2 parmi les trois disponibles : anglais, espagnol, allemand.
On sait que parmi les filles :
30% pratiquent l'anglais en LV2, 55% pratiquent l'espagnol en LV2.
On sait que parmi les garçons :
40% pratiquent l'espagnol en LV2, 35% pratiquent l'allemand en LV2.

1. Représenter cette répartition à l'aide d'un arbre de probabilités.
2. On choisit un élève au hasard. Calculer les probabilités des événements :
   F = « L'élève est une fille » A = « L'élève pratique l'anglais en LV2 » B = « L'élève pratique l'espagnol en LV2 » C = « L'élève pratique l'allemand en LV2 » R = « L'élève est un garçon qui pratique l'espagnol en LV2 » S = « L'élève est une fille qui pratique l'allemand en LV2 »

Exercice 9.

Dans une urne, on place 8 boules rouges, 5 boules blanches et 7 boules vertes. On tire *au hasard* une boule de l'urne. Quelle est la probabilité que (on donnera les réponses sous la forme de fractions réduites) :
La boule soit blanche ? La boule ne soit pas rouge ? La boule soit rouge ou blanche ?

Exercice 10.

On possède un dé truqué à six faces. On note p la loi de probabilité associée à l'expérience « on lance le dé une fois ». On donne :

$$p(1) = p(2) = \frac{1}{8}; \quad p(3) = p(4) = \frac{1}{5}; \quad p(5) = 0,25.$$

1. Calculer la probabilité d'obtenir un 6.
2. Calculer la probabilité d'obtenir un chiffre pair.
3. Calculer la probabilité d'obtenir un chiffre inférieur ou égal à 4.

Exercice 11.

Une urne contient cinq boules numérotées « 1 », sept boules numérotées « 2 », trois boules « 3 », quatre boules « 4 », et six boules « 5 ».
On note p la loi de probabilité associée à l'expérience « on tire une boule dans l'urne ». On note A l'événement « obtenir un chiffre pair »et B l'événement « obtenir un chiffre supérieur strictement à 3 ».

1. Calculer $p(A)$ et $p(B)$.
2. Expliciter les événements suivants :

$$A \cup B, \quad A \cap B, \quad \overline{A}, \quad \overline{B}, \quad \overline{A \cup B}, \quad \overline{A \cap B}$$

3. Calculer les probabilités des événements de la question précédente.

Exercice 12 (La fourmi et le tétraèdre).

Une fourmi se déplace le long des arêtes d'une pyramide $ABCD$. À partir d'un sommet quelconque, elle se dirige avec équiprobabilité, vers un sommet voisin. On dit qu'elle fait un pas. Elle se trouve en A au départ.

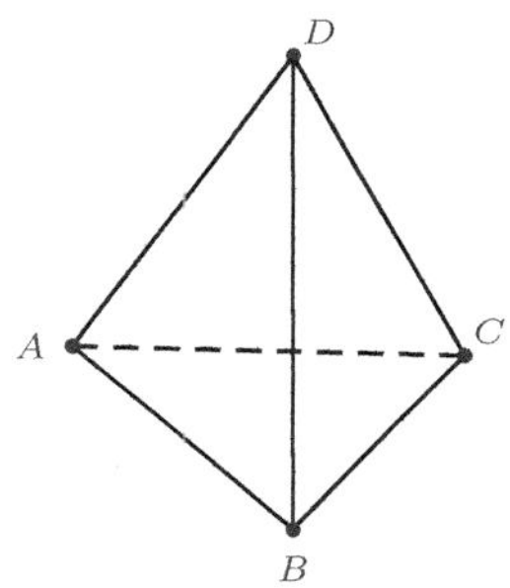

1. Après avoir fait deux pas, quelle est alors la probabilité :
   a) qu'elle se retrouve à nouveau en A (événement A) ?
   b) qu'elle soit en B (événement B) ?
   c) qu'elle soit en C ?
   d) qu'elle soit en D ?
2. Quelle relation doit vérifier ces quatre nombres ?

Exercice 13 (Utilisation d'un arbre).

La porte d'entrée d'un immeuble est munie d'un clavier de trois touches marquées par les lettres A, B et C. Le code qui déclenche l'ouverture de la porte est formé d'une série de deux lettres, pas forcément distinctes.

1. Recopier et compléter l'arbre suivant qui dénombre l'ensemble des codes possibles :

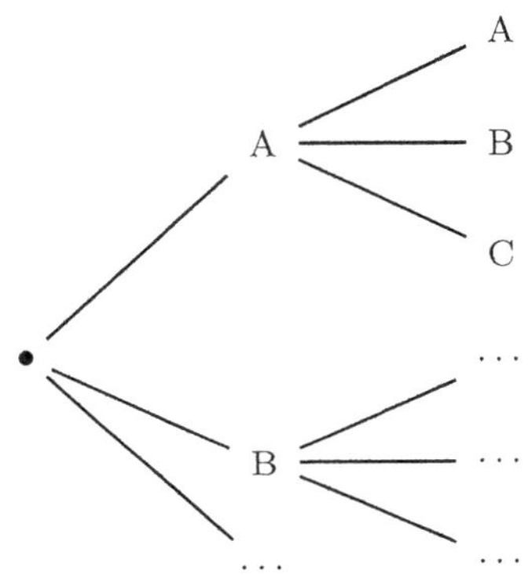

2. Déterminer le nombre de codes différents possibles.
3. Déterminer la probabilité de chacun des événements suivants.

   T : Le code se termine par A.

   I : Le code est formé de deux lettres identiques.

   C : Le code commence par A.

Exercice 14 (Utilisation d'un tableau).

On lance deux dés cubiques équilibrés numérotés de 1 à 6. L'issue de l'expérience est le plus grand des deux numéros sortis.

1. Utiliser un tableau à double entrée pour modéliser la situation.
2. Quel est l'univers Ω de toutes les issues possibles ?
3. Établir la loi de probabilité de l'expérience.

Exercice 15 (Utilisation d'un diagramme).

Une campagne de prévention routière s'intéresse aux défauts constatés sur le freinage des véhicules et sur leur éclairage. Au total, 400 véhicules sont examinés. Le responsable du test de freinage a noté que 60 des 400 véhicules présentaient un défaut de freinage. Le responsable du test d'éclairage a noté que 140 des 400 véhicules présentaient un défaut d'éclairage. Une récapitulation permet de constater que 45 véhicules présentaient à la fois un défaut de freinage et un défaut d'éclairage.

1. Compléter le diagramme de Venn ci-dessous pour représenter la situation.

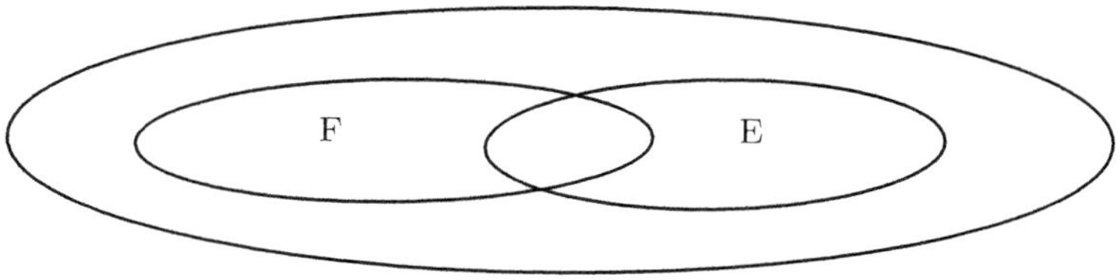

2. On choisit un véhicule au hasard parmi ceux qui ont été examinés. Calculer la probabilité de chacun des événements suivants.
   (a) Le véhicule présente un défaut de freinage mais pas de défaut d'éclairage.
   (b) Le véhicule présente un défaut d'éclairage mais pas de défaut de freinage.
   (c) Le véhicule ne présente aucun des deux défauts.
   (d) Le véhicule présente au moins un des deux défauts.

Exercice 16 (Calcul de probabilités).

On tire au hasard une carte dans un jeu de 32 cartes.

1. Quelle est la probabilité de tirer un trèfle ?
2. Quelle est la probabilité de tirer une carte noire ?
3. Quelle est la probabilité de ne pas tirer un carreau ?
4. Quelle est la probabilité de tirer une figure (roi, dame ou valet) ?
5. Quelle est la probabilité de tirer un as ?
6. Quelle est la probabilité de ne pas tirer un valet noir ?

Exercice 17.

Voici les résultats d'un sondage effectué en 1999 auprès de 2 000 personnes, à propos d'Internet :
- 40% des personnes interrogées déclarent être intéressées par Internet,
- 35% des personnes interrogées ont moins de 30 ans et, parmi celles-ci, quatre cinquièmes déclarent être intéressées par Internet,
- 30% des personnes interrogées ont plus de 60 ans et, parmi celles-ci, 85% ne sont pas intéressées par Internet.

1. Reproduire et compléter le tableau suivant :

	intéressées par Internet	non intéressées par internet	**total**
moins de 30 ans			
de 30 à 60 ans			
plus de 60 ans			
total			**2 000**

2. On choisit au hasard une personne parmi les 2 000 interrogées. On suppose que toutes les personnes ont la même probabilité d'être choisies. On considère les événements :
A : « *la personne interrogée a moins de 30 ans* »,
B : « *la personne interrogée est intéressée par Internet* ».
   (a) Calculer les probabilités $P(A)$ et $P(B)$.
   (b) Définir par une phrase l'événement $\overline{A}$ puis calculer $P(\overline{A})$.
   (c) Définir par une phrase l'événement $A \cap B$ puis calculer $P(A \cap B)$. En déduire $P(A \cup B)$.
3. On sait maintenant que la personne interrogée est intéressée par Internet.
Quelle est la probabilité qu'elle ait plus de 30 ans ?

Exercice 18.

On propose de participer au jeu suivant : on lance deux dés cubiques équilibrés. Dans le cas où la somme des numéros obtenus est impaire, et seulement dans ce cas, on lance une pièce de monnaie équilibrée. On gagne si on réussit à obtenir « Face ». Quelles sont les chances de gagner ?

Exercice 19 (Réussite au concours).

Un concours consiste à passer trois épreuves indépendantes. Épreuve 1 : On a 80 % de chances de la réussir au vu des dernières années. Épreuve 2 : On a 60 % de chances de la réussir au vu des dernières années. Épreuve 3 : On a 25 % de chances de la réussir au vu des dernières années. Quelle est la probabilité de réussir les trois épreuves ? On est reçu au concours si on réussit au moins deux épreuves. Quelle est la probabilité de réussir ce concours ?

Exercice 20 (Jetons noirs et blancs).

Huit boîtes d'apparence identique mais de compositions différentes contiennent des jetons noirs et blancs. Il y a deux boîtes de composition C_l contenant trois jetons blancs et sept jetons noirs, cinq boîtes de composition C_2 contenant quatorze jetons blancs et six jetons noirs, et enfin une boîte de composition C_3 contenant deux jetons blancs et trois jetons noirs. On choisit une boîte au hasard puis on tire un jeton au hasard dans cette boîte. On considère les événements suivants :

- C_l : « Le jeton tiré provient d'une boîte de composition C_l » ;
- C_2 : « Le jeton tiré provient d'une boîte de composition C_2 » ;
- C_l : « Le jeton tiré provient d'une boîte de composition C_3 » ;
- B : « Le jeton tiré est blanc ».

1. Donner l'arbre pondéré correspondant à cette expérience aléatoire à deux étapes.
2. Calculer $p(C_l \cap B)$.
3. Démontrer que $p(B) = \dfrac{9}{16}$.
4. Si on mélangeait toutes les pièces dans un grand sac, et si on tirait alors au hasard un jeton dans ce sac, quelle serait la probabilité de tirer un jeton blanc ? Commenter.

Exercice 21 (À Sochaux, L'archiduchesse déchue cherche ses chaussettes chez son cher Serge).

Sachant que dans le sachet sont cinq paires de chaussettes distinctes, l'ex-archiduchesse de Gyöngyös, Zsuzsa, sous haschich, tire au jugé d'un sachet, quatre chaussettes en soie du Sichuan surchoix.

À Sacha (de Seichamps) échoit la charge de jauger les chances qu'a Zsuzsa de tirer deux paires de chaussettes appariées.

12.8 Solutions

Solution 2 (Vrai/Faux)

1. Faux ! Il suffit de prendre A avec $0 < P(A) < 1$ et $B = \bar{A}$. Alors A et B sont incompatibles, mais ne sont pas indépendants !
2. Pas nécessairement ! Si on lance un dé parfaitement équilibré, et qu'on considère les deux événements $A =$ « Obtenir un nombre pair » et $B =$ « Obtenir 5,6 ». Alors A et B sont indépendants. En effet, $P(A) = 1/2$, $P(B) = 1/3$, et on a bien $P(A \cap B) = 1/6$ mais ils ne sont pas incompatibles. D'ailleurs, des événements indépendants ne sont presque jamais incompatibles. Il faudrait au moins que la probabilité d'un des deux soit nulle !
3. Faux ! Il suffit que $P(A \cap B) = 0$ avec $A \cap B \neq \varnothing$ pour que ce ne soit pas vrai.
4. Faux (prendre l'exemple ci-dessus avec le dé...).

Solution 3

Comme $P(B) = 1 - P(\overline{B}) = 1 - 0,4 = 0,6$ et comme $P(A \cup B) = P(A) + P(B) - P(A \cap B)$ alors $P(A \cup B) = 0,3 + 0,4 - 0,1 = 0,6$.

Solution 4

1.

	Voyage organisé	Club de vacances	Croisière	Total
En famille	29	55	26	110
Seul ou entre amis	54	18	18	90
Total	83	73	44	200

2. En utilisant le tableau précédent on a :

$$P(A) = \frac{110}{200} = \frac{11}{20} \quad P(B) = \frac{44}{200} = \frac{11}{50} \quad P(C) = \frac{83}{200} + \frac{44}{200} = \frac{127}{200}$$

On aurait pu aussi calculer $P(C) = 1 - \frac{73}{100} = \frac{127}{200}$.

3. $A \cap B$: « le client part en vacances en croisière avec sa famille »
$A \cup B$: « le client part en vacances soit en famille soit en croisière ».

Selon le tableau $P(A \cap B) = \frac{26}{200} = \frac{13}{100}$ ce qui nous donne :
$P(A \cup B) = P(A) + P(B) - P(A \cap B) = \frac{110}{200} + \frac{44}{200} - \frac{26}{200} = \frac{128}{200} = \frac{16}{25}$.

4. Pour répondre à cette question, nous devons changer l'univers. Nous devons, maintenant, uniquement considérer ceux qui ont déclaré « partir en vacances en famille » dont le nombre total est 110. Ainsi, En notant D l'événement « la personne préfère les clubs de vacances sachant qu'elle part en vacances en famille »,

$$P(D) = \frac{55}{110} = \frac{11}{22}.$$

Solution 5 (Dés de Sicherman)

	1	2	2	3	3	4
1	2	3	3	4	4	5
3	4	5	5	6	6	7
4	5	6	6	7	7	8
5	6	7	7	8	8	9
6	7	8	8	9	9	10
8	9	10	10	11	11	12

	1	2	3	4	5	6
1	2	3	4	5	6	7
2	3	4	5	6	7	8
3	4	5	6	7	8	9
4	5	6	7	8	9	10
5	6	7	8	9	10	11
6	7	8	9	10	11	12

Les dés étant équilibrés, on modélise ces deux situations par une équiprobabilité. Chaque case de chaque tableau a une probabilité $\frac{1}{36}$ d'apparaître. On obtient chaque probabilité en comptant les cases – cas favorables – de même couleur dans les deux tableaux. On trouve les mêmes probabilités dans les deux cas, à savoir

$p(2) = \frac{1}{36}$; $p(3) = \frac{2}{36}$; $p(4) = \frac{3}{36}$; $p(5) = \frac{4}{36}$; $p(6) = \frac{5}{36}$; $p(7) = \frac{6}{36}$;
$p(8) = \frac{5}{36}$; $p(9) = \frac{4}{36}$; $p(10) = \frac{3}{36}$; $p(11) = \frac{2}{36}$; $p(12) = \frac{1}{36}$.

Solution 6 (Probabilités d'événements compatibles et diagramme de Venn)

1. Les événements A, B, C sont compatibles, c'est-à-dire que leurs intersections mutuelles ne sont pas vides.

   Le diagramme permettant de représenter graphiquement ce type de résultats (« diagramme de Venn ») nécessite de connaître les effectifs de chacune des combinaisons possibles. Il se construit de la manière suivante, en partant de l'intersection des trois événements A, B, C :

   Il y a 44 membres interrogés qui pratiquent A, B et C Sachant que 122 membres pratiquent B et C (mais aussi A pour certains), il y a $122 - 44 = 78$ membres qui pratiquent B et C uniquement (parmi les membres pratiquant B et C, on retire ceux qui pratiquent également A) De même, il y a $157-44 = 113$ membres qui pratiquent A et C uniquement De même, il y a $98-44 = 54$ membres qui pratiquent A et B uniquement Enfin, sachant que 425 membres pratiquent C (mais pas seulement), il y a $425-44-113-78 = 190$ membres qui pratiquent C uniquement (parmi les membres pratiquant C, on retire ceux qui pratiquent également A et B) De même, il y a $457-44-54-78 = 281$ membres qui pratiquent B uniquement. De même, il y a $451 - 44 - 54 - 113 = 240$ membres qui pratiquent A uniquement.

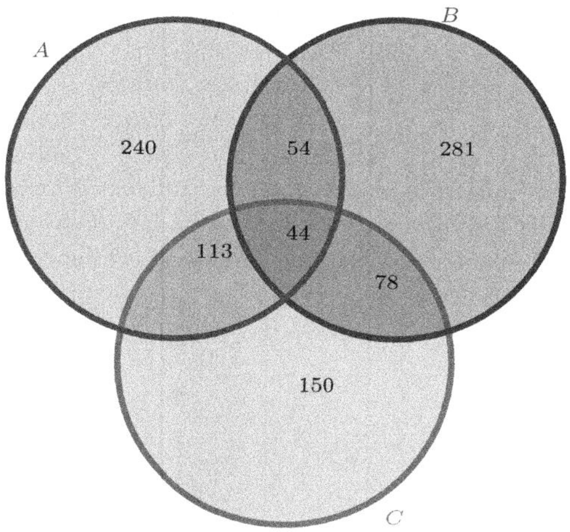

2. Pour connaître le nombre de personnes interrogées qui pratiquent au moins une activité, il suffit de faire la somme de tous les effectifs figurant sur le diagramme précédent :

   $240 + 281 + 190 + 113 + 54 + 78 + 44 = 1000.$

   Donc tous les membres interrogés pratiquent au moins une activité.

3. On sait que 98 membres interrogés sur 1000 pratiquent les activités A et B. La probabilité qu'une personne prise au hasard parmi les membres interrogés pratique les activités A et B est donc égale à : $\frac{98}{1000} = 0,098$

4. On sait que 54 membres interrogés sur 1000 pratiquent uniquement les activités A et B. La probabilité qu'une personne prise au hasard parmi les membres interrogés pratique uniquement les activités A et B est donc égale à : $\frac{54}{1000} = 0,054.$

5. On sait que :
   - 98 membres interrogés pratiquent les activités A et B.

- Parmi ceux-ci, 44 pratiquent également l'activité C.

La probabilité qu'une personne, prise au hasard parmi les membres interrogés pratiquant les activités A et B, ne pratique pas l'activité C est donc égale à : $\frac{54}{98} \approx 0,55$.

Solution 7 (Probabilités de la somme des lancers de deux dés)

1. Un résultat de l'expérience correspond au couple formé par le résultat du premier dé et le résultat du second. Le tableau à double entrée suivant récapitule ainsi tous les résultats possibles de l'expérience :

	1	**2**	**3**	**4**	**5**	**6**
1	2	3	4	5	6	7
2	3	4	5	6	7	8
3	4	5	6	7	8	9
4	5	6	7	8	9	10
5	6	7	8	9	10	11
6	7	8	9	10	11	12

2. Le tableau précédant compte 36 cases, ce qui signifie que l'expérience possède 36 résultats équiprobables (car les dés sont équilibrés) distincts. Donc chacun des résultats de l'expérience a la même probabilité : $\frac{1}{36}$

3. On calcule les probabilités des événements à l'aide du tableau construit précédemment. $A =$ « Obtenir 6 ».

Les résultats de l'expérience correspondant à l'événement A sont :

- « Faire 1 et 5 ».
- « Faire 2 et 4 ».
- « Faire 3 et 3 ».
- « Faire 4 et 2 ».
- « Faire 5 et 1 ».

Il y en a donc 5. Donc $P(A) = \frac{5}{36}$

$B =$ « Obtenir un résultat pair ».

On observe qu'un des résultats de l'expérience sur deux est pair.

Il y en a donc 18 résultats de l'expérience correspondant à l'événement B. Donc $P(B) = \frac{18}{36} = \frac{1}{2}$.

$C =$ « Obtenir 1 avec un des deux dés ».

Les résultats correspondant à cet événement sont ceux de la ligne « 1 » et de la colonne « 1 » : il y en a donc 11 (ne pas compter deux fois le couple 1, 1). Donc $P(C) = \frac{11}{36}$.

$D =$ « Obtenir un résultat pair multiple de 3 ».

Les sommes paires et multiples de 3 sont : 6 et 12.

Les résultats de l'expérience correspondant à l'événement D sont donc :

- « Faire 1 et 5 ».
- « Faire 2 et 4 ».
- « Faire 3 et 3 ».
- « Faire 4 et 2 ».
- « Faire 5 et 1 ».
- « Faire 6 et 6 ».

Il y en a donc 6. Donc $P(D) = \frac{6}{36} = \frac{1}{6}$

Solution 8 (Arbre de probabilités)

1. Pour construire l'arbre, il reste à déduire trois probabilités de celles qui sont données :
   - ► 100% − 60% = 40% des élèves du lycée sont des garçons
   - ► Parmi les filles, 100% − 30% − 55% = 15% pratiquent l'allemand en LV2
   - ► Parmi les garçons, 100% − 40% − 35% = 25% pratiquent l'anglais en LV2

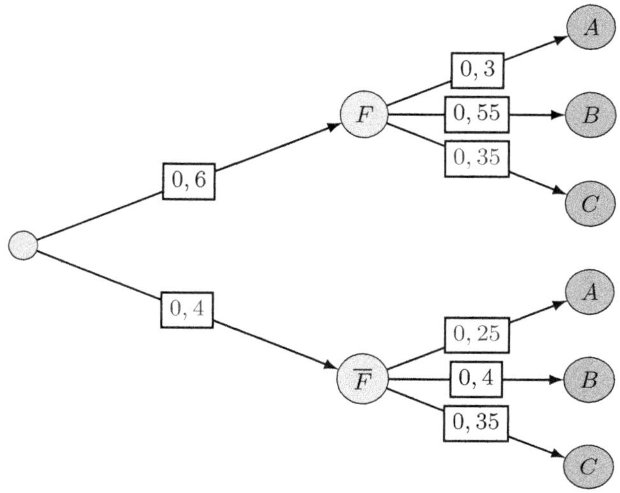

2. D'après l'arbre de probabilités :
   - ► Les filles pratiquant l'anglais en LV2 représentent $0,6 \times 0,3 = 0,18 = 18\%$ des élèves du lycée.
   - ► Les garçons pratiquant l'anglais en LV2 représentent $0,4 \times 0,25 = 0,1 = 10\%$ des élèves du lycée.

   On en déduit que les élèves pratiquant l'anglais en LV2 représentent $18\% + 10\% = 28\%$ des élèves du lycée. On a donc : $P(A) = 0,28$.

   B = « L'élève pratique l'espagnol en LV2 »

   D'après l'arbre de probabilités :
   - ► Les filles pratiquant l'espagnol en LV2 représentent $0,6 \times 0,55 = 0,33 = 33\%$ des élèves du lycée.
   - ► Les garçons pratiquant l'espagnol en LV2 représentent $0,4 \times 0,4 = 0,16 = 16\%$ des élèves du lycée.

   On en déduit que les élèves pratiquant l'espagnol en LV2 représentent $33\% + 16\% = 49\%$ des élèves du lycée. On a donc : $P(B) = 0,49$.

   C = « L'élève pratique l'allemand en LV2 »

   D'après l'arbre de probabilités :
   - ► Les filles pratiquant l'allemand en LV2 représentent $0,6 \times 0,15 = 0,09 = 9\%$ des élèves du lycée.
   - ► Les garçons pratiquant l'allemand en LV2 représentent $0,4 \times 0,35 = 0,14 = 14\%$ des élèves du lycée.

   On en déduit que les élèves pratiquant l'allemand en LV2 représentent $9\% + 14\% = 23\%$ des élèves du lycée. On a donc : $P(B) = 0,23$ Étant donné que chaque lycéen pratique une LV2, on vérifie que : $28\% + 49\% + 23\% = 100\%$.

   R = « L'élève est un garçon qui pratique l'espagnol en LV2 »

   D'après ce qui a été calculé précédemment, les garçons pratiquant l'espagnol en LV2 représentent 16% des élèves du lycée. On a donc : $P(R) = 0,16$.

   S = « L'élève est une fille qui pratique l'allemand en LV2 »

D'après ce qui a été calculé précédemment, les filles pratiquant l'allemand en LV2 représentent 9% des élèves du lycée. On a donc : $P(S) = 0,09$.

Solution 9

On appelle B : « la boule tirée est blanche », R : « la boule tirée est rouge » et V : « la boule tirée est verte ».

Selon l'énoncé $\text{Card}(B) = 5$, $\text{Card}(R) = 8$, $\text{Card}(V) = 7$ et $\text{Card}(\Omega) = 20$.

Ainsi selon la règle de Laplace (12.1) :

$$P(B) = \frac{5}{20} = \frac{1}{4} \quad P(\overline{R}) = 1 - \frac{8}{100} = \frac{92}{100} = \frac{23}{25}$$

Les événements sont incompatibles donc $P(R \cup B) = P(R) + P(B) = \frac{8}{20} + \frac{5}{20} = \frac{13}{20}$.

Solution 10

1. $P(6) = 1 - 2 \times (\frac{1}{8} + \frac{1}{5}) - \frac{1}{4} = \frac{1}{10}$
2. $P($« obtenir un chiffre pair »$) = P(2) + P(4) + P(6) = \frac{1}{8} + \frac{1}{5} + \frac{1}{10} = \frac{17}{40}$
3. $P($« obtenir un nombre inférieur ou égal à 4 »$) = P(1) + P(2) + P(3) + P(4) = 2 \times (\frac{1}{8} + \frac{1}{5}) = \frac{13}{20}$.

Solution 11

1. $P(A) = P(2) + P(4) = \frac{7}{25} + \frac{4}{25} = \frac{11}{25}$ et $P(B) = P(4) + P(5) = \frac{4}{25} + \frac{6}{25} = \frac{2}{5}$.
2.
   - $A \cup B$: « obtenir soit un chiffre pair soit un chiffre strictement supérieur à 3 ».
   - $A \cap B$: « obtenir un chiffre pair qui soit strictement supérieur à 3 » c'est à dire « obtenir 4 ».
   - $\overline{A}$: « obtenir un chiffre impair ».
   - $\overline{B}$: « obtenir un chiffre inférieur ou égal à 3 ».
   - $\overline{A \cup B}$: « obtenir un chiffre impair qui soit inférieur ou égal à 3 » autrement dit « obtenir 1 ou 3 ».
   - $\overline{A \cap B}$: « obtenir un chiffre impair ou obtenir un chiffre qui soit inférieur ou égal à 3 ».
3.
   - $P(A \cup B) = P(A) + P(B) - P(A \cap B) = \frac{11}{25} + \frac{2}{5} - \frac{4}{25} = \frac{17}{25}$.
   - $P(A \cap B) = P(4) = \frac{4}{25}$.
   - $P(\overline{A}) = 1 - P(A) = 1 - \frac{11}{25} = \frac{14}{25}$.
   - $P(\overline{B}) = 1 - P(B) = 1 - \frac{2}{5} = \frac{3}{5}$.
   - $P((\overline{A \cup B}) = 1 - P((A \cup B) = 1 - \frac{17}{25} = \frac{8}{25}$.
   - $P((\overline{A \cap B}) = 1 - P((A \cap B) = 1 - \frac{4}{25} = \frac{21}{25}$.

Solution 12 (La fourmi et le tétraèdre)

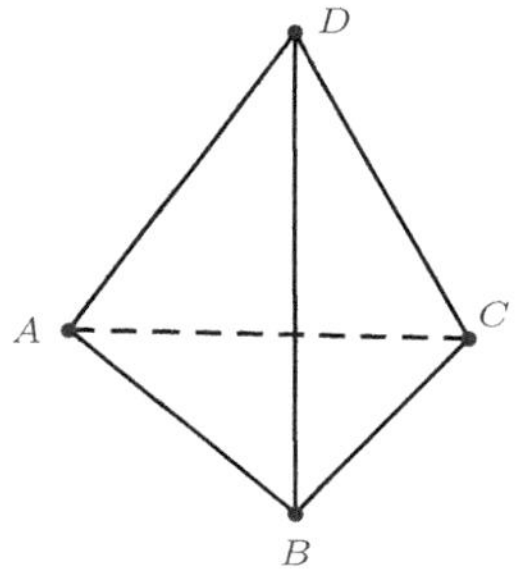

La fourmi se trouve en A ; elle parcourt **deux** arêtes. Un arbre illustre la situation :

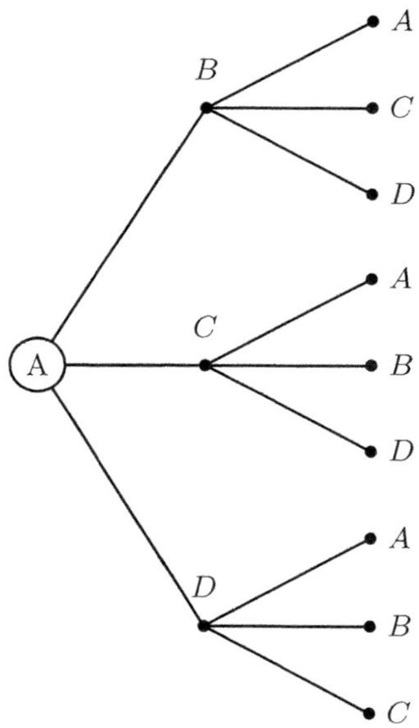

L'univers est constitué des neuf trajets $\left(3^2\right)$ possibles.

$\Omega = \{ABA - ABC - ABD - ACA - ACB - ACD - ADA - ADB - ADC\}$

1. (a) La probabilité que la fourmi se trouve en A au bout du trajet de deux arêtes est $\boxed{p(\mathrm{A}) = \frac{3}{9} = \frac{1}{3}}$

   (b) La probabilité que la fourmi se trouve en B au bout du trajet de deux arêtes est $\boxed{p(\mathrm{B}) = \frac{2}{9}}$

   (c) La probabilité que la fourmi se trouve en C au bout du trajet de deux arêtes est $\boxed{p(\mathrm{C}) = \frac{2}{9}}$

   (d) La probabilité que la fourmi se trouve en D au bout du trajet de deux arêtes est $\boxed{p(\mathrm{D}) = \frac{2}{9}}$

2. La somme de ces quatre nombres doit être égale à 1.

$$\frac{3}{9} + \frac{2}{9} + \frac{2}{9} + \frac{2}{9} = \frac{9}{9} = 1$$

Solution 13 (Utilisation d'un arbre)

1. Arbre de probabilité :

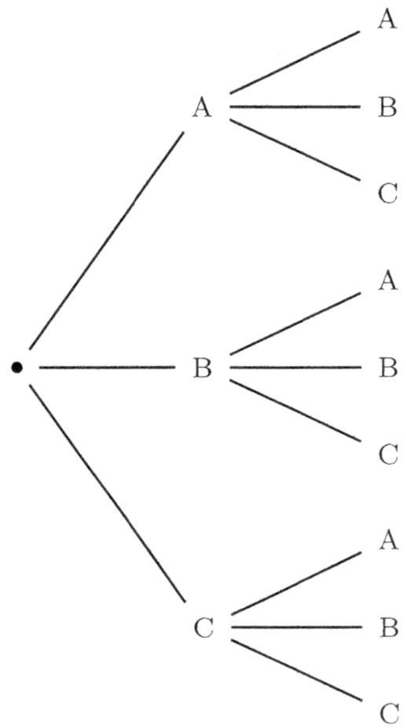

2. Il y a $3 \times 3 =$ $\boxed{\text{9 codes possibles}}$

3. • $P(A) = \dfrac{3}{9} = \boxed{\dfrac{1}{3}}$
   • $P(B) = \dfrac{6}{9} = \boxed{\dfrac{2}{3}}$
   • $P(C) = \boxed{\dfrac{5}{9}}$

Solution 14

1. Tableau récapitulatif :

	1	**2**	**3**	**4**	**5**	**6**
1	1	2	3	4	5	6
2	2	2	3	4	5	6
3	3	3	3	4	5	6
4	4	4	4	4	5	6
5	5	5	5	5	5	6
6	6	6	6	6	6	6

2. $\boxed{\Omega = \{\ 1\ ;\ 2\ ;\ 3\ ;\ 4\ ;\ 5\ ;\ 6\ \}}$

3. Loi de probabilité :

issue	1	2	3	4	5	6
probabilité	$\dfrac{1}{36}$	$\dfrac{3}{36}$	$\dfrac{5}{36}$	$\dfrac{7}{36}$	$\dfrac{9}{36}$	$\dfrac{11}{36}$

Solution 15

1. Diagramme :

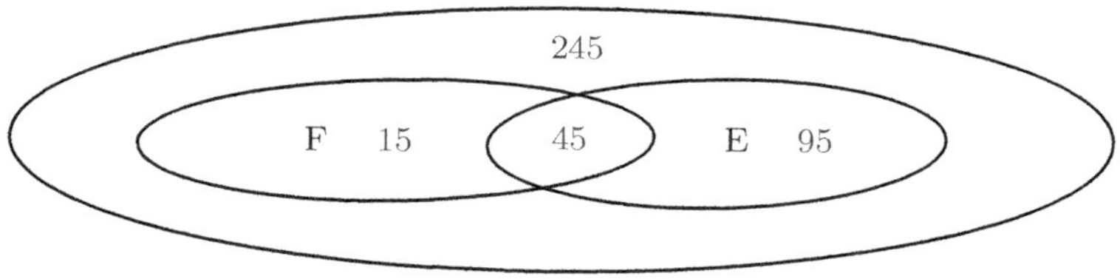

2. (a) $P = \frac{15}{400} = \boxed{\frac{3}{80}}$

   (b) $P = \frac{95}{400} = \boxed{\frac{19}{80}}$

   (c) $P = \frac{245}{400} = \boxed{\frac{49}{80}}$

   (d) $P = \frac{125}{400} = \boxed{\frac{5}{16}}$

Solution 16

1. $P = \frac{8}{32} = \boxed{\frac{1}{4}}$
2. $P = \frac{16}{32} = \boxed{\frac{1}{2}}$
3. $P = 1 - \frac{1}{4} = \boxed{\frac{3}{4}}$
4. $P = \frac{12}{32} = \boxed{\frac{3}{8}}$
5. $P = \frac{4}{32} = \boxed{\frac{1}{8}}$
6. $P = 1 - \frac{2}{32} = \boxed{\frac{15}{16}}$

Solution 17

1. Tableau :

	intéressées par Internet	non intéressées par Internet	total
moins de 30 ans	560	140	700
de 30 à 60 ans	150	550	700
plus de 60 ans	90	510	600
total	800	1200	2 000

2. (a) $P(A) = \frac{700}{2000} = \boxed{\frac{7}{20}}$

   $p(B) = \frac{800}{2000} = \boxed{\frac{2}{5}}$

   (b) $\overline{A}$: « La personne interrogée à 30 ans ou plus »

   $P(\overline{A}) = 1 - P(A) = 1 - \frac{7}{20} = \boxed{\frac{13}{20}}$

(c) $A \cap B$: « La personne interrogée à moins de 30 ans et est intéressée par Internet »

$$P(A \cap B) = \frac{560}{2000} = \boxed{\frac{7}{25}}$$

$$P(A \cup B) = P(A) + P(B) - P(A \cap B) = \frac{700}{2000} + \frac{800}{2000} - \frac{560}{2000} = \frac{940}{2000} = \boxed{\frac{47}{100}}$$

3. $P = \dfrac{150+90}{800} = \dfrac{240}{800} = \boxed{\dfrac{3}{10}}$

Solution 18

On modélise la situation « dé équilibré » en disant que la probabilité d'obtenir un nombre pair est la probabilité d'obtenir un nombre impair, soit $\frac{1}{2}$.

Tout d'abord, la probabilité d'obtenir une somme impaire avec deux dés est $\frac{1}{2}$. En effet la somme d'un nombre pair et d'un nombre impair est impaire, etc.

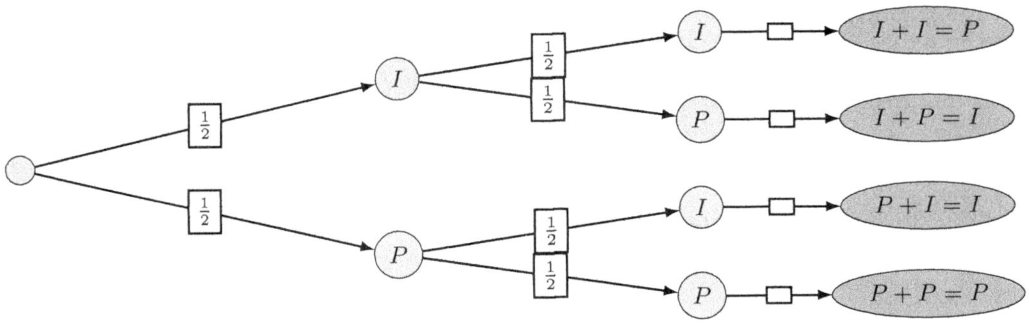

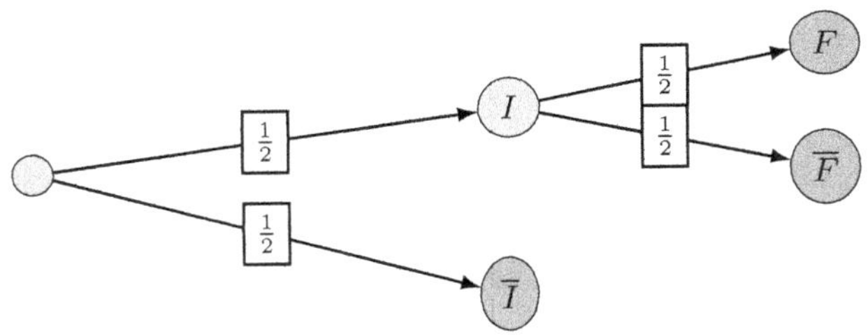

L'événement « gagner » est l'événement « $I \cap F$ » dont la probabilité est $\frac{1}{2} \times \frac{1}{2} = \frac{1}{4}$.

Il est important de remarquer que la modélisation suppose l'**indépendance** entre les lancers de dés et entre le lancer de la pièce.

Solution 19 (Réussite au concours)

On appelle E_k la réussite à la k-ième épreuve et E la réussite au concours, c'est-à-dire à deux au moins des trois épreuves.

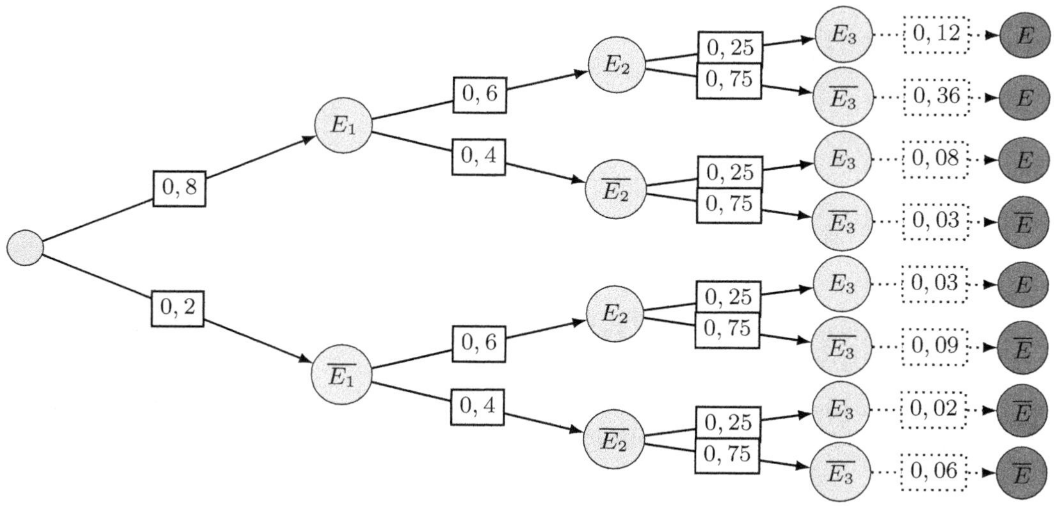

En additionnant les quatre probabilités des quatre feuilles de l'arbre qui réalisent l'événement E, on trouve $p(E) = 0,12 + 0,36 + 0,08 + 0,03 = 0,59$.

On a supposé – faute de mieux – que la réussite à une épreuve est **indépendante** des précédentes. Sinon l'exercice n'est pas faisable. Il est aussi important de remarquer qu'une telle modélisation est irréaliste. Dans la vraie vie, un candidat qui a réussi une épreuve est plus susceptible de réussir les suivantes que celui qui a échoué.

Solution 20 (Jetons noirs et blancs)

1.

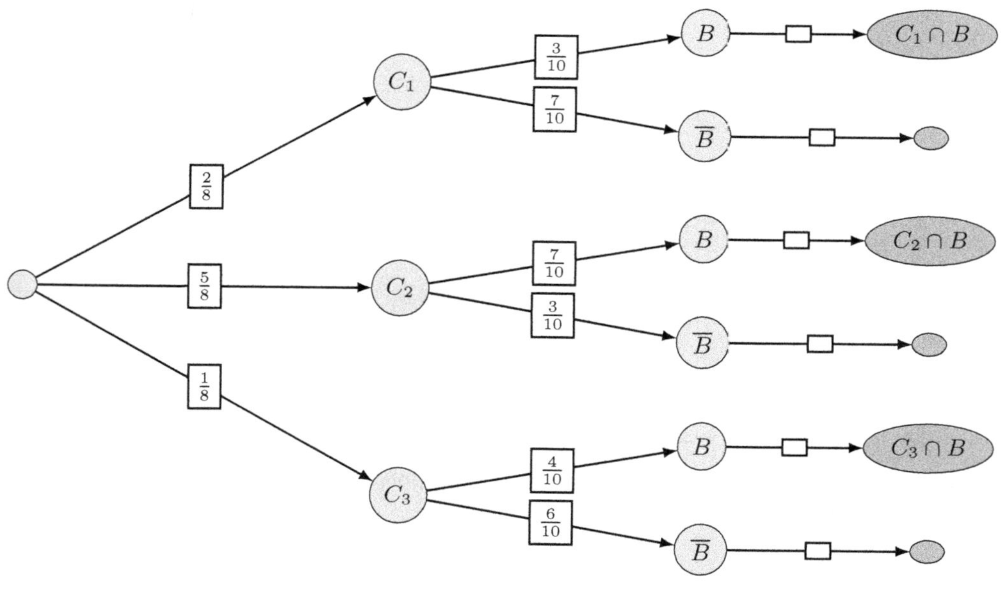

2. On obtient $p(C_1 \cap B)$ en multipliant les deux probabilités : $p(C_1 \cap B) = \dfrac{2}{8} \times \dfrac{3}{10} = \dfrac{6}{80}$.

3. Les événements $C_1 \cap B$, $C_2 \cap B$ et $C_3 \cap B$ étant incompatibles deux à deux, on trouve

$$\begin{aligned} p(B) &= p(C_1 \cap B) + p(C_2 \cap B) + p(C_3 \cap B) \\ &= \frac{6}{80} + \frac{35}{80} + \frac{4}{80} \\ &= \frac{45}{80} \\ &= \frac{9}{16}. \end{aligned}$$

4. On va compter les jetons. Dans les boîtes C_1 il y a $6B$ et $14N$. Dans les boîtes C_2 il y a $70B$ et $30N$. Dans les boîtes C_3 il y a $2B$ et $3N$. Au total il y a $78B$ et $47N$. On en déduit la probabilité de tirer un jeton suivant ce protocole est
$$\frac{78}{78+47} = \frac{78}{125}.$$
On ne retrouve pas la même probabilité. Les protocoles ne sont pas les mêmes. Les probabilités de tirer un jeton blanc dépendent (ne sont pas **indépendantes**) du type de boîte.

Solution 21 (Les chaussettes)

On appelle C_k l'événement « la chaussette tirée est appariée à la chaussette tirée au k-ième tirage ». On appelle A l'événement « les quatre chaussettes tirées sont appariées (deux à deux) ». La question posée est de déterminer la probabilité de A.

Attention, Zsuzsa tire une chaussette au premier tirage.

Ensuite elle va pour tirer une deuxième chaussette. À ce moment-là, deux cas se présentent : C_1 si elle tire une chaussette appariée à la précédente et $\overline{C_1}$ sinon. L'expression « au jugé », synonyme de « au hasard » laisse supposer une équiprobabilité comme modélisation. De ce fait, à ce stade, comme il ne reste plus que neuf chaussettes dans le sachet, $p(C_1) = \frac{1}{9}$ et par conséquent $p\left(\overline{C_1}\right) = \frac{8}{9}$.

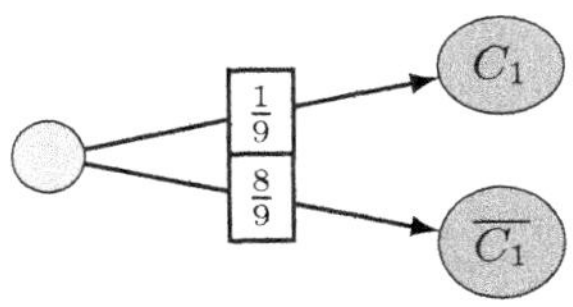

On se place dans le cas C_1. Zsuzsa tire maintenant une chaussette au troisième tirage. C'est un événement certain que l'on appelle C. Ensuite elle va pour tirer une quatrième chaussette parmi les sept qui restent. Deux cas se présentent C_3 si elle tire une chaussette appariée à la précédente et $\overline{C_3}$ sinon.

On a $p(C_3) = \frac{1}{7}$ et sur cette feuille A est réalisé, avec une probabilité obtenue en multipliant les probabilités sur chacune des branches, soit $\dfrac{1}{9} \times 1 \times \dfrac{1}{7} = \frac{1}{63}$.

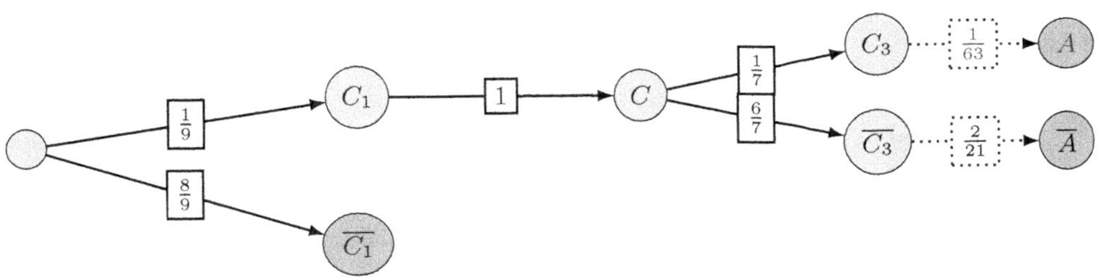

On se place maintenant dans le cas $\overline{C_1}$. Zsuzsa va pour tirer une troisième chaussette parmi les huit qui restent. Deux cas se présentent en s'excluant.

- ▶ Soit elle tire une chaussette qui s'apparie avec une des deux premières. C'est $C_1 \cup C_2$. Il y a deux chaussettes qui conviennent parmi huit, soit $p(C_1 \cup C_2) = \frac{1}{4}$.
- ▶ Soit elle tire une chaussette qui ne s'apparie avec aucune des deux premières. C'est $\overline{C_1} \cap \overline{C_2}$. Il y a six chaussettes qui conviennent parmi huit, soit $p(\overline{C_1} \cup \overline{C_2}) = \dfrac{3}{4}$.

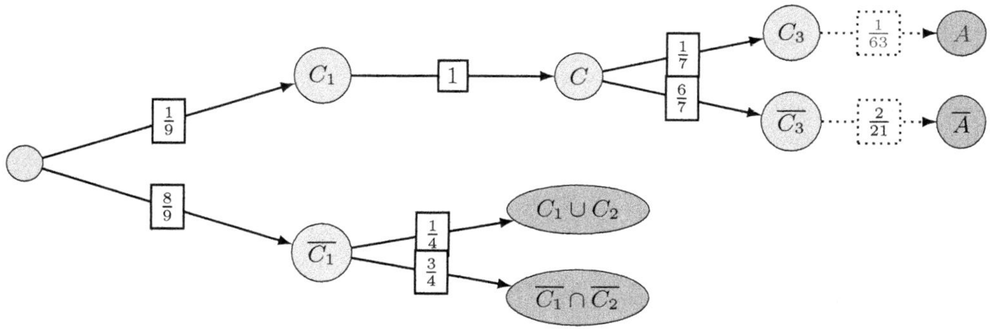

Pour réaliser A, la seule possibilité est à partir de $C_1 \cup C_2$. Il faut à nouveau réaliser $C_1 \cup C_2$, c'est-à-dire tirer une chaussette parmi sept. Ce qui permet d'achever la partie utile de l'arbre.

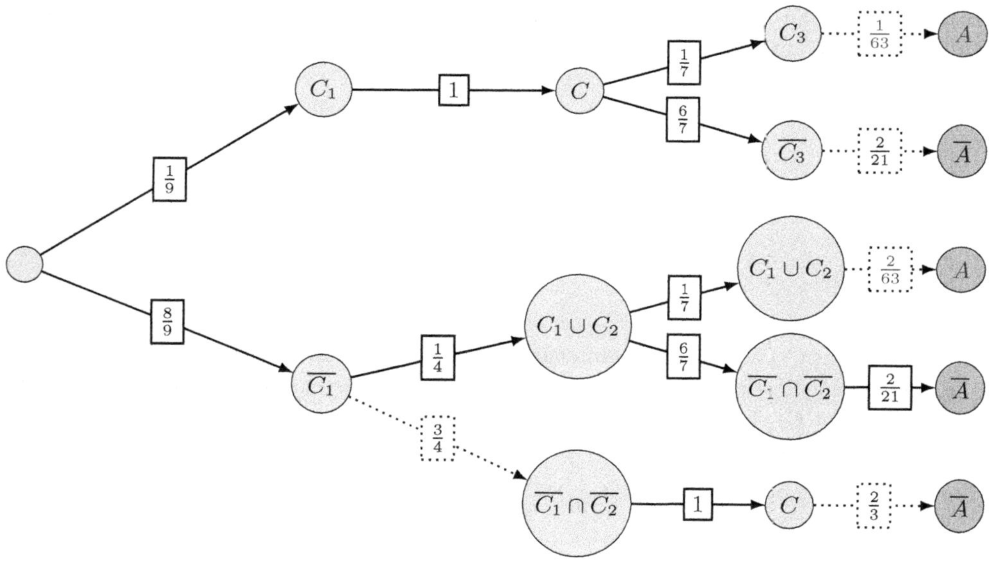

On trouve finalement

$$p(A) = \frac{1}{63} + \frac{2}{63} = \frac{3}{63} = \frac{1}{21}.$$

12.9 Travaux dirigés

Usage de la calculatrice : Simulation.

Pour simuler une expérience aléatoire, la calculatrice a une fonction [Ran#] qui lui permet d'afficher un nombre aléatoire compris entre 0 et 1.

On lance deux dés à six faces, et on note la somme des chiffres figurant sur les faces supérieures.

Sur Casio :

Pour faire afficher un nombre aléatoire entre 0 et 1 :

dans le mode *RUN*, faire [Optn] [Prob] [Ran#] [Exe].

Pour faire afficher un nombre entier entre 1 et 6. (utilisation de la fonction [Int] des calculatrices, qui permet d'afficher la partie entière d'un nombre.) :

[Optn] [⇒] [Num] [Int] (6 × [Optn] [Prob] [Ran#] + 1)

Pour obtenir la somme de deux dés, il suffit d'entrer deux fois la séquence ci-dessus en intercalant un signe [+] entre les deux.

Un nouveau nombre s'affiche à chaque fois que l'on appuie sur [Exe].

Sur TI :

Pour faire afficher un nombre aléatoire entre 0 et 1 :

[Math] [Prb] [Rand] [Enter].

Pour faire afficher un nombre entier entre 1 et 6. (utilisation de la fonction [Int] des calculatrices, qui permet d'afficher la partie entière d'un nombre.) :

[Math] [Num] [Int] (6 × [Math] [Prb] [Rand] + 1)

Pour obtenir la somme de deux dés, il suffit d'entrer deux fois la séquence ci-dessus en intercalant un signe [+] entre les deux.

Un nouveau nombre s'affiche à chaque fois que l'on appuie sur [Exe].

Table des matières du cours de première

Table des matières du cours de terminale

Index

Dépôt légal : avril 2021 - N° imprimeur : 032168699

Imprimé en France par Présence Graphique - Monts